독일전설 I

그림 형제(야콥 그림, 빌헬름 그림) 편찬

임한순 윤순식 홍진호 옮김

독일전설 I

초판 1쇄 인쇄 2014년 12월 26일
초판 1쇄 발행 2014년 12월 30일

옮긴이 임한순 윤순식 홍진호
펴낸곳 서울대학교출판문화원
펴낸이 성낙인

책임편집 최유식
디자인 장혜원

출판등록 제15-3호

주소 151-742 서울 관악구 관악로 1
대표전화 02-880-5252 | **팩스** 02-880-4148
마케팅팀(주문상담) 02-889-4424, 02-880-7995
이메일 snubook@snu.ac.kr
홈페이지 www.snupress.com

ISBN 978-89-521-1588-1 94850
978-89-521-1587-4 94850(세트)

이 저서는 2007년 정부(교육과학기술부)의 재원으로 한국연구재단의 지원을 받아 수행된 연구임.
(NRF-2007-361-AL0016).

I

Deutsche Sagen

독일전설

그림 형제(야콥 그림, 빌헬름 그림) 편찬

임한순·윤순식·홍진호 옮김

서울대학교출판문화원

Deutsche Sagen

I

Herausgegeben von den Brüdern Grimm
(Jacob und Wilhelm Grimm)

Übersetzt und kommentiert von
Han-Soon Yim, Sun-Shik Yoon und Jin Ho Hong

Seoul National University Press

머리말

1. 전설의 본질

사람이 삶 속으로 들어설 때에는 친숙한 동행인의 모습으로 그를 동반해 줄 선량한 천사 하나가 고향으로부터 주어지는 법이다. 그 덕으로 자신이 어떤 좋은 일을 만나게 될지 짐작하지 못하는 사람은 그가 조국의 경계를 넘어설 때, 저 천사가 떠나가면 아마도 느끼게 될 것이다. 이 자비로운 동행자가 바로 동화와 전설과 역사의 무진장한 자산이다. 이들이 나란히 서서 저 태곳적을 신선하고 생기발랄한 정신의 모습으로 잇달아 우리에게 가까이 가져다주려 애쓴다. 그것들은 각기 고유한 범주를 지니고 있다. 동화는 좀 더 시적이고 전설은 좀 더 역사적이어서, 전자가 타고난 화사함과 완성도를 보이며 거의 그 자체만으로 확고히 서 있다면, 전설은 색깔의 다채로움은 조금 덜해도 무언가 알려지고 의식된 것, 특정의 장소, 또는 역사를 통해 확인된 특정한 이름에 매여 있는 점에서 고유성을 지닌다. 이러한 구속에서 발단하여, 전설은 동화처럼 도처에 정주하지는 못하고 일정한 조건을 전제하며, 그 전제가 없이는 때로는 존재하지 않거나 때로는 한층 불완전하게만 존재할 것이다.

독일 전국에서 상세한 동화들을 들을 수 없는 고을은 거의 없을 것이고, 몇몇 동화에는 민간전설이 단지 희미하고 드물게만 함축되어 있곤 한다. 이러한 외견상의 빈약함과 사소함을 인정하더라도, 전설은 그 대신 내면적으로 훨씬 더 특이하여, 언어의 방언들과 같이 그 속에는 이따금 태곳적의 기이한 단어들과 형상들이 남아 있다. 그 반면 동화는 옛 문학의 온전한 한 덩어리를 요컨대 단숨에 우리에게로 옮겨 준다. 기이하게도 서술체 민요들 역시 동화보다는 훨씬 더 전설 같은 느낌을 자아내며, 동화들은 다시

금 가장 오래된 최초 시문학의 소질을 그 내용 속에 보존하되, 심지어는 아직 남아 있는 좀 더 규모가 큰 태곳적 가요들이 그럴 수 있었던 것보다 더 순수하고 강력하게 원초적 소질을 보존하였다. 이로부터 전혀 어려움 없이 드러나는 바, 거의 동화만이 고대 독일어 영웅전설의 단편들을 (고대 힐데브란트의 이름처럼 일반적으로, 그리고 그 자체로서 중요해진 인명들을 제외하고는) 인명이 없이 보존하였다. 그 반면 우리(역자 주: 독일) 민족의 가요와 전설 속에는 가장 오랜 옛 시대의 개별적이고 거의 무미건조한 인명, 지명, 풍속들이 그토록 많이 남아 있다. 동화는 그러니까 일부 외적인 전파를 통해, 일부는 그 내적 본질로 인해 어린이다운 세계관의 순수한 사상을 포착하도록 정해져 있어서, 우유처럼 부드럽고 맛있게, 꿀처럼 달콤하고 충족하게, 현세의 중압감 없이 직접적으로 영양을 공급한다. 이와 반대로 전설은 좀 더 강렬한 음식이 되어, 한층 단순하지만 그럴수록 더욱 확고한 색깔을 띠고 더 많은 진지함과 숙고를 요구한다. 두 장르의 우월성을 두고 논쟁하는 것은 적절치 않을 것이다. 그들의 상이성을 개진하는 이 글에서도 공통점을 간과하거나, 양자가 끝없는 혼합과 변전 속에서 상호 개입하며 다소간 비슷해진다는 사실을 부인하지 말자. 동화와 전설, 이 둘은 감각적으로 자연스러운 것과 이해 가능한 것을 불가사의한 것과 항상 혼합하는 점에서 역사와 대조된다. 역사는 우리의 교양에 걸맞은 것으로 보이듯이, 불가사의한 것을 더 이상 묘사 속에서 소화해 내지 않고 역사 자체의 방법으로, 전체를 관찰하는 가운데 새롭게 찾아내고 또 존중할 줄 안다. 어린이들은 동화의 현실을 믿거니와, 그러나 민중 역시 그들의 전설에 대한 믿음을 아직 완전히 버리지는 않았으며, 그들의 오성은 그 속을 세세히 헤집어 보려 하지 않는다. 전설은 주어진 자료로부터 그들에게 충분히 입증되는 것이니, 곧 자료들의 부인할 여지없이 가깝고 가시적인 현존이 그것에 결부된 기적에 대한 의심을 압도한다. 이러한 협동성이 결과적으로는 바로 전설의 적절한 표징이다. 그리하여 실제의 역사라고 불리는 (그리고 현재의 일정한 범주 뒤로, 각 세대에 의해 경험된 것의 범주 뒤로 일단 물러가는) 것으로부터 민중에게 부여될 수 있는 것은 원래 전설을 통해 중개되는 것뿐이다. 이러한 중개 필요성의 연유가 되는 사건, 곧 시간과 공간 면에서 너무 멀리 떨어진 사건을 민중은 생소하게 여기거나 금세 도로 망각해 버린다. 그 반면, 우리가 보거니와 민중은 유산으로 물려받고 전승된 전설에 그 얼마나 변함없이 매달리는가. 전설은 적절한 거리로 물러나 민중에게 지극히 익숙한 개념들에 연결된다. 민중에게 전설은 결코 지루해질 수 없다. 그들에게 그것은 언젠가 도로 포기해 버릴 공허한 유희가 아니라, 집안에 더불어 속하는, 그 자체로서 자명하며 모든 정당한 일들에 필요한 모종의 경건함을 지니면서 적절한 계기에 언어로 표현되는, 그러한 필연일 따름이라고 보이기 때문이다. 민간전설의 저 끊임없는 움직임과 그러면서도 부단히 지속되는 안정성은, 분명하게 따져 보자면, 가장 위로가 풍성하고 생기를 북돋아 주는 신의 선물들 가운데 하나임이 드러난다. 한 지역의 자연이 소유하거나 그 지역에게 역사가 환기시키는 것, 그리고 인간의 감각에 범상하지 않은 모든 것의 주변에 전설과 민요의 향기가 모여드니, 마치 먼 하늘의 원경이 파랗게 물들고 부드럽고 고운 꽃가루가 과일과 꽃 주변에 내려앉는 것과 같다. 암벽, 호수, 폐허, 나무들과 함께 살고 함께 거주하다 보면 금세 일종의 결연관계가 생기는데, 그것은 이 사물들 하나하나의 특성에 토대를 두고 있어서, 어떤 때에는 의당 그것들의 기적을 알아차릴 수 있게 된다. 그로써 생성되는 결속이 얼마나 강력한지는 자연인들의 저 가슴 저미는 향수가 보여 준다. 개화된 민족들은 자신들과 동행하는 이러한 시가 없다면 우수에 젖어 소멸할 수밖에 없으리라. 그들의 언어, 풍속과 관습은 공허하고 벌거벗은 듯이 보일 터이고, 실로 그들이 소유한 모든 것의 배경에 울타리 같은 것이 빠져 있을 것이다. 그런 식으로 우리는 독일 민간전설의 본질과 덕목을 이해한다. 그것은 악에 대한 두려움과 경고, 선에 대한 기쁨을 같은 손으로 나누어 준다. 전설은 우리의 역사가 진작부터 더는 도달하지 못하는 지방과 장소에도 여전히 다가간다. 하지만 역사와 전설 두 가지는 오히려 함께 흐르고 서로 뒤섞여 흐른다.

오로지 그 자체가 분리할 수 없게 된 전설을 이따금 사람들이 앞으로도 오랫동안, 강물 속에서 새로 흘러 들어온 다른 강의 한층 짙은 녹색 물살을 보듯이, 그렇게 알아볼 수 있도록 말이다,

2. 수집본의 성실성

우리가 전설을 수집하면서 한눈 팔지 않은 첫 번째 요점은 충실과 진실이었다. 이것을 사람들은 항상 모든 역사의 핵심으로 간주하였다. 우리는 이것을 문학에 대해서도 마찬가지로 촉구하며, 진정한 문학에서 이것을 똑같이 순수하게 인식한다. 거짓은 잘못된 것이고 사악하며, 거짓에서 나오는 것 또한 그럴 수밖에 없다. 민중의 전설과 가요에서 우리는 아직 한 번도 거짓을 발견하지 못했으니, 민중은 그 내용을, 곧 내용이 어떠하고 민중 자신이 어떻게 그것을 아는지를 밝힌다. 그 반면, 건강한 나무의 곁줄기와 잔가지들이 말라 죽듯이, 시간의 긴 흐름 속에서 일부는 퇴락한다는 것을 자연은 여기에서도 스스로 작용하는 영원한 갱신을 통해 입증하였다. 시작품의 근원과 과정은 그 어떤 인간의 손길도 결코 지어낼 수 없으며, 그처럼 결실 없는 힘으로는 언어를, 그것이 비록 언어 속의 아주 작은 낱말들일지라도, 꾸며 내거나, 법 또는 풍속을 당장 새로 내놓거나, 사실이 아닌 행적을 역사 속에 집어넣으려 하지는 않을 것이다. 결국 창작될 수 있는 것은 오로지 시인이 자신의 영혼 속에서 진실을 가지고 느끼며 체험한 것뿐이니, 그렇게 하도록 언어가 그에게 반은 의식적으로 반은 무의식적으로 말을 계시해 줄 것이다. 그러나 홀로 창작하는 사람들이 쉽사리, 심지어 거의 항상 위반하는 것이 있으니, 그것은 곧 모든 일의 적절한 정도 곧 중용인데, 이것이 민중문학 속에는 이미 저절로 불어넣어져 있다. 지나치게 고급스런 음식은 민중의 입맛에 거슬리는 법으로, 민중은 시적이지 못하다고 여겨져야 하겠으니, 그것은 그들이 다행스럽게도 자신들의 조용한 시를

전혀 의식하지 못하기 때문이다. 만족할 줄 모르는 교양인들은 그 대신 실제 역사뿐만 아니라 그와 마찬가지로 훼손해선 아니 될 전설의 자산까지도 허위사실로 희석하고 가득 채우고 능가해 보려 애써 왔다. 그럼에도 굽힐 줄 모르는 진실의 매력은 그 모든 날조보다 끝없이 더 강하고 지속적이니, 그러한 매력은 빈틈을 드러내는 구석이 없고 진정한 기개를 지니고 있기 때문이다. 이들 민간전설 속에는 의외의 기쁨을 주는 생동하는 힘이 숨어 있어서, 단순히 자체적으로 꾸며 낼 뿐인 공상의 극도로 과장된 힘 따위는 그 앞에서 결국 언제나 무산되고 말 것이며, 양쪽을 비교할 때 드러날 차이는 마치 머릿속에서 지어낸 식물과 새로 발견된, 자연 탐험가들이 지금까지 관찰하지 못했던 식물 사이의 차이와 같을 터이니, 이 새로운 식물은 그 진기하기 그지없는 가장자리와 꽃과 꽃술들을 바로 자신의 내면으로부터 정당화할 줄 알거나, 그것들에서 돌연 무언가 이미 다른 식물에서 인지되었던 사실을 확인해 줄 것이다. 이와 비슷한 비교점들은 개별적인 전설들 상호 간은 물론이고, 옛 작가들이 우리에게 보존해 준 전설들과의 대비에서도 얼마든지 나타난다. 그러므로 전설의 내밀한 심층부가 지극히 미세한 부분에 이르기까지도 훼손되어서는 아니 되고, 그러므로 사실과 정황들이 거짓 없이 수집되어야 한다. 말 자체에 가능한 한 의지해야 했고, 거기에 덧칠을 하지 말아야 했다.

3. 수집본의 다양성

민간전설의 수집에서 중요하다고 보이는 두 번째 요점은 원래 첫 번째 요점에 이미 내포되었지만, 그 다양성과 특수성도 제대로 유지되어야 하리라는 것이다. 그것은 전설의 깊이와 넓이가 바로 그 점에 토대를 두고 있고, 오직 그로부터라야 그 본성을 탐구할 수 있겠기 때문이다. 서사시, 민요, 그리고 언어 전체에서 그와 같은 사실이 재차 드러난다. 저들에서는 문장 전체가 서로 같은가 하면, 낱낱의 행, 상투어, 표현들이 그러하고, 어떤 때는 시작이, 어떤 때는 끝맺음이 서로 다르며, 새로운 수단과 경과부들이 개척된다. 유사성이 여전히 클지 모르지만, 그 어느 것도 다른 것과 동일하지는 않고, 여기에서 완전하고 충분히 성숙했다면 저기에서는 어쩐지 빈약하고 옹색하다. 다만 이러한 빈곤은 흠이 없기 때문에, 그 특수성 안에서 거의 매번 보상을 받아 빈곤의 행복이 된다. 언어를 좀 더 가까이 살펴보면, 그것은 영속적으로 끝도 없이 무진장으로 이어지고 나열되며 층을 이루는데, 소멸한 어근을 계속 번창하는 어근 옆에, 합성어와 단일어를, 그리고 새로 규정되거나 어떤 유사 의미에 따라 사라지는 어휘를 함께 보여줌으로써 그리한다. 이러한 역동성은 심지어 음절의 강세와 억양 및 개별음에 이르기까지 추적할 수 있다. 그렇다면 상이한 것 가운데 어느 것이 더 좋고 핵심에 속하는지를 말하는 것은 전혀 불가능하거나, 부당하지는 않더라도 어려운 일이다. 그것들 모두가 함께 생성되어 나온 근원은 신적인 우물 그 자체여서, 전례 없는 규모에 그 광채의 발산 또한 무진장하다. 또한 햇빛은 크고 작은 것 위에 고루 비치고, 의당 그래야 하듯이 그 누구라도 돕기 때문에, 강함과 약함, 새싹, 꽃봉오리, 폐허와 퇴락이 나란히 있고 또 뒤섞여 존재한다. 그러므로 우리 책에서 유사점과 반복이 발견되더라도 그것은 전혀 문제가 되지 않는다. 완전한 것에서 상이한 미완의 것이 분리되어 나왔다는 관점은 우리 생각으로는 최대한 배척해야 할 것으로 보였으니, 완전한 것이란 지상의 것일 수 없고 오히려 만물이 그 안으로 되돌아 흘러들어가는 신 자체일 수밖에 없겠기 때문이었다. 그러하니 우리가 이와 유사한 전설들을 보호하지 않았더라면, 그 특수성과 생명도 구할 길이 없었을 터였다. 빈약한 전설을 풍요롭게 만들 생각은 더더욱 없었기에, 작은 것 여러 개를 조립하여 하나로 만들지는 않았다. 그랬더라면 근근이 소재는 남았겠으나 마름새와 색채는 상실되었을 터이다. 허용되지 않은 외래의 첨가물도 없었으니, 만약 있었다면 그런 것은 그 무엇으로도 미화할 수 없을뿐더러, 불가해하지만 전체로부터 저들 파편만 남았다는 생각도 필연적으로 생경할 수밖에 없었을 것이다. 우리의 수집본은 거기에 담긴 모든 것을 순차적으로 완독해야 한다는 뜻의 독본이어서는 아니 된다. 오히려 전설 하나하나가 그 자체로서 완결되어 있고, 앞의 것이나 뒤의 것과는 원래 아무런 관련이 없으므로, 그 가운데에서 골라 읽는 사람은 그로써 족하고 즐거울 것이다. 어쨌든 역동적이면서 상이한 모든 것을 보호하고자 우리가 애썼음에도 불구하고, 여러 편의 이야기에서 출발하여 한 편의 동일한 전설을 단순히 보완하면서, 다시 말해 무의미한 이형들을 모두 제거하는 가운데, 거의 오류가 없는, 저절로 생겨나는 비판적 감각에 의존하였다는 점을 새삼 상기시킬 필요는 없으리라.

4. 수집본의 배열

개별 전설들의 배열에서도 우리는 최대한 자연의 흔적을 따르려 하였다. 자연은 그 어느 곳에도 고정되고 열려 있는 경계를 표시하지 않는다. 문학에는 단지 몇 가지 일반적인 종별이 있을 뿐, 그 밖의 다른 것은 모두 부당하거나 강제적이며, 저 주요 장르들조차도 접점을 가지고 있고 서로 관여한다. 역사, 전설, 동화의 차이는 이제 정당하고 놓칠 수 없는 차이점들에 속하지만, 그럼에도 셋 중 어느 것이 우선하는지를 규정할 수 없는 것과 같이 쟁점들이 상존한다. 예컨대 홀라 부인이 전설과 동화에서 어떻게 등장하는지, 또는 전설적 상황이 일단 역사적으로는 어떻게 전개되었을지 등이 그것이다. 전설 자체에는 단 한 가지 차이만 여전히 인정되었는데, 그것은 수집본의 외형에 관한 질문에 해당해야 할 것으로, 말하자면 우리는 그 차이에 따라 좀 더 역사에 매인 것을 장소에 매인 것과 구분하여, 앞의 것들을 작품집 제2권으로 돌리기로 한다. 그러나 지역전설은 다시금 [1] 지역, [2] 시대 또는 [3] 내용에 따라 세분할 수도 있었을 것이다. [1] 물론 장소에 따른 분류는 모종의 지역전설 계열을 형성하고, 이로써 이들을 이따금 특정 부류의 전설들이 지닌 특징에 귀속시키게 되었을 것이다. 다만 분명한 것은, 그랬을 경우 오늘날 독일의 분할 상태를 존중하지는 못할 터였다. 이에 따르면 예컨대 마이센 작센은, 실제 작센의 대부분은 그러나 하노버라고 불리고 있으니, 소규모의 개별 분류에서 훨씬 더 복잡하게 뒤섞이기 때문이다. 그러니까 산맥과 강이 아니라 독일민족 근간의 본래 방향과 위치에 따라, 우리의 정치적 경계에는 개의치 않으면서 다른 성격의 분류를 시도해야 하였으니, 여기에서도 확실하고 쓸모 있는 선행 작업이 너무 빈약한지라, 그와 똑같은 이유에서 조소받고 소홀히 취급되어 온 민중의 방언과 전설들을 우선 좀 더 면밀하게 검토하여, 그러한 방향으로의 노선 개척에 도움을 주어야 한다. 결과적으로 저들에 관한 조사에서 추후 언젠가 나올 수 있을 무엇인가를 가지고는 지금 당장은 잠정적으로 그러한 조사의 계획조차 확정할 수 없다. [2] 더 나아가, 일반적으로 몇몇 전설에 다른 전설보다 더 높은 연륜을 부여하는 것은 커다란 난관을 야기하고 대체로 오해의 소지가 있는 표지일 뿐이겠으니, 전설은 그침 없이 자체생산을 계속하기 때문이다. 난쟁이 전설과 거인 전설은 모종의 이교적 흔적을 전제하지만, 그토록 흔한 악마 구조물에서는 악마라는 단어 토이펠(Teufel)을 투어스트(Thurst) 또는 거인으로 바꾸거나, 이와 달리 여자 이름 예테(Jette)에서는 즉각 옛날의 외테(Jöte[n] = Hüne[n]: 거인[들])를 기억해 내기만 하면 될 것이다. 그런 이야기들에게도 인명 이외의 다른 사연들에 근거한 외양을 부여하자면 그렇다는 말이다. 마녀와 유령들에 관한 전설은 이들이 가장 자주 갱신되고 또한 장소로 볼 때 가장 느슨한 상태에 있다는 점에서 최신의 것으로 볼 수 있겠다. 한편 이들은 인간 및 인간의 행위에 대한 지속적인 연관 때문에, 근본적으로는 오히려 퇴출 가능성이 가장 적은 것들일 뿐이다. 그렇다고 바로 이 점에 그들이 최신의 것이라는 증거가 있는 것은 아니지만 말이다. 그것이 증명하는 바는, 이런 전설들이 또한 다른 유형들보다 오래 가리라는 것인데, 이는 우리 정서의 미신적 성향이 난쟁이와 거인보다는 마녀와 마술사에게서 더 많은 선과 악을 기대하기 때문이다. 기이하게도 그 때문에 바로 그런 전설들이 거의 유일하게 민중으로부터 교양인들 속으로 파고 들어간다. 이런 점을 고려하면, 개별 전설들을 시대적으로 배열하는 것이 얼마나 부당할지를 이 사례들이 충분히 보여 준다. 더구나 거의 모든 전설에는 각기 극도로 상이한 요소들이 역동적으로 뒤엉켜 있고, 이들은 추후에 우선 지속적인 연구를 통해 명료하게 밝혀질 수 있을 것이며, 그러한 연구는 개별 전설들의 구분에 머물러서는 아니 되고, 이들에게서 더 나아가 다시금 더 작은 요소들을 찾아내어야 한다. [3] 후자의 이유에 따라, 예컨대 모든 난쟁이 전설이나 침몰한 지역에 관한 전설 등을 각기 별개의 장에서 취급함으로써, 마침내 내용에 따른 배열에 완전히 배치되는 결정을 내리게 된다. 이 대상들 가운데 단 하나만을 취급하는 장은 분명 극소수에 불과할 것이다. 오히려 각 전설 속에서 다양한 친족성과 접점들이 서로 부딪치기 때문이다. [4] 그리하여 우리가 보기에 월등하게 자연스럽고 유리한 전설의 배열은, 은밀하고 기이하게 존재하는 경계지점들로 눈에 띄지 않고 인도하는, 이리저리 찾을 것 없이 어디에서나 필요한 자유를 누리는, 그러한 배열이었다. 이 방식은 아직 도처에 흠이 있는 이 수집본의 속성에도 적합하다. 그러니까 이 책에서는 앞쪽 전설에 대한 분명하거나 은근한 암시가 자주 발견될 것이고, 외형상 유사한 것들이 자주 함께 나열되다가 자주 중단되며, 여러 계기에 다른 곳에서 새로 시작되기도 한다. 그러니까 여기에서 우리가 전하는 이야기들에 대해 다른 관계들을 더 고려하려 했을 경우에는 많은 다른 배열 방식들이 주저 없이 시도될 수도 있었겠으나, 하지만 그 모두가 전설로부터 전설을, 특징으로부터 특징을 자연의 성장 속에서 형성해 가는 저 무진장한 충동들 가운데 겨우 소수의 사례들만 제시하는 데 그칠 것이다.

5. 해설용 주석

우리는 두 권짜리 어린이와 가정을 위한 동화집에 제공했던 주석용 부록을 이번에는 완전히 생략했다. 지면이 너무 제한되었을 터이고, 어차피 우리 수집본의 외부 조건을 통해 다수의 연관들이 간편하고 용이해질 터이기 때문이다. 독일전설문학에 관한 완벽한 보고서는 우리의 힘이 닿는 한 별도의 독자적인 관련 문서로 유보되며, 거기에서 우리는 전체에 대한 포괄적인 개관을 장소, 시대, 내용에 따른 3개 분과뿐만 아니라 그 밖의 다른 분과로도 나누어 시도하려 한다.

6. 수집본의 출처

이 수집본을 우리는 어느덧 십여 년 전에 구상하여(참조: 『은자들을 위한 소식 또는 고독을 위로함』(Zeitung für Einsiedler oder Trösteinsamkeit), 하이델베르크 1808, 제19, 20호), 그 이후 이를 위해 문서화된 출처들을 점차 희소해지는 16-17세기 서적에서 열심히 이용하고 발췌할 뿐만 아니라, 그 무엇보다도 구전된, 생동적인 이야기를 얻으려고 끊임없이 부심하였다. 기록된 출처들 중에는 요한네스 프레토리우스(Johannes Prätorius)의 저술들이 우리에게 가장 중요하였다. 그는 17세기 후반에 책을 쓰면서 전설과 미신에 대한 감각을 몰취미한, 그러나 명석한 학식과 결합하였고, 그러한 감각의 작동으로 두 대상을 시민적 생활로부터 직접 얻어내려 하였다. 그 자신은 분명 짐작도 못했지만, 이 부분이 없었다면 그의 수많은 저술들은 무가치하고 성과 없는 것으로 후세에게 비쳤을 것이다. 특히 다양한 전설들에 관한 지식과 연관을 후세는 그의 덕으로 누리게 되었는데, 그 전설은 잘레(Saale) 강을 따라 이 강이 흘러드는 엘베(Elbe) 강 연안까지, 그리고 마그데부르크(Magdeburg) 지역과 알트마르크(Altmark)의 민중 사이에서 돌아다니는 것들이다.

후세인들은 프레토리우스를 베껴 쓰면서 자주 그 이름을 밝히지 않았고, 자신들의 구전 수집을 통해 그에게 필적할 업적을 내는 경우도 드물었다. 그와 오트마르(Otmar) 수집본(1800) 사이의 장구한 시기에는, 소소한 것들을 제외하면, 독일전설을 위해 비중 있는 책은 단 한 권도 보이지 않는다. 한편 그보다 조금 앞서 무조이스(Musäus)와 나우베르트 여사(Frau Naubert)가 기록 자료와 부분적으로 구전에서 얻은 몇몇 진정한 기본 전설들을 가공하여, 그에 대한 관심을 지속시키거나 적어도 보여 주었다. 오트마르의 하르츠 전설 수집본은 충실과 신선함을 의도한 점에서 많은 격찬을 받을 만하므로, 이따금 불필요한 장식을 덧붙이고 문체를 미화한 데 대한 비난이 그로써 상쇄된다. 그러나 여러 편의 전설이 언어 자체에서 비난의 여지가 없고 또 신뢰해도 좋은 수준이다. 그 후로 이 문제는 점차 활성화하였고 이따금 촉진되기도 하였으나, 전체적으로는 중요한 수집이 전혀 이뤄지지 않았다. 예외적으로 아주 최근에(1815) 비스(Wyß)가 12편의 스위스 전설을 수집했다. 그 간행인은 해당 전설들을 재치 있고 능란하게 좀 더 큰 규모의 시문학으로 꾸몄는데, 우리는 그가 여기서 입증한 재능과 더불어 탁월하고 소박한 문학이 혼탁해졌음을 인식하고 있다. 이 전설들은 보완이 필요 없고, 그래서 우리는 우리 뜻에 따라 치장을 벗겨내고 그들을 다시 적나라한 진실 안으로 환원시키려 노력하였다. 거기에 첨가되어 있던 주해들이 특히 우리 일을 쉽게 해 주었다. 이에 더하여 오트마르 수집본으로부터 대략 같은 분량 또는 몇 편 더 많이 받아들였는데, 우리의 목표 및 우리 눈앞에 어른거리는 완성도를 위해 비스 수집본은 우리에게 필수적이었다. 부분적으로 우리는 다른 출처에서 얻은 몇 개를 더 비교 및 수정하고 소박한 문체로 복원해야 했다. 그밖에 2종의 새로운 독일 민간전설집을 더 열거해야 하겠다. 뷔싱(Büsching, 1812)과 고트샬크(Gottschalk, 1814)의 선집이 그것으로, 앞의 것은 외래 전설에 이어 국내 동화, 성담, 가요와 심지어 슈팡겐베르크(Spangenberg)의 전설 관련 추론들까지 포함할 만큼 크게 확장된, 따라서 불확정적인 범위를 담고 있다. 두 선집은 이제까지 알려지지 않았던 독일전설을 도합 12편 넘지 않게 구전 자료에서 가져왔는데, 이들 선집 자체가 각기 형성 과정에 있지 않고 또 속편을 약속하지 않았더라면 우리도 이들을 채택했을 것이다. 결국 우리는 이들에게 전혀 손을 대지 않았다. 더구나 똑같은 내용의 채록된 전설들을 우리도 저들과 동일하거나 상이한 출처에서 오래전에 필사해 놓았던지라, 우리 쪽의 발췌본들을 무시하고 싶지 않았던 것이다. 진지하게 살펴 본 결과, 우리가 발견한 사실은 우리 쪽이 더 신중하고 원숙하게 수집했다는 것이었다. 저들의 두 선집은 또한 지역전설과 뒤섞어 역사적 전설을 제시하고 있는데, 우리는 이 유형에 속하는 것으로 수백 편을 다음 부분[제2권]을 위해 마련해 놓았다. 우리는 남들의 작업을 혼란에 빠뜨리거나 방해할 생각이 없고 도리어 그들에게 성공적인 진척을 기원하며, 특히 고트샬크의 선집에 대해서는 분식(粉飾)과 조작을 척출하기 위한 비판을 강화하기 바란다. 이제 마지막으로 언급할 도베네크(Friedrich Ludwig Ferdinand von Dobeneck)의 중세 민간신앙(1815)에 관한 책[역자 주: 『독일 중세의 민속신앙과 영웅전설(Des deutschen Mittelalters Volksglauben und Heroensagen)』]은 부분적으로 유럽 전역을 포괄하다가, 부분적으로는 다시금 이른바 미신류에 한정하였는데, 그밖에 다른 관점에서는 그러한 제한이 책에 해를 끼치고 있다. 이 책은 의미 있는 민중문학관을 제시하지만 천착을 거친 완숙한 수준에는 이르지 못했고, 실제로는 부차적으로 추가된 수집본에 불과하다고 말할 수 있다. 그래서 우리가 마주치게 된 몇몇 프레토리우스 발췌본들을 우리도 누락시키지 않았다. 한편 이 책은 민속문학의 학습을 진작하고 권면하는 성과를 보일 것이다. 그밖에 여기서 분명히 짚고 넘어가야 할 것은 산신(山神)(역자 주: 산의 정령)에 관한 다양한 전설과 몇몇 라인 지역전설로서, 우리는 이들을 일부러 뒤로 미뤄 둘 것이다. 전자는 별도의 수집본에 적합하고, 후자는 포익트(Voigt)가 금년에 프랑크푸르트에서 간행하려 한다는 소식이 있기 때문이다.

7. 목적과 기원(祈願)

우리는 이 책을 문학, 역사, 언어의 애호가들에게 추천하는바, 조국에 관한 것보다 더 교화적이고 더 큰 기쁨을 주는 것은 아무것도 없다는 굳은 믿음에서, 우리 책이 그들 모두에게 순전한 독일적 양식(養殖)으로서 환영받기를 희망한다. 그렇다, 우리의 토착 학문에서는 무의미해 보이는 발견과 노력일지라도 종국에는 타자의 가장 화려한 보급과 개척보다 더 많은 결실을 가져올 수 있다. 모든 반입품은 불확실한 측면을 동시에 지니고 있어서, 오해를 야기하기 쉽고 또 그다지 열정적으로 파악하게 되지도 않기 때문이다. 우리가 보기에 바야흐로 우리가 나설 때가 되었고, 우리 수집본의 완성도와 다양성도 충분히 제고되어 불가피했던 미비점들을 면책받을 수 있을 정도가 되어, 이 과업의 완성을 위해 우리 독자들의 도움을 이용하되 악용하지는 않을 만큼, 이들의 신뢰를 불러일으킬 수준에 이르렀다고 생각되었다. 시작은 모두 어려운 법, 우리의 느낌으로는 다수의 독일전설이 완전히 빠졌고, 여기 수록된 것도 일부는 아직도 민간으로부터 구두로 채록하는 편이 더 정확하고 나을지도 모른다. 지난 세기의 기행문에 흩어져 있는 약간의 자료 역시 누락되었을 것이다. 경험이 입증하는 바, 수집할 기고문을 둘러싼 서신과 기고는, 그 과정에서 그 어떤 경멸적이고 막연한 일들이 벌어지는지가 수집본 자체의 일정한 견본을 통해 분명해지기 전에는, 거의 또는 전혀 소득이 없다. 하지만 수집 작업에서는 누군가 그 일을 진지하게 해 보려 하는 순간 노력의 보람이 금세 나타나고, 새로운 발견은 어린이들이 늪지와 덤불에서 알을 품는 작은 새 한 마리를 둥지에서 우연히 발견할 때의 천진난만한 기쁨에 필적한다. 그것은 여기 전설에서도 마찬가지여서, 기이하게, 그러나 겸허하게 자신 속으로 침잠하여 나뭇잎, 초원의 풀, 시원하게 내린 빗물의 향기를 풍기는 자연을 몰래 들여다보기 위해, 그러면서 민중을 놀래지 않도록, 이파리를 가만히 들어 올리고 나뭇가지를 조심스럽게 헤쳐 보아야 하는 것이다. 이런 뜻에서 우리는 그 어떤 통보에도 감사할 것이며, 동생 페르디난트 그림(Ferdinand Phillip Grimm), 친구들인 아우구스트 폰 학스트하우젠, 카로베(Friedrich Wilhelm Carové)에게 그동안 우리들을 열성으로 도와준 데 대해 이 자리를 빌려 공식적으로 감사드린다.

헤르만 그림의 머리말

야콥과 빌헬름 그림은 『독일전설』이 "독본"으로 간주되기를 원하지 않았다. 그래서 오늘날까지도 사람들은 이 책을 그렇게 보지 않았다. 책의 출간부터 그림 형제의 사망까지는 거의 50년이 흘렀다. 그런 다음 1865년 간행되는 새 인쇄본이 완성되기까지는 다시금 사반세기가 필요하였다. 지금 나오는 판본은 새로운 독자들을 겨냥하고 있는데, 그림 형제가 1816년 은근히 기대하였던 독자층을 아마도 처음으로 맞이하게 될 것이다. 나는 이 책을 독일민족이 도처에서 읽게 되기를, 그리고 특히 미국에 거주하는 독일인들에게 우리의 전설세계를 알리게 되기를 바라고 싶다.

나는 이 전설집을 오히려 독본으로 민족에게 제공하기 위해, 각 전설의 제목 아래에 위치한(1865년 판에서 여전히 원래 자리에 고정되어 있었던) 출처 표시를 목차 부분으로 옮기고, 그림 형제의 공동 저자용 낱권에 들어 있는 출처정보의 추기내용 대부분을 원고에 정확히 연결시키며 각형 괄호 안에 담아 추가하였다. 그 반면, 전설 본문에 덧붙여진 대부분 사소한 삽입구들은 1865년처럼 제한 없이 채택되었다. 두 권 전체에 걸쳐 매겨진 일련번호는 이미 1865년에 변경되었다. 뒤늦게 들어왔던 것과 초판에서 추가된 것들을 전체 번호 순서에 맞춰 끼워 넣었던 것이다.

수록된 항목들은 대부분 야콥 그림의 손을 거쳤고, 주요 구성부분은 초기의 것이다. 독일전설은 그림 형제가 아직 전적으로 공동작업을 하던 연도에 발간되었으므로, 당시 그들의 출간물에서 두 사람 각자의 몫은 아마도 자료보다는 사고방식에 따라 알아볼 수 있다. 그들이 이 책을 추후에 개작하였다면 — 진지하게 개작을 의도하였을 가능성은 거의 없지만 — 그 일은 아마도 빌헬름 그림이 혼자 맡았을 것이다. 동화의 속간도 그가 혼자서 처리하였기 때문이다.

그림 형제는 자신들의 책을 진작부터 베를린 쪽에 맡겼다. 동화 초판들이 그곳에서 간행되었고, 그리하여 『독일전설』도 처음부터 니콜라이 출판사에서 나왔다. 제1권 1816년("오월 초 인쇄 완료"라고 야콥 그림의 친필로 표지에 기재), 제2권 1818년이었다. 제목에 표기되지는 않았지만, 서문이 천명하는 대로 두 사람은 제1권을 단지 시작으로 간주하였다. 빌헬름이 카셀에서 출판을 진행시키던 1815년에 야콥은 파리에 있으면서 그레고어 폰 투르(Gregor von Tours) 및 같은 성향의 다른 저자들의 출간본들을 매입하였다. 그 내용에 사로잡힌 그는 즉시 그것을 다음 차례의 전설 선집에 수록하기로 작정하였다. 전설집 제2권 서문에 예고되기를, 이들 소재 전체에 대한 비판적인 작업을 (동화집 제3권과 마찬가지로) 제3권에 싣기로 하였으나, 정작 이 책은 출판되지 않았다.

오늘날까지 이 전설집에 특별한 위상을 부여하는 것은 그 서술방법이다. 야콥과 빌헬름만큼 조국 문제를 서사적으로 보고할 줄 아는 사람은 아무도 없었다. 두 사람이 각각 자기 방식대로 서로 다르게 서술한다. 야콥이 그런 방향에서 기술한 가장 완벽한 사례는 '발타리우스 노래(Walthariuslied)'의 내용 보고이고, 그 반면 빌헬름은 동화에 그 고유한 어조를 부여하였다. 두 사람의 어조는 좀 더 자세히 비교해 보면 전혀 다른 것 같지만, 마치 두 개의 종소리가 서로 어우르며 서로를 보완하는 듯하다. 독일전설집은 야콥과 빌헬름이 거기에 부여한 언어에 맞춰 앞으로 여러 세기를 파고들며 살아갈 것이다.

이제 나는 니콜라이 서적이 1816년 5월에 이 책을 소개할 때 곁들인 말을 인용하면서 끝맺음하겠다. — "어린이가 자기만의 고유한 동화 세계를 지니고 그것을 믿듯이, 성인 역시 기적의 울타리 안에서 동경에 사로잡혀 그 세계를 회상하듯이, 민중도 고향의 공동생활을 통해 주어진 동화세계에 진실한 사랑으로 의지한다. 전날의 진정한 민중적 삶에서 나오는 이 존경스럽고 사랑스러운 어조들은 우리가 여행자의 지팡이를 독일 땅 그 어디로 향하든, 친절한 동반자처럼 말을 걸어온다. 날개로 흩어져 있던 수많은 그 음향들이 그림 형제가 기획한 이 수집본에 모아져 있다. 400편 가량의 난쟁이, 거인, 산신(역자 주: 산의 정령), 요괴, 인어, 마녀, 요정, 왕자, 악령, 용, 늑대 인간, 가라앉은 성채 등등의 전설들이 여기에 그지없이 우아하게 이야기되고 있는 것이다.

이 수집본은 세 가지 면에서 다른 모든 선집들보다 탁월하다. 첫째, 이야기의 성실성과 진실성으로, 어조와 어휘까지 고향에서 이야기되는 그대로이다. 둘째, 웅장한 다양성. 셋째, 이야기들이 어디서 흘러왔는지 그 출처와 어디에 퍼져 있는지 그 장소의 정확한 제시. 그 어떤 책도 악한 것에 대한 두려움과 경고, 선하고 아름다운 것에 대한 진정한 기쁨을 이 책처럼 생생하게 일깨우고 길러주지는 못한다. 또한 그 어떤 다른 책도 민중적 삶과 활동의 그지없이 내밀한 비밀 속으로 안내해 줄 수 없으니, 이로써 소중한 독일 나라는 수많은 사람들에게 더욱 소중해지리라."

이 책에 대한 당시의 위와 같은 평가는 출간 때의 기쁨에 찬 시대정신을 보여 준다. 독일의 해방은 그러한 감정의 덕이었음에도, 거기에 혐의를 두던 다음 몇 년간의 시기는 아직 시작되지 않았었다. 프랑스에서 쟁취된 승리의 깊은 인상이 지배하는 가운데 1816년에는 정신적 · 정치적으로 위대한 조국의 시대가 열리고 있다고 생각되었으나, 다만 그러한 시대의 도래를 방해하기 위해 당시 온 세계가 동맹을 맺은 상황이었다고 해도 과언이 아닐 것이다.

독일의 역사적 현존과 독일의 사상적 생존을 그 당시 진즉부터 민족교육의 기초로 삼았더라면, 이제 뒤를 이은 국가적 몰락의 시대는 불가능하였을 것이다.

차례

1
쿠텐베르크의 세 광부

보헤미아에 쿠텐베르크(역자 주: 두건산, 수도복산)라는 곳이 있는데, 그곳의 광부 셋이 여러 해 동안 일하면서 아내와 자식을 위해 정직하게 먹을 것을 벌었다. 아침에 산으로 들어갈 때면 그들은 세 가지를 들고 갔는데, 첫째는 기도책, 둘째는 등불, 하지만 거기엔 하루치 기름만 채워져 있었고, 셋째는 약간의 빵, 그것 또한 겨우 하루 먹을 것밖에 되지 않았다. 일을 시작하기 전에 그들은 하느님께 자기들이 산에 들어가 있는 동안 지켜 달라고 기도하였고, 그런 다음 안심하여 열심히 일을 시작하였다. 어느 날 그들이 하루 종일 일하고 금방 저녁이 되었는데, 산 앞쪽이 갑자기 무너져 내려 입구가 막히는 일이 벌어졌다. 그러자 그들은 묻혀 버리고 말았다고 믿고는 이렇게 말했다. "맙소사! 우리 가련한 광부, 이제 우리는 굶어 죽게 되었네! 겨우 하루 먹을 빵만 있고, 등불에는 하루치 기름뿐이야!" 그들은 운명을 하느님께 맡기고 머지않아 죽을 것이라 믿었지만, 그래도 아직 기운이 남아 있는 동안에는 게으름을 부리고 싶지 않아서 일을 여전히 계속하면서 기도했다. 그런데 그들의 등불은 7년 동안 계속 켜져 있었고, 또 매일 먹었는데도 빵은 없어지는 것이 아니라 언제나 처음 크기대로 남아 있어서, 그들에겐 7년이 단 하루인 것처럼 생각되었다. 다만 머리칼을 자를 수도 수염을 깎을 수도 없어서, 머리와 수염이 팔꿈치까지 길게 자라났다. 그러는 사이, 그들의 아내들은 제각기 남편이 죽었다고 여기고는 다시는 만나지 못할 것이라 생각하고 다른 사람과 새로 결혼한 궁리를 하였다.

땅속에 묻힌 세 사람 중 하나가 마음 깊은 곳에서 소원을 토해 냈다. "아! 한 번만이라도 바깥세상 빛을 볼 수만 있다면 죽어도 좋으련만!" 그러자 두 번째 사람이 말했다. "아! 한 번만이라도 집에서 마누라와 함께 밥을 먹을 수만 있다면 죽어도 좋으련만!" 세 번째 사람도 말했다. "아! 마누라와 함께 1년만이라도 평화롭고 만족스럽게 살 수만 있다면 죽어도 좋으련만!"

그들이 소원을 말하고 나자, 산이 갑자기 엄청나게 큰 소리를 내며 갈라지기 시작했다. 첫 번째 사람이 갈라지는 틈으로 달려가 위를 바라보니 푸른 하늘이 보였다. 바깥세상 빛을 보고 좋아라 하는 그 순간 그는 쓰러져 죽었다. 하지만 산이 계속 벌어져 구멍이 점점 커졌다. 다른 두 사람은 곡괭이로 계단을 만들면서 위로 올라가 마침내 밖으로 나왔다.

마을로 돌아간 그들은 집으로 가서 아내를 보았지만, 아내들은 제 남편을 알아보지 못했다. 두 사내가 말했다. "댁들은 남편이 없었소?" 그러자 여자들이 대답했다. "있었지요. 하지만 7년 전에 죽어 지금은 쿠텐베르크 산에 묻혀 있다오!" 그러자 두 번째 사내가 제 아내에게 말했다. "내가 당신 남편이야." 아내는 그 말을 믿으려 하지 않았다. 그는 수염이 팔꿈치까지 자라서 전혀 알아볼 수 없기 때문이었다.

그러자 그가 말했다. "위층 벽장에서 수염 깎는 칼과 비누를 가져오시오." 그가 수염을 깎고 머리를 빗질하고 몸을 깨끗이 씻어 몸단장을 마치자, 아내가 제 남편을 알아보았다. 아내는 몹시 기뻐하면서 먹을 것과 마실 것을 있는 대로 가져다가 식탁을 차렸고, 두 사람은 함께 앉아 마음껏 먹었다. 하지만 남자는 배가 부르다고 느끼면서 빵 조각을 삼키는 순간 쓰러져 죽었다.

세 번째 광부는 아내와 함께 조용하고 평화롭게 1년을 살았다. 하지만 1년이 지나고 그가 산에서 나온 바로 그 시간이 돌아오자 그는 쓰러져 죽고, 아내도 그와 함께 죽었다. 그러니까 하느님은 그들의 경건함을 보고 그들의 소원을 그대로 이루어 주셨던 것이다.

2
산신

산신(山神)인 헴머링 장인(匠人)은 보통 산승(山僧)이라고 불리는데, 가끔 깊은 골짜기에서 모습을 드러낸다. 그는 대개 거인이고 검정색의 수도복 차림으로 그라우뷘트너 알프스 지방의 광산에 특히 금요일에 자주 나타나서, 채굴된 광물을 이 양동이에서 저 양동이로 부지런히 옮겨 담는다. 광산 주인은 그것을 언짢아할 수도 없었으나, 그렇다고 그에게 모욕을 당한 적도 없었다. 그 반면, 언젠가 광부 하나가 이 쓸데없는 손장난에 화가 나서 욕설을 퍼부으며 나무라자, 산승이 그를 어찌나 우악스럽게 움켜잡았던지, 광부는 비록 죽지는 않았지만 안색이 새파랗게 질리고 말았다. 안나베르크의 로젠크란츠라고 불리는 갱 속에서 일하고 있던 광부 열두 명은 그가 호되게 야단치자 죽어 넘어졌고, 이 광산은 은이 풍부했지만 더는 채굴되지 않았다. 여기에서 그는 목이 긴 준마의 모습으로 나타났는데, 이마에서는 두 눈이 무시무시하게 노려보고 있었다. 그는 또 슈네베르크에 있는 장트 게오르겐 광산에 검정색 옷차림으로 나타나서 광부 하나를 붙잡아 땅에서 번쩍 들어 올린 다음, 한때 은이 많이 나던 위쪽 갱도 안으로 세차게 내동댕이쳐서 그의 팔다리가 부러지고 말았다. 한 번은 하르츠 산기슭에서 평소에 광부들을 괴롭히던 못된 갱부 감독 하나를 벌주기도 했다. 그는 감독이 갱도 밖으로 나올 때 상대방의 눈에 보이지 않게 지키고 서 있다가, 그자가 올라오는 순간 무릎으로 머리통을 짓눌러 버렸다.

3
하르츠 산의 수도사 광부

광부 두 사람이 언제나 함께 일을 하고 있었다. 한번은 그들이 집에서 출발하여 막장에 도착해서야 교대할 때까지 램프를 밝힐 기름이 충분치 못한 것을 알아차렸다. “이걸 어쩌지?” 그들은 이렇게 말을 주고받았다. “나중에 기름이 떨어지면 캄캄한 데에서 밖으로 나가야 하는데, 갱도가 몹시 위험하니 우린 틀림없이 사고를 당할 거야. 그렇다고 지금 당장 나가서 집으로 기름을 가지러 가면, 갱부 감독이 우리한테 벌을 줄 테지. 그것도 재미있어 하면서, 그자는 우리를 좋아하지 않으니까.” 그들이 이렇게 걱정하며 서 있는데, 수평 갱도 저 멀리서 불빛이 이쪽으로 다가오는 것이 보였다. 처음에는 반가웠지만, 불빛이 점점 가까워 오자 광부들은 몹시 무서워졌다. 무시무시한 거인 같은 남자가 고개를 푹 숙이고 이쪽으로 다가오고 있었던 것이다. 그는 머리에 커다란 두건을 쓰고, 수도사 같은 옷차림에 손에는 거대한 광부용 램프를 들고 있었다. 겁에 질려 꼼짝도 못하고 서 있는 두 사람 곁에 그가 와서 고개를 쳐들고 말했다. “무서워하지들 말게. 자네들 괴롭힐 생각은 없어. 외려 좋은 일을 해 주겠네.” 이렇게 밀하고 그는 광부들의 램프에 자기 램프의 기름을 따라 주었다. 그런 다음 그들의 곡괭이를 잡더니, 그들이 한 주일 내내 힘껏 열심히 일해도 해내지 못할 만큼 많은 일을 단 한 시간 만에 해치우고 나서 이렇게 말했다. “나를 보았다는 말은 아무에게도 하지 말게.” 그런 다음 그는 왼편 갱도 벽을 주먹으로 쳤다. 그러자 벽이 쩍 갈라지고, 광부들은 눈앞에 금과 은이 번쩍이는 긴 광맥이 펼쳐진 것을 보았다. 갑작스런 광채에 눈이 부셔서 그들은 고개를 옆으로 돌렸다. 잠시 뒤에 다시 보니, 모든 것이 사라지고 아무것도 없었다. 도끼곡괭이(도끼가 달린 곡괭이)나 아니면 도구 일부라도 던져 넣었더라면 광맥은 열려 있었을 테고, 엄청난 재산과 명예를 얻을 수 있을 터였다. 하지만 다 끝나 버린 일이어서, 그들은 그만 등을 돌리고 말았다.

그래도 그들의 램프에는 산신이 부어 준 기름이 남아 있어서 언제까지나 줄어들지 않았으니, 이것만도 대단한 행운이었다. 하지만 몇 년이 지난 어느 토요일 저녁에, 그들은 가까운 친구들과 술집에 앉아 흥겹게 술을 퍼마시다가 그만 그 이야기를 털어놓고 말았다. 월요일 아침에 막장에 도착해 보니, 그들의 램프에는 기름이 없었다. 그래서 그때부터는 그들도 다른 광부들과 마찬가지로 언제나 램프에 기름을 새로 넣어야 했다.

4
홀레 부인의 연못

헤센의 산지 마이스너에서는 여러 가지가 그 이름만으로도 오랜 옛날을 가리킨다. 악마의 구멍들, 싸움터 잔디밭, 그리고 기이하게도 홀라 부인의 연못이 그것이다. 이 연못은 늪지 풀밭의 한 모퉁이에 있었는데, 현재는 지름이 겨우 40자(역자 주: 12미터)에서 50자(역자 주: 15미터)밖에 되지 않는다. 풀밭 전체는 반쯤 내려앉은 돌 제방으로 둘러져 있고, 그 위에서 말들이 빠져 죽는 일도 심심찮게 일어났다.

이 홀라 부인에 관해 사람들은 좋은 일 나쁜 일 여러 얘기를 한다. 우물 속으로 그녀를 찾아 내려가는 아낙네들을 그녀는 건강하게 해 주고 아이도 갖게 해 준다. 갓 태어난 아이들은 그녀의 우물이 출생지인데, 그녀가 이이들을 안고 나온다. 그녀가 우물 밑에 가지고 있는 꽃, 과일, 과자, 그리고 비할 데 없이 풍성한 정원에서 자라는 것들을 그녀는 만나는 사람들과 그녀 마음에 드는 이들에게 나눠 준다. 그녀는 단정하고 살림도 잘한다. 사람 사는 곳에 눈이 내릴 때면, 그녀가 침대를 털어 솜털 부스러기가 흩

날리는 것이다. 게으름 피우는 직녀들에게는 치마를 더럽히거나 실을 엉키게 하거나 아마천에 불을 붙여 벌을 준다. 하지만 열심히 실을 다 잣는 처녀들에게는 물렛가락을 선물하고, 밤새 손수 실을 자아 아침이 되면 실패에 실이 가득 감겨 있게 한다. 그녀는 게으름뱅이 여자들의 침대 시트를 잡아 빼어 그들을 벌거벗은 채로 돌바닥에 눕혀 둔다. 이른 아침에 벌써 부엌으로 물을 길어와 깨끗이 닦은 양동이에 붓는 부지런한 처녀들은 그 속에서 은화를 발견한다. 그녀는 아이들을 자기 연못 속으로 끌고 들어가서 착한 아이들은 행운아로, 나쁜 아이들은 기형아로 만들어 버린다. 해마다 나라를 돌며 밭에는 풍요로움을 주지만, 숲을 지나갈 때에는 성난 군대의 선봉에 서서 사람들을 놀라게 한다. 어떤 때는 아름다운 하얀 여자로 연못 속이나 한가운데에서 모습을 드러내고, 어떤 때에는 눈에 보이지 않는 채로 깊은 곳에서 종소리와 음산하게 쏴 하는 소리가 들려온다.

5
홀라 부인이 돌아다니다

성탄절에 홀라 부인이 여기저기 돌아다니기 시작하면, 처녀들은 실패를 새로 갈아 끼우고 삼실이나 아마실을 잔뜩 감아 밤새 놓아둔다. 그것을 본 홀라 부인은 반가워하며 이렇게 말한다.

"실이 많으니
좋은 한 해지."

이렇게 둘러보는 일을 그녀는 새해 명절까지, 그러니까 공현 축일(1월 6일)까지 계속하는데, 그런 다음에는 다시 그녀의 호르젤베르크 산으로 돌아가야 한다. 가는 길에 실패에 남은 아마사를 발견하면 그녀는 화를 내며 이렇게 말한다.

"실이 많으니
나쁜 한 해지."

그래서 처녀들은 누구나 미처 다 잣지 못한 실을 저녁에 조심스레 실패에서 풀어내어 남은 것이 없게, 그래서 나쁜 일이 닥쳐오지 않게 한다. 하지만 실패에 감아 놓았던 아마사를 미리 다 자아 놓을 수 있으면 그 편이 더 좋다.

6
홀레 부인의 목욕 터

헤센의 마이스너 산 앞에는 커다란 연못 또는 호수가 있는데, 대부분 물이 흐리고 사람들은 거기를 홀라 부인의 목욕 터라고 부른다. 노인들의 이야기에 따르면, 홀레 부인은 이따금 정오경에 그 속에서 목욕하는 모습을 보였다가 나중에는 사라진다. 그곳 주변 지역의 산과 늪지는 유령으로 가득하여 여행객이나 사냥꾼들이 자주 그들에게 유혹당하거나 상처를 입었다.

7
홀라 부인과 충직한 에카르트

튀링겐 지방에 슈바르차라는 마을이 있다. 성탄절에 홀라 부인이 그곳을 지나가는데, 충직한 에카르트가 무리 속에 끼어 앞서 가면서 만나는 사람들에게 경고하기를, 해를 입지 않게 얼른 길을 비키라고 하였다. 농부 소년들 몇이서 술집에서 맥주를 사서 집으로 가져가다가 마침 이 행렬을 보았다. 유령들이 한길을 다 차지했기 때문에 마을 소년들은 맥주 주전자를 든 채 길가 모퉁이로 피했다. 가지각색 여자들이 패거리에서 나와 이쪽으로 다가오더니 주전자를 빼앗아 맥주를 들이켰다. 소년들은 겁이 나서 가만히 있었지만, 빈 주전자를 들고 집으로 돌아가면 사람들에게 대체 무어라고 말해야 할지 알 수가 없었다. 마침내 충직한 에카르트가 다가오더니 이렇게 말했다. "이 일에 대해 한마디도 하지 말라고 하느님이 너희에게 충고하셨다. 안 그랬다가는 너희들 모가지가 비틀리고 말 게다. 얼른 집으로 돌아가 아무에게도 이 이야기를 하지 마라. 그러면 너희 주전자는 언제나 가득 차서 맥주가 떨어지는 일이 없을 테니." 소년들은 그 말을 지켰고, 정말로 아무리 마셔도 주전자에 맥주가 없어지지 않고 도로 가득 차곤 하였다. 그들은 사흘 동안은 아무 말도 하지 않았지만, 더 이상은 참지 못하고 부모에게 그 일을 이야기하였다. 그러자 그만 모든 것이 끝나고 주전자는 다시 말라 버렸다. 다른 사람들은 이 일이 성탄절이 아니라 다른 때 일어났다고 말하기도 했다.

8
홀라 부인과 농부

홀라 부인은 어느 날 밖으로 나갔다가 도끼를 든 농부를 만났다. 이때 그녀가 농부에게 말하기를, 마차에 쐐기를 박거나 판자를 붙여 달라고 했다. 이 날품팔이는 그녀가 하라는 대로 해 주었고, 일이 끝나자 그녀는 "수고비로 대팻밥을 주워 가게." 라고 한 마디 던지고는 가던 길을 가버렸다. 이 남자는 대팻밥이 헛일이고 쓸모없는 것으로 보여서 대부분은 버려두고 한 조각인지 세 조각인지를 심심풀이로 가져갔다. 그가 집에 돌아가는 길에 호주머니를 뒤져보니 대팻밥은 진짜 금이었다. 그는 버려두었던 나머지도 가져오려고 즉시 돌아섰다. 그러나 아무리 찾아보아도 이미 너무 늦어서 아무것도 남아 있지 않았다.

9
열려라 뿌리

옛날에 어떤 양치기가 쾨터베르크 산에서 평화롭게 양떼를 지키고 있었는데, 어쩌다 뒤를 돌아보니 화려하게 차려입은 공주가 그의 앞에 나타나서 이렇게 말했다. "열려라 뿌리를 들고 나를 따라오게." 열려라 뿌리는 초록딱따구리(아니면 까치나 오디새)의 둥지 입구를 나무쐐기로 틀어막아서 얻는다. 둥지의 입구가 막힌 것을 알면 새는 얼른 날아가서 아직 사람의 눈에는 띄지 않은 마법의 뿌리를 찾아낸다. 새는 부리로 뿌리를 물고 둥지로 돌아와 막힌 입구를 열려고 한다. 새가 뿌리를 쐐기 앞에 대면, 쐐기는 아주 세게 얻어맞기라도 한 것처럼 밖으로 튕겨 나온다. 사람이 몸을 숨기고 있다가, 새가 열려라 뿌리를 물고 둥지로 다가올 때 큰 소리를 내면 새가 깜짝 놀라 뿌리를 떨어뜨린다.(아니면 둥지 아래 흰 천이나 붉은 천을 깔아놓아도 된다. 새는 뿌리를 사용하자마자 그것을 아래로 떨어뜨리기 때문이다.) 양치기는 그런 열려라 뿌리를 가졌으므로, 양떼를 한곳에 몰아놓고 공주의 뒤를 따라갔다. 공주는 산속 동굴 안으로 그를 안내하였다. 그들이 문이나 막힌 입구에 다다를 때마다 그가 뿌리를 꺼내어 그 앞에 대면 문이 삐걱 소리를 내면서 열렸다. 그들은 계속 앞으로 나아가 산 한가운데에 이르렀다. 악마도 있었지만, 두 사람 앞에 있는 탁자 아래 꽁꽁 묶여 있어 힘을 쓰지 못했다. 사방에는 바구니마다 황금과 번쩍이는 보석이 가득 가득 쌓여 있었다. 거기 서서 넋을 놓고 보물을 바라보는 양치기에게 공주가 이렇게 말했다. "원하는 만큼 가져가게." 그러자 그는 주저하지 않고 덤벼들어 호주머니마다 한껏 가득 채웠다. 두둑이 채운 그가 도로 나가려고 하자 공주가 말했다. "하지만 가장 좋은 것을 잊지 말아요!" 그는 가장 좋은 것이란 보물을 뜻하는 게 분명하다고 여기고, 자기에게 필요한 것은 충분히 얻었다고 생각했다. 하지만 그것은 열려라 암호였다.[1] 그가 뿌리를 탁자 위에 놓아둔 채 밖으로 나오자, 뒤에서 대문이 쾅 하고 닫히며 그의 발뒤꿈치에 세게 부딪쳤다. 양치기는 하마터면 목숨을 잃을 뻔했지만, 다행히 큰 상처를 입지는 않았다. 그는 엄청난 보화를 운 좋게 집으로 가져왔으나, 다시는 입구를 찾을 수 없었다.

---

1 양치기 화자는 열려라 뿌리(Springwurzel)와 열려라 암호(Springwort)를 마치 두 표현의 옛 친화성을 느끼듯이 완전히 같은 의미로 사용하였다.

10
보이네부르크 성의 아가씨들

옛날에 보이네부르크 성에서 세 처녀가 함께 살고 있었다. 가장 어린 막내가 어느 날 밤 꿈을 꾸었는데, 그들 셋 가운데 하나가 벼락을 맞아 죽는다고 하느님의 천국회의(天國會議)에서 결의되었다고 했다. 아침에 그녀가 언니들에게 그런 꿈 이야기를 해 주었는데, 한낮이 되자 어느덧 구름이 피어올라 점점 크고 시커멓게 늘어나다가, 저녁에는 무서운 폭풍우가 몰려들어 금세 하늘을 완전히 덮어 버렸고, 천둥소리가 점차 가까이 다가왔다. 이제 번갯불이 사방에서 쏟아져 내리자, 맏이가 "난 하느님 뜻에 따르겠어, 죽음은 내 몫으로 정해진 거니까."라고 말하고는 의자 하나를 내오게 하여 하루 낮과 밤을 바깥에 앉아 벼락이 떨어지기를 기다렸다. 하지만 벼락은 그녀에게 내리지 않았다. 그래서 둘째 날에 둘째가 뜰로 내려가 "하느님 뜻에 따를래, 죽음은 내 몫으로 정해졌으니까."라고 말하고는 둘째 날과 둘째 밤을 앉아 있었다. 벼락은 그녀에게도 떨어지지 않았지만, 천둥번개는 여전히 물러갈 기색을 보이지 않았다. 그러자 셋째가 셋째 날에 말했다. "이제 하느님의 뜻을 알겠어, 내가 죽으라는 거야." 그녀는 목사님을 불러 성찬식을 베풀게 한 다음 유언까지 하고 나서, 자기가 죽은 날 교구 전체가 먹고 마시라고 기부금을 내었다. 그렇게 일이 끝난 다음에 그녀가 태연하게 내려가 자리에 앉자, 채 몇 순간도 지나지 않아 벼락이 내려쳐 그녀를 죽였다.

그런 뒤에 성에 사람이 더는 살지 않게 되었을 때, 그녀는 착한 유령으로 자주 목격되었다. 어느 가난한 양치기가 재산을 모조리 잃고 다음 날에는 마지막 남은 살림까지 저당잡히게 되었는데, 마침 보이네부르크 성 앞에서 양떼에게 풀을 뜯기다가 성문 앞 양지 바른 곳에 눈처럼 새하얀 처녀가 앉아 있는 것을 보았다. 그녀는 하얀 천을 펼쳐 깔았는데, 그 위에 삼씨가 널려 있는 것으로 보아 햇볕에 말려 씨앗을 골라내려는 것이었다. 양치기는 외딴 곳에서 처녀를 발견한 것이 이상해서 그녀에게 다가가, "우아, 삼씨가 곱네요!" 이렇게 말하며 씨앗 몇 개를 손으로 집어 살펴보고는 도로 내려놓았다. 처녀는 그를 친절하지만 슬픈 표정으로 쳐다보면서 아무 대답도 하지 않았고, 그래서 양치기는 더럭 겁이 나서 뒤돌아보지도 않으며 그곳을 떠나 집으로 양떼를 몰았다. 그런데 삼씨 몇 개가 그가 거기 서 있을 때 구두 속으로 들어왔는지, 귀가 길에 그의 발을 찔렀다. 양치기는 그 자리에 앉아 구두를 벗고 씨앗을 털어 버리려 하였다. 구두 속을 더듬어 보니 금 알갱이 대여섯 개가 손에 집혔다. 그가 서둘러 보이네부르크 성으로 돌아가 보니, 하얀 옷의 처녀는 삼씨와 함께 사라지고 없었다. 그래도 양치기는 그 금 조각으로 빚을 갚고 살림을 다시 마련할 수 있었다.

많은 보물이 아직도 성 안에 숨겨져 있다고 한다. 어떤 남자는 성벽 안에서 운 좋게 서랍 하나를 발견하였는데, 그것을 당겨 열어보니 금화가 가득 들어 있었다. 과부 하나는 젖소와 염소 한 마리밖에 없었는데, 보이네부르크 성 앞에 소담스러운 쐐기풀이 자라고 있어서 그것을 꼴감으로 뜯고 싶었다. 하지만 그걸 한 줌 덥석 잡는 순간, 그녀는 미끄러져 깊은 비탈 아래로 떨어지고 말았다. 도와 달라고 소리를 지르고 외쳐 보았지만, 외딴 지역이라 이제 그곳에 사는 사람은 하나도 없었다. 저녁이 되어서야 걱정이 된 자식들이 찾아와 지나가다가 그녀의 목소리를 들었다. 밧줄에 끌려 올라온 그녀가 이제 그들에게 얘기해 주었다. 저 아래 깊은 곳에 떨어져 보니 격자 울타리 앞이었는데, 그 너머에 탁자가 보이고 그 위에 온갖 값진 보물과 은그릇이 가득 쌓여 있더라나.

11
필베르크 산

마이센 지방의 안나베르크 산 옆 도시 외곽에 필베르크라고 불리는 높은 산이 있는데, 옛날에 아름다운 처녀 하나가 화형당하고 저주를 받아서, 그 뒤로는 아무도 거기에서 눈에 띄면 안 되는데, 그 처녀가 아직도 이따금 자정 무렵에 화려한 금발을 뒤로 빗어 넘긴 곱다란 모습으로 나타난다고 한다.

12
산성 처녀

튀링겐의 오어드루프에서 멀지 않은 슐로스베르크 산 위에는 가끔 처녀 하나가 커다란 열쇠 꾸러미를 목에 걸고 나타난다고 한다. 그런 다음 처녀는 항상 정오 열두시에 산에서 내려와 아래쪽 골짜기에 있는 히얼링브룬 또는 회얼링브룬으로 가서 목욕을 하고 다시금 산으로 올라간다. 몇몇 사람은 그녀를 자세히 보고 관찰하였다고 주장한다.

13
뱀 처녀

1520년경 스위스 바젤에 레온하르트라는 이름을 가진, 보통은 리니만으로 불리는 사람이 있었는데, 그는 재단사의 아들로 고루하고 우직한 인간인데다가, 말을 더듬었기 때문에 입 밖으로 말이 잘 나오지도 않았다. 이 사람이 바젤을 거쳐 아욱스트 쪽으로 지하에 뻗어 있는 아치 동굴 또는 통로에 들어갔다가, 지금까지 사람이 할 수 있었던 것보다 훨씬 더 멀리까지 가보면서 겪었다는 기괴한 사건과 이야기들을 늘어놓곤 하였다. 그가 하는 이야기로는, 그의 입에서 직접 들은 사람들도 있는데, 뿔 가지 촛대를 얻어 불을 붙인 뒤 이것을 들고 굴속으로 들어갔다고 했다. 거기에서 그는 먼저 철문을 통과한 다음, 아치 천정을 하나하나 지나고 나서 마침내 아주 아름답고 아기자기하게 꾸며진 정원을 몇 개 지나가야 했다. 하지만 한가운데에 화려하게 잘 지어진 성채인지 제후 저택인지가 서 있었는데, 그 안에 아름다운 처녀가 보였다. 그녀는 배꼽까지는 사람의 몸을 지녀서 머리에 금관을 쓰고 머리카락을 바닥까지 치렁치렁 늘어뜨리고 있었다. 하지만 배꼽부터 그 아래쪽은 소름 끼치는 뱀이었다. 이 처녀가 그의 손을 잡아 철제함으로 안내하였는데, 그 위에는 검정 개 두 마리가 앉아 있어서 아무도 그 함에 가까이 갈 수 없었다. 하지만 처녀가 그를 위해 개들을 진정시켜 울타리 안에 가두었기 때문에, 그는 조금도 방해받지 않고 다가갈 수 있었다. 그런 다음 그녀는 목에 건 열쇠 꾸러미 하나를 풀어 함을 열고는 은화와 다른 주화들을 꺼냈다. 그 가운데 적지 않은 분량을 그녀가 각별한 호의에서 그에게 선물하였고, 그것을 그가 동굴 바깥으로 가지고 나와 내보이고 구경시켰다. 처녀는 또한 그에게 말하기를, 자기는 어느 왕족 가문에서 태어났으나 저주와 벌을 받아 괴물이 되었는데, 동정을 더럽히지 않고 깨끗이 지킨 젊은이에게 세 번 키스를 받지 못하면 절대로 저주에서 풀려날 수 없다고 하였다. 자기를 구해 주는 남자에게는 그 대가로 그곳에 숨겨져 있는 보물을 다 주고 맡길 작정이라는 것이었다. 그는 이야기를 이어갔다. 그가 두 번째로 입을 맞추자, 그녀는 두 번 다 뜻밖의 구원이 기쁜 나머지 어찌나 끔찍한 몸짓으로 형체를 드러냈던지, 겁이 난 그는 그녀가 자기를 산 채로 찢어발길 것만 같았고, 그래서 세 번째 키스는 감히 생각도 못하고 도망쳐 버렸다. 그 뒤에 몇몇 사람이 그를 사창가로 데리고 가는 바람에, 그는 어떤 경망한 계집과 죄를 저지르는 일이 발생하였다. 그렇게 비행으로 더렵혀졌으므로, 그는 다시는 아치 동굴의 입구를 찾을 수 없게 되어, 이것을 이따금 울음을 터뜨리면서 애석해 하였다.

14
무거운 아이

1686년 6월 8일 귀족 두 사람이 스위스의 쿠어로 가던 길에 어린아이 하나가 아마포에 싸여 덤불숲 가에 놓여 있는 것을 발견하였다. 측은한 생각이 든 한 귀족이 아이를 다음 인근 마을로 데려가 보살피게 하려고, 하인을 시켜 말에서 내려 아이를 간수하라고 하였다. 하인이 내려가 아이를 안아 올리려 하였으나, 그러기에는 그의 힘이 충분하지 않았다. 이에 두 귀족은 이상한 생각이 들어 다른 하인에게 말에서 내려 도와주라고 명령하였다. 하지만 두 하인이 양손을 다 써도 그 아이를 움쩍도 할 수 없었다. 그들이 들어보고 끌어보며 오랫동안 실랑이를 한 끝에, 마침내 아이가 말문을 열고 이렇게 말했다. 날 내버려 둬, 어차피 나를 땅바닥에서 떼어낼 수 없을 테니. 하지만 당신들에게 이 얘기를 해 주지. 금년은 굉장히 풍요로운 한 해가 될 텐데, 그렇지만 그걸 몸소 누리는 사람은 몇 안 될 거야."

이 말을 마치자마자 아이는 사라져 버렸다. 두 귀족은 그들의 하인과 함께 쿠어 시의회를 찾아가 이 일에 관해 진술하였다.

15
잘루른의 옛날 포도주 저장실

티롤의 한 고을로 에취 강변에 있는 잘루른의 시청에 옛날 포도주 병 두 개가 제출되고 이에 대해 다음과 같은 이야기가 있다. 1688년 장트 미하엘 출신의 크리스토프 파체버가 일을 보러 잘루른으로 가다가 잘루른 고성(古城)의 잔해 옆을 지나게 되었는데, 그 벽체를 가까이에서 조사해 보고 싶은 생각이 그를 사로잡았다. 위쪽을 둘러보던 그는 언뜻 보기에 지하계단 같은 것을 발견하였는데, 거기에 아주 환히 빛이 비치므로 걸어 내려갔더니, 제법 그럴듯한 지하실로 들어서게 되었다. 양쪽에는 커다란 통들이 놓여 있는 게 보였다. 틈새로 햇살이 쏟아져 들어와 열여덟 개의 통을 분명히 헤아릴 수 있었는데, 각각 한 통에 50병이 들어갈 것으로 보였다. 앞쪽에 있는 통에는 꼭지와 마개까지 붙어 있어서, 그걸 장난삼아 돌려 보니 놀랍게도 기름처럼 고급스러운 포도주가 흘러나왔다. 시음해 보았더니, 그가 평생 동안 한 번도 혀에 대어 보지 못한 절묘한 맛이 느껴졌다. 그릇만 있었으면 아내와 아이를 위해서도 그것을 꼭 가져가고 싶었고, 이 성이 벌써 몇몇 사람들을 부자로 만들어 주었다는 항간의 소문이 머리에 떠오르자, 이 시민은 이번 발견으로 행운을 누릴 수도 있지 않을까, 이리저리 골똘히 생각해 보았다. 그래서 시내 방향으로 길을 잡아 할 일을 처리한 다음, 커다란 토기 술병 두 개를 사서 아직 해가 지기 전에 그 고성으로 다시 들어갔다. 모든 것이 처음과 꼭 같았다. 그는 지체 없이 병 두 개에 포도주를 채웠다. 거기엔 대략 20리터가 들어갈 수 있었다. 그런 다음 그는 지하 저장실에서 나갈 생각이었는데, 그러나 몸을 돌리는 순간 갑자기 계단 앞에 노인 남자 셋이 작은 탁자 앞에 앉아 그가 나갈 통로를 막고 있는 것이 보였다. 그들 앞에는 분필로 글자를 적어 넣은 검정색 칠판이 놓여 있었다. 이 시민은 기겁을 하고 놀라서 포도주를 모두 포기하고 싶었던지라, 간절하게 애원하며 저장실 주인들에게 용서를 빌기 시작했다. 그러자 세 노인 가운데 수염을 길게 기르고 머리에 가죽 모자를 쓰고 검정색 양복을 입은 사람이 이렇게 말했다. "오고 싶으면 얼마든지 자주 오게, 자네와 자네 가족이 필요한 것을 언제든 얻게 될 테니." 그러고 나서 그들의 환영은 사라졌다. 파체버는 제지 받지 않으면서 자유롭게 그곳을 떠날 수 있었고, 무사히 집으로 돌아와 자기가 겪은 일을 빠짐없이 아내에게 이야기해 주었다. 처음에 아내는 이 포도주를 꺼렸으나, 바깥주인이 아무런 해를 입지 않으며 즐겨 마시는 것을 보고는, 자기도 역시 시음해 보고 집안 식구들도 빠짐없이 마시게 나눠 주었다. 그런데 재고가 바닥이 나자, 이 남자는 안심하고 토기 항아리 두 개를 들고 다시 저장실로 들어가 새로 채웠고, 그렇게 몇 차례 같은 일이 일 년 내내 반복되었다. 황제의 식탁에도 잘 어울렸을 이 술이 그 시민에게는 동전 한 푼도 들지 않았다. 하지만 어느 날 이웃 사람 셋이 그를 찾아왔다. 그가 공짜 술을 저들에게 나눠 주었는데, 저들은 그 술이 너무나 맛있어서, 어쩌면 이 사람이 옳지 않은 방법으로 그것을 얻었을 것이라고 의심하였고, 또 그에게 악의를 품은 것이었다. 저들은 어차피 그에게 적대적이었으므로, 시청에 가서 그를 고발하였다. 이 시민은 출두하여 어떻게 문제의 포도주를 얻게 되었는지 숨기지 않고 밝혔다. 그는 이제 마지막 술을 가져왔을 것이라고 내심 생각하면서도 그리하였던 것이다. 시 당국은 이 포도주 사건을 법정에 회부하였고, 도대체 그런 일은 국내 어디에서도 생길 수 없을 것이라는 데에 의견의 일치를 보았다. 그리하여 당국은 먼저 서약을 받은 뒤 그 남자를 일단 귀가시켰으나, 다시 한 번 술병을 들고 앞서 갔던 길을 가보도록 의무를 지웠다. 그가 다시 거기로 가 보았으나, 계단도 저장실도 흔적조차 없었고, 눈에 보이지 않는 매질을 당한 끝에 반죽음이 되어 기절한 채 너부러졌다. 아주 오랫동안 누워 있던 그는 앞서의 저장고가 — 하지만 멀리 깊은 지하에 — 보이는 것 같았다. 세 남자가 다시 거기에 앉아 탁자 위에 등불에 밝히고 조용히 침묵하면서, 마치 중요한 계산이라도 끝내겠다는 듯이 마지막으로 숫자를 모두 지운 다음, 칠판 전체에 십자가 하나를 그려 넣고는 그것을 옆으로 치웠다. 노인 하나가 일어서서 철문에 달린 자물쇠 세 개를 열자, 돈이 쨍그랑거리는 소리가 들렸다. 그런 뒤에 이 노인은 다른 계단으로 나오더니, 땅바닥에 누워 있는 시민에게 다가와 30 탈러를 그의 모자 속에 세어 넣었는데, 그러면서 말은 한 마디도 하지 않았다. 그리고는 환영이 사라졌다. 멀리에서 잘루른의 시세가 열한시를 치고 있었다. 시민은 몸을 추스르고 일어나 성벽 밖으로 기어 나왔다. 언덕 위에서 내려다보니, 등불을 든 큰 무리의 시체 행렬이 물결치듯 지나가면서 그 자신의 죽음을 암시하고 있었다. 그러는 사이에 그는 한 발짝 씩 도로에 이르러 사람들을 기다렸고, 이들이 그를 부축하여 집으로 데려다 주었다. 그런 다음에 자초지종을 시청에 보고하였는데, 그가 받은 돈은 지상의 손으로 주어진 것이 아님을 저 옛날 돈 30 탈러가 증명하고 있었다. 그 다음날 담이 큰 남자 여덟이 현장으로 보내졌으나, 물론 이들은 아무런 흔적도 발견하지 못하고 다만 폐허 한 모퉁이에 토기 술병 두 개가 뒹굴고 있는 것을 보고 증거물로 가져왔다. 파체버는 그로부터 열흘 뒤 죽었으니, 포도주 값을 자신의 죽음으로 치러야 했던 것이다. 칠판에 그려졌던 커다란 십자가는 어쩌면 열흘의 말미를 예고한 것이었다.

16
거인들의 놀이

고델하임과 아멜룽크센 사이에 있는 획스터 근처에 브른스베르크 산과 빌트베르크 산이 있다. 작센 사람들은 칼 대제와 전투할 때 여기에 산성을 가지고 있었다고 한다. 고델스하임 민간전설에 따르면 거기에는 옛날부터 거인들이 살았는데, 몸이 어찌나 컸던지 아침에 일어나면 창문 밖에서 손을 이쪽저쪽으로 뻗어 악수하며 인사를 나눴다. 그들은 또한 공놀이로 구슬을 서로 던지다가 이따금 이리저리 날리기도 하였다. 언젠가는 그런 구슬 하나가 골짜기로 떨어져 바닥에 거대한 구멍을 내었는데, 그것을 오늘날에도 볼 수 있다. 그 구덩이를 사람들은 크노이얼비제(뭉치 풀밭)이라고 부른다.

거인들은 육지에서 다스렸는데, 힘이 세고 전쟁을 좋아하는 민족이 나타나 그들과 다투게 되었다. 그러자 엄청난 전투가 벌어져 피가 골짜기를 흘러내리고 베저 강을 붉게 물들였다. 거인들은 모두 살해당하고, 그들의 성들은 정복당하고, 새로 도래한 족속이 이제부터 그 지역을 관장하였다.

다른 이야기에 따르면, 브룬스베르크 산의 거인은 빌트베르크 산의 동료에게 매일 편지를 보냈는데, 편지를 커다란 뭉치 실로 감아서 이쪽 저쪽으로 던지는 식이었다. 어느 날 실 뭉치가 브라운베르크 산 아래 쪽의 라우 숲으로 떨어져 거대한 연못이 생겼다. 거기는 온통 하얀 백합꽃 천지여서, 지금 이 시간까지도 매년 부활절 일요일에는 하얀 여인이 나타나 목욕을 한다.

17
거인의 장난감

엘자스 지방의 한 폭포 옆 높은 산의 기슭에 니데크 성이 있는데, 여기에 사는 기사들은 옛날엔 거대한 거인들이었다. 언젠가 거인 아가씨가 저기 아래쪽은 사정이 어떤지 보고 싶어서 골짜기로 내려가 거의 하슬라흐까지 왔다가 숲 앞에 펼쳐진 밭에 이르렀다. 마침 농부들이 그 밭을 일구고 있었다. 아가씨는 신기한 듯 서서, 쟁기며 말이며 사람들을 구경하였다. 그녀에게는 모든 것이 새롭기만 하였다. "어머나" 하고 그녀가 달려들며 말했다. "이건 내가 가져가야지." 그녀는 땅에 무릎을 굽히고 앉아 앞치마를 활짝 펼치고는 손으로 들판을 훑어 닥치는 대로 다 쓸어 담기 시작했다. 그러고는 아주 흡족해져서 암벽을 펄쩍 펄쩍 뛰어 넘어 집으로 달려갔다. 사람이라면 어렵사리 기어올라야 하는 가파른 산에서도, 그녀는 한 걸음만 내디디면 꼭대기에 올라가 있었다.

그녀가 집에 들어설 때, 마침 기사는 식탁에 앉아 있었다. "이런, 얘야" 하고 그가 말했다. "뭘 가져오기에 그렇게 두 눈에서 기쁨이 환히 내비치나." 아이가 재빨리 앞치마를 펼치고 속을 보여 주었다. "그 속에서 뭐가 그리 버둥거리는 거냐?" — "응, 아빠, 아주 귀여운 장난감이에요! 이렇게 예쁜 건 아직 평생에 한 번도 가져보지 못했다고요." 이렇게 말하며 아이는 하나씩 꺼내어 식탁 위에 쟁기와 말을 부리는 농부들을 늘어놓고는 그 주변을 뛰어다니고, 쳐다보고, 웃고, 어떻게 그 작은 물체가 탁자 위에서 이리저리 움직이는지 재미있어 하며 손뼉을 쳤다. 그러나 아버지가 말했다. "얘야, 그건 장난감이 아니다. 도대체 무슨 일을 저지른 것이냐! 당장 가서 그걸 도로 골짜기 안에 내려놓아라." 아가씨는 울음을 터뜨렸지만 소용이 없었다. "농부는 장난감이 아냐." 하고 기사가 정색하여 말했다. "네가 칭얼거리는 것을 참을 수가 없구나. 조심해서 모두 다시 한데 모아 그걸 가져온 바로 그 자리에 도로 놓아 주어라. 농부가 밭을 일궈 농사를 짓지 못하면, 우리 거인들도 암벽에 있는 우리 보금자리에서 먹고살 것이 아무것도 없게 된단다."

18
거인 아인헤어

칼 대제 시대에 아인헤어(역자 주: 일인군대)라는 거인 용사가 살고 있었는데, 그는 슈바벤 사람으로 지금은 스위스 도시가 된 투르가우에서 태어났다. 그는 물 위를 걸어 다녔으므로 다리를 건널 필요가 없고, 말의 꼬리를 잡아 끌어당기며 항상 이렇게 말한다. "이봐 친구, 너도 이쪽으로 와야 해!" 이 사람은 빈덴(벤덴)족과 하우넨족(훈족)에 대한 칼 황제의 이번 전쟁에서도 여행 중이다. 그는 마치 큰 낫으로 풀을 베듯이 병사들을 모조리 베어 넘기고, 토끼나 여우처럼 창에 매달아 어깨에 메고 다니다가, 다시 집에 돌아와 착한 친구와 이웃들이 도대체 넌 뭘 하고 다녔느냐고, 전쟁은 어땠느냐고 물으면 불쾌하고 화가 나서 이렇게 말한다. "이 개구리 새끼들 얘기를 길게 할 게 뭐 있겠나! 일여덟 놈을 창에 꿰어 어깨에 메고 다녔으니 놈들이 뭐라고 개골개골 울어대는지 알 수가 있나, 그 따위 두꺼비와 벌레 새끼들을 막는다고 황제가 그 많은 군대를 소집한 것은 쓸데없는 헛수고야, 나는 그런 건 훨씬 쉽게 해결하고 싶었다고!" — 이 거인을 사람들은 아인헤어라고 부른다. 그가 전쟁터에서 정말 군대에 비견되고 그만큼 전과를 올린다는 뜻(올리기 때문)이다. 적들, 곧 빈덴족과 훈족은 그를 피해 도망치면서 그야말로 짜증나는 악마라고 생각하였다.

19
거인 기둥

발데의 높은 산지 위에 있는 밀텐베르크 또는 클라이넨 하우바흐 근처에서는 웅장하고 거대한 석주 아홉 개를 볼 수 있고, 그 석주에는 거인들이 마인강 위에 다리를 놓을 때 공사하면서 이리저리 돌렸다는 손잡이들도 보인다. 이런 이야기를 노인네들이 매번 대를 이으며 자식들에게 들려주었는데, 이 지방에 옛날부터 많은 거인들이 머물렀다는 이야기도 그러하다.

20
쾨터베르크 산

(파더보른, 리페, 코르베이 경계에 있는) 쾨터베르크 산(역자 주: 개산)은 이밖에 괴첸베르크 산(우상산[偶像山])라고도 불린다. 이교 신들이 여기에서 경배되었기 때문이다. 그 속에는 금과 보물이 가득하기 때문에, 가난한 사람도 만약 거기에 도달할 수만 있다면 부자가 될 수 있을 것이다. 그 북쪽에는 동굴들이 있어서, 언젠가 양치기 하나가 보물로 가는 입구와 문을 발견했다. 하지만 그가 들어가려 하자, 바로 그 순간 무섭게 생긴 피투성이 남자가 들판을 넘어 달려와서는 그를 깜짝 놀라게 하여 쫓아내었다. 남쪽으로는 산기슭의 숲이 무성한 언덕에 하르츠부르크 성이 있었는데, 그 성벽을 아직 볼 수 있고 최근에는 열쇠도 발견되었다. 그곳에 거인들이 살았는데, 그 맞은편, 그러니까 두 시간 거리에 있는 치렌베르크에는 또 다른 거인성이 있었으니! 그래서 이 거인들은 자주 망치를 이쪽저쪽으로 상대방에게 던졌다.

21
게롤츠에크

게롤츠에크는 바스가우에 있는 고성인데, 지금부터 여러 해 전에 그곳에 관한 많은 모험담이 떠돌아다녔다. 요컨대 태곳적 독일 영웅과 왕들, 곧 아리오비스트, 헤르만, 비테킨트, 뿔 달린 지크프리트와 그밖에 많고 많은 다른 인물들이 해마다 일정한 때에 나타났다는 것이었다. 이들은 독일인들이 극도의 고난에 빠지고 몰락에 직면할 때마다, 그런 역경으로부터 저들을 돕기 위해 몇몇 고대 독일민족들을 이끌고 나타날 것이었다.

22
뉘른베르크의 칼 황제

전설에 따르면 칼 대제가 뉘른베르크 산성에서 자신을 저주하여 깊은 우물 속에 스스로 갇혀 머물고 있다고 한다. 그의 턱수염이 그가 앉아 있는 돌 탁자를 뚫고 자라났다.

23
퀴프호이저의 붉은 수염왕 프리드리히

프리드리히 황제에 관한 여러 전설들이 떠돌고 있다. 그는 아직 죽지 않았고 최후의 심판 날까지 계속 살아 있을 것이며, 그의 뒤로는 제대로 된 황제가 하나도 나타나지 않았다는 것이다. 그때가 오기까지 그는 키프하우젠 산속에 몸을 숨기고 있다. 그러다가 밖으로 나올 때면 그는 마른 나무에 방패를 걸어 놓는데, 그러면 나무에 싹이 트고 더 좋은 시대가 된다. 그는 이따금 산속으로 들어오는 사람들과 이야기를 나누고, 이따금 외부에 모습을 드러내기도 한다. 보통 그는 둥근 돌 탁자 앞의 벤치에 앉아 손에 머리를 괸 채 자고 있는데, 계속 머리를 끄덕이고 눈을 찡긋거린다. 그의 수염이 길게 자라서, 어떤 이들은 돌 탁자를 뚫었다 하고 어떤 이들은 돌 탁자를 둘러쌌다고 하며, 수염이 탁자를 세 바퀴 돌면 그가 깨어나는데, 지금은 겨우 두 바퀴째를 도는 중이다.

한 농부가 1669년 레플링겐 마을에서 노르트하우젠으로 곡식을 나르려다가 어떤 난쟁이의 안내를 받아 산속으로 들어갔는데, 자신이 가져온 곡식을 그곳에 쏟아 놓고 그 대신 자루에 황금을 가득 채워야 했다. 농부는 황제가 앉아 있는 것을 보았지만, 황제는 꼼짝도 하지 않았다.

한 번은 어느 양치기가 휘파람으로 노래를 불렀는데, 그 노래가 황제의 마음에 들자 난쟁이가 그를 역시 산속으로 안내했다. 거기에 황제가 서서 물었다. "까마귀들이 아직도 산 주위를 날고 있느냐?" 양치기가 그렇다고 대답하자 그는 이렇게 외쳤다. "그럼 아직도 몇백 년 더 자야겠구먼."

24
발저펠트의 배나무

이른바 발저펠트[발저평야] 위에 세워진 잘츠부르크 근처에서 언젠가는 끔찍한 전투가 벌어져, 다 몰려가 무시무시한 피바다를 만들면 피가 땅바닥에서 병사들의 구두 속으로 흘러들 것이라고 한다. 그때 악한 자들은 선인들에게 도륙을 당할 것이다. 이 발저펠트에는 그러한 마지막 결투를 기념하는 말라버린 배나무 한 그루가 서 있다. 이 나무는 벌써 세 번이나 잘렸으나, 매번 뿌리가 다시 자라 나무에 새싹이 돋아나기 시작하더니 온전한 나무가 되었다. 여러 해 동안 그 나무는 여전히 말라 있지만, 새싹이 돋기 시작하면 저 끔찍한 전투가 다가오고, 나무에 열매가 열리면 싸움이 시작될 것이다. 그러면 바이에른 제후가 거기에 자신의 문장(紋章)을 내어 거는데, 그것이 무엇을 뜻하는지는 아무도 모른다.

25
마법에 걸린 쉴트하이스의 임금님

쉴트하이스 고성은 독일령 보헤미아의 황량한 숲지대와 산지에 있는데, 이 성을 새로 짓고 보수하게 되었다. 대목(大木)과 건축 인부들이 잔해와 기초부분을 조사할 때, 지하에서 통로, 저장실, 궁륭 천장들이 처음 생각했던 것보다 훨씬 더 많이 발견되었다. 한 궁륭 격실에 휘황하고 희미하게 보석으로 장식한 거구의 왕이 옥좌에 앉아 있는데, 그 오른쪽에 아리따운 처녀가 꼼짝도 않고 서서 왕의 머리를 받쳐 들고 있었다. 왕의 머리는 마치 그녀의 품속에서 쉬고 있는 것 같았다. 이에 인부들이 호기심이 나고 노획물에 대한 욕심도 생겨 가까이 다가서자, 처녀가 뱀으로 변신하여 불을 내뿜는 바람에 모두 물러설 수밖에 없었다. 그들이 이 사건을 주인에게 보고하자, 주인은 즉시 문제의 궁륭 앞으로 가 보았다. 처녀가 슬피 한숨짓는 소리가 들려왔다. 뒤 이어 그가 개를 데리고 동굴에 들어가자, 불길과 연기가 치솟았다. 기사는 약간 뒤로 물러서면서 앞장서 달려갔던 개는 잃어버렸거니 생각했다. 불이 꺼지고 그가 다시 다가가서 보니, 처녀가 자기 개를 아무 일 없이 품에 안고 있었다. 벽에는 그에게 죽음을 경고하는 글이 쓰여 있었다. 하지만 모험을 감행하고 싶은 용기가 다시금 그를 사로잡았고, 그래서 그는 결국 불길에 통째로 먹히고 말았다.

26
칼 대제의 출정

헤센의 구덴스베르크와 베세 사이에 오덴베르크 산이 있는데, 그 산속에 칼 대제가 자신의 군대 전체와 함께 가라앉아 묻혀 있다. 전쟁이 일어나기 전에 칼 황제가 지하에서 나와 사냥 나팔을 불고, 이제 자신의 군대 전체와 함께 출정하여 다른 산 속으로 들어간다.

27
운터스베르크

운터스베르크[아랫산] 또는 분더베르크[기적의 산]은 잘츠부르크 시에서 불과 1 독일 마일(7.5km) 떨어진 늪지대 가장자리에 있다. 수렁으로 이루어진 이 습지에는 옛날에 헬펜부르크의 수도가 있었다고 한다. 그 내부는 온통 굴처럼 파여 비어 있고 궁전, 교회, 수도원, 정원, 금과 은이 나는 샘물들을 갖추고 있다. 키 작은 난쟁이들이 보물을 지키다가 자정에는 잘츠부르크 주교좌 성당에서 예배를 드리기 위해 시내로 들어온다.

28
운터스베르크의 칼 황제

분더베르크(역자 주: 기적의 산)에는 여러 제후와 귀족들 외에 칼 황제도 머리에 금관을 쓰고 손에 황제 홀(笏)을 들고 앉아 있다. 널따란 발저펠트(역자 주: 발저평원)에서 그는 황홀경에 빠져 있고, 이 세상에 있을 때와 여전히 똑같은 모습이다. 허연 턱수염이 길게 자라, 그의 옷차림 가운데 가슴덮개를 완전히 가리고 있다. 축제일이나 경축일에는 수염이 둘로 갈라져, 한쪽은 오른편, 다른 쪽은 왼편에 각각 진주 달린 리본을 감아 장식된다. 황제는 날카롭고도 사려 깊은 표정을 지녔는데, 자기와 함께 아름다운 초원을 이리저리 거니는 사람들 모두를 친절하고 상냥하게 대한다. 그가 왜 그곳에 머무는지, 또 거기서 무엇을 하는지는 아무도 모르고 신의 비밀에 속한다.

프란츠 사르토리는 다음과 같이 이야기한다. 칼 5세 황제, 또는 다른 사람에 따르면 칼 프리드리히 황제는 탁자 앞에 앉아 있는데, 그 둘레를 그의 수염이 벌써 두 번 넘게 감아 돌았다. 수염이 세 번째로 탁자의 마지막 모서리에 이르면 이 세상의 종말이 온다. 적그리스도(역자 주: 그리스도의 적)가 나타나 발스의 평원에서 전투가 벌어지고, 천사들의 나팔 소리가 울리면 최후의 심판 날이 온 것이다.

29
셰르펜베르크 영주와 난쟁이

티롤의 백작 마인하르트는 루돌프 폰 합스부르크 황제의 명령으로 슈타이어와 케른텐을 정복하고 케른텐의 제후로 임명되었는데, 울리히 폰 호인부르크 백작과 반목하고 있었다. 빌헬름 폰 셰르펜베르크도 이자에게 가담하여 마인하르트에게 지켜야 할 신의와 감사를 저버렸다. 그 후 그는 전투에서 실종되었는데, 마인하르트의 편에서 싸운 콘라트 폰 아우펜슈타인이 그를 찾아내었다.

그러나 그들이 발견한 셰르펜베르크 영주는 창에 꿰뚫려 모래밭에 누워 있었고, 일곱 군데에 부상을 입었으나 고통은 하나뿐이었다. 그가 빌헬름 영주냐고 아우펜슈타인 영주가 물었다. “그렇소, 그대가 아우펜슈타인 영주라면 말에서 내려 나를 도와주오.” 이제 셰르펜베르크 영주가 힘없는 입으로 말했다. “이 반지를 받으시오. 이것을 지니고 있는 동안은 재산과 세상의 명예가 결코 사라지지 않을 것이오.” 이렇게 말하며 그가 반지를 손에서 내어주었다. 그동안 하인리히 폰 톨트도 말을 타고 와서 거기 누워 있는 사람이 셰르펜베르크 영주라는 말을 들었다. “그러니까 내 군주께 신의를 저버린 자가 바로 이자로군.” 하고 그가 말했다. “이제 하느님께서 이 순간에 이자에게 복수하시는구나." 하인이 이 위중한 부상자를 부득이 말에 태웠으나, 그는 곧 죽었다. 그러자 톨트가 지시하여 그를 원래 누워 있던 자리에 도로 내려놓게 하였다. 그런 뒤에 남녀 친지들이 셰르펜베르크 영주를 애도하였다. 그런데 아우펜슈타인 영주에게 전해진 반지에는 이런 일이 있었다.

어느 날 셰르펜베르크 영주는 들판에서 펼쳐지는 기이한 구경거리를 자신의 성에서 보았다. 금박을 입힌 네 개의 기다란 장대 위에 해맑고 고급스러운 천으로 만든 천개(天蓋)를 네 명의 난쟁이가 들고 가는데, 그 밑에 말을 탄 난쟁이가 머리에 왕관을 쓰고 왕으로서의 온갖 거동을 보이며 가고 있었다. 말의 안장과 고삐에 금박을 입혀 보석을 박았고, 그밖에 복식 전체도 그러하였다. 셰르펜베르크 영주는 서서 그것을 구경하다가, 마침내 말을 타고 다가가 모자를 벗었다. 난쟁이는 그에게 아침 인사를 하며 말했다. "빌헬름, 안녕하시오!" — "나를 어찌 아시오?" 하고 셰르펜베르크 영주가 대꾸했다. "내가 그대를 알고 그대 이름을 부른다고 언짢아하지 말게." 하고 난쟁이가 말했다. "나는 그동안 자주 전해 들은 그대의 용기와 신의를 구하려오. 우리가 어떤 큰 나라를 놓고 전쟁을 하는데, 막강한 왕 한 분이 내 동지일세. 그런데 그분이 계략을 써서 그 나라를 내게 얻어 주려 하시네. 6주를 넘겨 전투를 개시하기로 우리 사이에 논의되었는데, 내 적이 너무 강해서 친구들이 그대를 얻으라고 조언하였다네. 그대가 전투를 맡겠다면, 내가 자네를 강하게 만들어 설사 적이 거인을 데려온다 해도 자네가 성공하게 해 주겠네. 그대 뛰어난 영웅이여, 알아 두게, 그대에게 장정 스무 명의 힘을 줄 작은 띠로 내가 그대를 지켜 주겠네." 셰르펜베르크 영주가 대답했다. "그대가 나를 그리 신뢰하고 내 용맹에 의지하니 그대를 돕겠소. 내 사정이야 어떠하든, 모든 것을 무릅써야지요." 난쟁이가 말했다. "나를 괴물 보듯 무서워하지 마시오, 빌헬름 영주, 내게는 삼위일체에 대한 기독교 신앙과 하느님께서 동정녀 마리에게서 나셨다는 믿음이 몸에 배었소." 이 말에 셰르펜베르크 영주는 기뻐하며 죽음과 질병이 자신을 막지 않는다면 정시에 오겠다고 약속했다. "그럼 말과 무장을 갖추고 동자 하나와 함께 이 장소로 오시게, 하지만 이 일을 아무에게도, 그대 아내에게도 말하지 마오, 그렇지 않으면 일이 수포로 돌아갈 터이니." 이에 셰르펜베르크 영주는 모든 것을 서약했다. "여기 보시게," 하고 난쟁이가 말했다. "이 작은 반지가 우리 약속의 증거가 될 것이오. 이것을 기쁨으로 지니고 있으면 그대는 천 년을 살 것이고, 이것을 지니고 있는 동안엔 그대 재산이 결코 사라지지 않소. 그러니 담대하여 나에게 신의를 지키시게." 이렇게 말하고 난쟁이는 벌판을 넘어갔고, 셰르펜베르크 영주는 그가 산속으로 사라질 때까지 지켜보았다.

집에 돌아와 보니 식사가 준비되어 있고, 모두들 그가 어디 갔다 왔느냐고 물었다. 그는 아무 말도 하지 않았다. 하지만 이 순간부터 그는 평시처럼 쾌활하게 처신할 수 없었다. 그는 말을 준비시키고, 사슬갑옷을 수선시키고, 고해신부를 불러오게 하여 은밀히 신심으로 고해하고 경건하게 성찬을 받았다. 영주의 부인은 고해신부에게서 사태의 진실을 알아내려 하였으나, 신부는 그녀를 정색하며 물리쳤다. 그러자 그녀는 자신의 가장 가까운 친구 넷을 보내어, 신부를 작은 방으로 유인한 뒤 그의 목에 칼을 대고는 무슨 말을 들었는지 말하지 않으면 죽이겠다고 협박하였다.

이제 신부가 한 말을 알게 된 부인은 셰르펜베르크 영주의 최측근 넷을 불러들였다. 그들은 영주를 은밀히 만나 그의 의도를 탐문해야 했다. 하지만 영주가 아무것도 밝히려 하지 않자, 그들은 사실을 다 알고 있다고 그에게 털어놓았고, 그들의 말투에서 사태를 알아차린 영주는 그제야 진실을 고백했다. 그러자 이들은 그의 의도를 무디게 하기 시작하여, 출정을 단념하라고 간곡히 청하였다. 하지만 그는 신의를 깨뜨리지 않을 생각이어서, 자기가 그렇게 한다면 차후 모든 소유를 잃게 된다고 말했다. 그의 아내는 그러나 그를 위로하면서, 물러서지 않고 끈질긴 간청으로 설득하여 집에 머물게 하였다. 하지만 그는 마음이 편하지 않았다.

그 뒤 반 년 넘게 지난 어느 날, 그는 말을 타고 자신의 마지막 소유지 뒤에 있는 란트슈트로츠 요새로 갔다. 거기에서 그 난쟁이가 옆으로 다가와 말했다. "그대가 대장부라고 칭송하는 자는 거짓말을 하였더군! 그대는 어찌 나를 속이고 배신하였는가! 그대는 나에게서 하느님과 착한 여인들의 증오를 받아 마땅하다. 그대는 또한 알아두라. 앞으로 그대에겐 승리가 없을 것이며, 내가 유감스럽게도 그대에게 준 행운의 반지가 없으면 그대는 처자식과 함께 가난 속에서 살 수밖에 없을 것이다." 그러면서 난쟁이는 그의 손을 잡고 반지를 빼어가려 하였다. 그러나 셰르펜베르크 영주는 손을 얼른 뒤로 당겨 가슴에 숨겼다. 그리고는 난쟁이를 떠나 들판 위로 말을 타고 달려갔다. 그의 앞에 있던 사람들은 한결같이 아무것도 보지 못했다.

30
플레세의 조용한 난쟁이 족속

헤센의 산성 플레세에는 암벽 속에 여러 가지 샘, 우물, 협곡과 동굴들이 있는데, 전설에 따르면 거기엔 조용한 족속이라고 불리는 난쟁이들이 살며 살림을 한다고 한다. 그들은 말이 없고 인심이 좋으며, 자기들 마음에 드는 인간에게는 기꺼이 도움을 베푼다. 괴로움을 당하면 그들은 사람에게 직접 화풀이를 하지 않고 가축을 괴롭혀 복수한다. 지하 족속인 이들은 원래 인간과는 공통점이 없고, 땅속에서 활동하며 거기에 금과 보석이 가득 찬 거실과 내실들을 가지고 있다. 그들은 땅위에서 무엇이든 할 일이 있을 때에는, 그 일을 낮이 아니라 밤중에 처리한다. 이들 산족은 살과 뼈가 사람과 같아서 아이를 낳고 죽기도 한다. 다만 자신들을 보이지 않게 하고, 우리가 공기 속을 지나다니듯이 바위와 암벽 사이를 옮겨 다닐 수 있는 능력을 지녔다. 이따금 그들은 인간에게 나타나 절벽 속으로 데리고 들어가고, 자기들 마음에 드는 사람에게는 귀중한 물건을 선물한다. 출입구는 깊은 우물 옆에 있고, 가까이 위치한 술집 이름은 '홍분제 약수'라고 한다.

31
난쟁이 족속의 혼인잔치

작센의 아일렌부르크에 있는 난쟁이 족속이 혼인잔치를 벌이려고 밤중에 열쇠 구멍과 창문 틈을 통해 홀 안으로 들어와, 타작마당에 완두콩 쏟아지듯 홀의 매끈한 바닥으로 우르르 뛰어들었다. 홀에서 높은 덮개가 달린 침대에서 잠을 자던 늙은 백작이 그 바람에 깨어나 수많은 난쟁이들을 보고 놀라워했다.

그러자 전령처럼 차려입은 난쟁이 하나가 앞으로 나와 화려한 말솜씨로 그에게 혼인잔치에 참석해 달라고 정중하게 초내하고는 한 마디 덧붙였다. "하지만 한 가지를 간청 드립니다. 당신 혼자만 참석하셔야지, 이곳 성에 사는 그 누구도 축제를 구경해서는 안 됩니다. 눈길을 한 번도 주어서는 안 됩니다." 늙은 백작이 친절하게 대답했다. "여러분이 내 잠을 방해하였으니, 나 또한 여러분과 함께하고 싶소."

이제 난쟁이 여인 하나가 그에게 안내되어 오고, 난쟁이 등불 시종꾼들이 자리 잡고, 귀뚜라미 음악이 시작되었다. 백작은 춤추다가 난쟁이 여인을 놓치지 않으려고 애를 썼다. 그 여인이 하도 가볍게 잘 뛰어오르고 뱅글뱅글 잘 돌아서, 그는 숨을 가쁘게 쉬었다. 한창 즐겁게 춤을 추는데, 갑자기 모두 조용해졌다. 음악이 멎고, 난쟁이들이 모조리 문틈과 쥐구멍과 온갖 틈새로 빠져나갔다. 신혼부부와 전령과 춤을 추던 사람들만 남아 홀 천장에 난 구멍을 올려다보았다. 그곳에서는 늙은 백작부인이 호기심에 가득 찬 얼굴로 즐거운 잔치를 내려다보고 있었다.

그러자 난쟁이들이 모두 백작 앞에 몸을 숙였다. 그에게 초대의 인사말을 했던 난쟁이가 다시 앞으로 나오더니, 친절하게 대답해 주셔서 고맙다고 말했다. "하지만 다른 인간의 눈길이 지켜보는 바람에 우리의 즐거움과 우리의 결혼식이 방해를 받았으니, 앞으로 당신의 가문인 아일렌부르크가 일곱 명이 되는 일은 절대로 없을 것입니다." 이어서 그들마저 재빨리 빠져나갔다. 사방이 조용해지고, 늙은 백작만 홀로 어두운 홀에 남았다. 이 저주는 오늘날까지도 계속되어서, 일곱 번째 아일렌부르크 기사가 태어나기 전에는 살아 있는 기사 여섯 중에서 매번 하나가 죽었다.

32
바위가 된 난쟁이들

뵈멘(보헤미아)에는 엘보겐에서 멀지 않은 곳에 유명한 난쟁이 동굴이 있다. 이 동굴은 에거 강이 거의 칼스바트 앞까지 갖가지 굴곡을 보이며 굽이쳐 지나가는, 거칠지만 아름다운 계곡 안에 있다. 근처 마을과 도시의 주민들은 그 동굴에 관해 이런 이야기를 한다. 이 바위 동굴에는 옛날에 산속 꼬마 난쟁이들이 거주하며 조용히 살아가고 있었다. 그들은 아무에게도 피해를 입히지 않았고, 오히려 가난하거나 슬픔에 빠진 이웃들을 도와주었다. 오랜 세월 동안 그들은 어느 막강한 강신술사(降神術師)의 지배를 받았는데, 한 번은 그들이 막 결혼식을 축하하려고 그들의 교회로 몰려나왔을 때, 그가 몹시 분노하여 그들을 돌로 변신시켰거나, 그보다는 오히려 그들이 제거할 수 없는 유령들이었기 때문에, 그가 주술을 부려 그들을 돌 속에 가둔 것이었다. 길게 늘어선 이 바위들은 지금까지도 저주받은 난쟁이 결혼식이라고 불리며, 산꼭대기에 여러 가지 모습으로 서 있는 것을 볼 수 있다. 바위 하나의 중간에 있는 난쟁이는, 다른 동료들이 저주를 피해 달아나려 할 때, 너무 오랫동안 방에서 머뭇거리며 도움을 청하려고 창밖을 둘러보다가 돌로 변한 모습을 보여 준다.

그밖에도 엘보겐 시청에는 포악하고 황금에 굶주린 성주 백작들이 저주를 받아 금속 덩어리로 변한 채 울림소리를 내는 모습이 보인다. 전설에 따르면, 죽을죄를 지은 사람은 아무도 이 덩어리를 높이 들어 올릴 수 없다고 한다.

33
난쟁이 산

아헨에는 시내에서 멀지 않은 곳에 산이 하나 있는데, 그곳 주민들은 결혼식 때 시민들에게서 솥, 놋쇠 냄비, 접시와 고기구이 꼬챙이를 빌려갔다가 나중에 다시 빠짐없이 돌려준다. 이와 비슷한 난쟁이 산이 예나 지역과 백작령 호엔슈타인에 있다.

34
난쟁이들이 빵을 꾸어 가다

젤비츠와 마를스로이트 교구의 헤들러 목사는 1684년 다음과 같이 이야기했다. 두 고장 사이에 있는 숲 속에는 보통 난쟁이 구멍이라고 불리는 틈새가 있는데, 이전에, 그러니까 백 년 이상 전에 바로 그곳에 땅속 난쟁이들이 살면서 나일라의 주민들이 근근이 가져다주는 음식을 받아먹었다.

알베르트 슈테펠은 70세의 나이로 1680년에 죽었고, 한스 코만은 63세의 나이로 1679년에 죽었다. 둘 다 정직하고 믿음직한 사람들인데, 몇 차례 이렇게 확인해 주었다. 코만의 할아버지가 한 번은 그 구멍 옆에 있는 밭을 가는데, 아내가 아침식사로 갓 구운 빵을 들판으로 내어와 자그마한 보자기에 싸서 밭둑에 놓아 두었다. 금방 난쟁이 여자가 걸어와서 농부에게 빵을 달라고 청했다. 자기네 빵이 마침 화덕에 들어갔는데 배고픈 자식들이 기다리지 못하니, 점심에 자기 빵으로 갚겠다는 것이었다. 할아버지는 그 부탁을 들어주었고, 정오에 그녀가 다시 와서 새하얀 보자기를 펼치고 아직 따스한 빵을 올려놓고는, 주저하지 마시고 그 빵을 드시라고 여러 차례 감사하며 간청하는 말로 권하고, 그리고 보자기는 금방 다시 가지러 오겠다고 하였다. 그 말대로 되었는데, 그런 다음 난쟁이 여자가 말하기를, 지금은 철공소가 어찌나 많이 생기는지 걱정된다며, 어쩌면 정든 그곳을 버리고 피난해야 할 것 같다고 하였다. 사람들의 저주와 극심한 욕설, 그리고 성일인 일요일에 범해지는 신성모독 역시 그녀를 내몰고 있다는 것이었다. 농부들이 일요일의 교회 예배에 앞서 밭을 돌아보러 다니는 것은 큰 죄악이라고 하였다.

최근 어느 일요일에 농가 머슴 몇이 대팻밥에 불을 붙여 들고 그 구멍에 들어갔다가, 이미 폐허가 된 아주 낮은 통로를 발견하였고, 마침내 바위 속을 열심히 파 들어가 만든 널따란 장소를 찾아내었다. 그곳은 사각형 모양에 어른 키보다 더 높고, 옆면마다 작은 출입구가 여러 개 있었다. 이것을 보고 머슴들은 소름이 끼쳐, 작은 방들은 살펴보지도 않은 채 도망쳐 나오고 말았다.

35
호이아 백작

옛날에 호이아 지방의 한 백작에게 작은 난쟁이 하나가 밤중에 나타났다. 백작이 놀라자, 난쟁이는 놀라지 말라고, 그에게 부탁과 간청이 있으니 부디 거절하지 말라고 말했다. 백작은 그것이 그와 그의 식솔들에게 어려운 일이 아니라면 기꺼이 들어주겠다고 대답했다. 그러자 난쟁이가 말했다. “다음날 밤에 사람들이 당신 집으로 찾아와 숙소를 차릴 텐데, 그들에게 부엌과 응접실을 빌려 주세요. 하인들에게는 잠자리에 들라 하고 아무도 그들의 행동거지를 보지 말라고 하세요. 이 말 또한 다른 사람이 알아서는 안 되고, 오직 당신 혼자만 알아야 합니다. 그에 대해 저들은 감사를 표할 테고, 당신과 당신 가족들이 그 덕을 볼 것입니다. 또한 이 부탁이 당신에게나 당신 가족에게나 털끝만큼도 폐가 되지 않도록 하겠습니다.” 그래서 백작은 허락했다. 그리하여 다음날 밤, 마치 세차게 당기듯이 위쪽 건물 안으로 다리가 놓이고, 광산 난쟁이를 보통 그렇게 묘사하듯이 하나같이 작은 난쟁이들이 몰려왔다. 그들은 부엌에서 끓이고 다지고 식탁에 올리는 등, 거창한 식사를 준비할 뿐, 다른 일을 하는 것으로는 보이지 않았다. 그런 다음, 거의 아침 무렵에 그들이 헤어지려 할 때, 작은 난쟁이가 다시 백작에게 와서 감사의 말 이외에 검, 도롱뇽 무늬 침대 시트, 금반지를 하나씩 주었는데, 금반지 위쪽에는 붉은 사자상이 박혀 있었다. 난쟁이는 이런 말을 덧붙였다. 이 세 가지 물건을 백작과 그의 후손들은 잘 보존해야 하며, 이것을 모두 함께 가지고 있는 동안에는 백작 가문이 화목하고 풍요로울 것이나, 세 가지가 서로 떨어져 있게 되면 그것은 가문에 좋지 않은 일이 있다는 징조라고 하였다. 또한 가문의 누군가가 죽으면, 뒤 이어 붉은 사자상이 매번 창백해져 있을 것이라고 했다.

하지만 욥스트 백작과 그의 동생들이 미성년이고 프란츠 폰 할레가 국내 총독이던 시절에 두 가지 물건, 곧 검과 도롱뇽 무늬 시트가 사라지고, 반지는 백작 가문이 끝날 때까지 그 집안에 남았다. 그 뒤에 반지가 어디로 갔는지는 아는 사람이 없다.

36
쫓겨난 난쟁이들

에르츠게비르게[광석산지(鑛石山地)]에서는 철공소와 쇄광장(碎鑛場) 건설 때문에 난쟁이들이 쫓겨났다. 그들은 이 일을 몹시 한탄하였지만, 만약 철공소들이 철수한다면 다시 돌아오고 싶다고 밝혔다. 크베틀린부르크 앞의 지온 산 아래에는 옛날에 난쟁이 구멍이 있었는데, 난쟁이들은 종종 주민들의 결혼식 때 여러 가지 주석 그릇 같은 물건들을 기꺼이 빌려주곤 하였다.

37
꼬마 난쟁이들

꼬마 난쟁이 또는 광산 난쟁이들은 대개 보통 난쟁이들처럼 나타나지만, 다만 크기가 4분의 3엘레(역자 주: 40-60cm. Elle: 팔꿈치부터 중지 끝까지의 길이 55-85cm) 정도에 불과하다. 이들은 수염이 긴 노인의 모습으로, 셔츠에 달린 흰 모자를 쓰고 등 쪽에 가죽을 달아 광부들의 옷차림을 하고는 등불, 광산용 해며, 망치를 들고 다닌다. 그들은 광산 노동자들을 괴롭히지 않는다. 이따금 그들이 작은 돌멩이를 던지더라도, 그것으로 노동자들에게 해를 끼치지는 않는다. 다만 그들을 조롱과 저주로 화나게 하거나 욕설을 내뱉게 할 때에는 사정이 다르다. 그들은 주로 광물이 나오거나 그럴 희망이 큰 갱도에서 모습을 드러낸다. 그래서 광부들은 그들을 보고 놀라는 것이 아니라, 그들이 나타나는 것을 오히려 길조로 여겨 더욱 즐거워하고 부지런해진다. 그들은 갱도와 수직갱 안을 돌아다니며 엄청나게 열심히 일하는 것처럼 보이지만, 실제로는 아무것도 하지 않는다. 어떤 때는 갱도나 광맥을 파 들어가는 듯, 어떤 때는 채굴한 것을 양동이에 집어넣는 듯, 어떤 때는 도르래를 작동시켜 무엇인가를 끌어올리려는 듯하지만, 그들은 그저 광부들을 놀리며 어리둥절케 할 뿐이다. 이따금 그들은 사람을 부르는데, 가보면 아무도 없다.

보헤미아의 쿠텐베르크 산 기슭에서는 그들이 큰 무리를 지어 갱도에서 들락날락하는 것이 자주 보였다. 그 가운데 광부는 없었지만, 특히 큰 사고나 피해가 다가왔을 때에는 (그들은 세 번 톡톡 쳐서 광부의 죽음을 알린다.) 꼬마 난쟁이들이 긁거나 파거나 발로 차거나 쾅쾅 구르거나 그 밖의 광산 일들을 가장하는 소리가 들렸다. 때로는 어쩌면 대장장이가 모루 위에서 쇠붙이를 손질하거나 뒤집거나 망치로 벼리는 것 같았다. 바로 이곳 광산에서 그들이 두드리고 망치질하고 쪼는 소리가 여러 차례 들렸는데, 마치 대장장이 서너 명이 무엇을 연마하는 듯하였다. 그래서 보헤미아 사람들은 이들을 단골 꼬마 대장장이라고 부른다. 이드리아에서는 광부들이 음식을 담은 작은 냄비를 매일 그들을 위해 특별한 장소에 놓아둔다. 광부들은 또한 매년 일정한 때에 길이로 보아 사내아이에게 맞는 빨간 웃옷을 사서 그들에게 선물로 준다. 이것을 중단하면 난쟁이들은 화를 내며 못마땅해 한다.

38
광산 난쟁이 불러내기

뉘른베르크에 파울 크로이츠라는 이름을 가진 남자가 있었는데, 그가 기이한 강신술(降神術)을 부렸다. 그는 어떤 공터에 조그마한 새 식탁을 놓고, 그 위에 하얀 천을 덮고, 우유 두 종지와 그밖에 꿀 두 종지, 작은 접시 두 개, 나이프 아홉 개를 올려놓았다. 그는 또 검정 암탉 한 마리를 잡아 양배추 냄비 위에서 쪼개어 피가 음식 속으로 떨어져 배어들게 하였다. 그런 다음 한쪽은 동쪽으로, 다른 한쪽은 서쪽으로 내던지면서 강신술을 시작하였다. 그러고 나서 녹색의 나무 뒤로 달려가 살펴보고 있으면, 광산 난쟁이 둘이 땅에서 솟아나와 식탁에 앉아, 거기에 함께 마련되어 있던 값진 모피제품 곁에서 음식을 먹는 시늉을 하였다. 이제 그가 질문을 던지면 이들은 대답하였다. 그래, 그가 자주 그렇게 하노라면, 꼬마 피조물들은 아주 친근해져 손님으로서 그의 집으로 들어갔다. 그가 제대로 시중을 들지 않았을 때에는, 그들이 나타나지 않거나 금방 다시 사라져버렸다. 그는 마침내 저들의 왕까지 불러내었다. 왕은 빨간, 진홍색의 작은 외투를 입고 나타났는데, 그 속에 책을 한 권 넣고 와서 식탁 위에 펼쳐 놓고는 강신술사로 하여금 원하는 만큼 많이, 그리고 오래 읽도록 허락하였다. 그렇게 하여 그 사람은 큰 지혜와 비밀을 얻었다고 자부하였다.

39
무도회의 광산 난쟁이

분더베르크에서 한 시간, 잘츠부르크에서 한 시간 거리에 있는 글라스 지방의 마을에 몇 년 전에 있었던 결혼식 이야기를 노인들이 사실대로 전해주었다. 저녁때쯤 그 혼인잔치에 분더베르크에서 광산 난쟁이 하나가 찾아왔다. 그는 손님들 모두에게 기쁘게 즐기자고 정중하게 권하고는, 함께 춤추도록 허락해 달라고 요청하였다. 그는 거절당하지 않았다. 그리하여 난쟁이는 정숙한 처녀들을 하나하나 번갈아가며 매번 세 차례 춤을 추었는데, 어찌나 우아하게 추던지 혼인잔치 손님들은 경단과 기쁨에 차시 구경하였다. 춤이 끝나면 그는 각각의 신혼부부에게 한 닢의 가치가 4 크로이처일 것으로 보이는 낯선 금화 세 닢씩을 선물하면서 평화와 화목 가운데 살림을 꾸려 나가고, 기독교에 따라 살며, 경건한 행실로 자식들을 착하게 키우라고 권면하였다. 이 금화를 각자의 돈과 함께 두고 늘 그를 기억하면, 그들 모두 가난에 빠지는 일이 거의 없을 것이며, 그렇다고 오만하여서는 아니 되고, 자신들의 풍요로움으로 이웃을 도우라고 하였다.

이 광산 난쟁이는 밤 시간까지 그들과 함께 있으면서 그들 각자가 권하는 술과 음식을 선뜻 받았으나, 겨우 조금밖에는 먹지 않았다. 그런 다음 감사하다는 인사를 하고는 산 쪽으로 잘차흐 강을 건네 줄 하객 한 사람을 원했다. 혼인잔치에는 요한 슈텐들이라는 사공이 있었는데, 그가 선뜻 나섰고 둘이서 강을 건너려고 출발했다. 배를 저어 가던 도중에 사공이 뱃삯을 요구하자, 광산 난쟁이는 겸손하게 3 페니를 주었다. 이 보잘것없는 뱃삯을 사공이 하찮게 여겨 거절하였는데, 그러자 광산 난쟁이는 그에게 대꾸하기를, 언짢아할 것이 아니라 그 3 페니를 잘 지니고 있으라고, 다른 데에서는 오만한 마음을 자제하라고, 그러면 재물이 모자라 고생하지는 않을 것이라고 하였다. 동시에 그는 사공에게 조그마한 보석을 주면서 이렇게 말했다. "이것을 목에 걸면 너는 물에 빠져도 가라앉지 않을 것이야." 이 말이 바로 그 해에 사실로 밝혀질 것이라고 하였다. 마지막으로 난쟁이는 경건하고 겸손한 인생을 보내라고 그에게 충고하고는 재빨리 그곳을 떠났다.

40
지하실 난쟁이

1665년에 뤼첸에서 다음과 같은 일이 있었다. 어떤 집에서 한 꼬마 난쟁이가 지하저장실에서 달려 나와 집 앞에 물통으로 물을 뿌렸거나 통을 쏟아 비웠다. 그런 다음 다시 말없이 지하실로 달려갔는데, 그때 현장에 있던 하녀가 무서워서 털썩 무릎을 꿇고는 시편 구절을 외우며 기도했다. 그러자 난쟁이도 덩달아 주저앉아, 하녀가 기도하는 동안 내내 함께 기도했다. 그런 뒤에 얼마 안 되어 읍내에서 화재가 발생하여 새로 지은 집 여러 채가 잿더미가 되었으나, 그 집만은 아무 피해 없이 무사하였다. 그런 일이 있은 다음에도 난쟁이는 다시 한 번 나타나서 물을 뿌렸다고 하는데, 그 뒤로 이 고장에서는 아무 일도 일어나지 않았다.

41
란차우의 시조모(始祖母)

홀슈타인의 폰 란차우 귀족 가문에 이런 전설이 떠돌고 있다. 옛날에 이 가문의 할머니가 밤중에 남편 쪽에서 작은 등불을 들고 나타난 꼬마 난쟁이 때문에 잠에서 깨었다. 난쟁이는 할머니를 성 밖으로 안내하여 산속 동굴로 들어서더니, 비명을 지르고 있는 어느 여자에게로 데려갔다. 이 여자가 원하는 대로 할머니가 그녀의 머리에 오른손을 얹자, 난쟁이 여자는 금세 병에서 나았다. 안내인은 시조모를 다시 성으로 데려다 준 다음에 금 한 조각을 선물로 주면서, 그것으로 세 가지 물건, 곧 놀이용 동전 50개, 청어 한 마리, 물렛가락 한 개를 그녀의 두 아들과 딸 하나, 그러니까 세 자식의 숫자대로 만들게 하라는 조건을 달았다. 그리고 그 물건들을 잘 보존해야 하며, 그러지 않으면 그녀의 가문이 쪼그라들 것이라고 경고하였다.

새로 결혼해 들어온 백작부인은 덴마크 가문 출신이었는데, 그녀의 남편 옆에서 쉬고 있을 때 무엇인가 부스럭거리는 소리가 들렸다. 침대 커튼이 걷히더니, 키가 겨우 1엘레(역자 주: 66cm)밖에 안 되는 아주 아름다운 여자 난쟁이가 등불을 들고 앞에 서 있는 것이 보였다. 이 여자 난쟁이가 말하기 시작했다. "무서워하지 마, 너를 해치려는 게 아냐. 내게 필요한 도움을 준다면, 나는 너에게 행운을 선물할게. 일어나서 내가 인도하는 곳으로 따라와. 누가 너에게 먹을 것을 내놓거든 그걸 먹지 않도록 조심해. 또 내가 주는 것은 안심하고 가져도 좋지만, 그밖에 다른 선물을 받으면 안 돼."

이 말을 듣고 백작부인이 따라 나섰는데, 길이 땅 아래로 나 있었다. 두 사람은 어느 방으로 들어갔다. 그곳은 금과 보석으로 번쩍이고, 작은 남녀 난쟁이들만 가득 앉아 있었다. 오래지 않아 그들의 왕이 나타나 백작부인을 침대로 안내하였는데, 거기엔 왕비가 산고를 겪으며 누워 있다가 도와 달라고 애청하였다. 백작부인은 최선을 다해 도왔고, 여왕은 무사히 옥동자를 낳았다. 그러자 손님들이 크게 기뻐하면서, 아주 맛있는 음식들이 가득 차려진 식탁으로 백작부인을 데리고 가서 먹으라고 재촉하였다. 하지만 그녀는 아무것도 건드리지 않았고, 황금 접시에 담긴 보석들에도 손을 대지 않았다. 마침내 그녀는 처음 안내인이 이끄는 대로 그곳을 떠나 자신의 침대로 돌아왔다.

그때 산속의 여자 난쟁이가 말했다. "네가 우리나라에 큰 공을 세웠으니 그 보상을 받아야지. 여기 나무 막대기 세 개를 받아서 네 베개 밑에 넣어두면, 이것들이 내일 아침엔 금으로 변해 있을 거야. 그 첫 번째로는 청어 한 마리를, 두 번째 것으로는 놀이용 동전을, 세 번째 것으로는 물렛가락 한 개를 만들되, 이 모든 이야기를 네 남편 말고는 이 세상 그 누구에게도 알리면 안 돼. 너희 부부는 세 아이를 낳아 그 아이들이 너희 가문의 세 지파가 될 거야. 청어를 받는 아이는 전쟁 운이 좋아서 그와 그 후손들이 그 행운을 차지하겠고, 놀이 동전을 받는 아이는 그 자식들과 함께 높은 관직을 얻겠고, 실 감기를 받는 아이는 후손이 번창하는 축복을 받을 것이야."

이 말을 마친 뒤 산속 여자는 떠나가고, 백작부인은 잠이 들었다. 그녀가 깨어나 남편에게 그 일을 마치 꿈처럼 이야기하였다. 백작은 그녀를 비웃었으나, 그녀가 베개 밑을 뒤져보니 거기에 금 막대기 세 개가 있었다. 두 사람은 깜짝 놀라 지시받은 대로 정확히 실행하였다.

예언이 완전히 적중하였으므로, 이 가문의 여러 지파들은 보물을 조심스럽게 보존하였다. 그것을 잃어버린 몇몇 지파들은 대가 끊겼다. 놀이 동전의 지파는 이렇게 말한다. 언젠가 덴마크 왕이 그들 지파의 한 사람에게 그 동전 한 개를 요구하여 가져갔는데, 왕이 그것을 받는 순간 그전까지 그것을 지니고 다니던 사람은 내장 속에 극심한 통증을 느꼈다는 것이다.

구전된 이야기에 따르면, 저 백작부인은 앞치마에 대팻밥을 가득 받아 벽난로 속에 던져 버렸다. 그 모든 일이 꿈만 같던 이튿날 아침, 그녀가 벽난로 속을 들여다보니 그건 모두 진짜 금이었다. 그날 밤 여자 난쟁이가 다시 나타나 말하기를, 그 금으로 세 가지 물건, 곧 물렛가락 하나, 잔 하나, 칼 하나를 만들게 하라고 일렀다. 칼이 검게 변하면 가족 중 하나가 칼에 죽고, 칼이 완전히 사라지면 그 사람은 자신의 형제에게 살해당한다고 하였다. 백작부인은 세 가지 물건을 만들게 한다. 그 뒤 한번은 칼이 검게 변하고, 그 다음에 완전히 사라진다. 란차우 백작 하나가 살해당했는데, 나중에 밝혀지기로는 그를 알지 못하던 형제에게 그리 된 것이었다.

42
헤르만 폰 로젠베르크

헤르만 폰 로젠베르크가 결혼식을 올리는데, 밤중에 지령(땅속 정령)들이 나타났다. 키가 두 뼘(역자 주: 40cm)도 채 안 되는 이 산신들은 음악을 연주하면서, 그들의 신부신랑들 가운데 한 쌍의 결혼식도 같은 곳에서 치를 수 있게 허락해 달라고 청했다. 그들은 조용하고 평화롭게 처신했다. 허락을 받은 그들은 이제 그들의 잔치를 벌였다.

43
오젠베르크 산의 난쟁이들

빙켈만이 1653년 우리들의 헤센 주에서 올덴부르크로 여행할 때였다. 그가 오젠베르크 산을 넘어 뷤머슈테트 마을에 이르렀을 때 밤이 닥쳤는데, 백 살 먹은 어느 술집 주인이 그에게 이야기하기를, 할아버지 시절에는 자기 집에 좋은 음식이 넘쳐났으나 지금은 형편이 나쁘다고 했다. 할아버지가 맥주를 담그면, 땅속 난쟁이들이 오젠베르크 산에서 찾아와 술통에서 아주 따뜻한 맥주를 따라 마시며 돈을 내었는데, 어떤 돈인지는 알려지지 않았지만 양질의 은화였다는 것이었다. 어느 여름에 더위가 심할 때, 늙은 난쟁이 하나가 맥주를 받아 가려다가 목이 말라 즉시 마셨는데, 너무 많이 마셔서 잠이 들고 말았다. 그런 뒤에 잠에서 깨어난 늙은 난쟁이는 때가 늦어진 것을 알고는 슬피 울기 시작했다. "내가 오랫동안 밖에 있었기 때문에 우리 할아버지가 나를 때릴 거야." 그렇게 곤경에 빠진 난쟁이는 벌떡 일어나 달려가면서 맥주잔을 가져가는 것을 잊었고, 그 뒤로 다시는 오지 않았다. 남겨진 잔을 그(술집 주인)의 아버지가 챙겨두었다가 자기 딸의 혼수로 주었는데, 이 잔이 집안에 있는 동안엔 장사가 번창하여 양식이 풍족했다. 하지만 그 잔이 얼마 전에 깨지고 나자, 행운도 덩달아 깨져 버린 듯이 뒷걸음질 쳤다.

44
지하 난쟁이와 양치기 소년

1664년 드레스덴에서 멀지 않은 곳에서 한 소년이 마을의 양떼를 돌보고 있었다. 옆에 있던 보통 크기의 돌멩이 하나가 갑자기 저절로 떠오르더니 몇 차례 펄떡펄떡 뛰었다. 깜짝 놀란 그는 가까이 다가가 그 돌을 살펴보다가 마침내 집어 들었다. 그가 돌을 집는데, 작은 지하 난쟁이가 흙에서 팔짝 뛰어나와 양치기 소년 앞에 작달막하게 서서 말했다. "나는 저 속으로 추방당했었는데 네가 풀어 준 거야. 그러니 난 너를 받들겠다. 나에게 일거리를 주어 무엇이든 하게 해 다오." 놀란 소년이 대답했다. "그래 좋아, 양 치는 일을 도와줘." 난쟁이는 저녁이 될 때까지 그 일을 정성껏 했다. 그리고는 그가 말을 꺼냈다. "네가 가는 곳으로 나도 같이 갈 거야." 하지만 소년이 즉시 대꾸했다. "너를 우리 집에 데리고 갈 수는 없어. 우리 집에는 의붓아버지와 다른 남매들까지 있는데, 누구든 내가 더 데려가 집을 비좁게 하면 아버지가 나를 심하게 때릴 거야." — "그래, 네가 나를 일단 받아들였으니까," 하고 정령이 말했다. "네가 나를 원치 않는다면, 너는 어디든 다른 곳에 내 숙소를 마련해 줘야 해." 그러자 소년은 그를 아이들이 없는 이웃 사람의 집으로 데려갔다. 지하 난쟁이는 이제 그 집에 제대로 자리를 잡았고, 이웃 사람은 그 난쟁이를 다시는 떨쳐 버릴 수가 없었다.

45
난쟁이의 방문

툰 호숫가에 있는 작은 마을 랄리겐과 그린델 숲 골짜기에 산사태로 묻힌 쉴링스도르프에는, 그리고 짐작컨대 다른 고장에도 다음과 같은 이야기가 전해진다. 폭풍과 빗속에서 떠돌이 난쟁이 하나가 마을을 지나던 길에 빗물을 줄줄 흘리며 사람들의 오두막집 문을 집집마다 두드렸는데, 하지만 아무도 그를 불쌍히 여겨 문을 열어주려 하지 않았고, 심지어 모두가 그를 비웃기까지 했다. 마을 가장자리에 가난하고 경건한 부부가 살고 있었다. 기진맥진한 난쟁이가 지팡이를 짚고 그 집으로 천천히 다가와 조그마한 창문을 조심스레 세 번 두들겼다. 늙은 양치기는 곧바로 그에게 문을 열어주고는, 별것 아니지만 자기 집이 내놓을 수 있는 것으로 그를 대접했다. 노파가 빵과 우유와 치즈를 가져오자, 난쟁이는 우유 몇 방울을 홀짝거리며 마시고 빵과 치즈 부스러기를 조금 먹었다. "저는 이렇게 거친 음식엔 익숙하지가 않아요," 하고 그가 말했다. "하지만 두 분께 진심으로 감사하고, 하느님의 보답을 받으시기 바랍니다. 이제 쉬었으니 갈 길을 계속 가야죠." — "아니 그러지 말아요," 하고 노파가 소리쳤다. "이 밤중에 이런 날씨를 무릅쓰고 나가다니, 잠자리가 비좁더라도 차라리 묵어가시구려." 하지만 난쟁이는 고개를 저으며 빙긋 미소를 지었다. "저기 절벽 위에서 온갖 할 일이 많아서 더 오래 머물 수는 없어요. 내일이면 벌써 두 분은 나를 생각하실 거예요." 그렇게 난쟁이는 작별했고, 두 노인네는 잠자리에 들었다. 하지만 다음날 동이 틀 무렵에 폭풍우가 몰아쳐 그들을 잠에서 깨웠다. 번갯불이 시뻘건 하늘가로 내달리고, 물살이 억수처럼 쏟아졌다. 그때 위쪽 산등성이 절벽에서 거대한 바윗덩이가 무너져 마을로 구르면서 나무, 돌, 흙더미와 함께 쏟아져 내려왔다. 사람이나 짐승이나 마을에서 숨을 쉬는 것이라면 모두 다 묻혀 버렸고, 물살이 두 노인의 오두막집 앞에까지 밀려왔다. 그들은 몸서리쳐 벌벌 떨면서 문밖으로 뛰쳐나갔다. 그때 물살 한가운데에 커다란 바윗덩이가 다가오는 것이 보이는데, 그 위에서 난쟁이가 마치 말을 타는 것처럼 재미있게 팔짝거리며 단단한 가문비나무 줄기로 노를 젓듯 하였다. 그러자 바윗덩이가 물을 막았고, 그렇게 난쟁이는 오두막집이 피해를 입지 않고 집주인들이 위험에서 벗어나도록 물살을 막아내고 있었다. 난쟁이는 점점 더 크고 높게 부풀어 오르더니, 엄청나게 큰 거인이 되었다가 공중으로 흩어져 버렸다. 그러는 동안 노인 부부는 무릎을 꿇고 기도하면서 목숨을 구해 주신 하느님께 감사했다.

46
차이텔모스

분지델과 바이센슈타트 사이에 있는 피히텔베르크에는 차이텔모스라는 거대한 숲이 있고, 그 앞에 큰 연못이 붙어 있다. 이 지방에는 많은 난쟁이와 산신들이 살고 있다. 언젠가 한 남자가 늦은 저녁시간에 숲 속을 지나가다가, 두 어린이가 나란히 앉아 있는 것을 보고는 더 지체하지 말고 어서 집으로 돌아가라고 주의를 주었다. 하지만 녀석들은 큰 소리로 웃기 시작했다. 남자는 계속 말을 타고 달렸는데, 한 구간을 더 가서 바로 그 아이들과 다시 마주쳤다. 녀석들은 또다시 웃음을 터뜨렸다.

47
여자 이끼 난쟁이

잘펠트 지방의 한스 크레펠이라는 농부가 1635년경에 벌판에서 벌목을 했는데, 때는 오후였다. 그때 조그마한 이끼 난쟁이 여자가 다가와 그에게 말했다. "아범, 나중에 일손을 놓고 하루 일을 마칠 때에는, 마지막 나무를 베고 나서 그 밑동에 십자가 세 개를 새겨 넣으세요, 좋은 일이 생길 테니까." 이 말을 마치고 여자 난쟁이는 가 버렸다. 무례하고 거친 사내인 그 농부는 속으로 생각하기를, 저런 허튼소리가 내게 무슨 소용이야, 저 따위 허깨비를 아랑곳할 게 뭐람, 하고는 십자가 세 개를 새기지 않고 저녁에 집으로 돌아갔다. 그 다음날 바로 같은 시간에 농부가 벌목을 계속하려고 다시 숲 속으로 들어가자, 이끼 여자 난쟁이가 다시 다가와 말했다. "아니, 남자 양반, 왜 어제 십자가 세 개를 새기지 않았어요? 그랬더라면 당신에게도 우리에게도 도움이 되었을 텐데. 야수 사냥꾼이 오후와 밤중에 우리를 끊임없이 뒤쫓아 와서 무참하게 죽인단 말예요. 우리는 십자가를 새긴 나무토막 위에 앉을 수가 없으면, 그자 앞에서 달리 평안을 누릴 방법이 없어요. 그자는 우리를 거기에서 몰아낼 수 없기 때문에 우리는 안전하다고요." 농부가 말했다. "허허, 그런데 십자가가 무슨 소용이 있겠어. 널 위해서는 하나도 새기지 않을 거야." 이 말에 이끼 난쟁이 여자는 농부에게 달려들어 그를 어찌나 세게 짓눌렀던지, 본래 힘이 센 그였지만 몸이 아프고 참혹한 몰골이 되었다. 그때부터 그는 그렇게 얻은 교훈을 잘 지켜 십자가 새기는 일을 한 번도 소홀히 하지 않았고, 그에게 언짢은 일이 다시는 생기지 않았다.

48
도깨비 두목이 이끼 난쟁이들을 사냥하다

황무지나 숲 속의 어둑한 장소들, 그리고 지하 굴속에도 남자 난쟁이와 여자 난쟁이들이 살고 있고 또 녹색 이끼 위에 누워 있는데, 이들의 몸은 온통 녹색 이끼로 덮여 있다. 이 사실은 잘 알려져서, 장인들과 세공인들이 그들 모양을 만들어 내다팔기도 한다. 그런데 이상하게도 이러한 이끼 난쟁이들을 이따금 근처를 돌아다니는 도깨비 두목이 추격하는데, 주민들이 서로 이런 말을 하는 것을 자주 들을 수 있다. "글쎄, 도깨비 두목이 밤중에 또 다시 사냥을 벌이는 바람에 계속 바스락 부스럭 하더라고!"

옛날에 잘펠트에서 가까운 아른취게로이테 출신의 어느 농부가 나무를 베려고 산으로 갔다. 거기서 도깨비 두목이 사냥을 하는데, 눈에는 보이지 않지만 고함소리와 개 짖는 소리가 들려왔다. 자기도 사냥을 도와야겠다는 기발한 생각이 농부의 머리에 퍼뜩 떠올라서, 그는 사냥꾼들이 그러듯이 소리를 지르기 시작했고, 그러면서 일과를 마치고는 집으로 돌아갔다. 다음날 이른 아침에 그가 마구간에 들어서려는데, 거기 문 앞에 녹색의 이끼 여자 난쟁이 몸의 4분의 1 조각이 마치 사냥의 일부 또는 보수라는 듯이 걸려 있었다. 기겁을 한 농부는 폰 바츠도르프 귀족을 찾아 바르바흐로 달려가 사실대로 얘기했다. 귀족은 농부에게 조언하기를, 그 자신의 안전을 위해 난쟁이 고기를 건드리지도 말라고, 그렇지 않으면 나중에 사냥꾼이 배상을 요구할 것이라고 했다. 농부는 그 말대로 했고, 그러자 사냥 고기도 그곳에 나타났을 때와 똑같이 눈에 띄지 않게 도로 사라졌다. 농부는 또한 배상 요구도 받지 않았다.

49
물의 정령

1630년 무렵에 잘펠트에서 반 마일 떨어진 브로일리프의 목사관에서는 목사님이 계신 자리에서 어느 늙은 산파가 다음과 같은 이야기를 했는데, 그것은 마찬가지로 산파였던 그녀의 어머니가 겪은 일이라고 했다.

이 여자는 어느 날 밤에 산기로 비명을 지르는 여인들에게 서둘러 옷을 입고 함께 가자는 호출을 받았다. 주변이 어두웠지만, 그녀는 자리에서 일어나 아래쪽에서 한 남자가 기다리고 있는 것을 발견하고는, 등불을 챙길 때까지만 기다려 주면 따라가겠다고 말했다. 그러나 남자는 급하다고 재촉하면서, 길은 등불이 없어도 자기가 알려 주겠고 또 길을 잃을 리도 없다고 말했다. 정말, 그가 산파의 눈까지 가리자, 그녀는 깜짝 놀라 소리를 지르려 하였으나, 남자는 다만 그녀를 안심시킬 뿐이었다. 그녀에게 언짢은 일은 조금도 생기지 않을 테니, 무서워하지 말고 함께 가도 좋다는 것이었다. 그래서 그들은 함께 갔다. 그런 뒤에 여자는 그가 나뭇가지로 물을 치는 것을 알아차렸고, 두 사람은 점차 더 깊이 아래로 내려가 마침내 방으로 들어섰다. 방 안에는 산모밖에는 아무도 없었다. 동행자는 이제 산파의 눈에서 가리개를 풀고 그녀를 침대 맡으로 데리고 가더니, 자기 아내에게 맡긴 다음에 자신은 밖으로 나가 버렸다. 이어서 산파는 아기가 세상에 태어나게 도와주고, 산모를 침대로 데려가고, 아기를 씻어주는 등 모든 필요한 일들을 처리했다. 은근한 감사의 마음에서 산모는 경고하듯이 산파에게 말하기 시작했다. "나는 아주머니와 마찬가지로 기독교도인데요, 나를 바꿔치기 한 어느 물의 정령에게 잡혀 왔어요. 이제 내가 아이를 낳았으니 그자는 반드시 나를 사흘 뒤에 잡아먹어요. 사흘 후 당신네 연못에 꼭 가보세요, 그러면 물이 핏빛으로 변한 것을 보시게 될 거예요. 지금 내 남편이 들어와서 돈을 주거든, 절대로 보통 때 받는 것보다 더 많이 가져가지 마세요. 그렇지 않으면 그자가 당신 목을 비틀어 버릴 테니까, 제발 조심하세요." 그 순간 남자가 성나고 사악한 표정으로 들어와 주변을 둘러보더니, 모든 일이 잘 마무리된 것을 발견하고는 산모를 칭찬했다. 그런 다음에 엄청나게 큰 돈 뭉치를 탁자 위에 던져놓고 이렇게 말했다. "원하는 만큼 가져가시오." 산파는 그러나 재치 있게 몇 번이나 거듭 대답했다. "다른 사람들한테서 받는 것보다 댁에게 더 바라지는 않아요, 그건 얼마 안 되는 돈이었죠. 그만큼만 주세요, 그거면 충분하니까. 그것마저 너무 많다고 생각하시면 한 푼도 받지 않겠으니, 저를 도로 집에 데려다 주기만 하세요." 그가 말했다. "그 말은 하느님께서 너에게 시키셨구나." 그는 많은 금액을 내고는 그녀를 무사히 집으로 데려다 주었다. 그러나 산파는 정해진 날에 연못에 가보는 것은 감히 엄두도 내지 못했다. 무서웠으니까.

50
운터스베르크 산의 요정들

그뢰디히 지방의 주민과 농부들은 이 무렵(1753년경)에 요정들이 여러 차례 분더베르크[기적의 산]에서 사내아이들과 여자 아이들에게 나타나 빵을 나눠 주었다고 신고했다. 아이들은 글라네크에 있는 동굴 바로 가까이에서 가축에게 풀을 뜯기고 있었다.

요정들은 이삭을 잘라 거두는 자리에도 여러 차례 찾아왔다. 그들은 아침 일찍 내려왔다가, 다른 사람들이 일과를 마치면 다시 분더베르크 산 속으로 들어갔는데, 저녁식사를 함께 하지 않은 채 가버렸다.

언젠가 다시금 이 산의 근처에서 어린 소년이 말 잔등에 앉아 있었다. 소년의 아버지가 밭을 갈려고 말에게 멍에를 지웠는데, 그때 산에서 요정들이 몰려나와 소년을 강제로 데려가려 했다. 하지만 이 산의 비밀과 사건들을 이미 알고 있던 아버지는 무서워하지 않고 여인들에게 달려가 아이를 도로 찾아오며 말했다. "네 이년들, 도대체 왜 이렇게 자주 나타나 이제는 내 아들까지 빼앗아 가려느냐? 이 아이를 어쩌려는 거야?" 요정들이 대답했다. "이 아이는 우리가 더 잘 돌보고 제 집에서보다 더 잘 살게 될 거예요. 아이는 우리들의 사랑을 받으며 조금도 해를 입지 않을 거예요." 그래도 아버지가 제 자식을 손에서 내놓지 않자, 요정들은 슬피 울면서 그곳을 떠났다.

분더베르크 산의 요정들이 산 옆의 언덕에 아늑하게 자리 잡은 쿠겔뮐레 또는 쿠겔슈타트 근처에 또다시 나타나, 가축을 돌보던 사내아이 하나를 끌고 갔다. 누구나 다 잘 아는 이 소년을 일 년 넘게 지난 뒤에야 비로소 나무꾼들이 발견했는데, 아이는 초록색 옷을 입고 이 산속의 나무 그루터기에 앉아 있었다. 그 다음 날 나무꾼들은 그 아이를 산에서 찾아보려고 아이의 부모를 데리고 갔으나, 모두 허탕을 치고 말았다. 소년이 다시는 모습을 드러내지 않았던 것이다.

분더베르크의 요정 하나가 아니프 마을 쪽으로 가는 일이 여러 번 있었는데, 이 마을은 산에서 실히 반시간은 걸리는 곳에 있다. 이 요정은 그곳 여기저기에 땅굴을 파고 잠잘 자리를 만들었다. 그녀의 머리칼은 아주 길고 아름다웠다. 치렁치렁한 머리칼이 거의 발바닥에까지 흘러내렸다. 이 여자가 자주 드나드는 모습을 마을의 한 농부가 보고는 사랑에 빠졌는데, 주로 그녀 머리칼의 아름다움 때문이었다. 농부는 참을 수가 없어서 그녀를 찾아가 흐뭇한 마음으로 쳐다보았고, 순진한 탓에 마침내 거리낌 없이 그녀의 잠자리에 들어가 누웠다. 서로 오가는 말은 없었고, 그들이 무슨 불미한 짓을 저지른 것은 더욱이 아니었다. 그러나 둘째 날 밤에는 요정이 당신은 아내가 없나요? 하고 농부에게 물었다. 하지만 농부는 제 아내를 부인하며 없다고 했다. 그런데 그의 아내는 남편이 저녁에 어디로 가서 밤에는 어디서 자는지, 많은 생각을 하게 되었다. 그래서 그녀는 남편의 뒤를 밟으며 엿보다가, 들판의 요정 집에서 자고 있는 그를 찾아냈다. "아니 이럴 수가, 아름다운 네 머리칼! 그런데 너희들 여기서 함께 무슨 짓을 하는 거야?" 농부의 아내는 요정에게 이렇게 말하고 그들에게서 물러갔다. 농부는 크게 놀랐다. 하지만 요정은 농부가 지조 없이 자기 아내를 부인한 것을 비난하며 이렇게 말했다. "만약 당신 아내가 나에게 악한 마음에서 미움과 불쾌감을 드러냈더라면, 당신은 지금 불행을 당해서 다시는 이곳을 벗어나지 못할 거야. 하지만 당신 아내가 화를 내지 않았으니, 이제부터는 그녀를 사랑하고, 그녀와 성실하게 살며 다시는 감히 집을 떠날 생각은 하지 말아요. 이렇게 쓰여 있으니까요. '누구나 혼인한 아내에게 성실하게 살지니라.' 비록 이 계명의 힘은 언젠가 크게 줄어들고, 그래서 부부가 누리는 이 세상의 모든 행복도 그리 되겠지만요. 여기 내 황금 구두를 받아 가요, 그리고 다시는 뒤돌아보지 말아요."

51
물의 정령과 춤을 추다

라이바흐에는 같은 이름의 강 속에 '물의 정령' 또는 '물의 남자'라고 불리는 물귀신이 살고 있었다. 이 정령은 밤에는 어부와 선원들에게 나타나고 낮에는 다른 사람들에게 모습을 드러내어, 그가 어떻게 물에서 솟아나왔고 어떻게 사람의 모습으로 눈에 띄었는지를 누구나 다 이야기할 정도였다. 1547년 7월 첫 일요일에 라이바흐에서는 옛 풍속에 따라 우물가의 오랜 장터에 이웃 사람들이 모두 모였다. 우물에는 그 옆에 서 있는 아름다운 보리수로 서늘하게 그늘이 져 있었다. 주민들은 정답고 친근한 신뢰 속에서 음악 연주를 들으며 음식을 즐기고, 이어서 춤을 추기 시작했다.

한참 뒤에 아름다운 자태에 잘 차려 입은 젊은이가 춤판에 끼고 싶다는 듯이 다가왔다. 그는 군중에게 정중히 인사하고 참석자 각자에게 친절하게 악수를 청했다. 하지만 그의 손은 아주 보드랍고 얼음처럼 차가워서, 그 손을 만지는 순간 누구나 섬뜩하게 소름이 끼쳤다. 그런 다음에 젊은이는 멋지게 치장하고 몸매가 예쁜, 하지만 발랄하고 건방지고 품행이 경박한 우르줄라 셰퍼린이라는 처녀를 춤판으로 인도해 내었는데, 그녀 또한 젊은이에게 능숙하게 맞추면서 온갖 재미있는 익살을 연출하는 재주가 있었다. 그들은 한참 동안 격정적으로 함께 춤을 춘 다음에, 춤판을 경계 짓는 광장에서 점차 멀리 벗어나더니, 보리수에서 지티히 궁정 쪽으로 옮겨 가다가, 그 가장자리를 지나 라이바흐 강까지 갔다. 거기에서 많은 선원들이 보는 가운데 젊은이가 처녀를 데리고 물속으로 뛰어들었다. 그리고 두 사람 모두 선원들의 눈앞에서 사라졌다.

보리수는 1638년에 들어설 때까지 그곳에 서 있었으나, 높은 수령 때문에 베어내어야 했다.

52
물의 정령과 농부

물의 정령은 다른 사람과 똑같아 보이지만, 다만 그가 입을 벌리면 초록색 이빨이 보인다. 그는 초록색 모자도 쓰고 다닌다. 처녀들이 호숫가를 지나가면 그는 그 앞에 모습을 드러내고, 리본을 재어 잘라서 처녀들에게 던진다.

옛날에 물의 정령이 호수에서 멀지 않은 곳에 사는 농부와 사이좋게 지냈는데, 이따금 농부를 찾아오곤 하더니 마침내 물속에 있는 자기 집에 와 달라고 그에게 청했다. 농부는 그러기로 하고 함께 갔다. 수면 아래 물속에서는 모든 것이 지상의 화려한 궁전과 같아서, 방과 회당들이 이어지고 온갖 재물과 장신구로 가득 찬 저장실들이 있었다. 물의 정령은 손님을 구석구석 데리고 다니며 온갖 것을 다 보여 주고는 마지막으로 작은 방에 이르렀다. 거기에는 주둥이를 바닥 쪽으로 엎어놓은 수많은 새 항아리들이 있었다. 농부는 이게 도대체 무엇이냐고 물었다. "물에 빠져 죽은 사람들의 넋인데, 항아리 바닥에 담아 빠져나가지 못하게 저렇게 잡아두는 거요." 농부는 조용히 침묵하고 있다가 다시 뭍으로 나왔다. 하지만 넋들의 일로 오랫동안 애가 타던 그는 언젠가는 물의 정령이 외출하겠지 하고 지켜보았다. 그러다가 실제로 그렇게 되자, 농부는 아래로 내려가는 올바른 길을 눈여겨보아 두었으므로, 물속의 집으로 들어가 다행히도 그 작은 방을 다시 찾아냈다. 거기에 다다른 그가 항아리를 하나하나 뒤집자, 물에 빠져 죽은 사람들의 넋이 물에서 위로 떠올라가 구원받았다.

53
푸줏간에 온 물의 정령

물의 정령은 또한 매주 고기를 사려고 푸줏간을 찾아 도시로 들어왔는데, 옷차림이 보통 사람들보다 조금 다르기는 했어도 누구나 그를 받아들였고, 그밖에 별다른 생각은 조금도 하지 않았다. 다만 그는 항상 구멍이 뚫린 낡아빠진 동전으로 값을 치렀다. 그것을 마침내 한 푸줏간 주인이 눈치 채고 이렇게 말했다. "잠깐, 저자가 다시 나타나지 못하게 내가 표시를 해 주겠어." 이제 물의 정령이 다시 와서 고기를 사려 하자, 푸줏간 주인이 그를 알아보고는 돈을 내민 그의 손가락을 재빨리 칼로 그었고, 거기에서 피가 흘러나왔다. 그때 이후로 물의 정령은 아예 멀리 있으면서 다시는 나타나지 않았다.

54
내기 헤엄

마이센에서 다음과 같은 사건이 일어났다. 빵집 하인 몇이 강림절 예배 때 설교 도중에 밖으로 나가, 수목원 바로 맞은편 벽돌집 창고의 위쪽 엘베 강에서 미역을 감았다. 그들 가운데 하나가 자신의 헤엄 실력을 믿고 동료들에게 말하기를, 그들이 1탈러를 걸면 아무리 먼 거리라도 쉬지 않고 왕복 세 번 연속해서 헤엄칠 수 있다고 했다. 다른 두 사람은 그 말이 믿기지 않아 내기를 받아들였다. 무모한 저 인간이 두 번을 마치고 이제 세 번째로 지벤-아이헨-슐로스(역자 주: 일곱 참나무 성)를 향해 헤엄쳐 가려 할 때, 연어로 보이는 거대 물고기가 그의 앞에서 높이 치솟더니 그를 낚아채어 물속으로 풍덩 들어가 버렸다. 그래서 그자는 꼼짝없이 익사하고 말았다. 사람들은 그날 바로 수색에 나서서 다리 위쪽에서 그를 찾아냈다. 그의 온몸에 날카롭게 찔린 흔적들이 피멍과 함께 선명하게 보였고, 그래서 물의 정령 또는 물귀신이 남긴 상처 자국들을 쉽사리 알아볼 수 있었다.

55
동생 니켈

뤼겐 섬에는 빽빽한 숲 속에 깊은 호수가 하나 있는데, 물고기가 많지만 물이 흐려서 고기잡이에는 적합하지 않은 곳이다. 그럼에도 여러 해 전에 어부 몇 사람이 고기를 잡아보려고 그들의 거룻배를 호수로 끌어왔다. 그 다음날 어부들은 집에서 그물을 가져왔는데, 호수로 돌아와 보니 작은 배 또는 거룻배가 사라지고 없었다. 그래서 한 어부가 주변을 둘러보니 높은 너도밤나무 위에 배가 올라가 있었다. 그래서 그가 소리 질렀다. "어떤 악마가 내 배를 나무 위에 올려놓은 거야?" 그러자 가까운 곳에서 목소리가 대답하는데, 사람은 보이지 않고 이렇게 말했다. "그건 악마들의 소행이 아니라 내가 동생 니켈과 그리 한 거라고!"

56
요정 샘

헤센의 키르히하인에서 멀지 않은 곳에 깊은 호수가 있는데, 그 이름은 요정 샘이고 이따금 요정들이 나타나 호반에서 햇볕을 쪼이곤 한다. 호수에 딸린 방앗간도 마찬가지로 요정 방앗간이라고 불린다. 또한 마르부르크에서도 엘리자베트 방앗간이 있는 란 강에서 1615년 물의 정령이 나타났다고 한다.

57
마그데부르크의 요정들

마그데부르크에서는 엘베 강의 한 장소에 물의 정령들이 자주 나타나서는 강을 헤엄쳐 건너는 사람들을 물속으로 끌어들여 익사시키곤 했다. 틸리 장군에 의해 도시가 파괴되기 직전에 어느 민첩한 사람이 동전 한 닢을 위해 강을 헤엄쳐 건너갔는데, 하지만 이쪽으로 다시 건너올 때 바로 그 장소에 이르는 순간 무엇인가에 붙잡혀 물속으로 끌려들어갔다. 아무도 그를 구해 줄 수 없었고, 끝내 그의 시신이 강가로 떠내려 왔다. 이따금 물의 요정은 밝은 대낮에 햇빛이 비칠 때 모습을 드러내어, 물가 또는 호반의 나뭇가지 위에 앉아서 아름다운 처녀들처럼 치렁치렁한 황금빛 머리칼을 빗는다. 옛날에 우물물은 요리하기에 너무 세고 엘베 강의 물은 멀리 힘들여 길어 와야 했기 때문에, 시민들은 수도관을 설치하려 했다. 그들은 강 속에 큰 말뚝을 박는 공사에 착수했으나, 얼마 지나지 않아 일을 더 진척시킬 수가 없었다. 강물 속에 벌거벗은 남자가 버티고 서서, 먼저 설치되었던 말뚝을 모조리 완력으로 뽑아내어 이리저리 흩어 버렸기 때문에, 예정된 공사를 중단할 수밖에 없었다.

58
뒹게스 호수

헤센 지방의 뒹게스 마을 옆에는 뒹게스 호수 또는 하우트 호수가 있는데, 해마다 정해진 날이 되면 물이 시뻘건 핏빛으로 변하곤 한다. 이에 대해 다음과 같은 전설이 있다. 옛날 뒹게스 마을에 교회 헌당기념 축제가 열렸는데, 낯설고 이름을 알 수 없지만 아름다운 처녀 둘이 끼어들어 농사꾼 청년들과 춤을 추며 즐겁게 지내다가, 축제가 밤낮 없이 계속되는데도 밤 12시에 둘 다 사라져 버렸다. 하지만 그들은 다음 날 다시 나타났는데, 그들이 계속 머물러 있기를 바라던 젊은이 하나가 한 처녀와 춤을 추는 동안 그녀의 장갑을 몰래 훔쳤다. 이제 처녀들은 다시 어울려 춤을 추다가, 자정이 다가오자 돌아가려 했다. 한 처녀가 장갑을 찾으려고 여기저기 온 구석을 다 뒤졌으나, 아무 데서도 발견하지 못하자 불안해졌고, 그렇게 찾는 동안 시계가 열두시를 알렸다. 두 처녀는 완전히 겁에 질려 곧장 호수로 달려가 물속으로 뛰어들었다. 그 다음 날 호수는 핏빛으로 붉게 물들었고, 해마다 그날에는 여전히 같은 일이 벌어진다. 남겨진 장갑에는 위쪽에 작은 왕관들이 보였다.

이런 이야기도 전해진다. 어느 날 밤 말을 탄 두 사람이 어느 산파의 집 앞에서 멈추더니 그녀를 깨워 함께 가자고 했다. 산파가 거절하자, 그들은 완력으로 그녀를 말 등에 잡아 묶고 뒹게스 호수로 달려갔다. 그곳에서 산파는 해산을 앞둔 그들의 여왕을 돕게 되어 있었다. 산파는 수많은 진기한 물건과 엄청난 보물과 재화들을 보았지만, 그 얘기를 언제까지나 아무에게도 하지 않겠다고 맹세해야만 했다. 산파는 그렇게 하루를 물속에 머물고 나서, 풍성한 보수를 받고 밤중에 다시 지상으로 보내졌다. 여러 해가 지난 뒤 그녀는 병이 들었는데, 신부님에게 모든 것을 털어 놓고 나서야 비로소 죽음을 맞을 수 있었다.

59
묾멜제 호수(역자 주: 요정 호수)

바덴에서 멀지 않은 슈바르츠발트(역자 주: 검은 숲)의 어느 높은 산 위에 깊이를 알 수 없는 호수가 있다. 완두콩이든 조약돌이든 무엇이나 홀수로 보자기에 싸서 호수 물속에 담가 두면 짝수로 변하고, 마찬가지로 짝수로 담가 두면 홀수가 된다. 또한 돌멩이를 하나 또는 여러 개 물속에 던져 넣으면, 아무리 맑던 하늘이라도 흐려지면서 우박과 돌풍을 동반한 폭풍우가 몰려온다. 물속에 던져 넣은 돌들은 물의 난쟁이 정령들이 조심스럽게 다시 호숫가에 건져 놓는다.

언젠가 목동들이 호숫가에서 가축들에게 꼴을 뜯겼는데, 갈색 수소 한 마리가 호수에서 솟아올라와 다른 소들과 어울렸다. 하지만 곧바로 난쟁이 하나가 뒤따라 올라와 소를 도로 몰아가려 했다. 그런데도 소가 말을 듣지 않자 난쟁이는 저주를 퍼부었고, 마침내 소는 그를 따라 돌아갔다.

어떤 농부가 겨울철에 굳게 얼어붙은 호수 위를 황소들과 통나무 몇 개를 끌고 무사히 건너갔다. 하지만 그 뒤를 쫓아가던 강아지는 발 아래의 얼음이 깨지는 바람에 물에 빠져 죽었다.

어떤 사냥꾼이 그곳을 지나가다가 숲 속 난쟁이가 호수 위에 앉아 옷 앞자락에 돈을 가득 놓고 그것으로 놀이하는 것을 보았다. 사냥꾼이 난쟁이에게 총을 쏘려 하자, 난쟁이는 물속으로 뛰어들더니 금세 이렇게 소리쳤다. "이걸 달라고 청했더라면 저자는 쉽게 부자가 될 수도 있었을 것을, 하지만 이제 저자와 그 후손들은 가난 속에서 살아가야 할 게다."

한 번은 늦저녁에 난쟁이 하나가 어느 농부를 집으로 찾아와 하룻밤 잠자리를 청했다. 침대가 모자랐던 농부는 거실 장의자나 건초더미를 내주겠다고 했으나, 난쟁이는 골풀 속에서 자게 해 달라고 간청했다. "난 아무래도 좋아."라고 농부가 대답했다. "네가 좋다면, 연못 속이나 우물가 물구유에서

라도 자라지.” 이렇게 허락이 나자, 난쟁이는 연못물이 마치 건초라는 듯이 몸을 따뜻하게 하려고 즉시 골풀과 연못 사이로 파고들었다. 이튿날 아침 난쟁이가 기어 나왔는데, 옷은 온전히 마른 상태였다. 농부가 이 기이한 손님에게 놀라움을 표시하자, 난쟁이가 대꾸했다. “그래요, 앞으로 수백 년 안에 나 같은 사람이 여기서 밤을 보내는 일은 없을 거요.” 그런 말을 하던 끝에 농부가 대화에 깊이 빠져들자, 난쟁이는 그에게 속마음을 털어놓았다. 자기는 물속 난쟁이 정령인데, 아내를 잃어서 뭄멜제 호수에서 찾아볼 생각이니 길을 가르쳐 달라는 것이었다. 그리로 가는 도중에 난쟁이는 그밖에도 여러 가지 기이한 일들을 이야기했다. 벌써 많은 호수에서 아내를 찾아보았지만 발견하지 못했는데, 그런 호수들에서는 사정이 또한 그렇다고 했다. 뭄멜제 호수에 이르자 난쟁이는 물속으로 내려갔지만 그에 앞서 자기가 돌아올 때까지 또는 다른 신호를 보낼 때까지 거기서 기다려 달라고 부탁하였다. 그래서 농부는 호숫가에서 대략 두어 시간을 기다렸는데, 마침내 호수 한가운데에서 난쟁이가 가지고 다니던 막대기가 두어 줌의 피와 함께 물을 뚫고 올라오고, 구두 몇 개가 공중으로 솟아올랐다. 농부는 그것이 약속된 표시라고 추측할 수 있었다.

뷔르템베르크의 한 공작은 뗏목을 만들게 해서, 그것을 타고 호수로 나아가 그 깊이를 재 보려 했다. 하지만 측량사들은 실그물 아홉 개를 내려 보냈는데도 바닥을 찾지 못했다. 그러다가 뗏목이 목재였음에도 가라앉기 시작했고, 측량사들은 뜻했던 일을 포기하고 자신들의 구조를 걱정해야 했다. 호숫가에서는 아직도 뗏목 조각들을 볼 수 있다.

60
처녀 요정과 잘레 강의 여자 난쟁이

마그데부르크에는 이따금 강에서 올라와 푸줏간에서 장을 보던 처녀 요정이 알려져 있다. 그녀는 서민답게 처신했지만 아주 깨끗하고 정결했으며, 손에 장바구니를 들었고 몸가짐이 정숙했다. 그녀는 그 어떤 점에서도 다른 처녀들과 다르지 않았으나, 다만 자세히 주의해서 보면 그녀의 새하얀 앞치마의 한쪽 끝이 늘 젖어 있어서, 그것이 그녀의 출신지가 강물이라는 표시였다. 어느 젊은 푸줏간 점원이 그녀에게 반해서 그녀를 좇아다녔는데, 마침내 그녀가 어디에서 와서 어디로 돌아가는지를 알고 나서는 함께 물속으로 들어가고 말았다. 연인들을 도우려고 호숫가에서 기다리던 푸줏간 점원에게 처녀 요정이 이런 말을 했었다. 사과 하나를 담은 나무 접시가 물살을 타고 떠오르면 일이 잘 된 것이고, 그렇지 않으면 잘못된 것이라고. 하지만 금세 시뻘건 물살이 솟아올랐는데, 그것은 신랑이 처녀 요정의 친척들의 마음에 들지 않아 그들에게 죽임을 당했다는 증거였다. 이에 대해서는 그러나 위와 다른 내용의 이야기들도 있다. 신부가 물속으로 내려가고, 젊은이는 물가에 앉아 그녀의 확답을 기다리며 앉아 있었다는 것이다. 처녀는 물속의 부모에게 결혼 허락을 간청할 생각이었으나, 그 일을 먼저 오빠들에게 말했다. 연못 위에는 그 어떤 대답도 없이 핏자국만 나타났다. 오빠들이 그녀 자신을 죽인 것이다.

잘레 강에서도 이따금 요정들이 잘펠트 시내로 들어와 푸줏간에서 고기를 샀다. 그들은 크고 섬뜩한 눈, 그리고 치마 아래쪽 끝동이 젖어 있는 것으로 구별될 뿐이었다. 그들은 물의 정령들이 바꿔치기한 인간의 자식들로서, 정령들은 이들 대신 저희 기형아들을 지상에 남겨 두었다고 한다. 할레의 성문 밖에도 마찬가지로 정령의 늪이라고 불리는 둥근 못이 있는데, 이곳에서 여인들이 시내로 나와 필요한 물건들을 산다. 그들도 역시 옷솔기가 젖어 있는 것으로 알아볼 수 있다. 그밖에는 옷, 말씨, 돈에서 그들은 우리와 똑같다.

라이프치히에서 멀지 않은 도로에서 난쟁이 요정이 자주 목격되었다. 이 난쟁이는 식품을 사려고 다른 농사꾼 여자들과 섞여 장바구니를 들고 주간시장에 갔다. 마찬가지로 이 요정도 왔던 곳으로 되돌아갔는데, 하지만 그 누구와도 말 한 마디 나누지 않았고, 길에서 사람을 만나도 인사를 하거나 감사하는 법이 없었다. 그러나 무엇이든 물건을 살 때에는 그녀도 여느 여자들과 똑같이 값을 깎으며 흥정할 줄 알고 있었다. 언젠가 두 여자가 그녀를 바싹 뒤따라가 보았다. 난쟁이 요정이 어느 작은 연못 앞에 장바구니를 내려놓는가 싶더니, 그 순간 바구니는 그녀와 함께 사라져 버렸나. 옷에서는 그녀와 나른 여사들 사이에 차이가 없었으나, 다반 그녀의 속옷 아래쪽이 두 손 폭만큼 젖어 있었다.

61
물의 권리

여름이면 엘스터 강이 플라이스 강으로 흘러드는 라이프치히 근방에서 젊은이들이 수영을 한다. 그러나 그곳에는 사람을 미혹하는 물살이 있어서, 때로는 아주 깊은 곳이, 때로는 모래톱이 나타난다. 특히 대학생 수영장이라고 불리는 곳이 그렇다. 다른 강들과 마찬가지로 이 강에 대해서도 떠도는 이야기가 있으니, 이 강이 매년 반드시 한 사람을 데려간다는 것이다. 실제로 거의 매년 여름 이 강에서는 사람이 하나씩 빠져 죽는데, 사람들은 물의 요정이 그를 끌어내린다고 믿는다.

누군가 물에 빠져 죽을 때면 물의 요정이 먼저 강 위에서 춤을 춘다는 말이 있다.

헤센에서는 수영을 하려고 강가에 서 있는 아이들에게 주의를 주기 위해 부모들이 이렇게 소리친다. "물의 요정이 너를 끌고 들어갈지도 몰라!" 다음과 같은 아이들의 노랫가락이 있다:

웅덩이 속 물의 요정
너는 못된 녀석이야,
네 작은 다리를
빨간 벽돌로 닦으렴!

62
물에 빠져 죽은 아이

사람들은 물에 대해 여러 이야기를 하는데, 호수나 강은 매년 순결한 아이 하나를 데려가야 한다는 것이다. 하지만 물은 죽은 시체를 견디지 못하여 언젠가는 물가로 내던진다고 한다. 심지어 마지막 뼛조각까지도 바닥에 가라앉으면 도로 떠올라야 한단다. 한번은 어느 어머니의 아이가 호수에 빠져죽었는데, 어미는 최소한 뼈라도 묻게 해 달라고 하느님과 성자들에게 간청했다. 그러자 바로 다음 번 폭풍우에 아이의 해골이, 그 다음 폭풍우에 몸통이 물가로 밀려왔다. 그렇게 다 모아지자 어미는 어린 뼈 전부를 보자기에 싸서 교회로 가져갔다. 그런데 이 무슨 기적인가! 그녀가 사원에 들어서자 보따리가 점점 무거워졌고, 그것을 제단 계단에 올려놓자 아이가 울기 시작하더니 보자기에서 빠져나왔다. 모두들 기겁을 하고 말았다. 오른손 작은 손가락 뼈 한 마디가 모자랐지만, 어미가 꼼꼼히 뒤져 그것 역시 찾아내었다. 이 사건을 기념하여 그 뼛조각이 다른 성물들과 함께 교회에 보존되었다. — 노이마르크에 있는 퀴스트린의 뱃사공들과 어부들의 이야기로는 오더강의 물살을 지배하는 미지의 존재가 있는데, 이것이 매년 특정의 희생제물을 데려간다고 한다. 이 운명을 점지 받은 사람은 누구든 익사를 피할 수 없다는 것이다. 할레의 염전 일꾼들은 특히 세례자 성 요한의 축일(역자 주: 6월 24일)을 두려워한다.

쉼멜만이라는 백작이 이날 잘레 강에 들어갔다가 익사했다.

63
째진 꼬마 귓바퀴

멜리히슈타트 아래쪽의 슈트로이라는 작은 강을 건너가는 사람들은 째진 꼬마 귓바퀴(역자 주: '째진 귓바퀴'는 사기꾼 등의 귓바퀴를 갈라 벌하던 체형에서 유래하여 '교활한 자'라는 뜻)라고 불리는 물의 요정에게 강 속으로 끌려 들어가 이따금 익사당한다.

64
물의 요정과 방앗간 일꾼

두 사람의 방앗간 일꾼이 강가를 걸어가고 있다. 그중 하나가 언뜻 물 위를 훑어보는데, 물의 요정이 거기에 앉아 머리를 빗고 있는 것이 보인다.

그가 엽총을 집어 그녀를 쏘려고 겨누는데, 요정은 강물 속으로 팔짝 뛰어들어 손가락을 까딱거리고는 사라진다. 이 모든 일이 알아차리지 못할 만큼 순식간에 벌어져서, 앞서 걷고 있던 다른 일꾼은 동료가 금세 이야기해 줄 때까지는 아무 것도 보거나 알아차리지 못했다. 그 뒤 사흘째 되던 날, 이 동료는 헤엄을 치려다가 물에 빠져 죽었다.

65
물의 요정에 효험 있는 꽃박하와 야생박하

할레의 어느 산파는 자기 스승이 겪었다는 일을 이렇게 이야기했다. 그녀의 스승이 밤중에 한 남자에게 이끌려서 활짝 열린 성문 밖으로 나가 잘레 강가에 이르렀다. 도중에 그 남자는 한 마디도 말을 해서는 안 되며 더욱이 불평할 생각은 말라고 위협하면서, 그렇지 않으면 당장 그녀의 목을 비틀어 버리겠다고, 하지만 그밖에는 안심해도 좋다고 하였다. 그녀는 하느님을 생각하며 그분이 지켜주시겠지, 직업 때문에 가는 거니까 하고 순순히 따라갔다. 그런데 잘레 강가에서 강물이 열리고, 한참 아래에 바닥도 갈라졌다. 두 사람은 점차 밑으로 내려갔다. 거기에 아름다운 궁전이 있고, 그 안에 귀엽게 생긴 자그마한 여자가 누워 있었다. 진통 중인 그녀를 산파가 돕는데, 그 사이에 남자는 도로 밖으로 나갔다. 그녀가 임무를 무사히 마치고 나자 작은 여인이 동정어린 목소리로 말했다. "아유, 친절한 아줌마, 최후의 심판 날까지 여기에 머무셔야 할 것이 안타깝네요. 아주 조심하세요, 제 남편이 지금 금화를 한 통 가득 내놓을 텐데, 수고하신 대가로 평소에 다른 사람들이 당신에게 주는 것 이상은 받지 마세요. 그러고 나서 저기 거실 밖으로 나가 바깥에 다다르거든 곧장 땅바닥을 만져 보세요. 거기서 꽃박하와 야생박하가 손에 잡힐 텐데, 그걸 꼭 잡고 놓치지 마세요. 그러면 아줌마는 다시 풀려나서 집으로 가시게 될 거예요." 여인이 말을 마치자마자 금발의 곱슬머리에 눈이 푸르스름한 물의 남자 요정이 방으로 들어왔다. 그는 금화가 가득 담긴 커다란 통을 가져와 산파가 있던 우아하고 환한 방 안에 내려놓으며 이렇게 말했다. "여기 봐, 네가 원하는 만큼 가져가." 이에 그녀는 금화 한 닢을 집었다. 요정이 얼굴을 찌푸리더니 눈을 험상궂게 부라리며 말했다. "그건 너 자신의 생각이 아니라, 암송아지로 쟁기질한다는 말처럼 어떤 계집의 잔꾀로구나. 그년은 대가를 치를 거야! 자, 이리 와서 함께 가자." 그러자 산파는 일어섰고, 요정이 그녀를 밖으로 데리고 나갔다. 거기서 그녀는 재빨리 몸을 굽혀 꽃박하와 야생박하를 움켜쥐었다. 그러자 안내자가 말했다. "네가 그리 말하는 건 하느님의 뜻이지, 그것 역시 내 마누라에게서 배웠고. 이제 네가 왔던 곳으로 돌아가." 곧이어 그녀는 물에서 나와 강가에 있게 되었고, 아직 열려 있는 성문을 지나 읍내로 가서 무사히 집에 도착하였다.

크베어푸르트 근처 에셰츠 출신의 또 다른 산파는 이런 이야기를 했다. 고향에서 그녀는 남편이 외출한 사이에 집에 남아 아이를 보고 있었다. 자정에 물의 요정이 집 앞에 나타나 남편의 목소리를 흉내 내며 정원 쪽의 창문에 대고 소리쳤다. 어떤 특별한 걸 보여 줄 테니 얼른 밖으로 나오라는 것이었다. 뭔가 이상하다고 느낀 아내가 이렇게 대답했다. "일단 들어오세요, 한밤중에 일어나라니 제 꼴이 우습잖아요. 열쇠가 어디 있는지 당신도 아시죠, 거기 바깥 현관문 위쪽 구멍에요." — "그야 나도 잘 알지, 하지만 나와 봐야만 한다니까." 그렇게 그가 오랫동안 이런 저런 말로 성가시게 굴자 아내는 마침내 문을 열고 정원으로 나섰다. 그러나 유령은 앞장서서 걸으며 점점 더 깊이 아래쪽으로 내려갔다. 뒤따르던 산파는 집에서 멀지 않은 곳에서 흐르는 강에 다다랐다. 그러는 사이에 물의 요정이 말했다.

"옷자락을 치켜 올리라고,
꽃박하 야생박하 속으로 넘어지지 않게."

그 풀들은 뜰에 많이 자라고 있었다. 강물이 눈에 띄자 그녀는 얼른 풀 속으로 넘어졌고, 그 순간 물의 요정은 사라져 버려서 더는 그녀에게 이러지도 저러지도 못했다. 자정이 지난 뒤 남편이 돌아와 현관문과 방문이 열려 있고 아이들 엄마가 침대에 없는 것을 보고는 애타게 부르기 시작했다. 그러다가 마침내 정원에서 그녀의 나지막한 목소리를 알아듣고는 그녀를 풀에서 일으켜 세워 방으로 데리고 들어갔다. 그리하여 산파들은 이 풀을 매우 소중히 여기게 되어서 그것을 침대, 요람, 지하실에 놓아두고, 몸에 지니고 다니면서 다른 사람들에게도 그리 하라고 일러준다. 라이프치히의 채소장수 아낙네들은 이 풀을 자주 장터에 내어놓고 판다.

한번은 어떤 여자가 점심때에 맥주를 따라오려고 지하실로 들어갔다고 한다. 그때 안에서 한 유령이 이렇게 말하기 시작했다.

"꽃박하를 네가 가지고 있지 않으면,
맥주 맛을 보게 내가 도와 줄 텐데."

이 노랫가락은 다른 이야기들에도 나온다.

66
물의 요정의 다리

크베어푸르트에서 반 마일 떨어진 에셰츠의 한 산파가 이런 이야기를 했다. 메르제부르크에서 한 여자가 자정 무렵에 강가 가까이에 사는 어느 이발사의 집 앞에 와서 창문에 대고 산파에게 나오라고 소리쳤다. 처음에 산파는 나오려 하지 않았다. 마침내 이발사가 함께 나왔는데, 그가 들고 있던 등불에 문득 물의 요정의 소름끼치는 다리가 보였다. 그러자 요정은 몸을 움츠렸다. 이것을 본 이발사가 마구 욕설을 퍼부으며 꺼져 버리라고 하자, 물의 요징은 금세 사라졌다.

67
물의 요정과 함께 산 하녀

라이프치히 근방의 한 마을에 이런 이야기가 전해진다. 어느 하녀가 강 속으로 들어가 3년 동안 물의 요정의 시중을 들었다. 하녀는 편안한 생활을 누렸고, 한 가지만 빼고는 무엇이든 뜻대로 할 수 있었다. 그것은 그녀의 음식에 간이 없었다는 것이다. 이것이 또한 그녀가 그곳을 떠난 이유였다. 다만 하녀는 이런 말도 했다. "나는 그 시절 이후로 7년 이상은 살 수 없어요. 그중에 이제 3년이 남았고요." 평시에도 그녀는 항상 우울하고 어수룩했다. 프레토리우스는 이 이야기를 1664년에 들었다.

68
알벤스레벤 가문의 여인

수백 년 전에 베르더 지역의 칼베에 알벤스레벤 가문의 나이 지긋하고 경건한, 사람들에게 자비롭고 봉사하기를 좋아하는 귀족 여인이 살고 있었다. 그녀는 무엇보다도 난산을 겪는 서민여성들을 도와주었고, 그럴 때마다 누구나 그녀를 원했고 높이 존경했다. 그런데 어느 날 이런 일이 벌어졌다. 한밤중에 어느 하녀가 성 앞으로 찾아와 문을 두드리며 근심에 찬 목소리로 소리쳤다. 부디 언짢아하지 말고 할 수 있는 대로 빨리 일어나서 자기와 함께 밖으로 나가 임산부가 산고를 겪고 있는 시 변두리로 가자는 것이었다. 시간이 아주 급박하고 위험이 크며, 자기 마님은 어떻게 몸을 추스를지도 모른다고 하였다. 귀부인이 말했다. "이제 곧 자정이고 성문이 다 닫혔는데 어떻게 밖으로 나가겠다는 것인가?" 하녀가 대답하기를, 성문이 이미 열려 있으니 그저 출발하기만 된다고 하였다. (하지만, 몇몇 사람들이 덧붙이는 이야기로는, 이제 안내되어 갈 곳에서는 아무것도 먹거나 마시지 말고, 그녀에게 제공되는 것을 건드리지 않도록 조심해야 한다고도 하였다.) 그러자 귀부인은 침대에서 일어나 옷을 입고 아래로 내려와서, 문을 두드렸던 하녀와 함께 길을 떠났다. 성문은 열려 있었다. 그들이 계속 가서 벌판으로 들어서자, 산속 한가운데로 이어지는 아름다운 통로가 나타났다. 산은 활짝 벌어져 있었다. 부인은 사태가 분명하지 않은 줄을 알아차렸지만, 그래도 두려워하지 않고 계속 가보기로 마음을 다져 먹었다. 그들은 마침내 침대에 누워 큰 산고를 겪고 있는 조그마한 여인 앞에 이르렀다. 귀부인은 그녀를 도왔고(몇몇 사람들에 따르면, 그녀는 손을 산모의 몸에 올려놓기만 하면 되었다), 동이 틀 무렵에 아기가 무사히 태어났다. 일을 마친 뒤에 부인은 다시 산 밖으로 나가 집에 돌아가기를 원했고, (그녀에게 제공된 음식과 음료를 조금도 건드리지 않은 채로) 산모와 작별했다.

그러자 앞서의 하녀가 다시 그녀를 동행하여 무사히 성으로 데려다 주었다. 하지만 하녀는 성문 앞의 길에 멈춰 서서 그녀가 모시는 부인의 이름으로 정중히 감사하고, 손가락에서 금반지 하나를 빼어 귀부인에게 바치며 말했다. "이 소중한 징표를 잘 간수하셔서, 이것이 부인과 부인의 가문에서 없어지지 않게 하셔요. 이 반지를 가지고 있는 동안 알벤스레벤 가문은 번창하겠지만, 언젠가 이것을 잃어버리면 가문 전체의 후손이 끊길 수밖에 없거든요." 하녀는 그렇게 말하고 사라졌다.

이 반지는 오늘날까지도 원래대로 온전히 가문에 보존되었고, 뤼베크에 안전하게 공탁되어 있다고 한다. 어떤 사람들이 주장하기로는, 그 가문이 두 계파로 나뉠 때 반지를 일부러 두 쪽으로 갈랐다고 한다. 또 다른 사람들의 말에 따르면, 나뉜 반지의 한쪽을 녹였는데 그 뒤로 그 쪽 가문에는 불운이 닥쳤고, 다른 한쪽 반지는 치히토우 지방의 다른 쪽 가문에 전해지고 있다. 이런 이야기도 있다. 도움을 베푼 조산부는 결혼한 여자였다. 그런 일이 있던 다음날 아침에 그녀는 남편에게 자신이 지난밤에 겪은 일을 이야기해 주었으나, 남편은 그녀를 믿으려 하지 않았다. 마침내 그녀가 말했다. "아휴, 내 말을 믿지 않으려거든 저쪽 방 책상 열쇠를 들고 가보세요, 그 안에 아직 반지가 있을 테니." 거기에 정말 반지가 있었다. 사람이 유령에게서 받은 선물에는 무엇인가 신기한 것이 있다.

69
폰 하안 가문의 부인과 물의 요정

옛날에 폰 하안 가문 출신의 어느 귀족 부인에게 물속 요정의 하녀가 찾아와 강 밑에 있는 임산부를 함께 방문하자고 요구하였다. 물이 양쪽으로 갈라졌고, 두 사람은 쾌적한 길을 따라 땅속으로 깊이 내려갔다. 그곳에서 부인은 산통을 겪고 있는 자그마한 여자를 정성껏 보살펴 주었다. 모든 일이 순조롭게 끝나서 하안 부인이 떠날 준비를 하고 서둘러 집으로 돌아가려 하자, 작달막한 남자 요정이 들어와 은화가 가득 담긴 그릇을 내밀며 수고의 대가로 그녀가 원하는 만큼 집으라고 했다. 하지만 그녀는 거절하며 한 푼도 받지 않았다. 그러자 요정이 말했다. "하느님의 지시로 네가 그리 말하는구나. 그렇지 않았으면 내가 너를 죽였을 거야." 그런 다음에 부인은 길을 떠났고, 앞서의 하녀가 그녀를 다시 집으로 데려다 주었다. 그들이 집에 도착했을 때, 하녀가 금 조각 세 개를 꺼내어 귀부인에게 바치며 이렇게 경고했다. 이 보물을 잘 간직하여 잃어버리지 않게 하라고, 그렇지 않으면 그녀의 집안이 가난으로 망할 것이나, 잘 간직하면 만사가 풍요롭게 된다는 것이었다.

그러고 나서 하녀는 가버렸다. 세 개의 금 조각은 세 아들에게 분배되었는데, 이 보물을 정성껏 보관한 두 가계는 오늘날까지도 여전히 번성하고 있다. 반면 세 번째 금 조각은 최근에 한 여인이 잃어버렸는데, 그 뒤 이 여자는 프라하에서 가난하게 죽었고 그녀의 가계도 종말을 맞이하고 말았다.

70
폰 보니카우 부인

작센의 폰 보니카우 부인이 언젠가 산후 조리를 하며 혼자 있을 때, 한 자그마한 여자가 찾아왔다. 여자는 부인의 방에서 결혼식을 올리고 싶으니 허락해 주기를 청한다면서, 그 자리에는 자기 외에는 아무도 없게 조심하겠노라고 하였다. 보니카우 부인이 허락하자, 갑자기 수많은 남녀 땅속 난쟁이들이 무리 지어 방으로 들어왔다. 그들은 작은 탁자 하나를 가져와 음식을 차리며 여러 개의 대접을 올려놓았고, 결혼식 모임 전체가 식탁 앞에 앉았다. 그들이 한참 식사를 하고 있을 때, 여자 난쟁이 하나가 뛰어오더니 큰 목소리로 이렇게 외친다.

"하느님께 찬양과 감사를, 우리는 큰 곤경에서 벗어났으니,
그 추잡한 할망구가 죽었다고요."

71
곡물주걱과 반지와 물컵

아직은 로트링겐 공국이 오랫동안 독일에 속해 있던 때, 난치히와 루엔슈타트(뤼네빌) 사이의 지역을 폰 오르게빌러 가문의 마지막 백작이 다스리고 있었다. 그에게는 남자 친족이 없었기 때문에, 임종하는 자리에서 자신의 영토를 세 딸과 사위들에게 나눠 주었다. 큰딸은 지몬스 폰 베슈타인과, 둘째 딸은 폰 크로니 영주와, 막내딸은 독일의 한 라인백작과 결혼했다. 백작은 영지 외에도 세 가지 선물을 상속자들에게 나누어 주었는데, 첫째 딸에게는 곡물주걱(되)을, 둘째에게는 술잔을, 셋째에게는 보석반지를 하나씩 주었다. 그러면서 그는 이 물건들을 딸과 그 후손들이 지성껏 간직하라고 권면하고, 그러면 그들의 집안에 항상 행운이 따를 것이라고 하였다.

백작이 이 물건들을 어떻게 얻었는지에 관한 이야기를 지몬스의 증손자인 바송피에르(바센슈타인) 궁내대신이 직접 이렇게 전한다. 백작은 결혼

하였으나, 아주 아름다운 한 여인과 은밀한 사랑을 계속 유지하고 있었다. 여인은 매주 월요일에 정원의 여름 정자로 그를 찾아왔다. 남편의 이러한 사련을 부인은 오랫동안 눈치 채지 못하고 있었다. 그는 자리를 뜰 때면 밤에 사냥감을 망보러 숲으로 간다고 둘러댔다. 그러나 몇 년 뒤에는 백작 부인도 의심이 들어 진정한 진실을 알고 싶었다. 어느 여름날 이른 아침, 그녀는 남편의 뒤를 밟아 여름 정자로 들어갔다. 거기서 그녀는 아주 아름다운 여인의 품속에 잠들어 있는 남편을 보았다. 그러나 두 사람이 너무나 평화롭게 자고 있었기 때문에, 부인은 그들을 깨우지 않으려고 자기 머리에서 베일을 벗어 잠든 두 사람의 발 위에 펼쳐 놓았다. 아름다운 정부가 잠에서 깨어나 베일을 발견하고는 비참하게 울음을 터뜨리며 말했다. "여보 내 사랑, 이제부터 우리 다시는 만나지 말아요. 이제 저는 백마일 쯤 멀리 가서 당신과 떨어져 있어야겠어요." 이렇게 말하고 그녀는 백작을 떠나갔는데, 그러나 가기 전에 위에서 말했던 세 딸을 위한 세 가지 선물을 그에게 주면서, 딸들이 그것을 잃어버리면 절대 안 된다고 하였다.

바센슈타인 가문은 오랫동안 슈피날(에피날) 시로부터 곡물세를 거두었는데, 항상 이 계량주걱이 사용되었다.

72
집요정 코볼트

몇몇 지역에서는 거의 모든 농부, 아낙, 아들과 딸들에게 온갖 집안일을 도와주는 집요정 코볼트(역자 주: 한국 민속의 도깨비 또는 집귀신과 유사한 요괴)가 있다. 집요정은 부엌에서 물을 나르고, 장작을 패고, 맥주를 가져오고, 요리하고, 마구간에서 말의 털을 빗고, 외양간을 청소하는 등등의 일을 한다. 집요정이 있는 곳에서는 가축이 늘어나고 무엇이든 성공하고 번창한다. 오늘날까지도 일을 능숙하게 하는 하녀를 가리켜 "저 아이는 집요정을 가지고 있어."라고 속담처럼 하는 말이 있다. 그러나 집요정을 화나게 하는 사람은 조심하는 게 좋다.

집요정들은 집으로 들어오기 전에 한 가지 시험을 해 본다. 저들은 밤시간에 톱밥을 집 안으로 들여오든가, 우유통에 온갖 가축의 배설물을 집어넣기도 한다. 이제 톱밥이 흩어지지 않도록, 통 속의 배설물을 그대로 둔 채 우유를 마시도록 집주인이 세심하게 주의를 기울이면, 그러면 집요정은 그 집에 머물며 식구가 단 하나라도 살아 있는 동안에는 떠나가지 않는다.

요리사 하녀가 집요정을 비밀 도우미로 받아들였으면, 그녀는 매일 일정한 시간에, 그리고 집안의 특정한 장소에 그를 위해 작은 주발을 준비하고, 그 안에 맛있는 음식을 가득 담아놓고 나서야 자기 일을 계속해야 한다. 그렇게 하면 요리사는 이제 게으름을 피울 수도, 저녁에 일찍 잠자리에 들 수도 있고, 그래도 이른 아침에는 일이 다 끝나 있는 것을 보게 된다. 하지만 그러한 시중을 한 번이라도 잊으면, 그녀는 앞으로 다시 손수 일을 해야 할 뿐만 아니라, 이젠 손이 서툴러져서 뜨거운 물에 손을 데거나, 냄비와 식기를 깨뜨리거나, 음식을 쏟거나 하여 결국 주인으로부터 심한 꾸지람을 들을 수밖에 없게 된다. 사람들은 이따금 집요정이 그것을 보고 키득거리며 웃는 소리를 들었다.

하인이 바뀌어도 집요정은 남아 있어서, 떠나는 하녀는 후임 하녀에게 집요정을 추천하여 녀석을 돌보게 해야 한다. 그것을 마다하는 후임 하녀는 끊임없이 불운을 겪다가 마침내 도로 나가고 만다.

사람들은 집요정들이 어린애 모습을 하고 알록달록한 작은 윗옷을 입은 진짜 사람이라고 믿는다. 어떤 사람들은 집 요정들이 예전에 이렇고 저렇게, 이런 저런 흉기로 살해당했을 때의 상황에 따라 그들의 일부는 등에 칼이 꽂혀 있다거나 일부는 그보다도 더욱 끔찍한 모습이라고 가정한다.

언젠가 집에서 살해당한 사람들의 영혼이 저들이라고 생각되기 때문이다.

때때로 하녀는 자신의 꼬마 시종을 — 코볼트를 쿠르트 킴겐이라 부르든 아니면 하인츠헨이라 부르든 — 보고 싶어 한다. 하녀가 뜻을 굽히지 않으면 유령은 그녀가 자신을 보게 될 장소를 말해 주는데, 이때 차가운 물을 담은 양동이를 가져오라고 한다. 그러면 하녀는 집요정이 바닥에 놓인 작은 베게 위에 발가벗은 채 누워 있는 모습을 보게 된다. 그의 등에는 커다란 도살용 칼이 꽂혀 있다. 어떤 하녀들은 너무나 놀라 그만 기절해 쓰러지고 말았다. 그러자 집요정은 즉시 벌떡 일어나 하녀가 다시 정신을 차리도록 차가운 물을 그녀에게 붓고 또 부었다. 그런 뒤로 하녀는 집요정을 보고 싶은 생각이 싹 사라져 버렸다.

73
농부와 코볼트

한 농부가 자신의 집 요정 코볼트에게 질려 버렸다. 온갖 말썽을 저질렀기 때문이었다. 그러나 농부는 바라는 바를 하려고 해도 집요정을 떼어낼 수 없었다. 마침내 그는 집요정이 자리를 잡은 헛간에 불을 질러 그를 태워 죽이기로 했다. 그래서 농부는 우선 자신의 짚들을 모두 들어내었다. 그러고는 유령을 잘 가둔 후 마지막 수레를 운반할 때 헛간에 불을 붙였다. 헛간이 활활 타오르고 있을 때 농부는 주위를 둘러보았다. 그런데, 보라! 뒤쪽 수레 위에 집요정이 앉아서 이렇게 말하는 것이 아닌가: "우리가 밖으로 나갈 때가 된 거였어요! 우리가 밖으로 나갈 때가 된 거였다구요!" 그리하여 농부는 다시 돌아와 집요정을 그대로 데리고 있는 수밖에 없었다.

74
방앗간의 코볼트

옛날에 린텔른 출신의 대학생 두 명이 도보여행을 하고 있었다. 그들은 마을에 도착해서 숙박을 하려고 하였으나 비가 세차게 내리고 칠흑같이 깜깜해져 더 이상 걸어갈 수 없게 되었다. 그리하여 그들은 가까운 곳에 있던 방앗간으로 가서 문을 두드리고는 하룻밤 묵고 가게 해 달라고 부탁했다. 방앗간 주인은 처음에는 들으려고도 하지 않더니, 결국 간절한 부탁에 뜻을 굽히고 문을 열었다. 그러고는 두 사람을 어떤 방으로 데려갔다. 두 사람은 몹시 배가 고프고 목이 말랐는데, 마침 방에는 음식이 담긴 접시와 맥주가 담긴 주전자가 탁자 위에 놓여 있었다. 두 사람은 방앗간 주인에게 그것을 먹을 수 있게 해 달라고 부탁하였다. 그들은 돈을 지불할 용의도 있었다. 그러나 방앗간 주인은 이를 거부했으며, 빵 한쪽도 그들에게 내주려 하지 않았다. 그저 딱딱한 벤치 하나를 침대로 쓰는 것을 허락해 줄 뿐이었다. 방앗간 주인은 이렇게 말했다. “이 음식과 음료는 집요정 것이오. 목숨이 아깝다면, 둘 다 건드리지 마시오. 그밖에는 두려워할 것이 없소. 밤중에 무슨 소리가 들리더라도, 그대로 누워 잠을 자기만 하면 되오.” 이 말과 함께 방앗간 주인은 밖으로 나가 문을 걸어 잠갔다.

대학생들은 잠을 자려고 누웠다. 그러나 한 시간 쯤 뒤에 그중 하나가 너무나 심한 허기에 일어나 음식을 찾았다. 석사였던 다른 학생이 귀신에게 바쳐진 것은 귀신이 가져가도록 내버려 두라고 경고했으나, 그 학생은 이렇게 대답했다. “먹고 마실 것에 대해서는 귀신보다 내게 더 큰 권리가 있어”. 그러고는 탁자 앞에 앉아 마음껏 먹었고, 결국 남은 것이라고는 야채 찌꺼기 조금밖에 없었다. 그 다음 그는 주전자를 들어 맥주를 한껏 들이마셨다. 그렇게 자신의 욕망을 어느 정도 진정시킨 후에야 그는 친구에게로 가 다시 누웠다. 하지만 조금 뒤 다시 갈증이 그를 괴롭혔고, 그는 다시 한 번 일어나 대담하게 맥주를 들이켰다. 그 결과 집요정에게는 이제 찌꺼기만이 남겨지게 되었다. 그렇게 먹어치우고, 잘 먹었다고 말하고 나서 학생은 다시 누워 잠이 들었다.

자정까지는 사방이 조용했다. 그러나 자정이 되자, 집요정이 커다란 소리를 내며 안으로 들어왔다. 두 사람은 그 소리에 깜짝 놀라 잠에서 깼다. 집요정은 숨을 헐떡거리며 방 안을 몇 차례 왔다갔다하더니, 식사를 하려는 듯 탁자 앞에 앉았다. 두 사람은 집요정이 그릇을 끌어당기는 소리를 또렷하게 들었다. 잠시 뒤 집요정은 화가 난 듯, 그릇을 세차게 내려놓았다. 그러고는 주전자를 집어 뚜껑을 열었으나, 그것도 곧 거칠게 닫아 버렸다. 이제 집요정은 일을 시작했다. 탁자를, 그 다음에는 탁자의 다리를 조심스럽게 닦았고, 다음에는 빗자루로 바닥을 열심히 쓸었다. 일을 마친 후 집요정은 어쩌면 지금쯤 상황이 나아졌을지 모른다는 생각에 다시 한 번 그릇과 주전자가 있는 곳으로 돌아왔다. 그러나 화가 나서 그릇과 주전자를 다시 밀쳐버렸다. 그 뒤 집요정은 다시 일을 계속했고, 벤치들이 있는 곳으로 와서 벤치들을 닦고, 걸레질하고, 아래에서 위로 문질렀다. 집 요정이 두 학생이 누워 있는 곳에 이르자, 그는 그곳을 지나쳐 그들의 다리 아래쪽에 있는 벤치들을 닦았다. 일을 마친 뒤 그는 위쪽에 있던 벤치들을 두 번째로 닦기 시작했고, 두 번째에도 손님들을 그냥 지나쳐 갔다. 그러나 집요정이 세 번째로 그들 곁에 왔을 때, 그는 아무것도 먹지 않은 대학생의 머리와 몸 전체를 쓰다듬었으나 전혀 아프게 하지 않았다. 그러나 다른 학생의 발을 잡고는 벤치에서 확 끌어내려 몇 차례 땅바닥에서 끌고 다니더니, 마침내 그를 바닥에 눕혀 놓고 난로 뒤로 가서 커다랗게 그를 비웃었다. 대학생은 다시 벤치로 기어갔다. 하지만 15분 뒤에 집요정은 일을 다시 시작했다. 빗자루질을 하고, 청소를 하고, 걸레질을 했다. 두 사람은 두려움에 떨며 그 자리에 누워 있었다. 다른 대학생 옆에 왔을 때 집요정은 그를 아주 부드럽게 쓰다듬었지만, 다른 학생은 다시 바닥에 집어던지고는 난로 뒤에서 조롱하는 거친 웃음소리를 들려주었다.

대학생들은 더 이상 벤치에 누워 있고 싶지 않았다. 두 사람은 일어나 잠긴 문 앞에 서서 커다란 비명을 질렀다. 그러나 아무도 그 소리에 귀를 기울이지 않았다. 두 사람은 마침내 평평한 바닥에서 서로 부둥켜안고 있기로 결심했다. 그러나 집요정은 그들을 가만히 내버려 두지 않았다. 집요정은 세 번째로 자신의 놀이를 시작했고, 죄지은 학생에게 다가와 그를 이리저리 끌고 다니고는 비웃어 주었다. 이 학생은 마침내 화가 머리끝까지 나서 자신의 칼을 꺼내 웃음소리가 들리는 구석을 향해 찌르고 휘둘렀다. 그러고는 집요정에게 협박하는 말들과 함께 밖으로 나오라고 요구했다. 그는 무기를 든 채 벤치에 앉아 무슨 일이 벌어질지 기다렸다. 그러나 웃음소리는 사라지고 사방이 조용해진 채로 시간이 흘렀다.

다음날 아침 방앗간 수인은 자신의 경고를 따르지 않고 음식에 손을 댄 것에 대해 학생들을 비난했다. 쉽게 목숨을 잃을 수도 있었다는 것이었다.

75
꼬마모자

베른하르트 폰 힐데스하임 주교의 궁정에 한 유령이 머물렀다. 그는 농부의 옷을 입고 있었으며 친절하고 경건한 모습으로 모든 사람의 앞에 나타났다. 이 유령은 머리에 작은 펠트모자를 쓰고 있었는데, 사람들은 그래서 그에게 꼬마모자(역자 주: 휘트헨Hütchen: 작은 모자), 니더작센의 방언으로는 훼데켄이라는 이름을 붙여 주었다. 이 유령은 자신이 사람들에게 해를 입히기보다는 득을 가져다주는 일을 한다는 것을 이해시키려 했다. 그래서 어떤 때는 불행을 경고해 주기도 하고, 어떤 때에는 사람들의 계획을 도와주기도 했다. 휘트헨은 사람들과 함께 지내는 것을 기쁘고 즐겁게 생각하는 것 같았으며, 모든 사람과 수다스럽고 친절하게 이야기하고, 질문하고, 또 대답하는 것 같아 보이기까지 했다.

이 시기에 빈첸부르크 성에 헤르만이라는 이름을 가진 슈바벤 가문의 백작이 살았다. 그는 그 지역을 자기 자신의 백작령으로 소유하고 있었다. 그의 신하 중 한 명에게 아름다운 부인이 있었는데, 백작은 그녀에게 추파를 던지며 열정적으로 그녀를 따라다녔다. 그러나 그 부인은 백작에게 거의 눈길을 주지 않았다. 그러자 백작은 마침내 악한 수단을 생각해 내었다. 그녀의 남편이 먼 곳으로 여행을 떠났을 때, 백작은 부인이 자신의 뜻으로 거절한 것을 폭력으로 빼앗았던 것이다. 부인은 남편이 떠나 있는 동안에는 이 부당한 일에 대해 입을 다물고 있을 수밖에 없었다. 남편이 돌아오자 그녀는 아주 슬픈 몸짓과 함께 고통스럽게 사실을 털어 놓았다. 역시 귀족이었던 남편은 이 치욕이 오로지 범인의 피를 통해서만 씻어질 수 있다고 믿었다. 그는 궁정의 방을 마음대로 드나들 수 있는 자유를 가지고 있었기에 백작이 자신의 아내와 침대에 누워 있는 시간을 이용하여 방 안으로 들어갔다. 그러고는 그가 행한 범죄를 호된 말로 비난하였다. 백작이 저항하기 위해 몸을 움직이는 것을 알아차리자 그는 백작의 칼을 집어 들어 침대 위에서 백작부인 옆에 누워 있던 백작을 찔렀다. 백작부인은 극도로 격렬하게 화를 내며 폭력적으로 칼을 휘두른 사내를 꾸짖었다. 그녀는 이제 막 임신한 몸이었기 때문에 이렇게 협박을 했다. "내가 내 뱃속에 간직하고 있는 아이가 이 살인에 대해 그대와 그대의 가족에게 복수를 하도록 할 것이니, 후대의 모든 사람들이 타산지석으로 삼게 될 것이오." 이 말을 들은 귀족은 몸을 돌려 백작부인을 그녀의 남편과 마찬가지로 찔러 죽였다.

헤르만 폰 빈첸부르크 백작은 가문의 마지막 남자였기 때문에 그와 임신한 부인의 죽음으로 나라는 주인을 잃게 되었다. 꼬마모자는 이 사건이 일어난 그날 아침 시간에 잠을 자고 있던 베른하르트 주교의 침대로 가서 그를 깨우고는 이렇게 말했다. "일어나시오, 대머리 양반, 그대의 백성들을 모으시오! 빈첸부르크 백작령이 군주의 피살로 인해 주인 없는 땅이 되었소. 별 노력 없이 그대의 지배하에 둘 수 있게 되었다오." 주교는 일어나서 서둘러 군대를 모았다. 주교는 이들과 함께 백작령을 점령하여 이주하고, 황제의 승낙을 받아 백작령을 힐데스하임 주교령에 영구적으로 편입시켰다.

구전되는 전설은 또 다른, 아마도 위의 이야기 이전에 벌어진 이야기를 하나 더 전해 준다. 빈첸부르크 백작에겐 두 명의 아들이 있었는데, 두 아들은 서로 평화롭지 못하게 살고 있었다. 유산으로 인한 싸움을 피하기 위해 백작은 힐데스하임 주교와 다음과 같은 결정을 내렸다. 아버지가 죽은 후 먼저 주교에게 와서 그 사실을 알리는 자가 백작령을 봉토로 받게 되리라는 것이었다. 백작이 죽자, 나이가 많은 아들은 곧 말에 올라 주교에게 달려갔다. 그러나 어린 아들은 말을 가지고 있지 않았기 때문에 어떻게 해야 할지를 몰랐다. 이때 꼬마모자가 그의 앞에 나타나 이렇게 말했다. "내가 그대를 도와줄 테니, 주교에게 영지를 수여받겠다고 알리는 편지를 쓰시오. 그 편지는 쏜살같이 달리는 말을 타고 있는 그대의 형보다 먼저 주교에게 도착할 것이오." 이에 동생은 편지를 써 그에게 주었다. 꼬마모자가 편지를 받아들고 산과 숲을 지나 똑바로 이어지는 길로 힐데스하임에 가져갔으니, 삼십분 만에 벌써 그곳에 도착했다. 서둘러 달린 형이 도착하기 한참 전이었다. 그리하여 동생이 영토를 얻게 되었다. 꼬마모자가 달린 그 길은 찾기가 어려우며, 아직도 "꼬마모자가 달려간 길"이라 불린다.

꼬마모자는 주교의 궁정에 자주 나타났다. 그는 누가 묻지 않아도 이러저러한 위험에 대해 경고를 해 주었고, 지체 높은 남성들에게는 미래를 알려주기도 했다. 꼬마모자는 말을 할 때 모습을 보이기도 했고, 때로는 눈에 보이지 않는 상태로 있기도 했다. 그러나 커다란 모자를 항상 머리에 깊이 눌러 쓰고 있어서 사람들은 결코 그의 얼굴을 볼 수 없었다. 그는 도시의 파수꾼들이 잠들지 않고 민첩하게 망을 보도록 열심히 주의를 기울였다. 그는 누구에게도 고통을 주지 않았다. 그랬더라면 그가 가장 먼저 욕을 먹었을 것이었다. 그러나 그를 비웃는 자가 있으면, 꼬마모자는 잊지 않고 그에게 욕을 퍼부어 주었다. 그는 요리사들을 자주 도왔으며, 그들과 부엌에서 자주 수다를 떨었다. 지하실의 반죽통이 그의 잠자리였다. 그 안에는 구멍이 하나 있어 꼬마모자는 그곳을 통해 땅속으로 기어들어갔다. 사람들이 그에게 너무 익숙해진 나머지 아무도 그를 두려워하지 않게 되자 부엌에서 일하는 한 사내아이가 그를 비웃고 조롱하기 시작했다. 아이는 비방하는 말들로 그를 괴롭혔고 할 수 있을 때마다 부엌에서 나온 오물을 그에게 버리거나 설거지물을 그에게 끼얹었다. 꼬마모자는 매우 화가 나서 요리사들의 우두머리에게 그 소년에게 벌을 줘서 나쁜 짓을 그만두도록 하게 해 달라고 부탁했다. 그렇지 않으면 자신이 직접 모욕에 대해 복수를 하겠다는 것이었다. 요리사들의 우두머리는 그를 비웃으며 이렇게 말했다. "당신은 유령인데 그 작은 소년을 무서워하는군!" 이에 꼬마모자가 대답했다. "그대가 녀석을 벌해 달라는 나의 부탁을 거절했으니, 내가 그 소년을 얼마나 두려워하는지 며칠 뒤에 보여 주겠소!" 이 말과 함께 꼬마모자는 화를 내며 가버렸다. 얼마 지나지 않아 소년이 저녁식사를 한 후 홀로 부엌에 앉아 있다가 피로 때문에 잠이 들었다. 그때 유령이 나타나서는 그를 목 졸라 죽이고 작은 조각들로 잘라버렸다. 그러고는 그것을 커다란 냄비 하나에 전부 집어넣고는 불 위에 올려놓았다. 곧 요리사의 우두머리가 와서 냄비 안에 사람의 몸이 끓고 있는 것을 보았고, 여러 다른 정황들을 통해 유령이 이상한 요리를 하려 한다는 사실을 눈치 챘다. 그러자 그는 유령을 끔찍하게 비난하고 저주하기 시작했다. 꼬마모자는 이에 더욱 격분하였다. 그는 곧장 부엌으로 달려가 왕과 궁정 사람들을 위해 꼬치에 꽂아 불에 굽고 있던 고기 위에 끔찍한 두꺼비를 짓눌러 놓았다. 그러자 고기에서는 독과 피가 뚝뚝 떨어지게 되었다. 이에 요리사가 다시 그를 욕하고 모욕하자 꼬마모자는 요리사가 어느 날 성문 밖으로 나가려 할 때 그를 상당히 높은 다리 위에서 밀쳐 떨어져 죽도록 만들었다. 사람들은 그가 주교의 궁정과 다른 집들에 불을 지를까봐 걱정하게 되었고, 도시는 물론 성의 장벽 위에 서 있는 모든 파수꾼들까지 열심히 보초를 서야만 했다. 이 사건과, 그리고 또 다른 이유들 때문에 베른하르트 주교는 꼬마모자를 물리치고자 애썼고, 간청 등의 수단을 통해 마침내 그가 물러나게 할 수 있었다.

이 유령은 여러 가지 위험한 일들을 저질렀으나 이 사건 외에 누군가에게 해를 입힌 일은 드물었다. 힐데스하임에 경박한 부인을 둔 한 남자가 살았다. 그는 여행을 떠나기 전에 꼬마모자에게 이렇게 말했다. "좋은 친구, 내가 없는 동안 아내에게 주의를 기울여 주시오. 그리고 잘 지내는지 봐주시구려." 꼬마모자는 그가 부탁한 대로 했다. 남편이 떠난 후 부인이 정부를 불러 즐기려 할 때면 항상 중간에 나타나 끔찍한 모습으로 그들을 쫓아버렸고, 또 어떤 사내가 침내에 누우려 하자 눈에 띄지 않세 나타나 그를 거칠게 밖으로 집어 던져 그의 갈비뼈들이 부러지고 말았다. 경박한 부인이 방으로 들였던 남성들이 하나씩 하나씩 이런 일을 당하자 이제 아무도 그녀에게 접근할 수 없었다. 마침내 남편이 집으로 돌아오자 이 충직한 보호자는 기쁨에 가득 차서 그에게 가 이렇게 말했다. "그대가 돌아오니 너무나 기쁘오. 그대가 내게 짊어지워 준 소란과 노고로부터 벗어날 수 있으니 말이오." 남편이 물었다. "그대는 대체 누구요?" 꼬마모자가 대답했다. "나는 그대가 여행을 떠나면서 그대의 부인을 보호해 달라고 당부했던 꼬마모자요. 끊임없이 커다란 노력이 필요했음에도 불구하고 이번에는 내가 그녀를 보호하고 불륜을 막아 주었소. 그대가 기뻐할 만하오. 그렇지만 더 이상 그녀를 내 보호 아래 두려고 하지 말기를 바라오. 단 한 명뿐일지라도 그런 여자보다는 차라리 작센의 돼지 전부를 떠맡아 보호하는 것이 더 낫다고 생각하기 때문이오. 그 여자는 그렇게 나를 속이려고 온갖 속임수와 음모를 생각해 내었다오."

오래전에 힐데스하임에 배운 것이 매우 적은 성직자가 있었다. 다른 성직자들이 모이는 자리에 보내질 차례가 되자 그는 명망 높은 모임에서 그의 무지함으로 인해 욕이 나오게 될까 봐 두려워하였다. 꼬마모자는 그가 궁지에서 벗어나도록 도와주었다. 그는 월계수 잎과 다른 것들을 엮어 만든 반지를 성직자에게 주어 그를 학식 있고 한동안 달변의 능력을 가질 수 있도록 해 주었다. 교회모임에 참석한 모든 사람들은 그에 대해 놀라움을 금치 못하였으며, 그를 가장 유명한 연설가 중 한 명으로 꼽게 되었다.

또 꼬마모자는 못을 만드는 힐데스하임의 한 가난한 대장장이에게 쇳덩어리 하나를 남겨 놓고 갔다. 그것으로 대장장이는 황금 못들을 만들 수 있었다. 그의 딸에게는 레이스 한 타래를 주었으니, 아무리 잘라내도 그 양이 줄지 않았다.

76
힌첼만

뤼네베르크의 알레르 강에서 멀지 않은 곳에 후데뮐렌이라는 낡은 성이 있다. 성벽만이 남아 있는 이 성에는 오랫동안 놀라운 집 귀신이 기거하고 있었다. 이 유령은 1584년에 단조롭게 두드리는 소리와 소음을 내서 처음으로 사람들에게 자신의 존재를 알렸다. 그 후 유령은 밝은 대낮에 어떤 하인과 이야기를 하기 시작했다. 하인은 아무도 보이지 않는 곳에서 들리는 목소리에 깜짝 놀랐으나, 점점 그 목소리에 익숙해져 더 이상 신경을 쓰지 않게 되었다. 유령은 마침내 아주 대담해져서 심지어 성의 주인 앞에서도 말을 하기 시작했으며, 점심과 저녁 식사시간 도중에 자리에 앉은 타지역 사람들, 그 지역출신의 사람들과 온갖 내용의 대화를 나눴다. 두려움이 사라지자 유령은 누군가 그를 화나게 하지 않는 한 매우 친절하고 붙임성 있는 태도를 보여 주었으며, 노래를 부르고, 웃고, 우스갯소리를 했다. 그가 어디에서 왔으며 이곳에 무슨 볼 일이 있느냐는 질문을 받으면, 유령은 보헤미아의 산에서 왔으며, 보헤미아 숲 속에 그를 괴롭히는 무리들이 있어 상황이 다시 개선될 때까지 그곳을 떠나 좋은 사람들에게서 피난처를 찾을 수밖에 없다고 말했다. 유령은 자신의 이름이 힌첼만이지만, 뤼링이라 불리기도 한다고 말했다. 또 부인이 있는데, 그녀의 이름은 힐레 빙겔스라는 것이었다. 그는 때가 되면 자신의 진정한 모습을 보여 줄 것이나, 지금은 때가 아니라는 말도 했다. 그밖에 유령은 자신이 다른 이들처럼 선량하고 믿을 수 있는 친구라고도 말했다.

성의 주인은 유령이 점점 더 자신에게 접근하는 것을 보고 오싹함을 느꼈으나, 어떻게 해야 그를 떨쳐 낼 수 있는지 알지 못했다. 친구들의 조언에 따라 그는 마침내 한동안 성을 떠나 하노버에 가 있기로 결심했다. 하노버로 가는 길에 사람들은 길가에서 하얀색 깃털이 날아오는 것을 보았으나 그것이 무엇을 의미하는지 몰랐다. 하노버에 도착했을 때 그 귀족은 목에 걸고 있던 값비싼 황금 목걸이가 사라진 것을 알아차리고, 집주인의 하인을 의심했다. 그러나 그 사실을 증명할 수 없었기에 불만에 사로잡힌 채 자신의 방에 앉아 어떻게 하면 이 성가신 사건으로부터 벗어날 수 있을지 곰곰이 생각했다. 그때 그는 갑자기 자신의 옆에서 유령 힌첼만의 목소리를 들었다. 그 목소리는 이렇게 말했다. "그대는 무엇 때문에 그렇게 슬퍼하는가? 불쾌한 일이 일어났다면 내게 말해 보시오. 어쩌면 내가 그대를 도울 방도를 알고 있을지도 모르니. 내가 만약 맞춰 봐야 한다면, 내 말하리다. 그대는 잃어버린 목걸이 때문에 그렇게 기분이 상해 있는 것이오." — "여기서 무엇을 하고 있는가?" 깜짝 놀란 귀족이 대답했다. "왜 그대는 나를 따라왔는가? 목걸이에 대해 알고 있는가?" 힌첼만이 말했다. "당연히 나는 그대를 따라나섰고 여행을 함께 했소. 내내 그 자리에 있었던 것이오. 그대는 나를 보지 못했소? 내가 그대의 길옆에 날아다니던 하얀색 깃털이었소. 목걸이가 어디에 있는지 내가 그대에게 말해 주리다. 침대에 놓여 있는 베게 아래에서 찾아보시오. 거기에 목걸이가 놓여 있소." 목걸이가 그곳에서 발견되자 귀족은 유령이 더 두려워지고 귀찮아졌다. 그리하여 그는 유령에게 거칠게 말했다. 자신은 그 때문에 고향을 떠났는데, 왜 목걸이를 가지고 집주인과 싸움을 하게 만드냐는 것이었다. 힌첼만이 대답했다. “왜 그대는 나를 피하는 것이오? 나는 그대를 어디로든 간단히 따라갈 수 있고, 그대가 있는 곳에 나타날 수 있는 것을! 그대는 그대의 소유지로 돌아가 공연히 나 때문에 그곳을 떠나지 않는 것이 더 좋을 것이오. 내가 원하기만 한다면 그대의 물건을 모두 빼앗아 갈 수 있다는 것을 잘 알게 되지 않았소. 하지만 난 그렇게 할 생각은 없소이다.” 귀족은 이에 깊은 생각에 잠겼다. 그러고는 마침내 돌아가서 — 신의 뜻을 믿으며 — 유령으로부터 한 발자국도 달아나지 않겠다고 결심했다.

힌첼만은 후데뮐렌에서 온갖 종류의 일들을 도와 열심히 하는 모습을 보여 주기까지 했다. 그는 밤에 부엌에서 분주하게 일을 했다. 요리사가 식사시간이 지난 뒤 늦은 밤까지 그릇과 접시들을 닦지 않은 채 뒤죽박죽 쌓아 놓으면, 그 식기들은 아침이면 거울처럼 반짝거리도록 잘 닦여진 채 정돈되어 있었다. 그래서 요리사는 저녁마다 그를 믿고 아무 걱정 없이 식사가 끝난 후 바로 침대에 누울 수 있었다. 또 부엌에서는 이제 아무것도 사라지는 일이 없었다. 그래도 무언가가 어디에 있는지 알 수 없게 되면 힌첼만은 그 물건이 처박혀 있는 숨겨진 구석에서 그것을 찾아내 주인에게 돌려주었다. 낯선 손님들이 방문할 때면 유령은 유난히 소란스런 소리를 냈으니, 그의 일은 하룻밤이 꼬박 걸렸다. 힌첼만은 주전자를 닦고, 그릇을 씻고, 양동이와 물통을 깔끔하게 만들었다. 요리사는 이에 대해 고맙게 생각했고, 그가 원하는 것을 해 주었을 뿐만 아니라, 아침식사 때 요구하지 않아도 달콤한 우유를 준비해 주었다. 유령은 또한 다른 일꾼들과 하인들의 감시도 맡았으니, 자신이 맡은 일에 주의를 기울이고, 일을 할 때에는 성실해야만 한다고 좋은 말로 경고했다. 그러나 누군가가 그 경고에 주의를 기울이지 않으면 막대기를 집어 들고 그것으로 교훈을 주었다. 힌첼만은 주인마님의 불만에 대해 하녀들에게 경고해 주었고, 그들이 이제 어떤 일을 해야 하는지를 상기시켜 주었다. 마구간에서도 유령은 똑같이 바빴다. 그는 말들을 손질하고, 열심히 빗질을 해 주었으니, 말들은 마치 장어처럼 매끄러워 보였다. 말들은 이 시기에 그 어느 때보다도 더 살이 쪄서 누구나 놀라워했다.

그의 방은 오른쪽 건물의 가장 높은 층에 있었으며, 방 안에는 세 개의 가구가 있었다. 그중 첫 번째는 그가 직접 짚을 엮어 온갖 종류의 색깔을 이용해 매우 예술적으로 만든 안락의자, 혹은 등받이의자였으며, 놀라지 않고는 볼 수 없는 장식문양들과 십자모양으로 가득 차 있었다. 두 번째 것은 작고 둥근 탁자로서, 그의 다양한 요구에 맞게 만들어져 그곳에 놓여졌다. 세 번째 것은 역시 그의 요구에 따라 마련된 침대였다. 그러나 침대에서 사람들은 누군가가 잠을 잔 흔적을 결코 발견하지 못했다. 그저 마치 고양이 한 마리가 누웠던 것 같이 작게 눌려진 곳만을 발견할 수 있을 따름이었다. 하인, 특히 요리사는 매일 한 그릇 가득 달콤한 우유와 흰빵 부스러기를 준비해 그의 작은 탁자 위에 놓아 주어야 했다. 그러면 힌첼만은 이를 깨끗하게 먹어치웠다. 때때로 그는 성주의 식탁에 얼굴을 내밀었으며, 이때는 특별한 자리에 의자와 접시가 놓여 있어야만 했다. 음식을 차리는 사람은 음식을 그의 접시에 올려놓아야 했는데, 그것을 잊어버리면 집유령은 분노했다. 차려진 음식은 사라져 버리고, 포도주가 채워진 잔은 잠시 사라졌다가 비워진 채로 다시 제자리로 돌아왔다. 그러나 음식은 후에 벤치 아래나 혹은 방의 한구석에서 발견되었다.

젊은 사람들과 어울릴 때 힌첼만은 유쾌했으며, 노래를 부르고 시를 지었다. 가장 자주 들려온 것들 중 하나는 이런 것이다.

"오르트기스(역자 주: 남자 이름)여, 나를 들어오게 하면
너에게 행운이 있으리라
그러나 나를 쫓아내면
불행이 따르리."

그는 즐겁게 시간을 보낼 때, 혹은 즐겁게 시간을 보내기 위해 다른 종류의 노래나 경구들을 반복해서 읊었다. 한번은 펠트만 신부가 후데뮐렌을 방문했다. 문 앞에 이르렀을 때 신부는 홀의 위에서 누군가 노래 부르고 환호성을 지르며 소란을 피우는 소리를 들었다. 그래서 그는 전날 밤에 낯선 사람들이 도착해 위에 방을 잡고 즐겁게 지내고 있다고 생각했다. 신부는 그곳에서 장작을 쪼개고 있던 영지관리장에게 물었다. "요한, 저 위에 어떤 손님들이 와 있소?" 영지관리장은 대답했다. "낯선 사람이 아닙니다. 무척 즐겁게 지내는 우리의 힌첼만이지요. 그 외에는 홀 안에 살아 있는 사람은 없을 겁니다." 신부가 홀로 올라오자 힌첼만은 그에게 이런 노래를 불러주었다.

"나의 엄지손가락, 나의 엄지손가락,
나의 팔꿈치는 두 개라네!"

신부는 이 이상한 노래에 놀라 힌첼만에게 말했다. "그대가 이제 막 부르기 시작한 것이 대체 무슨 노래요?" — "아", 유령이 대답했다. "나는 그 노래를 당신에게서 배웠소. 당신이 이 노래를 자주 불렀기 때문이오. 나는 이 노래를 오래전 당신이 어떤 지역에서 세례 중에 부르는 것을 들었소이다."

힌첼만은 장난치는 것을 좋아했으나, 누군가에게 해를 입히지는 않았다. 하인과 일꾼들이 저녁에 술을 마시며 앉아 있으면 그는 싸움을 불러일으키고 이를 즐겁게 바라보았다. 하인들의 머리가 술로 어느 정도 뜨거워졌을 때, 하인 하나가 무언가를 탁자 아래로 떨어뜨렸다. 하인이 그것을 주우려 허리를 굽히자 힌첼만은 뒤에서 그의 따귀를 제대로 갈겨 주었고, 그의 옆에 앉아 있던 사람의 다리를 꼬집었다. 이에 두 사람은 들러붙어 처음에는 말다툼을 했으나, 곧 몸싸움이 시작됐다. 그리자 곧 다른 사람들도 싸움에 말려들어 서로 때리고 얻어맞았다. 그리하여 다음날에는 싸움의 징표로 퍼렇게 멍든 눈과 부어오른 얼굴을 어디서나 볼 수 있었다. 이에 즐거워진 힌첼만은 후에 자신이 어떻게 그들을 서로 싸우게 만들었는지를 이야기하고 다녔다. 그러나 그는 항상 아무도 목숨이나 건강에 해가 가지 않도록 했다.

당시 알텐의 후작 성에는 드로스트와 브라운슈바이크의 고문관이었던 오토 아셴 폰 만델스로에가 살고 있었다. 힌첼만은 그에게도 때때로 장난을 쳤다. 한 번은 손님들이 후작을 방문했을 때 힌첼만이 말다툼을 하도록 만들었다. 그리하여 그들은 머리끝까지 화가 나서 칼을 잡으려 하였다. 그러나 아무도 자신의 칼을 찾을 수 없었으며 커다란 주먹을 몇 번 휘두르는 것으로 끝낼 수밖에 없었다. 이 장난을 힌첼만은 아주 즐거워했다. 그러고는 그가 말다툼을 일으킨 장본인이며, 미리 사람을 죽일 수 있는 무기를 숨겨 놓았다고 크게 웃으며 이야기했다. 자신의 시도가 크게 성공했으며 사람들이 이리저리 몸을 던지는 것을 지켜보았다는 것이다.

한 번은 어떤 귀족이 후더뮐렌을 찾아와 집 유령을 몰아내겠다고 자청했다. 그는 사방의 문과 창문들이 모두 단단히 닫혀 있는 어떤 방 안에 유령이 있는 것을 알아차리고는 그 방과 집 전체를 무장한 사람들로 점거하도록 하였다. 그러고는 직접 몇몇 사람들을 이끌고 칼을 빼든 채 그곳으로 갔다. 아무것도 보이지 않았으나 그들은 왼쪽과 오른쪽 사방으로 칼을 휘두르고 찌르기 시작했다. 육신을 가지고 있기만 하다면 그런 식으로 분명 힌첼만을 찔러 죽일 수 있다고 생각했던 것이다. 그러는 동안 그들은 자신들의 칼이 허공을 가르는 것과는 다른 소리를 내고 있다는 사실을 알아차리지 못했다. 임무를 완수했다고 생각하자 그들은 수없이 칼을 휘두르느라 지쳐 버린 채 밖으로 나가려 했다. 막 방문을 열었을 때 그들은 검은담비를 닮은 형상이 바깥으로 뛰쳐나가는 것을 보았으며, 이런 소리를 들었다. "에이! 에이! 나를 잘도 찾아냈구나!" 후에 힌첼만은 이 수모에 대해 매우 격렬하게 불평을 늘어놓으며 이렇게 말했다. 만약 집안의 두 아가씨를 화나지 않게 하려는 것만 아니었다면 아주 쉽게 복수의 기회를 가질 수 있었으리라는 것이었다. 그 귀족이 얼마 지나지 않아 다시 후더뮐렌의 빈 방으로 들어갔을 때, 그는 뒤죽박죽이 된 침대 위에 커다란 뱀 한 마리가 또아리를 틀고 앉아 있는 것을 보았다. 뱀은 곧 사라져 버렸지만 그는 유령이 이렇게 말하는 것을 들었다. "나를 거의 다 잡은 줄 알았지?"

또 어떤 귀족은 힌첼만에 관해 많은 이야기를 들은 끝에 직접 힌첼만을 경험해 보고자 했다. 그가 후데뮐렌에 도착하자 곧 그 소망은 이루어졌다. 귀족이 묵게 된 방의 한 구석에 목이 긴, 빈 포도주 항아리가 잔뜩 들어 있는 커다란 장이 서 있었는데, 바로 그 옆에서 힌첼만의 목소리가 들렸던 것이다. 힌첼만의 목소리는 부드럽고 섬세했으며, 마치 텅 빈 항아리에서 나오는 것처럼 조금은 쉰 듯했다. 이에 귀족은 힌첼만이 빈 항아리들 중 하나에 들어 있다고 생각하고 그곳으로 달려가 항아리들을 잡고 구멍을 막으려 했다. 유령을 붙잡으려 했던 것이다. 그러자 힌첼만이 아주 커다란 소리로 웃으며 말했다. "그대가 바보라는 걸 내가 다른 사람들한테 이미 오래전에 듣지 못했더라도, 내가 그 사실을 지금 직접 확인할 수 있었을 것 같소이다. 내가 빈 항아리 속에 앉아 있다 생각하고 항아리를 손으로 막고는 나를 잡았다고 생각하다니! 그대 때문에 애를 쓸 가치도 없다는 생각이 드는구려. 그렇지 않았다면 그대가 한동안 나를 생각하지 않을 수 없도록 벌써 놀려 줬겠지. 하지만 그대는 곧 수영을 조금 해야만 하게 될 것이오." 그러고 나서 힌첼만은 입을 닫고 귀족이 머무르는 동안 더 이상 아무 소리도 내지 않았다. 귀족이 후에 진짜로 물에 빠졌는지는 전해지지 않는다. 그러나 그랬으리라고 추측은 할 수 있다.

악마를 퇴치하는 사람도 힌첼만을 몰아내기 위해 찾아왔다. 그가 마법의 말들로 주문을 외우자 힌첼만은 우선은 가만히 있었으며 아무 소리도 내지 않았다. 그러나 악마를 퇴치하는 자가 힌첼만을 향해 가장 강력한 주문을 읽으려 하자 힌첼만은 그의 손에서 책을 빼앗아 갈기갈기 찢어 버려, 책장들이 방 여기저기에 날아다녔다. 그러고는 그를 붙잡아 짓누르고 할퀴어 악마퇴치사는 두려움에 사로잡힌 채 도망쳐 버리고 말았다. 여기에 대해서도 힌첼만은 불평을 늘어놓으며 이렇게 말했다. "나는 다른 사람들과 마찬가지로 기독교도이고 구원받길 바란다오." 집요정이나 폴터가이스트(역자 주: 유령)를 아느냐는 질문을 받았을 때 그는 이렇게 대답했다. "그것들이 나하고 무슨 상관이오? 그들은 악한 유령들이고, 나는 그런 종류가 아니오. 아무도 나한테서 나쁜 일을 당하지 않소. 오히려 좋은 것들만을 받게 되지. 나와 싸우려고만 하지 않는다면, 그대들은 어디서나 행복을 느끼게 될 것이오. 가축들은 무럭무럭 자라고, 재산도 늘어나고, 모든 일들이 다 잘 될 것이오."

힌첼만은 악덕과 악습을 싫어했다. 그는 같은 집에 사는 어떤 인색한 사내에게 자주 심한 말로 벌을 줬다. 그러고는 다른 사람들에게 그의 탐욕을 참을 수가 없다고 말했다. 또 어떤 사람은 그의 오만함에 대해 꾸짖었으니, 그는 오만함을 진심으로 증오했나. 한 번은 "선량한 기독교도라면 하느님을 부르고 주기도문을 외워야 한다"는 말을 듣자 그는 여섯 번째 주기도문까지 암송했다. "우리를 악으로부터 구원해 주십시오."라는 구절은 단지 작은 소리로 중얼거렸다. 그는 또한 사도 신조도 암송했는데, 이때 그는 갈라진 목소리로 더듬거렸다. "나는 죄악의 용서와 육신의 부활과 영원한 삶을 믿습니다."라는 구절에 이르렀을 때에는 제대로 듣고 이해할 수 없는 불분명하고 쉰 목소리를 냈기 때문이다. 예전엔 마르쿠바르트 펠트만이라 불렸던 아이켈로에의 목사가 자신의 아버지가 성령강림절에 후데뮐렌으로 초대를 받았다는 사실을 전했다. 이에 힌첼만은 "이제 우리 성스러운 영혼에 기도하세."라는 아름다운 노래를 처녀, 혹은 어린 사내아이와도 같은 매우 높고 듣기 싫지 않은 목소리로 끝까지 완전하게 불렀다. 그렇다. 이 노래뿐만 아니라 다른 많은 찬송가를 그는 사람들의 요청에 따라 불렀으며, 특히 그가 자신의 친구라고 생각하는 사람들이나 그가 신뢰하는 사람들이 부탁했을 때 그렇게 했다.

그래서 이 유령은 사람들이 자신을 진지하게 대하지 않거나 기독교인으로 대하지 않을 때 매우 화를 냈다. 한번은 만델스로에 가문의 한 귀족이 후데뮐렌으로 여행을 왔다. 그는 높은 학식으로 커다란 존경을 받고 있었으며, 베르덴 종교재단의 일원이자 브란덴부르크 선제후와 덴마크 왕의 사신이기도 했다. 그가 이제 집 유령에 대해, 그리고 그 집 유령이 기독교인으로 여겨지기를 바란다는 이야기를 들었을 때 그는 이렇게 말했다. 자신은 그 집 유령의 상태가 좋다는 걸 믿을 수 없으며, 집 유령을 사악한 적이나 악마로 여길 수밖에 없다는 것이었다. 왜냐하면 그러한 종류와 형상의 인간을 하느님께서는 창조하신 적이 없으며, 천사라면 그의 주인 하느님을 찬양하고 인간을 지키고 보호해 주기 때문이니, 그 유령의 소란과 소동, 모험적인 행동은 천사의 행동과는 일치하지 않는다는 것이었다. 그 자리에 있으면서도 아직 아무 소리도 내지 않고 있던 힌첼만은 목소리를 내 다음과 같이 말했다. "뭐라고, 귀족양반? 내가 사악한 적이라고? 말을 너무 많이 하지 말라고 충고해 두지. 그렇지 않으면 다른 걸 보여 줘서 그대가 나에 대해 다음에는 더 나은 판단을 내려야 한다는 걸 가르쳐 주겠소." 사내는 그가 아무도 보이지 않는 상태에서 목소리를 들었을 때 몹시 놀랐다. 그는 말을 멈추고, 더 이상 그에 대해 들으려 하지 않았으며 그를 그대로 내버려 두었다. 또 한 번은 다른 귀족이 왔는데, 그는 식탁에 힌첼만을 위한 의자와 접시가 있는 것을 보고도 그를 위해 건배를 하지 않으려 했다. 이에 대해 유령이 불평을 하며 말했다. "나는 이 자와 똑같이 진실하고 훌륭한 친구 아닌가. 그런데 이 자는 왜 나를 무시하고 마시려는 것이오?" 이에 귀족이 대답했다. "여기서 사라져서 지옥의 네 친구들하고나 마셔라. 넌 여기서 할 일이 아무것도 없어!" 이를 들은 힌첼만은 너무나 격렬하게 화가 나서, 당시의 관습에 따라 목 아랫부분에서 외투를 여며 주고 있던 가죽 끈을 붙잡아 그를 바닥에 쓰러뜨리고는 목을 조르고 짓눌렀다. 그리하여 그 자리에 있던 모든 사람들은 힌첼만이 귀족을 죽이는 것이 아닌가 두려워하였으니, 귀족은 유령이 놓아 준 후 몇 시간이 지나고 나서야 다시 정신을 차릴 수 있었다. 또 한 번은 집주인의 어떤 선량한 친구가 후데뮐렌을 지나가게 되었다. 그러나 그는 집 유령의 짓궂은 행동에 대해 많은 이야기를 들었기 때문에 집에 들르기를 꺼렸고, 그래서 자신의 하인을 보내 그가 들리지 못하겠다는 전갈만을 보냈다. 집의 주인은 자기 집에 와서 점심식사를 하고 가시라고 간절히 부탁하였으나, 낯선 이는 집에 머무르지 않아도 괜찮겠느냐는 말과 함께 정중하게 사과할 뿐이었다. 그리고 사악한 유령과 한 식탁에 앉아 먹고 마시면 크게 놀라게 될 것이라는 말을 덧붙였다. 이렇게 문 밖에서 이야기를 하는 자리에 힌첼만도 함께 있었다. 왜냐하면 그 낯선 이가 거절을 한 후에 사람들은 이런 소리를 들었던 것이다. "기다려 보시오, 착한 친구. 그 이야기에 대해 대가를 치르게 될 것이오!" 여행객이 다시 길을 떠나 마이세 강을 건너는 다리 위에 도착하자 말들이 앞다리를 높이 쳐들고 질주하기 시작했다. 그리하여 그는 자칫하면 말과 마차와 함께 강물에 빠질 뻔했다. 모든 것들을 다시 정상으로 되돌려 놓아 마차가 위험에서 벗어났을 때, 그는 아이켈로에와 후네뮐렌 사이의 펑지에서 모래 속에 거꾸로 쳐 박혔다. 그러나 그 안에 타고 있던 사람들은 아무런 해도 입지 않았다.

힌첼만은 사람들과 잘 어울리고 사람들과 함께 있는 것을 좋아했지만, 그가 가장 좋아한 것은 무엇보다도 여성들의 곁에 머무르는 일이었다. 힌첼만은 여성들에게 매우 친절하고 싹싹했다. 후데뮐렌에는 힌첼만이 특히 좋아하는 귀족 처녀 두 명이 있었는데, 바로 안나와 카타리네였다. 힌첼만은 화가 나는 일이 있을 때면 그들에게 자신의 고통을 털어 놓았고, 그 밖에도 온갖 내용의 대화를 두 아가씨들과 나눴다. 이들이 여행을 할 때에도 그는 두 아가씨 곁을 떠나려 하지 않았고, 하얀 깃털의 모습으로 어디든지 따라다녔다. 안나와 카타리네가 밤에 잠을 자려고 누우면, 그는 그녀들의 발 아래쪽 이불에서 잠을 잤으니, 아침에 사람들은 마치 강아지가 누웠던 것 같이 작게 움푹 들어간 곳을 볼 수 있었다. 두 아가씨는 결혼을 하지 않았는데, 이는 힌첼만이 모든 청혼자들을 깜짝 놀라게 만들어 쫓아 버렸기 때문이었다. 때때로 약혼이 성사되는 경우도 있었으나, 유령은 늘 이를 취소시키는 데 성공했다. 한 사내는 둘 중 한 아가씨에게 청혼을 하려 했으나, 힌첼만 때문에 완전히 혼란에 빠져 자기가 무슨 말을 하려 했는지조차 알 수가 없게 되었다. 또 다른 남자는 너무나 겁을 먹어 몸을 벌벌 떨었다. 어떤 경우든 힌첼만은 남자가 서 있는 건너편 하얀 벽에 그들이 볼 수 있도록 커다란 황금색 글씨로 이렇게 썼다. "안네 아가씨를 데려가고 내게 카타리네 아가씨를 남겨 두시오." 그러나 누군가가 와서 안네를 사랑하게 되어 그녀를 선택하면, 갑자기 그 황금색 글씨는 변하여 정반대의 뜻을 가지게 되었다. "카타리네 아가씨를 데려가고 내게 안네 아가씨를 남겨 두시오." 이를 신경 쓰지 않고 자신의 결심을 바꾸지 않은 채 집에 머무르는 자는 어둠 속에서 힌첼만이 일으키는 떠들썩한 소동과 물건의 투척, 난폭한 소란 등으로 커다란 고통을 받고 조롱을 당했다. 그리하여 결국에는 결혼을 하겠다는 생각은 완전히 잊어버리고 그저 성한 몸으로 도망을 칠 수 있다는 사실에 기뻐하게 되었다. 힌첼만은 그들 중 몇몇이 돌아갈 때 말과 함께 넘어지고 또 넘어지도록 만들어, 그들은 목과 다리가 죄다 부러졌다고 생각할 지경에 이르렀지만 어떻게 그런 일이 벌어졌는지는 알지 못했다. 이렇게 하여 두 아가씨는 결혼을 하지 않은 채 아주 많은 나이가 될 때까지 살았으며, 여드레를 넘기지 않고 거의 동시에 죽었다.

한 번은 후데뮐렌의 두 아가씨 중 하나가 이런 저런 것들을 구입하기 위해 시종을 레텐으로 보냈다. 시종이 떠난 사이 유령은 아가씨의 방에서 갑자기 황새처럼 딱딱거리더니 말을 꺼냈다. "안네 아가씨, 아가씨는 오늘 아마도 뮐렌 강에서 아가씨의 물건들을 다시 찾게 될 것 같군요!" 안네 아가씨는 그것이 무슨 말인지 이해하지 못했다. 그런데 곧 시종이 들어오더니 이런 이야기를 들려주었다. 돌아오는 길에 황새 한 마리가 멀지 않은 곳에 앉아 있는 것을 보았다. 그는 지루함을 달래려 황새를 총으로 쐈는데, 총알은 명중한 것처럼 보였다. 그러나 황새는 그대로 앉아 있었고, 큰 소리로 딱딱거리기 시작하더니 마침내 날아가 버렸다는 것이었다. 그리하여 힌첼만이 그 사실을 알고 있었다는 것이 드러났다. 그리고 곧 그의 예언 또한 들어맞았다. 시종은 약간 술에 취한 채 땀과 먼지로 덮인 말을 깨끗하게 목욕시키려고 했다. 그는 말을 몰고 성 근처에 있는 뮐렌 강으로 갔다.

그러나 술에 취해 올바른 장소를 찾지 못하고 그만 깊은 절벽 아래쪽으로 말을 몰고 말았다. 말 위에 계속 올라앉아 있을 수 없었던 그는 아래로 떨어져 익사하고 말았다. 그가 가져온 물건들은 아직 말에서 내려지지 않은 상태였기 때문에 시체와 함께 물속에서 찾아 건져 올려야만 했다.

힌첼만은 다른 사람들에게도 미래를 예언해 주고 경고를 해 주었다. 한번은 덴마크 왕 크리스티안 3세를 보필하며 특별한 명성을 얻고 있었으며, 뤼베크 시와의 전쟁에서 용감한 업적을 남겼던 한 대령이 후데뮐렌으로 왔다. 그는 총을 잘 쏘았고 사냥을 매우 좋아했기 때문에 꽤 많은 시간을 주변에 있는 숲에서 사슴과 야생 멧돼지를 쫓는 등 사냥을 하며 보냈다. 그가 이제 막 다시 사냥 나갈 채비를 하고 있을 때 힌첼만이 와서 말했다. "토마스(이것이 그의 이름이었다)여, 내가 경고하노니 총을 쏠 때 주위를 기울여야 하오. 그렇지 않으면 곧 불행을 겪게 될 것이오." 대령은 이 말에 신경 쓰지 않았으며, 힌첼만의 경고가 아무 의미도 없다고 생각했다. 며칠 뒤 대령이 열심히 노루를 쫓다가 총을 쏘는 순간 총이 폭발했고, 그로 인해 그의 왼쪽 엄지손가락이 날아가 버렸다. 이 일이 일어나자 힌첼만이 다시 그의 앞에 나타나 이렇게 말했다. "그것 보시오, 내가 경고했던 일이 이제 일어나지 않았소. 그사이에 총을 쏘지 않았더라면 사고는 일어나지 않았을 것이오."

또 한 번은 역시 군인이었던 팔켄베르크 가문의 한 귀족이 후데뮐렌을 방문했다. 그는 활기차고 유쾌한 심성을 가지고 있었기에 힌첼만에게 장난을 걸고 온갖 유쾌한 이야기들을 늘어놓았다. 이러한 장난이 오래 계속되자 유령은 이를 마음에 들지 않아 했고, 언짢은 태도를 취하기 시작했다. 그리고 마침내 다음과 같은 말을 던지며 밖으로 나갔다. "팔켄베르크여, 그대는 지금 나를 제대로 놀려 먹었지만, 마그데부르크까지만 가 보시오. 그곳에서 사람들이 그대의 모자를 솔질해 줄 것이니, 놀려 먹는 말들 따위는 생각도 못하게 될 것이오." 귀족은 깜짝 놀라 이 말 뒤에 무언가 숨은 뜻이 있을 것이라고 생각했다. 그리하여 그는 힌첼만과의 대화를 중단하고 곧 길을 떠났다. 오래지 않아 선제후 모리츠 치하에 있던 마그데부르크의 포위공격이 시작되었다. 그리고 그곳에서 팔켄부르크 가문의 사나이도 한 고상한 독일 후작의 지휘 아래 함께 싸웠다. 포위를 당한 자들은 용감하게 저항했으며, 밤낮으로 이중갈고리와 대포들로 공격을 했다. 그리고 이때 소총의 총알이 팔켄베르크의 턱을 완전히 날려 버렸으니, 그는 엄청난 고통을 겪은 후 3일 후에 그 상처로 인하여 죽고 말았다.

한 번은 후데뮐렌의 한 사내가 불행이 닥쳐오리라고는 생각도 하지 못한 채 다른 일꾼들, 시종들과 함께 밭에서 옥수수를 베고 있었다. 이때 힌첼만이 밭에 나타나 그에게로 가서 소리쳤다. "뛰어! 최대한 서둘러 집으로 달려가서 네 막내아들을 도와! 그 녀석 지금 막 불쪽으로 얼굴을 향한 채 넘어져서 크게 화상을 입었어." 사내는 깜짝 놀라 낫을 내려놓고 과연 힌첼만이 진실을 말한 것인지 보기 위해 집으로 달려갔다. 그러나 그가 문지방을 채 넘기도 전에 사람들이 달려와 불행한 사건에 대해 이야기했으며, 그는 그 사실을 얼굴 전체에 끔찍하게 화상을 입은 아이의 모습에서 확인할 수 있었다. 아이는 불 옆에 놓인 작은 의자에 앉아 있었는데, 그곳에는 냄비가 걸려 있었다. 아이는 숟가락을 냄비 안으로 집어넣으려다가 의자와 함께 앞으로 기울어져 불 한가운데에 얼굴을 박고 쓰러졌던 것이다. 그러나 가까이 있던 어머니가 달려와 아이를 불에서 다시 끄집어냈기 때문에 얼마간 화상을 입기는 했어도 죽음으로부터는 벗어날 수 있었다. 신기한 것은 사고가 일어나던 그 순간 즈음에 유령이 밭에 있던 아버지에게 그 사실을 알리고, 가서 구해 주라고 경고를 했다는 것이다.

유령은 자기가 싫어하는 사람은 괴롭히기도 하고, 부도덕한 짓에 대해 벌을 내리기도 했다. 그는 후데뮐렌의 서기가 매우 오만하다고 비난했고, 그래서 그를 증오하며 밤낮을 가리지 않고 여러 가지 방법으로 괴롭혔다. 한 번은 그 오만한 서기에게 정의의 따귀를 갈겨 주었다고 너무나 즐겁게 이야기하기도 했다. 이에 사람들이 서기에게 유령이 나타났었냐고 묻자, 그는 이렇게 대답했다. "그래. 너무 자주 나타난다고 할 수 있을 정도보다도 더 자주 나타나. 어젯밤에도 나를 괴롭혔는데, 도망칠 수가 없었어." 서기는 귀부인의 하녀와 사랑하는 사이였는데, 어느 날 밤에 밀어를 나누기 위해 그녀와 함께 있었다. 그는 매우 즐거워하며 그녀와 함께 앉아 그들을 둘러싸고 있는 네 면의 벽 외에는 아무도 그들을 볼 수 없을 것이라고 생각했다. 그러나 그때 교활한 유령이 나타나 그들을 서로 떨어지도록 만들고는 선량한 서기를 거칠게 문 쪽으로 몰아붙였다. 게다가 유령은 빗자루를 집어 들고 그를 쫓았으니, 서기는 부랴부랴 서둘러 자기 방으로 돌아가야만 했고, 자신의 사랑에 대해서도 완전히 잊어버리게 되었다. 힌첼만은 이 불행한 연인에 대해 조롱하는 노래를 만들어 기분이 좋을 때 즐겨 불렀으며, 그곳을 여행하는 사람들에게 웃으면서 미리 알려주었다고 한다.

후데뮐렌의 어떤 사람이 저녁때쯤 갑자기 격렬한 복통에 시달리게 되었다. 사람들은 환자가 약으로 마실 수 있도록 와인 한 모금을 가져오라고 하녀를 지하실로 보냈다. 하녀가 와인 통 앞에 앉아 막 와인을 따르려 했을 때, 힌첼만이 그녀의 옆에 앉아 이렇게 말했다. "네가 며칠 전에 나를 탓하고 욕한 걸 기억하지? 그 대가로 너는 오늘 밤 지하실에 앉아 있어야 해. 환자는 어차피 어려운 상황에 처해 있지 않아. 반시간만 지나면 모든 고통이 사라질 테니까. 그리고 네가 그에게 가져다주려던 포도주는 도움이 되기보다는 해가 될 것이야. 그러니 지하실이 다시 열릴 때까지 여기에 그냥 앉아 있어라." 환자는 밖에서 오랫동안 기다렸다. 그러나 포도주가 오지 않자 다른 사람을 보냈다. 다른 하녀는 지하실 밖에 자물쇠가 단단히 걸려 있고, 먼저 내려간 하녀가 그 안에 갇혀 있다는 것을 알게 되었다. 갇혀 있던 하녀는 힌첼만이 자신을 가두었다고 말했다. 사람들은 지하실을 열어 하녀를 나오게 하려 했으나, 아무리 열심히 찾아도 자물쇠에 맞는 열쇠를 찾을 수가 없었다. 다음 날 아침 지하실은 열려 있었고, 자물쇠와 열쇠는 문 앞에 놓여 있었다. 그리하여 하녀는 다시 밖으로 나올 수 있었다. 환자는 유령이 말했던 것처럼 반시간 뒤부터는 더 이상 고통을 느끼지 않았다.

유령은 후데뮐렌의 성주 앞에는 결코 모습을 드러내지 않았다. 사람의 형상을 하고 있을 때 자신에게 모습을 보여 달라고 부탁하면, 그는 아직 때가 되지 않았으니 적당한 시기가 될 때까지 기다려 달라고 말했다. 어느 날 밤 성주가 잠이 들지 않은 채 침대에 누워 있다가 방의 옆쪽에서 무슨 소리가 들리는 것을 알아차렸다. 그는 아마도 유령이 와 있는 모양이라 생각하고 이렇게 말했다. "힌첼만, 그대가 거기 있는가, 대답을 해 보거라." — "그렇소, 나요."라고 힌첼만이 대답했다. "뭘 원하시오?" 마침 달빛이 방을 상당히 밝게 비춰 주고 있었기 때문에, 성주는 목소리가 들리는 곳에서 아이 형상의 그림자 하나가 보인다고 생각했다. 유령이 매우 친절하고 믿을 만한 태도를 보이고 있다는 것을 알아차리고 성주는 그와 대화를 나누기로 마음먹었다. 그리고 마침내 다음과 같이 말을 했다. "그대가 인간처럼 육체와 다리를 가지고 있는지 알 수 있도록 내게 최소한 손이라도 뻗쳐 보거라." — "안 되오." 힌첼만이 말했다. "나는 그대를 믿지 않소. 그대는 교활한 사람이니, 나를 붙잡은 다음 다시 풀어 주지 않을 것이오." 오랜 독려 끝에, 그리고 성주가 신뢰와 믿음으로 그를 잡지 않고 곧 다시 가게 해 주겠다고 약속한 후에 힌첼만은 말했다. "보시오, 이것이 나의 손이오!" 성주가 그것을 잡았을 때, 그는 작은 어린아이의 손가락 같은 느낌이라고 생각했다. 그러나 유령은 손을 다시 매우 빠르게 거둬들였다. 성주는 더 나아가 힌첼만에게 그의 얼굴을 만져볼 수 있게 해 달라고 요구했고, 힌첼만은 결국 이를 승낙했다. 성주가 힌첼만의 얼굴을 만져보았을 때, 그는 마치 이빨이나 살점이 없는 죽은 자의 뼈를 만지고 있는 것 같은 기분이 들었다. 그러나 얼굴은 이번에도 순식간에 뒤로 물러나 버렸기 때문에 성주는 그의 진짜 모습을 파악할 수 없었다. 그는 단지 얼굴 역시 손과 같이 차갑고 살아 있는 사람의 온기가 없다는 것만을 느낄 수 있을 뿐이었다.

힌첼만과 매우 친하게 지내던 여자 요리사가 다른 사람이라면 포기해야 할 일을 자신은 부탁할 수 있다고 생각했다. 매일 말하는 소리를 듣고 있으며 직접 음식과 마실 것을 차려 주는 힌첼만의 모습을 직접 보고 싶어졌던 것이다. 요리사는 힌첼만에게 간절하게 부탁했다. 그러나 유령은 그렇게 하려 하지 않았으며, 아직은 때가 아니라고 말했다. 시간이 좀 지나면 누구나 그를 볼 수 있으리라는 것이었다. 그러나 이 거절은 그녀의 바람을 더욱 강렬하게 만들 뿐이었다. 요리사는 자신의 부탁을 더 이상 거절하지 말아 달라고 점점 더 졸라댔다. 힌첼만은 부탁을 들어주면 그녀가 호기심을 가졌던 것을 후회하게 될 것이라고 이야기했다. 그러나 그녀가 아무것도 두려워하지 않고, 포기하려고도 하지 않자, 마침내 힌첼만은 이렇게 말했다. "내일 해가 뜨기 전에 지하실로 오거라. 양손에 양동이 한가득 물을 가지고 와야 한다. 그러면 너의 부탁을 들어주지." 하녀가 물었다. "물은 어디다 쓰려고요?" — "그건 곧 알게 될 거야." 유령이 대답했다. "물 없이 내 모습을 보면 해를 입게 될 거야." 다음날 요리사는 아침 일찍 준비를 하고, 두손에 물이 가득 담긴 양동이를 들고 지하실로 내려갔다. 그녀는 안을 둘러보았으나 아무것도 볼 수 없었다. 그러나 시선을 바닥 쪽으로 향했을 때, 그녀는 바로 앞 움푹 들어간 곳에 몸집으로 보아 대략 세 살 정도 된 벌거벗은 아이가 누워 있는 것을 보았다. 아이의 심장에는 두 개의 칼이 십자 모양으로 교차하여 박혀 있었고, 몸은 온통 피로 뒤덮여 있었다. 이 모습을 본 하녀는 너무나 놀라 정신을 잃고 기절해 쓰러지고 말았다. 그러자 유령은 그녀가 가져온 물을 집어 들어 그녀의 머리 위에 부었고, 그녀는 다시 정신을 차렸다. 요리사는 움푹 들어간 곳을 찾아 둘러보았으나, 모든 것이 다 사라지고 없었다. 단지 그녀에게 이야기하는 힌첼만의 목소리를 들을 수 있을 뿐이었다. "이제 물이 얼마나 유용했는지 알겠느냐? 네 손에 물이 없었다면 너는 여기 지하실에서 죽었을 거야. 이제 나를 보겠다는 뜨거운 욕망이 차갑게 식었기를 바란다." 그 후 힌첼만은 이 일을 가지고 요리사에게 자주 장난을 쳤고, 다른 사람들에게도 크게 웃으며 이 일을 이야기해 주었다.[2]

아이켈로에의 펠트만이라는 목사는 1597년 12월 15일의 편지에서 힌첼만은 아이나 처녀처럼 작은 손을 가지고 있으며, 그 손을 자주 보여 주었으니, 그것 외에는 그의 모습을 전혀 볼 수 없다고 썼다.

---

2 루터의 『탁상담화』에는 유령 하인첼린에 대해 조금 다른 이야기가 등장한다. 아우리파버, 1571, 441-442쪽.

힌첼만은 놀고 있는 천진난만한 아이들에게 항상 자신의 모습을 보여 주었다. 펠트만 목사는 힌첼만에게 특별히 신경을 쓰지 않았던 14살이나 15살 시절에 그 유령이 작은 아이의 모습으로 계단을 아주 빠르게 올라가는 것을 본 적이 있다는 것을 기억해 낼 수 있었다. 아이들이 후데뮐렌의 집 주위에 모여 함께 놀고 있을 때면, 힌첼만은 아이들 사이에 작고 아름다운 아이의 모습으로 나타나 함께 놀았다. 아이들은 모두 그를 분명하게 볼 수 있었으며, 나중에 집에 가서 부모에게 그들이 막 놀려고 할 때 한 낯선 아이가 와서 자기들과 함께 놀았다는 사실을 이야기했다. 이는 한 하녀가 뒷받침해 주었다. 그녀가 어느 날 아이들 네 명, 혹은 여섯 명이 함께 놀고 있던 방에 들어섰을 때 아이들 사이에서 낯선 소년을 보았다. 예쁘장한 얼굴에 어깨까지 내려오는 곱슬머리를 가지고 있던 소년은 벨벳 옷을 입고 있었는데, 그녀가 아이를 제대로 살펴보려 하였을 때 아이는 이미 무리에서 사라져 버리고 없었다는 것이다. 역시 그곳에 머무르고 있던 클라우스라는 이름의 바보에게도 힌첼만은 모습을 드러냈는데, 그와 온갖 종류의 장난을 쳤다고 한다. 바보는 한동안 어디에서도 찾을 수 없었는데, 후에 사람들이 어디에 그렇게 오랫동안 있었느냐고 물었더니, 그는 이렇게 대답했다. "작은 사람과 함께 있었어요. 함께 놀았지요." 계속해서 그 작은 사람이 얼마나 크더냐고 묻자 그는 손으로 대략 네 살 정도 된 아이의 크기를 표시해 주었다.

집 유령이 다시 떠나려 마음먹었던 시기가 오자, 그는 집주인에게 가서 이렇게 말했다. "여기를 보시오, 내가 그대에게 무언가를 선물하려 하오. 이것을 잘 보관하시고, 그것과 함께 나를 생각해 주길 바라오." 이 말과 함께 그는 성주에게 우선 작은 십자가를 건네주었는데, 매우 예쁘게 엮어 만든(원저자의 말에 따르면 명주실로 된 것인지 공단으로 만든 것인지 분명하지 않다.) 것이었다. 십자가는 손가락 하나 정도의 길이였고 내부는 비어 있었으며, 흔들면 소리가 났다. 두 번째로는 밀짚모자를 주었는데, 그것 역시 힌첼만이 직접 만든 것으로서 안쪽으로 여러 색깔의 짚으로 만든 멋진 형상과 그림들을 볼 수 있었다. 세 번째는 가죽 장갑이었는데, 놀라운 모양으로 배열된 진주들로 장식되어 있었다. 그러고 나서 유령은 예언을 덧붙였다. "이 물건들이 서로 떨어지지 않고 그대의 집에 잘 보관된다면, 일가가 모두 번성하고 행복이 점점 더 커질 것이오. 그러나 이 선물들이 서로 떨어지거나, 분실되거나, 팔려 버린다면 그대의 가문은 점점 빈약해져 몰락하게 될 것이오." 성주가 선물들에 특별히 가치를 두는 것 같아 보이지 않자 유령은 계속해서 말했다. "그대가 주의를 기울이지 않아 이 물건들이 분실될까봐 걱정이 되오. 그래서 내가 충고를 하고자 하니, 그대의 누이인 안네와 카타리네에게 조심해서 보관하라고 건네주시오. 그들이 더 잘 보살필 것이오." 이에 성주는 이 선물들을 누이들에게 주었다. 두 사람은 이를 받아 잘 보관하였고, 오로지 그들이 특별한 우정을 가지고 있는 사람들에게만 보여 주었다. 안네와 카타리네가 죽은 후 이 물건들은 다시 오빠에게 돌아갔다. 성주는 이를 받아 그가 살아 있는 동안 자신의 곁에 두었다. 그는 펠트만 목사와 긴밀한 대화를 나누다가 그의 부탁을 받고 이 물건들을 그에게 보여 주었다. 성주 역시 세상을 떠나자, 이 물건들은 다른 유산들과 함께 그의 유일한 딸이자 L. v. H.와 결혼한 아델하이트에게 전해졌으며, 한동안 그녀의 소유로 있었다. 그 이후 집 유령의 선물들이 어디로 갔는지에 대해서 목사 펠트만의 아들이 여러 차례 알아보았고, 다음과 같은 사실을 알아냈다. 밀짚모자는 황제 페르디난트 2세에게 바쳐졌으며, 황제는 이 모자를 매우 놀라운 것이라고 생각했다고 한다. 가죽장갑은 오늘날까지도 한 귀족이 보관하고 있다. 그 장갑은 짧아서 딱 손 위까지만 올라온다. 손 위쪽에는 진주로 달팽이 모양이 수놓아져 있다. 작은 십자가가 어디로 갔는지는 알려지지 않는다.

유령은 1584년부터 1588년까지 4년간 후데뮐렌에 머무른 후 자신의 뜻에 따라 그곳을 떠났다. 떠나기 전 그는 "이 집안이 쇠락하면 다시 돌아올 것이니, 그러면 집안이 다시 번성하게 되리라"고 말했다.

77
초인종

플뤼겔라우의 성에 한 착한 유령이 살고 있었는데, 그는 소녀들의 부탁이라면 모두 들어주었다. 소녀들이 그저 "초인종(역자 주: 원문에는 현관문의 노커를 뜻하는 클로퍼), 저것 가져와!" 하고 말하기만 하면 원하던 것이 그곳에 있었다. 초인종은 편지를 나르기도 하고, 아기를 달래기도 하고, 과일을 가져오기도 했다. 한 번은 사람들이 모습을 보여 달라고 조르며 그가 부탁을 들어줄 때까지 물러서지 않았다. 그러자 초인종은 불꽃이 되어 굴뚝으로 빠져나갔다. 성 전체가 불에 타 버려 아직까지 재건되지 않고 있다. 스웨덴 전쟁(역자 주: 30년 전쟁 중에 벌어진 스웨덴과의 전쟁, 1618-1648) 조금 전에 벌어진 일이었다.

78
장화

칼렌베르크의 성에 슈티펠(장화)이라는 이름의 작은 유령이 살았다. 이 유령은 언젠가 한쪽 다리를 다쳤는데, 그 후로 다리 전체를 감싸는 커다란 장화를 신고 다녔다. 다리가 떨어져 나갈까봐 두려웠기 때문이었다.

79
다람쥐

클레베 공국에서 반 마일 떨어진 곳에 엘텐이라는 마을이 있다. 이곳에 유령이 하나 있었는데, 사람들은 그를 보통 에케르켄(다람쥐)이라고 불렀다. 이 유령은 변두리 길 위를 이리저리 팔짝 팔짝 뛰어다니며 온갖 방법으로 사람들을 골탕 먹이고 괴롭혔다. 그는 몇몇 사람들을 두들겨 팼고, 또 어떤 사람들은 말에서 떨어뜨렸으며, 수레와 마차를 뒤집어 버리기도 했다. 그러나 사람들이 눈으로 볼 수 있는 것은 오로지 사람의 손과 같은 모양을 하고 있는 그의 손 하나뿐이었다.

80
켄데니히의 밤유령

라인 강가의 쾰른에서 대략 두 시간 정도 거리에 있는 오래된 기사령 켄데니히에는 이끼가 가득하고, 갈대와 오리나무 관목으로 빽빽하게 뒤덮인 늪이 하나 있다. 그곳에 한 수녀가 숨어 살고 있었는데, 사람들은 밤에 그녀의 옆을 지나가지 않았다. 수녀가 자신의 등 위로 뛰어오르는 것을 원하지 않았기 때문이다. 수녀와 마주치는 사람은 그녀를 등에 업어야만 하며, 수녀는 자신을 업은 사람이 기절해 땅에 쓰러질 때까지 밤새도록 이리저리 몰고 다닌다.

81
요마 알프

요마 알프를 막기 위해 창문과 문을 걸어 잠그는 것은 소용이 없다. 알프는 아주 작은 구멍을 통해서도 안으로 들어올 수 있으며, 그들은 그런 구멍을 찾는 것을 특히 즐거워하기 때문이다. 고요한 밤중에는 알프가 구멍을 찾으며 내는 소리를 들을 수 있다. 그러면 사람들은 재빨리 일어나 구멍을 막아 버린다. 그렇게 되면 알프는 그 안에 갇혀 있게 되며, 문이 열려 있더라도 빠져나가지 못한다. 그들을 풀어 주기 전에는 반드시 그곳을 다시는 소란스럽게 하지 않겠다는 약속을 받아야만 한다. 이때 알프들은 자신이 풀려나지 못하면 새끼들이 집에서 굶어죽게 될 것이라며 비굴하게 애원한다.

트루트, 혹은 알프는 밤에 사람들의 집을 찾아갈 때 아주 멀리서 오는 경우도 자주 있다. 한번은 목자들이 한밤중에 들판에 나와 강에서 멀지 않은 곳에서 가축들을 기다리고 있었다. 그때 알프가 하나 나타나더니 작은 배에 올라탔다. 알프는 배를 강가에서 풀고 직접 가져온 노를 저어 건너편으로 갔다. 그러고는 배에서 내리더니 강가에 배를 묶고 갈 길을 갔다. 알프는 한참 시간이 지난 후 다시 돌아오더니 갈 때와 똑같이 강을 건너왔다. 목자들은 며칠 밤 동안 이를 지켜보고 그대로 내버려둔 후에 마침내 배를 치우기로 결정했다. 그러자 알프가 다시 와서 불쌍하게 애걸하기 시작했고, 동시에 평화롭게 지내기를 원한다면 배를 어서 다시 내놓으라고 목자들을 위협하기도 했다. 이에 목자들은 그렇게 하는 수밖에 없었다.

누군가가 알프가 접근하지 못하도록 하기 위해 삼빗(역자 주: 삼베를 훑는 도구. 보통 나무판에 뾰족한 침들을 박아 만든다)을 몸 위에 올려놓았다. 그러자 알프는 삼빗의 뾰족한 쪽이 몸 쪽을 향하도록 뒤집어 눌렀다. 더 나은 방법은 신발을 거꾸로, 그러니까 뒤꿈치 쪽이 침대에 바짝 닿도록 놓는 것이다. 알프가 이것을 밟으면, 그리고 행운이 따라준다면, 알프는 물러갈 것이다. 알프는 밤에 말을 타고 다니는 일이 많다. 이는 아침에 말이 지쳐 있는지 보면 알 수 있다. 또한 알프는 말머리로도 물리칠 수 있다. 자러 가기 전에 안장을 치워 놓지 않은 말은 알프가 밤에 타고 다닌다. 알프들은 사람들의 머리를 빨아들이고 엮어서 바익셀딸기(슈뢰틀라인딸기, 마르딸기, 역자 주: "마르"는 알프의 다른 이름)로 만들어 놓기를 좋아했다. 보모가 아기의 기저기를 채울 때면 십자모양으로 만들어 뾰족하게 세워 놓아야 한다. 그렇게 하지 않으면 알프가 기저귀를 한 번 더 채운다.

알프가 짓누를 때에는

"알프야, 내일 오거라,
그러면 빌려 주마!"

라고 말하면 알프는 곧장 물러났다가 다음 날 아침 무언가를 빌리기 위해 사람의 형상을 하고 찾아온다.

프레토리우스에 따르면 알프의 두 눈썹은 일자로 이어져 있다고 한다. 어떤 사람들은 또 이렇게 말한다. 두 눈썹이 서로 닿도록 길게 자란 사람들은 그들을 분노하게 만든 사람이나 싫어하는 사람에게 단순히 생각을 하는 것만으로 알프를 보낼 수 있다는 것이다. 그러면 알프는 그들의 눈썹에서 나오는데, 작은 하얀색 나비의 모습으로 잠자는 사람의 가슴 위에 내려앉는다고 한다.

82
바뀐 아이

가우의 오데른하임 근처에 있는 헤스로흐에 한 성직자의 급사가 요리사를 아내로 데리고 살았으나, 공개적으로 결혼식을 올릴 수 없었다. 두 사람 사이에는 아이가 하나 생겼는데, 이 아이는 자랄 기미도 안보였고 체중이 늘지도 않았다. 오로지 밤낮으로 울며 계속 먹을 것을 요구하기만 했다. 깊은 고민 끝에 부인은 마침내 아이를 노이하우젠 쪽에 있는 키리악 초원으로 데려가 달래고 샘물을 마시게 하기로 했다. 그러면 아이가 잘 자라날 것이라고 생각했던 것이다. 당시에는 아이가 죽고 사는 것이 아흐레 후에 결정된다고 믿었기 때문이었다.[3] 아이를 등에 업고 베스트호펜 근처의 잔디밭에 들어섰을 때 부인은 너무나 무거워 숨을 헐떡였다. 얼굴 위에는 땀이 흘러내렸다. 그곳에서 부인은 편력 학생(역자 주: 중세의 풍속으로, 유랑하는 학생은 마술에 능하다고 여겨졌음) 하나를 만났는데, 그 학생이 그녀에게 말을 걸었다. "어휴 부인, 뭐 그렇게 엄청나게 흉칙한 놈을 데리고 다닌대요? 그놈이 부인의 목을 조른다 해도 놀랄 일이 아니겠어요." 그녀는 업고 있는 것이 사랑스런 자신의 아이라고 대답했으며, 아기가 자라지도 체중이 늘지도 않아 노이하우젠으로 데려가서 진정시켜 보려 한다고 말했다. 그러나 학생은 이렇게 말했다. "그것은 부인의 아이가 아니에요. 악마라고요.[4] 냇물에 던져 버리세요!" 그러나 그녀는 그렇게 하려 하지 않았으며 자신의 아이라 주장하며 뽀뽀를 했다. 그러자 학생이 계속 이야기했다. "부인의 아기는 거실 상자 뒤에 있는 새 요람 속에 있어요. 그러니 그 요괴를 냇물에 던져 버리세

---

3 바뀐 아이를 뜻하는 벡셀발크(역자 주: 악마가 아기와 바꿔치기 한 꼬마 요괴)는 일반적으로 일곱 살 이상 나이를 먹지 않는다. 그러나 바뀐 아이는 18살에서 19살이 될 때까지 산다고 말하는 사람들도 있다.

4 그 악마는 진짜 아이를 요람에서 끄집어내 치워 버리고 자기 아이를 넣어 놓는다. 그래서 바뀐 아이라 불린다.

요!" 이에 부인은 비탄에 겨워 울면서 시키는 대로 했다. 그러자 곧 그들이 서 있던 다리 밑에서 울부짖는 소리와 투덜거리는 소리가 들려왔다. 그것은 늑대나 곰들이 내는 소리와 같았다. 집으로 돌아왔을 때 부인은 건강하고 생기발랄하게 새 요람 속에서 웃고 있는 아기를 발견했다.

83
물속의 바뀐 아이들

할버슈타트의 한 농부에게 기형아가 있었는데, 아이는 엄마와 다섯 보모의 젖을 모두 마르게 할 정도로 엄청나게 많이 먹었다 (아기 요괴들은 열 명의 아기들보다도 많이 먹기 때문이다). 그리하여 엄마와 보모들은 모두 아이에게 지쳐 버리고 말았다. 이에 사람들은 아이를 데리고 헤켈슈타트의 성모 마리아에게로 순례를 떠나야 하며, 그곳에서 아이를 진정시켜야 한다고 충고했다. 선량한 농부는 이 충고에 따라 아이를 담은 바구니를 짊어졌다. 농부가 강을 건너기 위해 다리를 건너고 있을 때 아래쪽에서 누군가를 부르는 소리가 들려왔다. "병신아! 병신아!" 그러자 지금까지 한 마디도 말을 한 적이 없던 바구니 속의 아이가 대답했다. "어! 어!" 농부에게는 이 일이 매우 이상하고 충격적이었다. 그때 물속의 악마가 계속해서 물었다. "너 어디 가려고?" 기형아가 위에서 대답했다. "나 헤켈슈타트로 가, 성모 마리아께

내가 잘 자라게
나를 진정시키게 하려고."

바뀐 아이가 제대로 이야기하는 것을 듣고 분노하여 농부는 녀석을 바구니와 함께 물속에 던져 버렸다. 그곳에서 두 악마가 함께 만나 이렇게 소리를 질렀다. "호! 호! 하!" 이들은 서로 덮치고 장난치며 함께 헤엄치다가 곧 사라져 버렸다.

84
알라운

다음과 같은 전설이 있다. 타고난 도둑들, 그러니까 도둑의 가문에서 태어나 도둑의 기질을 타고난 사람들이나, 임신 중에 도둑질을 한 — 최소한 도둑질을 하고자 하는 커다란 욕망을 가졌던(다른 이들의 말에 따르면, 비록 죄가 없다 하더라도 고문을 당해 자기가 도둑이라고 자백한 사람들도) — 어머니에게서 태어난 사람들이 교수형에 처해지고, 그가 마침 숫총각이라면, 그에게서 물(정액)이 떨어진 자리에 알라운, 또는 교수대 난쟁이라 불리는 식물이 자라난다. 알라운은 위쪽으로 넓적한 잎과 노란색 꽃을 가지고 있다. 그것을 땅에서 캐내는 것은 매우 위험한데, 밖으로 끄집어내면 알라운은 너무나 끔찍한 소리로 신음소리를 내고, 울부짖고, 또 소리를 질러 그것을 캐낸 사람은 곧 죽을 수밖에 없기 때문이다. 따라서 알라운을 손에 넣기 위해서는 다음과 같이 해야 한다. 금요일 해 뜨기 전에 귀를 솜이나 왁스, 역청 등으로 잘 막은 후, 몸에 단 한 점의 다른 색깔도 섞이지 않은 완전히 검은 개 한 마리를 데리고 간다. 알라운 위에 십자가를 세 번 그린 후, 알라운 주변의 흙을 파내 작은 잔뿌리로만 땅에 살짝 붙어 있는 상태로 만든다. 그런 다음 끈으로 알라운과 개의 꼬리를 묶고는 개에게 빵 한 조각을 보여 주고 서둘러 달아난다. 그러면 빵을 먹고자 하는 욕망에 사로잡힌 개가 따라오며 뿌리를 끌어당기게 된다. 그러나 알라운의 신음 섞인 외침을 들은 개는 곧 죽어 쓰러진다. 이제 알라운을 가져와서 적포도주로 깨끗하게 닦은 후, 하얀색과 빨간색 비단 천으로 싸서 작은 상자에 넣어 둔다. 그리고 매주 금요일 목욕을 시키고 매번 초승달이 뜰 때마다 새로운 하얀 셔츠를 입힌다. 이제 알라운에게 무언가를 물으면 알라운은 대답을 하게 되며, 번영과 번성을 위한 미래의 비밀스러운 일들을 이야기해 준다. 알라운을 가진 사람 앞에는 이제 적이 있을 수 없으니, 가난에 빠지지도 않고, 아이가 없는 경우라면 부부 사이에 행복이 찾아오게 된다. 밤에 알라운 앞에 금을 한 덩어리 놓으면 다음날 아침 두 덩어리가 되어 있는 것을 발견할 수 있다. 알라운이 상하거나 죽지 않고 오랫동안 일하는 것을 즐기고, 또 이를 확실히 하기를 원한다면, 너무 많은 것을 시키지 말아야 한다. 반 탈러 정도는 과감하게 매일 밤 가져다 놔도 좋을 것이며, 최대한 1 두카텐까지는 놓아 둘 수 있으나, 매일 그래서는 안 되고, 가끔씩만 그래야 한다.

교수대 난쟁이의 소유자가 죽으면 가장 어린 아들이 이것을 물려받게 된다. 그러나 물려받은 아들은 아버지의 관에 빵 한조각과 동전 하나를 넣고 함께 묻도록 해야 한다. 물려받아야 할 아들이 아버지보다 먼저 죽으면, 알라운은 가장 나이 많은 아들이 가지게 된다. 그러나 가장 어린 아들도 똑같이 빵 및 돈과 함께 묻혀야 한다.

85
스피리투스 파밀리아리스

이것은 보통 잘 닫힌 작은 유리용기에 보관되는데, 완전히 거미같이 생기지도 않았고, 완전히 전갈처럼 생기지도 않았으며, 끊임없이 움직인다. 이것은 구입한 사람의 주머니 속에 머물러 있게 되는데, 작은 병이든 어디든 원하는 곳에 넣어 둘 수 있으며, 항상 스스로 주인에게 돌아온다. 이것은 커다란 행운을 가져다주니, 숨겨진 보물을 볼 수 있도록 해주고, 친구들에게 사랑받도록 해 주며, 적들을 두려움에 떨게 만든다. 전쟁에서는 몸을 쇠와 철처럼 단단하게 만들어 주어 이것을 가진 자는 항상 승리하며, 체포되거나 감옥에 갇히지 않는다. 이것은 따로 관리를 해 줄 필요가 없어서, 교수대 난쟁이처럼 목욕을 시키거나 옷을 입히지 않아도 된다.

그러나 이것을 죽을 때까지 간직하고 있는 사람은 이것과 함께 지옥으로 가야만 하기 때문에, 이것을 가지고 있는 사람은 다시 팔려고 노력한다. 하지만 이것은 매번 더 싼 가격으로 판매되지 않으면 안 되니, 이는 말하자면 가장 적은 액수의 동전으로 구입한 사람이 그것을 소유하도록 하기 위함이다.

어떤 군인이 이것을 1 크로네에 구입했다. 그러나 이 위험한 유령이 어떤 것인지 알게 되자 군인은 그것을 이전 주인의 발 앞에 던져 놓고 서둘러 자리를 떠났다. 집에 도착했을 때 그는 주머니 속에서 그것을 다시 발견했다. 도나우 강에 던져 버려도 상황은 다르지 않았다.

말장수이자 마부인 아우크스부르크 출신의 한 사내가 독일의 어떤 이름난 도시에 들어섰다. 그러나 길이 그의 말들에게는 너무 험했다. 말 한 마리가 성문을 들어설 때 쓰러졌고, 여관에서 두 번째 말이 쓰러졌으며, 며칠 사이에 나머지 여섯 마리도 쓰러지고 말았다. 그는 어찌해야 좋을지를 몰라 도시로 내려갔고, 사람들에게 자신의 불행한 처지를 눈물과 함께 한탄하며 이야기했다. 그 와중에 그는 다른 마부를 만나게 되었으며, 그에게 자신의 불행을 털어놓았다. 그러자 다른 마부가 이렇게 말았다. "걱정하지 마시오. 내가 당신에게 대책을 하나 제안하겠소이다. 당신은 아마 나에게 감사해야만 할 거요." 말장수는 그것이 빈말이라고 생각했다. "아니오, 아니오, 친구. 당신은 도움을 받을 것이오. 저 집으로 가서 사람들 모임이 열리고 있는지 알아보시오" 라고 말하며 그는 모임의 이름을 알려주었다. "그들에게 당신이 당한 사고에 대해 이야기하고 도움을 청하시오." 말장수는 조언에 따라 그 집으로 가서 그곳에 있던 아이에게 모임에 대해 물었다. 그는 대답이 돌아올 때까지 기다려야만 했다. 마침내 소년이 다시 와서 그에게 어떤 방문을 열어 주었으니, 그곳에는 몇 명의 늙은 사내들이 둥근 탁자 앞에 앉아 있었다. 사내들은 자신들의 이름을 대며 그에게 말을 걸었고, 이어서 이렇게 이야기 했다. "그대의 말 여덟 마리가 쓰러져서, 그에 대해 낙담했다, 그래서 한 동료의 조언에 따라 도움을 청하기 위해 우리에게로 왔다는 것이군. 그대는 바라는 것을 얻게 될 것이오." 그는 옆에 있는 탁자 앞에 앉아 기다려야만 했다. 그리고 몇 분이 지난 뒤 그들은 마부에게 작은 상자를 주며 이렇게 말했나. "이것을 몸에 지니고 다니시오. 그러면 그대는 그 순긴부디 부자가 될 것이니, 다시 가난해지기 싫으면 이 상자를 절대로 열지 않도록 주의하시오." 말장수는 그 상자에 대해 얼마를 지불해야 하는지 물었다. 그러나 사내들은 아무것도 원하지 않았다. 그는 단지 그들이 자신의 손을 끌어다 놓은 어떤 커다란 책에 이름을 적어 넣기만 하면 되었다. 말장수는 집으로 출발했다. 그러나 사내들이 있던 집을 채 나서기도 전에 그는 300 두카텐이 들어 있는 가죽 자루를 발견했고, 그 돈으로 새 말들을 샀다. 도시를 떠나기 전에 그는 새로 산 말들이 서 있던 마구간에서 옛 은화가 들어 있는 커다란 냄비를 발견했다. 어디에 가든 그 작은 상자를 땅 위에 내려놓으면, 예전에 돈이 분실되었거나 묻힌 장소에서 빛이 새어나왔으니, 말장수는 그 돈을 쉽게 파낼 수 있었다. 이런 식으로 그는 도둑질이나 살인을 하지 않고도 커다란 재화를 모았다.

그러나 말장수의 부인은 무슨 일이 일어났는지를 남편에게 듣고 깜짝 놀라 이렇게 말했다. "당신은 무언가 사악한 것을 받은 거예요. 하느님께서는 그런 금지된 물건을 통해 부자가 되는 걸 원하지 않으세요. 얼굴에 땀을 흘리며 빵을 먹어야 한다고 말씀하셨잖아요. 당신이 천국에 갈 수 있도록 내가 기도할게요. 다시 도시로 가서 그 사람들에게 상자를 돌려주고 오세요." 부인의 말에 마음이 움직인 사내는 그렇게 하기로 결심을 하고, 하인 한 명을 보내 그 작은 상자를 다시 돌려주도록 했다. 그러나 하인은 상자를 다시 가지고 왔다. 그리고 그 사람들은 더 이상 그곳에 없으며, 지금 어디에 머무르고 있는지 아무도 모른다는 소식을 전했다. 이에 말장수의 부인은 남편이 그 작은 상자를 어디에 두는지 정확하게 눈여겨보았다. 그리고 그가 작은 상자를 바지에 붙어 있는, 특별히 직접 만든 작은 주머니 안에 넣어 보관한다는 사실을 알게 되었다. 어느 날 밤 그녀는 잠자리에서 일어나 작은 상자를 꺼내 뚜껑을 열었다. 그러자 윙윙 소리를 내는 검은색 파리 한 마리가 나와 창문을 통해 제 갈 길을 찾아 갔다. 그녀는 이제 무슨 일이 벌어질지에 대해서는 걱정하지 않으며 작은 상자의 뚜껑을 닫고 원래 있던 곳에 넣어 놓았다. 그러나 바로 그 순간부터 그때까지의 모든 행복이 혹독하기 짝이 없는 불행으로 바뀌었다. 말들은 죽어 쓰러지거나 도둑을 맞았다. 땅 위의 씨앗들은 썩어 버렸고, 집은 세 번이나 불에 탔으며, 그동안 모아놓은 재산은 순식간에 사라져 버리고 말았다. 사내는 빚을 지게 되었으며, 너무나 가난해진 나머지 절망에 빠져 우선 자신의 부인을 칼로 찔러 죽이고 난 후 자신의 머리에 총을 쏘았다.

86
요술 새둥지

몇몇 지역 사람들은 아직도 그것을 지니고 있는 사람을 눈에 보이지 않게 만들어 주는 요술 새둥지(두 갈래 둥지 혹은 막대기 둥지라고도 불린다. 역자 주: 원문 "포겔네스트"는 새집 혹은 둥지라는 뜻) — 보통은 그것 자체도 눈에 보이지 않는다 — 가 있다고 믿고 있다. 요술 새둥지는 거울이나 물속에서 우연히 발견될 때에만 찾을 수 있다. 아마도 이 전설은 두루미꽃 계열의 식물 이름(쌍엽초)과 관련이 있는 것 같다. 이 식물은 거의 모든 유럽 언어에서 새둥지라고 불리며, 알라운과 유사한 성격을 가지고 있는 것으로 보이기 때문이다. 이것이 어떤 일을 불러일으키는지에 대한 보다 자세한 내용은 아마도 민담을 근거로 쓰여진, 아래 인용한 17세기의 소설이 가장 분명하게 전해 주는 것 같다.

그렇게 이야기를 나누던 도중 나는 물속에 비친 나무의 그림자, 혹은 반영 속에서 무언가가 나뭇가지가 집게 모양으로 갈라지는 자리에 놓여 있는 것을 보았다. 그러나 그것은 실제 나무 위에서는 보이지 않았다. 나는 놀라서 아내에게 그것을 가리켜 보여 주었다. 아내는 그것을 보고는 그것이 놓여 있는 나뭇가시가 갈라지는 지점을 확인했다. 그러더니 나무 위로 올라가 우리가 물속에서 봤던 것을 가지고 내려왔다. 나는 그때 아내 쪽을 바라보았는데, 우리가 물속에서 그림자(물에 비친 모습)를 보았던 물건을 잡는 순간 그녀가 사라져 버리는 것을 목격했다. 그러니까 아내가 나무에서 내려와 나뭇가지 사이에서 그녀가 끌어내린 작은 새집을 손에 들고 있는 모습은 물속에서만 볼 수 있었던 것이다. 나는 그녀에게 그것이 대체 어떤 새집인지 물었다. 반면 아내는 내게 자신의 모습이 보이느냐고 물었다. 나는 대답했다. "나무 위에서는 당신을 볼 수가 없구려. 하지만 물속에서는 당신의 모습이 잘 보인다오." — "좋아요." 그녀가 말했다. "내가 내려가면 내가 뭘 가지고 있는지 당신이 볼 수 있을 거예요." 눈에 보이지 않는 아내의 목소리를 듣는 것이 내게는 매우 놀라웠다. 그러나 더욱 기이한 것은 햇빛 속에 아내의 그림자가 움직이는 것은 볼 수 있는데도 정작 그녀의 모습은 보이지 않는다는 것이었다. 아내는 그늘 속에 있던 내 쪽으로 더 다가왔으며, 곧 햇빛을 벗어나 그림자 속에 있게 되었다. 그러자 더 이상 그림자 또한 보이지 않게 되었기 때문에 나는 이제 아내의 모습을 전혀 알아차릴 수 없었다. 오로지 아내가 발걸음과 옷, 이 두 가지로 내는 작은 소리만을 들을 수 있을 뿐이었다. 이는 마치 유령이 내 주변에 있는 것 같은 느낌을 주었다. 아내는 내 옆에 앉아 새집을 내 손에 쥐어 주었다. 새집을 받아들자마자 나는 다시 아내를 볼 수 있었다. 그러나 그녀는 이제 나를 볼 수 없었다. 이것을 우리는 여러 차례 함께 해 보았고, 매번 새집을 손에 든 사람이 완전히 눈에 보이지 않게 되어 버린다는 것을 확인했다. 그 다음에 아내는 돌맹이든, 아니면 풀이나 나무뿌리든 새집 안에 들어앉아 그러한 효과를 가져 오게 하는 것이 떨어지지 않도록 하기 위해, 또 자칫 없어지기라도 할까봐 작은 새집을 손수건으로 쌌다. 새집을 옆에 내려놓자 그녀가 나무 위에 올라가기 전처럼 우리는 서로를 다시 볼 수 있었다. 손수건에 감싼 새집은 볼 수 없었으나, 아내가 새집을 내려놓은 자리에서 그것을 만질 수는 있었다.

87
새끼 치는 동전

새끼 치는 동전(브루트페니히 또는 헤케그로셴)은 다음과 같은 사악한 방법을 통해 얻을 수 있다. 악마와 연결되고 싶으면 크리스마스 저녁에 어두워지기 시작할 즈음 열린 하늘 아래에 있는 갈림길로 간다. 갈림길의 한가운데에 30 페니히, 혹은 그로셴이나 탈러를 둥근 원의 모양이 되도록 차례로 늘어놓는다. 그러고는 동전들을 앞뒤로 세기 시작한다. 이 숫자세기는 미사를 알리는 종소리가 들리는 시점에 맞춰 이뤄져야 한다. 수를 세는 동안에 지옥의 유령은 불타는 화덕, 기이한 마차, 머리 없는 사람 등 온갖 끔찍한 얼굴들로 사람을 당혹스럽게 만들려고 한다. 이때 수를 세는 사람이 조금이라도 흔들리거나 말을 더듬으면 그의 목이 비틀어지고 만다. 그러나 수를 올바르게 세고, 다시 한 번 세면 악마는 30개의 동전에 서른한 번째의 똑같은 동전을 던져놓는다. 이 서른한 번째 페니히는 매일 밤 똑같은 동전을 하나 낳는 특성을 지니고 있다.

비텐베르크의 판츠도르프에 사는 한 농부의 부인이 새끼 치는 동전을 가지고 있었고, 그래서 마녀라고 소문이 났다. 한 번은 그녀가 어쩔 수 없이 외출을 해야만 했다. 농부의 부인은 하녀에게 젖소에게서 짜낸 우유를 (다른 소의 젖을 짜기 전에) 곧바로 끓여 그곳에 있는 어떤 대접에 담긴 흰 빵 위에 붓고, 그녀가 알려 준 특정한 상자에 넣어 놓으라고 지시했다. 그러나 하녀는 그녀의 지시를 잊어 버렸거나, 아니면 다른 소의 젖을 짜기 전에 끓이든, 짜고 난 이후에 끓이든 마찬가지라고 멋대로 생각했다. 그래서 하녀는 다른 일들을 모두 마치고 나서야 끓는 우유를 불에서 내렸고, 한 손에 냄비를 잡은 채 다른 한 손으로 농부의 부인이 이야기한 상자를 열려고 했다. 그리고 그 상자 안에서 역청처럼 새까만 송아지 한 마리가 입을 벌리고 앉아 있는 것을 보았다. 깜짝 놀란 하녀는 끓인 우유를 송아지의 목에 부어버리고 말았다. 바로 그 순간 송아지가 달아나며 집 전체에 불을 질렀다. 농부의 부인은 붙잡혀 모든 것을 자백했다. 농부들은 그 후 오랫동안 그녀의 새끼 치는 동전을 공동 금고에 보관했다.

88
바뀐 아이를 회초리로 때리다

1580년에 다음과 같은 사건이 실제로 일어났다. 브레슬라우 근처에 유명한 귀족이 하나 살았다. 그는 여름이면 두 차례에 걸쳐 많은 건초를 만들었으며, 그럴 때면 영지 주민들은 강제 노역을 해야만 했다. 주민들 중 이제 아이를 낳은 지 8일밖에 안 된 산모도 부름을 받았다. 귀족이 요구하고 있으며, 이를 거부할 수 없다는 것을 알게 된 산모는 아이를 데리고 나가서 잔디가 쌓인 곳에 놓아두고 건초 만드는 일을 도왔다. 한동안 일을 한 후 아이에게 젖을 먹이기 위해 돌아온 산모는 아이를 보고 격렬하게 소리를 지르며 두 손으로 머리를 감싸 쥐고는 여러 차례 한탄을 했다. 자기 아기와는 달리 게걸스럽게 젖을 빨아먹고 끔찍하게 울부짖는 것으로 보아 그 아이는 자신의 아기가 아니라는 것이었다. 다른 사람들과 마찬가지로 그녀도 그 아이를 며칠 동안 데리고 있었다. 그러나 아이의 행동은 너무나 지나쳐서 부인은 거의 쓰러질 지경이었다. 부인은 자신의 고난을 영주에게도 알렸다. 그러자 영주는 이렇게 말했다. "부인, 만약 그 아기가 그대의 아이가 아니라 생각한다면, 이렇게 하시오. 이전에 아이를 눕혀 놓았던 곳으로 그 아이를 데리고 가서 회초리로 때리시오. 그러면 기적을 보게 될 것이오."

부인은 영주의 말에 따라 밖으로 나가서 바뀐 아이를 회초리로 때렸고, 아이는 큰 소리로 울었다. 그러자 악마가 도둑맞았던 그녀의 아이를 데려오더니 이렇게 말했다. "여기 있어!" 그러고는 자기 아이를 데리고 사라져 버렸다.

이 이야기는 그 지역 주변의 어른과 아이들에게 모두 잘 알려져 있으며, 브레슬라우 전역에 퍼져 있다.

89
아이들 지켜보기

라이프치히 출신의 한 믿을 만한 시민이 다음과 같은 이야기를 들려주었다: 그의 큰 아기가 태어난 지 몇 주 되었을 때, 아기 침대가 엄마의 침대에 바짝 붙어 있었음에도 불구하고 사흘 밤 동안 요람 속의 아기가 이불도 덮지 않은 채 거꾸로 누워 있는 것을 발견하였다. 이에 아빠는 네 번째 밤에 자지 않고 일어나 앉아서 아기를 잘 지켜보기로 했다. 아빠는 한동안 꼼짝도 않고 앉아 있었으며 자정이 지날 때까지 끊임없이 아이를 지켰다. 그러나 아기에게는 아무 일도 일어나지 않았다. 아빠가 직접 아이를 살피고, 또 지켜보고 있기 때문이었다. 하지만 그의 눈이 잠깐 감겼고, 엄마가 바로 직후에 일어나 둘러보았을 때 아이는 다시 거꾸로 누워 있었다. 또한 일반적으로 그렇게들 하는 것처럼 침대에 누워 있는 아기의 발끝까지 이불로 잘 덮었음에도 불구하고 이불이 아기의 침대에서 튀어나와 그녀의 침대 한복판에 놓여 있었다. 이것이 얼마나 짧은 순간에 벌어진 일인지를 생각해 본다면 모두가 놀라지 않을 수 없다. 그러나 요괴는 그 이상 아이를 어쩌지는 못했다.

90
호밀마녀

마르크 브란덴부르크에는 호밀마녀에 대한 전설이 퍼져 있는데, 이 마녀는 밀밭에 숨어 있다고 믿어지기 때문에 아이들은 밀밭에 들어가기를 두려워한다.

알트마르크에서는 다음과 같은 말로 시끄러운 아이들을 조용하게 만든다. “입 다물어라. 안 그러면 호밀마녀가 시꺼멓고 큰 염소와 함께 와서 잡아간다!”

브라운슈바이크의 뤼네부르크 주민들은 이 마녀를 알곡마녀라고 부른다. 밀꽃을 찾을 때 아이들은 서로에게 마녀가 턱을 빼앗아 간다고 이야기하며, 밭 안으로 깊숙하게 들어갈 엄두를 내지 못한다.

잘펠트에 살았던 한 여인 역시 1662년에 프레토리우스에게 다음과 같은 이야기를 들려주었다: 추수철이 되자 잘펠트의 한 귀족이 자신의 영지에 사는 주민들 중 아이를 낳은 지 6주밖에 안 된 산모에게까지 볏단을 묶으라고 강요했다. 여인은 어린 젖먹이를 어쩔 수 없이 밭으로 데리고 나갔고, 일을 하기 위해 바닥에 내려놓았다. 잠시 뒤 일하는 곳에 나와 있던 그 귀족은 어떤 마녀가 자신의 아이를 데리고 와 농부 부인의 아이와 바꿔치기하는 것을 보았다. 가짜 아이는 곧 울기 시작하였고, 농부 부인은 아이에게 젖을 먹이기 위해 서둘러 그곳으로 왔다. 그러나 귀족은 그녀가 가지 못하도록 막고 뒤로 물러서라고 명령했다. 때가 되면 이유를 말해 주리라는 것이었다. 부인은 열심히 일하라는 뜻이라 생각하고는 크게 걱정을 하며 명령에 따랐다. 그사이 아이는 끊임없이 울었다. 그러자 호밀마녀가 다시 나타나 우는 아이를 품에 안고 훔쳐 갔던 아이를 다시 제자리에 내려놓았다. 이 모든 것을 다 본 후 귀족은 농부 부인을 불러 집에 가라고 명령하였다. 그 이후로 귀족은 다시는 산모에게 일을 강요하지 않기로 결심하였다.

91
두 명의 땅속 여자

다음의 사건은 프레토리우스가 한 대학생으로부터 들었으니, 데사우에서 벌어진 일이며, 그 대학생이 어머니에게서 전해들은 것이라고 한다.

한 여인이 출산한 후 갓 태어난 아이를 옆에 눕혀 놓고, 세례도 받게 하지 않은 채 깊은 잠에 빠졌다. 자정에 두 명의 땅속 여인이 찾아와 아궁이에 불을 지피고, 물이 가득 담긴 냄비를 올려놓더니, 그 안에 데리고 온 아기를 넣어 목욕시키고 닦아 주었다. 그런 다음 그들은 아이를 방으로 데리고 들어가 자고 있던 다른 아이와 바꿔치기했다. 이어서 둘은 부인의 아기를 데리고 집을 떠났는데, 바로 옆 산에서 아이를 놓고 싸움이 벌어졌다. 급기야 둘 중의 한 땅속 여인이 다른 땅속 여인에게 아이를 집어던졌으며, 동시에 아이를 공처럼 가지고 놀았다. 결국 아기는 울음을 터뜨렸고, 그 소리에 집안의 하녀가 깨어났다. 하녀는 부인의 아이를 보고 바꿔치기 되었다는 사실을 알아차렸다. 곧장 집밖으로 달려 나간 하녀는 두 명의 땅속 여인이 여전히 훔친 아이를 서로에게 던지고 있는 것을 발견했다. 하녀는 그쪽으로 가 아이를 잡았고, 아이를 품에 안자마자 서둘러 집으로 달려갔다. 집에 도착한 하녀는 바뀐 아이를 문 앞에 내놓았으니, 잠시 뒤에 산의 여인들은 그 아이를 다시 데리고 갔다.

92
그뤼네발트 왕

옛날 오버헤센의 크리스텐베르크에 한 왕이 살았는데, 그의 성 또한 그곳에 있었다. 왕에게는 외동딸이 있었는데, 그녀는 왕의 총애를 받았으며 놀라운 재능을 가지고 있었다. 한번은 그의 적인 그뤼네발트(역자 주: 녹색 숲이라는 뜻)라는 이름의 왕이 쳐들어와 그가 살고 있던 성을 포위했다. 포위가 오래[5] 지속되었지만 왕의 딸은 성 안에 갇힌 왕에게 항상 용기를 심어 주었다. 이는 봄축제 시기까지 계속되었다. 그러던 어느 날 동이 틀 무렵 왕

5 9년. 왕은 포위하고 있는 적군들이 굶주리는 것을 보고, 구운 케익을 성 위에서 굴러 떨어뜨리도록 함으로써 적들을 교란했던 적이 있었다. 그래서 이 지역에는 기근계곡(굶주림의 계곡)이란 이름이 아직도 존재한다.

의 딸은 적의 군대가 녹색의 나무들과 함께 다가오는 것을 보았다. 이에 그녀는 두려워지고 불안해졌다. 이제 모든 것이 끝났다는 사실을 깨달았기 때문이었다. 딸은 아버지에게 말했다.

"아버지, 투항하세요,
녹색의 군대가 오고 있어요!"

이에 아버지는 딸을 그뤼네발트 왕의 진지로 보냈으니, 딸은 그곳에서 그녀 자신은 자유롭게 떠나도 좋으며, 당나귀 한 마리에 실을 수 있는 것들은 가져가도 괜찮다는 허락을 얻어냈다. 이제 그녀는 자신의 아버지[6]를 데리고 와 그녀가 가지고 있는 가장 훌륭한 보물들과 함께 당나귀에 싣고 길을 떠났다. 쉬지도 않고 한참을 가다가 지쳐 버렸을 때 왕의 딸이 말했다. "여기서 쉬도록 해요!(Hier wollemer ruhen!)" 이때부터 그곳에 있던 마을이 이름을 갖게 되었다(볼마르 Wollmar[역자 주: "wollemer"는 "우리 ~하자"를 의미하는 "wollen wir"의 구어]는 리스텐베르크로부터 한 시간 거리이며 평지). 잠시 뒤 그들은 계속해서 숲을 헤치고 산속으로 나아갔고, 마침내 어떤 지점에 이르렀다. 그곳에서 왕의 딸이 말했다. "여기에 평지가 있어요!(Hier hat's Feld! 히어 하츠 펠트!)" 두 사람은 그곳에 머물러 성을 짓고, 그것을 하츠펠트(Hatzfeld)라 불렀다. 그곳에는 오늘날까지도 유적이 남아 있으며, 그곳에 있는 도시 또한 성을 따라 이름이 붙여졌다.(하츠펠트, 에더강가의 작은 도시, 산속, 크리스텐부르크로부터 서쪽으로 약 네 시간 거리)

---

6 다른 이들에 따르면 이렇게 한 것은 딸이 아니라 왕비라고 한다.

93
블뤼멜리스 목초지

예전에는 꽃으로 덮여 아름답고 비옥했으나, 오늘날에는 얼음과 돌덩어리로 뒤덮여 있는 어떤 높은 산의 초원에 대한 전설이 스위스의 여러 지역에서 전해진다. 특히 베른의 산지에서는 클라리덴(산악지대)에 대한 전설이 회자되고 있다.

예전에 이곳 고산의 초원은 풍요롭고 아름다웠다. 가축들은 매우 크게 자랐고, 모든 소들에게서 하루에 세 번씩 우유를 짰으니, 매번 2.5 마스(역자주: 1-2리터)의 양동이를 두 번 가득 채울 만큼의 우유가 나왔다. 그 당시 산에는 한 부유하고 유복한 목자가 살았는데, 그는 거만해져 나라의 소박한 옛 관습들을 비웃기 시작했다. 목자는 자신의 오두막을 호사스럽게 꾸미고, 아름다운 하녀인 카트리네와 놀아났다. 오만해진 그는 집으로 들어가는 계단을 치즈로 만들었고 버터로 장식했으며 발판을 우유로 깨끗하게 닦았다. 이 계단을 통해 그의 애인인 카트리네와 그의 소 브랜들, 그리고 그의 개 린이 드나들었다.

이 파렴치한 일들에 대해 알지 못했던 그의 신앙심 깊은 어머니가 어느 여름날 일요일에 아들의 목장을 방문하려고 했다. 산을 오르는 데 지친 어머니는 위쪽에서 휴식을 취하며 기운을 나게 해 줄 음료를 부탁했다. 이에 그 창녀가 목자로 하여금 우유통에 상한 우유를 붓고 그 위에 모래를 뿌려 어머니에게 건네주도록 했다. 이 양심 없는 행동에 놀란 어머니는 재빨리 산을 내려갔다. 아래로 내려온 그녀는 산 쪽을 향해 몸을 돌린 채 가만히 서서, 하느님께서 저 타락한 인간들을 벌해 주시길 바란다는 저주를 했다.

그러자 갑자기 폭풍이 일어났고, 천둥번개와 함께 거센 비가 내려 축복받은 땅을 황폐하게 만들었다. 목장과 오두막은 파묻혀 버렸으며, 사람과 동물들은 죽어 버렸으니, 목자의 영혼은 그의 하인들과 함께 저주를 받아 구원받을 때까지 산속을 떠돌아야 했다. "나와 나의 개 린, 나의 소 브랜들리, 그리고 나의 카트리네는 영원히 클라리데에 머물러야 하는구나!" 그는 누구든 낙농인이 성금요일(역자 주: 부활제 전의 금요일)에 가시로 둘러싸여 있는 소의 젖을 한 마디 말도 하지 않고 조용히 다 짜면 구원을 받을 수 있었다. 그러나 그것은 힘든 일이었다. 살을 찌르는 가시 때문에 거칠어진 소가 가만히 있을 리 없었기 때문이었다. 한 번은 어떤 사내가 이미 양동이의 반이 차도록 젖을 짰다. 그때 한 남자가 갑자기 그의 어깨를 두드리며 물었다. "거품도 잘 나나요?" 젖을 짜던 사내는 아무 생각 없이 이렇게 대답했다. "아, 그럼요!" 그러자 모든 것이 끝났다. 젖소 브렌들은 그의 눈앞에서 사라져 버렸다.

94
백합

H.에 있는 나라에 A. v. Th.라는 이름의 귀족이 살고 있었다. 그는 다른 사람의 머리를 떼었다가 다시 붙일 수 있는 능력을 가지고 있었다. 어느 날 그는 그 무시무시하고 위험한 일을 더 이상 하지 않기로 결심했다. 언젠가 이를 통해 불행에 빠질 수도 있다고 생각했기 때문이었다. 그러나 우려하던 일은 결국 일어나고 말았다. 귀족은 어느 연회에서 친한 일행들에게 설득당해 그 흥미로운 일을 정말 마지막으로 한 번만 더 그들에게 보여주기로 했다. 그러나 쉽게 짐작할 수 있는 것처럼 아무도 이를 위해 기꺼이 자신의 머리를 빌려 주려 하지 않았다. 마침내 한 하인이 이를 위해 자신의 몸을 이용하도록 해 주었다. 그러나 확실한 조건을 하나 달았으니, 그의 목이 다시 붙어야 한다는 것이었다. 이제 귀족은 그의 머리를 잘랐다.

그러나 머리가 다시 붙지를 않았다. 그러자 그는 손님들에게 말했다. "그대들 중에 나를 방해하는 자가 있으니, 그렇게 하지 말라고 경고하는 바입니다." 그는 다시 한 번 시도하였으나, 아무것도 할 수가 없었다. 이에 그는 재차 자신을 방해하지 말고 내버려 두라고 경고하고 또 위협했다. 그러나 이번에도 역시 아무런 소용이 없었다. 세 번째 시도에서도 머리를 다시 붙일 수 없었던 것이다. 그러자 귀족은 탁자 위에 백합 한 송이를 자라게 하더니 그 위쪽의 머리와 꽃을 잘랐다. 그러자 곧 손님 중의 하나가 벤치에서 뒤로 쓰러지고 머리가 잘려나갔다. 귀족은 이제 하인의 머리를 다시 붙였으며, 그 나라로부터 도망쳐 사건이 협약을 통해 종결되고 용서를 받게 될 때까지 돌아오지 않았다.

95
요한 폰 파사우

마르티누스 루터 박사가 다음과 같은 이야기를 전해 준다. 한 귀족에게 아름답고 젊은 아내가 있었으나, 죽어 땅에 묻혔다. 그로부터 오래되지 않은 때였다. 귀족은 시종과 함께 한 침실에 나란히 누워 있었다. 그런데 밤중에 죽은 부인이 나타나 마치 남편과 이야기를 하는 것처럼 귀족의 침대에 몸을 기댔다. 이런 일이 두 번 연속으로 일어나는 것을 목격한 시종은 영주에게 매일 밤 하얀 옷을 입고 그의 침대 앞에 여성의 형상이 나타나는데 어찌된 일이냐고 물었다. 이에 영주는 자신은 밤새 잠만 잤으며 아무것도 보지 못했다고 답했다. 다시 밤이 되자 영주는 침대에서 자지 않고 누워 주의를 기울였다. 그때 다시 여인이 침대 앞으로 왔다. 영주는 그녀가 누구이며 무엇을 원하는지 물었다. 그녀는 자신이 그의 아내라고 대답했다. 그러자 귀족이 말했다. “하지만 그대는 죽어 땅속에 묻히지 않았소!” 이에 그녀가 대답했다. “예, 당신이 한 저주의 말들 때문에, 그리고 당신의 죄악 때문에 나는 죽어야 했지요. 그러나 당신이 나를 다시 그대의 곁에 두고 싶어 한다면 나는 다시 당신의 아내가 될 수 있어요.” 그가 말했다. “원하오. 가능하기만 하다면 말이오.” 그녀는 조건을 내걸었으니, 그가 특별한 저주를 했던 때처럼 다시 저주를 해서는 안 된다고 경고했다. 그렇지 않으면 그녀는 곧 다시 죽게 되리라는 것이었다. 이에 남자는 그렇게 하겠다고 했고 죽은 부인은 이제 그의 곁에 머물러 살림을 하고, 그의 옆에서 잤으며, 그와 함께 먹고 마시고 아이를 낳았다.

그런데 한번은 이 귀족이 손님들을 맞게 되었다. 저녁 식사를 한 후에 부인은 과일과 함께 먹을 후추과자를 상자에서 꺼내러 가야만 했다. 그런데 부인이 오랫동안 돌아오지 않자 사내는 욕을 하며 일상적인 저주의 말을 내뱉었다. 그 순간 부인은 사라져 버렸으니 그녀의 목숨은 끝이 나 버린 것이었다. 그녀가 다시 돌아오지 않자 사람들은 그녀가 어디 있는지 보기 위해 방으로 올라갔다. 그곳에는 그녀가 입고 있던 옷이 있었는데, 부인이 상자 안쪽으로 몸을 굽히고 있었던 듯 옷의 반쪽은 소매와 함께 상자 안에 있었고, 나머지 부분은 바깥쪽에 있었다. 그렇게 부인은 사라져 버렸으니 그 이후로 더 이상 볼 수 없었다.

96
브레타의 강아지

라인팔츠 지역, 특히 크라이히가우에서는 충성을 다하고도 제대로 된 보상을 받지 못하는 상황을 표현할 때 다음과 같은 속담이 통용된다. “너는 브레타의 강아지 꼴이 되었구나." 이에 관한 민속 전설은 상당히 오래된 것임에 틀림없으니, 피쉬아르트(역자 주: 요한 피쉬아르트 Johann Fischart, 16세기의 문필가) 또한 서로 다른 두 곳에서 똑같은 이름으로 이를 암시하고 있다.

오래전 브레텐이라는 작은 도시에 한 사나이가 살았는데, 그는 충성스러우며 이미 여러 가지 임무를 완수한 바 있는 강아지를 한 마리 가지고 있었다. 그는 이 강아지에게 용무를 적은 종이쪽지와 필요한 돈을 바구니에 넣어 그의 입에 물려 내보내곤 했는데, 그러면 이 강아지는 정육점에서 고기와 구운 소시지를 한 입도 베어 물지 않고 가져왔다. 그러다 한번은 개신교도였던 그의 주인이 금요일에 강아지를 가톨릭 신자이자 사순절(단식절)을 엄격하게 지키는 정육점 주인에게로 보냈다. 정육점 주인은 소시지를 주문하는 종이쪽지를 보고는 강아지를 붙잡아 꼬리를 잘랐고, 다음과 같이 말하며 잘린 꼬리를 바구니 안에 넣었다. "네 고기 여기 있다!" 비록 욕을 먹고 상처를 입었지만, 강아지는 바구니를 좁은 길을 지나 충성스럽게 집으로 가지고 갔다. 그러고는 쓰러져 죽어 버렸다. 이에 도시 전체가 슬퍼했으며, 꼬리가 없는 강아지의 모습을 돌에 새겨 도시의 성문 위에 붙여 넣었다.

또 다른 사람들은 이렇게도 전한다. 그 강아지는 가난한 주인에게 고기와 소시지를 훔쳐서 가져다주었으나, 마침내 한 정육점 주인에게 붙잡혀 꼬리를 잃는 벌을 받았다는 것이다.

97
바닷가 마을

한 성자가 해안을 지나가다 그저 하늘을 바라보며 기도를 드렸다. 그런데 일요일 오후를 맞아 깔끔하게 씻고, 비단옷을 입은 채 애인과 팔짱을 낀 마을사람들이 그곳으로 와서는 그의 신앙심을 비웃었다. 성자는 이를 신경 쓰지 않았으며, 그들에게 이 죄악의 책임을 지우지 마시라고 기도하였다. 그러나 다음날 아침 두 마리의 황소가 오더니 뿔로 가까운 곳에 있던 모래산을 밤이 될 때까지 헤집어 놨으며, 밤에는 강력한 폭풍이 불어와 파헤쳐진 모래산 전체를 마을 쪽으로 날려 버렸다. 그리하여 마을은 완전히 모래에 덮여 버렸으며, 그 안에 있던 모든 숨 쉬는 것들이 다 죽어 버렸다. 이웃마을 사람들이 찾아와서 모래에 뒤덮인 것들을 파내려 하였으나, 낮 동안에 파내진 것들이 밤이면 다시 모래에 뒤덮여 버렸다. 이는 오늘날까지도 계속되고 있다.

98
파묻힌 은광산

매장량이 가장 많은 은 광산인 하르츠의 은 광산은 이미 오래전에 채굴이 중지된 두 광산, 즉 위대한 요한 광산과 황금 제단 광산(안드레아스 산 옆?)이었다. 이에 대해서 다음과 같은 전설이 전해진다. 오래전, 이 광산에서 아직 은이 채굴되고 있을 때, 한 갱부감독이 그곳에 임명되었다. 그는 은 채굴량이 많을 때 은을 많이 함유하고 있는 원석 몇 개를 따로 보관해 두었다. 채굴이 잘 되지 않고 은이 많이 나오지 않을 때 그것으로 부족한 양을 채우고, 이를 통해 항상 동일한 양의 은을 얻을 수 있도록 하기 위해서였다. 이렇게 좋은 의도로 한 일이었지만, 그 사실을 알게 된 다른 사람들이 이를 범죄로 고발하여 갱부감독은 결국 사형을 선고받았다. 이제 무릎을 꿇고 앉은 채 곧 머리가 잘리게 되었을 때, 그는 다시 한 번 자신의 무죄를 맹세하며 다음과 같이 말했다. "내가 결백하다면 나의 피는 우유로 변할 것이고, 채굴은 중단될 것이오. 두 광산을 소유하고 있는 백작의 가문에 유리 눈과 노루의 발을 가진 아들이 태어나게 될 것이니, 이 아이가 살아남으면 채굴이 다시 시작될 것이나, 태어난 후 바로 죽는다면 광산은 영원히 파묻혀 있게 될 것이오." 사형집행인이 칼을 휘둘러 머리가 떨어지자, 몸통에서는 피 대신 눈처럼 하얀 우유 두 줄기가 높이 솟아올라 그의 무죄를 증명해주었다. 두 광산의 채굴 역시 곧 중단되었다. 그로부터 오래지 않아 유리눈과 노루의 발을 가진 어린 백작이 태어났으니, 아이는 태어난 후 곧 죽어 버렸고, 은광산의 채굴은 다시 시작되지 못한 채 오늘날에 이르기까지 파묻혀 있게 되었다.

99
광부들

가장 풍성한 광맥이 가난하고 보잘것없는 사람들에 의해 발견되어 파내지곤 한다. 이에 대해서는 몇 가지 전설들이 전해 내려온다. 보헤미아의 오일레 산에 있는 광산에 붉은 로이(역자 주: 사자)라는 이름의 광부가 굉장한 부자가 되었으니, 벤첼 왕을 초대하여 1 톤의 금을 선물로 주고, 카를 왕의 기사 백 명을 갑옷과 무기로 무장시켜 줄 정도였다. 붉은 로이는 처음에는 전 재산을 잃고 부인의 결혼지참금(그녀가 가져온 재산)마저 팔아야만 했었다. 그러던 어느 날 그의 부인이 우연히 커다란 돌덩이에 발뒤꿈치를 부딪쳐 피투성이가 되었다. 남편은 이 돌덩이를 파내려다가 순수한 금맥을 발견했으니, 이를 통해 그는 갑자기 부자가 되었다. 그러나 그는 자부심과 오만함에 사로잡혔고, 그의 집에 있는 것들을 모두 비단과 은, 금으로 만들도록 했다. 그의 부인 또한 하나님조차도 그들을 다시 가난하게 만들 수는 없을 것이라고 말하고 다녔다. 그러나 붉은 로이는 점점 지독한 가난에 빠지게 되었으며, 결국 똥거름 위에서 죽었다.

잘츠부르크의 가슈타인과 라우리스에 있는 광산에 힘이 센 광부가 살았으니, 늙은 바인모저라고 불렸다. 그가 빚을 독촉하는 사람들로부터 도망치려 마음먹고 막 문턱에 들어선 순간에 원석 견본이 그에게 전해졌다. 원석에는 금과 은이 담겨 있었으니, 사람들은 전력을 다해 원석을 캐냈고, 이는 그와 다른 이들에게 금세 커다란 부를 가져다주었다. 하지만 죽어가며 침대에 누워 있던 그에게 사람들이 광산에 새로 캐낸 훌륭한 원석을 가져다주자 그는 이렇게 말했다. "가장 아름다우며 올바른 길은 주이자 구세주이신 예수이시니, 그분의 이름으로 나는 곧 영생에 들어서려 한다네."

100
유령 기사

한 정체불명의 사나이가 17세기 말경에 폰 로젠도르프 백작을 찾아와 자신을 말 조련사라고 소개하였다. 그는 시험을 거쳐 일자리를 얻게 되었으며, 상당히 높은 자리를 얻었다. 그런데 어느 날 귀족 중 한 명이 궁정을 찾아와 말 조련사와 한 식탁에 앉게 되었다. 이 낯선 이는 말 조련사를 보고 깜짝 놀랐으며, 슬퍼져서 그 어떤 음식도 먹으려 하지 않았으니, 백작이 아무리 친절하게 권해도 소용이 없었다. 음식이 치워진 후 백작이 낯선 사내에게 다시 한 번 슬픔의 원인에 대해 묻자, 그는 말 조련사가 자연스러운 인간이 아니며, 오스트엔데에서 그의 옆에서 총에 맞아 쓰러졌으니, 지금 이야기를 하고 있는 자신이 그를 묻을 때 함께했던 사람이라고 말했다. 그는 또한 모든 정황들, 즉 죽은 자의 조국, 이름, 나이를 이야기해 주었으며, 이는 모두 말 조련사가 자기 자신에 대해 이야기한 것과 일치하였기 때문에 백작은 그의 말을 의심할 수 없었다. 그리하여 백작은 유령에게 휴가를 주고는, 자신의 수입이 줄어들어 궁정의 운영규모를 축소하려 한다는 핑계를 댔다. 그러자 말 조련사가 이렇게 말했다. 그 손님이 자신의 비밀을 폭로하긴 했지만 백작은 그를 떠나보내야 할 이유가 없으며, 자신은 그동안 충성스럽게 임무를 수행했고 앞으로도 그렇게 하려고 하니 계속 궁정에 머무를 수 있도록 부탁한다는 것이었다. 그러나 백작은 이미 명령한 대로 휴가를 갈 것을 고집했다. 그러자 말 조련사는 대가로 약속되어 있던 돈이 아니라 말 한 마리와 은방울이 달린 광대 옷을 가지길 원했다. 백작은 이를 기꺼이 내주도록 하였고, 더 많은 것을 내주려 하였으나 조련사는 받기를 거부했다.

그러던 어느 날 백작이 헝가리로 가다가 랍 근교의 강둑 위에서 광대 옷이 입혀진 말 여러 마리를 끈으로 묶어 데리고 있는 말 조련사를 다시 만났다. 조련사는 자신의 옛 주인인 그를 보자 크게 기뻐하며 인사를 했고, 말 한 마리를 선사하겠다고 제안했다. 백작은 감사해하면서도 그것을 받지 않으려 했다. 그러자 조련사는 전에 궁정에서 잘 알고 지내던 하인 하나를 보고 그에게 말을 주었다. 하인은 기뻐하며 말 위에 올랐다. 그러나 그가 말 위에 오르자마자 말은 높이 뛰어올라 그를 땅에 떨어지게 만들었으며, 하인은 크게 부상을 당했다. 그와 동시에 말 장수는 그의 말들과 함께 사라져 버렸다.

101
거짓 맹세

셰나우 수도원 옆에 있는 오덴 숲에 거짓 맹세라 불리는 장소가 있다. 언젠가 그곳에서 한 농부가 그 밭이 자신의 것이라고 맹세했다. 그러자 곧 그의 두 발 아래 땅이 갈라져, 그는 그 안으로 빠져 버렸으며, 지팡이와 신발 두 짝 외에는 아무것도 남지 않았다. 그 장소는 그 일로 지금의 이름을 얻게 되었다.

그 밖에도 사람들은 거짓 맹세를 한 사람들에 대해 아는 것이 있으니, 거짓으로 맹세를 한 사람들의 똑바로 편 손가락은 굳어져 더 이상 구부려지지 않거나 검게 변한다는 것이다. 또한 그 손가락은 그 사람이 죽고 난 후에 무덤을 뚫고 나와 자란다고 한다.

102
열두 명의 부당한 재판관

베스트팔렌의 민덴 근처에 있는 땅에 다음과 같은 이야기가 전해진다. 열두 명의 재판관이 그 땅을 진짜 주인이 아닌 다른 사람의 소유라고 판결을 내렸다. 그러자 땅이 갈라지더니 재판관들을 곧 무릎까지 삼켜 버렸다. 그 흔적은 아직도 남아 있다고 한다.

103
신성한 샘

스위스의 시골사람들은 아직도 성스러운 샘물에 대해 이야기한다. 뤼틀에 있는 그 샘물은 위대한 선서가 이루어졌을 때 갑자기 솟아났다고 한다. 또한 그 선서를 한 사람들 중 하나가 동맹을 배신했을 때 곧 그의 입과 코에서 불이 뿜어져 나왔으며, 그의 집 역시 저절로 불타기 시작했다고 한다.

104
물이 솟는 샘

프랑크 지역의 어떤 산에 샘이 솟았으니, 그 옆에 고귀한 귀족 가문이 그들의 종가를 가지고 있었다. 오랫동안 그 샘은 훌륭하고 맑은 물을 차고 넘치도록 내주었으며, 그 가문 사람 중 하나가 죽을 때까지는 마르지 않았다. 그러나 누군가 죽으면 샘물은 완전히 말라버려, 그곳에 언제 샘물이 있었는지조차 알 수 없을 만큼 그 어떤 흔적도 찾을 수 없게 되었다. 한 번은 귀족 가문의 늙은 사내가 낯선 땅에서 몸져 누워 생명이 위태롭게 되었다. 그의 나이가 이미 팔십이었기 때문에 사내는 곧 죽게 되는가보다 생각하였다. 그리하여 그는 고향으로 사신을 보내 샘이 말랐는지를 알아보게 하였다. 사신이 도착했을 때 물은 이미 말라 버린 상태였다. 그러나 사람들은 사신에게 그 사실을 늙은 사내에게 말하지 말 것이며, 더 나아가 샘물은 여전히 잘 있고 물로 가득하다고 전하라고 진지하게 명령했다. 비극적인 생각을 떠올리게 하지 않기 위해서였다. 소식을 들은 늙은이는 웃음을 터뜨리며 신의 뜻에 따라 결정되는 일을 미신을 믿는 사람처럼 샘을 통해 알아내고자 했던 자신을 책망했다. 그러고는 영원한 이별을 준비하려 했다. 그러나 갑자기 그의 건강이 좋아졌으며, 오래지 않아 병상에서 완전히 일어서게 되었다. 하지만 샘이 아무런 이유 없이 마른 것도 아니었고, 오랫동안 들어맞았던 예언의 힘이 사라져 버린 것도 아니었다. 같은 시점에 귀족 가문의 한 청년이 충성스럽지 못한 말에서 떨어졌고, 그로 인해 곧 죽었던 것이다.

105
간헐천

할레의 시장 붉은 탑 옆에 샘이 하나 있었으니, 이 샘은 자정 무렵에만 분명하게 넘쳐흘렀다. 보통 사람들은 물이 강하게 넘쳐흐르는지, 혹은 약하게 넘쳐흐르는지에 따라 기근(물가가 비싼 시기)이나 풍년(물가가 싼 시기)을 알 수 있다고 생각했기 때문에, 이 샘을 간헐천(역자 주: 간헐천에 물이 흐르면 비가 너무 많이 와서 농사를 망치게 될 것이라고 믿어졌다)이라고 믿었다. 이 도시로 오는 농부들은 이 샘을 찾아와보곤 했는데, 샘물이 넘쳐흐르면 그들은 이렇게 말했다. "금년엔 물가가 비싸겠어."

이러한 샘물들은 보통은 말라 있다가, 비가 많이 오고 수확이 좋지 못한 해에만 흐른다. 날씨가 좋고 더운 여름에는 이렇게 이야기들을 한다: 해가 비치는 해 — 기쁨이 넘치는 해(역자 주: 운을 맞춘 표현이다. "존넨 야레 – 본넨 야레 Sonnenjahre – Wonnenjahre")

106
사랑의 냇물

헤센의 도시 슈팡엔베르크는 한 냇물로부터 식수를 얻는데, 이 냇물은 건너편 산의 질 좋은 샘에서 끌어온 것이다. 이 냇물의 기원에 대해 다음과 같은 이야기가 전해진다. 이 도시의 어떤 청년과 아가씨가 서로를 진심으로 사랑했다. 그러나 두 사람의 부모는 결혼을 오랫동안 승낙하지 않았다. 마침내 두 사람은 결혼을 허락받았으나, 이에는 조건이 하나 있었다. 두 연인이 자신들만의 힘으로 건너편 산의 신선하고 훌륭한 샘물을 끌어와야만 비로소 결혼식을 치를 수 있으니, 그리면 지금까지 물 부족에 고통받아 왔던 도시가 식수를 얻게 되리라는 것이었다. 그리하여 두 사람은 냇물을 파기 시작했으며, 쉬지 않고 일을 했다. 그렇게 두 사람은 40년 동안 땅을 팠다. 그러나 냇물이 완성되는 순간 두 사람은 죽어 버리고 말았다.

107
헬펜슈타인

보헤미아의 트라우테나우에서 일 마일 떨어진 곳에 있는 리젠베르크에 헬펜슈타인이라는 높은 절벽이 있다. 그 위에는 예전에 도적의 성이 서 있었으나, 후에 땅속으로 꺼져 버렸으니, 그 안에 살던 사람들이 어디로 갔는지 아는 이가 아무도 없다. 1614년, 그곳에서 멀지 않은 곳에 있는 메센도르프에 한 어린 하녀가 살았다. 그녀는 이 절벽에서 멀지 않은 곳에서 가축들을 키우고 있었고, 가축보다 더 많은 아이들을 데리고 있었다. 아이들에게 그녀는 말했다. “헬펜슈타인에 가서 혹시 문이 열려 있는지, 커다란 포도주통을 볼 수 있는지 보자.” 그들이 갔을 때, 절벽이 갈라져 있었고 철문 하나가 열려 있었으니, 그 문에는 여러 개의 열쇠가 매달린 자물쇠가 걸려 있었다. 그들은 호기심에 가까이 갔다가, 마침내 안으로 들어섰다. 그곳은 상당히 커다란 현관이었고, 뒤쪽으로 다시 문이 하나 있었다. 그들은 안으로 들어섰다. 두 번째 방에는 온갖 종류의 가재도구들이 놓여 있었으며, 특히 양동이 열개 용량의 커다란 포도주통이 있었다. 그러나 그 포도주통의 나무판자들은 대부분 떨어져 나갔으며, 포두주가 새지 않는 것은 오로지 손가락 두께의 가죽이 덧대어져 있기 때문이었다. 그들 네 명이 포도주통을 손으로 잡자, 포도주통은 흔들거렸으니, 마치 부드러운 껍질을 가진 계란처럼 물렁거렸다. 그 모습을 보고 있는 동안 한 단정한 차림의 신사가 아름다운 방에서 나왔다. 신사는 모자에 깃털장식을 달고 있었고, 포도주를 가져가기 위해 손에 커다란 주석 주전자를 들고 있었다. 문이 열릴 때 그들은 방 안의 유쾌한 분위기와, 두 개의 식탁에 앉아 있는 아름다운 남자와 여자들의 모습을 보았다. 음악이 들려왔고 매우 즐거운 분위기였다. 그런데 포도주를 따르던 사내는 그들을 환영하며 방으로 들어가자고 말했다. 그들은 깜짝 놀랐으며, 그럴 생각이 전혀 없었다. 그리하여 일행 중 한 명이, 자신들은 그렇게 잘 차려입은 사람들 곁에 가기에는 너무 깨끗하지 못하며, 준비가 되어 있지 못하다고 말했다. 그럼에도 불구하고 사내는 그들에게 마실 것을 제안하며 주전자를 내밀었다. 일행이 정중하게 거절하자 그는 그들에게 다른 주전자를 가져올 때까지 기다리라고 말했다. 그가 사라지자, 가장 나이 많은 여자아이가 말했다. “우리 밖으로 나가자. 좋은 일이 일어날 것 같지는 않아. 산속에서 가끔씩 사람들이 사라져 버린다는 이야기를 들은 적이 있어.” 그리하여 그들은 밖으로 나왔다. 그리고 몇 걸음 걷지 않아 뒤에서 무언가 부딪치고 떨어지는 커다란 소리가 들려와 모두들 깜짝 놀랐다.

한 시간 뒤에 가장 나이 많은 여자아이가 다시 말했다. “거기에 가서 그렇게 큰 소리를 낸 것이 무엇인지 한 번 보자." 다른 아이들은 그렇게 하려 하지 않았다. 하지만 가장 큰 아이가 혼자서라도 나설 정도로 용감했기 때문에 다른 아이들도 따라 나섰다. 그들은 그러나 입구도, 철로 된 문도 더 이상 볼 수 없었다. 절벽은 꼭 닫혀 있었다. 가축을 몰고 마을로 돌아갔을 때 아이들은 이 모든 일들을 부모에게 전했고, 부모는 이를 관리인에게 보고했다. 그러나 사람들이 확인할 때마다 절벽은 그저 꼭 닫혀 있을 뿐이었다.

108
작은 나무로 만든 아기침대

오스트리아 바덴의 산에 오래된 성 라우에네크의 폐허가 있다. 여기에는 커다란 보물이 숨겨져 있다고 하는데, 이 보물은 오로지 아기 적에 성의 나무로 만들어진 침대에서 자란 사람만이 파낼 수 있다고 한다. 그런데 이 나무는 이제 라우에네크의 높은 탑의 벽에서 여리고 약한 가지로만 자라날 따름이다. 이 작은 나무가 시들거나 잘려지면, 보물을 캐는 일은 그 나무가 새롭게 싹이 나고 자랄 때까지 미루어져야 한다고 한다.

109
헤센 계곡

오래된 성 셸렌퓌르몬트는 오늘날 폐허로 남아 있다. 전설에 따르면 그곳에는 예전에 투스넬데 가문이 살고 있었다고 한다. 투스넬데는 말을 할 줄 아는 새를 한 마리 가지고 있었는데, 어느 날 그 새가 성이 세워진 산에 맞닿아 있는 숲인 헤센 계곡으로부터 날아오르더니 끊임없이 외쳤다:

"헤센 계곡이 반짝인다, 헤센 계곡이 반짝인다!"

이를 통해 새는 반짝이는 투구와 갑옷을 입고 이미 계곡 안으로 쳐들어온 로마인들을 암시하려는 것이었다. 그리하여 독일인들은 적들의 습격에 대비하여 무장할 시간을 얻게 되었다.

110
라인슈타인

하르츠의 블랑켄부르크에서 멀지 않은 곳에 아주 오래된 성 라인슈타인이 서 있다. 거기에는 커다란 바위동굴이 있는데, 이 동굴에는 산의 다른 곳에서는 찾을 수 없으며, 단지 평지에서만 찾아볼 수 있는 온갖 종류의 작은 돌들이 가득하다. 많게 든 적게 든 누군가가 그 돌을 가져가거나 들고 나가면, 돌은 원래 있던 자리로 다시 돌아온다. 그래서 동굴은 항상 돌로 가득하며, 그 돌을 가져가는 것이 그 누구에게도 도움이 된 적이 없었다고 한다. 그 절벽에는, 특히 동굴이 있는 지역 주변에서는, 정오쯤에 항상 종이 울리는 소리가 들린다고 하며, 때때로 여러 대장장이들이 내는 것 같은 망치질 소리도 들린다고 한다.

111
멈춰 서는 강

풀데 강(역자 주: 북헤센의 풀다 강)에 대해 사람들은 다음과 같은 이야기를 전한다. 헤센의 영주, 특히 나라를 지배하고 있는 왕이나 그의 부인이 죽을 날이 다가오면, 강은 자연적인 흐름을 거슬러 완전히 멈춰 선다고 한다. 동시에 강은 자신이 애도하고 있다는 사실을 알려 주니, 사람들은 이를 확실한 죽음의 징조라고 받아들인다. 그곳의 주민들은 이를 여러 차례 목격했다.

112
아렌트 호수

알트마르크에 있는 아렌트 호수에 다음과 같은 이야기가 전해진다. 지금은 호수가 있으며, 또 같은 이름을 가진 지역이 있는 자리에 아주 오래 전에 커다란 성이 서 있었다. 이 성은 어느 날 갑자기 가라앉아 버렸는데, 한 사내와 그의 부인을 제외하고는 아무도 도망쳐 나오지 못했다. 두 사람이 막 길을 떠나려던 순간 부인이 주변을 살펴보고 급격한 변화를 알아차렸다. 깜짝 놀란 부인의 입에서 다음과 같은 말이 튀어 나왔다. "아렌트, 호수야!"(아렌트, 봐요[sehe!]) 아렌트는 남편의 이름이었다.(역자 주: 독일어에서

"호수"를 뜻하는 "See"와 "보다"를 뜻하는 동사 "sehen"의 명령형 "sehe"는 발음("제")이 같다.) 그리하여 사람들은 후에 호수 옆에 만들어진 작은 도시에 "아렌트"라는 이름을 붙여 주었다. 이 호수의 곱고 하얀 모래는 매우 훌륭하다. 태양이 밝게 비치면 사람들은 (오센베르크 옆에 있는 브로크 호수에서처럼) 가라앉아 버린 성의 모든 성벽과 건물들을 볼 수 있다고 한다. 한 번은 몇몇 사람들이 이 호수를 탐사해 보려고 밧줄을 호수 아래로 내렸다. 밧줄을 다시 끌어올렸을 때 그들은 다음과 같은 명령이 적힌 쪽지가 밧줄에 붙어 있는 것을 발견했다. "그대들이 하는 일을 그만두시오. 그렇지 않으면 이곳에 일어난 일이 그대들의 지역에도 일어나게 될 것이오."

113
옥센베르크

알테 마르크에는 폐허가 된 알벤스레벤 성이 있으며, 성에서 멀지 않은 곳에 정직하고 명랑한 사람들이 사는 커다란 마을이 있다. 우르스레벤이라는 이름을 가진 그 마을 뒤쪽으로는 총을 쏘면 총알이 닿을 만한 거리에 브로크(브루흐. 역자 주: Bruch 붕괴)라 불리는 커다란 호수가 있다. 그 자리에는 아주 오래전에 아름다운 성이 하나 있었는데, 후에 무너져 버렸으며, 그 뒤로 많은 물이 솟아 그곳을 덮어 버렸다. 그 안에 있던 모든 사람들도 가라앉아 버렸으나, 붕괴 바로 직전 꿈속에서 경고의 목소리를 들은 단 한 명의 귀족 처녀만이 예외였다고 한다. 짐승과 닭들이 들려주는 곧 닥쳐올 커다란 불행의 신호가 지극히 슬프게 들려오는 동안에 처녀는 수소를 타고 그곳을 빠져 나왔던 것이다. 간신히 성 옆쪽에 있던 언덕에 도달했을 때, 그녀 뒤로 성이 무너져 내리고 있었다. 수소에 앉은 채 언덕 주위를 둘러보자 물이 사방에서 올라오는 모습이 보였다. 이 언덕은 오늘날까지도 옥센베르크(역자 주: 황소 산)라고 불린다.

114
도깨비불

뢴에는 붉은 늪이라 불리는 늪이 하나 있다. 민속전설에 따르면 예전에 그곳에는 포펜로데라는 이름의 마을이 있었으나, 후에 가라앉아 버렸다고 한다. 밤이 되면 늪의 표면에는 작은 불빛이 떠다니는데, 그것은 도깨비불이다. 그곳의 다른 지역에는 검은 늪도 있는데, 오래된 문서에서도 이미 그렇게 불리고 있다. 전설에 따르면 여기에도 역시 가라앉아 버린 마을의 이야기가 얽혀 있는데, 그 마을에서 남은 것이라고는 돌다리라는 이름이 붙어 있는 돌로 포장된 도로뿐이다.

115
안드레아스 밤

소녀들 중에는 안드레아스 밤(역자 주: 11월 29일에서 30일로 넘어가는 밤), 토마스 밤(역자 주: 7월 2일에서 3일로 넘어가는 밤), 그리고 크리스마스이브와 설날 저녁에 미래의 애인을 초대하여 만나볼 수 있다고 믿는 이들이 있다. 그렇게 하기 위해서는 두 사람을 위한 상을 차려야 하는데, 이때 포크를 놓아서는 안

된다. 애인이 떠나면서 남겨 놓은 물건은 조심스럽게 보관해야만 한다. 그러면 남자는 나중에 그 물건을 가지고 있는 사람을 찾아와 그녀를 열렬히 사랑하게 된다. 그러나 그 물건이 그의 눈에 띄게 해서는 안 되는데, 그렇지 않으면 그가 그날 밤 초인적인 폭력에 의해 겪었던 고통을 떠올리게 되고, 마법을 눈치 채게 되며, 그로 인해 불행한 일이 벌어지기 때문이다.

한 번은 오스트리아의 한 아리따운 아가씨가 한밤중에 필요한 것들을 관례에 따라 갖춰 놓고 자신의 연인을 만나보고자 했다. 그러자 한 제화공이 단도를 들고 나타나 그녀에게 던져 놓고 곧 사라졌다. 그녀는 남자가 자신에게 던져 준 단도를 집어 들어 상자 안에 넣고 잠가 놓았다. 오래지 않아 제화공이 그녀를 찾아와서 청혼을 했다. 결혼 후 몇 년이 지난 어느 일요일, 그녀는 저녁기도가 끝난 후 다음날 일하는 데 사용할 것들을 꺼내기 위해 그녀의 상자로 갔다. 상자를 열었을 때 남편이 다가와 상자 안을 들여다보려고 하였다. 그녀는 남편을 막았으나, 그는 그녀를 힘으로 밀치고 상자 안을 들여다보았다. 그리고 그가 잃어버렸던 단도를 보게 되었다. 그는 단도를 잡자마자 곧장 그녀가 어떻게 그것을 갖게 되었는지를 알아내려 했다. 특정한 시점에 그것을 잃어버렸기 때문이었다. 그녀는 너무 당황하고 두려웠던 나머지 둘러댈 말을 생각해 낼 수가 없었다. 그리하여 그 단도는 그녀가 애인을 만나 보려고 했던 그날 밤에 그가 남겨두고 간 것이라고 고백해 버렸다. 이에 그는 격노하였고, 끔찍한 저주를 퍼부었다. "이 창녀 같은 년! 그러니까 네가 나를 그날 밤 그 비인간적인 공포 속에 빠뜨렸던 그 창녀로구나!" 그러고는 단도로 그녀의 심장 한가운데를 찔렀다.

이 전설은 여러 지역에서 여러 사람들에 의해 전해진다. 구전되는 내용은 다음과 같다. 한 사냥꾼이 자신의 사냥용 칼을 남겨두고 갔다. 첫 아이를 낳고 누워 있던 어느 날 그의 부인은 남편을 자신의 상자로 보내 하얀색 면수건을 가져오라고 시켰다. 그러나 이때 그녀는 그곳에 마법의 도구가 들어 있다는 것을 미처 생각하지 못했으니, 남편은 사냥용 칼을 찾아내 그것으로 그녀를 죽였다.

116
애인을 식사에 초대하다

튀링겐의 잘펠트에 세금징수를 직업으로 하는 여인이 있었다. 그녀는 남몰래 자신의 서기를 사랑했으며, 마법으로 그를 얻으려 했다. 그리하여 크리스마스이브에 신선한 빵을 구워 그 안에 두 개의 칼을 십자모양으로 꽂아 넣도록 하고는 몇 마디 말을 중얼거렸다. 그러자 잠을 자고 있던 서기가 완전히 벌거벗은 채 방 안으로 뛰어 들어왔으며, 식탁 앞에 앉아 그녀를 날카롭게 바라보았다. 여인이 일어나 달아나자 그는 빵에서 두 개의 칼을 뽑아 그녀의 뒤에 대고 던졌으니, 그녀는 크게 상처를 입을 뻔했다. 그런 다음 그는 다시 돌아갔다. 이때 방 안에 있었던 그녀의 숙모는 너무나 놀라 몇 주 동안 앓아 누워 있어야만 했다. 서기는 다음날 집안의 일꾼들에게 다음과 같이 말했다고 한다. 지난 밤 자신을 그렇게 겁나게 만든 여자가 누군지 알고 싶으며, 지금은 너무나 지쳐 말도 제대로 하지 못할 지경인데, 왜냐하면 지난 밤 충분히 저항할 수도 없는 상태에서 어디론가 함께 가도록 강요를 받았기 때문이라는 것이었다. 그가 바라는 것을 하나님께 기도로 부탁드리고 싶어 했을 정도로 그렇게 강제로 끌려 다녔다는 것이다.

이 이야기를 전해 준 나이든 부인은 다음과 같은 이야기를 덧붙였다. 한 번은 코부르크에서도 몇 명의 귀족 처녀가 한밤중에 아홉 종류의 음식 중 무언가를 집어 식탁에 차려놓고 그 앞에 앉았다. 그러자 곧 그녀들의 애인이 모두 찾아왔는데, 전부 칼을 가지고 왔으며 여인들 곁에 앉으려 했다. 이에 처녀들은 깜짝 놀라서 도망쳐 버렸다. 그러나 그중 한 사내가 칼을 들어 여인들의 뒤에 던졌다. 이에 한 처녀가 뒤를 돌아보았고, 그를 바라보고는 칼을 집어 들었다. 또 한 번은 초대받은 사내가 아니라 육체를 갖춘 죽음이 방 안으로 와서 자신의 모래시계를 한 여인 옆에 놓았다고 한다. 그 여인은 결국 다음 해에 죽어 버리고 말았다.

슐레지엔에서는 성스러운 밤에 세 명의 궁정 여인이 음식이 차려진 식탁 앞에 앉아 미래의 연인을 기다렸다. 식탁에는 그들의 접시도 놓여 있었다. 애인들은 이 초대에 응해 나타났으나, 단지 두 명만이 나타나 두 명의 처녀 곁에 앉았다. 세 번째 남자는 나타나지 않았다. 버림받은 처녀는 슬퍼하며 불안해했다. 길고도 헛된 기다림 끝에 결국 일어서서 창문 앞에 섰을 때 그녀는 건너편에서 그녀와 똑같이 생긴 여인이 누워 있는 관을 하나 보았다. 이에 그녀는 병이 들었고 오래지 않아 죽어 버렸다. 구전되는 이야기에 따르면 관이 방 안으로 들어왔고, 그녀가 다가가자 관 뚜껑이 열렸다고 한다. 그러자 그녀는 죽었으며, 관 안으로 쓰러졌다는 것이다.

117
크리스마스이브

미신을 믿는 처녀들은 크리스마스이브의 이른 아침에 1 페니짜리 빵을 사되, 한쪽 끝에 다른 빵과 붙어 있던 자리가 없는, 제일 끝 쪽의 것을 산다. 그리고 빵 아래쪽의 껍질을 약간 잘라낸 후 그것을 오른쪽 팔 아래에 묶고 하루 종일 열심히 돌아다닌다. 그 후 크리스마스이브 밤에 잠자리에 들 때 그 빵을 머리 밑에 놓고 이렇게 이야기한다.

"지금 난 잠자리에 누웠고 빵이 내 곁에 있으니,
나의 연인이 와서 나와 함께 그 빵을 먹는다면 좋겠어!"

그러면 한밤중에 빵의 아래쪽이 조금 갉아 먹혀진다고 하며, 그런 일이 실제로 벌어지면 다음 해에 애인이 찾아와 자신과 결혼을 하게 될 것이라는 사실을 다음 날 아침에 알 수 있다. 그러나 빵이 아무런 변화도 없이 그대로 있으면, 결혼에 대한 희망을 갖기 힘들다. 1657년 라이프치히에서는 이런 일이 있었다고 한다. 두 처녀가 한 침대에서 나란히 잠을 잤으니, 한 명은 빵을 베고 누웠고, 다른 한 명은 그렇게 하지 않았다. 빵을 깔고 눕지 않은 처녀는 밤에 무언가를 긁고 갉아먹는 소리를 들었다. 무서워진 그녀는 소꿉친구를 흔들었지만, 친구는 깊이 잠들어 꿈에서 깨어날 때까지 아무것도 알아차리지 못했다. 다음날 아침 두 사람이 빵을 들여다보니, 거기에는 십자 모양으로 갉아먹은 흔적이 있었다. 그 처녀는 그 뒤 곧 군인을 남편으로 얻게 되었다.

잘펠트의 한 나이든 부인이 전하길, 어떤 여자들은 통에 물을 담은 다음, 정해진 작은 양 만큼씩 다른 통에 옮겨 물의 양을 잰다. 이 일은 몇 차례에 걸쳐 이뤄지는데, 반복해서 측정하여 이전보다 물이 더 많아지지 않는지를 살펴본다. 물이 더 많아진다면 다음 해에 재산이 늘어날 것이라고 결론을 내린다. 양이 똑같으면 운명에 변화가 없고 행복도, 불행도 없을 것이라고 믿는다. 그러나 마지막으로 물이 더 적어지면, 행복과 번영이 덜 하게 될 것이라고 해석한다. 잘펠트의 부인은 두 번째 것을 한번 겪어 보았다.

어떤 사람들은 낡은 열쇠(역자 주: 부모에게서 물려받은 낡은 열쇠. 도둑을 찾을 수 있도록 해준다는 미신이 있다)와 실뭉치 하나를 가져다가 실 끝에 열쇠를 꼭 동여맨다. 그 다음 미리 풀어 놓은 것보다 실이 더 풀어지지 않도록 실뭉치를 꼭 동여맨다. 이때 1 엘레(역자 주: 55-85cm) 혹은 6 엘레만큼 미리 풀어 놓는다. 그러고는 이 시계추처럼 흔들거리는 것을 창문 밖으로 내걸고, 바깥쪽 벽 위에 바짝 붙여서 한쪽 편에서 다른 한편으로 왔다갔다하도록 흔들며 이렇게 말한다. "잘 들어 봐! 잘 들어 봐!" 그러면 한쪽 방향이나, 지역, 혹은 장소에서 목소리가 들려 온다고 하는데, 그러면 그 방향으로 시집을 가거나 그쪽에서 살게 된다는 것이다. 또 다른 사람들은 문 바깥쪽으로 손을 뻗쳐 무언가를 붙잡는 시늉을 하는데, 손을 다시 끌어들이면 미래에 애인이 될 사람의 머리카락 몇 개가 손 안에 들어 있다고 한다.

118
셔츠 던지기

코부르크에서 크리스마스 밤에 몇 명의 처녀들이 모여 앉았다. 그들은 미래의 애인에 대해 궁금해하며 그들이 누구인지 알아보고자 하였다. 처녀들은 낮에 미리 아홉 종류의 나무를 잘라 놓았으며, 자정이 되자 방에 불을 지폈다. 첫 번째 처녀가 옷을 벗고, 셔츠를 방문 밖으로 던지고 나서 불가에 앉아 말했다.

"나는 여기 실오라기 하나 걸치지 않은 채 벌거벗고 앉아 있네,
나의 애인이 찾아와
내 품안에 내 셔츠를 던져 주었으면!"

그 뒤에 셔츠가 다시 안으로 던져졌으니, 그녀는 셔츠를 던진 사람의 얼굴을 알아보았고, 그 얼굴은 후에 그녀가 결혼한 남자의 얼굴과 똑같았다. 다른 처녀들도 옷을 벗었으나, 셔츠들을 하나의 뭉치로 엉키게 만들어 던지는 실수를 하였다. 그러자 유령은 나타날 수 없었으며, 시끄러운 소리가 나기 시작했으니, 그 소리에 소녀들은 공포를 느꼈다. 그들은 즉시 불을 끄고 침대로 들어가 다음날 아침까지 잤다. 다음날 아침 문 앞에 그들의 셔츠가 수천 조각으로 찢어진 채 놓여 있었다.

119
수정 들여다보기

아름다운 귀족 처녀와 고상한 청년이 서로 뜨겁게 사랑했다. 그러나 두 사람은 처녀의 의붓부모로부터 결혼 승낙을 얻어낼 수 없었으며, 그로 인해 커다란 슬픔 속에서 살았다. 그러던 어느 날 집에 드나들던 한 늙은 부인이 그녀를 위로하며 말했다. 그녀가 사랑하는 남자가 분명 그녀의 것이 되리라는 것이었다. 기뻐하며 그 말을 들은 처녀는 어떻게 그것을 아느냐고 물었다. "아, 아가씨" 노파가 말했다. "나는 미래의 일을 미리 알 수 있는 축복을 하느님께 받았지요. 그래서 다른 많은 일들처럼 그것도 내 눈을 피할 수 없어요. 아가씨의 의심을 해소해 드리기 위해서, 어떻게 그렇게 되는지를 수정으로 분명하게 보여 드리지요. 그러면 아마도 저의 기술을 칭찬하시게 될 겁니다. 그렇지만 그러기 위해선 아가씨의 부모님이 집에 계시지 않는 시간을 골라야 합니다. 그러면 아가씨는 기적을 보게 되실 거예요."

처녀는 부모가 시골영지로 갈 때까지 기다렸다. 그러고는 그녀의 남동생의 선생이자 후에 시인으로 이름을 날린 오한 뤼스트를 찾아가 그녀의 계획을 털어놓고, 함께 가서 수정을 들여다볼 때 옆에 있어 줄 것을 간절히 부탁했다. 뤼스트는 그런 호기심은 커다란 불행을 불러올 수 있는 죄악이라고 설득했지만 소용이 없었다. 그녀는 자신의 뜻을 굽히지 않았고, 그는 마침내 함께 가달라는 그녀의 간절한 부탁을 들어주기로 하였다. 두 사람이 방에 들어섰을 때 늙은 부인은 작은 바구니에서 자신의 물건들을 꺼내고 있었다. 그러나 뤼스트가 처녀를 따라온 것을 보고 언짢아했다. 그러고는 그가 자신의 기술을 좋게 보지 않는다는 것을 그의 눈에서 읽을 수 있다고 말했다. 뒤이어 그녀는 다시 준비를 시작했으니, 용과 뱀, 그리고 다른 동물들의 놀라운 그림들이 수놓아진 파란색 작은 비단 천을 탁자 위에 펼쳐 놓고는, 그 위에 녹색 유리 쟁반을 올려놓았다. 그리고 그 안에 다시 황금 빛깔의 또 다른 비단 천을 깔더니, 마침내 상당히 큰 수정 구슬을 그 위에 올려놓았으며, 하얀색 천으로 다시 구슬을 덮었다. 이제 노파는 놀라운 몸짓과 함께 무언가를 혼잣말로 웅얼거렸다. 그것이 끝나자 노파는 매우 공손하게 구슬을 집어 들고 처녀 및 그녀를 따라온 사내를 자기가 있는 창문 쪽으로 부른 뒤 그 안을 들여다보라고 말했다.

두 사람은 처음에는 아무것도 볼 수 없었다. 그러나 곧 수정 안에서 매우 훌륭한 옷을 입은 신부가 나타났다. 오늘이 마치 결혼하는 날인 듯 호화롭게 차려입고 있었다. 그렇게 훌륭한 모습이었지만, 표정은 어둡고 슬퍼보였다. 그렇다. 그녀의 얼굴은 너무나도 죽은 자의 색을 띄고 있어서 동정심 없이는 바라볼 수가 없었다. 처녀는 자신의 모습을 깜짝 놀라며 바라보았다. 그러나 그녀의 애인이 건너편에 나타났을 때 그 놀라움은 더욱 커졌다. 평소에 너무나 친절한 사람이었던 그가 너무나 끔찍하고 소름 끼치는 표정을 하고 있었으니, 온몸을 떨지 않을 수 없었던 것이다. 그는 여행에서 돌아온 사람처럼 박차가 달린 장화를 신고 있었고, 황금색 단추가 달린 회색 외투를 걸치고 있었다. 그는 외투 안에서 새것처럼 번쩍거리는 두 개의 권총을 꺼냈으니, 한 손에 총을 하나씩 들고서 하나는 자신의 가슴에, 다른 하나는 처녀의 이마에 들이댔다. 이를 보고 있던 두 사람은 두려움에 어쩔 줄을 몰랐고, 결국 남자가 자신의 애인 이마를 겨누고 있던 총의 방아쇠를 당기는 것을 보았다. 그때 멀리서 둔탁한 소리가 들려왔다. 두 사람은 너무나 커다란 두려움에 사로잡힌 나머지, 몸을 떨면서 흔들거리는 걸음으로 방을 빠져나가 어느 정도 회복될 때까지는 몸을 움직일 수가 없었다.

일이 그렇게 진행되리라 생각하지 못했던 늙은 부인도 기분이 아주 좋지는 않았다. 그래서 노파는 허둥지둥 서둘러 방을 빠져 나갔고 한동안 모습을 드러내지 않았다. 그 놀라움은 처녀의 사랑을 식히지 못했다. 하지만 의붓부모는 허락을 거부하겠다는 결심을 바꾸지 않았다. 그렇다. 그들은 마침내 협박과 강요로 그녀가 고상한 이웃의 궁정공무원과 약혼을 하지 않을 수 없도록 만들었다. 그로 인하여 그녀에게 진짜 마음의 고통이 생겨났으니, 그녀는 한숨과 눈물 속에서만 시간을 보냈고, 그녀의 애인은 거의 극단적인 절망 속으로 빠져들었다.

그러는 사이 결혼 날짜가 잡혔고, 몇몇 후작 가문의 사람들이 참석하기로 하여 결혼식은 더욱 훌륭하게 준비되었다. 신부가 대단히 화려하게 모셔질 날이 왔을 때 후작부인은 여섯 마리의 말이 끄는 자신의 마차를 몇몇 궁정 하인 및 마부와 함께 보냈다. 행렬 뒤를 높은 신분의 친척들과 신부의 친구들이 따랐으며, 위엄 있고 절도 있는 모습으로 앞으로 나아갔다. 이 모든 것을 알아낸 첫 번째 애인은 절망 속에서 자신이 사랑하는 사람을 살아 있는 채로 다른 사내에게 넘겨주지 않겠다고 결심했다. 그는 결국 좋은 권총을 두 개 샀으며, 그중 하나로는 신부를, 다른 하나로는 후에 자기 자신을 쏘려고 했다. 결혼식이 열리는 장소의 문으로부터 열 걸음, 혹은 열 두 걸음 떨어진 곳에 집이 하나 있었는데, 그 옆으로 신부가 지나가게 되어 있었으니, 그는 총을 쏠 장소로 그곳을 선택했다. 이제 수많은 사람들이 뒤따르는 마차와 마부들의 화려하기 짝이 없는 행렬이 다가오자 그는 신부의 마차 안쪽을 겨누고 권총을 쏘았다. 그러나 총을 약간 일찍 쏜 탓에 신부는 다치지 않았고, 마차의 문 쪽에 앉아 있던 다른 귀족 부인의 조금 높은 머리장식이 총에 맞아 떨어졌다. 부인이 기절해 쓰러지자 모두가 그쪽으로 서둘러 달려갔다. 그 덕분에 총을 쏜 범인은 뒷문 쪽으로 집을 빠져나가 도망칠 수 있는 시간을 벌었으며, 상당히 넓은 개천을 뛰어 건너는 데 성공함으로써 목숨을 구할 수 있었다. 놀라 기절했던 여인이 다시 정신을 차리자 행렬은 다시 움직이기 시작했고, 결혼식은 성대하게 치러졌다. 그러나 그때 신부는 슬픈 마음뿐이었으니, 이제 수정을 들여다본 잘못에 대해 깊이 생각했으며, 그 대가를 진지하게 받아들였다. 그녀의 결혼 또한 불행했다. 왜냐하면 그녀의 남편은 가혹하고 나쁜 사람이어서, 품행이 방정하며 우아한 그 여인을 — 그에게 사랑스런 아이를 낳아 주었음에도 불구하고 — 끔찍하기 짝이 없는 방식으로 다뤘기 때문이다.

120
마법의 풀을 끓이다

1672년에 에어프루트에서 다음과 같은 일이 있었다. 같은 집에서 일을 하던 가구공의 하녀와 염색공의 도제가 서로 사랑에 빠졌고, 두 사람의 경솔한 사랑은 한동안 계속되었다. 후에 도제는 그 관계에 질려 집을 나갔으며, 랑엔잘차까지 가서 한 장인 밑에서 일을 하게 되었다. 그러나 하녀는 사랑에서 벗어나지 못했고, 남자친구를 어떻게든 되찾고자 했다. 그리하여 그녀는 성스러운 성령강림절에 도제들을 제외한 모든 집안 식구들이 교회에 가 있을 때 냄비에 어떤 풀들을 집어넣은 후 불 옆에 놓았다. 그것이 끓기 시작하면 남자친구도 그 자리에 있게 될 것임에 틀림없었다. 그런데 불 옆에서 냄비가 끓고 있을 때 냄비 안에 무엇이 들어 있는지 모르는 한 도제가 냄비를 불쪽으로 더 가깝게 밀어놓고 아교가 들어 있는 자신의 프라이팬을 그 자리에 놓았다. 풀들이 들어 있는 냄비가 불의 열기에 가까이 다가가자마자 그 안에서 여러 차례 목소리가 들려왔다. "와라, 와라, 한젤, 와라! 와라, 와라, 한젤, 와라!" 그러자 아교를 젓고 있던 사내 뒤로 무언가 자루 같은 것이 떨어졌다. 뒤를 돌아보자 그곳에 한 젊은 남자가 누워 있었는데, 그는 몸에 셔츠 외에는 아무것도 걸치고 있지 않았다. 이를 본 사내는 비명을 질렀다. 하녀가 달려왔고, 그 집에 살고 있던 다른 사람들 또한 사내의 비명소리 때문에 달려왔다. 그리고 그들은 착한 도제가 깊은 잠에서 깨어나 셔츠만 입고 누워 있는 것을 발견했다. 그사이 도제는 잠에서 어느 정도 깨어나 사람들의 질문에 대답했다. 털로 뒤덮여 있으며 숫염소와 비슷한 형상을 한 커다란 짐승이 자신이 자고 있는 침대로 와서 공포에 질리게 했고, 그가 두 뿔을 붙잡자 커다란 창문 밖으로 나와 달렸다는 것이다. 그 다음에 어떤 일이 일어났는지 그는 알지 못했으며, 특별한 것을 느끼지도 못했다. 그렇지만 그는 지금 너무나 먼 곳에 와 있었다. 8시경에 랑엔잘차에서 침대에 누웠는데 8시 30분인 지금 에어푸르트에 와 있다는 것이었다. 그는 또 전 애인인 카타리네가 이런 일이 일어나도록 만들었다고밖에 생각할 수 없는데, 그것은 자기가 떠날 때 그녀가 '곧 다시 돌아오지 않으면 염소의 등에 태워 돌아오도록 만들겠다'고 말했었기 때문이라고 했다. 사람들이 관청에 마녀로 신고하고 넘기겠다고 위협하자 하녀는 진심으로 눈물을 흘리며, 한 노파가 — 하녀는 노파의 이름도 댔다 — 그녀에게 그렇게 하도록 풀들을 주며 이렇게 알려 주었다는 것이다: 풀들을 천천히 끓도록 하면 남자친구가 나타날 것이며, 그가 아무리 멀리 떨어져 있고자 해도 그렇게 될 것이다.

121
폼메른의 소금광산 일꾼

폼메른에 한 소금광산 일꾼이 나이 든 부인과 함께 살았으니, 그녀는 마법사였다. 소금광산 일꾼은 그녀의 곁에 사는 것을 좋아하지 않았기에, 고향인 헤센으로 가서 친구들을 방문하고자 하였다. 그러나 부인은 그가 다시 돌아오지 않을까봐 걱정하여 그를 떠나보내려 하지 않았다. 그럼에도 불구하고 그는 떠났다. 출발한 지 며칠이 지났을 때, 그가 지나온 길 위로 검은 숫염소 한 마리가 다가오더니, 그의 다리 사이로 미끄러져 들어와 그를 집어올리고는 그를 다시 반대방향으로 데려갔다. 그것도 길 위로 가는 것이 아니라, 들판과 숲을 지나, 물과 땅을 지나서 쉬지도 않고 그를 데려갔다. 그렇게 달린 염소는 몇 시간 뒤에 그를 자기 집 문 앞에 내려 놓았으니, 그는 두려움에 몸을 떨며 기절해 버리고 말았다. 그러나 부인은 그를 조롱하는 말로 환영하며 말했다. "이것 봐라! 다시 왔어? 당신에겐 이렇게 집에 머무르는 법을 가르쳐야 해!" 그녀가 남편에게 다른 옷을 입히고 먹을 것을 주자 남자는 다시 정신이 들었다.

122
엘리 아가씨

100년하고도 몇 년 더 전에 뮌스터의 수도원 프레켄호르스트에 매우 신앙심이 높은 여자수도원장이 살았다. 그녀의 곁에는 가사를 관리하는 여인이 일을 하고 있었으니, 엘리 아가씨라 불렸으며, 못되고 인색했다. 가난한 사람들이 와서 적선을 부탁하면 회초리를 가지고 쫓아냈고, 문에 달린 작은 종을 단단하게 붙들어 매어 가난한 사람들이 종을 울리지 못하도록 만들었다. 마침내 엘리 아가씨가 병에 걸려 죽게 되었고, 그녀의 죽음을 준비하기 위해 사람들은 목사를 불렀다. 목사가 수도원장의 과수원을 통과해 지나갈 때 그는 엘리 아가씨가 하얀색 깃털이 달린 작은 초록색 모자를 쓰고 사과나무에 앉아 있는 것을 보았다. 그러나 그가 집 안으로 들어섰을 때 그녀는 또한 다시 침대에 누워 있었으며 항상 그랬던 것처럼 못되고 신앙심이 없었다. 목사가 말을 걸려 하자 회복에 대한 이야기는 들으려고도 하지 않고 벽 쪽으로 돌아눕더니 그렇게 죽어 버렸다. 그녀가 눈을 감자마자 종은 깨져 버렸으며, 곧 이어 그녀는 유령이 되어 수도원을 돌아다니기 시작했다. 어느 날 하녀들이 부엌에 앉아 강낭콩을 자르고 있을 때, 그녀는 예전에 육신을 가지고 살아 있을 때와 똑같이 끊임없이 소리를 지르며 그들 사이로 다가와 "손가락을 베지 마라, 손가락을 베지 마라!"라고 외쳤다. 하녀들이 우유를 짜러 갈 때면 엘리 아가씨는 계단에 앉아 하녀들을 지나가지 못하게 했다. 그러나 하녀들이 "하느님의 이름으로 말하노니, 비켜 주세요"라고 외치자, 그녀는 비켜 줄 수밖에 없었다. 그러더니 그녀들을 따라 와서는 멋진 케이크를 가리키며 말했다. "케이크! 케이크!" 하녀들이 먹으려고 하지 않자 그녀는 끔찍한 웃음소리와 함께 케이크를 땅에 집어던졌다. 땅에는 쇠똥이 떨어져 있었다. 하인들 또한 장작을 팰 때 그녀를 보았다. 그곳에서 엘리 아가씨는 항상 숲 속에 있는 나뭇가지에서 다른 나뭇가지로 날아다녔다. 그녀는 밤에 집 안을 돌아다니며 요란한 소리를 냈으니, 냄비들과 그릇들을 어지럽게 집어던지고 사람들이 잠자는 것을 방해했다. 마침내 그녀는 바렌도르프로 가던 수도원장의 앞에도 나타났다. 그녀는 말들을 멈춰 세우고 마차 안으로 들어오려 했다. 그러자 수도원장이 이렇게 말했다. "나는 그대에게 아무런 볼일이 없네. 그대가 악행을 했더라도, 그것은 나의 뜻이 아니었네." 엘리 아가씨는 그러나 물러서려 하지 않았다. 이에 수도원장은 장갑 한 짝을 마차 밖으로 던지고는 그것을 주우라고 명령했다. 엘리가 몸을 굽힌 사이 수도원장은 마부를 다그치며 이렇게 말했다. "할 수 있는 한 가장 빨리 달리시오. 말들이 쓰러지더라도 말이오!" 그리하여 마부는 서둘러 달려갔고, 무사히 바렌도르프에 도착했다. 이 모든 소란에 진절머리가 난 수도원장은 마침내 지역 전체의 성직자들을 모두 불러 모아, 그들로 하여금 엘리 아가씨를 몰아내고자 했다. 성직자들은 교회의 성단소(聖壇所)에 모여 유령을 소환했다. 그러나 그녀는 나타날 생각을 하지 않았고, 다음과 같은 소리만 들려왔다. "누가 봐! 누가 봐!" 이에 성직자들이 말했다. "여기 교회에 숨어서 엿듣고 있는 사람이 있다." 그리하여 성직자들은 호기심에 교회 안에 숨어 있던 어린 소년을 찾아냈다. 소년이 쫓겨나자 엘리 아가씨가 나타났고, 그녀는 다베르트로 추방되었다. 다베르트는 유령들이 출몰하는 뮌스터의 숲으로, 모든 유령들이 추방당하는 곳이기도 했다. 전설에 따르면 엘리 아가씨는 매년 한 번씩 끔찍한 소리를 내며 프레켄호르스트의 수도원으로 찾아와 유리창 몇 장이나 그와 유사한 것들을 깨뜨린다. 또 네 번의 성스런 축제(역자 주: 성탄절, 부활절, 오순절, 만성절)가 열릴 때마다 닭의 한 걸음 만큼 조금씩 다가온다.

123
하얀 여인

우박처럼 새하얀 여인이 숲과 들판에 나타난다. 이 여인은 때때로 밀랍초에 불을 붙이고 말 우리에 들어와 말들을 빗질하고 닦아 준다. 그러면 말의 갈기 위에 촛농이 떨어진다. 그녀는 집 밖에서는 잘 볼 수 있지만, 자신의 집 안에서는 장님이 된다고 한다.

124
비둘기가 보물을 가리키다

하인리히 폰 브레슬라우 공작이 크라카우를 점령했을 때의 일이다. 신앙심이 깊은 사내였던 그는 그곳 사원으로 가 성모 마리아의 제단 앞에 무릎을 꿇고, 그녀가 은총을 보여 주신 것과 고통을 기쁨으로 변하게 해 주신 것에 대해 감사를 드렸다. 일어섰을 때 그는 비둘기 한 마리를 보았으니, 그 비둘기가 날아가는 것을 눈으로 따라가다가, 비둘기가 둥근 천정의 돌림 띠 장식 위 기둥에 앉는 것을 보았다. 그리고 비둘기가 부리로 벽을 쪼고, 두 발로 몰타르와 돌을 뒤로 밀어내고 있다는 것을 알아차렸다. 잠시 뒤 그 아래에는 천정에서 떨어진 황금 조각이 놓여 있었다. 공작이 이를 집어 들고 말했다. “저 비둘기가 이 황금을 쪼아내었구나. 더 많은 것이 저기에 있기가 쉬울 것이다.” 그는 곧 사다리를 가져오게 했고, 위에 무엇이 있는지를 확인해 줄 미장이를 찾아 사람을 보냈다. 미장이는 기어 올라가 끌을 손에 들었다. 그러고는 첫 번째로 벽을 쳤을 때 이미 그곳에 많은 금이 있음을 알아냈다. 이에 그는 외쳤다. "주인님, 제게 대가를 두둑하게 주셔야겠습니다. 여기 헤아릴 수 없이 많은 양의 번쩍이는 황금이 있습니다." 공작은 미장이로 하여금 하느님이 그에게 내려준 보물을 캐내도록 하였다. 무게를 재어 보니 5만 마르크의 가치가 나가는 분량이었다.

125
비둘기가 적들을 막아 주다

삼십년전쟁 때 황제의 군사들이 획스터 혹은 훅사라고 하는 코르바이센의 도시를 포위하였으나 점령하지는 못했다. 마침내 집중 포격을 통해 이 도시를 겁에 질리게 하고 윽박지르라는 명령이 떨어졌다. 밤이 찾아올 즈음 기수가 첫 번째 대포를 점화하려 하였다. 이때 비둘기 한 마리가 날아와 그의 손을 쪼았으니, 그는 불구멍을 제대로 맞추지 못하고 말았다. 이에 그는 이렇게 말했다. "이것은 내가 사격을 해서는 안 된다는 하느님의 뜻이다." 그러고는 포격을 그만두었다. 그날 밤 스웨덴 군사들이 도착했으며, 황제의 군대는 후퇴할 수밖에 없었다. 이번에는 그 도시가 그렇게 구원을 받았다.

126
브레슬라우의 종 만들기

브레슬라우에서 성 마리아 막달레나의 종을 만들기 위해 쇳물을 부어야 할 때가 되었다. 이를 위한 모든 준비가 끝나자 쇳물을 붓는 장인은 작업을 시작하기 전에 식사를 하러 갔다. 장인은 식사를 하러 가며 도제에게 쇳물이 담긴 통의 꼭지를 절대로 건드리지 말라고 명령했다. 그러나 도제는 훨훨 타오르는 쇠가 어떤 모습일지 호기심도 나고 궁금하기도 했다. 그가 꼭지를 움직여 살짝 열었을 때, 그의 뜻과는 달리 꼭지는 완전히 열려 버렸고, 쇠가 계속해서 흘러나와 준비되었던 틀 속으로 들어갔다. 극도로 놀란 이 불쌍한 젊은이는 어찌할 줄을 몰랐다. 그러나 마침내 용기를 내어 울면서 방으로 들어가 스승에게 잘못을 고백하고, 제발 용서해 달라고 빌었다. 하지만 분노에 사로잡힌 장인은 칼을 뽑아들고 젊은이를 그 자리에서 찔러 죽였다. 그러고 나서 그는 서둘러 밖으로 나가 자신의 작품을 어떻게 구할 수 있겠는지 살펴보려 하였고, 이를 위해 쇳물이 식기를 기다린 뒤 정리를 하였다. 정리를 끝내고 나서 살펴보니, 종 전체가 훌륭하게 만들어져 잘못된 곳이 없었다. 기쁨에 가득 차 방 안으로 들어온 장인은 그제서야 자신이 어떤 악한 짓을 저질렀는지 알게 되었다. 도제는 창백해져 있었다. 장인은 붙잡혔고 판사는 칼로 처형을 하라는 판결을 내렸다. 그사이 종 역시 걸리게 되었으니, 종 만드는 장인은 다음과 같이 간절하게 부탁했다. 그가 자신의 종말을 맞이하기 전에 — 높으신 분들로부터 그런 영광을 누릴 수만 있다면 — 자신이 마무리한 종이니 만큼 그 종을 울려주시면 안 되겠냐는 것이었다. 자신 또한 그 울림을 무척 듣고 싶었기 때문이었다. 윗사람들은 그의 바람을 들어주었으니, 그 이후로 이 종은 모든 불쌍한 죄인들이 시청으로부터 걸어 내려올 때마다 울리게 되었다. 이 종은 너무나 무거웠기 때문에 50번을 치면 스스로 50번을 더 울렸다.

127
아텐도른의 종 만들기

베스트팔렌의 쾰른 구역에 있는 소도시 아텐도른에는 사람의 기억이 미치는 한 오랜 옛날에 한 과부가 살고 있었다. 이 과부는 아들을 네덜란드로 보내 장사 일을 배우게 했다. 아들은 그곳에서 아주 잘 처신하여 해마다 소득 가운데 일부를 어머니에게 보내드릴 수 있었다. 그가 한번은 순금으로 만든 쟁반 하나를 검게 칠해서 다른 물건들과 함께 어머니에게 보냈다. 이 선물의 가치를 전해 듣지 못한 어머니는 황금쟁반을 자기 집 가게 벤치 아래 놓아 두었다. 종 만드는 주물공이 그 지방에 오자, 아텐도른 시민들은 그에게 주물을 맡기고, 그 일에 필요한 쇠붙이는 시민들에게 기증을 요청하여 마련하기로 결의했다. 그때까지 황금쟁반은 내내 과붓집에 있었다. 쇠붙이 모으는 사람들은 온갖 부서진 청동 그릇을 받았다. 그들이 집 문밖에 오자, 과부는 아들이 보낸 황금을 내주었다. 과부는 그것이 금인 줄 몰랐고, 그것 말고는 집안에 망가진 그릇이 없기 때문이었다.

주조공은 다른 종을 몇 개 더 만들려고 아렌스베르크로 가면서 도제 하나를 아텐도른에 남겨 두고는, 거푸집 제작과 그밖에 모든 준비를 다 해놓되 주조만은 자기가 돌아올 때까지 미뤄 두라고 지시하였다. 하지만 장인이 돌아오지 않자, 도제는 직접 실험을 해 보고 싶어서 혼자 주조를 계속하여, 모양과 소리가 아주 훌륭한 종을 아텐도른 주민들에게 만들어 주었다. 그 종이 어찌나 마음에 들었던지, 주민들은 도제와 작별할 때(그는 아렌스베르크로 명인을 찾아가 다행히도 종이 잘 만들어졌다는 소식을 전하려 했으므로), 그의 귀에 들릴 만큼 오랫동안 종을 울려 주려 하였다. 그뿐만 아니라 몇 사람은 손에 맥주잔을 들고 그의 뒤를 따라와 마시라고 권했다. 그가 이렇게 명예와 기쁨을 안고 (아텐도른과 퓌르스텐베르크의 슈넬렌베르크 성 사이에 있는) 돌다리에 이르렀을 때, 그의 주인도 마침 그곳에 도달하여 “도대체 무슨 짓을 한 거야, 이 짐승 놈아!”라고 욕설을 퍼붓고는 다짜고짜 총을 쏘아 그의 머리를 관통시켰다. 주조공은 수행인들에게 이렇게 말했다. “이놈이 종을 주조했어, 다른 사기꾼처럼.” 그는 그 종을 새로 주조하여 도시에 다른 작품을 만들어 주겠다고 나설 태세였다. 그런 다음에 그는 말을 타고 시내로 들어가 자기가 한 짓이 정당하였다는 듯이 거듭거듭 변명을 늘어놓았다. 하지만 그는 살인행위로 체포되어, 견습공의 작업에 사람들이 완전히 만족하고 있는데 도대체 어찌하여 그런 짓을 저지르게 되었냐고 심문을 받았다. 그러자 그가 마침내 실토했다. 그는 상당히 많은 양의 금이 종에 들어 있다는 사실을 그 음향에서 알아냈는데, 도제가 만일 지시받은 대로 자기가 도착할 때까지 기다렸더라면, 자기는 도제처럼 하지 않고 금을 분리해 냈을 것이라고, 그래서 녀석을 죽여 버렸다는 것이었다.

그래서 종 주조공은 참수형을 당하고, 도제가 최후를 맞은 다리 위에는 영원한 기념으로 철제 십자가 하나가 세워졌다. 그렇지만 도대체 황금이 어디서 와서 종으로 들어갔는지는 아무도 알아낼 수 없었다. 그러다가 과부의 아들이 거금의 재산을 모아 기뻐하며 집으로 돌아와서, 자기의 황금이 두 사람의 목숨을 앗아가되 한 사람은 죄도 없이 또 한 사람은 유죄로 죽은 것을 알고 애석해 하였지만, 그래 봐야 헛된 일이었다. 그래도 그는 황금을 돌려 달라고 요구하지는 않았다. 하느님이 그를 다른 방식으로 풍족하게 축복하셨기 때문이었다.

그로부터 오랜 세월이 지난 뒤, 뇌우가 교회탑에 내리쳐 벽체를 제외하고는 모든 것이 불타고 종도 녹아 버렸다. 그러자 잿더미 속에서 놋쇠가 발견되었는데, 금 함유량이 피렌체 금화 굴덴과 같았으므로 그것으로 종탑이 다시 세워지고 납으로 씌워졌다.

128
물방앗간 여주인

오스트리아의 엠스와 벨스 사이에 있는 외진 물방앗간에 방아꾼이 살고 있었다. 어느 일요일 아침에 그는 늘 그랬듯이 하인들을 모두 데리고 교회에 가고, 출산이 가까웠던 그의 아내만 집에 남았다. 방아꾼 아내가 그렇게 홀로 앉아 있을 때, 산파가 마치 산모를 살펴보러 방문한다는 듯이 찾아왔다. 방아꾼 아내는 그녀를 친절히 맞이하여 먹을 것을 좀 내어놓고 둘이서 함께 식탁에 앉았다. 그들이 먹는 동안에 산파가 나이프를 떨어뜨리고 말했다. “나이프 좀 집어 주구려!” — “어머나!” 하고 여주인이 대답했다. “이상한 말을 하시네, 아줌마보다 내가 허리 굽히기가 더 어려운 줄 다 아시면서.” 그래도 여주인은 꾹 참고 나이프를 집어서, 아직 허리를 굽힌 채, 산파에게 건네주었다. 그러자 산파가 나이프를 받아 쥐고 불쑥 내밀며 말했다. “이제 돈을 내놔, 너희 집에 있는 현금 말이야. 내놓지 않으면 이 차가운 칼로 네 가슴을 푹 찔러 버릴 테야!” 방앗간 여주인은 소스라치게 놀랐으나, 그래도 마음을 다잡고 말했다. “저쪽 방으로 날 따라와요, 거기 장롱 안에 우리가 가진 돈 다 있으니 가져가요.” 산파가 그녀를 따라가 장롱에서 돈을 꺼냈으나, 그것으로 욕심이 차지 않자 다른 서랍들을 계속 뒤졌다. 이 순간을 이용하여 여주인이 재빨리 밖으로 나가 문을 굳게 잠가 버렸다. 그곳 창문 앞에는 굵은 쇠창살이 설치되어 있었으므로 산파는 방 안에 갇히고 말았다. 이제 여주인은 일곱 살 난 어린 아들을 불러 이렇게 말했다. “교회에 계신 아빠에게 서둘러 달려가 엄마 말을 전해, 얼른 머슴 아저씨들을 데리고 집으로 돌아오시란다고, 엄마가 큰 위험에 빠졌다고.” 아이가 달려 나갔으나, 방앗간에서 멀지 않은 곳에서 산파의 남편과 마주쳤다. 이자는 노획물을 가져가기 위해 산파와 약속한 대로 다가오던 중이었다. 사내는 아이를 보자 덥석 붙잡아 물방앗간으로 도로 끌고 갔다. 여주인은 남편을 기다리며 창 밖에 서 있다가, 아이가 돌아오는 것을 보고는 즉시 대문을 잠그고 빗장을 모두 걸었다. 사내가 다가와 문을 열라고 소리쳤다. 여주인이 문을 열지 않자, 사내는 미친 듯이 화를 내며 안으로 들어가려고 문에 발길질을 했다. 이제 방앗간 집 아내는 한쪽 창밖을 향해 도와달라고 온 힘을 다해 울부짖었지만, 아무도 그 소리를 듣지 못했다. 방앗간이 멀리 떨어져 있고, 주변에 덤불숲이 무성하게 둘러 있기 때문이다. 그러는 동안 사내의 발길질에도 대문은 밀려나지 않았다. 사내는 그렇게 오래 지체하다가 방앗간 주인이 교회에서 돌아오면 자신과 아내가 어떤 위험에 빠지게 될지 깨달았고, 그래서 사내는 칼을 빼어들고 여주인에게 소리쳤다. "당장 문을 열지 않으면 네년 눈앞에서 아이를 찔러 죽일 테다, 네년 머리 위로 방앗간에 불을 지른다고." 사내가 아이를 우악스레 움켜쥐자 아이는 큰 소리로 울음을 터뜨렸다. 그러자 여주인이 내달아 나오며 대문을 열려다가 그 앞에 멈춰 섰다. 섬뜩한 생각이 심장을 꿰뚫고 지나갔던 것이다. 저 살인자는 그녀 자신과 몸속의 아이를 동시에 죽일 작정으로 꾀어내려는 것뿐이라고, 그래서 여인은 한두 순간 멈칫거렸다. 사내는 주저하지 않고 칼로 아이 가슴을 찌르더니, 입구를 찾으려고 방앗간 주변을 맴돌며 뛰어다녔다. 여주인은 그 모든 것을 까맣게 모른 채 방앗간 수차 바퀴들을 작동시키려 했다. 하필 일요일에 때 아니게 덜커덩거리는 소리가 난다면 어쩌면 그녀를 도울 사람들을 불러들일지도 몰랐다. 바로 그때 살인범은 멈춰 서 있던 수차바퀴를 지나 방앗간으로 침입할 생각이어서, 한쪽 발을 막 바퀴살에 올려놓은 참이었다. 그래서 틀림없이 안으로 들어갔을 터였으나, 바로 그 순간 기적 같은 하느님의 섭리로, 제동이 풀린 수차바퀴가 덜커덩 돌아가기 시작하더니 사내를 바닥에 내동댕이쳐 짓이겨 버렸다.

그런 뒤에 곧 방앗간 주인이 하인들과 함께 돌아왔다. 산파가 갇혔던 방을 그가 열어 보니, 그녀는 겁에 질린 나머지 심장마비로 죽어 바닥에 너부러져 있었다.

129
요한 휘프너

베스트팔렌 지방의 가이센베르크 산 위에는 옛날 강도들이 살던 성채의 성벽이 아직도 남아 있다. 그들은 밤이면 이리저리 돌아다니며 가축을 훔쳐와 커다란 마구간이 있는 농장에 몰아넣었다가 나중에 멀리 있는 외지 사람들에게 팔았다. 이곳에 거주한 마지막 강도는 요한 휘프너라는 자였다. 그는 철제 옷을 입었고, 전국 각지의 모든 사내들보다 힘이 세었으며, 애꾸눈에 크고 더부룩한 턱수염과 머리카락을 지니고 있었다. 그는 낮에는 부하들과 함께 구석진 곳에 앉아 술을 마셨는데, 그곳에는 부서진 창문이 아직도 남아 있다. 요한 휘프너는 하나뿐인 눈으로 나라 전체를 아주 멀리까지 둘러보았고, 그러다가 기사가 눈에 띄면 이렇게 외쳤다. "이봐! 저기 기사가 온다! 멋진 말이야! 이봐라!" 그러면 저들은 몰려나가 기사가 올 때를 기다렸다가 말을 빼앗고 기사를 죽였다. 이 무렵에 흑색의 크리스티안이라고 불리는 딜렌부르크의 영주가 있었다. 그는 힘이 아주 센 남자였다. 이 영주는 요한 휘프너의 강도질 소식을 자주 들었다. 농부들이 매번 찾아와 그자에 대해 하소연하였기 때문이다. 흑색의 크리스티안에게는 한스 플리크라는 영리한 신하가 있었다. 영주는 그를 내보내어 요한 휘프너를 감시하게 했다. 그러나 영주 자신은 뒤에서 (역자 주: 플로렌베르크 근처의) 길러 산에 머물며 휘하 기사들과 함께 숨어 있었다. 농부들도 그곳으로 빵과 버터와 치즈를 가져왔다. 하지만 한스 플리크는 요한 휘프너를 알지 못했으므로 이리저리 순찰하며 그에 관해 탐문을 벌였다. 그가 마침내 말편자를 박는 대장간에 이르러 보니, 마차바퀴 수리도 하는 곳이어서 바퀴들이 벽 앞에 잔뜩 세워져 있었다. 사내 하나가 바퀴 위에 등을 기대고 있는데, 애꾸눈에 철제 조끼를 입고 있었다. 한스 플리크가 그에게 다가가서 말했다. "안녕하쇼, 쇠 조끼 입은 외눈박이 양반! 당신이 가이센베르크에서 온 요한 휘프너는 아니겠지?" 사내가 대답했다. "가이센베르크의 요한 휘프너는 바퀴 위에 누워 있다오." 한스 플리크는 바퀴를 처형장의 환형 바퀴로 알아듣고 말했다. "그게 최근의 일이오?" "그렇소, 바로 오늘이요." 하고 사내가 말했다. 한스 플리크는 그 말을 도무지 믿기 어려워서 대장간에 머물며 마차바퀴 위의 사내를 유심히 살펴보았다. 사내가 대장장이의 귀에 대고 자기 말에 편자를 거꾸로 박아 달라고, 그러니까 편자의 앞쪽 끝이 뒤로 가게 해 달라고 주문했다. 대장장이가 그렇게 해 주자, 요한 휘프너는 말을 타고 떠났다. 말에 올라타면서 그는 한스 플리크에게 이렇게 말했다. "잘 있게, 착한 친구, 주인에게 가서 귀동냥이나 하는 자들이 아니라 주먹들을 보내라고 이르시게." 한스 플리크는 그 자리에 서서 사내가 말을 타고 들판을 넘어 숲으로 들어가는 것을 지켜보다가, 그가 어디에 머무는지 알아보려고 뒤따라갔다. 그는 사내의 흔적을 쫓아가려 하였으나, 사내가 말을 이리저리 몰며 오락가락하였고, 게다가 말 발자국 때문에 길을 잃고 말았다. 그자가 말을 몰고 간 방향에는 말 발자국이 거꾸로 나 있었던 것이다. 그래서 그는 사내를 금방 놓쳤고, 그자가 어디에 머무는지도 알 수 없었다. 그러나 그는 끝내 녀석을 찾아내고 말았다. 그자는 한밤에 달빛 아래에서 부하들과 숲 속 평지에 머물며 훔쳐 온 가축을 지키고 있었다. 그러자 한스 플리크는 서둘러 크리스티안 영주에게 돌아와 그 사실을 보고하였고, 영주는 기사들과 함께 조용히 말을 타고 아래쪽에서 숲 속으로 들어갔다. 그들은 말발굽 밑에 이끼를 묶고 이동하였다. 그렇게 이들은 가까이 다가가 녀석을 덮쳐 전투를 벌였다. 흑색의 크리스티안과 요한 휘프너가 서로 철제 투구와 조끼를 내려치는 소리가 울려 퍼졌다. 그러나 마침내 요한 휘프너가 너부러져 죽었고, 영주는 가이센베르크 산 위의 성으로 진격해 들어갔다. 부하들이 요한 휘프너를 한쪽 구석에 묻었다. 영주는 웅장한 탑 둘레에 잔뜩 장작을 쌓았다. 그렇게 그들은 끝내 탑도 부숴 버렸다. 마을에서 암소 젖을 짜는 저녁때에 탑이 무너졌는데, 그 충격에 온 땅이 진동하였다. 산 아래로 굴러 널린 돌들을 아직도 볼 수 있다. 바로 그 애꾸눈의 요한 휘프너가 이따금 한밤중에 검정말을 타고 나타나 성벽 주위를 어슬렁거리곤 한다.

130
에펠라 가일라

그다지 오래지 않은 옛날에 뉘른베르크 거리의 소년들은 이런 옛 노래를 불렀다,

"드라마우스에서 온 에펠라 가일라
달마다 열나흗날에 말 타고 나가네."

또한

"뉘른베르크의 원수, 드라마우스 사람
에펠라 가일라가 말 타고 나가네."

옛날에 바이로이트 지역 드라마이젤(무겐도르프 교구에 편입된 작은 마을) 근처에 에펠린 폰 가일링이라는 담찬 기사가 살았다. 이자는 그곳에서 함부로 훔치고 부수며 돌아다녔는데, 특히 뉘른베르크 사람들을 괴롭혀 닥치는 대로 저들에게 해를 입혔다. 그는 마법을 아는 데다 아주 잘 뛰고 달리는 작은 말을 타고 다녔다. 그는 말을 몰아 높이 뛰어오르며 암벽과 낭떠러지를 넘고, 물을 건드리지 않은 채 비젠트 강을 건너뛰고, 풀밭의 건초마차 위를 달리면서 말발굽으로 지푸라기 하나도 부러뜨리지 않았다. 그의

본거지는 가일렌로이트에 있었으나, 그는 거기 말고도 주변에 다른 성채들을 차지하였고 바람처럼 순식간에 한 곳에서 다른 곳으로 날아다녔다. 그는 산 한쪽에서 맞은편 산으로 날아갔고, 가끔은 말을 달려 무겐도르프의 장크트 로렌츠로 갔다. 뉘른베르크에서는 성벽도 넓은 해자(垓字)도 그를 막지 못했기 때문에, 그는 수많은 다른 모험들을 감행했다. 하지만 마침내 그자도 뉘른베르크 시민들에게 붙잡혀 노이마르크트에서 추종자들과 함께 교수대에 매달렸다. 뉘른베르크 성채에서는 아직도 그의 무기들이 전시되고, 성벽에는 그가 그곳을 말 타고 건너뛸 때 찍힌 편자 자국이 남아 있다.

131
블루멘슈타인

헤센 주 로텐부르크 근처에 있는 블루멘슈타인에 아직 기사들이 살고 있을 때, 인접한 마을 회네바흐의 어느 젊고 대담한 시골 처녀가 내기를 걸었다. 한밤중에 달빛 아래 밖으로 나가 저 무서운 성채에 올라가서 벽돌 한 장을 가져오겠다는 것이었다. 시골 처녀는 대담하게 밤길을 나섰고, 이제 약속한 표지물을 가지고 막 되돌아가려는 참이었다. 그때 말발굽 소리가 한밤의 정적 속에서 울려왔다. 시골 처녀는 재빨리 도개교 아래로 뛰어내렸다. 그녀가 다리 밑에 서 있은 지 얼마 지나지 않아 기사가 어느 아름다운 처녀를 앞에 태우고 들어왔다. 기사는 그 처녀를 납치하여 그녀의 값진 옷들을 뒤쪽에 꾸려 싣고 온 것이었다. 그가 말을 타고 다리를 건너는 동안, 보따리 하나가 굴러 떨어졌다. 시골 처녀가 그것을 집어 들고 서둘러 도망쳤다. 그녀가 회네바흐와 블루멘슈타인 사이에 있는 슈피스라는 산을 절반도 채 올라가지 못했을 때, 어느새 기사가 다시 도개교 위로 돌아와서 필시 잃어버린 보따리를 찾으려 하였다. 그러자 시골 처녀는 길을 버리고 울창한 숲 속에 숨어 그자가 지나갈 때까지 기다리는 수밖에 없었다. 그렇게 하여 시골 처녀는 노획품을 구해 내고 표지물도 무사히 집으로 가져왔다.

어떤 사람들은 다른 장소들의 비슷한 이야기를 다음과 같은 내용으로 전하기도 한다. — 시골 처녀는 기사가 처녀를 살해하는 장면을 목격하였다. 그 처녀는 강도가 보지 못하는 사이에 보따리를 떨어뜨렸고, 그것을 시골 처녀가 주워 가졌다. 그녀가 보따리를 열어 보니, 값진 옷가지와 그 밖에도 보석이 들어 있었다. 시골 처녀는 그 사실을 비밀로 하고, 오히려 겁이 나서 그곳에 가지 않았다고 둘러댔다. 시골 처녀는 시간을 두고 그 가운데 하나씩 내보이며 마치 그것을 자신이 사 모은 척하다가, 마침내 어느 무도회 때 그 화려한 의상을 모두 떨쳐입고 나갔다. 거기에 한 낯선 남자가 있었는데, 시골 처녀를 뚫어지게 쳐다보다가 그녀와 함께 춤을 추고는 마침내 그녀를 집에 데려다 주겠다고 나섰다. 마을로 가는 길에 사내는 갑자기 칼을 뽑아 그녀를 찌르려 했다. 하지만 그녀가 사람 살리라고 소리쳐서 사내는 붙잡혔다. 그가 바로 저 살인자였다.

132
제부르크 호수

괴팅겐에서 두 시간만 가면 제부르크 호수가 있다. 호수는 매년 작아지고 있는데, 지금은 깊이가 30에서 40 피트(역자 주: 9~12미터)이고 둘레는 실히 반시간 거리에 이른다. 이 지역에는 그 밖에도 함몰 지점과 위험한 구덩이들이 널려 있어서 지하에 흐르는 강을 짐작케 한다. 어부들은 다음과 같은 전설을 전하고 있다.

오랜 옛날, 지금 호수가 있는 자리에는 화려한 성채가 서 있었고, 거기엔 이장이라는 이름을 가진 백작이 살면서 음탕하고 불경스러운 생애를 보내고 있었다. 언젠가 그는 린다우 수녀원의 신성한 담장을 부수고 들어가 수녀 하나를 유괴하고 강제로 뜻을 이루려 하였다. 죄악이 막 저질러지자마자, 백작이 욕보인 여자가 사실은 그때까지 숨겨져 있던 그 자신의 누이동생이라는 것이 밝혀졌다. 깜짝 놀란 그는 많은 속죄금과 함께 그녀를 수녀원으로 돌려보냈으나, 진심으로 하느님께 회개하기는커녕 다시금 욕정을 좇아 살아가기 시작했다. 그러자 이런 일이 생겼다. 그가 한 번은 생선장수에게 하인을 보내 장어를 사 오게 했는데, 생선장수는 장어 대신 하얀 은빛 뱀 한 마리를 내주었다. 백작은 동물들의 말을 조금 알고 있었던 터라 아주 만족스러워했다. 그런 뱀을 먹은 사람은 동물언어의 온갖 비밀을 깨치게 된다는 것을 그는 알고 있었으니까. 백작은 뱀을 요리하라고 지시하면서, 하인이 그것을 조금이라도 먹으면 사형을 면치 못하리라고 엄명하였다. 그런 다음에 백작은 뱀 요리를 혼자서 한껏 먹었는데, 그래도 조금 남은 것이 접시에 담긴 채 밖으로 물려졌다. 그러자 주인의 금지명령으로 호기심이 생긴 하인이 유혹을 이기지 못하고 그것을 먹었다. 뱀을 먹고 난 백작은 이제까지 저지른 온갖 죄악과 악행들이 어찌나 마음을 짓누르며 눈앞에 환히 떠오르던지, 그 생각을 도무지 떨쳐버릴 수 없었고 불안감에 어찌할 바를 모르게 되었다. "앗 뜨거워! 지옥 불에 훅 입김을 불기라도 한 것 같네." 하고 그가 말했다. 그가 정원으로 들어서자 사환이 다가와서 말했다. "백작님의 누이동생이 방금 돌아가셨어요. 나리께서 강제로 그분에게 범한 죄악의 결과입니다." 겁에 질린 백작이 발길을 돌려 성채 안뜰로 들어갔으나, 거기에는 닭, 오리, 거위 같은 온갖 짐승들이 이리저리 오가면서 그동안 백작이 계속해 온 음탕한 생활과 끔찍한 악행들에 대해 쑥덕거리고 있었다. 지붕 위에서 참새와 비둘기들이 대화에 끼어들며 아래쪽을 향해 대꾸했다. 저들은 이렇게 재잘거렸다. "그런데 이젠 악행이 도를 넘고 종말이 닥쳐왔어. 잠시 뒤엔 저 웅장한 탑들이 무너져 내리고 성채 전체가 땅속으로 가라앉을 거야." 바로 그때 수탉이 지붕 위에서 힘차게 울고, 뱀 고기를 먹은 하인이 다가왔다. 백작이 그를 시험해 볼 생각으로 물었다. "저 수탉이 뭐라 하는가?" 하인은 수탉의 말을 잘 알아들었으나, 겁에 질린 탓에 자신도 모르게 대답했다. "이렇게 말하는데요. — 서둘러, 서둘러! 목숨을 건지려면 해 지기 전에 서둘러, 서둘러! 하지만 혼자 가야 해!" 백작이 말했다. "이런 배신자, 그러니까 네놈도 뱀 고기를 먹었구나. 소지품을 챙겨라, 우리 도망쳐야겠다." 하인이 허둥지둥 성채 안으로 뛰어 들어갔다. 백작이 손수 말에 안장을 지우고 올라탄 뒤 달려 나가려는 순간, 하인이 송장처럼 하얗게 질린 얼굴로 숨을 헐떡이며 되돌아 나오더니, 말고삐를 잡고 쓰러지면서 자기도 데려가 달라고 애원했다. 백작은 눈을 들어 마지막 석양이 산꼭대기에서 불타는 것을 보았다. 수탉이 요란하게 울부짖는 소리도 들렸다. "서둘러, 서둘러! 목숨을 건지려면 해 지기 전에 서둘러, 서둘러! 하지만 혼자 가야 해!" 그러자 백작은 검을 뽑아 하인의 목을 뎅겅 자르고 도개교를 뛰어넘어 달려 나갔다. 그는 말을 달려 소도시 기볼데하우젠 근교의 작은 언덕에 올라가서 뒤를 돌아보았다. 자기 소유인 성채의 첨탑들이 아직도 석양에 번뜩이는 것을 보면서, 백작은 모든 일이 한낱 꿈이자 감각이 마비된 탓이려니 하였다. 하지만 갑자기 발밑에서 대지가 흔들리기 시작하자, 그는 기겁하여 다시 말을 달렸다. 그가 두 번째로 뒤를 돌아보니, 장벽과 담장과 탑들이 모두 사라지고 성채 자리에는 커다란 호수가 있었다.

이러한 기이한 구원을 받은 뒤에 백작은 기볼데하우젠 수도원에 들어가 죄를 참회하였다. 그는 남아 있던 값진 소유 영지들을 이 수도원에 기증하였다. 참회하는 죄인들에게는 그의 처분에 따라 지금까지도 특정한 날에 진혼미사가 베풀어진다. 백작은 베렌스하우젠 마을에 성당 본제단과 제단 의자들을 기증하였는데, 이에 관한 기증문서가 아직도 보관되어 있다고 한다. 호수에서는 또한 연마된 사각 마름돌과 떡갈나무 판자들이 지금까지도 발굴되고 있다. 얼마 전에는 심지어 은제 단지 두 개가 나왔는데, 고상한 화관 문양들이 돋을무늬 세공된 것으로 그 가운데 하나를 제부르크의 술집 주인이 사들였다.

133
성채호수와 성채토성

포메른의 뤼겐 섬에 있는 슈투프니츠에 거대한 토성이 있다. 높다란 너도밤나무들로 울창하게 덮인 이 장벽은 길쭉한 타원형 구역을 둘러싸고 있는데, 구역 한가운데에는 각양각색의 나무뿌리와 바위들이 흩어져 있다. 장벽의 동쪽 가장자리 바로 곁에 있는 둥글고 깊은 분지에 검은 호수 또는 성채호수라고 불리는 호수가 흐른다. 장벽은 성채토성이라고 불린다. 지역 전설에 따르면, 오랜 옛날에 이 장벽 안에서 악마가 숭배되었고, 그에게 시중드는 처녀 한 명이 배치되었다고 한다. 악마가 처녀에게 싫증을 느끼면, 사람들은 그의 사제들을 검은 호수로 데리고 가서 물에 빠뜨려 죽였다.

134
성 니클라스와 도둑

포메른의 그라이프스발트에 있는 게르트루트 예배당에 성 니클라스의 목상이 세워져 있었다. 어느 날 밤에 도둑이 들어 헌금함을 훔칠 작정이었는데, 그가 성자상을 향해 이렇게 소리쳤다. "오, 니클라스 성자 나리. 이 돈이 내 것이야, 당신 것이야? 이 돈을 걸고 우리 내기 한 번 하자고. 헌금함에 먼저 가는 사람이 이긴 거야." 이렇게 말하고 도둑이 달리기 시작했다. 하지만 목상도 달려서 도둑을 세 번 이겼다. 그래도 도둑은 이렇게 말했다. "니클라스 성자 나리, 당신이 과연 이겼어. 하지만 당신에게 돈은 쓸모가 없지, 나무로 만들어졌으니 돈이 필요없잖아. 그러니 내가 이 돈을 차지하고 기분이나 내야겠네." — 그런 뒤 금세 이런 일이 벌어졌다. 그 강도가 죽어 묻혔는데, 지옥에서 악마들이 나타나 그의 시체를 파내어 그가 돈을 훔쳤던 헌금함 옆에 내동댕이치고, 마지막엔 그를 도시 밖의 풍차에 매달고는 풍차 날개 위에 올려놓고 바람을 거슬러 이리저리 굴리며 끌어당겼다. 이 풍차는 1633년까지도 있었는데 — 자연스럽게 움직이는 주변의 다른 풍차들과 달리 — 여전히 역풍을 받아 돌고 있었다.

다른 사람들에 따르면, 헌금함에 손을 댄 자는 집사였다거나 또는 성모상에게 달리기 내기를 걸었다고도 한다.

악마의 발이 닿은 땅에서는 싱싱한 풀도 말라 타 버렸고, 깊은 발자국이 남아 있어 다시는 풀이 무성하게 자라지 않았다. 전에는 대대적인 순례행사가 벌어지던 교회 전체가 마침내 교회묘지와 함께 흙에 묻히고 요새의 장벽으로 뒤덮여 버렸다.

135
거인 바위

이따금 우리는 손과 발의 흔적이 새겨진 바위를 발견하는데, 그에 관한 전설에 따르면 옛날에 거인이 그 바위를 던졌다거나 또는 그 위에 올라섰다고 한다. 그런 바위가 라이프치히 도로변의 교회탑 옆에 있다. 거기엔 손가락이 여섯 개 달린 커다란 손의 흔적이 찍혀 있다. 또 다른 큰 바위를 라이프치히에서 호엔티겔 마을로 가는 길에 — 도시보다는 마을에 더 가까운 곳에서 — 볼 수 있다. 이 바위에는 장검을 내리쳐 생긴 듯한 상흔이 보인다.

아주 오랜 옛날에 잘츠베델이 어느 무자비한 적군에게 꼼짝없이 포위당했는데, 그래도 적들은 이 도시를 점령할 수 없었다. 천사들이 성벽 위에서 이리저리 순찰을 돌고 화살을 낚아채며 도시를 수호하였기 때문이다. 그래서 야전지휘관은 분이 치밀었다. 주둔지에는 커다란 바위 하나가 있었는데, 지휘관이 장검을 빼어들고 말했다. "내가 도시를 얻지 못할 것이라면, 하느님, 나로 하여금 작은 빵을 자르듯이 이 바위를 베게 하소서." 그가 칼로 내려치자 바위는 아주 부드러운 물체처럼 패였다. 이 바위는 1649년 잘츠베델과 틸젠 사이의 길에서 프레토리우스에게 나타났다. 그는 바위를 만져보았고 깊은 틈새도 자기 눈으로 살펴보았다. 틈새는 한가운데에 나 있었다.

136
돌 위의 흔적들

민덴 유리공장 근처에 가이스마르르발트라는 숲이 있는데, 삼십년전쟁 전에는 그곳에 가이스마르라는 도시가 있었다. 숲 옆에는 토텐베르크[죽은 자들의 산]라는 다른 산이 있고, 그곳에서 전투가 벌어졌다. 야전지휘관은 처음에 패배하여 가이스마르르발트 숲으로 퇴각하였고, 그곳 바위에 앉아 어떻게 하는 것이 최선일지 곰곰이 생각해 보았다. 그때 한 중대장이 찾아와, 다시 전투를 개시하여 적군을 과감하게 공격하자고 설득하였다. 지금이라도 승리하면 모든 것이 해결된 셈이라고 하였다. 그러나 지휘관은 이렇게 대답하며 일어섰다. "아닐세, 내가 앉아 있는 이 바위가 물렁해질 리가 없는 것처럼 나도 승리할 수 없다네!" 그런데 그의 두 다리는 물론이고 그가 일어설 때 짚었던 손의 흔적까지 바위에 새겨져 있었다. 이 기적을 보는 순간, 그는 전투 나팔을 불게 하고 새로운 용기로 적을 공격하여 승리를 거두었다. 오늘날까지도 그 바위는 제 자리에 있고 눌린 흔적들도 볼 수 있다.

137
거인의 손가락

특별히 예나 근처의 잘레 강변에 거칠고 악한 거인이 살았다. 그는 산 위에서 식사를 하였는데, 란트그라펜베르크 산(역자 주: 방백산)의 한 자락은 이 거인이 숟가락을 떨어뜨린 곳이라 하여 아직도 숟가락이라고 불린다. 이 거인은 제 어미에게도 불경스러웠다. 어머니가 그의 방종한 생활을 나무랄 때면 오히려 제 어미를 야단치며 욕했고, 그가 난쟁이라고 놀리던 사람들에게도 한층 더 못되게 굴었다. 한번은 어머니가 다시 훈계하자, 거인은 벌컥 화를 내며 제 어미에게 주먹질까지 하였다. 하지만 이러한 악행이 벌어진 순간, 낮이 어두워져 캄캄한 밤이 되고 폭풍우가 몰려오고 천둥이 무섭게 굉음을 울리며 거인을 거꾸러뜨렸다. 금세 산들이 무너져 내려 그를 덮쳤는데, 죄에 대한 벌로 그의 무덤에서 새끼손가락이 자라났다. 하우스베르크 산(역자 주: 진산, 주산) 위에 있는 길고 가는 탑이 그 손가락으로, 지금은 여우탑이라고 한다.

138
운터스베르크의 거인들

잘츠부르크에서 두 시간 거리에 있는 펠트키르헨 마을 출신의 남자들이 1645년 이런 이야기를 했다. 그들이 아직 순진한 소년이었을 때, 분더베르크 산(역자 주: 기적의 산)에서 거인들이 내려오는 것을 보았다. 이들은 산에 바로 인접한 그뢰디히 교구교회에 기대어 서서 그곳 남녀 주민들과 이야기를 나누었는데, 기독교 신자에게 합당한 생활을 실천하는 한편 자식들에게 올바른 행실을 가르쳐 앞으로 닥칠 불행을 모면케 하라고 훈계하였다. 그런 뒤에 거인들은 그들의 거소인 분더베르크 산로 다시 돌아갔다. 괴르디히 사람들은 거인들의 훈계를 자주 들었다. 경건한 생활을 통해 불행을 예방하라는 것이었다.

139
하이델베르크의 예텐 언덕

지금 성채가 있는 하이델베르크 근교 언덕은 예전에는 예텐 언덕이라고 불렸다. 그곳에 있는 예배당에 예타라는 이름의 노파가 살았다. 프리드리히 황제령 백작이 선제후가 되어 신궁(新宮)이라고 명명된 아름다운 궁성을 지을 때(1544년)에도 아직 그 예배당의 잔해들을 볼 수 있었다. 예타 할멈은 예언을 하는 것으로 유명하였으나, 예배당 밖으로 나오는 적은 거의 없었고 질문하는 사람들에게 자신의 모습을 보이지 않은 채 창문 밖으로 답변을 들려주었다. 예타는 기이한 내용의 시구로 예언하였는데, 특별히 그녀가 사는 언덕의 장래가 정해져 있다고 선언했다. 장차 그 언덕은 할멈이 이름을 밝힌 왕실 남자들의 거소가 되어 존대받고 아름답게 꾸며질 것이며, 그 아래 계곡은 많은 백성으로 채워지리라는 것이었다. 당시 그곳은 아직 숲이었다.

어느 화창한 날에 예타는 하이델베르크에서 반시간 거리에 있는 쉴리르바흐 마을 근처 가이스베르크 산기슭의 우물을 찾아갔다. 물을 마시려는 순간, 할멈은 새끼가 딸린 늑대에게 갈기갈기 찢겨 죽고 말았다. 그래서 그 우물은 지금까지도 늑대우물이라고 불린다. 근처 지하에는 아치형의 통로가 있는데, 사람들은 그곳을 하이덴로흐(역자 주: 황무지굴)라고 부른다.

140
거인 하임

오래전에 하임 또는 하이몬이라는 거인이 있었다. 독이 있는 용 한 마리가 인계곡(Inntal)의 밀림에 살면서 주민들에게 큰 피해를 입히므로, 하이몬이 나서서 그 용을 찾아 죽였다. 그 대가로 인계곡의 거주민들은 그의 지배 아래 들어갔다. 그 다음에 그는 인스브루크(Innsbruck) 도시 이름의 유래가 된 인강(Inn)의 다리(Brücke)를 한층 견고하게 보수하여 더욱 큰 명성을 얻었고, 그로 인하여 많은 외지 사람들이 그의 밑으로 들어갔다. 하지만 쿠어(역자 주: 스위스 그라우뷘덴의 주도)의 주교가 하이몬에게 세례를 베풀었는데, 그러자 그는 예수 그리스도를 기념하여 빌텐 수도원을 축성하고 그곳에서 생애 마지막까지 살다가 그곳에 장사되었다.

빌텐에서 그의 묘소를 볼 수 있는데, 길이가 열넉 자 세 치인 묘석 위에 갑옷을 입은 그의 모습이 목각으로 새겨져 있다. 또한 성물보관실에는 용의 혀가 오래된 성배와 함께 전시되는데, 성배에는 그리스도의 수난이 묘사되어 있다. 이 성배는 1,100년 이상 전에 수도원의 초석을 발굴할 때 땅 속에서 발견되었다. 그러니까 성배는 예수 승천 직후에 제작되었던 것이다. 하임의 묘소 곁에는 그의 생애가 기록된 석판이 걸려 있다.

141
핏방울 듣는 갈비뼈

슈타이어마르크의 칠러 교구에는 오버부르크라는 지방이 있는데, 슬라브어로는 이곳을 고린그라드라고 한다. 그곳 교회에는 거대한 갈비뼈 하나가 걸려 있는데, 지금까지 알려진 육지동물 가운데 그처럼 큰 갈비를 가진 것은 없다. 이 갈비뼈가 언제 발굴되었는지는 알 수 없으나, 민간전설에서는 어느 이교도 처녀(슬라브어: 아이도브스카 데클리차)가 발견하였다고 한다. 덧붙여진 설명에 따르면, 이 갈비뼈에서는 매년 피가 꼭 한 방울씩만 떨어지고, 피가 다 떨어져 마르는 때에 최후의 심판 날이 온다.

142
처녀봉

슈타이어의 그레츠에서 머지않은 곳에 보통은 장벽이라고 불리는 고장이 있는데, 그곳에 벌써 수백 년 전부터 융프라우슈프룽(역자 주: 처녀가 뛰어내린 산, 처녀봉)이라는 이름을 가진 높은 산이 있다. 언젠가 사치스럽고 방자한 젊은이가 얌전한 농가 처녀를 오랫동안 열정적으로 쫓아다녔는데, 여러 차례 엿보던 끝에 마침내 위에서 말한 산에서 다짜고짜 그녀에게 달려들었다. 깜짝 놀란 처녀는 산에서 뛰어내리기로 작정했다. 힘껏 뛰어내린 그녀는 무어(Mur)라고 불리는 강을 다 넘어 맞은편의 높은 언덕까지 날아갔다. 그로부터 이 산은 처녀봉이라고 불린다.

143
황우천

주렌알프 계곡 한가운데에 주렌호(湖)에서 발원한 황우천(黃牛川)이 흐른다. 우리(Uri) 지방뿐만 아니라 엥겔스베르크 사람들 사이에서도 널리 알려진 전설에 따르면, 다음과 같은 이야기에서 시내 이름이 유래했다고 한다. 여러 백 년 전에 이곳에서 한 알프스 양치기가 살았는데, 양떼 가운데 그가 특별히 아끼는 새끼 양 한 마리가 있었다. 이 어린 짐승이 어찌나 귀여웠던지, 양치기는 새끼 양에게 세례를 주고 기독교도 이름까지 지어 주었다. 무슨 일이 벌어질까? 이 신성모독을 벌하기 위해 하늘이 새끼 양을 추악한 유령으로 변신시켰고, 유령은 비옥한 산지목장을 밤낮없이 돌아다니며 풀과 채소를 모조리 먹어치워 그 지역을 완전히 황폐하게 만들었다. 그 후 엥겔스베르크 사람들은 다시는 그곳에서 가축을 기를 수 없었다. 그런데 우리 지방 주민들에게 아마도 편력학생으로 보이는 젊은이가 찾아와 괴수를 퇴치할 방도를 알려 주었다. 말하자면 수송아지 한 마리를 9년 동안 순전히 우유만 먹여 키우되, 첫 해에는 암소 한 마리의 젖을 먹이고, 둘째 해에는 두 마리, 셋째 해에는 세 마리 등으로 암소를 늘려 가다가, 9년의 기간이 지난 다음에는 그처럼 우유만으로 기른 황소를 정결한 숫처녀에게 맡겨 산지목장으로 데려가게 하라는 것이었다. 우리 지방 사람들은 엥겔스베르크 주민들이 많은 사례금을 낼 것으로 기대하여, 발트나하트 목장에서 위와 같은 방법으로 황소 한 마리를 길렀다. 그 외양간은 황소막사라 하여 오늘날까지도 알려져 있다. 황소의 나이가 채워지자, 흠 없는 숫처녀가 그 소를 바위산 능선 너머로 끌고 가서 그곳에 풀어 놓았다. 황소는 풀려나자마자 유령 괴수에게 달려들어 싸움을 벌였다. 싸움이 어찌나 힘들고 격렬했던지, 황소가 마침내 괴물을 이기기는 하였으나 몸에서 땀이 비 오듯 쏟아졌다. 그러자 황소는 옆에 흐르는 냇물에 뛰어들어 물을 계속 들이키다가 그 자리에서 죽고 말았다. 그렇게 이 시내는 황우천이라는 이름을 얻었다. 더욱이 황소가 격렬하게 싸울 때 암벽과 바위에 뒷발굽 자국이 움푹 패었는데, 그곳 주민들은 지금까지도 그 바위들을 보여 주곤 한다.

144
초텐베르크 산속의 사내들

14세기에 슈바이트니츠에 요한네스 베어라는 사람이 살았다. 1570년에 그는 평소의 습관대로 근처 초텐베르크 산으로 놀러가던 길에 처음으로 굴을 발견하였는데, 입구에서 강한 맞바람이 불어왔다. 깜짝 놀란 그는 뒤로 물러섰으나, 그 후 얼마 지나지 않아 일요일, 곧 부활절 다음 첫 일요일에 그 동굴을 다시 조사해 보기로 결심하였다. 그는 좁고 곧은 바윗길에 들어서서 멀리서 희미하게 비치는 빛줄기를 따라가다가 마침내 닫혀 있는 문 앞에 이르렀다. 저 신비로운 빛은 이 출입문의 유리창에서 새어 나오고 있었다. 그가 세 번 두드리자 문이 열렸다. 동굴 안에는 둥근 탁자에 키가 크고 고대 독일식 의상을 입은 깡마른 남자 셋이 침울한 얼굴로 떨며 앉아 있는 것이 보였다. 그들 앞에 검정색 우단 표지에 금박을 입힌 책이 한 권 놓여 있었다. 그들에게 베어가 "그대들에게 평강이 있기를!" 하고 말을 걸자, "여기엔 평강이 없소!"라는 대답이 들려왔다. 계속 앞으로 나가며 그가 다시 인사했다. — "주님의 이름으로 그대들에게 평강이 있기를!" 저들이 벌벌 떨며 기어드는 목소리로 대꾸했다. — "여기엔 평강이 없소." 식탁 앞으로 다가서며 그가 반복했다. — "우리 주 예수 그리스도 이름으로 그대들에게 평강이 있기를!" 그러자 저들이 말없이 앞서의 책을 펼쳐 그에게 내놓는데, 그 제목은 '순종의 책'이었다. 당신들은 누구냐고 묻는 베어의 질문에 그들은 자기들도 자신을 모른다고 대답했다. 여기서 무엇을 하느냐고 묻자, 저들은 겁에 질려 최후의 심판과 자신들의 행실에 대한 대가를 기다린다고 했다. — 살아 있는 동안 무엇을 했소? 여기서 그들이 휘장을 가리키는데, 그 뒤에는 온갖 살인 무기들, 사람 뼈와 해골들이 걸려 있었다. — 이런 악행들을 자백하는가? — "그렇소!" — 좋은 일인지 나쁜 짓인지? — "나쁜 짓이요." 그런 짓들을 후회하는지? — 이 질문에 그들은 침묵했으나 떨고 있었다. 저들은 그것조차 모르고 있었으니!

슐레지엔 연대기에는 초텐베르크 산에 있던 도둑기사의 성채가 언급되는데, 그 잔해를 아직도 볼 수 있다.

145
파멸의 예고

마그데부르크 시민들이 1550년 9월 22일 게오르크 폰 메클렌부르크 공작과 전투를 벌이게 되어 출정하던 때, 시내에서 1 마일(역자 주: 7.5km) 거리에 있는 바를레벤 마을 앞에서 키가 훤칠하고 외모가 출중한 노인과 마주쳤다. 노인이 저들에게 묻기를, 군대와 전투 장비를 끌고 어디로 갈 생각이냐고 하였다. 저들의 계획을 듣고 난 노인이 즉시 두 손을 들고는 저들의 의도를 접고 집으로 돌아가라고, 저들의 도시를 소중히 여기라고, 더구나 이곳에서, 그리고 특별히 이 시기에는 아무 일도 벌이지 말라고 간곡히 애원하며 경고하였다. 그것은 바로 200년 전에도 마그데부르크 시민들이 성 모리츠 기념일에 바로 그 장소, 곧 오레 강변에서 패배했기 때문이라고 했다. 그러니 저들이 전투에 나가면 이번에도 더 나은 결과는 얻지 못할 것이었다. 그러자 노인의 정체와 충고를 기이하게 생각하는 사람이 몇 있기는 하였으나, 많은 시민들이 그를 비웃고 그의 경고에 코웃음을 쳤다. 하지만 비웃던 자들은 나중에 하나같이 전사하거나 포로가 될 운명이었다. 전해지는 말로는, 그 남자가 비록 몹시 늙은 백발의 노인으로 보였으나 그의 안색만은 놀라우리만큼 아름답고 고상하고 불그레한 동안이었다. 더욱이 유감스럽게도 그가 예언한 대로 이루어졌기 때문에, 그 노인에 대해 도처에 탐문이 벌어졌다. 그러나 그를 이전에나 이후에나 보았다는 사람은 찾을 수 없었다.

146
등 위에 앉은 난쟁이

1669년 3월, 어느 밧줄 제조공이 토르가우를 향해 길을 가다가 들판에서 한 소년을 발견했다. 아이는 땅바닥에 앉아 놀이판을 앞에 놓고 놀고 있었다. 밧줄 제조공이 지나가다가 놀이판을 건드려 밀치자 꼬마가 이렇게 말했다. "내 놀이판을 왜 발로 차세요? 우리 아빠가 그냥 두지 않을 거예요!" 밧줄 제조공이 계속 걸어가다가, 백 발짝을 간 뒤 키가 작고 허연 턱수염에 늙수그레한 난쟁이 남자와 마주친다. 난쟁이는 걷기에 지쳤다면서 자기를 업고 가 달라고 요구한다. 이런 불손을 밧줄 제조공은 비웃지만, 다만 난쟁이가 팔짝 뛰어 그의 어깨에 올라타므로 녀석을 등에 업고 다음 마을로 갈 수밖에 없다. 열흘 후에 밧줄 제조공이 죽는다. 그 일로 그의 아들이 슬피 울자 꼬마 난쟁이가 찾아와 소식을 전하기를, 네 아버지에게 닥친 일은 당연하니 순순히 받아들이라고 하였다. 꼬마는 더욱이 마이센에 곧 불행한 시기가 닥쳐올 것이기 때문에 아이 어머니와 아이까지 데려가겠다고 하였다.

147
고트쉐

운터크라인 지방의 도시 고트쉐에는 언어, 의복, 풍속에서 다른 크라인 주민들과는 차이가 매우 큰 독일인들이 거주한다. 그곳 가까이에 명칭[고트쉐]은 같지만 아우어스페르크 영주에게 속하는 성채가 있는데, 그 주변에 사는 사람들이 갖가지 이야기들을 전하고 있다. 폐허가 된 이 성채에서 사람이 살 수 있는 부분에 지금까지도 한 사냥꾼이 관리인 부부와 함께 살고 있다. 그의 선조 한 사람이 한 번은 특히 그곳에 있는 유령들과 이런 일을 겪었다고 한다.

사냥꾼의 아내는 시내로 내려가고, 그 자신은 졸음이 쏟아져 성채 앞 떡갈나무 아래에 드러누웠다. 그는 잠든 두 아이를 집 안에 두고 나왔는데, 다섯 살 난 큰 아이가 돌연 누군가에게 이끌리는 듯이 다가오는 것이 보였다. 아이는 마치 누군가에게 잡혀가는 듯이 왼손을 한쪽 방향으로 들고 있었으나, 아이를 데려가는 사람은 보이지 않았다. 아이는 가파른 절벽을 향해 빠른 걸음으로 급히 지나갔다. 깜짝 놀란 아비가 자식을 구해 낼 생각으로 벌떡 일어나 얼른 아이를 붙잡고는, 눈에 보이지 않는 유괴자에게서 아이의 왼손을 빼내려고 온 힘을 다했다. 적지 아니 애를 쓴 끝에 사냥꾼은 마침내 아들의 손을 유괴자의 손에서 떼어내었는데, 그자의 손은 보이지 않았으나 얼음처럼 차갑게 느껴졌다. 어쨌든 아이가 겁먹은 기색도 없이 태연히 들려준 이야기는 이러했다. 어떤 할아버지가 찾아왔는데, 긴 수염에 눈이 빨갛고 검정색 옷을 입고 작은 가죽모자를 쓰고 있었다. 노인은 자기와 함께 가면 여러 가지 예쁜 물건들을 주겠다고 친절한 말씨로 약속했다. 그래서 아이는 할아버지의 손을 잡고 따라갔다는 것이었다.

그날 저녁에 사냥꾼은 누군가가 자기 이름을 부르는 소리를 들었다. 그가 문을 열어 보니, 바로 그 노인이 밖에 서서 손짓을 했다. 사냥꾼은 따라갔고 곧장 절벽으로 안내되었다. 암벽이 열리자 두 사람은 돌계단을 따라 내려갔다. 그들은 도중에 뱀 한 마리와 마주쳤고, 이어서 동굴에 이르렀다. 주변이 점차 밝아졌다. 대머리 노인 일곱이 깊은 침묵에 잠겨 길쭉한 방에 앉아 있었다. 사냥꾼은 좁은 통로를 지나 계속 가서, 둥근 천정이 있는 작은 방으로 들어섰다. 작은 관이 하나 보였다. 조금 더 큰 궁륭으로 들어서자 노인이 스물여덟 개의 큰 관을 보여 주었다. 그 안에는 남자와 여자 시체들이 놓여 있었다. 죽은 자들 가운데에서 사냥꾼은 몇몇 아는 얼굴들을 발견했으나, 그들이 어디서 그에게 나타났었는지는 기억해 낼 수 없었다. 이 방에 이어 사냥꾼은 환히 불을 밝힌 회당으로 안내되었다. 그 안에는 서른여덟 명이 앉아 있는데, 그 가운데 넷은 아직 어린 여자들이었다. 저들은 축연을 벌이고 있었다. 다만 그들 모두가 죽은 듯이 창백하였고, 아무도 말을 하지 않았다. 노인은 빨간색 문을 지나 구식 의상을 입은 한 무리의 사람들에게로 안내했다. 사냥꾼은 그들 각자를 알아볼 수 있을 것 같았다. 노인이 첫 번째 사람과 마지막 사람에게 입을 맞췄다. 이제야 사냥꾼은 노인에게 간청하여, 그들 모두가 누구인지, 그리고 저들이 아직 얻지 못한 휴식을 누군가 살아 있는 사람이 되돌려 줄 수 있겠는지 알려 달라고 했다.

노인이 공허한 목소리로 대답했다. "하나같이 이 성채의 거주자들이라네. 더 자세한 사연을 자네가 지금은 아직 알 수 없으나, 언젠가 머지않아 알게 되겠지." 이 말에 이어 사냥꾼은 부드럽게 떠밀렸는데, 살펴보니 축축하게 누기 찬 궁륭 안에 들어와 있었다. 그는 낡고 퇴락한 계단을 발견하여, 위쪽으로 올라가자 조금 더 넓은 방에 이르렀다. 거기에서 사냥꾼은 작은 구멍을 통해 하늘과 별들을 반갑게 바라보았다. 그는 굵은 밧줄에 부딪혔다. 물이 출렁이는 소리에 비추어 짐작컨대, 그는 성채 뒤에 있는 집수구 바닥에 서 있었다. 거기에서 무자위를 이용하여 물을 밖으로 퍼내게 되어 있었다. 다만 불행하게도 꼬박 사흘이 지나도록 아무도 우물로 오지 않다가, 나흘째 되는 날 저녁에야 비로소 사냥꾼의 아내가 그곳을 찾았다. 죽은 줄 알았던 남편을 무거운 물통에서 끌어내는 순간, 아내는 소스라치게 놀랐다.

늙은 안내인의 약속은 그 후 이루어지지 않았다. 그래도 사냥꾼은 노인이 자기를 속이지는 않았음을 알게 되었다. 저 혼령들은 한때 성채에서 살던 사람들이라고 그가 말해 주었기 때문이다. 어느 정도 시간이 지난 뒤, 사냥꾼은 성주의 연회실에 걸려 있는 선조들의 초상화를 구경하다가 그들의 얼굴 윤곽에서 동굴 속의 사람들과 시체들을 다시 알아보았다.

148
나무 위의 난쟁이들

여름철에 난쟁이 무리가 자주 암벽에서 계곡으로 내려와 일꾼들, 특히 건초 수확기의 풀 베는 사람들과 어울려 그들을 도와주거나 그저 구경하기도 하였다. 이때 그들은 길고 굵은 단풍나무 가지의 그늘진 이파리 속에 앉아 흥겨워하였다. 그러나 한 번은 심술쟁이들이 밤중에 나타나, 굵은 가지를 톱으로 자르면서 그 가지가 나무줄기에 겨우 붙어 있을 만큼만 남겼다. 그 다음날 아침, 영문을 모르는 난쟁이들이 올라앉자 가지가 갑자기 부러져 두 동강 났고, 그들은 땅바닥에 떨어진데다가 놀림까지 당했다. 난쟁이들은 화를 내며 이렇게 부르짖었다.

"하늘 어찌 그리 높고
배신 어찌 그리 클까!
오늘 여기 왔어도 다시는 안 온다!"

그들은 약속을 지켰고, 다시는 그 지방에 모습을 나타내지 않았다.

149
바위에 앉은 난쟁이들

꼬마 난쟁이들에게는 큰 바위에 앉아 건초 베는 일꾼들을 구경하는 버릇이 있었다. 하지만 장난꾼 몇이 불을 지펴 바위를 뜨겁게 달구고는 숯을 모두 쓸어냈다. 아침에 꼬마 무리가 왔다가 심한 화상을 입고 화가 치밀어 소리질렀다.

"오, 악한 세상, 오, 악한 세상!"

저들은 복수하겠다고 외치고는 영원히 사라져 버렸다.

150
난쟁이들의 발

오랜 옛날에 사람들은 계곡에서 살고 주변의 협곡과 높은 지대에는 난쟁이들이 살았다. 난쟁이들은 사람들과 친절하고 원만하게 지내면서, 밤이면 그들의 몇 가지 힘든 일들을 처리해 주었다. 아침 일찍 마차와 농기구를 싣고 들에 나온 농촌 사람들이 어느새 일이 다 끝난 것을 보고 놀라워할 때면, 난쟁이들은 덤불숲에 숨어서 큰 소리로 웃어댔다. 이따금 농부들은 아직 제대로 여물지 않은 곡식이 추수된 것을 밭에서 보고 화를 내기도 했다. 그러나 금세 우박과 뇌우가 몰려오고, 그래서 농사를 망쳐 어쩌면 곡식 한 줄기도 못 건졌으리라는 것을 알게 될 때면, 농부들은 앞일을 내다볼 줄 아는 난쟁이들에게 진심으로 고마워했다. 하지만 끝내 사람들은 자신들의 악행으로 난쟁이들의 친절과 호의를 잃어버렸다. 그들은 떠나 버렸고, 그 후로는 아무도 그들을 보지 못했다. 원인은 이러했다. 어느 양치기가 위쪽 산기슭에 아주 좋은 벚나무 한 그루를 가지고 있었다. 어느 해 여름에 열매가 익자, 벚나무의 버찌가 밤중에 연달아 세 번이나 남김없이 수확되었다. 과일은 모두 양치기가 평소에 늘 버찌를 보관하던 작업대와 갈대발 위로 옮겨져 있었다. 마을 사람들은 이렇게 말했다. "이런 일을 할 사람은 정직한 꼬마 난쟁이들 말고는 아무도 없어. 그들은 밤에 긴 외투를 입고 두 발을 가린 채 새들처럼 조용조용 종종걸음으로 나타나서, 사람의 하루치 일을 부지런히 해치우는 거야. 사람들은 저들을 벌써 여러 번 몰래 엿들었는데, 다만 저들을 방해하지 않고 오고 가게 내버려 두는 거야." 이 말을 듣고 호기심이 생긴 양치기는 난쟁이들이 왜 그렇게 세심하게 발을 감추는지, 혹시 그들의 발은 사람의 발과 생김새가 다르지는 않은지 알고 싶었다. 그래서 이듬해 다시 여름이 오고 난쟁이들이 몰래 버찌를 따서 저장고로 옮길 때가 되자, 양치기는 재를 한 자루 가득 가져다가 나무 둘레에 뿌려 놓았다. 이튿날 아침 동이 틀 무렵에 양치기가 서둘러 그 자리에 가보니, 벚나무의 버찌는 과연 남김없이 수확되었고 재에는 수많은 거위 발자국이 찍혀 있었다. 그러자 양치기는 웃음을 터뜨리면서 난쟁이들의 비밀이 탄로났다고 비웃었다. 그러자 이들은 금방 자기들의 집을 부수어 폐허로 만들고는 더 깊이 아래쪽 산속으로 달아났고, 그 후로는 인간에게 원망을 품어 더는 도움을 주지 않는다. 그들을 배신한 양치기는 그때부터 죽는 날까지 병치레를 하며 백치 상태로 살았다.

151
정령들

비첸차와 베로나에 거주하는 독일인들 사이에서 12월 후반부터 다음해 1월 전반 끝 무렵까지는 아무리 대담한 사냥꾼이라도 감히 사냥터에 들어가지 않는다. 그들은 숲의 정령과 요정을 두려워한다. 양치기들은 이 시기에 가축을 방목하지 않고, 아이들은 근처 샘에서 진흙 그릇으로 물을 길어오고, 가축들에게는 외양간에서 물을 먹인다. 여자들도 요정의 실감개에 머리카락 하나를 감아 속죄의 뜻으로 그녀의 모닥불에 던져 넣는다. 축제 전야에 사람들은 부엌에 재를 뿌린다. 연통이 있거나 통풍구가 위에서 내려오는 곳이면 어디에나 그렇게 한다. 그리고는 재에 생긴 발자국들을 유심히 살펴본다. 그 위치와 크기를 살피고, 동시에 발자국이 들어오는지 또는 나가는지를 보고 어떤 좋은 정령이나 나쁜 정령이 집을 방문하는지 알아본다.

152
하일링의 난쟁이들

빌덴아우 농장과 아이하 성 사이에 있는 에거 강가에는 옛적에 하일링 바위라고 불리던 엄청나게 큰 바위산이 솟아 있다. 이 산의 기슭에 동굴이 보이는데, 그 안쪽은 궁륭을 이루고 있으나 바깥에서는 몸을 구부리고 기어서 들어가야 하는 작은 입구만 보인다. 동굴에는 난쟁이들이 살았는데, 하일링이라는 이름을 가진, 잘 알려지지 않은 노인이 영주로서 그들을 다스렸다고 한다. 언젠가 오래전에 타슈비츠 마을 태생의 한 여자가 베드로-바울 축일 전야에 딸기를 따려고 숲 속으로 들어갔다. 밤이 되었을 때, 여자는 암벽 곁에 아름다운 집 한 채가 서 있는 것을 보았다. 그녀가 안으로 들어서서 문을 열자, 한 노인이 책상 앞에 앉아 부지런히 열성적으로 글을 쓰고 있었다. 여자는 하룻밤 묵어 가기를 청했고 선뜻 허락을 받았다. 방 안 전체에 노인 말고는 생명체가 전혀 없었으나, 그래도 사방에서 격렬하게 들썩이는 소리가 났다. 여자는 겁이 나고 소름이 끼쳐 노인에게 물었다. "여기가 도대체 어딘가요?" 노인은 자기 이름은 하일링이며 곧 여행을 떠날 것이라고 대답했다. "내 난쟁이들 3분의 2가 벌써 집을 나가 도망쳤거든." 이런 이상한 대답에 여자는 더욱 불안해졌고, 그래서 더 물어보고 싶었지만 노인은 조용히 하라고 명령하고는 이렇게 덧붙여 말했다. "당신은 하필 이처럼 유별난 시간에 오지 않았더라면 결코 잠자리를 얻지 못했을 게요." 겁이 난 여자는 겸손하게 구석으로 기어들어가 조용히 잠들었다. 다음날 아침에 암벽 아래 한가운데에서 깨어난 여자는 꿈을 꾼 것만 같았다. 그곳 어디에도 건물이 보이지 않기 때문이었다. 이 위험한 지역에서 아무 일도 당하지 않은 것이 기쁘고 흐뭇하여 그녀는 서둘러 마을로 돌아갔다. 하지만 모든 것이 이상하게 변해 있었다. 마을의 집들은 새로 지어졌고 모양도 달랐다. 그녀가 만난 사람들은 모르는 사람들이었고, 그들도 그녀를 알아보지 못했다. 마침내 그녀가 전에 살던 오두막을 겨우 찾아냈지만, 그것도 더 좋게 지어져 있었다. 다만 옛날에 할아버지가 심었던 떡갈나무만 남아 오두막에 그림자를 드리우고 있었다. 하지만 그녀가 안으로 들어가려 하자, 낯선 거주자들이 그녀를 외지 사람으로 여겨 앞을 가로막았다. 그녀는 울고 불며 마을을 여기저기 헤매어 다녔다. 사람들은 그녀가 미쳤다고 여겨 관청으로 데려갔고, 그곳에서 그녀는 심문을 받고 그녀의 사정도 자세히 조사되었다. 그랬더니 이럴 수가, 그녀와 이름이 같은 여자가 꼭 백 년 전 같은 날 딸기를 따러 숲으로 들어갔다가 돌아오지 않았는데, 그 후 그녀를 다시는 찾지 못했다는 사실이 당시의 비망록과 교회 명부에서 발견되었다. 그러니까 그녀가 꼬박 백 년 동안 암벽 속에서 잠들어 있었지만, 그 세월 동안 조금도 늙지 않은 것이 증명된 것이다. 그녀는 남은 생애를 편안하고 근심걱정 없이 보내며 천수를 다했고, 그녀가 겪어야 했던 마법의 대가로 전체 교구로부터 호의적인 보살핌을 받았다.

153
다리를 건너간 난쟁이족의 이주

하르츠 산 남쪽, 특히 호엔슈타인 백작령의 몇몇 지역에 보이는 암벽에는 작은 동굴들이 있다. 그 대부분은 어른들이 겨우 기어서 들어갈 수 있을 정도로 낮지만, 그 일부에는 꽤 큰 무리의 사람들이 머물 만한 넓은 장소도 있다. 한때 이곳에 난쟁이들이 살았고, 그래서 이 동굴들은 지금까지도 난쟁이 동굴이라고 불린다. 난쟁이들은 한때 호엔슈타인 백작령의 발켄리트와 노이호프 사이에 두 개의 왕국을 세웠다. 언젠가 그 지역의 한 주민은 매일 밤 밭에서 농작물을 도둑맞는다는 것을 알았지만 도둑을 알아낼 수가 없었다. 마침내 그는 지혜로운 한 여인의 충고에 따라, 밤이 다가올 무렵에 완두콩밭 앞을 이리저리 거닐다가 가느다란 지팡이로 밭 위쪽의 허공을 찔러댔다. 얼마 지나지 않아 난쟁이 몇 명이 그의 눈앞에 모습을 드러냈다. 그는 몸이 보이지 않게 해 주는 안개모자를 그들의 머리에서 벗겼던 것이다. 난쟁이들은 벌벌 떨면서 농부 앞에 무릎을 꿇고는 자기들 족속이 밭에서 작물을 훔쳤다고 고백하면서, 하지만 극심한 가난 때문에 어쩔 수 없었다고 했다. 난쟁이들을 잡았다는 소식이 그 지역 전체를 술렁이게 했다. 난쟁이족은 마침내 사신들을 보내어 붙잡힌 형제들을 풀어 달라고 간청하면서, 그러면 영원히 이 지역을 떠나겠다고 했다. 하지만 이주 방법을 두고 다시금 다툼이 벌어졌다. 지방 주민들은 난쟁이들이 그동안 모아서 숨겨 두었던 재물을 가지고 떠나는 것을 허락하지 않으려 했고, 난쟁이족은 떠날 때 구경거리가 되는 것이 싫었다. 마침내 그들은 난쟁이들이 노이호프 근처의 작은 다리를 건너서 가되, 그곳에 놓인 그릇에 각자 재산의 일정한 부분을 이주관세로 내놓고 가는 대신 지방주민은 한 사람도 그 자리에 나타나지 않기로 합의했다. 이 합의는 이행되었다. 하지만 호기심을 못 이긴 몇 사람이 적어도 난쟁이들이 떠나는 소리라도 들어 보려고 다리 아래에 숨어들었다. 그리하여 그들은 여러 시간 동안 꼬마 인간들의 타박거리는 소리를 들었다. 마치 커다란 양떼가 다리를 건너는 것 같았다. — 난쟁이족의 이러한 마지막 대이동 이후에 그들은 아주 드물게만 개별적으로 모습을 드러낸다. 그래도 조부모들의 시대에는 이따금 산속 동굴에 남아 있던 난쟁이들 몇이 지방주민들의 집에서 갓 태어난 어린애를 훔쳐 가면서 기형아와 바꿔치는 일이 있었다.

154
산을 넘어간 난쟁이 행렬

하르츠 산의 북쪽에도 수천 명의 난쟁이 또는 불구자들이 바위틈과 아직 남은 난쟁이 동굴에서 살았다. 마그데부르크 지방의 소도시 제하우젠에도 그러한 불구자 동굴들이 있다. 하지만 그들이 눈에 보이는 모습으로 지방주민들에게 나타나는 적은 거의 없고, 보통은 안개모자로 보호 받으며 눈에 보이지도 않고 알아채이지도 않으면서 주민들 사이를 돌아다녔다. 이 난쟁이들 가운데 몇은 온순하여 일정한 상황에서는 지방주민들에게 큰 도움을 주었다. 결혼식이나 영아세례 때 그들은 난쟁이 동굴에서 각종 식사도구들을 빌려 주었다. 다만 그들을 자극하여 화를 돋우어서는 안 되었다. 그렇지 않으면 저들은 심술궂고 악의적으로 변하여 저들을 모욕한 사람에게 온갖 피해를 다 입혔다. 블랑켄부르크와 크베틀린부르크 사이의 계곡 마을에서 어느 빵집 주인은 빵을 구울 때마다 늘 몇 개씩 모자라는 것을 알아차렸으나 정작 도둑은 찾아낼 수 없었다. 이처럼 끊임없이 계속된 은밀한 도둑질로 이 남자는 점차 가난해졌다. 마침내 그는 자신의 불행이 난쟁이들의 탓일지도 모른다는 혐의를 품게 되었다. 그래서 그가 나긋나긋한 싸리를 엮어 만든 바구니로 주변을 연거푸 후려치자, 마침내 몇몇 난쟁이들의 안개모자가 거기에 맞았다. 저들은 이제 몸을 숨길 수가 없었다. 소동이 벌어졌다. 금세 여러 난쟁이들이 도둑질 현장에서 붙잡히자, 마침내 사람들은 나머지 난쟁이족 전부를 강제로 이주시켰다. 그러나 지방주민들은 도둑맞은 재산을 다소나마 보상받고 이주자 수를 대충 헤아리기 위해, 이전에는 벤트하우젠이 있던 자리에 위치한 탈레 마을 근처의 방금 언급된 교회 다리 위에 커다란 모금함을 내놓고, 그 안에 난쟁이 각자가 금화 한 잎씩 넣게 하였다. 난쟁이들이 이주한 뒤 모금함에는 옛날 주화들이 수북이 채워져 있었다. 저들의 수가 그만큼 많았던 것이다. 난쟁이족은 (크베틀린부르크에서 멀지 않은) 바른슈테트를 지나 모르겐 방향으로 계속 이동했다. 이때 이후로 난쟁이들은 이 지방에서 사라졌다. 그 뒤로는 여기저기서 이따금 혼자 다니는 난쟁이가 눈에 띌 뿐이다.

155
다르데스하임 근처의 난쟁이들

다르데스하임은 할버슈타트와 브라운슈바이크 사이에 있는 소도시다. 이 도시의 북동쪽에 바로 붙어서 스만스보른(레스만보른)이라는 물빛이 아주 아름다운 냇물이 흐르는데, 그 발원지인 산에서 이전에 난쟁이들이 살았다. 옛날에 이 지역의 주민들은 예복이나 아주 가끔 결혼식용 식기가 필요할 때면, 이 난쟁이 산으로 가서 문을 세 번 두드리고는 또렷하고 큰 목소리로 이렇게 사정 이야기를 하였다.

이른 아침 해가 뜨기도 전에
모든 것이 산 앞에 놓여 있지.

주민들이 약간의 잔치 음식을 산기슭에 놓아 주면 난쟁이들은 충분히 보상받은 것으로 여겼다. 난쟁이족과 지방주민들 사이의 우호적인 관계는 나중에 다툼이 일어나면서 점차 악화되었다. 난쟁이들은 처음에는 잠깐 동안, 그러나 마침내는 완전히 떠나 버렸다. 여러 농부들의 야유와 조롱, 그리고 자기들의 호의에 대한 배은망덕을 저들은 참을 수 없었던 것이다. 이때부터 난쟁이들은 보이지 않고 그들에 관한 소식도 들리지 않는다.

156
대장장이 리헤르트

다르데스하임의 난쟁이산 동쪽으로 밭 한 자락이 이어져 있다. 이 밭에 리헤르트라는 대장장이가 언젠가 완두콩을 심었다. 그는 완두콩이 가장 맛있게 여물었을 무렵에 자주 없어지는 것을 알아차렸다. 완두콩 도둑을 망보기 위해 리헤르트는 밭에 오두막을 짓고 밤낮없이 지켰는데, 낮에는 달라진 것이 없었으나 아무리 감시해도 아침에 보면 매번 밤사이에 도둑에게 밭을 털린 것을 알게 되었다. 헛수고에 짜증이 날대로 난 그는 아직 남은 완두콩을 밭에서 타작해 버리기로 결심했다. 날이 밝자 대장장이 리헤르트는 일을 시작했다. 그런데 완두콩을 아직 절반도 채 타작하지 못했을 때 애처로운 비명소리가 들렸고, 그래서 완두콩 밑의 땅바닥을 뒤져보던 그는 난쟁이 하나를 발견했다. 그가 도리깨로 녀석의 머리통을 후려쳤고, 그 바람에 녀석은 안개모자를 잃어버려 이제 다른 사람의 눈에 보이게 되었던 것이다. 난쟁이는 서둘러 도로 산속으로 달아났다.

157
그링켄슈미트

뮌스터에서 세 시간 거리에 있는 데터베르크에 오랜 옛날에 그링켄슈미트(역자 주: 그링켄 대장장이)라는 정령이 살고 있었다. 그는 땅 밑에 있는 깊은 동굴 속에서 잠을 잤는데, 이 동굴은 지금은 풀과 덤불로 완전히 뒤덮여 있지만 그 위치는 아직도 알 수 있다. 그는 동굴 속에 대장간을 두고 영원히 닳지 않는, 아주 희귀한 물건들을 만들었다. 그가 만든 자물쇠는 열쇠가 없이는 아무도 열 수 없었다. 닌베르크 교회 출입문의 자물쇠도 그의 작품이라고 하는데, 악마들이 모두 몰려왔어도 이 자물쇠를 망가뜨리지는 못했다. 그곳에서 결혼식이라도 있으면 농부들이 그링켄을 찾아가 고기구이 꼬챙이를 빌려 갔는데, 그 대신 그에게 구운 고기를 주어야 했다. 어느 농부가 동굴 앞에 와서 말했다. "그링켄 대장, 꼬챙이 하나 줘." — "꼬챙이 안 줄 테야, 고기구이 먼저 줘." — "고기구이 안 줄 테야, 꼬챙이 먼저 가져와." 그러자 그링켄은 화가 머리끝까지 치밀어 소리쳤다. "내가 고기구이를 못 얻는지 두고 봐라." 농부가 산길을 따라 집으로 돌아가 보니, 그의 가장 좋은 말이 마구간에 너부러져 있는데 한쪽 다리가 잘려 나가 보이지 않았다. 그것이 그링켄 대장장이의 구운 고기였다.

158
양치기 소년

요한 축일(역자 주: 7월 24일)에 양치기 소년 둘이 새끼 새들을 뒤쫓다가 하일링 바위산 지역에 들어갔는데, 아래쪽 산기슭에서 작은 문이 열린 것이 보였다. 호기심이 발동한 아이들이 안으로 들어가 보니, 구석에 커다란 궤짝 두 개가 놓였는데 하나는 열려 있고 다른 하나는 닫혀 있었다. 열린 궤짝에는 금화 더미가 가득 차 있었다. 아이들은 허겁지겁 달려들어 빵주머니에 돈을 가득 채워 넣었다. 그러자 그들에게 끔찍한 일이 벌어졌다. 그들은 급히 문으로 달려갔고, 첫 아이는 다행히도 무사히 빠져 나갔다. 하지만 둘째 아이가 뒤따라 나가려 하자, 경첩이 요란하게 삐걱거렸다. 아이는 황급히 문지방 쪽으로 내달렸으나, 문이 재빨리 닫히면서 아이의 왼쪽 신발에서 나무판 뒤축이 잘려 나갔다. 그리하여 아이는 가까스로 무사히 그곳을 떠났고, 두 소년이 돈을 가지고 돌아오자 부모들도 기뻐했다.

159
호두

코르바이셴 지방의 베렌(역자 주: 오늘날의 호른 바트 마인베르크)에 사는 두 소년 페터와 크니핑은 새둥우리를 찾아 나섰는데, 페터는 놀라울 만큼 게으른 아이여서 잠시 둘러보다가 나무 밑에 누워 잠아 들었다. 갑자기 누가 귀를 잡아당기는 것 같아서 페터는 잠에서 깨어 주변을 살펴보았다. 하지만 아무도 보이지 않았다. 그래서 그는 머리를 도로 내리고 다시 잠이 들었다. 그러자 두 번째로 누군가 다가와 그의 귀를 잡아당겼으나, 아무도 보이지 않자 그는 세 번째로 잠이 들었다. 하지만 세 번째로 다시 귀를 꼬집힌 그는 짜증이 났고, 그래서 자리에서 일어나 편히 누워 있을 만한 다른 장소를 찾으려 했다. 그런데 돌연 빌베르크 산 처녀가 앞에 걸어가는 것이 보였다. 처녀는 호두를 두 쪽으로 까서 껍질은 주머니에 넣고 알맹이는 땅에 던졌다. 호두가 동나자 처녀는 사라져 버렸다. 그런데 페터는 계속 그녀를 뒤따라가며 호두를 주워 먹고 있었다. 이제 그는 돌아서서 크니핑을 찾은 뒤 자기가 본 것을 모두 얘기해 주었다. 두 소년은 집으로 돌아가 도움을 줄 다른 사람들을 데리고 와서 처녀가 사라진 곳을 파기 시작했다. 거기서 그들은 오래된 부엌을 발견했는데, 그 안에는 오래된 식기들이 있었다. 그들이 마지막에 들어선 지하실에는 금화가 가득 든 통들이 놓여 있었다. 소년들은 그 돈을 나를 수 있는 만큼 한껏 챙겨 돌아왔다. 그러나 그 다음날 그들이 다시 갔을 때는 모든 것이 사라져 버려서, 짐작이 가는 곳은 다 뒤졌지만 앞서 보았던 장소조차 발견하지 못했다. 페터는 그 돈으로 집을 지어 아직도 거기에 살고 있다.

160
소에스트의 보물

삼십년전쟁 때 베스트팔렌의 소에스트 시에서 머지않은 곳에 오래된 성벽이 있었다. 이 성벽에서 이런 전설이 유래한다. 성벽 안에는 돈이 가득 든 철제 궤짝이 있는데, 검정색 개가 이 궤짝과 그 속에 저주받아 갇힌 한 처녀를 지키고 있다. 할아버지 세대의 이야기에 따르면, 언젠가 낯선 귀족이 이 나라에 들어와 처녀를 저주에서 풀어 주고 불타는 열쇠로 궤짝을 열 것이라고 한다. 여러 편력학생과 악마퇴치사들이 오랜 옛날부터 그곳을 찾아가 발굴해 보려 했으나, 어쩌나 기이하게 취급받고 거부당했던지 그 이후로는 아무도 다시 가볼 욕심을 내지 못했다. 특히 그곳의 보물은 여인의 젖을 단 한 번만 먹은 사람이 아니면 아무도 나눠 받을 수 없게 되어 있다고 저들이 고백한 이후에 그렇게 되었다. 근래에 어느 시골 소녀가 암염소 몇 마리에게 풀을 뜯기려고 마을 밖으로 나갔는데, 그 가운데 한 마리가 길에서 벗어나 성벽 안으로 들어갔다고 한다. 아이가 뒤따라 가보니, 안쪽 뜰에 있던 한 처녀가 "너 여기서 뭘 하려는 거니?" 하고 말을 걸더니, 소녀의 답변을 들은 뒤에 조그마한 버찌 바구니를 가리키면서 계속 이렇게 말했다는 것이다. "그럼 저기로 가서 앞에 보이는 것을 가져가, 네 암염소도 데려가고. 하지만 다시는 여기 오지도 말고 뒤를 돌아보지도 말아, 불행한 일을 당하지 않으려면!" 그러자 놀란 아이는 버찌 일곱 개를 집어 들고 겁을 잔뜩 먹은 채 성벽을 빠져 나왔는데, 하지만 버찌들은 즉시 금화로 변했다고 한다.

161
솟아나는 은

하인리히 율리우스 폰 브라운슈바이크 공작이 재위하던 1605년 2월, '계곡에 있는' 크베틀린부르크에서 1 마일(역자 주: 7.5km) 떨어져 사는 가난한 농부가 딸을 집 바로 근처의 수풀로 보내어 땔감을 주워오게 했다. 소녀는 등바구니 하나와 손바구니 하나를 가지고 갔다. 두 바구니를 모두 채운 소녀가 집으로 돌아가려는데, 하얀 옷을 입은 난쟁이가 다가와 물었다. "거기 뭘 가져가나?" 소녀가 대답했다. "주운 땔감이에요, 방을 덥히고 요리에 쓰려고요." — "땔감은 쏟아 버리렴," 하고 난쟁이가 말했다. "바구니를 들고 날 따라오너라. 너에게 땔감보다 더 좋고 쓸모 있는 것을 보여 주마." 그러면서 노인은 소녀의 손을 잡고 언덕으로 안내하더니, 폭이 보통 크기의 식탁 두 개 가량 되는 장소를 보여 주었다. 거기엔 크고 작은 순은 주화가 쌓여 있는데, 두께는 보통이고 마리아 같은 초상과 그 둘레에 아주 오랜 옛날 글자가 새겨져 있었다. 엄청난 분량의 은화가 마치 땅에서 솟아나는 듯했기 때문에 소녀는 깜짝 놀라 뒷걸음질로 물러섰다. 아이는 손바구니에 담긴 땔감도 쏟아 버리고 싶지 않았다. 그러자 흰 옷 차림의 난쟁이가 손수 바구니에 돈을 채워 소녀에게 주면서 말했다. "너에겐 이것이 땔감보다 나을 게다." 소녀는 몹시 당황하며 바구니를 받았다. 등바구니도 비우고 은화를 담으라고 난쟁이가 채근하자, 소녀는 땔감도 집으로 가져가야 한다면서, 집에는 어린애들이 있는데 이 아이들에겐 따뜻한 거실이 있어야 한다고, 요리에도 또한 땔감이 있어야 한다고 말했다. 그 말에 난쟁이는 흐뭇해하며 "자, 그럼 이걸 가지고 가려무나."라고 말하고는 사라졌다.

소녀는 은화가 가득 담긴 바구니를 들고 집으로 돌아와 자기에게 생긴 일을 이야기했다. 그러자 농부들이 곡괭이와 그밖에 다른 도구들을 들고 떼를 지어 숲 속으로 몰려가서 자기들 몫의 보물을 가져오려 했다. 하지만 은화가 솟아나온 장소를 아무도 찾아내지 못했다.

브라운슈바이크 공작은 소녀의 은화 1파운드를 가져오게 하였고, 할버슈타트의 시민 N. 에버칸도 값을 치르고 1파운드를 사 갔다.

162
운터스베르크의 사금

1753년 (역자 주: 바트 라이헨할에 있는) 성 제노 교회 소속 농장주에게 고용된 파울 마이르라는 아주 가난한 하인이 산에 올라갔다. 그는 브룬넨탈(역자 주: 우물계곡)에서 멀지 않은 곳에서 산 정상의 거의 절반에 이르러 바위절벽에 마주쳤는데, 그 밑에 모래 한 무더기가 쌓여 있었다. 그는 이미 여러 이야기를 들은 적이 있고 그것이 사금이라는 것을 의심하지 않았기 때문에, 호주머니마다 모두 그 모래를 가득 채워 넣고 흥겨워하며 집으로 돌아가려 했다. 하지만 그 순간 한 낯선 사내가 그의 얼굴 앞으로 다가서며 말했다. "거기 뭘 가져가시오?" 하인은 소스라치게 놀라고 두려운 나머지 어찌 대답해야 할지 몰랐다. 낯선 남자가 그를 붙잡고 호주머니들을 모두 비운 뒤 이렇게 말했다. "이제 돌아갈 때는 앞서 왔던 길 대신 다른 길로 가게. 그리고 여기에 다시 나타나 얼씬거리면 다시는 살아서 돌아가지 못할 게야." 마음씨 착한 하인은 집으로 돌아왔지만, 황금에 대한 호기심을 못 이겨 사금을 다시 한 번 찾아보기로 작정하고 착한 친구 한 사람을 데리고 갔다. 그러나 모두가 허사였다. 그 장소는 결코 다시 찾을 수 없었다.

한번은 어느 목수가 산 위에서 지체하다가 동굴 속에서 밤을 보내야 했다. 다음날 그는 절벽에 이르렀는데, 묵직한 사금이 반짝거리며 절벽을 타고 흘러내리는 것을 발견했다. 하지만 그는 그릇을 가지고 가지 않았기 때

164
슈타인아우의 우물

1271년 풀다의 베롤트 수도원장에게 신복들이 적의를 품고 그의 목숨을 노려 모반을 일으켰다. 그가 성 야콥스 예배당에서 미사를 집전할 때, 슈타인아우와 에버슈타인 귀족들인 알프레히트 폰 브란다우와 에베르트 폰 슈팔라, 그리고 기사 콘라트가 그를 습격하여 살해했다. 이 강도들은 그 후 곧 30명이 되어 말 20필을 몰고 하셀슈타인에서 교회를 약탈하다가 체포되어, 주모자들이 칼로 참수당하고 그들의 거소들은 허물어졌다. 이 행위 때문에 슈타인아우의 귀족들은 이후 그들의 문장(紋章)에 환형(轘刑) 수레바퀴 셋과 면도날 세 개를 표시(標示)해야 했다. 그들이 수도원장에게 대항하여 동맹을 결성한 장소, 곧 슈타인아우(하나우 지방의 슈타인아우 안 데어 슈트라세)[7] 근교 잔디밭에 있는 우물가에는 지금까지도 풀이 자라지 않는다.

165
다섯 개의 십자가

획스터에서 퓌르몬트 방향에 있는 클라우스 성문 앞 바로 왼쪽 길가에 오래된 돌 다섯 개가 서 있다. 이 돌들은 짐작컨대 땅속으로 가라앉은 (역자 주: 속죄의) 십자가이기 때문에 다섯 십자가라고 불린다. 그런데 한 전설에 따르면, 이곳에서 다섯 명의 거인이 살해되었다 하고, 다른 전설에서는 라이

7 풀다에서 여러(한) 시간 거리에 있는 슈타인아우 안 데어 하운이 더 개연성이 있음.

샤흐의 백작 다섯이 그랬다고 하고, 또 다른 전설에서는 삼십년전쟁 때 시민 다섯이 (역자 주: 구교 연합군 야전사령관) 틸리 장군에게 교수형을 당했다고도 한다.

166
바이센슈타인의 칼춤

마르부르크에서 멀지 않은 곳에 베터 방향으로 베레(역자 주: 오늘날의 베르다) 라는 마을이 있고 그 옆에 뾰족한 산이 솟아 있다. 이 산 위에는 오랜 옛날에 바이센슈타인이라는 도둑성이 있었다고 하는데, 그 잔해가 아직 남아 있다. 이 산성으로부터 주변 사람들이 큰 피해를 입었으나, 다만 성벽이 견고하고 산이 높아 강도들을 잡을 수 없었다. 마침내 베레 마을의 농민들에게 한 가지 계책이 떠올랐다. 그들은 은밀히 각종 무기를 갖추고 성으로 올라가 귀족들에게 칼춤[8]을 보여 주겠다고 둘러대었다. 이 속임수로 성안에 들어간 농민들은 숨겼던 무기를 꺼내어 저들 강도단을 용감하게 때려눕혔다. 귀족들은 무조건 항복하였고, 농민들에 의해 성채와 함께 방백에게 넘겨졌다.

---

8 헤센의 칼춤 풍속은 칼춤 무용수들의 노래와 함께 다른 곳에서도 보고될 것이다.

167
빙겐하임의 돌 탁자

헤센 주 베터아우에 있는 빙겐하임에서는 옛날에 보리수 아래의 시청에서 매년 세 차례 형사재판이 열렸다. 이 재판에는 풀다 관할구역에 정주한 여러 귀족들이 참석했다. 보리수 아래에는 돌 탁자 하나가 놓여 있었는데, 이에 관해 이런 이야기가 전해졌다. 그 탁자는 슈타덴 맞은편에 펼쳐진 호어 베르크(역자 주: 높은 산)에서 가져온 것이었다. 이전에 이 숲에는 정령들이 살았다. 그들의 솜씨를 아직도 그곳 돌에서 볼 수 있는데, 그 가운데 돌 의자 세 개가 아직 남아 있다. 1604년 여름철 밝은 대낮에 흰옷을 입은 세 사람이 이 숲 속에서 돌아다니는 것이 보였다고 한다.

168
호프의 모르트가세에 나타난 거인

이번 죽음(1519년 호프 지방의 흑사병)에 앞서 한밤에 모르트가세(역자 주: 살인 길)에서 몸집이 커다랗고 검은 얼굴에 키가 큰 남자가 나타났다. 이 남자는 허벅지를 쩍 벌려 길 양쪽을 밟으며 걸었다. 그의 머리는 건물들 위에까지 높이 솟아올랐다. 어느 날 저녁에 그 길을 지나가야 했던 나의 시조비 발부르크 비트멘닌이 그 거인을 직접 목격했다. 그는 한쪽 발로 술집 입구를, 다른 쪽 발로는 대저택 옆을 디디며 걸었다. 할머니는 겁이 나서 되돌아가야 할지 계속 갈지 망설이다가, 하느님의 이름으로 가슴에 십자가 성호를 그리고는 대담하게 길 한가운데를, 그러니까 거인의 다리 사이를 빠져 나갔다. 유령이 뒤쫓아 올까 걱정할 여유도 없었다. 그러자 할머니가 채 지나가기도 전에 유령이 뒤에서 두 다리로 어찌나 세게 땅바닥을 내리쳤던지, 모르트가세의 집들이 모두 무너져 내릴 것처럼 큰 굉음이 일었다. 이어서 대대적인 흑사병이 뒤따랐는데, 맨 처음 죽음이 모르트가세에서 시작되었다.

169
전쟁과 평화

(역자 주: 삼십년전쟁 중이던) 1644년 8월 19일에 선제후 요한 게오르크 1세(역자 주: 1656년 사망)가 켐니츠 시 앞을 행진해 지나갔다. 그때 그의 부하들이 부근 수풀에서 키가 1엘레(역자 주: 약 66cm)에 불과하지만 그 밖에는 온전한 사람 모습인 난쟁이 여자 정령을 붙잡았다. 그녀의 얼굴, 손과 발은 매끈하였으나 그 밖의 몸은 털로 덮여 있었다. 여자 난쟁이가 입을 열어 말하기 시작했다. "내가 이 나라에 평화를 선포하고 가져오겠어요." 선제후는 난쟁이를 도로 풀어 주라고 명령했다. 약 25년 전에 똑같은 모습의 남자 난쟁이가 붙잡혔는데, 그는 불화와 전쟁을 예고했기 때문이라고 하였다.

170
로텐슈타인의 행군

백작령 에어바흐 관내 라이헨베르크 관청에 속하는 오버카인스바흐 마을 가까이에, 그리고 (역자 주: 오늘날 베어푸르트 근처의) 오덴발트에서 멀지 않은 어느 산 위에 고성 슈넬레르트의 잔해가 널려 있다. 그 맞은편으로 여기에서 한 시간 거리에 있는 로트슈타이너 마르크에 옛날에 로텐슈타인 귀족가문이 살았다. 그들의 남자 혈통은 끊어졌으나 옛 도둑성의 폐허는 아직 볼 수 있다.

이 성의 마지막 소유주는 그의 권세, 부하들의 규모와 재산으로 유명해졌는데, 성주에 관해 다음 전설이 전해진다. — 전쟁이 닥쳐오면 그는 밤 어스름이 내릴 때 요란한 나팔소리와 함께 시종들의 수행을 받으며 평소의 슈넬레르트 거주지에서 철수한다. 그는 가시울타리와 덤불을 통과하고 오버카인스바흐에 있는 시몬 다움의 농장구역과 곡물창고를 지나 로텐슈타인까지 행군하는데, 마치 자신의 소유물을 안전한 곳으로 옮기려고 피난이라도 떠나는 형국이다. 수레들이 삐걱거리는 소리와 이랴 하고 말을 모는 소리, 심지어 이동하는 병정들에게 인솔자가 소리치고 명령하는 말소리 하나하나까지 다 들린다. 그런데 평화에 대한 희망이 엿보이면, 그는 단숨에 로텐슈타인에서 나와 슈넬레르트 성으로 돌아오는데, 이번에는 조용히 은밀하게 이동하기 때문에 사람들은 평화조약이 실제로 체결되리라는 것을 확실히 알 수 있다.[9] 1815년 초에 나폴레옹이 (역자 주: 엘바 섬을 탈출하여) 상

---

9 이 때문에 라이헬스하임 지역의 에어바흐 소속 라이헨베르크 관청에서는 여러 사람이 심문을 받았다. 조서들은 1742년에 시작하여 1764년에 끝난다. 1792년에 한 차례 이주가 있었다. 1816년 라인지방에서 비슷한 풍문과 진술이 재연된다. 그 가운데 몇몇은 로텐슈타인 성주 대신 린덴슈미트를 지적하는데, 이 인물에 관해서는 다음과 같이 시작하는 민요가 잘 알려져 있다. “오래지 않은 시절에 이런 일이 있었네. 그들이 본 린덴슈미트, 말 위에 높이 앉아, 라인 강을 오르내리며 흥겹게 즐겼다

륙하기 전에는 로텐슈타인 성주가 다시금 전시(戰時) 성채로 철수하였다는 소문이 나돌았다.

171
탄호이저

독일인 기사인 고결한 탄호이저는 여러 나라를 돌아다녔고, 큰 기적을 보려고 비너스 부인의 산(역자 주: 튀링겐의 회젤베르크)에도 들어가 아름다운 여인들에게 빠졌다. 한동안 그곳에서 만족하고 즐겁게 살던 그는 다시 양심의 가책을 느껴 세상으로 나가고 싶었다. 그래서 그는 이별을 원했다. 하지만 비너스 부인은 그의 마음을 흔들려고 온갖 것을 다 제안했다. 시녀들 가운데 하나를 아내로 주겠으니 부인 자신의 항상 웃는 붉은 입술을 기억해 달라고 하였다. 탄호이저가 대답했다. 자기는 마음에 품은 여인(역자 주: 성모) 말고는 다른 어떤 여자도 원하지 않고, 영원히 지옥 속에서 불타고 싶지 않으며, 그녀의 붉은 입술에는 관심이 없고 더 머물고 싶지도 않으니, 그것은 자신의 삶이 병들었기 때문이라고 했다. 그러자 마귀 여인은 그를 작은 내실로 꼬여 들여 사랑을 나누려 했지만, 고매한 기사는 큰소리로 그녀를 나무라며 천상의 성모에게 호소하였다. 여인은 그를 보내 줄 수밖에 없었다. 기사는 깊이 참회하며 로마로 길을 떠나 우르바누스 교황을 찾아갔다. 그는 속죄를 받고 영혼의 구원을 얻으려고 교황에게 모든 죄를 고백할 생

네." 슈넬레르트가 자신의 성채에서 나와 로텐슈타인으로 이동한다고 말하는 사람들도 있다. 그가 유령이 되어서도 불구대천의 숙적인 로텐슈타인 성주를 공격하기 위해 그리한다는 것이다. 로텐슈타인 폐허의 도해가 테오도어 폰 하우프트의 『옛 시대의 이삭줍기』(1816) 앞에 실렸다. 이 책에 관청의 보고와 증인진술(281~316쪽)에 따라 슈넬레르트의 유령이 전쟁 및 평화의 전령으로 기술되어 있다.

각이었다. 하지만 그가 1년 동안 내내 비너스의 여인들과 산속에서 지냈다고 고해하자 교황은 이렇게 말했다. “내가 손에 든 마른 지팡이에서 새싹이 돋는다면 네 죄가 사함을 받은 것이나, 다른 방도는 없다.” 탄호이저가 말했다. “저는 비록 지상에서 1년밖에 더 살 수 없더라도, 하느님도 불쌍히 여기실 만큼 회개와 참회에 정진하고 싶었습니다.” 교황이 자신을 저주하였으므로, 그는 비탄과 슬픔에 잠겨 로마를 떠나 다시금 악마의 산으로 들어갔다. 그는 언제까지나 영원히 그곳에서 살 작정이었다. 비너스 부인은 마치 오래 떠나 있던 애인을 맞아들이듯이 그를 환영했다. 그런 뒤 사흘째 되는 날에 지팡이에서 싹이 돋기 시작하자, 교황은 각 나라에 사신을 보내어 고매한 탄호이저가 어디로 갔는지 알아보게 하였다. 하지만 이미 때는 늦어서, 탄호이저가 비너스 산에서 아내를 선택한 뒤였다. 이제 그는 최후의 심판까지 그곳에 처박혀 있어야 하고, 그때 어쩌면 하느님이 그를 다른 곳으로 보내실지도 모른다. 그러니 죄 지은 자가 참회하고 속죄를 구하면, 성직자는 그를 낙담시킬 것이 아니라 용서할지어다.

172
사냥꾼 마왕 하켈베르크

옛적에 브라운슈바이크 지방에 하켈베르크[10]라는 사냥꾼이 있었다고 한다. 그는 사냥터와 사냥에 어찌나 재미를 붙였던지, 이제 임종의 자리에 누워서도 사냥을 그만두기가 싫었으므로, 자기 몫의 천국 대신 최후의 심판 날까지 졸링에서 사냥이나 하고 싶다고 하느님께 기원하고 간청했다고 한다. (이것은 그가 이제까지 계속해 온 기독교적이고 경건한 생활 때문이

10 하켈(der Hakel)은 고성 도른부르크 근처의 할버슈타트에서 멀지 않은 숲이다.

었음이 분명하다.) 그러자 이처럼 하느님을 모르는, 아니 악마적인 소원이 그에게 재앙을 불러왔다. 소름끼치는 끔찍한 나팔소리와 개 짖는 소리가 그날 밤 네 번이나 들렸는데, 그 소란을 직접 들은 사람들이 나에게 알려 주기로는, 한번은 여기서, 다른 한 번은 이 밀림의 다른 쪽에서 들려 왔다. 게다가 분명한 것은, 밤중에 그런 행진소리가 들리고 그 다음 날 사냥이 벌어질 때면 누군가 팔, 다리 또는 심지어 목이 부러지거나 다른 불행한 일이 생기곤 한다.

나 자신도 (그때는 분명히 1558년이었는데) 아인베크에서 졸링을 지나 우슬라르로 말을 타고 가다가 길을 잃었을 때, 저 하켈스베르크 사람의 무덤에 거의 부딪힐 뻔했다. 거기는 풀밭 같은 빈터였지만 쓸모없는 덤불과 갈대로 덮이고 폭보다 길이가 조금 더 컸으며, 오히려 밭 한 자락을 보는 것 같았다. 그곳에는 나무가 한 그루도 없었고 주변 가장자리도 마찬가지였다. 빈터의 긴 쪽이 해 뜨는 방향을 향했고, 그 끄트머리를 가로막으며 적색의(내가 보기엔 현무암) 묘석이 돌출해 있는데, 길이가 8피트나 9피트에 폭은 5피트쯤 되어 보였다. 하지만 이 묘석은 (역자 주: 기독교식 매장 풍습에 따른) 다른 묘소들과는 다르게 설치되어서, 한쪽 앞머리 부분은 동쪽이 아니라 남쪽을, 다른 쪽은 북쪽을 향해 있었다.

사람들이 내게 들려준 이야기로는, 이 무덤은 호기심에서든 열정에서든 아무리 애써도 발견할 수 없고, 어쩌다 누가 찾아내더라도 그 옆에는 소름끼치는 검정개 몇 마리가 누워 있다고 하였다. 하지만 그런 유령이나 허접쓰레기를 나는 전혀 보지 못했다. 그랬더라면 내 머리카락은 모조리 곤두섰을 것이다.

173
사냥꾼 마왕과 재단사

어느 재단사가 창가의 탁자에 앉아 일하고 있을 때, 사냥꾼 마왕이 개들을 데리고 집 위를 지나갔다. 소란법석과 개 짖는 소리로 세상이 다 사라지는 것 같았다. 재단사들은 본시 겁이 많다고 흉보는 사람도 있으나, 이 재단사는 그렇지 않았다. 그는 사냥꾼 마왕을 놀리며 소리쳤다. "이봐, 이봐, 멍멍, 멍멍!" 그러면서 재단사는 개들을 더욱 부추겼다. 하지만 그때 말다리 하나가 창문 안으로 불쑥 들어와 재단사를 탁자에서 걷어차 넘어뜨렸다. 그는 죽은 사람처럼 바닥으로 떨어졌다. 다시 정신을 차린 그에게 무시무시한 목소리로 이런 말이 들려왔다.

나와 함께 사냥하여
나와 함께 뼈를 갉아먹자!

내가 분명히 아는데, 그는 다시 사냥꾼 마왕을 놀리지 않았을 것이다.

174
회젤베르크

아이제나흐에서 멀지 않은 튀링겐 지방에 회젤베르크[11]라는 산이 있는

11 같은 뜻의 지명으로 호르젤-, 후르젤-, 호젤-, 오젤베르크가 있다. 우르젤의 원래 파생어인 우젤(Usel 근원)이 연상된다. 히젤베르크도 있다. 소하천 회르젤

데, 그곳에 악마가 살고 있고 마녀들이 그를 순례하였다. 이따금 이 산에서는 마귀들과 가련한 영혼들이 내뱉는 끔찍한 비명과 울부짖는 소리가 울려 나온다. 1398년 아이제나흐 근교에서는 밝은 대낮에 큰 화재가 세 곳에서 발생했는데, 불길은 한동안 공중에서 타오르다가 한 곳으로 합쳐졌고, 다시 나뉘었다가 마침내는 세 곳의 불이 모두 이 산 속으로 몰려왔다. 또 한 번은 포도주를 싣고 지나가던 마부들을 저 사악한 원수가 환상으로 유혹하여 끌어들인 뒤, 이미 지옥불 속에 갇혀 있는 몇몇 유명한 사람들을 그들에게 보여 주었다.

이런 전설이 있다. 옛날에 영국의 한 왕이 라인슈바이크라는 아내와 살고 있었다. 비천한 신분이었던 그녀를 왕은 단지 그녀의 미덕 때문에 왕비로 세웠다. 왕비는 지극히 사랑하던 왕이 죽자, 그에 대한 정절을 잊지 않고 자선을 베풀며 그의 영혼을 구원해 달라고 기도했다. 그러자 응답의 말씀이 있었으니, 그녀의 주인은 튀링겐의 회젤베르크에 정죄(淨罪)의 불길을 가지고 있다고 하였다. 경건한 왕비는 그래서 독일나라로 이주하여 산기슭 아래에 기도를 위한 예배당을 지었다. 그러자 주변에 마을이 생겨났다. 거기서 그녀에게 사악한 유령들이 나타나므로, 왕비는 그곳을 사탄슈테트(역자 주: 마귀도시)라고 이름 지었다. 이것을 사람들이 점차 자텔슈테트(역자 주: 안장도시)라고 부르게 되었다.

175
레헨베르크 귀족의 하인

귀족 한스 폰 레헨베르크가 1520년 제바스티안 쉴리히와 그밖에 훨씬

(Hörsel)이 베라 강으로 흘러드는데, 그 원류는 라이네라고 한다.

더 정직하고 정의로운 사람들이 함께 있는 자리에서 이런 이야기를 했다. 헝가리에서 마티아스 왕이 터키인들을 맞아 싸우고 있을 때, 한스의 아버지에 이어 한스에게 여러 해 동안 충직하고 성실하게 종사한 하인이 있었다. 한스에게 더 나은 하인은 한 번도 없었다. 그런데 언젠가 더 높은 분에게 전할 소식이 있어서 하인에게 그 일이 맡겨졌다. 하인이 벌써 떠났으리라고 생각한 한스 나리가 무심결에 마구간에 들어갔다가, 하인이 말들 옆에서 짚 위에 누워 자고 있는 것을 발견했다. 주인은 화가 나서 이게 어찌된 일이냐? 하고 물었다. 하인은 일어서서 가슴에서 편지를 꺼내 들고 말했다. "이것이 대답입니다." 이제 보니 길이 너무 멀어서 사람이 그곳에 다녀오는 것은 불가능했다. 이때 하인은 유령이었다는 사실이 밝혀졌다. 이 일이 있은 뒤 곧 주인이 적들에게 쫓기게 되자, 하인이 돌연 말했다. "주인나리, 놀라지 마시고 서둘러 피신하세요. 소인은 말을 타고 돌아가서 적들의 동정을 살펴보겠습니다." 하인은 다시 돌아와 초인종을 울리고는 불룩한 호주머니들을 힘차게 떨그럭거렸다. 주인이 물었다. "거기 뭐가 있는가?" "놈들의 말을 모두 붙잡아 발굽 쇠붙이를 부러뜨리고 빼어 여기 가져왔습죠." 그러면서 하인은 편자들을 쏟아내었고, 그래서 적들은 한스 나리를 쫓아올 수 없었다.

한스 폰 레헨베르크 나리는 또한 하인이 끝내 자신의 정체가 알려진 뒤 아무도 모르는 곳으로 가 버렸다고 말했다.

키르히호프(역자 주: 교회묘지)라는 하인은 즉흥적으로(역자 주: 그러니까 강도질로) 먹고 사는 어느 다른 귀족에 관한 소문을 이야기하는데, 이 하인에게는 이런 특징들이 있다. 한 번은 그의 주인이 말을 타고 떠나면서 그가 아끼던 말 한 마리를 하인에게 맡기고 그 말을 열심히 돌보라고 지시했다. 귀족이 떠나자 하인은 그 말을 10층보다 더 높은 탑 위로 끌고 올라갔다. 그런데 주인이 다시 돌아오자, 그가 안으로 들어오는 인기척을 들은 말이 그를 알아보고는 탑의 창문 밖으로 머리를 내밀고 울부짖기 시작했다. 몹시 놀란 주인은 끈과 밧줄로 말을 탑에서 매달아 내려야 했다.

다른 때에 이 귀족이 사람을 죽인 죄로 붙잡혀 옥에 갇히자 하인을 불러 도움을 구했다. 하인이 말했다. "비록 어려운 일이긴 하지만 도와드리지요. 그러나 나리께서는 제 앞에서 두 손을 마구 흔들어대며 방어(역자 주: 페인트 · 속임수) 동작을 하시면 안 됩니다." 하인의 이 말은 자기 앞에서 성호를 그어 십자가 표시를 하지 말라는 뜻이었다. 귀족은 하인에게 계속하라고 말했다. 그렇게 귀족은 자신이 옳았음을 인정받으려 했다. 무슨 일이 일어났을까? 하인은 그를 사슬로 묶고 차꼬를 채워 공중에서 끌고 갔다. 높이 떠서 무섭고 현기증이 난 귀족이 소리쳤다. "하느님, 살려 주세요, 살려 줘요! 내가 지금 어디 있는 거야!" 그러자 하인은 그를 끌어내려 연못 속에 떨어뜨리고는 집으로 돌아와 그 일을 부인마님에게 알리고 그를 데려와 치료해 주라고 하였다. 부인은 그렇게 하였다.

176
유령들의 교회

1516년경 성 로렌츠 교회와 교회묘지에서 한 사건이 일어났는데, 그것은 기이하였지만 실제로 벌어졌던 일이었다. 신앙심이 깊고 경건한 어느 늙은 부인이 한번은 평소의 습관대로 날이 밝기 전 이른 아침에 강림절 새벽 미사에 참석하려고 성 로렌츠 교회 쪽으로 갔다. 부인은 제때에 왔다고 생각했지만 실제로는 자정 무렵에 위쪽 출입문 앞에 도착하였다. 문이 열려 있으므로 그녀가 교회 안으로 들어가 보니, 낯선 늙은 신부가 미사를 올리는 것이 보였다. 대부분이 낯선 수많은 사람들이 여기저기 양쪽 의자에 앉아 있는데, 일부는 머리가 없고 그들 가운데 몇은 아주 오래전에 죽었으나 부인이 잘 알던 사람들이었다는 것이다.

알든 모르든 모두 죽은 사람들만 보이므로, 부인은 두려움과 공포에 싸여 의자 하나를 찾아 그 위에 앉아서는 저들이 죽은 자들의 영혼이겠거니 생각했다. 부인은 또한 너무 일찍 왔기도 했고 온몸의 털과 머리끝이 산처럼 높이 쭈뼛해져서, 교회에서 도로 나가야 할지 그대로 안에 있어야 할지 알 수가 없었다. 그때 무리 가운데에서 한 여자가, 여인이 생각하기로는 정말이지 그녀의 대모였다가 3주 전에 죽은, 틀림없이 하느님의 착한 천사가 되었을 바로 그 여자가 다가와 여인의 쿠르젠(외투) 자락을 살짝 잡아당기며 아침인사를 건네고는 이렇게 말한다. "어머나, 사랑하는 대녀, 전능하신 하느님께서 우리를 지켜 주시기를, 그래 어쩌다 여기로 왔소? 내가 하느님과 성모님의 이름으로 부탁하는데, 신부님이 회중을 돌며 축복하시거든 온힘을 다해 도망쳐요, 절대로 뒤돌아보지 말고, 그렇지 않으면 대녀 목숨이 위태로워요." 이 말을 듣고 여인은 신부가 회중을 돌려 할 때 온힘을 다해 달아났으나, 뒤에서는 마치 교회가 온통 무너져 내리듯이 우르르 쾅하는 굉음이 요란하게 들리고, 유령들이 모두 교회에서 몰려나와 그녀를 뒤쫓아 왔다. 교회묘지를 채 벗어나지 못한 곳에서 저들이 그녀를 붙잡아 (당시 여자들이 입던) 쿠르젠 외투를 목에서 벗겨버렸다. 그러자 여인은 옷을 뒤에 팽개치고 달아났다. 결국 그녀는 무사히 그곳을 빠져나와 탈출했다. 이제 그녀는 다시 위쪽 출입문으로 돌아와 시내로 들어가려는데, 그때는 자정을 넘어 밤 한 시경이므로 아직 문이 잠겨 있는 것을 발견했다. 여인은 하는 수 없이 문이 다시 열릴 때까지 세 시간 가량 어느 집 안에 머물러 있어야 했다. 여기서 그녀는 알아차렸다. 앞서 출입문을 지나가게 그녀를 도와준 것은 착한 혼령이 아니었고, 그녀가 처음에, 마치 가축을 방목장으로 내보낼 시간이 된 것처럼 착각한 것이었으며, 문 앞에서 보고 들은 돼지들은 바로 저 지겨운 마귀들일 뿐이었던 것이다. 어차피 그녀는 당찬 여자였고 불행도 모면했으므로, 그 일을 더는 되새기지 않고 집으로 돌아가, 물론 겁을 먹었던 탓에 부득이 이틀 동안 자리에 누워 지내기는 했어도, 생명에 피해를 입지는 않았다. 하지만 그런 일이 닥치고 나서 이틀

날 아침, 이제 낮이 되자 그녀는 교회묘지에 사람을 보내어 그녀의 쿠르젠 외투가 아직 거기 있는지 둘러보고 찾게 하였다. 옷은 갈기갈기 찢긴 채로 발견되었는데, 무덤 위마다 작은 천 조각이 하나씩 놓여 있었다. 이 옷 때문에 벌떼처럼 교회묘지로 달려 나갔던 사람들도 그것을 보고는 적지 아니 놀랐다.

구전된 이야기들에 따르면, 이 사건은 위령제 날(역자 주: 11월 2일)에 일어났다. 이날 교회에서는 죽은 사람들의 영혼을 위한 추모제가 엄숙히 거행되었다. 미사가 끝나자, 회중이 갑자기 교회에서 사라졌다. 조금 전에는 꽉 차 있던 교회가 텅 비고 캄캄해지자 여인은 조마조마하며 교회 입구로 가는 통로를 찾았다. 그녀가 밖으로 나오는 순간, 교회탑의 종이 밤 한 시를 알렸다. 그러자 바로 뒤에서 문이 우악스레 쾅 닫히면서 그녀의 검정색 우산이 문틈에 끼였다. 여인은 우산을 내버리고 황급히 달아나는데, 아침에 찾으러 와 보니 우산은 갈기갈기 찢겨 무덤마다 봉분 위에 한 조각씩 놓여 있었다.

177
유령들의 잔치

덴마크 왕 프리드리히 3세(역자 주: 1609~1670, 1648 즉위)가 플렌스부르크로 공회를 소집했을 때 이런 일이 생겼다. 회의에 참석하려고 찾아온 어느 귀족이 저녁 늦게 도착하였기 때문에 객사에서 잠자리를 얻지 못했다. 객사 주인이 그에게 말하기를, 방이 모두 차고 큰 객실 하나만 남았는데 거기서 밤을 보내게 권하고 싶지는 않다고 했다. 그 방은 으스스하고 귀신들이 출몰하는 곳이기 때문이었다. 하지만 귀족은 빙그레 웃으며 자기는 두려움을 모른다는 듯이 은근히 담력을 과시하고는, 귀신 따위는 무섭지 않으니 무엇이 나타나든 더 잘 볼 수 있게 등불 하나를 달라고 하였다. 주인이 등불을 가져오자, 귀족은 그것을 탁자 위에 올려놓고 귀신이 없다는 것을 두 눈을 부릅뜨고 확인하겠다고 장담하였다. 하지만 밤이 절반도 가기 전에 여기저기서 움직이는 소리가 나더니 곧 덜그럭거리는 소리가 연속하여 들리기 시작했다. 귀족은 처음에는 소름이 끼치는 것을 참고 굳게 버틸 용기가 있었으나, 시끄러운 소리가 점점 커지자 두려움에 압도당하고 말았다. 그는 버텨 보려고 애썼으나 끝내 벌벌 떨기 시작했다. 이처럼 소음과 소동으로 뒤범벅된 전주곡에 이어, 방 안의 벽난로를 통해 사람 다리가 툭 떨어졌다. 곧 이어 팔, 몸통, 가슴과 나머지 팔다리들이 모두 떨어지고, 빠진 부분이 없어야겠다는 듯이 마지막으로 머리가 떨어졌다. 그러고는 이 신체 부위들이 금세 순서대로 서로 결합하여 온전한 인간의 몸이 되더니, 궁정 시종 비슷한 남자가 벌떡 일어섰다. 이제 점점 더 많은 몸 조각들이 벽난로에서 떨어져 재빨리 인간의 모습으로 합쳐졌고, 마침내 방의 문이 열리면서 왕의 수행원 전체가 환히 빛나는 무리를 이루며 몰려들었다.

그때까지 온몸이 마비된 것처럼 탁자 앞에 서 있던 귀족은 유령들이 무리를 지어 다가오는 것을 보자 덜덜 떨면서 재빨리 방구석으로 도망쳤다. 그는 저들에게 막혀 문으로 빠져나갈 수 없었던 것이다.

이제 그는 유령들이 놀랍도록 민첩하게 음식상을 차리는 것을 보았다. 저들은 맛있는 요리를 날라 오고 은잔 금잔들을 늘어놓았다. 그 일이 끝나자 그들 가운데 하나가 귀족에게 다가와 청하기를, 그가 손님이자 외지인으로서 자기들과 합석하여 흔쾌히 대접을 받아 달라고 했다. 그가 거절하자, 축배에 답하라는 뜻으로 큰 은잔 하나가 그에게 전달되었다. 귀족은 당황하여 어쩔 줄을 모르면서 잔을 받았다. 어차피 저들은 그에게 잔을 강요할 것 같았다. 하지만 그가 잔을 앞에 놓는 순간 골수와 뼈를 파고드는 내면의 두려움이 엄습해 왔고, 그래서 그는 큰 소리로 하느님의 보호와 구조를 간구했다. 그가 기도를 마치자마자 모든 화려함, 시끄러운 소리, 호사로운 식사가 그 당당하고 고귀해 보이던 유령들과 함께 순식간에 사라져 버렸다. 하지만 은잔은 그의 손에 남았고, 음식들이 모조리 사라졌는데도 은식기는 식탁에 여전히 놓여 있었다. 객사주인이 가져왔던 등불도 거기에 있었다. 귀족은 기뻐하면서 그 모든 것이 자기가 얻은 소유물이라고 생각했으나, 주인이 이의를 달았다. 그 소문이 왕의 귀에 들어가자, 왕은 은식기가 귀족에게 귀속한다고 판정하고 그것을 그의 손에 넘겨주게 하였다. 은식기가 어디서 온 것인지는 아무도 알 수 없었으니, 보통과 달리 그릇에 문장과 이름이 새겨져 있지 않았기 때문이기도 하였다.

178
기와장이

어느 젊은 기와장이가 자신의 걸작품을 만들고 마침내 완성된 탑의 꼭대기에서 축사를 하게 되었다. 하지만 연설 도중에 그가 갑자기 말을 더듬기 시작하더니, 아래에서 많은 군중 속에 서 있는 아버지에게 소리쳤다. "아버지, 저기 마을, 산, 숲들이 이쪽 내게로 다가오고 있어요!" 그러자 아버지가 즉시 무릎을 꿇고 아들의 영혼을 위해 기도하면서 사람들도 그렇게 해 달라고 당부하였다. 아들은 금세 떨어져 죽었다. — 저들의 법에 따르면, 아들이 아버지보다 앞서 첫째로 높이 올라가 헛소리를 시작하면, 아버지가 그를 즉시 붙잡아 손수 내쳐 떨어뜨릴 권리가 있다고도 한다. 아버지 자신도 함께 끌려 떨어지지 않게 그리한다는 것이다.

179
십자가 앞의 실 잣는 여자

빈 시의 교외 국도를 따라 밖으로 나가면 도시 바로 옆에 잘 조각된, 의심의 여지없이 이백 년 이상 된 돌 성자상이 서 있다. 이 석조물에 관해 이런 전설이 전해진다. 어느 노파가 하느님의 영광을 위해 이 성자상을 조성하려고 오래도록 실을 자아, 그 보수로 조금씩 모은 돈이 마침내 석상 조성에 필요한 금액에 이르게 되었다.[12]

칼브와 차벨슈타인 지방 사이의 도로변에 돌 십자가가 있는데, 그 안에 실감개 하나와 연도 숫자 1447이 새겨져 있다. 어느 칠순 노인이 말하기를, 한 가난한 노파가 실 잣는 일을 하며 살다가 바로 그곳에서 엄청나게 높이 쌓인 눈에 깔려 질식해 죽었는데, 그 이야기를 어느 백 살 먹은 노인에게서 들었다고 한다.

180
우유탑

프로이센에 있는 마리엔부르크(역자 주: 마리아성, 오늘날 폴란드 단치히(그단스크) 남동쪽에 위치)의 우유탑에 관해 이런 이야기가 있다. 언젠가 독일 장인이 근처 마을에서 약간의 탈지유를 얻어오게 하였다. 하지만 농부들은 장인의 심부름꾼을 비웃고 그 다음날 남자 둘을 시켜 탈지유를 한 통 가득 성채로 보

---

12 이것은 어느 가난한 실 감는 여인이 실감개 하나로 왕의 대성당을 완성했다는 이야기이다. 콜로츠, 36.

냈다. 화가 난 독일 장인이 두 농부를 성탑에 가두고는 이들이 우유를 다 마실 때까지 그 안에 있으라고 강요했다. 이때부터 성탑은 그 이름을 가지게 되었다.

하지만 다른 사람들은 이렇게 전한다. 근처 마을의 주민들은 공사장까지 가는 길에 마리아그로셴 주화를 깔고 석회 반죽에 필요한 만큼의 우유를 물 대신 내놓아야 했다. 장인은 이렇게 만든 회반죽으로 탑을 쌓게 했다.

퓌어스트에 따르면 이렇다. 그로스리히텐아우의 농부들은 몹시 사악하여, 돼지 한 마리를 침대에 눕혀 놓은 뒤 환자에게 종부성사를 베풀어 달라고 신부를 부르게 하였다. 이 무례한 행동에 대한 벌로 농부들은 그들 자신의 비용으로 탑을 쌓되 거기에 필요한 석회를 탈지유로 반죽하라는 명령을 받았다.

181
성인 빈프리트

보니파치우스라고 불리는 성인 빈프리트는 헤센 지방을 (역자 주: 기독교로) 개종시키던 때에 이교도 사원이 서 있던 어느 산으로 올라갔다. 그는 사원을 철거하고 최초의 기독교 교회를 세우게 하였다. 그 후로 (마르부르크에서 네 시간 거리인) 이 산은 기독교도산이라고 불린다. 사람들은 교회에서 이백 걸음 떨어진 곳에 있는 돌 발자국을 오늘날에도 보여 준다. 이 발자국은 보니파치우스가 성스러운 열정에 사로잡혀 바닥에 발을 굴렀을 때 새겨진 것이라고 한다. 그는 이렇게 말했다. "내 발이 돌에 확실히 새겨지는 것처럼, 그렇게 확실하게 나는 이교도들을 개종시키겠다." 이 산의 이교 이름은 카스토로 산(Castorberg)이었다. 보니파치우스는 이 단어에 들어 있는 C자를 보존하고 싶어서 산 이름을 기독교도산(Christenberg)이라고 지었다. 기독교도산 지역의 사람들은 보니파치우스가 숲을 지나 찾아오고 떠나갔다는 보니파치우스 길 이야기도 한다. 그가 숲을 지나 계속 앞으로 나갔다는 바로 그 길이다. 이 길에 인접한 경작지들에는 오늘날에도 세금이 면제되지만, 나머지 땅에는 모두 세금이 부과된다. 또한 이 도로 위에서 저질러지는 악행에 대해서는 더욱 엄중한 벌이 가해진다. 기독교도산 교회 주변의 묘지에는 오늘날에도 그 일대 마을들의 농부들이 묻히는데, 사람들은 시신을 들고 힘겹게 올라간다. 보니파치우스는 튀링겐으로 갈 때 그로스바르굴라에 교회를 세우고 직접 헌당식을 집전하게 되었다. 그때 그는 바싹 마른 지팡이를 땅에 꽂아 놓고 교회에 들어가 미사를 올렸는데, 예배가 끝나고 보니 지팡이가 푸르러지고 새싹을 내었다.

182
휠펜베르크 산

아익스펠트 경계지역에 있는 반프르트에서 한 시간 거리에 휠펜베르크 산이 있는데, 이 산 위에 성 보니파츠(역자 주: 보니파치우스)가 예배당을 지으라고 명령했다. 그런데 공사가 진행되는 동안 한 남자가 자주 찾아와 물었다. 대체 무엇을 짓소? 목수들은 그때마다 이렇게 대답했다. "에이, 창고 하나가 생길 거요." 그러면 남자는 다시 갈 길을 계속했다. 그러나 마침내 교회가 점차 완성되어 제단이 설치되고 십자가도 세워졌다. 그런데 저 사악한 적이 다시 나타나 이 모든 것을 보고는 몹시 화를 내며 위쪽 박공을 통해 나가 버렸다. 거기에 그가 뚫은 구멍은 오늘날까지도 볼 수 있고 절대로 메워지지 않는다. 그는 또한 안쪽 산으로 들어가서 교회를 부수려 하였으나, 그 시도는 공허하여 허사로 끝났다. 우상에게 바쳐진 떡갈나무 한 그루도 그 예배당의 벽 속에 갇혔다고 한다. 사내가 빠져나간 구멍을 사람들은 (산 전체를 슈투펜스베르크(역자 주: 슈투펜산)이라고 하듯이) 슈투펜 구멍이라고 부르는데, 이따금 여기에서 수증기와 안개가 피어오른다고 한다. 이 예배당에 관해서는 다른 이야기도 전해진다. 예배당은 어느 성녀에게 봉헌되었는데, 병든 사람이 그녀의 옷을 만지면 즉시 낫는다고 한다. 이 성녀는 원래 아주 아름다운 공주였으나 친아버지로부터 구애를 받았다. 위기에 처한 공주가 하늘에 계신 하느님께 보호해 달라고 기도하자, 그녀에게 돌연 수염이 자라나서 그녀가 누리던 이 세상의 아름다움은 끝장나고 말았다.

183
고슬라의 악마 구멍

고슬라의 교회 벽체에는 틈새가 있는데, 이에 관해 다음 이야기가 전해진다. 힐데스하임의 주교와 풀다의 수도원장이 한 번은 서열 다툼을 격렬하게 벌였다. 두 사람 각자가 교회에서 황제 옆에 앉으려 하였고, 주교는 성탄절 첫날(역자 주: 12월 25일)의 명예직을 차지하겠다고 고집했다. 그러자 수도원장이 무장한 사내들을 몰래 교회 안으로 불러들이게 하였다. 저들은 다음날 무력으로 수도원장에게 명예직 권한을 부여하게 되어 있었다. 하지만 이 사실이 주교에게 보고되었고 그 역시 무장한 사내들을 교회에 배치하였다. 그 다음날 두 사람은 서열 다툼을 다시 시작하여, 처음에는 말로 하다가 그 다음엔 행동으로 옮겼다. 무장한 기사들이 나와서 싸움을 벌이자, 교회는 전쟁터를 방불케 하였고 피가 교회 밖 묘지로 강물처럼 흘러내렸다. 전투는 사흘 동안 계속되었는데, 그 와중에 악마가 벽에 구멍을 뚫고 병정들에게 모습을 드러냈다. 악마는 그들의 분노를 돋우고 전사한 용사들의 영혼 여럿을 잡아갔다. 악마는 전투가 계속되는 동안 머물러 있다가 더는 할 일이 없자 도로 사라져 버렸다. 그 후 사람들은 교회에 생긴 구멍을 다시 막아보려 했으나 마지막 돌 하나만은 도무지 메울 수가 없었다. 마지막 돌을 끼워 넣자마자 모두 다시 무너져 내리고 구멍은 휀히 벌어진 채 그대로 있었다. 사람들은 서로 상의한 끝에 성수를 뿌려 보았으나 그것도 소용이 없었다. 그들은 마침내 브라운슈바이크 공작에게 간청하여 그의 건축사들을 파견 받았다. 이 건축사들이 검정고양이 한 마리를 안에 넣고 구멍을 메웠는데, 그들은 마지막 돌을 채워 넣을 때 이런 주문을 이용했다. "하느님의 이름으로 앉지 않으려거든 악마의 이름으로 앉아 있어라!" 이 주문이 효력을 내어 악마는 조용히 있었다. 다만 그날 밤 벽에 틈새가 생겼는데, 오늘날까지도 여전히 그것을 볼 수 있다.

이 마술에 관하여 아우구스트 레르히하이머에 따르면, 주교와 수도원장은 누가 마인츠 대주교 바로 옆에 앉을지를 두고 다퉜다고 한다. 다툼이 가라앉고 나자 사람들은 미사에서 이렇게 찬송했다. "주께서 이 날을 영화롭게 하셨도다." 그러자 궁륭천장 아래에서 악마가 거칠고 큰 목소리로 끼어들어 노래했다. "내가 이날에 다투게 했도다."

184
악마의 방앗간

하버펠트 지방의 람베르크 산 정상에 일부는 흩어지고 일부는 층층이 쌓인 화강암 덩어리들이 있는데, 사람들은 그것을 악마의 방앗간이라고 부른다. 어느 방아꾼이 이곳 산기슭에 풍차 방앗간을 세웠는데, 하지만 가끔씩 바람이 없었다. 그래서 그는 방앗간이 위쪽 산꼭대기에 있어서 항상 돌아가면 좋겠다고 자주 소원하였다. 그러나 사람의 손으로 그런 방앗간을 짓는 것은 불가능하였다. 방아꾼이 이 문제로 마음이 평화롭지 않자 악마가 그에게 나타났고, 둘이서 오랫동안 흥정을 벌였다. 악마가 30년의 긴 여생을 보장해 주고 흠 잡을 데 없는 풍차방아 여섯 벌을 람베르르크 산꼭대기에 지어 주는 대가로, 방아꾼은 마침내 자신의 영혼을 팔아넘기기로 하였다. 방앗간은 다음다음날 새벽닭이 울기 전까지는 빈틈없이 완성되어야 한다는 조건도 붙었다. 악한 원수 악마는 이 계약에 만족하고 정해진 시간에 맞춰 공사를 시작했다. 그러나 방아꾼은 악마의 신속한 작업에 비추어 목표 시간 이전에 모든 공사가 끝날 수 있겠다는 것을 알아차렸고, 그래서 이미 완성되어 놓여 있던 맷돌을 그 둥근 쪽이 바닥에 오게 세운 뒤 산 아래로 굴려버렸다. 그것을 본 악마는 아직 맷돌을 붙잡을 수 있다고 생각하고 뒤쫓아 내달았다. 하지만 맷돌은 한 번 구를 때마다 점점 더 빨라져서 악마가 따라잡을 수 없었다. 그는 부득이 산을 다 내려가서야 맷돌을 잡을 수 있었다. 이제 악마는 서둘러 그것을 도로 산 위로 굴려 올리기 시작했다. 그가 맷돌을 아직 완전히 산꼭대기까지 올리지 못했을 때 닭이 울었고, 그래서 계약은 무효가 되었다. 악한 원수 악마는 분통을 터뜨리며 손으로 방앗간을 잡고 풍차의 날개, 바퀴, 굴대들을 닥치는 대로 부숴 사방에 멀찍이 흩어버렸다. 방아꾼은 거의 완성된 방앗간을 거저 얻게 되었다고 생각했으나, 그것을 다시 세우지 못하게 악마가 막은 것이다. 그런 다음에 악마는 바위들까지 내던져 람베르크 산을 덮어 버렸다. 그의 방앗간에 대한 기념으로 건물 기초 가운데 작은 일부만 겨우 제자리에 남았다. 산 아래 기슭에는 더 큰 맷돌이 하나 놓여 있다고 한다.

185
주님의 발걸음

호이베르크(역자 주: 호이바흐) 근처의 (역자 주: 슈바벤) 알프 산지에 있는 바위언덕 위, 그리고 렘스 강이 관통하며 흐르는 어느 아늑한 계곡에 로젠슈타인 성의 잔해가 널려 있다. 얼마 전에 그곳의 돌에서 잘 생긴 사람 발의 흔적이 발견되었는데, 하지만 정부가 그 돌을 화약으로 폭파해 버렸다. 돌 속의 발자국을 가지고 미신이 성행하였기 때문이다. 그 맞은편의 쇼일베르크 산[13] 위에는 이와 비슷한 발걸음 흔적이 육지 안쪽 방향으로 찍혀 있다. 로젠슈타인 성의 것은 바깥쪽을 향해 있다. 맞은편 숲 속에는 기적을 행한 마리아 폼 바이스방의 예배당[14]이 있다. 왼쪽에는 악마의 칼날이라고 불리는 협곡이 있는데, 비가 계속 올 때면 여기에서 탁한 물이 흘러나온다. 성 뒤편에는 쇼이어라는 암벽이 있고 그 안에 동굴이 보인다.

아주 오랜 옛날에 유혹자 마귀가 이 산에서 렘스 강 계곡, 라인 강(die Lein), 엘방겐, 레히베르크, 슈타우펜이 있는 아름다운 지역을 그리스도께 보여 주고 만약 자기 앞에서 무릎을 꿇으면 그곳을 주겠다고 제안했다. 주 그리스도께서 그에게 당장 물러가라고 명령하시자 사탄은 산 아래로 떨어졌다. 다만 그는 저주를 받아 천 년 동안 사슬과 줄에 묶인 채 악마의 칼날 협곡에 누워 있다. 그곳에서 아직도 흘러나오는 탁한 물은 그가 흘리는 악마의 눈물이다. 그리스도께서 엄청나게 큰 발걸음을 산 너머로 내딛자, 두 발이 닿은 곳에 발자국이 새겨졌다.[15]

오랜 세월이 지난 뒤 로젠슈타인의 귀족들이 여기에 성채를 짓고 도둑

---

13 자이프리트(Seyfried)에 의하면 슈발베르크 산. 저쪽은 왼발, 이쪽은 오른발.

14 '뺨에 물린 자국이 있는(Biß in der Wange [Beißwang])' 프리드리히가 설립함.

15 차일러(Zeiler)의 이본에 따르면, 그리스도는 유대인들에게 쫓겨 피신하다가 징표로 발자국을 남겼다고 한다. 사람들은 바로 이곳에서 세안수(洗眼水)를 길어 간다.

기사가 되어, 빼앗은 재물을 (역자 주: 바위 속 동굴) 쇼이어에 숨겨 두었다. 한 번은 악마의 부추김을 받고 저들이 숲 속 예배당을 습격했다. 하지만 그들이 교회재물을 훔쳐 채 돌아오기도 전에 거대한 폭풍이 일어 도둑소굴 전체를 산산이 부숴 버렸다. 그러는 동안 악마가 껄껄 웃는 소리가 들렸다.

186
프랑크푸르트의 작센하우젠 다리

프랑크푸르트의 작센하우젠 다리 한가운데에는 위쪽 아치 두 개가 부분적으로 목재로만 연결되어 있다. 전쟁 때에 이 목재 부분을 제거하면 다리 전체를 폭파하지 않고도 통행을 쉽게 막을 수 있다. 이에 대해 다음과 같은 이야기가 전해진다.

건설업자는 일정한 시점까지 다리를 완성하기로 보증했다. 이 시점이 다가오면서 업자는 계약을 이행하기가 불가능하다는 것을 깨달았다. 기한이 겨우 이틀밖에 남지 않자 그는 걱정이 된 나머지 악마에게 호소하여 도움을 청했다. 악마가 나타나더니 마지막 날 밤에 다리를 완성하겠다고 자청하면서, 그 대가로 다리를 건너는 첫 번째 생명을 자기에게 넘겨 달라고 하였다. 계약이 맺어졌고, 마지막 밤에 악마는 다리를 온전한 상태로 완성했다. 공사가 어떻게 진행되는지를 어둠 속에서 인간의 눈으로는 볼 수 없었다. 이제 첫날 아침이 밝아오자 건설업자는 수탉 한 마리를 앞세우고 다리를 건너가 악마에게 넘겨주었다. 인간의 영혼을 기대했던 악마는 속은 것을 알고 화가 나서 닭을 붙잡아 찢어죽이고는 다리 위에 내동댕이쳤다. 닭이 다리를 뚫고 나가며 구멍 두 개가 생겼는데, 이 구멍들은 오늘날까지도 메울 수 없다. 낮에 공사한 것이 밤사이에 모두 도로 쏟아져 버리기 때문이다. 하지만 다리에는 지금까지도 금색 수탉 한 마리가 철제 장대 위에 상징물로 서 있다.

187
늑대와 전나무 솔방울

아헨 대성당의 청동제 출입문의 한쪽 문짝에 틈새 하나와 그 밖에 전나무 솔방울 바로 옆으로 늑대의 형상이 있는데, 솔방울과 늑대도 똑같이 청동 주조물이다. 이에 관해 다음 전설이 있다. 이 교회의 건축이 시작된 오랜 옛날에 사람들은 돈이 모자라서 공사를 중단할 수밖에 없었다. 잔해들이 한동안 방치된 뒤에 악마가 시의회 의원을 찾아와 제안하기를, 교회 헌당식 때 문으로 처음 들어오는 영혼이 자기 소유가 되는 조건으로 필요한 공사비를 대주겠다고 하였다. 시의회는 오랫동안 망설이다가 끝내 악마의 제안을 받아들이고 조건의 내용은 비밀로 할 것을 약속했다. 이어서 지옥의 돈으로 하느님의 성전이 완공되었으나 그사이에 비밀도 널리 새나갔다. 그래서 아무도 맨 먼저 교회에 들어가려 하지 않았다. 마침내 사람들은 계책을 짜내어, 숲에서 늑대 한 마리를 잡아 교회 정문으로 데려가서는 헌당식 날 종이 울리기 시작하자 녀석을 풀어놓아 안으로 뛰어들게 하였다. 폭풍처럼 악마가 뒤따라 들어가서 계약서에 자기 소유라고 된 것을 낚아챘다. 하지만 악마는 자기가 속은 것과 사람들이 늑대의 영혼을 내주었을 뿐이라는 것을 알아채고는 분통을 터뜨리며 청동문을 힘껏 쾅 닫았고, 그 바람에 문짝 하나가 깨져 그 틈새가 오늘날까지도 남아 있다. 사람들이 이 사건을 기념하여 늑대와 그 영혼을 주조했다. 늑대의 영혼은 전나무 솔방울을 닮았다고 한다. 이 두 가지 유물은 프랑스인들이 파리로 가져갔다가

1815년 반환되어 문 양쪽의 기단 위에 다시 설치되었다. 그러나 늑대는 두 앞발을 잃었다. — 다른 사람들은 이 이야기를 어느 죄 지은 여인과 관련시킨다. 그녀가 도시 전체의 안녕을 위해 제물로 바쳐졌다는 것이다. 그들은 또한 전나무 열매를 엉겅퀴로 바꿔 설명하는데, 이 식물은 여인들의 가련한 영혼을 뜻한다고 한다.

188
아하[아헨]의 악마

아헨에는 도시 외벽에 포넬렌탑이라고 불리는 커다란 탑이 있다. 이 탑 안에서 악마가 기이한 비명과 종소리를 내거나 다른 소동을 부리는 것을 보고 들을 수 있다. 전설에 따르면, 악마는 탑 속으로 추방당한 것인데 그 안에 최후의 심판 날까지 갇혀 있어야 한다. 그래서 그곳에서 누군가 불가능한 일을 말하면 사람들은 이렇게 대꾸한다. "그래, 혹시 악마가 아하(역자 주: 아헨)에서 나오면 그런 일이 생기겠지." 그런 일은 영원히 일어나지 않는다.

189
악마의 담장

(역자 주: 엘렝겐과 플라인펠트 사이, 바이센부르크에서 한 시간 반 거리에 있는) 노르트가우의 석축 울짱에 관해 오베른펠트와 오트만스펠트(역자 주: 두 고을은 원래 오버팔츠 지방

의 바이센베르크) 주변의 농부들은 이런 이야기를 전했다. 악마가 주 하느님에게 세상의 일부를 요구하자, 하느님은 악마가 새벽닭이 울기 전에 담장을 두르는 땅에 한정하여 그에게 허락하셨다는 것이다. 악한 원수 악마는 즉시 일을 시작하였으나, 그가 마지막으로 손을 들어 마감돌을 올려놓기 전에 닭이 울었다. 약조와 희망이 무산된 것에 화가 난 악마는 담장 전체에 미친 듯이 달려들어 돌들을 모두 허물어 버렸다. 이 담장 위에는 지금까지도 유령이 나온다고 한다.

190
악마의 춤판

북부 하르츠의 블랑켄부르크와 크베틀린부르크 사이에 탈레 마을에서 남쪽으로 널따란 바위가 있는데, 민간에서는 이 바위를 악마의 춤판이라고 부른다. 여기서 멀지 않은 곳에 폐허와 담장이 있고, 그 맞은편에 마을 북쪽으로 커다란 암벽이 솟아 있다. 저쪽 폐허와 이쪽 암벽을 사람들은 악마의 담장이라고 부른다. 악마는 이 세상의 지배권을 놓고 우리의 사랑하는 하느님과 오랫동안 다툼을 벌였다. 마침내 당시 사람이 살던 땅을 나누기로 합의되었다. 지금 춤판 자리에 있는 바위를 경계로 삼게 되자, 악마는 요란한 환호의 춤판을 벌이며 자신의 담장을 쌓았다. 만족을 모르는 악마는 그러나 금세 새로이 불화를 일으켰고, 그 결과로 암벽 기슭에 있는 계곡까지도 그의 차지가 되었다. 악마는 그 위에 두 번째 악마의 담장을 쌓아 올렸다.

191
악마의 강단

바덴에서 멀지 않은 무르크탈[무르크 계곡]에 바위들이 줄지어 있다. 사람들은 그것을 악마의 강단이라고 부르며 악한 원수 악마가 한때 그 위에서 설교를 했다고 주장한다.

192
악마의 베개

벤트하임 성 발치에 매끄럽고 기이하게 생긴 바위들이 몇 개 서 있다. 그 가운데 하나는 위쪽 면이 판판하고 똑바로 선 둥근 기둥 모양인데, 언젠가 악마가 그 위에서 잠을 잤다 하여 악마의 베개라고 불린다. 바위 위에는 움푹 파인 악마의 귀 흔적이 아직도 보인다.

193
악마바위

피히텔베르크 사람들은 이런 이야기를 한다. 악마가 우리 주 그리스도를 괴사인 바위산으로 안내하여 세상의 왕국들을 보여 주면서 만약 그리스도가 자기를 경배하면 그 모든 나라를 주겠다고 약속하였는데, 다만 악마 자신의 노후대비 재산인 N 마을과 R 마을은 제외한다고 하였다.

두 마을의 주민들은 거칠고 기형이다. 그 옆 지역은 불친절한데, 어떤 사람들은 그곳을 터키와 타타르라고 부른다.

194
악마의 담장

악마의 담장은 (역자 주: 오스트리아) 멜크 지방 뒤쪽에서 도나우 강을 따라 빈 쪽으로 이어져 있다. 언젠가 악마가 도나우 강변을 담으로 막으려 했다. 하지만 그가 담을 연결하려고 할 때마다 매번 돌들이 미끄러졌다.

195
악마의 창살

비스마르에 있는 마리아교회의 세례반 둘레에 아주 정교한 창살이 설치되어 있다. 어느 대장장이가 그것을 만들게 되어 있었다. 하지만 대장장이는 과로하여 그 일을 끝낼 수 없게 되자 이렇게 불만을 터뜨렸다. “이건 악마가 끝을 내게 했으면 좋겠어!” 이 소원을 들은 악마가 찾아와 창살을 완성했다. 그 창살 세공은 비록 조잡해 보이지만 아무도 모방하거나 끝부분을 찾아낼 수 없다고 한다.

196
악마의 방앗간

볼펜뷔텔 지역의 베저 강변에 있는 페스토르프와 그라베 사이에 한 방앗간이 있다. 민간전설에 따르면 이 방앗간은 악마가 지어 바위에서 나오는 물로 수차를 돌린다. 악마의 방앗간은 (역자 주: 바이에른-헤센-튀링겐 접경의) 뢴 산에도 있다.

197
악마의 교회

뢴 산 위쪽에 바잘트 암벽이 높이 치솟아 있다. 사람들이 계곡에 교회를 세우려 하자 악마가 화를 내어 석재를 모두 산 위로 올려가 나란히 세워 놓았고, 아무도 그것을 도로 내려올 수 없었다.

사람들의 말로는 악마가 한 번 옮겨 놓은 돌은 아무도 치울 수 없다. 누가 그 돌을 치우더라도, 악마가 다른 돌이나 바로 그 돌을 다시 같은 자리로 옮긴다는 것이다.

198
라이헨바흐 근교의 악마 바위

리히텐아우 관할지역인 라이헨바흐에서 멀지 않은 높은 바위들 맞은편 숲 속에 악마 바위가 있다. 이 바위는 마치 마차 수백 대 분량의 큰 돌들을 정교하게 한데 쏟아 부어 저절로 거실, 지하실, 내실들이 꾸며진 것처럼 보인다. 힘들고 오랜 전쟁 때에는 이 지역 주민들이 온 식구들을 거느리고 이곳에서 살았다. 속설에 따르면, 이 바위를 악마가 단 하룻밤 동안에 만들었다고 한다.

199
쾰른의 악마 바위

쾰른에 있는 교회 옆에 악마 바위라고 불리는 큰 돌이 있는데, 그 위에는 악한 원수 악마의 깊이 파인 손자국이 아직도 보인다. 악마는 바위를 성삼왕교회에 던져[16] 교회를 부숴 버리려 하였지만 성공하지 못했다.

16 베르켄마이어에 의하면 1414년 10월 30일 폭풍이 부는 동안에 있던 일이다.

200
오스나브뤼크의 쥔텔슈타인

오스나브뤼크 근교에 바닥에서 13피트(역자 주: 3.9미터) 높이로 솟은 태곳적 바위가 있다. 농부들은 이 바위를 악마가 공중으로 운반해 와서 떨어뜨렸다고 말한다. 그들은 또한 악마가 바위를 잡기 위해 둘러 감았던 쇠사슬 자리를 보여 준다. 이 바위를 그들은 쥔텔슈타인[17]이라고 부른다.

201
거짓말 바위

할버슈타트 대성당 광장에 둘레가 꽤 큼직한 둥근 바위가 있는데, 사람들은 이것을 거짓말 바위라고 부른다. 대성당의 기초가 깊이 놓이자, 거짓말의 아버지는 이곳에 자신의 왕국이 세워지기를 희망하였기 때문에 큰 돌들을 날라 왔다. 하지만 건물이 올라가고 그것이 기독교 교회가 될 것을 알게 된 그는 건물을 도로 부수기로 작정하였다. 그는 엄청나게 큰 바위를 들고 둥실 날아와 건물의 뼈대와 벽체를 산산이 부수려 하였다. 하지만 사람들은 교회 바로 옆에 술집을 지어 주겠다고 약속하며 그를 서둘러 진정시켰고, 그러자 그는 바위를 교회당 옆 평평한 광장에 떨어뜨렸다. 아직도 이 바위에는 움푹 팬 구멍이 보이는데, 그것은 그가 바위를 나를 때 이글이글 불타는 엄지손가락으로 누른 자리다.

---

17 아마도 쥔트-산트-상크투스(sünt-sant-sanctus)에서 온 '신성한 바위'라는 뜻. 샤움부르크 지역의 베스트팔렌에 있는 쥔텔, 쥔텔베르크 참조.

202
바위 다리

한 양치기가 저녁 늦게 애인을 만나러 갔다. 그는 비스퍼(역자 주: 비스파) 강을 건너갔다. 이 강은 깊은 암벽 협곡에서 쏴 소리를 내며 흐르고, 강 위에는 좁은 판자 다리 하나만 걸려 있다. 밤중 밀회에 나선 양치기는 여기에서 평소에는 없던 것을 보았다. 시커먼 석탄 한 무더기가 다리 한가운데에 놓여 길을 막고 있었다. 그는 기분이 썩 내키지는 않았으나 마음을 다잡고 깊은 절벽 위를 펄쩍 뛰어 한쪽 끝에서 다른 쪽 끝으로 무사히 건너갔다. 사방으로 흩날린 석탄더미의 안개에서 악마가 뛰쳐나와 그의 뒤에서 소리쳤다. "너 잘된 거야. 네가 뒤로 물러섰더라면 내가 네놈 목을 비틀었을 테고, 석탄을 밟았더라면 넌 그 밑으로 가라앉아 협곡 속으로 떨어졌을 테니까." 양치기는 애인 생각에도 불구하고 다행히도 평소대로 예배당 앞에서 성모 마리아께 기도하는 것을 잊지 않았다. 성모상은 그가 막 지나온 성 니클라스 뒤쪽에 있었다.

203
다셀의 악마 욕장

(역자 주: 니더작센 주) 다셀에서 멀지 않은 어느 끝없이 깊은 연못을 사람들은 베데센 연못 또는 베소인 연못이라고도 부르는데, 그 속에 아름답고 울림소리가 뛰어난 종이 가라앉아 있다고 한다. 이것은 살아 있는 악마가 포르텐하겐 교회에서 가져온 것으로, 노인들은 이 종에 관해 여러 가지 기이한

일들을 이야기한다. 종은 순금으로 만들어졌고, 악한 원수 악마가 시기심에서 훔쳐 갔다. 종소리가 특별히 우렁차고 신성하였으므로, 악마는 사람들이 더는 이 종을 예배에 사용하지 못하게 그리하였다는 것이다. 한 잠수부가 나서더니, 자기가 연못 속으로 들어가 종을 줄로 묶은 뒤 위에서 사람들이 안심하고 끌어내어 그들의 종을 되찾게 하겠다고 자원하였다. 하지만 잠수부는 일을 마치지 못한 채 되돌아 나와서 이렇게 말했다. 저 아래 연못 바닥에는 파란 초원이 있고 탁자 위에 종이 세워져 있는데, 검정개 한 마리가 옆에 누워 종을 건드리지도 못하게 한다는 것이다. 또한 그 곁에 아주 무서운 모습과 목소리를 지닌 인어가 나타나 이 종을 가져가기에는 아직 때가 너무 이르다고 말했다. 이 악마 욕장 이야기를 한 팔순 노인이 들려주었다. 어느 토요일에 연못 근처에서 로이트호르스트 출신 농부 하나가 (역자 주: 토요일 오후 기도시간 이후의 근로금지) 관행보다 더 오래 일을 하고 있었다. 저녁예배 종소리가 울린 뒤에도 농부는 말들과 아들 모두에게 욕설과 매질까지 하며 계속 쟁기질을 강요했다. 그때 연못에서 우람하고 힘 센 검정말 한 마리가 땅으로 올라왔다. 하느님을 모르고 날뛰던 농부는 그 말을 붙잡아 악마의 이름으로 다른 말들 앞에 세우고 쟁기에 매었다. 그는 밭을 모두 갈기 전에는 일과를 끝내지 않을 생각이었다. 사내아이가 울음을 터뜨리며 차라리 집에 가겠다고 했지만, 농부는 아이를 호되게 야단칠 뿐이었다. 그때 검정말이 가련하게 말라비틀어진 다른 말들을 쟁기, 사내아이, 농부까지 싸잡아 재빨리 힘차게 끌고 끝없이 깊은 물구덩이 악마 욕장 속으로 사라졌다. 이들은 그 후 다시는 사람 눈에 띄지 않았다. 악마를 원하는 자는 그에게 대가도 치러야 하는 법이다.

204
샤르트펠트 탑

샤르트펠트(역자 주: 오늘날 하르츠 산지의 샤르츠펠트)에 있는 탑에 관해 여러 노인들이 전하는 이야기에 따르면, 탑에는 지붕을 올릴 수 없고 그 안에 악마가 살고 있어서 밤마다 위에서 큰 소동이 일어난다고 한다. 예전에 하인리히 4세 황제(역자 주: 1050~1106)가 샤르트펠트에 사는 한 기사의 아내에게 불의한 연정을 품었으나 오랫동안 뜻을 이루지 못하고 있었다. 그러자 황제는 루터베르크(역자 주: 지금의 바트 라우터베르크) 백작령에 있는 푈데 수도원을 찾아갔고 그곳의 수도승 하나가 그에게 계책을 내놓았다. 황제는 샤르트펠트의 기사를 수도원으로 불러 임무를 주며 먼 여행길을 떠나라고 명령했다. 기사는 황제의 신하였고 순종적이었다. 그 다음날 황제는 수도승과 함께 속세의 일상복을 입고 사냥에 나섰다가 몰래 샤르트펠트 저택 앞으로 다가가 수도승의 주선으로 귀부인 케메나테 앞에까지 안내되었다. 이제 하인리히는 그녀를 덮쳐 강제로 뜻을 이뤘다. 그때 악마가 탑의 지붕을 들어 내던지고는 공중을 날면서 수도승에 대해 호통을 쳤다. 이 악행에는 황제보다 수도승에게 더 큰 책임이 있다는 것이었다. 그 이후로 수도승은 수도원에서 늘 슬프고 우울했다.

205
쾰른 대성당

쾰른 대성당 건축이 시작되었을 때 마침 사람들은 수도관도 설치하려고 하였다. 건축가가 측량해 보고는 이렇게 말했다. “하찮은 수도시설보다는 거대한 대성당을 먼저 완공해야지!” 그가 이런 말을 한 것은 수도시설로 갈 샘물이 솟아나는 곳을 그 혼자만 알기 때문이었다. 그는 이 비밀을 아내 말고는 아무에게도 알려 주지 않았고, 그러면서 동시에 아내에게는 목숨을 걸고 비밀을 지키라고 명령했다. 대성당 건설이 시작되어 순조롭게 진행되었지만, 수도관 건설은 시작도 못했다. 수도관 장인이 수원지를 찾아내지 못했기 때문이었다. 그가 이 일로 괴로워하자, 그의 아내가 도움을 약속하고는 다른 건축가의 아내를 찾아가 꾀를 써서 드디어 비밀을 알아냈다. 알고 보니 샘물은 바로 성당 탑 밑에서 솟아나고 있었다. 정말, 여자는 샘을 덮은 돌까지도 상세히 설명해 주었다. 이제 수도관 건축가는 도움을 얻게 되었다. 다음날 그가 돌이 있는 곳을 찾아가서 그 위를 쳐 돌을 깨자 곧바로 물이 솟아 나왔다. 성당 건축가는 자신의 비밀이 탄로났고, 그래서 자신만만했던 약속도 헛일이 될 수밖에 없는 것을 깨달았다. 수도관은 이제 의심의 여지 없이 단기간에 완성되겠기 때문이었다. 그는 화가 나서 성당 건축은 앞으로 결코 완성되지 못하리라고 저주를 퍼붓고는 슬픔에 빠져 금방 죽었다. 사람들이 건축을 계속하려고 하면 하루 종일 쌓아 올린 것이 이튿날 아침엔 도로 무너졌고, 이제는 아무리 잘 끼워 맞추고 최고로 단단하게 붙여 보아도 돌 하나도 더는 쌓을 수가 없었다.

어떤 사람들은 이와는 다른 이야기를 한다. 건축가 게르하르트가 고안하여 짓기 시작한 위용 있고 신성한 건축물을 악마가 보고 시기하였다. 그 스스로 완전히 빈손이 되지는 않으려고, 또는 대성당의 완공을 여전히 방해할 속셈으로 악마는 게르하르트와 내기를 걸었다. 게르하르트가 건축물을 완성하기 전에 악마는 트리어에서 쾰른 대성당까지 냇물을 끌어 올 것이나, 만약 악마가 이기면 건축가가 자신의 영혼을 내주어야 한다는 것이었다. 게르하르트는 굼뜨지 않았지만 악마야말로 악마처럼 빠르게 일할 수 있다. 어느 날 건축가는 이미 오늘날만큼 높이 솟은 탑 위로 올라갔다. 위에서 맨 먼저 그의 눈에 띈 것은 악마가 이쪽으로 끌어온 시내에서 오리들이 하늘로 날아오르는 모습이었다. 격렬한 분노를 느끼며 건축가가 말했다. "마귀야. 네가 비록 이겼지만 나를 산 채로 얻지는 못할 것이다!" 건축가는 이렇게 말하고 탑 아래로 곤두박질쳐 떨어졌다. 악마가 개의 모습으로 재빨리 뒤따라 뛰어내렸는데, 이들이 돌에 새겨진 것을 아직도 탑에서 볼 수 있다. 또한 귀를 땅바닥에 대면 오늘날에도 여전히 성당 아래에서 흘러나가는 냇물 소리가 들린다고 한다.

마지막으로 세 번째 이야기도 있는데, 여기에서는 악마가 건축가의 아내와 바람을 피우고, 아마도 그렇게 해서 첫째 이야기에서처럼 그녀 남편의 건축 비밀을 알게 되었다.

206
악마의 모자

에렌베르크 마을 근처의 알텐부르크에서 멀지 않은 곳에 거대한 바위가 있는데, 어찌나 크고 무거운지 말 백 마리도 이 바위를 끌고 가지 못할 것이다. 옛날에 악마가 장난으로 이 바위를 자기 머리 위에 올려놓고 그것을 모자로 삼아 이리저리 돌아다녔다. 한 번은 그가 자부심과 오만에 빠져 이렇게 말했다. "누가 나처럼 이 바위를 들고 다닐 수 있겠어? 이걸 만든 이조차 그리하지 못하고 원래 있는 자리에 그냥 놓아두잖아!" 그때 우리 주 그리스도께서 나타나 바위를 집어들어 새끼손가락에 끼어 지니고 다니셨다. 악마는 창피하고 기가 죽어서 물러나더니 다시는 이곳에 모습을 보이지 않았다. 오늘날까지도 이 바위에는 악마의 머리와 주님의 손가락 자국이 보인다.

207
악마의 화재

쉴타흐라는 이름을 가진 작은 도시가 스위스에 있다. 이 도시는 1533년 4월 11일 돌연 화재로 완전히 잿더미가 되었다. 현지의 주민들이 프라이부르크 관청에 신고한 것을 보면, 이 화재는 이렇게 일어났다. 어느 집 위쪽에서 마치 누가 나지막하게 속삭이는 목소리로 다른 사람을 부르며 조용히 하라고 신호하는 듯한 소리가 들렸다. 집 주인은 도둑이 숨어들었다고 생각하고 위층으로 올라가 보지만 아무도 발견하지 못한다. 그런 뒤에 주인은 더 높은 방에서 그 소리를 듣고 다시 그곳으로 가서 도둑을 잡을 수 있겠다고 착각한다. 하지만 아무도 없다. 마침내 굴뚝 속에서 목소리가 들린다. 그러자 주인은 그것이 필시 악마의 유령이라고 생각하고는 겁에 질린 식구들에게 겁내지 말고 안심하라고, 하느님께서 지켜 주실 것이라고 말한다. 그런 다음에 그는 신부 두 사람을 불러 유령을 퇴치해 달라고 청했다. 이제 신부들이 거기 누구냐고 묻자 그자가 "악마다"라고 대답했다. 무슨 일을 벌일 속셈이냐고 신부들이 계속 추궁하자 그자가 대답했다. "내가 이 도시를 완전히 멸망시키겠다." 이에 신부들이 그를 위협하자 악마가 말한다. "너희들의 협박은 나에겐 아무렇지도 않다. 너희 가운데 하나는 파렴치범인데, 하지만 둘이 합하여 도둑이구나." 그런 다음에 악마는 곧바로 저 성직자가 14년 동안 동거해 온 여자를 공중으로 끌고 올라가 굴뚝 위에 높이 앉히고는 그녀에게 솥을 하나 주며 그것을 뒤집어 쏟으라고 명령했다. 여자가 그렇게 하자, 불길이 고을 전체에 옮겨 붙어 한 시간 만에 그곳을 잿더미로 만들었다.

208
악마의 말편자

프로이센의 라스텐부르크(역자 주: 오늘날 폴란드의 케트린)에서 반 마일(역자 주: 3.75km) 떨어진 슈바르첸슈타인 교회 안에 커다란 말 편자 두 개가 걸려 있는데, 이에 관해 이런 전설이 있다. 이 지방에 살던 선술집(맥주집) 여주인이 사람들에게 맥주를 따를 때 몹시 인색하게 굴었다. 어느 날 밤에 악마가 이 여자를 말처럼 타고 대장장이에게 데려갔다고 한다. 악마는 다짜고짜로 대장장이를 깨우며 소리쳤다. "대장 양반, 내 말에 편자 좀 박아 주오!" 그런데 대장장이는 마침 술집 여주인의 대부였다. 그래서 그가 그녀에게 편자를 박으려 하자 여자가 은근히 속삭였다. "대부님, 그렇게 서둘지 마시구려!" 그녀를 말로 착각했던 대장장이는 친숙하게 들리는 이 목소리에 소스라쳐 놀랐고 겁이 나서 벌벌 떨었다. 그러다가 편자 박기가 늦춰졌는데 새벽닭이 울었다. 악마는 물론 도망쳐야 했지만, 술집 여주인은 그 일로 병이 나서 오랫동안 누워 지냈다. 맥주를 인색하게 따르는 술집 주인들 모두에게 악마가 편자를 박게 한다면, 쇠 값이 꽤나 비싸질 것이다.

209
악마가 신부를 데려가다

작센에서 한 부자 처녀가 잘 생겼지만 가난한 청년에게 결혼을 약속했다. 이 청년은 처녀가 부자지만 성품이 변덕스러웠으므로 무슨 일이 생길지 알아채고는, 그녀가 자기에게 정절을 지키지 않을 것이라고 말했다. 처녀는 맹세하면서 이런 말을 했다. "제가 당신 말고 다른 사람을 택하면 결혼식에서 악마가 저를 잡아 가라죠!" 무슨 일이 벌어질까? 얼마 지나지 않아 처녀는 마음이 바뀌어 첫 약혼자를 멸시하고 다른 남자에게 장래를 약속했다. 그는 한 번 또는 몇 차례 그녀에게 그녀 자신의 약속과 거창하던 맹세를 상기시켰으나, 처녀는 시큰둥하니 아무것도 모르는 체 첫 남자를 버리고 다른 남자와 결혼식을 올렸다.

결혼식 날, 친척과 친구와 하객들이 즐거워하고 있을 때 신부는 양심이 깨어나자 평소에 늘 그랬던 것보다 한층 더 슬퍼졌다. 마침내 귀족 두 사람이 말을 타고 신부 집을 찾아와 초대받은 외지 손님으로 영접되고 식탁으로 안내받았다. 식사시간 후에 경의의 표시로 귀족 손님 하나에게 외지인으로서 신부와 함께 첫 춤을 출 명예가 주어졌다. 그는 신부와 한 번인지 두 번인지 춤을 추고는 부모와 친지들이 큰 소리로 탄식하고 울부짖는 가운데 그녀를 데리고 문밖으로 나가 공중으로 사라져 버렸다.

슬픔에 젖은 부모와 친지들이 그 다음날 신부를 찾아 나섰다. 이들은 그녀가 어쩌면 떨어져 죽었을 곳을 찾아 그녀를 묻어 주기라도 하고 싶었다. 보라, 그때 바로 그 동료 손님들이 그들 앞에 나타나 옷가지와 보석들을 돌려주며 이렇게 말했으니 — "우리가 하느님께로부터 받은 권한은 이 물건들에 대해서가 신부에 대한 것이오."

210
운명의 수레바퀴

열두 명의 용병들이 (역자 주: 1559년 슐레스비히 홀슈타인의 농민공화국 디트마르셴에 대해 아돌프 폰 홀슈타인 공작이 벌인) 디트마르셴 전쟁에서 돌아왔는데 모은 재산이 별로 없었다. 이들이 이제 슬프고 소심하여 내일 무엇을 먹게 될지를 오늘 알지 못한 채 나라를 떠돌아다니다가 회색 옷의 사내와 마주쳤다. 그가 인사를 건네고 물었다. "어디서 와서 어디로 가시는 길인가?" 병정들이 대답했다. "우리 모두 전쟁터에서 와서 부자가 될 곳으로 가는데 그곳이 어딘지는 모르겠소." 회색 옷 사내가 말했다. "나를 따라 오면 그 방도가 자네들에게 계시되겠지만, 내가 대가를 바라지는 않네." 병정들이 물었다. 그게 대체 무엇이요? "행운의 수레바퀴라는 것인데, 내가 그걸 마음대로 할 수 있네. 누구든 내가 그 위에 올려놓는 자는 사람들에게 점을 쳐 주고 땅속에서 보물을 캐는 법을 알게 되지. 내가 자네들을 올려놓을 수도 있으나, 하지만 딱 한 가지 조건이 있어. 자네들 무리 가운데 하나를 데려갈 권한과 권리를 내가 가진다는 것이네."

병정들은 그가 누구를 데려가고 싶은지 알고 싶어 했다. 회색 옷의 사내가 대답했다. "내가 누구에게 흥미가 있는지, 그건 나중에 밝혀질 것이고, 나도 그걸 미리 알 수는 없네." 그러자 병정들은 그의 말에 따라야 할지 그만두어야 할지 오랫동안 생각해 보다가 마침내 결심했다. "사람은 언젠가 죽을 수밖에 없으니, 우리가 디트마르셴에서 전투 중에 전사했거나 흑사병이 우리를 잡아 갔을 수도 있지 않나. 우리 용기를 내어 이걸 해 보세, 훨씬 쉬운 일인 데다가 단 한 사람만 당하는 거니까." 그리하여 병정들은 사내가 자기들을 행운의 수레바퀴 위에 올려주고 그 보수로 자기들 가운데 마음에 드는 한 사람을 데려가는 조건으로 사내의 손에 자신들을 맡겼다.

그런 다음에 회색 옷의 사내는 저들을 수레바퀴가 서 있는 장소로 데려갔다. 바퀴는 아주 커서 그들 모두가 올라탔고, 각자 세 발(역자 주: 6피트x3 = 5.4미터) 간격을 두고 앉았다. 하지만 사내는 그들에게 한 가지를 금지했다. 그들이 수레바퀴 위에 앉아 있는 동안엔 아무도 다른 사람을 쳐다보지 말 것이며, 이를 어기는 자의 목을 사내가 부러뜨리겠다는 것이었다. 그들이 순서대로 올라타자 대장이 양쪽 손과 발에 달린 발톱으로 바퀴를 움켜쥐고 돌리기 시작했다. 바퀴는 앞뒤가 뒤집힐 때까지 열두 시간 동안 연속하여 회전했고 매 시간 한 번씩 돌았다. 그들 밑에는 마치 거울처럼 밝은 물이 있는 것 같았다. 그 속에서 그들은 좋은 일이든 악한 일이든 스스로 의도했던 모든 일을 비추어 볼 수 있었다. 그들은 거기서 누구를 보든 그들을 알아보았고 그들의 이름도 말할 수 있었다. 하지만 병정들 위에는 불같은 것이 있고 불타는 솔방울들이 매달려 있었다.

그들이 이제 열두 시간 동안 견뎌내었을 때, 행운의 대가는 마이센에서 온 시장 아들이라는 어느 곱상한 젊은이를 수레바퀴에서 밀어내더니 불꽃 한가운데를 통과하여 멀리 데리고 갔다. 다른 병정들은 어찌된 영문인지 통 알 수가 없었다. 그들은 실신하여 깊은 잠에 빠져들었고, 몇 시간 동안 바깥에서 하늘 아래에 누워 있다가 잠에서 깨었다. 그런데 몸에 걸쳤던 옷과 셔츠들이 어느새 완전히 삭아버려 손을 대는 순간 산산이 부서졌다. 수레바퀴 위에 불어온 맹렬한 열기 때문이었다.

그런 뒤 병정들은 몸을 추스르고 생애에 무엇이든 충분히, 화려한 행운을 누릴 희망을 품고 각자 자기 길을 갔다. 하지만 그들은 여전히 가난하여 다른 사람들의 문 앞에서 빵을 구해야 했다.

211
변호인이 된 악마

마르크(역자 주: 변방)에서 생긴 일이다. 어느 용병이 집주인에게 돈을 보관해 달라고 맡겼다가 다시 돌려 달라고 요구하였는데, 주인은 돈을 조금도 받은 적이 없다고 잡아떼었다. 병정이 주인과 불화하여 집에 쳐들어오자, 주인은 그를 감옥에 가두게 하고는 돈을 차지하려고 그의 주장을 묵살하려 했다. 그래서 주인은 병정이 가정의 안녕을 깨뜨린 범죄자라면서, 가죽 벗기고 털까지 뽑는다거나 목 자르고 배까지 가른다는 말처럼 무자비하게 그를 고소했다. 그러자 악마가 감옥으로 병정을 찾아와서 말했다. "자네가 가정의 안녕을 깨뜨린 죄로 내일 저들이 자네를 재판에 넘겨 목을 자를 텐데, 자네가 몸과 영혼을 다하여 내 소유가 되겠다면 나도 자네를 도와 풀려나게 해 주겠네." 하지만 병정은 그럴 생각이 없었다. 그러자 악마가 말했다. "그럼 주인에게 이렇게 하게. 자네가 법정에 불려나가고 저들이 자네를 가혹하게 추궁하거든 자네는 주인에게 돈을 주었다고 끝까지 고집하게. 그리고 자네는 말재주가 없으니 자네를 대변해 줄 변호인을 허락해 달라고 말하게나. 그럼 나는 멀지 않은 곳에 흰 깃털을 꽂은 청색 모자를 쓰고 서 있다가 자네의 사건을 맡겠네." 그래서 그 말대로 되었다. 하지만 집주인이 집요하게 부인하자, 청색 모자를 쓴 변호인이 이렇게 말했다. "이보시오 주인 양반, 그대는 어찌 그 사실을 부인한단 말인가! 돈은 자네 침대 안의 베개 속에 있네. 재판관과 배심원들께서 사람을 보내시오. 그러면 귀하들은 돈을 발견할 것이오." 이때 주인이 맹세했다. "내가 돈을 받았다면 악마가 날 잡아가라지!" 이제 돈이 발견되어 제출되자, 흰 깃털이 꼽힌 작은 청색 모자를 쓴 남자가 말했다. "난 잘 알고 있었소. 나는 주인이거나 손님, 둘 중 한 사람을 차지하게 되어 있었소." 이 말과 함께 그는 집주인의 목을 비틀어 쥐고 공중으로 사라졌다.

212
다리 위의 보물 꿈

예전에 어떤 사람이 꿈을 꾸었는데, 레겐스부르크 다리에 가면 부자가 된다고 하였다. 그가 실제로 거기로 가서 하루 또는 열나흘 동안 내내 오락가락하고 있는데, 어느 부자 상인이 다가왔다. 상인은 그가 허구한 날 매일같이 다리 위에서 무엇을 하는지 궁금하였던지라, 거기서 무엇을 찾고 있느냐고 그에게 물었다. 그가 대답했다. "제가 꿈을 꾸었는데요, 레겐스부르크 다리에 가면 부자가 될 것이라는군요." — "어허, 자네 무슨 꿈 얘기를 하는가. 꿈은 거품이고 거짓말이야. 나도 꿈을 꾸었는데, 저기 큰 나무 밑에 (그러면서 그에게 나무를 가리켰다) 돈이 담긴 커다란 솥이 묻혀 있다는 거야. 하지만 난 그런 거 아랑곳하지 않아, 꿈은 거품이니까." 그러자 남자가 거기로 가서 나무 밑을 파 보니 엄청나게 많은 보물이 나왔고, 이것으로 그는 부자가 되었다. 꿈이 그에게 사실로 확인되었던 것이다.

아그리콜라는 이렇게 덧붙인다. "나는 그 얘기를 사랑하는 우리 아버지에게서 자주 들었다." 하지만 다른 도시들에서도 이 얘기가 전해지는데, 뤼베크(켐펜) 지방의 전설에서는 어느 빵집 하인이 꿈을 꾼다. 그가 다리 위에서 보물을 발견하리라는 것이다. 그가 다리에서 자주 오락가락하자, 거지 하나가 말을 걸어 사연을 묻고는 이어서 다음과 같이 말한다. 자기도 꿈을 꾸었는데, 묄켄의 교회묘지에 있는 보리수 아래(도르트레히트 방향으로 덤불 아래)에 보물이 묻혀 있지만 자기는 그쪽 길로 갈 생각이 없다는 것이다. 빵집 하인이 대꾸한다. "네, 사람들은 가끔 어리석인 꿈을 꾸죠. 나는 내 꿈을 포기하고 다리 보물을 당신에게 선물하겠소." 하지만 그는 교회묘지로 가서 보리수 아래의 보물을 차지한다.

213
보물이 담긴 솥

여러 해 전 어느 겨울 저녁에 오덴발트의 그로스비버라우에 사는 수레바퀴 장인 볼프는 자식들, 하인들과 난로 가에 앉아 이런저런 이야기를 하고 있었다. 그때 갑자기 이상한 소리가 들려서 살펴보니, 거실 난로에서 돌연 돈이 가득 담긴 커다란 솥이 밀려 나왔다. 누군가 즉시 아무 말도 하지 말고 약간의 빵이나 흙덩이 하나를 그 위에 던졌더라면 좋을 뻔하였다. 하지만 아니지, 악마가 그 자리에 있었으니, 필경 일이 거꾸로 갈 수밖에 없었다. 수레바퀴 장인의 어린 딸은 그처럼 많은 돈을 한꺼번에 본 적이 없었으므로 큰 소리로 부르짖었다. "어머나, 아빠, 돈이야, 돈!" 아버지는 여기서 어찌 해야 할지를 더 잘 알고 있었으므로 비명소리를 거들떠보지도 않았다. 그는 잽싸게 수레바퀴용 큰 송곳의 손잡이를 잡고 송곳 철심을 솥 고리 구멍에 끼워 넣었다. 그러나 이미 때가 늦어서 솥은 가라앉아 버리고 고리만 남았다. 20여 년 전만 해도 솥 고리를 아직 볼 수 있었다.

크베틀린부르크에 있는 어느 집의 밑바닥 깊은 곳에 거금의 황금보화가 있다고 한다. 여러 해 전에 구리세공인이 그 집에 살았는데, 그의 아내가 도제에게 여러 가지 수공업 도구를 정리하라고 지시하면서 특별히 뒤쪽 건물에 있는 큰 솥을 깨끗이 닦으라고 당부하였다. 저녁 무렵에 젊은이가 일을 끝내고 이제 큰 솥으로 다가갔다가 번쩍이는 금화가 솥 위에까지 가득 차 있는 것을 발견했다. 기쁘고도 놀란 그는 금화 몇 개를 집어 들고 여주인에게 달려가 자기가 본 대로 보고했다. 여주인이 함께 달려갔으나, 뒤쪽 건물로 들어가는 출입문의 문지방을 채 넘기도 전에 갑자기 무엇인가 쾅 부딪히고 주르륵 쏟아지고 쨍그랑 울리는 소리가 들렸다. 두 사람이 들어가 보니, 큰 솥이 오래된 고리에 걸린 채 아직 움직이다가 멈춰 섰다. 그들이 다가섰을 때, 솥은 어느새 도로 텅 비었고 금화는 바닥 속으로 쏟아져 사라진 뒤였다.

214
늑대인간

한 군인이 자기 할아버지에게 일어났다는 이야기를 다음과 같이 전했다. 그의 할아버지가 언젠가 벌목하러 숲에 갔는데, 대부 한 사람과 그밖에 제3자 한 명이 동행했다. 사람들은 셋째가 완전히 정상은 아니라는 혐의를 늘 품고 있었으나, 다만 이에 관해 확실히 말할 수 있는 것은 아무것도 없었다. 세 사람은 각자의 일을 열심히 하여 피곤해졌다. 그러자 이 셋째가 잠을 푹 자서 피로를 풀자고 제안했다. 이제 제안대로 되어 각자가 바닥에 누웠다. 하지만 할아버지는 잠든 척하였을 뿐, 두 눈을 살짝 떠 보았다. 그 때 셋째 동행인은 다른 사람들도 잠이 들었는지 주변을 유심히 살펴보고는 그렇다고 믿고 갑자기 허리띠를 풀어 던졌다(또는: 둘러맸다). 그러고 보니 그는 늑대인간이었다. 하지만 그는 자연스러운 늑대가 아니라 어딘지 좀 달라 보였다. 이제 그자는 가까운 풀밭으로 달려갔는데, 그곳에는 마침 어린 망아지가 풀을 뜯고 있었다. 그자가 이 망아지를 덮쳐 가죽과 털까지 깡그리 먹어치웠다. 그런 다음에 그는 다시 돌아와 허리띠를 도로 두르고(또는: 풀고) 앞서와 똑같이 인간의 모습으로 누워 있었다. 잠시 후 그들은 모두 함께 잠에서 깨어 일어나 시내로 돌아갔다. 그들이 막 차단목 앞에 이르렀을 때 셋째 남자가 돌연 배가 아프다고 호소했다. 그러자 할아버지가 그의 귓전에 입을 대고 은근히 속삭였다. "자네 말을 믿겠네, 누구든 말 한 마리를 가죽과 털까지 모조리 먹어치운 사람이라면 말이야." 하지만 남자는 이렇게 대꾸했다. "네가 그 말을 숲에서 했더라면, 지금 너는 그런 말을 더는 못하게 되었을 거야."

한 여자가 늑대인간의 모습으로 변신한 뒤, 그녀가 평소에 미워하던 목동의 양떼 속으로 달려 들어가 그에게 큰 피해를 입혔다. 하지만 목동이 도끼를 던져 늑대의 허리에 부상을 입히자 늑대는 덤불숲 속으로 기어들어갔다. 그러자 목동은 그 뒤를 쫓아가 늑대를 완전히 제압할 생각이었다. 그러나 그가 발견한 것은 어느 여자였는데, 그녀는 자기 옷에서 찢어낸 천 조각으로 상처에서 흘러나오는 피를 멈추려고 애쓰고 있었다.

1610년 뤼티히에서는 마법사 두 사람이 처형당했다. 이들이 늑대인간으로 변신하여 어린이 여럿을 죽였기 때문이었다. 마법사들은 열두 살 난 사내아이를 데리고 다녔는데, 저들이 약탈물을 찢어 먹을 때면 악마가 아이를 까마귀로 변신시키곤 했다.

215
늑대인간바위

좀메르셴부르크와 셰닝엔에서 멀지 않은 곳에 마그데부르크의 마을 중 하나인 에겐슈테트가 있다. 이곳의 초원 위에는 제하우젠 방향으로 커다란 바위가 솟아 있으니, 사람들은 이를 늑대바위, 혹은 늑대인간 바위라고 부른다. 아주 오래 오래전에, 당시만 하더라도 하켈과 하르츠 지역에 연결되어 있던 브란즈레버 숲에 한 낯선 사나이가 살고 있었다. 사람들은 그가 누구인지, 또 어디에서 왔는지 알지 못했다. 늙은이라는 이름으로 사방에 알려진 그는 흔히 아무도 모르게 마을로 와서, 마을 사람들의 일을 맡아 만족스럽게 처리했다. 그는 특히 양치는 일을 맡아 하곤 했다. 나인도르프의 양치기 멜레가 가진 양떼들 중 여러 가지 색깔을 가진 작은 양 한 마리가 쓰러졌다. 낯선 자는 양치기에게 간절하고도 고집스럽게 그 양을 자신에게 달라고 부탁했다. 그러나 양치기는 이를 허락하지 않았다. 양털을 깎는 날 멜레는 자신을 도와 양털을 깎을 늙은이가 필요했다. 양치기가 돌아왔을 때 모든 것이 다 정상이었고 일도 다 되어 있었지만, 늙은이도, 또 여러 가지 색깔을 가진 양도 찾을 수 없었다. 그 후 아주 오랫동안 아무도 늙은이의 소식을 알지 못했다. 그러던 어느 날 그는 마침내 카텐 계곡에서 양들에게 풀을 뜯어먹게 하고 있던 멜레 앞에 갑자기 나타났다. 그러고는 조롱하듯 외쳤다. "안녕하시오, 멜레, 당신의 여러 색깔 양이 인사를 전하는구려!" 격노한 양치기는 자루가 굽은 지팡이를 집어 들고 복수를 하려고 했다. 그러자 그 낯선 이의 모습이 갑자기 바뀌더니 늑대인간의 모습이 되어 그에게 달려들었다. 양치기는 깜짝 놀랐으나, 그의 개들이 사납게 달려들어 늑대는 도망치고 말았다. 양치기는 숲과 계곡을 달려 쫓아가 에겐슈테트까지 갔다. 그곳에서 개들이 늑대를 둘러싸자, 양치기가 이렇게 외쳤다. "이제 넌 죽어야겠다!" 이에 늙은이는 다시 인간의 모습으로 변해 일어서더니 용서를 부탁하며 애원했다. 그러고는 무엇이든 하겠다고 했다. 그러나 분노한 양치기는 지팡이를 들고 그에게 달려들었다 — 그러자 갑자기 그의 앞에 가시덤불이 자라났다. 복수심에 사로잡힌 양치기는 그래도 용서하지 않고 가지들을 사정없이 잘라냈다. 낯선 이는 다시 한 번 인간의 모습으로 변하여 목숨을 애걸했다. 그러나 무정한 멜레는 여전히 용서하려 하지 않았다. 이에 그는 늑대인간의 모습이 되어 도망치려 했다. 하지만 멜레의 일격에 그는 죽어 땅바닥에 뻗어버리고 말았다. 바위 하나가 늑대인간이 쓰러져 묻힌 장소를 표시하고 있으며, 그 바위는 영원히 그의 이름으로 불리게 되었다.

216
늑대인간들이 밖으로 나가다

리브란트에는 다음과 같은 전설이 전해진다. 크리스마스가 지나면 한 쪽 다리를 저는 젊은 청년 하나가 돌아다니며 악에 투신한 모든 자들을 —

그 수는 매우 많다 — 한 데 모이도록 요구한다. 그중의 일부가 망설이거나 주저하면, 또 다른 덩치 크고 키 큰 사내가 나타나 철사와 사슬로 엮어 만든 채찍을 휘둘러 그들을 강제로 앞으로 나아가도록 만든다. 그는 너무나도 무자비하게 채찍질을 하기 때문에, 그들의 몸에는 오랜 시간이 지난 뒤에도 커다란 고통을 겪게 만드는 멍과 흉터가 남게 된다.

사람들이 청년을 따르기 시작하자마자, 그들은 마치 이전의 모습을 벗어놓고 늑대로 변하는 것 같은 장면을 보여준다. 그렇게 1~2천 명이 함께 움직이며, 쇠로 된 채찍을 든 안내자가 앞장을 선다. 들판으로 이끌려 가면 그들은 가축들에게 무자비하게 달려들어 손에 잡히는 모든 것을 찢어놓아 커다란 피해를 입힌다. 그러나 그들은 인간을 해칠 수는 없다. 강에 다다르면 안내자는 회초리나 채찍으로 강물을 내리쳐 강이 둘로 갈라지도록 만드니, 그렇게 그들은 발을 적시지 않고 강을 건널 수 있게 된다. 12일이 지나면 그들은 늑대의 모습을 벗어 놓고 다시 사람이 된다.

217
용이 밖으로 날아가다

스위스의 알프스에 사는 사람들은 오래전 산속에 살았으며 계곡으로 내려와 많은 피해를 입혔던 용과 린트부름(역자 주: 날개 없는 용)에 대한 전설을 아직도 많이 간직하고 있다. 숲의 거친 폭풍이 산 위로 불어와 나무와 바위들을 뒤집으면 사람들은 여전히 다음과 같은 깊은 뜻이 담긴 속담을 말하곤 한다. "용이 밖으로 날아간다." 다음의 이야기는 가장 진기한 것 중 하나다.

루체른에 술통을 만드는 사내가 살았다. 어느 날 그는 술통을 만들 판자용 나무를 찾기 위해 밖으로 나섰다가 황량하고 인적 없는 지역에 들어서게 되었다. 밤이 되자 그는 마치 샘 속처럼 진창인 깊은 구덩이 안에 갑자기 빠지게 되었다. 바닥 위의 양쪽으로는 커다란 동굴로 들어서는 입구가 있었다. 그 입구들을 보다 정확하게 살펴보려고 했을 때 사내는 두 마리의 끔찍한 용에 부딪쳐 크게 놀랐다. 사내는 열심히 기도를 하였으니, 용은 그의 몸을 여러 차례 둘러 감았으나 고통을 주지는 않았다. 하루가 지나고, 또 며칠이 지나갔다. 그는 11월 6일부터 4월 10일까지 용들과 함께 지내며 기회를 노려야만 했다. 사내는 바위벽에서 스며 나오는 소금기 있는 액체를 먹으며 용들과 함께 살았다. 이제 겨울이 지나갔다는 것을 느끼자, 용들은 밖으로 날아가기로 결정했다. 한 마리가 커다란 소리를 내며 날아갔고, 다른 한 마리도 똑같이 날아가려 할 때 불행한 술통 만드는 사내가 용의 꼬리를 잡고 꼭 달라붙어 용과 함께 샘으로부터 빠져 나갔다. 그렇게 위로 올라간 사내는 잡고 있던 꼬리를 놓아 자유롭게 되었으며, 다시 도시로 돌아갔다. 이를 기념하기 위해 그는 신부의 장식에 이 모든 일들을 수놓게 했으니, 이는 아직도 루체른의 성 레오다가르스 교회에서 볼 수 있다. 교회의 책들에 따르면 이 일은 1420년에 일어났다.

218
빙켈리트와 용

뷜러라는 마을 옆에 있는 운터발덴 숲에 아주 오래전 끔찍한 린트부름이 살았으니, 이 용은 짐승이든 사람이든 잡은 것들을 모두 죽였다. 또한 그곳 전체를 어찌나 황폐하게 만들었던지, 그 지역은 그로 인해 외드뷜러(역자 주: 황폐한 뷜러)라는 이름을 얻게 되었다. 그러던 어느 날 빙켈리트라는 이름을 가진 그 지역 출신 사내가 심각한 살인으로 인해 나라를 떠나 도망쳐야만 하게 되었다. 그러자 그는 용을 공격해 죽이겠다고 자청하고 나섰다. 그 대신 용을 죽인 후에 자신을 다시 고향으로 돌아갈 수 있게 해 주어야 한다는 조건을 걸었다. 이에 사람들은 기뻐하며 그가 다시 나라로 들어올 수 있도록 허락했다. 이에 빙켈리트는 공격을 감행했으니, 용의 벌린 입 속에 가시뭉치를 꽂아 넣어 괴물을 이겼다. 가시뭉치를 뱉어 내려고 노력했으나 맘대로 되지 않자 그 짐승은 방어를 게을리 했고, 바로 그 허점을 이 영웅이 이용했던 것이다. 빙켈리트는 환호성을 지르며 피가 떨어지는 칼을 잡은 채 팔을 높이 들어 올렸다. 그러고는 주민들에게 자신의 승리를 보여 주었다. 그러나 그때 독이 든 용의 피가 팔과 맨 살 위로 흘러내려 빙켈리트는 곧 목숨을 잃고 말았다. 하지만 나라는 구원을 받았으며 모두가 만족스러워했다. 오늘날까지도 사람들은 바위 속에 있던 그 짐승의 거처를 볼 수 있으니, 그곳은 용동굴이라 불린다.

219
샘물가의 용

다름슈타트로부터 1시간 반 거리에 오래된 성 프랑켄슈타인이 있다. 그곳에는 예전에 세 형제가 살았으니, 그들의 비석을 오늘날까지도 오버비르바흐의 교회에서 볼 수 있다. 형제들 중 한명의 이름은 한스였는데, 그가 린트부름 위에 서 있는 모습이 그곳에 새겨져 있다. 마을 아래쪽으로는 샘물이 하나 흐르고 있어서, 마을 사람들은 물론 성에 사는 사람들도 그곳에서 물을 길어야만 한다. 그런데 오래전 그 샘물 바로 옆에는 끔찍한 린트부름이 자리를 잡고 있어서, 물을 길어오기 위해서는 매일 양이나 소를 가져다주는 것 외에는 방법이 없었다. 용이 그것들을 먹고 있는 동안 주민들은 샘물로 갈 수 있었던 것이다. 이 어리석은 일을 그만두게 하기 위해 기사 한스는 싸움을 감행하기로 결심했다. 그는 오랫동안 싸워 마침내 용의 머리를 자르는 데 성공했다. 이제 그가 아직도 버둥거리는 괴물의 몸통에 창을 꽂아 넣으려 했을 때, 뾰족한 꼬리가 기사의 오른쪽 다리를 휘감고는 바로 무릎 관절, 그러니까 갑옷으로 덮여 있지 않은 유일한 부분을 찔렀다. 용의 몸 전체가 독을 가지고 있었기 때문에 한스 폰 프랑켄슈타인은 목숨을 잃을 수밖에 없었다.

220
용 동굴

베르니셴의 부르크도르프에 용 동굴이라 불리는 동굴이 하나 있다. 그곳에서 사람들은 오래전 성을 지을 때 두 마리의 끔찍한 용을 발견했다고 한다. 이에 대해 다음과 같은 이야기가 전설로 전해진다. 712년에 렌츠부르크의 공작인 진트람과 벨트람(다른 이들에 따르면 군트람과 발트람이라 불렸다) 형제가 사냥을 나갔다가 거칠고 황량한 큰 숲 속에서 안쪽이 텅 빈 언덕과 마주쳤다. 그 동굴 안에는 그 나라와 멀리 주변 지역까지 황폐하게 만든 끔찍한 용이 누워 있었다. 사람들이 있는 것을 알아차린 용은 펄쩍 뛰어 그들을 향해 덤벼들었고, 순식간에 동생 벨트람을 산 채로 삼켜 버렸다. 진트람은 그러나 용감하게 방어하였으며 격렬한 전투 끝에 난폭한 괴물을 물리쳤다. 용의 갈라진 몸에는 그의 동생이 여전히 산 채로 들어 있었다. 이 사건을 기념하기 위하여 제후들은 그 자리에 성 마르가레타에게 바치는 예배당을 짓도록 했으며, 그곳에 이 이야기를 그려 넣게 했다. 그 그림은 오늘날에도 볼 수 있다.

221
뱀 여왕

양치기 소녀가 위쪽에 있는 절벽에서 배고픔과 갈증으로 죽어가는 병든 뱀을 발견했다. 소녀가 뱀을 불쌍히 여겨 우유 항아리를 내밀자, 뱀은 게걸스럽게 우유를 핥아먹고 눈에 띄게 기운을 회복했다. 집으로 돌아간 양치기 소녀는 곧 애인으로부터 청혼을 받았다. 그러나 그녀의 부유하고 자부심 강한 아버지의 눈에 그는 너무 가난해 보였기 때문에 그는 애인을 비웃으며 청혼을 거절했다. 늙은 목자인 자신처럼 언젠가 많은 가축들을 가지게 되기 전에는 결혼을 승낙할 수 없다는 것이었다. 이때부터 늙은 목자에게는 더 이상 운이 따르지 않았으며, 오로지 사고만이 일어났으니, 사람들은 어느 날 밤 그의 집 문간에서 불을 뿜는 용을 보았다고도 했다. 그의 재산은 줄어들어 불쌍한 청년은 곧 그와 똑같은 재산을 갖게 되었다. 그리하여 그는 다시 한 번 애인에게 청혼을 하였고, 그녀는 그의 것이 되었다. 결혼식 날 뱀 한 마리가 방 안으로 들어왔다. 뱀의 휘감은 꼬리 위에는 한 아름다운 처녀가 앉아 있었다. 처녀는 언젠가 굶주림으로 곤경에 처했을 때 착한 양치기 소녀가 우유를 준 것이 바로 자신이었노라고 이야기하고, 감사하는 마음에서 빛나는 왕관을 머리에서 벗어 신부의 품에 던져 주었다. 그러고 나서 처녀는 사라졌으나, 두 젊은이는 경제적으로 커다란 축복을 받아 곧 부유해졌다.

222
오젤베르크의 처녀

오래전에 딩켈스뷜과 한캄 사이에 있는 오젤베르크 산 위에 성이 하나 있었다. 그 성에는 한 처녀가 혼자 살면서 홀아비 아버지를 위해 살림을 도맡아하며 모든 방의 열쇠를 가지고 있었다. 그녀는 결국 성벽과 함께 몰락하여 죽고 말았는데, 사람들은 그녀의 유령이 성벽 주변을 떠돌아다니며, 4분기별로 한 번씩 있는 성 축일에 열쇠뭉치를 옆에 달고 나타난다고들 이야기했다. 이에 반해 이 지역 늙은 농부들은 자신들의 아버지에게 들었다며 다음과 같은 이야기를 전한다. 즉, 그 처녀는 한 늙은 이교도의 딸이었으며 저주를 받아 끔찍한 뱀이 되었다는 것이다. 여인의 머리와 가슴을 가진 그 뱀이 열쇠꾸러미를 목에 걸고 있는 모습이 당시에 또한 목격되었다고 한다.

223
두꺼비의자[18]

오래전에 바스가우에 있는 엘자스의 성 노트바일러에 아름다운 공작의 딸이 살았다. 그녀는 콧대가 너무 높아 많은 청혼자들 중 그 누구도 충분히 좋다고 생각하지 않았으며, 그로 인해 많은 이들이 헛되이 목숨을 잃어야만 했다. 그에 대한 처벌로 그녀는 저주를 받았으니, 누군가 그녀를 구원해줄 때까지 황량한 바위 위에서 살아야만 하게 되었다. 일주일에 단 한

18 민중들의 관용어에서 두꺼비의자는 꽃송이버섯을 의미한다.

번, 그러니까 금요일에 그녀는 모습을 드러내도 되었으나, 한번은 뱀의 모습으로, 두 번째는 두꺼비의 모습으로, 세 번째는 그녀의 원래 모습인 처녀의 모습으로 나타난다. 그녀는 매주 금요일에 오늘날까지도 여전히 두꺼비의자라고 불리는 바위 위의 샘물에서 몸을 씻으며, 이때 자신을 구원해 줄 사람이 주변에 없는지 멀리까지 주위를 둘러본다. 이 대담한 일을 하고자 하는 사람은 저 위쪽에 있는 두꺼비의자 위에서 세 개의 표식이 담긴 조개껍질 하나를 발견하게 된다. 그 표식은 뱀의 비늘과 두꺼비의 피부 한 조각, 그리고 금발의 곱슬머리카락이다. 이 세 가지를 몸에 지니고 금요일 정오에 폐허가 된 성으로 올라가서 그녀가 씻으러 올 때까지 기다려야 한다. 그리고 그녀가 나타날 때마다 도망치지 않고 3주 동안 계속해서 그녀의 입술에 키스를 해야 한다. 이것을 버텨내는 자는 그녀에게 안식을 주게 되며, 그녀의 모든 보물들을 받게 된다. 몇몇 사람들이 이미 세 개의 표식을 발견했고, 용기를 내 오래된 성의 폐허까지 갔다. 하지만 많은 이들이 공포와 두려움 때문에 되돌아왔다. 한번은 한 용감한 청년이 뱀의 입술을 이미 건드리고, 다른 형상의 여인을 기다리려 하였다. 그러나 그 순간 경악스러운 감정에 사로잡혀 달려 내려오고 말았다. 이에 화가 난 그녀는 바스락 소리를 내며 두꺼비의 모습으로 두꺼비의자까지 쫓아왔다고 한다. 그 밖에 그녀는 그 오랜 시간 동안 전혀 늙지 않고 원래의 모습 그대로 머물러 있다고도 한다. 그녀는 뱀의 모습을 하고 있을 때 가장 끔찍하며, 사람들의 말에 따르면 "마차에 짚단을 묶는 데 쓰는 막대만큼 길고, 두꺼비의 모습을 하고 있을 때는 오븐만큼 크고 불을 내뿜는다."

224
들판의 처녀

베르크슈트라세와 닿아 있는 아우에르바흐에 한 소년이 살고 있었다. 소년은 옛 성을 볼 수 있는 좁은 계곡의 들판에서 아버지의 소를 지키고 있었다. 그때 갑자기 뒤에서 부드러운 손이 그의 볼을 살며시 툭 쳤다. 소년은 돌아섰다. 그러자, 보라, 머리에서 발끝까지 하얀 옷을 입은 놀랍도록 아름다운 처녀가 그의 앞에 서서, 이제 막 입을 열어 그에게 말을 걸려고 하는 것이 아닌가. 그러나 소년은 마치 악마가 앞에 서 있기라도 한 것처럼 깜짝 놀라 마을로 도망쳐 버렸다. 그런데 소년의 아버지는 이 들판 밖에는 가지고 있지 않았기 때문에 소년은 원하든 원하지 않든 계속 그 들판으로 소를 몰고 가야만 했다. 시간이 흘러 소년은 그녀가 나타났던 일을 곧 잊어버렸다. 그러던 어느 끈적끈적한 여름날 나뭇잎들 속에서 무언가 바스락거리는 소리가 들렸다. 소년은 작은 뱀이 기어가는 것을 보았다. 파란 색 꽃 하나를 입에 물고 있던 뱀은 갑자기 말을 하기 시작했다. "들어봐라, 착한 소년아, 내가 물고 있는 꽃을 가져간다면 너는 나를 구원해 줄 수 있단다. 그 꽃은 저 위 성에 있는 내 작은 방의 열쇠이니, 그곳에서 많은 돈을 발견하게 될 거야." 그러나 목동은 뱀이 이야기하는 것을 듣고 너무 놀라 다시 집으로 뛰어갔다. 가을의 어느 마지막 날에 소년은 다시 벌판에서 소를 치고 있었다. 그때 그녀가 세 번째로, 이번에는 처음의 그 하얀 처녀의 모습으로 나타났다. 이번에도 그녀는 그의 볼을 어루만지며 모든 수단과 방법을 알려 줄 테니 자신을 구원해 달라고 간청했다. 그러나 그녀의 간청은 소용이 없었고, 또 소용이 없었다. 소년은 두려움에 압도당하여 성호를 그었으며, 유령과는 아무런 관계도 맺으려 하지 않았다. 이에 처녀는 깊은 한숨을 쉬며 말했다. "너를 믿은 것이 잘못이구나. 이제 나는 다시 들판에 벚나무가 자라나 그 목재로 아기침대가 만들어지기를 고대하며 기다려야만 하는구나. 그 침대에서 처음으로 재워진 아이만이 언젠가 나를 구원할 수 있으니.” 그러고 나서 그녀는 사라졌다. 사람들의 말에 따르면, 소년은 크게 자라지 못하고 죽었다. 무슨 병으로 죽었는지는 전해지지 않는다.

225
물속의 재채기

어떤 사람이 아우에르바흐 개천 위를 지나는 작은 다리 위에서 무언가가 물속에서 재채기하는 소리를 세 번 들었다. 이에 그는 이렇게 세 번 말했다. “하느님께서 도와주시기를!” 이와 함께 30년 동안 이 말을 듣기를 기다려왔던 한 아이의 영혼이 구원되었다. 다른 이야기에 따르면 또 다른 사람이 똑같은 다리 위를 지나가다가 개천에서 재채기하는 소리를 세 번 들었다. 그는 두 번째까지는 “하느님께서 도와주시기를!”이라고 말했지만, 세 번째에는 “악마가 잡아가라!” 하고 말했다. 이에 마치 누군가가 물속에서 세차게 돌고 있는 것처럼 파도가 일었다.

226
불쌍한 영혼

파데보른의 학스타우젠에 있는 농장 앞 다리 아래에 불쌍한 영혼이 있었으니, 그 영혼은 끊임없이 재채기를 했다. 이때 그 위를 지나가던 마차의 마부가 "신의 가호가 있기를"이라고 이야기하지 않으면 마차는 반드시 뒤집어지고 말았다. 그렇게 많은 사람들의 팔과 다리가 부러졌다.

227
저주받은 아가씨

아이제나흐에서 멀지 않은 곳에 있는 어떤 동굴에 때때로 아가씨 한 명이 나타난다. 정오가 되면 나타나는 이 아가씨는 세 번 재채기를 하며 누군가가 그때마다 "하느님께서 도우시기를"이라고 외쳐야만 구원을 받을 수 있다. 그녀는 예전에 고집이 너무 센 딸이었기 때문에 그녀의 착한 어머니가 분노하여 그런 저주를 내렸다.

228
슈타우펜베르크의 아가씨

하르츠 지역 브라운슈바이크의 마을 조르게에 슈타우펜베르크 산이 있다. 그곳에는 오래전에 성이 하나 서 있었으며, 그 자리에는 오늘날 사람의 발자국이 새겨져 있는 절벽을 볼 수 있다. 그 발자국은 예전에 늙은 성주의 딸이 바위에 남겨 놓은 것으로, 그녀는 그 바위 위에 오랫동안 서 있곤 했다. 그곳이 그녀가 가장 좋아하는 자리였기 때문이었다. 마법에 걸린 그 아가씨는 황금빛으로 빛나는 노란 머리를 둥글게 묶고 아직도 그곳에 가끔씩 나타난다.

229
처녀바위

마이센에 있는 쾨니히슈타인 요새에서 멀지 않은 곳에 처녀바위, 혹은 세속신부바위라고 불리는 바위가 있다. 예전에 한 어머니가 일요일에 교회에 가지 않고 월귤나무 덤불 속으로 가버린 자신의 딸을 저주하였으니, 딸은 돌이 되어 버리고 말았다. 정오쯤이면 아직도 그녀의 모습을 볼 수 있다.

삼십년전쟁 때는 사람들이 군인들을 피해 그곳으로 갔다.

230
돌로 된 신혼침대

독일 보헤미아 지역에는 둘로 갈라진 꼭대기가 방과 침대의 모양을 하고 있는 절벽이 하나 솟아 있다. 이에 대해 사람들은 다음과 같은 이야기를 들려준다. 그 자리에는 예전에 성이 있었으며, 한 귀족 부인이 외동딸과 함께 살고 있었다. 그런데 딸은 어머니의 의지에 반해 이웃의 한 젊은 남자를 사랑했고, 어머니는 딸이 그와 결혼하는 것을 결코 허락하지 않았다. 하지만 딸은 어머니의 명령을 어기고, 어머니가 죽을 때까지 기다렸다가 결혼을 하겠다는 조건으로 몰래 애인과 약혼을 했다. 그러나 어머니는 죽기 전에 약혼에 대해 알게 되었다. 그리하여 그녀는 엄한 저주를 내뱉었으니, 하느님께서 저주를 들어주시어 딸의 신혼침대를 돌로 변하게 해 달라고 열렬히 기도했다. 어머니가 숨을 거두자 말 안 듣는 딸은 신랑의 청혼을 받아들였고, 절벽 위의 성에서 화려하게 결혼식이 치러졌다. 자정이 되어 두 사람이 신혼방으로 들어서자 사방에서 무시무시한 천둥이 치는 소리가 들렸다. 다음날 아침 성은 사라지고, 길과 계단은 절벽으로 이어졌다. 그 꼭대기에는 신부가 오늘날에도 여전히 찾아볼 수 있는 돌로 된 침대 위에 앉아 있었다. 그녀를 구할 수 있는 이는 아무도 없었으며, 절벽을 기어오르고자 시도하는 사람들은 바닥으로 떨어졌다. 그리하여 그녀는 아무것도 먹지도, 마시지도 못한 채 굶어 죽고 말았다. 죽은 그녀의 시신은 까마귀들이 먹어치웠다.

231
서 있도록 저주받다

서기 1545년 마이센의 프라이베르크에서 바인가세에 사는 직조수공업자 로렌츠 리히터가 열네 살짜리 아들에게 무언가를 급히 지시했다. 그러나 아이는 곧장 말을 듣지 않고 뜸을 들이며 방 안에 서 있었다. 이에 격노한 아버지는 화난 상태에서 아이에게 저주를 퍼부었다. "아예 그냥 그대로 서서 다시는 어디도 가지 못하게 되어라!" 이 저주로 아이는 그대로 서서 자리를 떠날 수 없게 되었으며, 그 뒤 3년을 내내 그 자리에 있었다. 그리하여 아이는 마룻바닥 안으로 깊이 처박히게 되었고, 사람들은 책상을 아래에 놓아 머리와 팔을 기대고 쉴 수 있도록 해 주었다. 그러나 아이가 서 있던 자리가 방문으로부터 멀지 않았고, 또 난로로부터 가까웠기 때문에 아이는 안으로 들어오는 사람들에게 무척이나 방해가 되었다. 그리하여 도시의 성직자들은 미리 열심히 기도를 올린 후 그를 들어 건너편의 다른 쪽 구석에 아무런 해도 입히지 않고 — 물론 커다란 노력이 들긴 했지만 — 옮겨 놓았다. 이는 운이 좋은 일이었는데, 왜냐하면 전에는 아이를 다른 곳으로 옮기려 하면 아이는 말로 다 할 수 없는 고통을 받아 마치 실성한 사람처럼 되어 버렸기 때문이었다. 그곳에 옮겨진 후, 그는 4년 동안 더 서 있었으며 그동안 마룻바닥은 더욱 깊이 파였다. 후에 사람들은 오가는 사람들이 보지 못하도록 그의 주변에 커튼을 둘러쳤으니, 이는 그의 부탁에 의한 것이었다. 그는 혼자 있는 것을 더 좋아했고, 끝없는 슬픔 속에서 말도 많이 하지 않았기 때문이었다. 마침내 선한 하느님께서는 벌을 조금 경감해 주셨다. 그는 마지막 반년 동안에는 앉아 있을 수도 있었고, 그의 옆에 놓인 침대에 누울 수도 있었다. 누군가가 무엇을 하고 있느냐고 물어보면, 그는 보통 다음과 같이 대답했다. 자신은 자신의 죄악으로 인해 신의 교육을 받고 있으며, 모든 것을 신의 뜻에 맡겼으니, 주 예수 그리스도의 공적을 따르고 그에게 구원받기를 바란다는 것이었다. 그는 매우 비참한 모습이었다. 얼굴은 핏기가 없이 창백했고, 몸은 허약하고 삐쩍 말랐으며, 잘 먹고 마시지도 않았으니, 억지로 밥을 먹여야 하는 일이 잦았다. 일곱 번째 해가 지난 후인 1552년 9월 11일에 그는 진정한 참회와 예수그리스도에 대한 믿음 속에서 차분하고도 자연스러운 죽음을 맞이함으로써 이 암울한 상태에서 은혜롭게 풀려났다. 이 일은 지붕이 덮인 길과 집(이 집은 지금은 제베린 트렝크너가 소유하고 있다)의 위쪽 방에서 벌어졌다. 그곳에서는 오늘날에도 그 발자국을 볼 수 있는데, 첫 번째 발자국은 난로 옆에, 다른 발자국은 그 옆방에서 찾아볼 수 있다. 나중에 방이 둘로 나누어졌기 때문이다.

232
콜베크의 농부들

1012년에 할베르슈타트의 마을 콜베크에 한 농부가 살았으니 그의 이름은 알브레히트였다. 그는 크리스마스이브에 미사가 치러지는 동안 교회 바깥 광장에서 다른 열다섯 명의 농부들과 함께 춤을 추었으며, 그중에는 여자도 세 명 있었다. 신부가 밖으로 나와서 그들에게 벌을 주자, 농부는 이렇게 말했다. “사람들은 나를 알브레히트라 부르고, 당신을 루프레히트라고 부르지요. 당신은 저 안에서 즐거우니, 우리는 이 밖에서 즐거워하도록 내버려 두시오. 당신은 저 안에서 신부님의 찬송가를 부르니, 우리는 라이겐(역자 주: 윤무, 혹은 윤무를 위한 노래)을 부르도록 내버려 두시오.” 신부가 말했다. “신과 성 마그누스께서 그대들이 일 년 내내 그렇게 춤을 추도록 해 주시기를!” 그 말대로 되었다. 하느님께서 그 말에 힘을 실어 주셨으니, 비도 추위도 그들의 머리를 건드리지 못했다. 그들은 더위도, 배고픔도 갈증도 느끼지 못한 채 둥글게 서서 춤을 추었으며, 그들의 신발 또한 찢어지지 않았다. 이때 한 남자(성당지기)가 뛰어와 자신의 여동생이 춤추는 것을 끌어내 말리려 했다. 그러자 그녀의 두 팔만이 그를 따라왔다. 그해가 지나가자 쾰른의 주교 헤리베르트가 와서 그들을 마력으로부터 해방시켜 주었다. 그러자 그들 중 네 명이 즉시 죽고, 다른 이들은 매우 아프게 되었다. 사람들이 말하길 춤추던 사람들은 춤을 추며 거의 가운데까지(즉 허리까지) 땅속으로 파고 들어갔다고 하며, 이로 인해 깊은 구덩이가 땅바닥에 파여 아직까지도 볼 수 있다고 한다. 이 나라의 영주는 표식으로 함께 춤을 춘 사람 수만큼의 돌을 그 주위에 놓도록 했다.

233

성스러운 일요일

프랑켄의 킨트슈타트에 실 잣는 여인이 하나 살았는데, 이 여인은 일요일에도 실을 잣곤 했고, 하녀들에게도 그렇게 하도록 강요했다. 처음에 이들은 실패에 불이 붙는 것 같다고 생각했지만, 전혀 아프거나 하지는 않았다. 다음 일요일에는 실패에서 진짜로 불이 나왔으나 곧 다시 꺼졌다. 그러나 여인들이 전혀 신경을 쓰지 않았기 때문에, 세 번째 일요일에는 아마로부터 나온 불로 집이 다 타버렸으며, 여인은 두 명의 아이들과 함께 불에 타 죽었다. 그러나 신의 은총으로 요람 속의 작은 아이는 살아남았으니, 이 아이에게는 고통이 주어지지 않았다.

또한 일요일에 곡식을 빻기 위해 방앗간으로 간 농부의 곡식이 재가 되어 버렸다고 말하는 사람들도 있으며, 어떤 이들은 그 농부의 헛간과 곡식이 다 타버렸다고도 말한다. 또 다른 사람은 성스러운 날에 쟁기질을 하려고 쟁기의 보습을 쇠에 문질렀는데, 쇠가 그의 손까지 자라나, 열렬한 기도 끝에 하느님께서 고생을 끝내 주실 때까지 2년 동안 커다란 고통을 겪으며 살아가야 했다.

234
휘트 부인

아주 오랜 옛날 티롤 지역에 거대한 거인여왕이 살았으니, 그녀는 휘트 부인이라 불렸다. 휘트 부인은 인스부르크 위쪽 산에 살았는데, 이 산들은 지금은 회색빛이고 초목이 없지만, 당시에는 나무로 가득한 숲과, 풍성한 경작지와, 초록색 들판이 있었다. 어느 날 부인의 어린 아들이 집에 돌아와 울며 한탄했다. 아이의 얼굴과 손은 진흙으로 덮여 있었으며, 게다가 옷은 광부의 작업복처럼 검게 보였다. 아이는 전나무 하나를 꺾어 목마로 쓰려고 했는데, 그 나무는 진창 가에 서 있었다. 그래서 발밑의 땅이 무너져 내려 아이는 머리까지 진흙 속에 빠졌다가, 운 좋게도 밖으로 나올 수가 있었다. 휘트 부인은 아이를 위로하며 예쁜 새 옷을 사주겠다고 약속한 후, 하인을 불러 부드러운 빵부스러기를 가져다 그것으로 아이의 손과 얼굴을 닦아 주라고 시켰다. 말하자면 하인이 죄악으로 신의 명령을 거스르는 일을 하게 된 것인데, 이를 시작하기가 무섭게 무거운 검은 뇌우가 다가와 하늘을 완전히 뒤덮더니 끔찍한 천둥이 내리쳤다. 다시 주위가 밝아지자 그곳엔 풍성한 곡물 밭도, 녹색의 벌판과 숲도, 휘트 부인의 집도 사라지고 없었다. 사방에는 오로지 돌멩이가 흩뿌려진 사막뿐이었으니 그곳에선 그 어떤 풀줄기도 더 이상 자라날 수 없었다. 그러나 그 한가운데에는 거인여

왕 휘트 부인이 돌이 되어 서 있었으며, 최후의 심판 때까지 그렇게 서 있게 될 것이다.

티롤의 많은 지역, 특히 인스부르크 근방에서는 못되고 제 멋대로 구는 아이들이 빵을 집어던지거나 제멋대로 빵을 가지고 놀면 아이들에게 경고하기 위해 이 전설을 이야기해 준다. "너희들에게도 휘트 부인과 같은 일이 일어나지 않도록 빵부스러기를 가난한 사람들을 위해 아끼거라"라는 것이다.

235
킨델스베르크

베스트팔렌의 가이센베르크 뒤쪽에는 세 개의 봉우리를 가진 높은 산이 솟아 있다. 그중 가운데 봉우리는 여전히 킨델스베르크라 불리며, 그곳에는 오래전에 같은 이름을 가진 성이 서 있었다. 그 성에는 기사들이 살고 있었는데, 그들은 타락한 사람들이었다. 그들은 오른편에 아주 훌륭한 은광산을 가지고 있었으며 이를 통해 매우 부유해졌다. 이 부유함으로 인해 그들은 너무나 오만해져서 은으로 볼링 핀을 만들었고, 볼링할 때 은으로 된 공과 함께 이 핀을 던졌다. 그런데 이 오만함은 갈수록 심해져 그들은 밀가루로 수레바퀴만큼이나 큰 쿠키를 만들어 가운데 구멍을 뚫고는 마차 바퀴의 축에 꽂았다. 그것은 천벌을 받을 죄악이었으니, 너무나 많은 사람들에게 먹을 빵이 없어졌기 때문이었다. 하느님께서도 마침내 이들의 행위에 지쳐 버렸다. 어느 날 늦은 밤 키가 작고 하얀 남자가 성으로 와서 사흘 안에 그들이 모두 죽을 것이라고 말했다. 그러고는 이에 대한 증표로 소 한 마리가 두 마리의 염소를 던지게 될 것이라고 말했다. 이 말은 들어맞았으나 기사 지크문트라 불렸던 막내아들과 매우 아름다운 처녀였던 딸을 제외하고는 이에 대해 아무도 신경 쓰지 않았다. 둘은 밤낮으로 기도를 했다. 다른 이들은 모두 흑사병으로 죽었으나, 두 사람은 살아남았다. 그런데 당시에 가이센베르크에는 젊고 용감한 기사가 있었으니, 그는 항상 커다란 검은 말을 타고 다녔기 때문에 검은 말의 기사라고 불렸다. 그는 항상 강도질을 하고 사람을 죽이는 타락한 인간이었다. 이 기사가 킨델스베르크의 아름다운 처녀를 사랑하게 되어 그녀를 부인으로 맞이하고자 하였다. 그러나 그녀는 이를 끊임없이 거절하였다. 그녀는 마르크의 젊은 백작과 약혼을 한 사이였기 때문이었다. 백작은 그녀의 오빠와 함께 전쟁터로 나갔지만 그녀는 정절을 지키고자 하였다. 그러나 백작이 여전히 전쟁에서 돌아오지 않고 검은 말의 기사가 그녀에게 매우 열렬히 청혼을 하자 마침내 그녀는 이렇게 말하였다. "여기 내 창문 앞의 녹색 보리수가 말라 죽으면 당신의 뜻에 따르겠습니다." 검은 말의 기사는 그 녹색의 보리수와 똑같은 크기의 말라죽은 보리수를 찾아 나라를 돌아다녔다. 그리고 달빛이 비추는 밤에 원래 있던 보리수를 파내고 그 대신 시든 보리수를 심었다. 아름다운 처녀가 일어나 보니 창문 밖이 너무 밝았다. 그녀는 그쪽으로 뛰어가 말라 죽은 보리수가 그곳에 서 있는 것을 보고 깜짝 놀랐다. 처녀는 울면서 보리수 뒤에 앉았다. 그리고 기사가 와서 그녀의 마음을 요구하자 곤궁함 속에 이렇게 말했다. "나는 당신을 결코 사랑할 수 없어요." 이에 검은 말의 기사는 분노하여 그녀를 찔러 죽였다. 신랑은 바로 그날 돌아왔으니, 그녀의 무덤을 만들어 주고 그 옆에 보리수를 심었으며, 커다란 비석을 세웠다. 이 비석은 오늘날에도 찾아볼 수 있다.

236
빵 신발

오버카멘츠 마을에서 15분 거리에 있는 클라타우어 구의 흐라데크베르크 산에는 성이 하나 서 있었으니, 그 성의 잔해들이 아직도 조금 남아 있다. 오래전에 이 성의 군주가 한 시간 거리만큼 떨어진 슈탄카우까지 이어지는 다리를 건설하도록 했다. 이 다리는 교회에 가기 위해 지나야하는 길이었다. 이 군주에게는 젊고 오만한 딸이 하나 있었는데, 자만심에 사로잡힌 나머지 빵에 구멍을 내게 하여 신발 대신 신었다. 그녀가 그 신발을 신고 앞서 말한 다리를 지나 교회로 가는 마지막 계단을 올라섰을 때 그녀와 성 전체가 가라앉아 버렸다고 한다. 다리의 계단으로 쓰였던 돌에 그녀의 발자국이 찍혀 있는 것을 오늘날에도 여전히 볼 수 있다.

237
호흐슈테트의 지반함몰지역

운터하르츠 맞은편, 브란덴부르크의 관할 지역이자 호흐슈테트에서 멀지 않은 클레텐베르크에서 호수 하나와 지반이 함몰된 곳을 볼 수 있다. 이에 대해 주민들이 가지고 있는 전설은 다음과 같다. 호수가 있는 자리에는 예전에 잔디밭이 있었다. 말을 키우는 몇몇 젊은이들이 그곳에서 가축들이 풀을 뜯어먹도록 했다. 그런데 그들 중 하나가 흰 빵을 먹는 것을 다른 이들이 보았다. 그들은 흰 빵을 조금 먹어 보고 싶어서 젊은이에게 빵을 요구했다. 그러나 흰 빵을 먹던 청년은 나눠 주기 싫어했다. 허기를 달래기 위해 빵이 필요했기 때문이었다. 이에 다른 젊은이들은 분노하여 집에서 구운 일상적인 검은 빵만을 준 자신들의 주인을 저주했다. 그러고는 오만방자하게도 자신들의 빵을 땅에 집어던지고 발로 짓밟은 후 채찍으로 때렸다. 그러자 곧 빵에서 피가 흘렀다. 이에 일꾼들은 깜짝 놀라 어디로 향해야 할지를 몰랐다. 그러나 죄가 없던 일꾼(몇몇 사람들이 덧붙이기를, 그곳으로 오고 있던 한 낯선 늙은이가 그에게 경고를 해 주었다고 한다)은 말 쪽으로 뛰어가 죽음을 모면했다고 한다. 그러나 너무 늦게서야 그를 따르려했던 다른 이들은 더 이상 그 자리에서 벗어날 수 없었고, 그 자리 전체가 갑자기 가라앉아 버렸기 때문에 못된 사내들은 말들과 함께 땅속 깊이 꺼져 버리고 말았다. 그들 중 그 어느 누구도 다시는 햇빛 속으로 나오지 못했다. 어떤 이들은 다른 이야기도 전한다. 호수에서 말의 편자처럼 생긴 잎을 가진 식물들이 자라난다는 것이다.

238
빵 신발

성의 주민이었던 한 사내의 부인이 너무나 소중한 아이를 잃었다. 그녀는 아이가 땅에 묻혀 다시는 볼 수 없게 되기 전에 사랑을, 그리고 좋은 것들을 최대한 더 주려고 했다. 관 속의 아이를 아주 깨끗하게 씻겨 옷을 입히고 나자 그녀는 신발이 충분히 좋지 못하다는 생각이 들었다. 그래서 자신이 가진 것 중 가장 하얀 밀가루를 반죽하여 아이를 위해 빵 신발을 구웠다. 아이는 이 신발을 신은 채 땅에 묻혔다. 그러나 아이는 비탄에 잠긴 모습으로 나타나 엄마를 쉬지도 편안히 있지도 못하게 만들었다. 마침내 사람들은 아이의 관을 파내 빵으로 된 작은 신발을 발에서 벗겨내고 다른 보통신발을 신겼다. 그때부터 아무 일도 일어나지 않았다.

239
알맹이 없는 곡물

프리스란트에 있는 슈타보렌의 주민들은 부유함에 콧대가 높아지고 거만해져, 이웃에 가난한 도시들이 있음에도 불구하고 집 현관과 문에 금을 입히도록 했다. 이웃 도시의 사람들은 그래서 그들을 다름 아닌 "슈타보른의 버릇없는 아이들"이라고 불렀다. 그들 중에는 특히 늙은 수전노 과부가 하나 있었는데, 그녀는 단치히로 가는 뱃사람에게 자신이 계산을 할 테니 배에 실을 수 있는 것들 중 최고의 것을 가져오라고 시켰다. 뱃사람은 1-2천 라스트(역자주: 배에 싣는 화물의 무게 단위)의 훌륭한 폴란드 곡물을 싣는 것 외에 더 나은 것이 없다고 생각했다. 왜냐하면 그가 길을 떠날 때 프리스란트에는 곡식이 매우 비쌌기 때문이었다. 그러나 그는 돌아오는 길에 계속해서 폭풍과 악천후를 만나 보른홀름에서 겨울을 날 수밖에 없었다. 봄이 되어 그가 마침내 고향에 도착했을 때에는 곡물 가격이 완전히 바닥으로 떨어져 있었다. 이에 분노한 과부는 배에 실려 있던 모든 것들을 도시 앞 바다에 던져 넣도록 시켰다. 무슨 일이 벌어졌을까? 그 이후로 그 자리에는 부인모래라 불리는 거대한 모래언덕이 솟아올랐고, 그 위에서는 알맹이 없는 곡식(기적의 곡물, 모래언덕 투구, 이 곡식이 바다로부터 모래언덕을 보호해 주기 때문) 외에는 아무것도 자라나지 않았다. 모래언덕은 항구 앞에서 항구를 봉쇄해 버렸기 때문에, 항구 전체가 몰락해 버리고 말았다. 한 늙은 부인의 죄악으로 인해 도시 전체가 벌을 받게 된 것이다.

240
여인 모래밭

쥐더제 호수의 서쪽 방향으로 물속 한가운데에서부터 잔디와 풀줄기가 자라나오는 곳이 있는데, 그곳은 옛 도시인 슈타보렌의 교회탑과 당당한 건물들이 깊은 물속으로 가라앉은 자리다. 부유함이 그 도시의 주민들을 극악무도하게 만들었고, 그들의 악행이 도를 넘어섰을 때 도시는 가라앉아 버리고 말았다. 이에 관한 전설을 쥐더제 호숫가의 어부와 뱃사람들이 입에서 입으로 전하며 보존해 왔다.

슈타보렌에 사는 모든 사람들 중 가장 재산이 많은 사람은 더 이상 이름이 전해지지 않는 어떤 처녀였다. 그녀는 자신의 돈과 재화에 자신만만해져 사람들을 거칠게 대했고, 오로지 자신의 재화를 더 늘리기 위해서 노력했다. 사람들은 그녀의 입에서 저주와 하느님을 모독하는 이야기들을 들었다. 또한 이 과도하게 부유한 도시의 다른 주민들도 — 이 시대에는 사람들이 아직 암스테르담을 입에 올리지도 않았으며, 로테르담은 작은 마을에 불과했다 — 덕의 길을 벗어났다.

어느 날 이 처녀가 선장을 불렀다. 그러고는 배를 띄우고 나가서 이 세계에 존재하는 가장 고귀한 것, 최고의 것을 실어오라고 명령했다. 정확하고 분명하게 지정된 과제들에 익숙해 있던 뱃사람은 보다 정확한 지시를 요구했지만 소용이 없었다. 처녀는 화가 나서 자신의 말을 고집하며 즉시 바다로 나가라고 명령했다. 선장은 망설이며 불안한 채로 길을 떠났다. 그는 자신도 잘 알고 있는 못되고 엄격한 성격의 여자가 내린 명령을 어떻게 따라야 할지 몰라서 무엇을 해야 할지 이렇게 저렇게 궁리를 했다. 그는 마침내 다음과 같이 생각했다. 그 여자에게 가장 훌륭한 밀을 실어서 가져다줘야겠다. 땅 위에 있는 그 누구도 밀 없이는 살 수 없으니, 그 훌륭한 곡물보다 더 뛰어나고 고귀한 것을 어떻게 찾을 수 있겠는가? 그는 단치히로 배를 몰고 갔다. 그러고는 선별해 낸 밀로 배를 채우고 여전히 불안해하며, 또 어떤 결과가 있을지 두려워하며 고향으로 돌아갔다. “어떻게 된 거예요, 선장?”하고 그 처녀가 외쳤다. “벌써 돌아왔어요? 나는 당신이 아프리카의 해안에서 금과 상아를 거래하고 있을 거라고 생각했어요. 뭘 실었는지 한번 보여 주시죠.” 그녀의 말에서 벌써 그가 사온 것이 그녀의 마음에 들지 않을 것이라는 사실을 알았기 때문에 선장은 주저하며 대답했다. “부인, 세상에서 가장 훌륭한 밀을 가지고 왔습니다.” — “밀이라고요?”, 그녀가 말했다. “그런 형편없는 걸 나한테 가지고 왔단 말이에요?” — “저는 우리에게 매일 먹을 건강한 빵을 주는 것이 그렇게 형편없는 것은 아니라고 생각했습니다.” — “당신이 싣고 온 것이 내게 얼마나 경멸스러운지 당신에게 보여 주겠어요. 배의 어느 편에서 짐을 실었지요?” — “오른편입니다.” 선장이 말했다. — “자 이제, 내가 당신에게 즉시 수하물을 모두 배의 왼편 바다에 쏟아 버리라고 명령하겠어요. 내가 직접 가서 명령이 수행되었는지 보도록 하지요.”

뱃사람은 신의 선물에 그렇게 끔찍한 죄악을 저지르는 명령을 수행하기를 망설였다. 그러고는 급하게 도시에서 가난하고 가진 것이 없는 사람들을 모두 배가 있는 곳으로 불렀다. 그 모습을 통해 여주인의 마음을 움직이기를 바랐던 것이다. 그녀가 와서 물었다. “내 명령이 어떻게 수행되었나요?” 이때 한 무리의 가난한 자들이 그녀 앞에 무릎을 꿇고 곡식을 바다가 집어 삼키게 하느니 차라리 그들에게 나누어 주길 바란다고 부탁했다. 그러나 처녀의 심장은 돌처럼 단단했고, 배에 실은 것을 모두 서둘러 던져 버리라고 다시 한 번 명령했다. 이에 선장은 더 이상 자제하지 못하고 큰 소리로 외쳤다. “안 됩니다. 이 악행을 하느님께서 벌하지 않고 내버려 두실 리 없습니다. 하늘이 착한 일에 상을 내리고 악한 일을 벌하신다는 것이 사실이라면 말입니다. 언젠가 허기를 달래기 위해 이렇게 쉽게 날려 버리신 고귀한 곡식을 기꺼이 한 알 한 알 주워 모으고 싶어 할 날이 올 것입니다!” — “뭐라고?” 그녀가 악마 같이 웃으며 외쳤다. “내가 가난해질 수 있을 거라고? 내가 가난에 빠져 빵이 부족할 날이 올 거라고? 그런 일이 일어날 가능성은 내가 여기서 바다 속 깊이 던지는 이 반지를 내 두 눈으로 다시 보게 될 가능성과 같아." 이렇게 말하며 그녀는 손가락에서 비싼 반지를 빼 파도 속에 던졌다. 그리하여 배의 모든 수하물과 그 위에 있던 밀이 전부 바다 속에 쏟아졌다.

무슨 일이 일어났을까? 며칠 뒤 부인의 하녀가 시장에 가서 대구를 사와 부엌에서 요리를 하려 했다. 대구의 배를 갈랐을 때 하녀는 그 안에서 비싼 반지를 발견했고, 그것을 자신의 주인에게 보여 주었다. 반지를 본 주인은 그것이 얼마 전에 바다에 던져버린 자신의 반지라는 것을 즉시 알아차렸다. 부인은 창백해졌으며, 양심 속에서 벌의 전조를 느꼈다. 그 순간 동양에서 오고 있던 그녀의 배들이 모두 난파당했다는 소식이 도착했을 때 그녀의 놀라움은 얼마나 컸을까! 그로부터 다시 며칠 뒤 여전히 많은 짐을 싣고 있던 그녀의 배들이 침몰했다는 새로운 소식이 도착했다. 또 다른 배는 무어인들과 터키인들이 강탈해 갔다. 부인의 불행은 그녀가 얽혀 있던 몇몇 상점들의 몰락으로 완성되었다. 채 일 년이 지나지 않아 선장의 끔찍한 위협은 하나하나 다 실현되었다. 가난해진 그녀는 함께 슬퍼해 주는 사람 하나 없이 많은 사람들에게서 조롱을 받으며 더 오랫동안 더 심하게 곤궁과 빈곤으로 빠져들었다. 그녀는 배가 고파 문 앞에서 빵을 구걸하였으나 한 입도 얻지 못하는 경우가 많았으니, 마침내 허리가 굽고 절망에 빠져 죽어버리고 말았다. 바다에 쏟아 부어진 밀은 이듬해에 싹이 나서 자라났고 알맹이 없는 이삭만 맺혔다. 그러나 아무도 그 경고의 신호에 주의를 기울이지 않았고, 슈타보렌의 극악무도함은 매년 정도가 심해질 따름이었으니, 주이신 하느님께서는 사악한 도시에서 보호의 손길을 거두셨다. 어느 날 청어와 넙치가 우물에서 건져 올려졌으며, 밤에 바다가 열리더니 도시의 4분의 3 이상이 포효하는 물속으로 가라앉아 버렸다. 게다가 거의 매년 몇몇 마을 사람들의 오두막집이 물에 잠겼으며, 그 후로 슈타보렌에는 행복도, 부유한 사람도 찾아볼 수 없었다. 아직도 그 장소에는 매년 해

초에 대해 잘 아는 사람조차 알지 못하는 풀이 물속에서 자라나니, 그 풀은 꽃을 피우지 않으며 땅 위의 다른 어떤 곳에서도 같은 것을 찾아볼 수 없다. 줄기는 길고 높게 자라나고 이삭은 밀을 닮았으나 알맹이나 낟알이 없다. 이 풀이 녹색으로 자라나는 모래언덕은 슈타보른 도시를 따라 놓여 있으며, 여인 모래밭이라는 이름 외에 다른 이름을 가지고 있지 않다.

241
돌이 된 빵

많은 지역에, 특히 베스트팔렌에 다음과 같은 전설이 전해진다. 커다란 기근이 닥쳤던 시절에 한 무정한 언니가 자신과 아이를 위해 빵을 부탁하는 가난한 여동생을 다음과 같이 말하며 쫓아냈다. "빵이 있다면 그게 차라리 돌이 되어 버렸으면 좋겠어!" 그러자 그녀가 가지고 있던 빵들이 곧 돌로 변해버렸다. 홀란트의 라이덴 사람들은 그 이야기를 증명하기 위해 커다란 페터스 교회에서 돌 빵을 들어 사람들에게 보여 준다.

많은 사람들이 굶주림에 시달리던 1579년에 도르트문트의 한 제빵사가 폭리를 취하기 위해 많은 밀을 사 모았다. 그러는 동안에 온 집안에 있던 그의 빵들이 어느 날 돌로 변해 버렸으며, 빵 덩어리를 잡고 칼로 자르려 하면 빵에서 피가 흘렀다. 게다가 그 제빵사는 곧 자기 방에서 목을 매달고 죽었다.

성스러운 카스툴루스에게 봉헌된 란츠후트의 하우푸트 교회에는 은으로 된 틀 안에 빵모양의 둥근 돌이 걸려 있으니, 그 표면에는 네 개의 작은 구멍이 있다. 이에 대해 다음과 같은 전설이 전해진다. 성스러운 카스투루스는 죽기 얼마 전 가난한 남자의 모습을 하고 도시의 한 과부를 찾아가

적선을 부탁했다. 부인은 딸에게 그들이 가지고 있던 단 하나의 빵을 굶주린 자에게 건네주라고 시켰다. 빵을 주고 싶지 않았던 딸은 미리 몇 조각을 서둘러 떼어 내려고 했다. 그러나 이미 성자의 것이 된 빵은 그 순간 돌로 변하였다. 사람들은 지금도 빵 안쪽으로 눌려진 손가락 자국을 분명하게 볼 수 있다.

대기근의 시기에 어떤 가난한 부인이 아이 하나를 팔에 안고, 또 다른 아이 하나는 옆에서 따라오게 하며 큰 소리로 빵을 달라고 외치며 단치히의 거리를 지나갔다. 올리바 수도원에서 온 수도사와 마주치자 그녀는 아이들을 위해 빵을 조금만 달라고 애원하고 또 부탁했다. 그러나 수도사는 이렇게 말했다. "내겐 빵이 없어요." 그러자 부인이 말했다. "아, 수도사님의 가슴에 빵이 들어 있는 것이 보이는 걸요." — "아, 이것은 그냥 개에게 던질 돌이오." 수도사는 이렇게 대답하고 길을 떠났다. 잠시 뒤에 그는 빵을 꺼내 먹으려고 했다. 그러나 그는 빵이 진짜 돌로 변해 버린 것을 발견했다. 그는 깜짝 놀라 자신의 죄를 참회하고 돌을 바쳤으니, 그 돌은 아직도 그곳 수도원 교회에 걸려 있다.

242
빙겐의 쥐탑

빙겐에 흐르는 라인강의 한 가운데에는 높은 탑이 하나 솟아 있다. 그 탑에 관하여 다음과 같은 전설이 전해 온다. 974년 독일에 대기근이 찾아왔다. 궁지에 몰린 사람들은 고양이와 개까지 잡아먹었으나 여전히 많은 사람들이 굶어 죽었다. 당시의 주교는 하토 2세라고 불리는 수전노였으니, 오로지 자신의 재화를 늘릴 생각만 했다. 그는 가난한 사람들이 골목에서 쓰러지고, 무리지어 빵 판매대로 달려가 폭력으로 빵을 가져가는 것을 지켜보았다. 그러나 주교는 동정심을 느끼기는커녕 오히려 이렇게 말했다: "모든 가난한 자들, 가진 것이 없는 자들을 도시 앞 헛간에 모이도록 하라. 내가 그들에게 먹을 것을 주겠다." 사람들이 헛간에 모이자 그는 문을 잠그고 불을 붙여 가난한 사람들과 함께 — 나이가 어리건, 늙었건, 남자건, 여자건 — 헛간을 불태워 버렸다. 사람들이 불길 속에서 흐느끼고 탄식하자, 하토 주교가 외쳤다. "들어 보거라, 들어 보거라, 쥐들이 어떻게 찍찍거리는지!" 그러나 주이신 하느님께서 곧 그에게 괴로움을 주셨으니, 밤낮으로 쥐들이 그의 몸 위를 뛰어다니고, 물어뜯었다. 주교는 온갖 애를 다 써보았지만 쥐들을 상대로 자신을 지키고 보존할 수 없었다. 그리하여 그는 마침내 빙겐에 흐르는 라인 강 한복판에 오늘날까지도 남아 있는 탑을 세우도록 하는 것 외에는 다른 방도를 찾지 못했다. 그 안에서 연명하려는 것이었다. 그러나 쥐들은 물살을 뚫고 헤엄쳐 왔으며, 탑으로 기어올라 주교를 산채로 뜯어 먹었다.

243
소년습지

그로스비베라우의 경계에 위버라우 방향으로 계곡이 하나 있는데, 사람들은 이 계곡을 사내아이습지라 부른다. 밤에 이곳을 지나게 되면 반드시 소름이 돋게 된다. 오래전 전쟁과 굶주림이 많았던 시절에 두 명의 거지 소년이 위버라우로부터 돌아왔다. 그들은 항상 서로 붙어 다녔으며 그 계곡에서 적선 받은 것을 나눠 가졌다. 그날 두 소년은 양철 동전 몇 개 밖에는 얻지 못했다. 그러나 부유한 마을 이장이 둘 중 한 아이에게 작은 적선

용 빵 한 덩어리를 선사해 주었고, 아이는 그 빵을 자신의 친구와 나눌 수 있게 되었다. 다른 것들을 모두 공평하게 나눈 후, 소년은 주머니에서 빵을 꺼냈다. 그런데 그 냄새가 너무나 좋아서, 아이는 빵을 다른 아이에게 나눠주지 않고 혼자 갖으려 하였다. 그리하여 평화는 끝이 나고 말았다. 아이들은 싸움을 시작했으며 각자 울타리에서 말뚝을 하나씩 뽑아들었다. 사악한 적이 그들에게 곤봉을 가져다주었으니, 아이들은 결국 서로를 때려죽이고 말았다. 살인이 벌어진 후 세 밤 동안 그 어떤 이파리도 솟아나지 않았고, 습지의 새들도 노래를 하지 않았다. 그 후로 계곡은 무시무시한 곳이 되었으며, 사람들은 그곳에서 소년들이 흐느끼고 찡얼거리며 우는 소리를 듣게 되었다.

244
킨델브뤼크(역자 주: 아이들 다리)

튀링겐에 있는 한 시골 마을은 다음과 같은 이유로 오늘날의 지명[킨델브뤼크]을 갖게 되었다고 한다. 오래전에 두 아이가 비퍼 강 위를 지나는 다리 위에서 목마를 타다가 강에 떨어졌다.

245
하멜른의 아이들

1284년에 하멜른에 놀라운 사나이가 나타났다. 그는 여러 색깔의 알록달록한 천으로 만들어진 옷을 입고 있었기 때문에 분팅(역자 주: 독일어로 "분트 bunt"는 "여러 가지 색깔의"라는 의미)이라 불렸다고 한다. 그는 자신을 쥐잡이라고 소개하며 일정한 액수를 주면 마을에서 모든 쥐와 들쥐를 몰아내주겠다고 약속했다. 시민들은 그와 합의를 했고 일정한 액수의 보상을 약속했다. 쥐잡이는 그 후 작은 피리를 꺼내들어 불기 시작했다. 그러자 곧 생쥐와 들쥐들이 모든 집들로부터 기어 나와 그의 주위로 몰려들었다. 이제 그는 합의를 되돌릴 수 없다고 말하며 밖으로 나갔다. 커다란 쥐의 무리가 그의 뒤를 따랐다. 그렇게 그는 쥐들을 이끌고 베저 강가로 갔다. 그곳에서 그는 옷을 걷어 올리더니 강물로 들어갔다. 그러자 모든 쥐들이 그를 따라 물속으로 뛰어들어 빠져 죽고 말았다.

근심에서 해방된 후 시민들은 대가를 주기로 약속한 것을 후회하며, 갖가지 구실을 대 사나이에게 돈을 주기를 거절했다. 그리자 화가 난 쥐잡이는 분노한 채 사라져 버렸다. 6월 26일, 성 세례자 요한의 축일이자 성 파울리 기념일 아침 일곱 시에 — 또 다른 사람들에 따르면 정오에 — 쥐잡이가 이번에는 사냥꾼의 모습으로, 끔찍한 얼굴에 붉은색의 놀라운 모자를 쓰고 다시 나타났다. 그는 골목길에서 자신의 피리 소리가 울려 퍼지도록 만들었다. 그러자 이번에는 들쥐와 생쥐가 아니라 매우 많은 아이들이 — 네 살 이상의 소년과 소녀들이 — 뛰어나왔으니, 그중에는 이미 성인이 된 시장의 딸도 있었다. 아이들의 무리는 모두 그를 따라갔으며, 쥐잡이는 아이들을 밖으로 끌고나가 산속으로 데리고 들어가서는 그들과 함께 사라져버렸다. 아이를 돌보는 하녀 하나가 이 모습을 보고는, 아이를 팔에 안고 멀리까지 따라 갔다가 발걸음을 돌려 도시로 돌아와 소식을 전했다. 부모들은 무리지어 모두 성문 앞으로 달려 나가 근심스런 마음으로 아이들을 찾았다. 비탄에 빠진 엄마들은 소리를 지르고 통곡했다. 그 순간부터 사신들이 아이들 모두를, 혹은 아이들 중 그저 몇 명이라도 본 사람이 있는지 알아보기 위해 사방으로, 모든 강과 나라로 보내졌다. 그러나 모든 일이 허사였다. 아이들 130명이 전부 사라져 버린 것이다. 몇 몇 사람들이 이야기하는 바에 따르면, 두 명의 아이들이 뒤늦게 돌아왔다고 하나, 그중 한 아이는 장님이었고, 다른 아이는 벙어리였다. 눈먼 아이는 장소를 알려줄 수는 없었으나, 아이들이 어떻게 그 피리연주자를 따라갔는지를 잘 설명해 줄 수 있었다. 말 못하는 아이는 아무것도 듣지 못했음에도 불구하고 그곳이 어디였는지를 가리킬 수는 있었다. 한 작은 소년은 셔츠를 입고 따라 갔다가 바지를 가지러 돌아왔는데 그로 인해 불행을 피해갈 수 있었다. 아이가 돌아왔을 때 다른 아이들은 이미 — 여전히 그곳이 어디인지 알려지고 있는 — 어떤 언덕의 구덩이 속으로 사라져 버렸기 때문이었다.

아이들이 문 쪽으로 나아간 길은 18세기 중반까지도(아마도 오늘날까지도) 붕에로제(북소리가 없는, 소리 없는, 고요한) 길이라고 불렸다. 왜냐하면 그 안에서는 춤을 춰서도, 현악기를 연주해서도 안 되기 때문이었다. 그렇다. 신부가 음악과 함께 교회로 모셔질 때에도 그 길을 지나는 동안에는 연주가들이 모두 조용히 있어야 했다. 아이들이 사라진 하멜른의 산은 포펜베르크라고 불리는데, 그곳에는 왼쪽과 오른쪽에 두 개의 돌이 십자가 모양으로 세워져 있다. 몇몇 사람들은 아이들이 동굴로 이끌려 들어간 후 지벤뷔르겐(역자 주: 루마니아 북부지방)으로 나왔다고도 말한다.

하멜른의 시민들은 이 사건을 시의 책에 기록하도록 했으며, 그들의 기록에 아이들을 잃어버린 후 몇 해와 몇 날이 지났는지를 적어놓곤 했다. 자이프리트에 따르면 이 시의 책에는 6월 26일이 아니라 6월 22일로 기록되어 있다고 한다. 시청에는 다음과 같은 시구가 적혀 있다.

예수 탄생 후 1284년이 지난해에
하멜른에서 피리 부는 사나이가
그곳에서 태어난 백 명하고도 삼십 명의 아이들을
끌고 갔으니 아이들은 괴펜에서 사라져 버렸다.

새로운 문에는 다음과 같이 적혀 있다.

272년 전에 이 문이 세워졌으니
그때 한 마법사가 130명의 아이들을 끌고 가 버렸다.

1572년에 시장은 이 이야기를 교회의 유리창에 그림으로 그리도록 했으며 적당한 제목을 달았다. 그러나 그 제목들 중 대부분은 읽을 수 없게 되었다. 또한 이 이야기에 대한 주화도 만들어졌다.[19]

19 (꾸며 내거나 지어 낸 이야기인) 『중국의 고위 관리 풍 호앙의 모험, 44번째 밤』에 나오는 매우 유사한 전설을 참조할 것(독일어 번역: 라이프치히 1757, Ⅱ, 162-172쪽). 샤르뎅은 사십 명의 처녀라는 탑의 이름만 알고 있었다. 마르틴 쇼크: 하멜른의 이야기는 에리히의 주장과는 달리 이야기의 사실성을 부정한다. — 하멜른의 한 집에는 황금글씨로 다음과 같이 새겨져 있다: 1284년 성 요하네스와 파울리 기념일인 6월 21일에 온갖 색깔의 옷을 입은 한 피리 부는 사나이가 하멜른에서 태어난 130명의 아이들을 꾀어 데려 갔으니 코펜 근처 처형의 장소에서 사라져 버렸다(쇠파흐).

246
쥐잡이

쥐잡이는 특별한 소리를 알고 있다. 그 소리를 휘파람으로 아홉 번 불면, 모든 쥐들이 나와 그에게로 오며, 그러면 쥐잡이는 쥐들을 연못이든 웅덩이든 원하는 곳으로 데려갈 수 있다.

한번은 쥐들로부터 벗어날 수 없었던 어떤 마을의 주민들이 결국 쥐잡이를 데려오도록 했다. 그는 쥐들을 모두 붙잡기 위해 개암나무 막대를 세워놓았다. 쥐들은 그 막대를 잡는 사람을 따라가게 되어 있었다. 그는 일요일까지 기다렸다가 막대를 교회 문 앞에 놓았다. 이제 미사가 끝나고 사람들이 집으로 돌아갈 때, 한 방앗간 주인도 교회의 문 앞을 지나가게 되었다. 그는 하필 그 예쁘게 생긴 막대가 놓여 있는 것을 보고 말했다. "저거 훌륭한 산책용 지팡이가 되겠는걸." 그리하여 그는 막대를 손에 들고 마을 밖으로 나가 자신의 방앗간으로 갔다. 그사이 벌써 몇몇 쥐들이 여기저기 틈과 구석에서 뛰어 나오기 시작했으며, 들판을 가로질러 점점 더 방앗간 가까이로 달려왔다. 아무것도 모른 채 여전히 막대를 들고 있던 방앗간 주인이 벌판으로 나섰을 때는 쥐들이 이미 모든 구멍에서 기어 나와 밭과 들판을 지나 그의 뒤를 쫓아 달리고 있었다. 쥐들은 곧 그를 앞질러 방앗간 주인보다도 먼저 그의 집에 도착하였다. 그 이후로 쥐들은 그곳에 머물렀으니, 방앗간 주인에게 견디기 힘든 근심이 되었다.

247
뱀잡이

잘츠부르크의 한 마법사가 그 지역 일 마일(역자 주: 7.5km) 거리의 길 위에 있는 모든 뱀을 한 웅덩이에 모아 죽이겠노라고 장담했다. 그러나 그가 이를 시도하였을 때 마지막으로 커다란 늙은 뱀이 밖으로 기어 나왔으니, 마법사가 용감하게 마법의 주문으로 웅덩이에 몰아넣으려 하자 뛰어올라 그를 휘감았다. 그리하여 뱀은 마치 허리띠처럼 마법사의 옆구리를 감았으며, 그 후 웅덩이로 미끄러져 내려가 그를 죽였다.

248
생쥐

튀링겐의 잘펠트에 있는 비르바흐에는 고상한 귀족의 저택이 하나 서 있다. 그곳에서는 17세기 초에 다음과 같은 일이 벌어졌다. 하인 하나가 방에서 과일을 깎고 있었다. 그때 하녀 한명이 쏟아지는 졸음 때문에 다른 사람들로부터 떨어져 옆쪽에 있는, 그러나 멀리 떨어져 있지는 않은 벤치로 가 잠을 자기 위해 누웠다. 그녀가 가만히 누운 채로 잠시 시간이 흐르자 벌려져 있던 하녀의 입에서 작은 빨간색 쥐가 기어 나왔다. 대부분의 사람들이 그 모습을 보았으며, 또 서로에게 보라고 알려 주기도 했다. 작은 쥐는 마침 살짝 열려 있던 창문 쪽으로 서둘러 달려가 밖으로 기어나가더니 한동안 들어오지 않았다. 이 모습이 한 경망스런 시녀의 호기심을 자극했다. 이 시녀는 다른 사람들이 하지 말라고 했음에도 불구하고 죽은 듯 누워 있는 하녀에게로 가서 그녀를 흔들었다. 그러고는 그녀를 약간 앞쪽의 다른 자리로 옮겨 놓고 나서 그곳에서 물러섰다. 잠시 뒤 작은 쥐가 다시 나타나 자신이 알고 있던 자리, 그러니까 조금 전 하녀의 입에서 기어 나왔던 그 자리로 달려갔다. 그러나 이리저리 달리던 쥐는 목적지에 도착하지도, 올바른 길을 찾지도 못하게 되자 그대로 사라져 버렸다. 그러자 하녀는 죽었고, 다시 살아나지 못했다. 호기심 많은 시녀는 후회했지만 소용없는 일이었다. 그 저택에는 또한 트루트(역자 주: 밤에 나타나는 여자유령)에 의해 고통을 당하는 일이 잦아 평화를 찾을 수 없었는데, 하녀의 죽음과 함께 트루트의 출현도 멈추었다.

249
밖으로 나가는 연기

헤르스펠트의 어느 집에 두 명의 하녀가 일을 하고 있었다. 그런데 그들은 매일 밤 잠을 자러 침대로 가기 전에 한동안 방 안에 가만히 앉아 있곤 했다. 이것이 마침내 집주인을 놀라게 만들었다. 어느 날 주인은 잠을 자지 않고 하녀들의 방에 몸을 숨긴 채 무슨 일이 일어나는지를 훔쳐 보려 했다. 하녀들이 탁자 앞에 앉아 서로를 마주 보더니 그들 중 하나가 다음과 같이 말하기 시작했다.

"유령이여, 빠져 나와서
시종을 괴롭혀라!"

그러자 그녀와 다른 하녀의 목에서 똑같이 검은 연기가 나와 창문 쪽으로 기어나갔다. 두 하녀는 동시에 깊은 잠에 빠졌다. 이에 집주인이 한 하녀에게 다가가 이름을 부르고 흔들었으나 소용이 없었다. 그녀는 꼼짝도 하지 않고 그대로 있었던 것이다. 결국 주인은 그들을 내버려 두고 방을 나갔다. 다음날 아침 그가 흔들었던 하녀는 죽어 있었다. 그러나 그가 건드리지 않았던 다른 하녀는 살아 있었다.

250
버드나무에서 나온 고양이

슈트라스레벤에 사는 한 농부의 하인이 다음과 같은 이야기를 전한다. 그의 마을에는 어떤 하녀가 하나 있는데, 그 하녀는 때때로 춤을 추다가 어디론가 사라져서는 한동안 시간이 흐른 후에야 다시 나타나며, 그녀가 어디에 다녀왔는지는 아무도 알지 못한다는 것이다. 한번은 그가 다른 하인들과 상의하여 그 하녀를 따라가 보기로 했다. 일요일이 되어 그녀는 다시 춤을 추러 와서 하인들과 즐겁게 시간을 보냈다. 그러고는 또 다시 밖으로 나갔다. 몇 명의 하인들이 그녀의 뒤를 살금살금 쫓아갔다. 그녀는 술집을 나가 들판으로 가더니, 주변을 돌아보지도 않고 앞으로 달려 속이 빈 버드나무까지 갔다. 그러고는 그 안으로 들어가 몸을 숨겼다. 하인들은 그녀가 버드나무 속에서 얼마나 오랫동안 머무르는지 보려고 그녀의 뒤를 밟았다. 그러고는 몸을 잘 숨길 수 있는 곳에서 기다렸다. 잠시 뒤 그들은 버드나무에서 고양이 한 마리가 뛰어나와 벌판을 가로질러 랑엔도르프 쪽으로 달려가는 것을 보았다. 이제 하인들은 버드나무 쪽으로 더 가까이 다가갔다. 그곳에는 그 사람이, 정확히 말하자면 그 사람의 육체가 뻣뻣하게 기대어져 있었다. 그들은 그 몸을 흔들고 또 흔들었지만 다시 살아 움직이게 할 수 없었다. 공포가 밀려왔다. 그리하여 두 하인은 그 육체를 서 있도록 내버려 두고 처음의 장소로 돌아갔다. 얼마의 시간이 지난 후 고양이가 앞서 달려갔던 길로 다시 돌아와서 버드나무 안으로 기어들어가는 것이 보였다. 하녀는 곧 버드나무에서 기어 나와 마을 쪽으로 갔다.

251
비바람과 우박을 만들다

1553년에 베를린에서 두 명의 마녀가 붙잡혔다. 이 마녀들은 대담하게도 열매를 시들게 만들기 위해 얼음을 만들었으며, 이웃여인의 아이를 훔쳐 토막 낸 후 삶아 버렸다. 하느님의 섭리로 엄마가 아이를 찾다가 그곳에 왔으니, 잃어버린 아이의 팔다리가 작은 냄비에 들어 있는 것을 보았다. 이제 두 여인이 붙잡혀 고문과 함께 추궁을 받자, 그들은 계속 끝까지 살았더라면 커다란 추위와 얼음이 함께 와서 모든 과실이 못쓰게 되었을 것이라고 말했다.

언젠가는 한 여관에 두 명의 마녀가 모여서 특별한 장소에 물이 들어 있는 두 개의 통, 혹은 양동이를 가져다 놓고, 곡식에 영향을 미쳐야 할지, 아니면 포도에 영향을 미쳐야 할지에 대해 서로 의견을 나눴다. 눈에 띄지 않는 구석에 서 있던 주인이 이것을 엿듣고, 두 여인이 잠자리에 든 저녁에 그 통을 집어다가 그들 위에 부었다. 그러자 물은 얼음이 되었으며 두 여인은 그 자리에서 얼어 죽고 말았다.

아이들을 먹여 살릴 방도를 알 수 없었던 한 가난한 과부가 땔감을 모으기 위해 숲으로 갔다가 자신의 불행에 대해 생각했다. 그때 악마가 산지기의 형상으로 나타나 그녀가 왜 그렇게 슬퍼하는지, 남편이 죽은 것인지 물었다. 그러자 과부가 대답했다. "예." 산지기가 말했다. "나를 남편으로 받아들여 내게 순종한다면 내가 너에게 많은 돈을 주겠다." 그는 그녀를 여러 말들로 설득했고, 마침내 굴복한 과부는 하느님을 거부하고 악마와 놀아났다. 한 달의 시간이 지난 후 그녀의 정부가 다시 찾아와 그녀에게 빗자루를 주었다. 그녀는 빗자루를 타고 나무가 많은 곳과 없는 곳, 마른 땅과 물 위를 지나 산으로 춤을 추러 갔다. 그곳에는 더 많은 여자들이 있었으나, 그녀는 그들 중 두 명만을 알고 있었으니, 그중 하나가 연주자에게 12페니히를 대가로 주었다. 춤이 끝난 후 마녀들은 하나가 되어 함께 이삭과 포도나무 잎, 떡갈나무 잎을 시들게 하고, 이를 통해 곡식과 포도와 도토리를 못 쓰게 만들고자 했다. 하지만 이는 성공하지 못했다. 우박이 쏟아져야 할 곳에 쏟아지지 못하고 빗나가 버렸기 때문이었다. 그녀 자신은 또한 양을 한 마리 죽였으니, 그 때문에 너무 늦게 집에 돌아오게 되었다.

252
마녀의 춤

헴바흐에 사는 한 여인이 16살도 채 되지 않은 아들 요하네스를 데리고 마녀들의 집회에 갔다. 소년이 피리 부는 것을 배웠기 때문에 그녀는 아들에게 자신이 춤출 때 피리를 불라고 시켰다. 또한 사람들이 더 잘 들을 수 있도록 가장 높은 나무에 올라가라고 말했다. 소년은 그 말에 따라 나무 위로 올라갔다. 소년는 그곳에서 피리를 불며 그들의 춤을 열심히 바라보았다. 그곳에서 벌어지는 모든 일들이 바보 같았기 때문에, 아이에게는 아마도 모든 것이 놀랍도록 기이해 보였을 것이다. 그리하여 소년은 이렇게 말했다. "하느님이시여, 보호해 주소서. 대체 이렇게 바보 같고 어리석은 하녀들이 모두 어디서 왔을까." 이 말을 채 마치기도 전에 소년은 나무에서 떨어져 어깨가 빠졌다. 소년은 이리 와서 자기를 도와달라고 소리쳤으나, 그곳에는 아무도 없었으니, 오로지 소년 혼자뿐이었다.

253
포도와 코

H.에 있는 궁정에 한 사내가 있었다. 그는 손님들에게 기이하고도 굴욕인 요술을 부렸다. 손님들이 밥을 먹고 나면 — 이들은 무엇보다도 그것 때문에 온 것인데 — 그가 재미 삼아 요술을 부려 주기를 열렬히 요구했다. 그러면 사내는 탁자에서 포도나무가 자라게 했으니, 손님들 각자의 앞에 하나씩 잘 익은 포도가 매달렸다. 그러고는 손님들에게 자기 포도를 손으로 붙잡고 있으라고 명령했다. 그리고 다른 한 손으로는 칼을 잡고, 마치 포도송이를 자르려는 것처럼 줄기에 대라고 했다. 그 뒤에 그는 방에서 나가 다시 돌아오지 않았다. 그러면 사람들은 모두가 제자리에 앉아 자기의 코를 쥐고 칼을 그 위에 대고 있었다. 만약 그들이 줄기를 잘랐다면 모두가 자기 코에 상처를 냈을 것이다.

254
붙잡고 매달리기

마그데부르크에 한때 기이한 마법사가 있었다. 그는 큰돈을 내고 들어온 많은 관객들 앞에서 놀랍도록 작은 말이 링 위에서 이리저리 춤을 추는 모습을 보여 주었다. 공연이 끝나갈 때쯤 마법사는 고마워할 줄 모르는 이 세상에서는 자신의 솜씨로 돈을 벌 수가 없다고 불평을 늘어놓았다. 반면 사람들은 너무도 인색하기 때문에 자신은 구걸을 하지 않고는 살아가기가 너무 힘들다는 것이었다. 그래서 그는 어쩌면 자신의 일이 하늘나라에서는 더 잘 되지 않을까 싶어 세상 사람들과 이별을 하고 가장 가까운 길로 하늘로 올라가고자 한다는 것이었다. 마법사는 말을 마치고 나서 허공으로 밧줄을 하나 집어 던졌다. 그러자 작은 말은 즉시 밧줄 쪽으로 쏜살같이 따라 올라갔다. 마법사는 말의 꼬리를 잡았고, 그의 부인은 그의 발을 잡았으며, 하녀는 부인의 옷을 잡았다. 그리하여 그들은 모두 마치 한 덩어리로 주조해 만든 듯 차례차례 사라져 버렸다. 사람들이 그 자리에 서서 입을 벌리고 — 쉽게 짐작할 수 있는 것처럼 — 놀라워하고 있을 때, 한 시민이 다가와 왜 그렇게들 서 있느냐고 물었다. 그러자 사람들은 요술쟁이가 말과 함께 하늘로 올라갔다고 대답했다. 그러자 그는 방금 그 요술쟁이가 숙소 쪽으로 가는 것을 보았다고 말했다.

255
마법의 속옷

마법의 속옷(역자 주: 위급할 때 입는 셔츠)은 다음과 같은 방법으로 만들어진다. 크리스마스이브에 아직 일곱 살이 되지 않은 두 명의 순수한 소녀가 아마포 실을 잣고 엮어서, 그것으로 셔츠를 꿰매어 만든다. 셔츠는 가슴 위에 두 개의 얼굴을 갖고 있는데, 오른쪽 가슴 위에 있는 것은 긴 턱수염에 투구를 쓴 얼굴이고, 왼쪽 가슴 위에 있는 것은 악마가 쓰는 것처럼 왕관을 쓴 얼굴이다. 양쪽의 얼굴 모두 십자가로 보호된다. 셔츠는 사람의 목부터 몸의 절반까지 덮을 수 있도록 길어야 한다.

이 노트헴트를 전쟁 때 입으면, 칼에 찔리거나, 베이거나, 총에 맞지 않으며, 다른 불의의 사고로부터도 안전하게 보호를 받는다. 그래서 황제와 영주들은 이를 중요하게 생각했다. 또한 산모 역시 노트헴트를 입는데, 그러면 분만을 더 쉽게 할 수 있다. 다른 한편으로는 이런 이야기도 있다. 방탕한 여인들은 이런 옷을 죽은 자로부터 얻고자 한다는 것이다. 그 옷을 입으면 더 이상 임신을 하지 않는다고 전해진다.

256
방탄복

신분이 높은 한 군인이 강력한 포위 공격 때 두 명의 다른 군인과 함께 참호 밖에서 왔다갔다하고 있었다. 요새 쪽에서는 아래에 있는 그를 향해 격렬한 사격을 퍼부었다. 그러나 그는 자신의 지휘봉을 들고 왼쪽으로 오른쪽으로, 또 사방으로 돌아다녔으며, 다른 두 사람에게는 자신에게 붙어 떨어지지 말라고 명령하였다. 모든 총알은 그를 빗겨 나갔으며, 그와 다른 두 명의 군인을 맞히거나 부상을 입힐 수 없었다.

전투 도중 도시로 도망칠 수밖에 없었던 한 장군은 소매에서 많은 소총 탄환을 마치 콩알처럼 털어냈다. 그 총알들 중 어느 하나도 그에게 상처를 입히지 못했던 것이다.

비텐베르크의 이발사 마이스터 페터에게 사위가 있었다. 사위는 전쟁 때 보병이었다. 그는 자신을 안전하게 지키고 상처를 입지 않도록 해 주는 기술을 알고 있었다. 더 나아가 그는 자신의 죽음을 예견하고 이렇게 말했다. "매부가 그렇게 하게 될 거야." 그는 똑같은 내용을 같은 날 자기 부인에게도 말했다고 한다. "장을 봐 놔. 오늘 손님들이 올 거야. 그러니까 구경꾼들 말야." 그리고 실제로도 그렇게 되었다. 그의 매부가 그를 칼로 찔러 죽이자, 모두가 이발사의 집으로 와서 죽은 자의 모습을 보려고 했기 때문이다.

257
백발백중의 사격

내가 알고 있던 한 사격의 달인은 총알이 닿을 수 있는 곳에 있는 모든 것을 맞출 수 있다고 장담했다. 보이지 않는 것이라도 맞출 수 있다는 것이었다. 그는 포위공격을 당하고 있던 W. 도시에 고용되었다. 앞쪽에 있는 작은 숲 속에 고상한 대장이자 군주가 있었으나, 그의 눈에 보이지 않는 곳에 있었다. 그는 군주를 쏘겠다고 자청하고 나섰지만, 사람들은 그래서는 안 된다고 이야기했다. 그러자 그는 군주가 말 위에 앉아 아침을 먹고 있던 자리에 서 있는 나무를 맞췄다. 벨바소어(『크라인의 명예』, I, 676)는 하루에 단 세 번 백발백중의 사격을 할 수 있던 한 귀족 신사를 기억하고 있다. 그는 사람들이 그에게 말하는 것들을 모두 확실하게 명중시킬 수 있었다. 그런 종류의 사수는 그가 무엇을 쏘아야할지, 사슴인지, 노루인지, 아니면 토끼인지, 목표를 정하고는, 그저 되는대로 소총을 창밖으로 내놓고 방아쇠를 당기기만 하면 된다. 그러면 그 짐승은 반드시 쓰러진다.

258
떠돌이 사냥꾼

커다란 숲 속에서 그 숲을 감독하던 산림관이 총에 맞아 죽는 사건이 발생했다. 그 숲의 주인인 귀족은 다른 사람에게 그 일을 맡겼다. 그러나 그 역시 똑같은 일을 당했다. 그의 뒤를 이은 다른 사람들도 마찬가지였다. 그리하여 마침내 그 위험한 숲을 맡으려 하는 사람을 더 이상 찾을 수 없게 되었다. 새로운 산림관이 들어서자마자 아주 멀리서 총성이 들리며, 그러면 곧 총알이 그의 이마 한복판을 맞춰 그를 쓰러트렸던 것이다. 그러나 총알이 어디에서 왔으며, 누가 쏘았는지에 대해서는 단서를 찾을 수가 없었다.

그럼에도 불구하고 몇 년 뒤 한 떠돌이 사냥꾼이 그 직책을 맡겠다고 나섰다. 귀족은 무슨 일이 일어났는지를 숨기지 않았고, 거기에 덧붙여 다음과 같이 분명하게 말했다. 그 숲을 다시 관리하게 되면 좋기야 하겠지만 그 위험한 직책을 맡으라고 권할 수는 없다는 것이었다. 이에 사냥꾼은 확신에 차서 대답했다. 자기가 그 눈에 보이지 않는 저격수에 대한 대책을 세우겠다는 것이었다. 그리하여 그는 숲을 넘겨받게 되었다. 다음 날 그는 몇몇 사람들과 동행하여 처음으로 숲으로 안내되어 들어갔다. 그러자 사람들은 그가 숲에 들어서자 바로 멀리서 총이 발사되는 소리를 들었다. 사냥꾼은 즉시 자신의 모자를 공중으로 던졌고, 모자는 총알에 맞아 다시 떨어졌다. "이제" 그가 말했다. "내 차례로군요." 그는 총알을 장전하고 다음과 같이 말하며 허공으로 총을 쏘았다. "이 총알이 대답을 가져다줄 겁니다!" 그러고 나서 그는 동행한 사람들에게 함께 가서 범인을 찾자고 부탁했다. 오랫동안 이리저리 찾아다닌 끝에 그들은 마침내 숲의 반대쪽 끝에 위치한 방앗간에서 방앗간 주인이 사냥꾼이 쏜 총알에 이마를 맞고 죽어 있는 것을 발견했다.

이 떠돌이 사냥꾼은 한동안 더 그 귀족을 위해 봉사했다. 그러나 그가 야생동물들에 마법을 걸어 꼼짝 못하게 만들고, 주머니에서 자고새를 꺼내 날려 보내고, 또 정말로 믿을 수 없는 거리에서도 총알을 항상 정확하게 명중시키는 등 믿을 수 없는 기술들을 가지고 있었기에 귀족은 일종의 공포를 느꼈으며, 결국 예절 바른 핑계를 대며 그를 해고했다.

259
이중의 형상

오랫동안 실신과 쇠약 증세로 고통을 겪고 있던 귀족에게 어떤 떠돌이가 찾아와 이렇게 말했다. "귀족께서는 마법에 걸려계십니다. 제가 귀족께 그 악한 짓을 한 여자를 눈앞에 데려올까요?" 귀족이 승낙하자 그가 말했다. "내일 누군가가 당신의 집에 와서 아궁이 불가에 서서 손으로 주전자 고리를 잡아들고 있게 될 것입니다. 그 사람이 바로 당신에게 고통을 안겨준 여자입니다." 다음날 그의 옆에 살던 신하의 부인이자 명망 있고 신앙심 깊은 여인이 그를 찾아와 떠돌이가 예언한 것과 똑같은 행동을 했다. 귀족은 그렇게 명망 있고, 하느님을 두려워하며, 자신이 전혀 악의를 가지고 대하지 않았던 여인이 그렇게 사악한 짓을 했다는 사실에 매우 놀랐다. 그리하여 이것이 제대로 된 일인지 의심을 하기 시작했다. 그리하여 그는 하인에게 이웃집 여인이 집에 있는지 없는지 보고 오라고 비밀리에 명령을 내렸다. 하인이 갔을 때 부인은 삼을 훑는 일에 집중하고 앉아 있었다. 하인은 부인에게 주인께서 부르신다는 이야기를 전했다. 그녀가 말했다. “이렇게 먼지에 덮이고 치장도 안한 채로 영주님 앞에 나서는 것은 경우 바른 일이 아닙니다.” 그러나 하인은 그런 건 아무런 상관없으니 어서 서둘러 영주에게 가자고 말했다. 그녀가 영주의 문 안으로 들어서자 다른 여인이 마치 유령처럼 홀에서 사라져 버렸다. 그리하여 영주는 그에게 하인을 보내 확인해 볼 생각을 하도록 해 주신 하느님께 감사를 드렸다. 그렇지 않았더라면 악마의 기만에 속아 죄 없는 여인을 화형시킬 뻔했던 것이다.

260
유령 아내

요한 카시미르 폰 코부르크 후작 시절에 그의 마구간 관리장인 G.P.v.Z는 우선은 슈피탈가세(역자 주: 길 이름)에 있는 — 그가 나간 후 프롬만 박사가 이사를 온 — 집에 살았다. 그러고 나서는 로제나우라 불리는 교외에 있는 커다란 집에서 살았고, 마지막으로는 성에서 살았다. 이렇게 자주 이사를 하게 된 것은 유령 때문이었다. 이 유령은 아직 살아 있는 그의 아내와 완전히 똑같이 생겨서, 그가 새로운 집에 들어서서 식탁 앞에 앉으면 때때로 누가 진짜 육체를 가진 자신의 아내인지 의심스러운 경우까지 있었다. 왜냐하면 유령은 그가 집밖으로 나가면 어디나 따라다녔기 때문이었다. 그가 후에 프롬만 박사가 소유하게 된 집으로 이사를 가자고 아내에게 막 제안했을 때, 커다란 목소리가 들려오기 시작하더니 이렇게 이야기했다: "원하는 곳으로 곧 이사를 가. 그러면 나도 너를 따라갈 거야. 온 세상을 다 지나서라도 말이야." 그것은 단순한 위협의 말이 아니었다. 마구간관리관이 이사를 간 후에 뒤채의 문이 마치 어마어마한 힘으로 닫은 것처럼 큰 소리를 내며 닫혔는데, 그 순간부터 유령은 이사를 나간 집에서는 다시 모습을 드러내지 않고, 새로 이사를 간 집에 나타났기 때문이다.

귀족부인이 옷을 갈아입으면 유령 역시 똑같은 옷을 입고 나타났으니, 연회복이든 일상복이든, 어떤 색깔이든 관계가 없었다. 그래서 부인은 집안일을 할 때 결코 혼자 다니지 않았으며 항상 누군가와 같이 다녔다. 보통 점심식사는 11시에서 12시 사이에 이루어졌다. 이때 성직자가 함께 하면 유령은 나타나지 않았다. 한번은 고해신부인 요한 프뤼셔가 초대되었는데, 헤어질 때 귀족이 아내와 자신의 여동생과 함께 그를 계단으로 안내했다. 그때 유령이 계단 아래쪽에서 올라오더니 나무로 된 난간을 통해 아가씨의 앞치마를 붙잡았으며, 아가씨가 소리를 지르기 시작하자 사라져 버렸다. 한 번은 유령이 부엌의 문턱에 팔을 올려놓고 있었는데, 요리사가 "뭘 원하는 거야?"라고 묻자 이렇게 대답했다. "네 여주인을 원한다." 유령은 그밖에는 귀족부인에게 해를 입히지 않았다. 그러나 귀족의 여동생인 아가씨에게는 위험한 존재였는데, 한번은 아가씨의 얼굴을 어찌나 세게 때렸던지 이로 인해 뺨이 부풀어 오른 아가씨는 아버지의 집으로 돌아갈 수밖에 없었다. 그러나 결국 유령은 사라져 버렸고, 집안은 다시 평온을 되찾았다.

261
첫째로 태어난 아이의 죽음

몇백 년 전 한 귀족 가문에서 첫째로 태어난 사내아이가 아침에 유모의 곁에서 죽은 채 발견되었다. 사람들은 유모가 일부러 짓눌러 죽였다고 의심을 했고, 그녀는 자신의 결백을 맹세했음에도 불구하고 사형을 선고 받았다. 그녀가 이제 무릎을 꿇고 목이 잘리게 되었을 때, 그녀는 한 번 더 이야기했다. "나는 너무나 결백하니, 그것이 사실이라면 앞으로 이 가문에서 첫째로 태어난 아기는 매번 죽게 될 것입니다." 이 말을 한 후 하얀색 비둘기가 그녀의 머리 위로 날아갔다. 그러고 나서 유모는 사형을 당했다. 그러나 예언은 실현되었으니 이 집안의 장남은 여전히 항상 어린 나이에 죽는다.

262
콜마르의 소년

콜마르의 페펠에 살고 있던 한 아이가 집에 있었다. 그런데 아이는 친구들이 조용히 놀고 있는 정원의 특정한 자리에는 가지 않으려 했다. 이유를 몰랐던 친구들은 아이를 한 번 억지로 그곳으로 데려가 보았다. 그러자 아이의 머리카락이 곤두서고 몸에서 식은땀이 흘렀다. 실신했던 아이가 마침내 정신을 차리자 사람들은 이유를 물었다. 아이는 오랫동안 아무 것도 고백하지 않으려 했지만, 여러 차례의 설득 끝에 결국 다음과 같이 말했다. "그 자리에 어떤 사람이 묻혀 있어요. 그 사람의 두 팔은 이렇게이렇게 놓여 있고, 그 사람의 다리는 이렇게이렇게 (이 모든 것을 아이는 정확하게 묘사했다) 놓여 있어요. 그리고 한쪽 손의 손가락에 반지를 끼고 있어요." 사람들은 땅을 파 보았다. 그 자리는 잔디로 덮여 있었다. 땅속 세 족장 정도 아래에서 해골이 발견되었으니, 해골은 아이가 묘사한 자세로 누워 있었으며, 아이가 말한 손가락에 반지가 끼워져 있었다. 사람들은 제대로 장례를 치러 주었다. 사람들은 아이에게 장례에 대해서도, 또 해골을 파낸 것에 대해서도 전혀 이야기해 주지 않았으나, 그 이후로 아이는 그 장소를 조용히 지나다니게 되었다. — 그 아이는 죽은 사람이 누워 있는 자리에서 죽은 자의 완전한 형상이 안개 속에 떠오르는 것을 보고, 모든 것을 알아차릴 수 있는 능력을 가지고 있었다. 아이는 수많은 끔찍한 모습들 때문에 괴로워하며 여위어 갔고, 생명을 빨리 소진해 버렸다.

263
메르제부르크 대성당 참사회 의원의 죽음

오래전에 메르제부르크 성당 교회에서 한 참사회 의원이 죽기 삼주 전 밤에 매우 요란한 소리가 들렸다. 죽게 될 사람의 의자에 마치 힘센 남자가 있는 힘을 다해 꽉 쥔 주먹으로 강력하게 한 방을 날린 것과 같은 충격이 가해졌던 것이다. 그 소리를 듣자마자 파수꾼들 중 몇 명이 낮이고 밤이고 교회에서 망을 봤으며, 교회에 있는 상당히 많은 보석들 때문에 순찰을 돌았다. 그리고 바로 다음 날 이를 참사회에 알렸다. 그런데 그것은 충격을 받은 의자의 주인인 참사회 의원이 3주 뒤에 창백한 윤무에 들어서게 되리라는 개인적인 알림이었다.

264
코르바이 수도원의 백합

베저 강가에 위치한 코르바이 대수도원령의 수도원은 신의 특별한 은총을 받았다. 사제들 중 하나가 죽게 되면, 그 사람은 죽기 사흘 전 제단에 걸려 있는 청동 장식의 백합을 통해 미리 경고를 받았다. 장식에서 떨어진 백합이 놀랍게도 항상 삶의 종말을 앞둔 사제의 의자 밑에서 나타났던 것이다. 의자 밑에서 이를 발견한 사람은 자신이 사흘 뒤에 세상과 작별한다는 사실을 오해의 소지 없이 알아차리게 되며, 이는 반드시 실현되었다. 이 기적은 다음과 같은 일이 벌어질 때까지 몇백 년 동안 계속되었다. 한 젊은 수사가 위와 같은 방식으로 다가올 죽음에 대한 경고를 받았다. 그러나 그는 경고를 무시한 채 백합을 한 늙은 성직자의 의자에 옮겨 놓았다. 죽음은 젊은 사람보다는 늙은 사람에게 더 잘 어울린다고 생각했던 것이다. 선량한 늙은 사제는 백합을 보고 이에 대해서, 즉 죽음의 냄새에 대해 너무나 심하게 충격을 받아 병에 걸리고 말았다. 그러나 그는 무덤 속으로 떨어지지 않고 곧 다시 건강해졌다. 반면 경고를 무시했던 젊은이는 세 번째 날에 갑작스런 죽음으로 세상을 떠나고 말았다.

265
뤼베크 대성당의 레분두스

오래전 뤼베크 대성당에서는 참사회 의원이 죽을 시기가 다가올 때마다 제단에 있는 그의 의자 방석 아래에서 하얀색 장미가 발견되었다. 그리하여 그곳에 도착하자마자 방석을 뒤집어 무덤의 알림이 그 아래에 있는지 살피는 관습이 생겨났다. 어느 날 아침 레분두스라는 이름을 가진 참사회 의원이 자신의 방석 아래에서 장미를 발견했다. 그런데 레분두스의 눈에는 그것이 장미라기보다는 고통을 주는 장미 가시로 보였기 때문에, 이를 재빨리 집어 자기 옆자리에 앉는 사람의 방석 밑에 집어넣었다. 옆 사람은 이미 방석 아래를 살펴보고 아무 것도 없다는 것을 확인한 뒤였다. 그러나 레분두스는 그에게 방석을 뒤집어보지 않겠느냐고 물었다. 그러자 다른 사람은 벌써 해봤다고 답했다. 그러나 레분두스는 계속해서 이렇게 말했다. 아마도 제대로 보지 않은 것 같으니 한 번 더 보는 것이 좋을 것 같은데, 왜냐하면 자기가 그쪽을 보았을 때 뭔가 하얀 것이 그 밑에서 희미하게 보였기 때문이라는 것이었다. 이에 다른 참사회 의원은 자신의 방석을 뒤집어 보았고, 그 아래서 무덤의 꽃을 발견했다. 그러자 그는 화가 나서 말했다. 이것은 사기이니, 오자마자 충분히 자세하게 살펴보았으나 자리 아래에서 장미를 발견하지 못했다는 것이었다. 이렇게 말하며 그는 장미를 다시 레분두스의 방석 아래로 밀어 넣었고, 레분두스는 억지로 장미를 밀어 넣는 것을 허락하지 않으려 하였다. 그리하여 두 사람은 장미를 계속 서로에게 집어 던졌으며, 싸움과 격렬한 말다툼이 벌어졌다. 참사회가 개입하여 둘을 갈라놓았으나, 레분두스는 자신이 처음으로 장미를 받은 사람이라는 사실을 절대로 고백하려 하지 않았으며 진실을 말하지 않고 고집스럽게 둘러대기만 했다. 마침내 다른 사람이 화가 나서 참지 못하고 다음과 같은 소망을 말하기 시작했다. "하느님께 바라오니, 미래에는 우리 둘 중 옳지 않은 말을 한 자가 장미 대신 죽음의 표시가 되도록 해 주시어, 참사회 의원이 죽게 될 때마다 무덤 속에서 관을 두드리도록 해 주십시오, 최후의 심판일까지!" 이 저주를 공허한 바람처럼 무시한 레분두스는 뻔뻔스럽게도 이렇게 덧붙였다. "아멘! 그렇게 되게 해 주십시오!"

오래지 않아 레분두스가 죽었기 때문에 그때부터 참사회 의원 중 한 사람의 종말이 가까워질 때마다 그의 비석 아래에서 끔찍하게 두드리는 소리가 들려왔다. 그리하여 다음과 같은 속담이 생겨났다. "레분두스가 움직였다, 참사회 의원 중 하나가 죽는다!" 제대로 말하자면 그것은 단순하게 두드리는 소리가 아니었다. 매우 크고 길고 넓은 비석 아래에서 세 번 가격이 있었는데, 그 소리는 천둥이 치거나 혹은 작은 대포가 세 번 발사될 때 나는 소리보다 그렇게 작지 않았다. 세 번째 가격 때는 그 소리의 긴 울림이 돔의 둥근 천장 안을 지나갔으며, 무언가가 부서지는 강한 소리와 함께 교회 전체에 울려 퍼졌기 때문에, 사람들은 돔이 붕괴하고 교회가 무너져 내린다고 생각했다고 한다. 그 소리는 교회 안에서뿐만 아니라 주변의 집들에서도 들렸다고 한다.

한 번은 레분두스가 일요일 9시에서 10시 사이, 설교가 한참 진행되고 있을 때 움직였다. 이때 레분두스는 너무나도 강력하게 관을 두들겼기 때문에, 비석 바로 위에 서서 설교를 듣고 있던 몇몇 수공업도제들이 한편으로는 돌이 강하게 들썩였기 때문에, 또 다른 한편으로는 너무나 놀라서 천둥에 얻어맞은 것처럼 바닥에 쓰러져 다쳤다고 한다. 끔찍한 소리가 세 번째 울리자 모든 사람들이 교회가 무너진다고 생각하여 밖으로 도망치려 했다. 그러나 신부가 용기를 내어 도망치지 말고 그냥 제자리에 있으라고 외쳤다. 미사를 방해하고자 하는 악령일 뿐이니, 이를 무시하고 믿음 속에서 저항해야 한다는 것이었다. 몇 주가 지난 후 수석사제의 아들이 죽었다. 참사회 의원의 가까운 친척이 곧 무덤에 들어가게 되었을 때에도 레분두스는 날뛰었던 것이다.

266
종이 저절로 울리다

1686년 3월 27일에 한 유명한 제국도시에서 시장 종이라 일컬어지는 종이 세 번 저절로 울렸다. 그 뒤에 곧 시장의 주인이기도 했던 의회 고문관이 죽었다.

어떤 집에서 주인이 죽기 6주, 혹은 7주 전에 매우 밝은 소리의 종이, 그것도 두 차례에 걸쳐 울리기 시작했다. 집 주인은 당시 아직 생기 있고 건강했으나, 부인이 앓아 누워 있었기 때문에 주인은 하인들에게 부인 앞에서 종소리에 대해 말하는 것을 금지했다. 부인이 충격을 받고 우울한 상상 때문에 더 아프게 되거나, 심지어 그로 인해 죽게 될까봐 걱정을 했던 것이다. 그러나 그 신호는 주인 자신을 의미한 것이었으니, 그가 무덤으로 가고 부인의 건강은 완전히 회복되었다. 그녀가 죽은 남편의 옷과 외투를 말끔하게 손질하고 솔질을 하고 있을 때, 그녀의 눈과 귀 앞에서 헛간의 종이 저절로 울려 익숙한 소리를 내기 시작했다. 그 후로 8일이 지난 후 그녀의 장남이 병들었고 며칠 뒤에 죽고 말았다. 이 과부는 다시 결혼하여 두 번째 남편과의 사이에서 몇 명의 아이를 낳았는데, 아이들은 태어나고 몇 주 뒤에 3월의 꽃들처럼 시들어 땅에 묻히고 말았다. 종이 매달려 있는 방이 잠겨 있어 아무도 끈에 접근할 수 없었는데도 불구하고, 종은 아이들이 죽게 될 때마다 매번 연달아 세 번씩 세차게 울렸다.

어떤 사람들은 이 종소리가 (이 소리는 흔히 병자나 침대에 누워 죽어가는 사람들에게는 들리지 않고 오로지 다른 사람들에게만 들린다) 사악한 유령에 의해 울리게 된다고 믿는다. 그에 반해 다른 사람들은 착한 천사에 의한 것이라고 생각한다. 또 다른 이들은 보호유령이 사람들을 경고하고 빠르게 다가오는 죽음에 대비하라고 알려 주기 위해 종을 울리는 것이라고 말한다.

267
죽음의 유령

티롤의 슈바츠와 인스부르크에서는 죽음의 시간에 유령이 모습을 드러내는데, 어떤 때는 작고, 어떤 때는 집처럼 크다고 한다. 이 유령은 창문 안쪽을 들여다보는데, 바로 그 집의 사람이 죽는다.

268
베르타 부인 혹은 하얀 여인

하얀 여인은 여러 제후 가문의 성에서 나타나는데, 특히 보헤미아의 노이하우스, 베를린, 바이로이트, 다름슈타트, 칼스루에와 결혼을 통해 점차 그들과 친척이 된 집안에서 그렇다. 이 여인은 아무도 괴롭히지 않으며, 마주치는 사람 앞에서 고개를 숙이고 아무 말도 하지 않는다. 그녀의 방문은 누군가의 죽음이 가깝다는 것을 의미하는데, 때로는 무언가 기쁜 일을 의미할 수도 있다. 그녀가 검은 장갑을 끼지 않고 있는 경우에 그렇다. 그녀는 열쇠꾸러미를 지니고 다니며, 하얀색 면사포두건을 쓰고 있다. 어떤 사람들에 따르면 그녀는 살아 있을 때 요한 페르히타 폰 로젠베르크라는 이름으로 불렸다고 하며, 보헤미아의 노이하우스에서 살았고, 못되고 고집 센 남자인 요한 폰 리히텐슈타인과 결혼을 했었다고 한다. 남편이 죽은 후 그녀는 노이하우스에서 과부로 살았으며, 성을 짓기 시작하여 그 일에 전념해야만 하는 아랫사람들의 커다란 불만을 샀다고 한다. 그녀는 일을 하는 사람들에게 근면하라고 외쳤다. "성이 완성되면 내가 그대들과 그대들의 가족에게 달콤한 죽을 대접하겠다." 이 관용구는 늙은이들이 누군가를 손님으로 초대할 때 사용되었다. 건설이 완료된 후 가을에 그녀는 자신의 약속을 지켰을 뿐만 아니라, 로젠베르크에 있는 아랫사람들 모두에게 계속해서 그런 식사를 제공해 주도록 했다. 이는 오늘날까지도 끊임없이 이뤄지고 있으니,[20] 이 일이 중단되면 그녀가 분노한 얼굴로 나타난다고 한다. 그녀는 유모가 잠든 밤에 때때로 영주의 아이 방을 찾아와 아이를 달래재우고 친근하게 안아 준다고 한다. 한 번은 아무것도 모르는 유모가 깜짝 놀라서 물었다. "아이를 어쩌려는 거지요?" 그러자 그녀는 이렇게 말하며 꾸짖었다고 한다. "나는 너처럼 이 집안의 낯선 사람이 아니라, 이 집안에 속하는 사람이다. 이 아이는 내 자식의 아이에게서 나왔다. 너희들이 내게 경의를 표하지 않았으니 나는 더 이상 발을 들여놓지 않겠다."

269
야생녀 베르타의 출몰

슈바벤, 프랑켄과 튀링겐에서는 고집 센 아이들에게 이렇게 외친다. "조용히 해, 안 그러면 야생의 베르타가 온다!" 그녀는 빌다베르타, 힐다베르타라고 하며, 또한 철의 베르타라고 부르는 사람들도 있다. 그녀는 머리를 늘어뜨린 야생녀의 모습으로 나타나며, 한 해의 마지막 날 아마 실을 잣지 않은 소녀들의 치마를 더럽힌다. 많은 사람들은 이날 감자경단과 청어를 먹는다. 사람들이 주장하기를, 그렇게 하지 않으면 페르히타 혹은 프레히타가 와서 그들의 배를 갈라 열고, 먼저 먹은 것들을 끄집어낸 후 여물을 집어넣는다. 그러고는 바늘 대신 쟁기의 보습으로, 실 대신 낡은 사슬로 갈라진 배를 꿰맨다.

---

20 이 죽은 완두콩과 거칠게 깐 메밀로 끓인다. 또한 매번 생선이 함께 넣어진다.

270
튀르스트, 포스테를리, 슈트레겔레

루체르네르가우에서는 밤중에 숲에서 폭풍이 울부짖으며 날뛰면 이렇게 말한다. "튀르스트(혹은 뒤르스트)가 사냥하는 거야!" 그와 달리 엔텔부흐에서는 여자요괴인 포스테를리가 사냥을 한다고 하는데, 그곳 주민들은 매년 크리스마스 전 목요일에 시끄러운 소리와 소음을 내는 커다란 행렬 속에서 포스테를리의 사냥을 공연한다. 루체른에서는 슈트레겔레가 성탄절 전 사순절 수요일 밤에 여기저기 떠돌아다니며 하루에 해야 하는 만큼 실을 잣지 못한 소녀들을 여러 가지 방법으로 괴롭히는 마녀를 뜻한다. 그래서 그날 밤을 슈트레겔레의 밤이라고 부른다.

271
밤사냥꾼과 공중돌이 여인들

리젠게비르게의 주민들은 밤에 사냥꾼의 외침과 뿔고동 소리, 야생 동물들의 소리를 자주 듣는다. 그러면 그들은 이렇게 이야기한다. "밤사냥꾼이 사냥하는구먼." 어린아이들은 이 말을 무서워하는데, 아이들에게 "조용히 해, 밤사냥꾼이 사냥하는 소리 안 들리니?"라고 외치면 입을 다문다. 밤사냥꾼은 특히 맴돌이 여인들을 사냥하는데, 이들은 이끼로 된 옷을 입은 작은 여인들이라고 한다. 밤사냥꾼은 이들을 좇아다니며 끊임없이 두려움에 떨도록 만든다. 그러나 그것은 맴돌이 여인들이 특정한 나무 밑동, 즉 나무꾼이 "주님 뜻대로 하소서!"라고 외치며 자른 나무의 줄기에 도달하지 못한 경우에만 가능하다. 그런 나무 위에 올라선 맴돌이 여인들은 평화를 얻게 된다. 그러나 나무꾼이 도끼를 처음으로 댈 때 "뜻대로 하소서 주님!"이라고 외쳤다면, 맴돌이 여인들은 나무줄기 위에서 평온과 평화를 얻지 못하고 끊임없이 사냥꾼으로부터 도망쳐야 한다.

272
챙 넓은 모자 솜브레로를 쓴 남자

무너져 버린 프라인슈타인 성의 방들 중 하나에 어떤 노파가 몇 년 전까지도 살고 있었다. 어느 날 밤 회색 바지에 커다란 솜브레로를 쓰고 긴 턱수염을 가진 남자가 그녀가 있는 방 안으로 너무나 자연스럽게 들어왔다. 그는 모자를 못에 걸어놓고 그 누구도 괘념하지 않으며 탁자 앞에 앉았다. 그러고는 짧은 파이프를 자루에서 꺼내 담배를 피웠다. 회색 사내는 그렇게 계속 자신의 탁자 앞에 앉아 있었다. 그가 가리라는 기대를 할 수 없었던 노파는 침대에 누웠다. 아침이 되자 유령은 사라져 버렸다 — 교구장의 아들은 이렇게 이야기했다. "내가 크리스마스가 있는 주의 첫 번째 아침에 교회에서 일을 하고 있을 때, 할머니가 우리 방에 앉아 기도를 했다. 한번은 할머니가 책에서 고개를 들고 막 성의 정원 쪽을 바라보았는데, 그때 위쪽에 회색 수도복을 입고 챙 넓은 모자를 쓴 사내가 서 있는 것을 보았다. 그 사내는 때때로 괭이질을 했다. 우리와 이웃들은 모두 그를 보았다. 해가 지자 그는 사라져 버렸다."

273
회색의 업힌 남자

(역자 주: 원문의 '호켈만 Hockelmann'은 '업힌 남자'라는 뜻)

여러 해 전 어느 날 밤에 아우어바흐 출신의 한 농부가 성이 있는 산 아래쪽을 지나가고 있었다. 그때 갑자기 회색의 남자가 그를 붙잡아 세우더니 성이 있는 위쪽까지 자신을 업고 가라고 강요했다. 다음 날 그 농부는 성의 어두운 계단에서 발견되었으며, 기진맥진한 것 같아 보였다. 농부는 얼마 뒤에 죽고 말았다.

274
폼메른의 힘메케

로위츠성에는 늙은 폼메른 사람들이 힘메케라 부르는 유령이 있었다. 이 유령은 부엌일을 돕는 소년을 토막 내어 도기로 만든 냄비에 집어넣었다고 한다. 그 아이가 미신의 시대에 매일 밤 유령에게 바쳐졌던 우유를 먹어 치웠기 때문이었다. 힘메케가 자신의 기분을 달래기 위해 사용했던 이 냄비 혹은 삼발냄비는 오랫동안 전시되었다.

275
크리셔

오버카인스바흐 재판구(역자 주: 프랑켄 왕국에서 첸트[Zent]는 백작령의 하위구역으로 그 교구장이 재판장을 겸했다.) 교구장이었던 요한 페터 크리히바움은 1753년 3월 12일에 다음과 같은 이야기를 전해 주었다. 슈프렝이라 불리는 구역에 한 영혼 혹은 유령이 머무르고 있는데, 그 유령은 온갖 종류의 비명 소리, 예컨대 노루, 여우, 당나귀, 개, 돼지 및 다른 동물들의 소리, 그리고 동시에 온갖 종류의 새 소리를 낸다. 이 때문에 사람들은 그 유령을 크리셔(역자 주: 비명 지르는 자)라고 부른다. 이 유령은 이미 많은 사람들을 속였기 때문에 아무도 그를 믿지 않는다. 특히 그곳의 벌판에 머무르는 목자들이 그렇다. 최근에 한 목자가 이런 일을 직접 당했다. 어느 날 밤 그는 슈프렝에 있는 자신의 목초지로 가서 물을 대기 위해 수문을 열었다. 그때 랑엔브롬바허 쪽의 작은 숲에서 돼지 한 마리가 칼이 목에 박히기라도 한 듯이 소리를 질렀다. 유령은 16년 전에 사람들이 숯을 태웠던 홀레 숲까지도 들어간다고 한다. 이에 대해 당시 숯쟁이들이 많은 탄식을 했으니, 유령은 당나귀의 모습으로 나타나서 숯쟁이들을 여러 가지 방법으로 두려움에 떨게 만들었다. 바로 그 지역에서 숯을 싣고 미헬슈타트의 대장장이에게 가져다주던, 이미 죽은 요한 페터 베버도 이를 확인해 주었다. 재판구의 늙은 교구장 하인리히 헤르만 역시 다음과 같은 일을 분명히 겪었다고 말한다. 그가 언젠가 수소들을 슈프렝 목초지에서 돌보고 있는데, 여우 한 마리가 그에게 달려왔다. 그가 여우를 향해 채찍을 휘두르자 여우는 순식간에 사라져 버렸다.

276
배로 강을 건너는 수도사들

오래전 슈파이어라는 도시에 한 어부가 살았다. 그가 밤에 라인 강가에 와서 고기를 잡으려고 그물을 펼치려 할 때 수도사들처럼 검은 수도복을 입은 남자가 다가왔다. 어부가 인사를 하자 그가 말했다. "나는 멀리서 온 사자입니다. 라인 강을 건넜으면 합니다." — "여기 배 안으로 들어서시지요." 하고 어부가 대답했다. "제가 강을 건너게 해드리겠습니다." 어부가 그를 건네다 주고 돌아오자, 또 다른 다섯 명의 수도사가 강가에 서 있었으며 역시 배를 타기를 원했다. 어부가 겸손하게 물었다: 어떻게 이런 깜깜한 밤에 여행들을 하시는지요? "곤경에 처해서 그렇게 되었소이다." 수도사들 중 하나가 대답했다. "세상이 우리에게 적대적이라오. 그러니 우리를 태워 주시면 신의 대가를 받게 될 것이오." 어부는 자신이 일한 대가로 그들이 무엇을 줄 수 있는지 알려 주기를 요구했다. 그들이 말했다. "지금 우리는 가난하다오. 우리 형편이 다시 좋아지면 그대는 우리가 얼마나 고마워했는지를 느끼게 될 것이오." 그리하여 뱃사람은 출발했다. 그러나 배가 라인 강 한복판에 이르자 끔찍한 폭풍이 일어났다. 파도가 배를 덮쳤고 어부는 창백해졌다. "이게 뭐지?" 하고 어부는 생각했다. "해가 질 때만 해도 날이 맑고 청명했으며 달이 아름답게 비췄는데, 어디에서 이렇게 빨리 폭풍이 온 것일까?" 어부가 하느님께 기도하려고 두 손을 들었을 때 수도사 중 하나가 외쳤다. "왜 기도로 하느님을 성가시게 만드는 거야, 배나 조종해." 이 말과 함께 수도사는 그의 손에서 노를 빼앗아 불쌍한 어부를 때리기 시작했다. 날이 밝기 시작했을 때 그는 반쯤 죽은 채로 배 안에 쓰러져 있었고, 검은 사나이들은 사라져 버리고 없었다. 하늘은 전과 같이 맑았다. 뱃사람은 기운을 내어 되돌아가서 힘들게 그의 집에 도착했다. 다음날 바로 그 수도사들은 아침 일찍 슈파이어에서 출발해 길을 가고 있던 사신과 마주쳤다. 그들은 덜커덩거리는, 검은색으로 덮인 마차를 타고 있었다. 그런데 그 마차는 바퀴가 세 개 밖에 없었으며 코가 굉장히 긴 마부를 태우고 있었다. 사신은 아연실색하여 멈춰 서서 마차가 지나가도록 내버려 두었다. 그리고 마차가 딸가닥거리는 소리를 내며 불꽃과 함께 허공으로 사라지는 것을 보았다. 이때 사람들은 마치 군대가 모이기라도 하는 듯 칼이 부딪치는 소리를 들었다. 사신은 돌아서서 도시로 돌아가 사람들에게 모든 것을 알렸다. 사람들은 이 환영(幻影)으로부터 독일 영주들 사이에 불화가 있게 될 것이라 결론 내렸다.

277
도깨비불

헨라인의 베르크슈트라세에서, 그리고 또한 리르쉬 지역에서도 사람들은 도깨비불을 헤어비쉬라고 부른다. 이 도깨비불은 강림절(역자 주: 크리스마스 전 4주간)에만 나타나며, 사람들은 이 불에 대해 조소하는 시를 가지고 있었다: "헤어비쉬, 호 호, 귀리 지푸라기처럼 타라, 나를 때려 번개처럼 푸르게 만들어라!" 사람들이 이야기하기를, 30년보다도 더 오래전에 한 소녀가 저녁에 헤어비쉬를 보고 그 조롱하는 시를 불러 주었다. 그러자 헤어비쉬는 곧바로 소녀를 쫓아 달려왔다. 소녀가 도망쳐 부모가 있는 집으로 피신하자, 헤어비쉬는 소녀의 발뒤꿈치까지 쫓아와 함께 방 안으로 들어와서는, 그 안에 있던 사람들을 모두 그의 불타는 날개로 때렸다. 그들은 모두 청력과 시력을 잃어버렸다.

278
불타는 마차

감멜스바흐 출신의 콘라트 셰퍼가 다음과 같이 이야기했다. “나는 몇 년 전에 낡은 프라이엔슈타인 성에서 멀리 떨어지지 않은 곳에 있는 히르시훼르너훼에 언덕에서 과일을 키웠어요. 어느 날 밤 12시에 끔찍하게 덜커덩거리는 소리를 내는 두 대의 불타는 마차와 마주쳤는데, 마차에는 각각 네 마리의 불타는 말들이 묶여 있었지요. 두 마차는 막 프라이엔슈타인 쪽에서 오는 길이었어요. 나는 마차들이 달리는 것을 자주 보았지요. 매번 어마어마하게 놀랐어요. 마차 안에는 입과 눈에서 불을 내뿜는 사람들이 앉아 있었기 때문이었지요.”

279
레더베르크

나사우의 한 푸주한이 고기를 팔기 위해 길을 나섰다. 란트슈트라세(역자 주: 길 이름)에서 그는 길을 가는 마차와 마주쳤고 그 궤도를 머릿속으로 따라가면서 그들의 뒤를 따랐다. 갑자기 마차가 크고 아름다운 시골집 앞에 멈춰 섰다. 그곳은 헤어슈트라세(역자 주: 길 이름) 한가운데였는데, 그는 이 길을 여러 번 다녔지만 그런 집은 본 적이 없었다. 마차에서 세 명의 수도사가 내렸다. 깜짝 놀란 푸주한은 몰래 그들을 따라 밝게 불이 밝혀진 집 안으로 들어갔다. 우선 그들은 누군가에게 성찬식을 건네주기 위해 어떤 방으로 들어섰다. 그러고 나서는 홀 안으로 들어갔는데, 그곳에는 많은 사람들이 식탁 주위에 앉아 시끌벅적하게 소리를 지르며 식사를 하고 있었다. 갑자기 위에 앉아 있던 사람이 낯선 푸주한을 보았다. 그러자 즉시 사방이 조용해졌고 아무도 이야기를 하지 않았다. 그때 제일 높은 사람이 일어서더니 푸주한에게 다음과 같은 말을 하며 포도주잔을 가져다주었다. "하루 더!" 겁에 질린 푸주한은 포도주를 마시려 하지 않았다. 그 뒤 곧바로 두 번째 사람이 일어서더니 잔과 함께 푸주한에게 다가와 다시 이렇게 말했다. "하루 더." 그는 다시 이를 거절했다. 그 다음 세 번째 사람이 잔을 들고 와서 똑같은 말을 했다. "하루 더!" 이제 푸주한은 잔을 받아 마셨다. 그러나 잠시 뒤 무리로부터 네 번째 사람이 그에게 다가와 다시 한 번 포도주를 권했다. 깜짝 놀란 푸주한이 성호를 긋자 갑자기 모든 모습들이 사라졌고, 그는 칠흑 같은 어둠 속에 서 있었다. 마침내 아침이 밝아오자, 푸주한은 자신이 란트슈트라세에서 멀지 않은 레더베르크 산 위에 있다는 것을 알게 되었다. 그는 돌로 뒤덮여 걷기 힘든 길을 따라 다시 자신의 고향도시로 돌아왔으니, 신부에게로 가서 자신이 겪은 일을 밝히고는 정확히 사흘 뒤에 죽었다.

이 전설은 오랫동안 퍼져 있었다. 그 산에는 오늘날에도 폐허로 남아 있는 수도원이 있으나, 그곳의 수도회는 이미 사라져 버렸다고 한다.

280
헬레바르덴의 불빛

하나우의 매우 오래된 성 리히텐베르크는 잉바일러에서 한 시간 거리인 운터엘자스의 높은 절벽 위에 자리 잡고 있다. 이 성에 대해서 다음과 같은 이야기가 전해진다. 폭풍과 사나운 날씨가 닥칠 때마다 사람들은 성의 지붕과 성탑의 둥근 꼭대기, 또 헬러바르데(역자 주: 창 종류의 무기)의 끝에서도 수많은 작은 푸른색 불빛들을 목격했다. 이는 여러 해 동안 그러했는데, 몇몇 사람들에 따르면 이 오래된 성의 이름 또한 그 불빛에서 유래되었다고 한다.

작은 마을인 랑엔슈타인(오버헤센의 키르히하인에서 가까운 곳) 출신의 농부 두 명이 건초용 쇠스랑을 어깨에 얹고 엘프스도르프 쪽으로 가고 있었다. 길을 가던 중 한 농부가 동행하던 친구의 쇠스랑 위에서 갑자기 작은 불빛 하나를 보았다. 그는 쇠스랑을 내리고 웃으면서 반짝이는 것을 손으로 털어냈다. 그러자 불빛은 사라졌다. 그들이 백 걸음을 더 갔을 때 작은 불빛이 다시 같은 자리에 앉아 있었고, 농부는 불빛을 다시 한 번 털어냈다. 그러나 잠시 뒤 불빛이 세 번째로 자리를 잡고 앉았다. 이에 다른 농부가 몇 마디 심한 말들을 내뱉으며 친구에게서 다시 불빛을 털어냈다. 그 뒤로 불빛은 다시 나타나지 않았다. 8일 뒤에 농부가 다른 농부에게서 세 번째로 불빛을 털어냈던 그 자리에서 두 사람이 만났다. 오랫동안 좋은 친구였던 두 농부는 이날따라 예외적으로 서로에게 화를 냈고, 말싸움이 주먹다짐으로 변하면서 한 농부가 다른 농부를 찔러 죽였다.

281
유령 출현

동해 해안에 사는 사람들은 배의 난파나 좌초를 미리 알 수 있는 경우가 많다고 믿는다. 그런 배들은 미리 유령처럼 나타나는데, 사고가 나기 며칠이나 몇 주 전 밤에 사고가 나게 될 장소에서 마치 어두운 허상처럼 보인다는 것이다. 이때 배의 모든 부분들, 선체, 삭구, 돛대, 돛이 오로지 불길 속에서 모습을 드러낸다고 한다. 이것을 사람들은 유령 출현이라고 부른다.

익사하는 사람들도 역시 유령으로 나타나는데, 화재가 나서 타버릴 집들과 물속에 가라앉게 될 지역들도 마찬가지다. 아직도 일요일이면 물속에서 가라앉은 도시들의 종이 울리는 소리가 들린다.

282
베베른트의 불꽃성

티롤의 높은 산 위에 오래된 성이 하나 있는데, 그곳에서는 매일 밤 불꽃이 타오른다. 그 불꽃은 너무나 커서 성벽 바깥쪽까지 나오기 때문에 사람들은 아주 멀리서도 이 불꽃을 볼 수 있다. 땔감이 부족했던 한 가난한 여인이 이 성이 있는 산에서 땅에 떨어진 잔가지들을 찾아 모으다가 결국 성문에까지 이르게 되었다. 호기심에 주위를 둘러보던 여인은 마침내 안으로 들어섰다. 그러나 모든 것이 무너져 쉽게 앞으로 나아갈 수 없었기 때문에 안으로 들어가는 일이 쉽지 않았다. 궁정에까지 왔을 때 여인은 신사와 숙녀들이 그곳에서 커다란 탁자 앞에 앉아 식사를 하고 있는 것을 보았다. 하인들은 기다렸다가 접시를 치우고, 음식을 가져오고 내갔으며, 포도주를 따라 주었다. 여인이 그렇게 서 있을 때 하인 하나가 와서 그녀를 데려갔다. 그곳에서 그녀의 앞치마에 금 한 조각이 던져졌다. 그 뒤 모든 것이 순식간에 사라졌고, 가난한 여인은 깜짝 놀라 돌아가는 길을 찾았다. 그녀가 궁정 밖으로 나서자 그곳에는 한 군인이 불붙은 도화선을 들고 서 있었는데, 그의 머리는 목 위에 있는 것이 아니라 팔 아래에 끼워져 있었다. 그는 여인에게 말을 하기 시작했으니, 그녀가 본 것과 경험한 것을 다른 누구에게도 이야기해서는 안 된다고 했다. 그렇게 하지 않으면 안 좋은 일이 벌어지리라는 것이었다. 여인은 여전히 두려움에 사로잡힌 채 금을 가지고 집으로 돌아왔다. 그러나 그녀는 금을 어디에서 얻었는지는 말하지 않았다. 윗사람들이 이에 대해 듣고 그녀가 출석할 것을 요구했다. 그러나 여인은 한 마디도 하지 않으려 했으며, 무언가를 말하면 자신에게 커다란 불행이 생겨날 것이라며 사죄했다. 사람들이 그녀를 더욱 심하게 독촉하자, 여인은 두려움에도 불구하고 자신이 불꽃성에서 겪은 것들을 모두 상세하게 밝혔다. 그러나 말을 마치는 순간 여인은 사라져 버렸으니, 그녀가 어디로 갔는지 알 수 있는 사람은 아무도 없었다.

그런데 이 지역에는 한 젊은 귀족이 2년째 머무르고 있었으니, 그는 모든 일에 경험이 많은 기사였다. 이 일의 경과를 알게 된 후, 그는 깊은 밤에 시종과 함께 걸어서 산으로 올라가기 시작했다. 두 사람은 매우 힘들게 올라갔는데, 그사이 어떤 목소리가 그들에게 올라가지 말라고 여섯 번 경고했다. 그렇지 않으면 커다란 해를 입을 수밖에 없다는 것이었다. 그러나 그들은 신경 쓰지 않고 계속 앞으로 나아가 마침내 문 앞에 도착했다. 그곳에 예의 그 군인이 다시 보초로서 서 있었고, 흔히 그러하듯이 "거기 누가 있느냐?" 하고 물었다. 생기가 넘치는 남자였던 귀족은 "나다"라고 대답했다. 유령이 계속해서 물었다. "네가 누구냐?" 귀족은 이번에는 대답을 하지 않고 하인에게 칼을 달라고 명령했다. 칼을 넘겨받자 한 검은 기사가 성에서 말을 타고 달려 나왔다. 귀족은 그로부터 자신을 방어하고자 하였다. 그러나 기사는 귀족을 말 위로 집어 들어 그와 함께 궁정 안으로 말을 타고 들어갔다. 그리고 군인은 하인을 산 아래로 쫓아냈다. 귀족은 어디에서도 발견되지 않았다.

283
불산

할베르슈타트에서 한두 시간 떨어진 곳에 예전에는 초목이 없었으나 지금은 높은 전나무와 떡갈나무로 뒤덮인 산이 하나 있다. 이 산을 많은 사람들이 불산이라 부른다. 이 산의 깊은 곳에서는 악마가 자신의 본성을 드러내고 모든 것을 밝은 불꽃 속에 태워버린다고 한다. 오래전 할베르슈타트에 사악하고 남의 것 빼앗기를 좋아하며 나라의 주민들을 가능한 한 도처에서 괴롭히던 백작이 살고 있었다. 한 목자에게 그는 여러 해 전부터 큰돈을 빚지고 있었는데, 목자가 와서 이에 대해 경고하면, 백작은 매번 모욕적인 거절의 답을 들려주었다. 그런데 갑자기 백작이 사라져 버리더니, 그가 먼 나라에서 죽었다는 소식이 들려왔다. 목자는 근심에 가득 찬 채 목초지로 돌아가 자신이 입은 손해에 대해 한탄했다. 백작의 상속자와 남겨진 가족들은 그의 요구에 대해 알려고도 하지 않았고, 그가 방문을 하면 성 아래로 쫓아냈기 때문이었다. 그런데 다음과 같은 일이 일어났다. 그가 언젠가 숲 속에 있을 때 어떤 형상 하나가 그에게 다가와 말을 했다. "네 늙은 채무자를 보고 싶으면 나를 따라 오거라." 목자는 그를 따라 숲을 통과하여, 나무가 없는 높은 산까지 이끌려 갔다. 그러자 곧 산이 두 사람 앞에서 커다란 소리를 내며 열리더니 그들을 들여보내고는 다시 닫혔다. 산 안쪽은 온통 불로 가득했다. 목자는 덜덜 떨며 의자에 앉아 있는 백작을 보았다. 그의 주위에서는 불타는 벽과 불타는 바닥 위에서 볼 수 있는 것과 같은 천 개의 불꽃이 춤을 추고 있었다. 죄인은 소리쳤다. "돈을 갖고 싶으면, 목자여, 이 천을 받아 나의 가족에게 가져가거라. 그리고 그들에게 지옥의 불꽃 속에 앉아 영원히 고통을 받아야 하는 나의 모습을 네가 본 대로 이야기해 주거라." 그러고는 자신의 머리에서 천을 잡아 당겨 목자에게 주었다. 그의 눈과 손에서는 불꽃이 번뜩였다. 목자는 안내자의 인도에 따라 후들거리는 다리로 서둘러 돌아갔다. 산이 다시 열리고 그의 뒤에서 닫혔다. 목자는 천을 가지고 백작의 성으로 가서 그것을 보여 주고 자신이 목격한 것을 들려주었다. 이에 그들은 목자에게 돈을 기꺼이 돌려주었다.

284
불타는 남자

프라이엔슈타인 성의 관할지역인 소위 카일바흐의 호펠라인이라는 곳에 사는 게오르크 밀텐베르거가 다음과 같은 이야기를 전해 주었다. “크리스마스 전 4주의 첫 번째 일요일 밤 11시에서 12시 사이에 나는 집에서 멀지 않은 곳에서 완전히 불길에 휩싸인 채 타고 있는 남자를 보았다. 그의 몸에서 사람들은 갈비뼈를 하나씩 전부 셀 수도 있었다. 그는 자정이 지난 후 갑자기 사라져 버릴 때까지 한 경계석에서 다른 경계석까지 그의 길을 지켰다. 많은 사람들이 그로 인해 공포와 놀라움에 빠졌는데, 입과 코에서 불을 뿜어내고 빠른 속도로 이쪽에서 저쪽까지, 사방팔방으로 날아다녔기 때문이다.”

285
저주받은 토지측량사들

밤에 강가와 밭두렁 여기저기에서 돌아다니는 도깨비불은 예전에는 토지측량사들이었다고 한다. 그들은 경계를 허위로 쟀기 때문에, 삶이 끝난 후 떠돌아다니며 경계를 지키도록 저주를 받았다.

286
옮겨진 경계석

에거 주변의 들판에 유령이 남자의 형상으로 모습을 드러내는 일이 드물지 않으니, 사람들은 그를 융커(역자 주: 지주귀족, 호족) 루트비히라 부른다. 예전에 그런 이름을 가진 사람이 그곳에 살았는데, 그는 들판의 경계석들을 허위로 옮겨 놓았다고 한다. 죽은 뒤 곧 그는 떠돌아다니기 시작해서 많은 사람들이 그와 만나 깜짝 놀랐다. 최근에 도시의 한 소녀가 그런 일을 경험했다. 소녀는 어느 날 혼자서 문 밖으로 나갔다가 우연히 그 악명 높은 지역에 들어서게 되었다. 경계석이 옮겨졌다고 이야기하는 장소에서 한 사내가 소녀를 향해 걸어오고 있었는데, 사람들이 소녀에게 이미 여러 차례 묘사해 주었던 그 악한 융커의 모습과 똑같아 보였다. 그는 소녀에게로 와서 주먹으로 소녀의 가슴을 쥐고는 사라졌다. 가슴 깊이 놀란 채 소녀는 가족들이 있는 집으로 돌아가서 이렇게 말했다. "나도 봤어요." 이때 사람들은 그 유령이 건드렸던 곳의 가슴이 검게 변한 것을 발견했다. 소녀는 곧 침대에 눕게 되었고 그 후로 사흘이 지난 뒤 세상을 떠났다.

287
경계 다툼

예전에 뮌덴에서 멀지 않은 헤센의 마을 빌름스하우젠에서 인접한 교구들 사이에 경계에 대한 의견충돌이 생겨났다. 사람들은 경계를 더 이상 제대로 찾아낼 수 없었다. 그리하여 가재 한 마리를 가져다가 분쟁의 대상이 되고 있는 들판에서 돌아다니도록 내버려 두기로 합의하였다. 그러고는 가재의 흔적을 따라가 그에 따라 경계석을 세웠다. 가재는 놀라울 만큼 이곳저곳으로 돌아다녔기 때문에 그곳에는 오늘날까지도 여러 모퉁이와 구석을 가진 기이한 경계가 있다.

288
달리기로 경계 정하기

플레쳐바흐 강가의 우르네 지역은 세흐텐탈레에서 시작되어 클루스파스와 베르크샤이데를 지나 계속 이어진 후 글라루스로 넘어간다. 예전에 우른의 주민들은 글라루스의 주민들과 경계를 놓고 심하게 다퉜다. 그들은 매일 서로를 모욕하고 해를 끼쳤다. 이때 정직한 사람들이 의견을 제시했다. 낮과 밤의 길이가 같은 날 이른 아침 수탉이 울자마자 양쪽 편에서 건강하고 지역을 잘 아는 암벽 등반가를 보내, 이들이 각자 건너편 지역을 향해 달려가서 서로 만나는 곳에 경계를 정하고 그대로 유지하자는 것이었다. 더 좁은 쪽은 이제 이쪽이 될 수도, 저쪽이 될 수도 있었다. 곧 뛸 사람이 정해졌다. 사람들은 무엇보다 늦게 울지 않고, 가장 먼저 일어나 아침을 알리는 수탉을 잡기 위해 특히 많은 고심을 했다. 그리하여 우른의 주민들은 수탉 한 마리를 데려다가 바구니에 넣고 먹을 것과 마실 것을 부족하게 주었다. 왜냐하면 배고픔과 갈증이 수탉을 더 일찍 깨워 줄 것이라 믿었기 때문이었다. 반면 글라루스 사람들은 수탉에게 충분히 먹이를 주고 살을 찌워 기쁘고 자신 있게 아침을 맞이할 수 있도록 했다. 그렇게 해야 일이 최고로 잘 풀리리라 생각했던 것이다. 이제 가을이 오고 정해진 날이 밝자 다음과 같은 일이 벌어졌다. 알트도르프에서 배고픔과 갈증으로 고생한 닭은 동이 채 트기도 전에 가장 먼저 울었다. 우른의 암벽등반가는 기뻐하며 출발했고, 경계석 쪽으로 서둘러 달려갔다. 그러나 건너편 린탈에서는 이미 아침의 붉은 빛이 하늘에 가득하고 별들이 희미해졌지만, 뚱뚱한 닭은 여전히 편안하게 자고 있었다. 동네 전체가 슬퍼하며 수탉을 둘러싸고 있었지만, 정직함이 지켜졌으니 아무도 수탉을 깨울 엄두를 내지 않았다. 마침내 수탉이 날개를 들어 올리고 울기 시작했다. 그러나 우른의 주자가 앞서 나간 거리를 따라잡는 일은 글라루스의 주자에게는 어려운 일일 것 같았다! 그는 걱정스럽게 뛰어가며 샤이데크 쪽을 바라보았다. 슬프게도 그는 산마루 정상 부근에서 우른의 사내가 뛰어올라와 벌써 내려오기 시작하는 것을 보았다. 그러나 글라루스의 사내는 발꿈치를 들어 올리고 자신의 주민들에게 가능한 만큼이라도 땅을 구해 주고자 했다. 곧 두 사내는 서로 마주쳤다. 우른의 남자가 외쳤다. "여기가 경계요!" — "이웃이여" 하고 근심에 쌓인 채 글라루스의 사내가 말했다. "그대가 공정하게 얻어낸 바이트란트의 한 덩어리를 나에게 주시오!" 그러나 우른의 사내는 그렇게 하려 하지 않았다. 그러나 글라루스의 사내는 그를 가만히 내버려두지 않았으니, 마침내 우른의 주자는 동정심이 생겨 이렇게 말했다. "그대가 나를 목에 매달고 산을 달려 올라갈 수 있는 만큼은 그대에게 허락하겠소." 이에 정직하고 성실한 글라루스의 낙농 목자가 그를 붙잡았다. 그리고는 절벽 하나를 기어오르고, 많은 걸음을 더 걷는 데 성공하였다. 그러나 그는 갑자기 숨이 막혀서, 죽어 바닥에 쓰러지고 말았다. 오늘날까지도 여전히 두 마을의 경계가 되는 개천을 볼 수 있으니, 쓰러져 가는 글라루스의 사내가 승리한 우른의 사내를 그곳까지 업고 갔던 것이다. 우른에서는 승리로 인한 기쁨이 컸다. 그러나 글라루스의 사람들 역시 그들의 목자에게 그가 받아 마땅한 경의를 바쳤으니, 그의 위대한 충심을 영원히 기억 속에 보존하였다.

289
알프스전투

옵발트와 엔트레부흐의 목자들이 약간의 목초지를 놓고 서로 다퉜다. 그러나 결국 옵발트 사람들이 목초지를 소유하게 되어 가축들을 몰고 그리로 갔다. 그들은 용감한 적들이 습격 같은 것을 할까 봐 두려워했기 때문에, 가축무리에 보초를 세웠다. 민첩하고 총명한 엔트레부흐 사람들은 일격을 가하고자 했다. 그러나 한동안 그들은 조용하고 평화롭게 행동하였으니, 별 의심이 없던 옵발트 사람들은 나쁜 일을 예감하지 못한 채 보초를 서는 대신 놀이로 따분한 시간을 보냈다. 이때 용감한 엔트레부흐의 목자들이 제대로 보초를 서고 있지 않던 목장으로 숨어들어가, 아주 조용히 가축들의 딸랑거리는 방울을 풀어 버렸다. 그러고는 약탈한 짐승들을 서둘러 옆쪽으로 끌고 갔다. 그들 중 한 명은 뒤에 남아서, 도적들이 모든 위험으로부터 안전하게 벗어날 때까지 소목에 거는 종을 울려야만 했다. 그는 자신의 임무를 다한 후, 모아놓은 종 뭉치를 모두 바닥에 던지고는 커다란 소리로 조롱의 웃음을 웃으며 날아가듯 뛰어가 버렸다. 옵발트의 목자들이 이를 귀 기울여 듣고는 자신들의 불행을 알게 되었다. 그들은 복수를 하고자 했으며, 곧 한 무리의 사람들을 모아 엔트레부흐 사람들을 기습했다.

그러나 엔트레부흐 주민들은 그에 대한 대비가 되어 있었다. 옵발트 사람들은 모욕을 되갚아주기는커녕 얻어맞기까지 했다. 당시에 빼앗은 깃발을 엔트레부흐 사람들은 오늘날까지도 그들의 비밀 장소(쉽펜이라는 마을의 오래된 탑)에 보관하고 있다. 이 작은 전투가 벌어진 장소는 지금 이 순간까지도 여전히 알프스전투라 불리고 있다.

290
벤투젠의 돌

크베들린부르크의 벤투젠에는 오래전에 수녀원이 하나 있었다. 이 수녀원은 후에 폰 레겐슈타인 백작의 소유가 되었다가, 그가 죽은 후에 다른 주인에게 넘어갔다. 사람들은 수도원 시절부터 그 영지에 어떤 돌 하나가 있는데, 소유자가 커다란 불행을 당하지 않으려면 그 돌을 건드리지도, 해를 입히지도 않고 항상 제 자리에 놓아두어야 한다고들 말한다. 그중 한 사람이 호기심에 그 돌을 집어 가도록 했다. 그리고 그로 인하여 돌이 다시 제자리에 놓일 때까지 가능한 모든 방식으로 고통을 당했다고 한다.

291
알텐베르크의 교회

튀링겐의 마을 알텐베르크 위쪽 높은 산에는 그 지역의 작은 교회 하나가 나무들 사이에 편안하게 서 있는데, 이 교회는 요하네스교회라 불린다. 그곳으로 가는 길이 — 특히 겨울에 미끄러운 얼음이 얼었을 때나 시체가 위로 운반되어져야 할 때, 또 세례를 위해 아이를 위로 데리고 가야만 할 때 — 매우 힘들었기 때문에 — 전설에 따르면 — 알텐베르크 사람들은 교회를 부수고 마을에 다시 세우고자 했다. 그러나 그럴 수 없었다. 왜냐하면 교회에서 떼어내어 계곡으로 가지고 내려온 것들이 다음날 아침이면 다시 위쪽 예배당의 원래 자리에 제 모습 그대로 발견되었기 때문이었다. 그리하여 사람들은 이전 계획을 포기해야만 했다.

이 교회는 성스러운 보니파티우스에 의해 세워졌으며, 그는 자주 그 산에서 설교를 했다. 한 번은 그가 야외에서 설교를 하는데 여러 종류의 많은 까마귀들이 날아와 너무나 깍깍거리고 소리를 지르는 통에 성스러운 보니파이투스의 말을 알아들을 수 없게 되었다. 이에 그는 하느님께 기도를 드려 그런 새들이 이 지역에 오는 것을 다시는 허락하지 말아 주실 것을 부탁하였다. 하느님께서는 그의 기도를 들어주셨으니, 사람들은 그 뒤로 그 지역에서 까마귀를 다시는 보지 못했다.

292
라우엔부르크 산속의 왕

1596년에 카수벤에 있는 라우엔부르크의 어떤 산에서 사람들은 끔찍한 협곡을 발견했다. 의회는 두 명의 범죄자들에게 사형을 선고했는데, 그 심연으로 내려가 보고 돌아온다는 조건 하에 목숨을 부지할 수 있도록 해주었다. 아래로 내려간 두 사람은 협곡의 바닥에서 아름다운 정원을 보았다. 정원에는 사랑스런 하얀 빛깔의 꽃이 피어 있는 나무가 한 그루 있었다. 그러나 그들은 그것을 건드려서는 안 되었다. 그곳에 한 아이가 있었으니, 아이는 두 사람을 이끌고 넓은 평지를 지나 어떤 성으로 데려 갔다. 성에서는 여러 가지 현악기를 연주하는 소리가 들려왔다. 그들이 들어섰을 때, 그곳에는 왕이 은으로 된 의자에 앉아 있었으며, 한 손에는 왕위를 상징하는 황금 지팡이를, 다른 한 손에는 편지를 들고 있었다. 아이는 그 편지를 두 범죄자에게 건네주었다고 한다.

293
슈반베르크

사람들이 존재한 이래로 다음과 같은 말이 회자되었지만, 그 말이 누구에게서 유래된 것인지는 아무도 알지 못한다. "슈반베르크는 아직 스위스의 한복판에 있다고 한다." 이는 독일 전체가 스위스가 될 것이라는 의미다. 이 전설은 일반적으로 널리 퍼져 있으나 별로 주의를 끌지 못한다.[21]

21 슈반베르크와 슈반베르크 알프스는 슈타이어마르크에 위치하고 있다.

294
로베디센의 샘

다셀에서 출발하여 비어라 불리는 산을 지나 키르히베르크 산으로 가려면 왼쪽 편에 샘물이 흐르는 로베디센이라는 지역을 만나게 된다. 이 샘과 처형장 뒤편의 검은 바닥, 그리고 아일렌하우젠의 커다란 포플러나무에 대해 그 지역 사람들은 다음과 같은 확고한 믿음을 가지고 있다. 로베디센의 샘물이 자신의 자리를 바꾸고, 검은 바닥이 다른 땅과 똑같아지고, 아일렌하우젠의 커다란 포플러나무가 시들어 사라져 버리면, 아일렌하우젠과 마르콜덴도르프 사이에 있는 셰페 벌판에서 곧 피비린내 나는 커다란 전투가 벌어진다는 것이다.

295
밤베르크의 저울

밤베르크의 황제 하인리히의 무덤 위에는 손에 저울을 들고 있는 정의의 여신이 새겨져 있다. 그러나 저울을 매다는 부분이 가운데에 있지 않고 한쪽으로 약간 치우쳐 있다. 여기에서 오래된 소문이 생겨났으니, 저울을 매다는 부분이 한가운데로 오게 되면 세계가 멸망한다는 것이다.

296
카이저스라우테른의 황제 프리드리히

몇몇 사람들이 주장하기를, 터키에 포로로 잡혀 있다가 풀려난 후 프리드리히 황제는 카이저스라우테른으로 가서 오랫동안 그곳에 거처를 두고 있었다고 한다. 황제는 그곳에 성을 짓고, 그 옆에 오늘날에도 여전히 황제 호수라 불리는 아름다운 호수, 혹은 연못을 만들었다. 한 번은 그 연못에서 커다란 잉어가 잡혔으니, 프리드리히 황제는 이를 기념하기 위해 손가락에서 커다란 황금 반지를 빼 잉어의 귀에 매달았다고 한다. 사람들이 말하기를, 그 물고기는 프리드리히 황제가 돌아올 때까지 그 연못 속에서 붙잡히지 않고 살았다고 한다. 사람들이 연못에서 낚시를 하다가 황금 사슬로 목이 함께 묶여 있는 잉어 두 마리를 잡았으니, 이를 정육점 문의 돌에 새겨 기억하고 있다. 성에서 멀지 않은 곳에 동물들이 뛰노는 아름다운 정원이 만들어졌는데, 이는 황제가 훌륭한 짐승들을 성으로부터 볼 수 있도록 하기 위함이었다. 그곳에는 그 이후로 연못과 참호가 만들어졌다. 이 성에는 또한 황제의 침대가 네 개의 쇠사슬에 걸려 있는데, 사람들이 말하는 바에 따르면, 밤에 그 침대에 이부자리를 잘 깔아놓아도, 아침이면 다시 엉망이 되어 있으니, 분명히 누군가가 밤에 누웠던 것처럼 보인다.

그 밖에 카이저스라우테른에는 절벽이 하나 있는데, 거기에는 커다란 동굴, 혹은 구멍이 있다. 이 동굴은 너무나 놀라워 그 바닥이 어디에 있는지 아무도 알지 못한다. 그러나 사라진 황제 프리드리히가 그 안에 자신의 거처를 가지고 있다는 소문이 어디에서나 들려왔다. 그리하여 사람들은 밧줄에 사람을 매달아 내려 보냈고, 동굴 위쪽에는 종을 걸었다. 그가 더 이상 나아갈 수 없으면 종을 울리고, 그러면 사람들은 그를 다시 끌어올리려 했던 것이다. 바닥으로 내려갔을 때 그는 프리드리히 황제가 커다란 손도끼를 들고 황금 안락의자에 앉아 있는 것을 보았다. 황제는 그에게 이렇게 말했다. "여기에 있는 누구와도 말을 해서는 안 되니, 그렇게만 하면 아무 일도 벌어지지 않을 것이다. 그리고 주인에게로 가서 자신을 여기서 보았다는 것을 이야기하라." 이에 그는 주위를 더 둘러보았고, 넓고 아름다운 들판과 황제를 둘러싸고 서 있는 많은 사람들을 보았다. 마침내 그는 종을 울렸으니, 아무런 해도 입지 않고 다시 올라와서 자신의 주인에게 황제의 전갈을 전했다.

297
퀴프호이저의 양치기

몇몇 사람들이 말하기를, 튀링겐의 프랑켄하우젠에는 산이 하나 있는데, 그 안에 프리드리히 황제가 자기 집을 가지고 있으며, 여러 차례 목격되었다고 한다. 그 산에서 가축을 키우는 양치기가 이 전설을 듣고 자신의 풍적을 불기 시작했다. 그는 궁정에 어울리는 일을 했다고 생각하고 매우 큰 소리로 외쳤다. "프리드리히 대왕이시여, 그대에게 바치는 것입니다!" 이에 황제가 나타나 양치기에게 모습을 드러내고 이렇게 말했다고 한다. "안녕하신가, 작은 사내여, 그대는 누구의 명예를 위해 연주하였는가?" — "프리드리히 황제입니다." 양치기가 대답했다. 황제는 계속해서 이야기했다. "나를 위해 연주를 했으니, 함께 가도록 하자. 내가 그에 대한 보상을 해 줄 것이다." 목자가 말했다. "저는 양들로부터 떠나서는 안 됩니다." 그러나 황제는 이렇게 대답했다. "나를 따라와라. 양들에게는 아무 일도 생기지 않을 것이다." 목자는 그를 따라나섰다. 황제는 그의 손을 잡고 양들로부터 멀리 떨어지지 않은 산속의 한 동굴로 데리고 들어갔다. 두 사람이 철로 된 문 앞으로 가자 곧 문이 열렸다. 이제 아름답고 커다란 홀이 나타났으니, 그 안에는 많은 신사들과 훌륭한 하인들이 있었으며, 그에게 경의를 표했다. 그 후 황제 또한 그에게 친절한 태도를 취했으며, 그가 자신을 위해 피리를 불어 준 대가로 어떤 보상을 받고 싶은지 물었다. 목자는 대답했다. “아무런 보상도 바라지 않습니다.” 그러나 황제는 이렇게 말했다. “저기로 가서 내 황금 통의 다리를 보상으로 가져가도록 하거라.” 이에 양치기는 명령받은 대로 했다. 그러고는 그곳으로부터 떠나려 했다. 이때 황제가 훨씬 더 진기한 무기와 갑옷, 칼과 상자들을 보여 주었으며, 자신이 그 무기들로 성스러운 무덤을 얻게 되리라는 사실을 사람들에게 전하라고 명령했다. 곧 이어 황제는 목자를 다시 밖으로 데리고 나갔다. 목자는 가지고 온 황금 다리를 다음 날 금세공사에게 들고 갔다. 금세공사는 그것이 진짜 금이라는 것을 확인해 주었으며, 목자로부터 그것을 구입했다.

298
세 명의 텔

지역 사람들과 목동들이 믿는 바에 따르면, 발트슈테터 호수를 둘러싼 스위스의 거친 산악지대에 절벽으로 둘러싸인 협곡이 있는데, 그 안에 세 명의 텔이라 불리는, 나라를 해방시킨 사람들이 잠들어 있다. 그들은 아주 오래된 옷을 입고 있으며, 조국에 어려운 시기가 닥치면 다시 일어나 나라를 구해 줄 것이라 한다. 그러나 그 동굴의 입구는 오로지 운 좋은 사람들만 발견할 수 있다.

한 목동이 어떤 여행객에게 다음과 같은 이야기를 해 주었다. 그의 아버지가 절벽의 협곡 아래에서 길을 잃은 염소를 찾던 중 이 동굴에 들어가게 되었다. 그가 안에서 자고 있는 사람들이 세 명의 텔이라는 사실을 알아차렸을 때, 갑자기 늙은, 원래의 텔이 일어나 말했다. "세상은 지금 어떤 때인가?" 이에 깜짝 놀란 목자의 아버지는 "지금은 한낮입니다."라고 대답했다. 그러자 텔은 이렇게 말했다. "아직 우리가 갈 시간이 아니구나." 그러고 나서 텔은 다시 잠들어 버렸다는 것이다. 아버지는 그 후에 조국의 어려움 때문에 텔들을 깨우려고 동료들과 함께 여러 차례 동굴을 찾았으나, 다시는 발견할 수 없었다고 한다.

299
산속 난쟁이

스위스에는 산의 유령들에 대한 많은 이야기가 있으니, 그들은 산에만 있는 것이 아니라, 아래쪽 벨프 주변과, 베른의 겔테르핑어 및 뤼글링겐에도 있다. 이 산사람들은 또한 목자들이기도 한데, 그들의 가축은 염소나 양, 소가 아니라 영양이다. 그들은 영양의 우유로 치즈도 만드는데, 조심성 없게 한 번에 남김없이 다 먹어치우지 않는 한, 잘라 내거나 베어물어도 다시 자라나 원래의 크기가 된다. 이 난쟁이족은 조용하고 평화롭게 절벽 협곡의 가장 안쪽에서 살아가며, 부지런히 일하고, 인간 앞에는 거의 나타나지 않는다. 그들이 모습을 드러내는 것은 고통이나 불행을 뜻한다. 하지만 난쟁이족이 산 위의 초원에서 춤추는 것을 보게 되는 것은 예외이며, 이는 축복 받은 한 해가 될 것이라는 사실을 의미한다. 그들은 길 잃은 양들을 종종 사람들의 집으로 데려다 주며, 숲 속에서 땔감을 찾는 가난한 아이들은 때때로 우유가 든 주발, 장과(역자 주: 딸기, 포도 등)가 들어 있는 작은 바구니를 발견하는데, 이것은 난쟁이들이 그들을 위해 놓아둔 것이다.

오래전에 한 목자가 하인과 함께 밭에서 쟁기질을 하고 있었다. 그때 옆쪽 절벽에서 증기가 나오고 연기가 피어오르는 것을 보았다. "저기서 난쟁이들이 요리를 하고 있네요." 하고 시종이 말했다. "우리는 심한 굶주림에 괴로워하고 있는데, 저 요리를 작은 사발 가득 먹을 수만 있다면." 두 사람이 쟁기자루를 뒤집었을 때, 보라, 밭의 고랑 안에 하얀 천이 펼쳐져 있었고, 그 위에 막 구워낸 케이크가 담긴 접시가 있었다. 그들은 감사한 마음으로 배부르게 먹었다. 저녁이 되어 집에 갈 때 접시와 칼은 사라져 버렸으며, 식탁보만이 여전히 그곳에 놓여 있었다. 농부는 식탁보를 집으로 가져갔다.

300
서양잣

알프스에서 자라는 전나무(Pinus Cembra)의 일종인 아르베(역자 주: 소나무의 일종), 혹은 치르벨(역자 주: 서양잣나무)의 열매는 마치 아몬드처럼 달콤하고 좋은 맛이 나는 불그스름한 씨를 가지고 있다. 그러나 이 씨는 거의 얻을 수 없거나, 오로지 힘들게만 구할 수 있는데, 이 나무들이 대부분 한 그루씩 절벽이나 깊은 협곡에서 자랄 뿐, 숲에 여러 그루가 함께 서 있는 경우는 드물기 때문이다. 주민들은 보통 이렇게 이야기한다. 주인들이 이 나무에 저주를 걸어 열매를 맺지 못하도록 만들었다. 왜냐하면 그 열매의 사랑스러운 맛 때문에 하인들이 열심히 밭에서 일해야 할 시간에 그 견과류를 따먹었으며, 해야 할 일들을 모두 게을리 하거나 엉터리로 했기 때문이었다.

301
동물의 천국

저 위쪽의 오를 수 없는 높은 절벽과 마텐베르크 산의 눈 덮인 산등성이에 있는 어떤 지역에는 최고로 훌륭한 영양과 산양, 그 밖에 또 다른 놀랍고 진기한 동물들이 마치 천국에서처럼 함께 풀을 뜯어 먹으며 산다고 한다. 이곳에는 20년에 단 한 번, 오로지 한 사람만이, 그것도 스무 명의 영양 사냥꾼들 중 단 한 명만이 갈 수 있다. 그러나 그곳의 짐승을 데리고 내려갈 수는 없다. 사냥꾼들은 그곳의 장관에 대해 이야기하며, 그곳에 있는 나무에 그동안 차례차례 그곳에 왔었던 많은 사람들의 이름이 새겨져 있다는 이야기도 전한다. 어떤 사람이 훌륭한 산양의 가죽을 밖으로 가지고 나온 적도 있다고 한다.

302
영양 사냥꾼

한 영양 사냥꾼이 산에 올라 절벽산마루까지 왔다가, 이전에 갔던 곳보다 더 높이 계속해서 오르고 있었다. 그때 갑자기 못난 난쟁이 하나가 그의 앞에 나타나 화를 내며 말했다. “너는 왜 그렇게 오랫동안 내 영양들을 죽이고 있으며, 내 가축 떼를 그냥 내버려두지 못하는 것이냐? 이제 너의 피로 값비싼 대가를 치러야 할 것이다!” 사냥꾼은 창백해져서 절벽 아래로 거의 떨어질 뻔했지만, 정신을 차리고 난쟁이에게 용서를 빌었다. 영양들이 그의 것인 줄 몰랐다는 것이었다. 이에 난쟁이가 말했다. “좋다. 하지만 여기에 다시는 모습을 드러내지 마라. 그렇게 한다면 일곱 번째 되는 날 이른 아침마다 너의 오두막 앞에 잡은 영양이 걸려 있는 것을 발견하게 될 것이라고 약속하마. 하지만 나를 조심하고 다른 이들을 보호하거라." 난쟁이가 사라지자, 사냥꾼은 깊은 생각에 잠겨 집으로 돌아갔다. 그런 조용한 삶의 방식은 그를 별로 즐겁게 해 주지 않았다. 일곱 번째 아침 기름진 영양 한 마리가 그의 오두막 앞에 있는 나무의 가지에 걸려 있었고, 사냥꾼은 그것을 아주 즐겁게 먹었다. 다음 주도 그러했고, 그렇게 몇 달이 지나갔다. 그러나 자신의 게으름에 기분이 상한 사냥꾼은 마침내 구운 고기를 가져오도록 하기보다는 어떤 결과가 나오든 차라리 직접 영양을 사냥하고 싶어졌다. 그리하여 그는 산에 올랐으니, 오래지 않아 아주 훌륭한 우두머리 숫염소를 발견하여 총알을 장전하고 총을 조준했다. 그리고 그 못된 난쟁이가 어디에서도 그의 앞으로 나타나지 않자, 막 방아쇠를 당기려 했다. 그러나 그때 난쟁이가 뒤에서 몰래 기어와 발의 복사뼈를 잡아당겨 쓰러뜨렸다. 그리하여 사냥꾼은 온몸이 부서진 채 까마득한 절벽 아래로 떨어졌다.

또 다른 사람들은 이렇게도 말한다. 난쟁이는 사냥꾼에게 평생 동안 충분히 먹을 수 있는 영양의 치즈를 주었으나, 그가 부주의하게 한 번에 다 먹어치웠거나, 혹은 아무것도 모르는 손님이 나머지를 다 먹어치웠다. 그 후 그는 가난 때문에 다시 영양 사냥을 감행했고, 난쟁이에 의해 절벽 아래로 떨어지게 되었다.

303
난쟁이 동굴

하르츠의 호엔슈타인 백작령에 있는 엘빙어로데와 뤼벤란트 사이에 바위동굴이 하나 있다. 그 동굴 위쪽 천장에는 또 다른 둥근 입구가 있는데, 사람들은 이것을 오래전부터 난쟁이들이 사다리를 타고 드나들었던 난쟁이 동굴이라고 부른다. 난쟁이들은 엘빙어로데의 주민들에게 큰 호의를 보여 주었다. 도시에서 결혼식이 벌어지면 약혼한 사람들의 부모나 친척들이 그 동굴로 와서 난쟁이들에게 놋쇠 솥과 구리 솥, 황동 냄비, 주석 그릇과 접시, 그리고 다른 필요한 부엌식기들을 요구하고 약간 아래쪽으로 물러선다. 잠시 뒤 난쟁이들은 요구받은 물건들을 동굴의 입구 앞에 놓아둔다. 그러면 사람들은 그것을 가지고 집으로 간다. 결혼식이 끝나면 사람들은 모든 것을 다시 원래 있던 자리에 가져다 놓고, 고마움의 표시로 약간의 음식을 함께 놓는다.

304
난쟁이와 기적의 꽃

하르츠의 남쪽 골데네 아우에에 위치한 지텐도르프에 젊고 가난한 양치기가 살았다. 어느 날 양치기는 퀴프호이저 산 아래쪽으로 양들을 몰고 갔다. 그러고는 점점 더 슬픈 기분이 되어 산 위로 올라갔다. 산꼭대기에서 양치기는 놀랍도록 아름다운 꽃을 하나 발견했는데, 그런 꽃을 그는 일찍이 본적이 없었다. 양치기는 자신의 신부에게 선물로 주려고 꽃을 꺾어 모자에 꽂았다. 그렇게 계속 걸어가다가 그는 산 위에 있는 옛 성의 둥근 천장을 가진 홀 하나가 열려 있는 것을 발견했다. 단지 입구만이 약간 파묻혀 있을 뿐이었다. 안으로 들어간 양치기는 반짝이는 작은 돌들이 수 없이 땅 위에 떨어져 있는 것을 보고, 그것을 주머니에 가득 담았다. 불분명한 목소리가 들려온 것은 그가 이제 막 다시 밖으로 나가려 했을 때였다. "최고의 것을 잊지 마라!" 그러나 양치기는 그 무슨 일이 일어난 것인지, 또 자신이 어떻게 둥근 천장을 가진 홀 밖으로 나왔는지 알지 못했다. 그가 태양과 자신의 가축 떼를 다시 보게 되었을 때, 전에는 전혀 알아차리지 못했던 문이 그의 등 뒤에서 닫혔다. 양치기가 모자를 잡으려다가 비틀거리는 바람에 그만 꽃이 바닥에 떨어지고 말았다. 갑자기 난쟁이가 그의 앞에 나타났다. "네가 발견한 기적의 꽃은 어디다 두었느냐?" — "잃어버렸어요", 하고 양치기가 우울하게 말했다. "그 꽃은 네 몫으로 정해진 것이었다." 난쟁이가 말했다. "그리고 그 꽃은 로텐부르크 전체보다도 더 가치가 있는 것이었다." 양치기가 집에 와서 주머니에 손을 넣어보니 반짝이던 돌들은 순금 덩어리였다. 산사람들은 오늘날까지도 사라져 버린 꽃을 찾고 있다. 그들은 키프호이저의 둥근 천장을 가진 홀뿐만 아니라 크베스텐부르크, 심지어 하르츠의 북쪽 편에서도 꽃을 찾아다닌다. 숨겨진 보물들은 움직이기 때문이다.

305
켈레 호수의 요정

호엔슈타인이센의 베르네 강에서 멀지 않은 곳에 켈레라는 작은 호수가 있다. 이 호수에는 예전에 물의 요정들이 살았다. 어느 날 밤 물의 요정이 마을에서 산파를 데려다가 여러 가지 약속으로 꼬드겨 자신이 부인과 함께 살고 있는 물속 깊은 곳으로 데려갔다. 물의 요정은 산파를 땅 아래의 방으로 데려갔으며, 산파는 자신이 해야 할 일을 마쳤다. 물의 요정은 그녀에게 대가를 두둑하게 주었다. 그녀가 떠나기 전 산모가 그녀에게 손짓을 하더니 눈물을 흘리며 몰래 하소연했다. 물의 요정이 곧 새로 태어난 아이를 목 졸라 죽이게 되리라는 것이었다. 그리고 실제로 산파는 몇 분 뒤 호수의 수면에 피처럼 빨간 빛줄기를 보았다. 아이가 살해된 것이었다.

306
슈바르차흐

팔츠에 있는 옛 성 슈바르차흐에 대해서 두 개의 전설이 전해진다. 오래 전에 한 기사가 그곳에 살았는데, 그의 딸이 호숫가 초원에서 놀다가 바위에서 나온 커다란 뱀에 의해 호수 속으로 끌려 들어갔다. 아버지는 매일 호숫가로 가 한탄했다. 한 번은 물속에서 목소리가 들린 것 같아 큰 소리로 이렇게 외쳤다. “나의 딸아, 내게 신호를 다오!” 그러자 작은 종소리가 들려왔다. 그 후로 기사는 매일 종소리가 울리는 것을 들었다. 한번은 그 소리가 평소보다 밝았으며, 다음과 같은 말이 들려왔다. “나는 살아 있어요, 아버지, 하지만 물의 세계에 사로잡혀 있어요. 오랫동안 저항했지만, 첫 번째 마신 음료가 나의 자유를 앗아가 버렸어요. 이 음료를 조심하세요.” 아버지는 슬프게 서 있었다. 그때 두 명의 아이가 다가오더니 그에게 황금 잔을 건네주며 마시라고 권했다. 기사가 그것을 마시자마자 그는 호수로 떨어져 가라앉아 버렸다.

다른 이야기는 한 늙고 눈 먼 기사에 대한 것이다. 그는 아홉 명의 딸과 함께 슈바르차흐 성에 살았다. 그 부근 숲 속에 강도가 하나 살았는데, 그는 기사의 딸들을 오랫동안 쫓아다녔지만 소용이 없었다. 어느 날 그는 순례자의 옷을 입고 가서 처녀들에게 말했다. "그대들이 아버지를 낫게 하고 싶다면, 제가 저 아래 차가운 협곡에 효험이 있는 약초를 알고 있습니다. 그 약초는 해가 뜨기 전에 캐내야만 합니다." 딸들은 약초를 보여 줄 것을 부탁했다. 딸들이 이른 아침 차가운 협곡에 도착하자 악당이 아홉 명 모두를 살해하고는 그 자리에 묻었다. 아버지도 역시 죽었다. 삼십 년이 지난 후 살인자는 후회를 했고, 유골을 파내어 성스러운 땅에 묻도록 했다.

307
호수의 세 처녀

진스하임의 에펜바흐에서는 사람들의 기억이 시작된 이래 매일 밤 세 명의 놀랍도록 아름다운 처녀들이 하얀 옷을 입고 마을의 실 잣는 방에 들어온다. 그들은 항상 새로운 노래와 음악을 가지고 왔으며, 멋진 동화와 노래들을 알고 있었고, 그들의 실패와 물레 가락 역시 무언가 독특한 것이 있었으니, 그 어떤 다른 여인도 그들처럼 섬세하고 민첩하게 실을 자아낼 수 없었다. 그러나 열한 시를 알리는 종이 울리면 세 명의 처녀들은 실패를 챙겨 일어섰으며, 그 누가 부탁을 하더라도 한 순간도 더 오래 머무르지 않았다. 사람들은 그들이 어디에서 왔고, 어디로 가는지 알지 못했다. 그저 호수에서 온 처녀들, 혹은 호수에서 온 자매들이라 불렀을 뿐이었다. 청년들은 세 처녀들을 보는 것을 좋아했으며, 그녀들을 사랑하게 되었다. 가장 그러했던 것은 교장의 아들이었다. 그는 아무리 그녀들의 이야기를 듣고 그녀들과 대화를 나눠도 만족할 수 없었다. 그래서 세 명의 처녀가 매일 밤 그렇게 일찍 떠나는 것보다 더 그의 마음을 아프게 하는 것이 없었다.

그러던 어느 날 청년에게 좋은 생각이 하나 떠올랐으니, 마을의 시계를 한 시간 앞으로 돌려놓는 것이었다. 어두운 밤 끊임없는 대화와 농담에 그 누구도 시간이 지연된 것을 알아차리지 못했다. 시계가 열한 번을 치자 — 그러나 사실은 이미 열두 시였다 — 세 명의 아가씨들은 일어나 실패를 챙겨 떠났다. 다음날 아침 몇몇 사람들이 호수 옆을 지나갔다. 그때 그들은 아가씨들이 흐느끼는 소리를 들었으니, 수면 위에서 세 개의 핏자국을 보았다. 그 후로 자매들은 다시는 방에 나타나지 않았다. 교장의 아들은 쇠약해져 얼마 뒤에 죽었다.

308
죽은 신랑

마그데부르크에서 한 귀족이 아름다운 처녀와 약혼을 했다. 그런데 신랑이 그만 엘베 강에 빠지는 사고가 벌어졌고, 사람들은 사흘 동안 그를 찾았지만 발견하지 못했다. 모든 친척들이 깊은 근심에 사로잡혔다. 마침내 한 흑마법사가 애인의 부모에게 와서 말했다. "그대들이 찾는 사람은 물속의 요정들이 데리고 있소. 그리고 그대들의 딸과 그녀의 애인이 몸과 영혼을 물의 요정에게 바치기로 맹세하거나, 그대의 딸이 즉시 신랑 대신 물의 요정에게 목숨을 바치지 않는다면, 혹은 신랑이 지금 거부하고 있는 일을 하겠다고 물의 요정에게 약속하지 않는다면, 그들은 신랑을 산채로는 놔주지 않을 것이오." 신부는 즉시 자신의 애인을 위해 나섰지만, 그녀의 부모는 이를 허락하지 않았다. 대신 산 채로든, 죽은 채로든 신랑을 데려오라고 마법사를 다그쳤다. 그 뒤 곧 사람들은 신랑의 시체가 물가에 누워 있는 것을 발견했으니, 온몸이 파란 멍들로 가득했다. — 비슷한 일이 아른하임에 사는 처녀의 신랑에게도 일어났다고 하며, 그 역시 물속에서 죽었다. 그러나 사람들은 신랑이 있는 장소를 몰랐기 때문에, 마법사가 자신의 기술로 시체가 세 번 물속에서 튀어 오르도록 했고, 사람들은 그곳을 뒤져 죽은 자를 강의 바닥에서 찾아냈다.

309
영원한 사냥꾼

뷔르템베르크의 에버하르트 백작은 어느 날 혼자서 녹색 숲으로 말을 타고 나갔다. 재미삼아 잠깐 사냥을 하려는 것이었다. 백작은 갑자기 사냥꾼이 지나가는 것처럼 요란하게 돌진하는 소리와 소음을 들었다. 깜짝 놀란 그는 말에서 내려 어떤 나무의 우듬지를 밟고 서서, 유령에게 자신을 해치려는 것이냐고 물었다. "아니오" 하고 그 형상이 대답했다. "나는 그대와 같은 사람이고, 그대 앞에 오로지 나 혼자 서 있을 뿐이오. 이전에는 나 역시 귀족이었소. 나는 사냥을 너무나 좋아해서, 최후의 심판이 올 때까지 사냥을 하게 해 달라고 간청할 정도였소. 나의 바람이 유감스럽게도 받아들여져서 나는 벌써 550년 동안 똑같은 사슴 한 마리를 사냥하고 있다오. 나의 가문과 출신은 아직 아무에게도 밝히지 않았소." 에버하르트 백작이 말했다. "나에게 얼굴을 보여 주시오, 내가 어떻게 알아볼 수 있을런지 봅시다." 이에 유령은 맨얼굴을 드러냈다. 그의 얼굴은 주먹크기도 되지 않았고, 순무처럼 시들었으며 해면처럼 주름져 있었다. 그 유령은 사슴을 쫓아 말을 타고 달려 사라졌다. 백작은 자신의 땅으로 돌아갔다.

310
한스 야겐토이펠

사람들은 참수형을 받을 범죄를 저질렀으나 살아 있는 동안 그 사실이 발각되지 않은 사람은 죽은 뒤에 머리를 팔 아래 끼고 돌아다닌다고 믿는다.

1644년에 드레스덴의 한 여인이 일요일 아침 일찍 도토리를 주으려고 가까운 숲으로 갔다. 사라진 물이라 불리는 곳에서 멀지 않은 황무지에서 그녀는 사냥 나팔이 크게 울리는 소리와 나무가 쓰러지듯 무언가가 떨어지는 커다란 소리를 잇달아 들었다. 부인은 깜짝 놀라 작은 도토리 자루를 덤불 속에 숨겼다. 잠시 뒤 다시 나팔 소리가 들렸다. 주위를 둘러보던 그녀는 긴 회색 천을 걸친 회색 말을 타고 머리 없는 사내가 달리는 모습을 보았다. 그는 박차가 달린 장화를 신고 있었으며, 사냥 나팔을 등에 매고 있었다. 그러나 그가 조용히 말을 타고 지나갔기에, 부인은 다시 용기를 내어 계속해서 도토리를 줍고, 아무런 방해도 받지 않은 채 저녁에 집으로 돌아갔다. 아흐레가 지난 후 부인은 같은 목적으로 같은 장소에 갔다. 그녀가 사과 껍질을 깎기 위해 피르스테르베크 산 옆쪽에 앉았을 때, 그녀의 뒤에서 다음과 같이 외치는 목소리가 들렸다. “그대는 자루 가득 도토리를 가지고도 벌을 받지 않았소?” — “아니오” 그녀가 말했다. “산관리인은 착한 분이셔서 제게 아무 짓도 하지 않으셨어요. 하느님께서 이 죄인을 용서해 주시기를!” 이렇게 말하며 부인은 뒤를 돌아보았다. 그곳에는 그 회색 옷을 입은 사내가 서 있었으나 말은 타고 있지 않았다. 그는 곱슬곱슬한 갈색 머리카락이 달린 머리를 팔 아래 끼고 있었다. 부인은 소스라치게 놀랐다. 그러나 유령은 이렇게 말했다. “하느님께 그대의 죄를 용서해 달라고 비는 것은 그대에게 좋은 일일 것이오. 내게는 그것이 그렇게 잘 되지 않았소.” 그러고는 다음과 같은 이야기를 들려주었다. 그는 130년 전에 살았으며 자신의 아버지처럼 한스 야겐토이펠이라 불렸다. 그의 아버지는 가난한 사람들을 너무 가혹하게 대하지 말라고 경고하였으나, 그는 그 가르침을 한귀로 듣고 한귀로 흘려 버렸으니, 술을 퍼마시는 데 빠져 지내고, 나쁜 짓을 매우 많이 하였다. 그리하여 그는 이제 저주받은 유령으로 떠돌아다녀야 한다는 것이었다.

311
하켈른베르크의 꿈

한스 폰 하켈른베르크는 브라운슈바이크의 최고사냥담당관이었으며, 또한 뛰어난 사냥꾼이었다. 어느 날 밤 그는 하르츠부르크에서 심각한 꿈을 꾸었다. 그는 끔찍한 숫멧돼지와 싸워 오랜 싸움 끝에 결국 진 것 같았다. 그는 이 꿈을 머릿속에서 떨쳐 버릴 수가 없었다. 그로부터 얼마간의 시간이 흐른 뒤, 한스는 포어하르츠에서 정말로 꿈에서 본 것과 비슷한 멧돼지와 마주쳤다. 그는 멧돼지를 공격하였다. 싸움은 오랫동안 결판이 나지 않았으나, 마침내 한스가 이겼고, 적은 바닥에 뻗어 누웠다. 멧돼지가 그렇게 자신의 발밑에 있는 것을 보고 기뻤던 그는 멧돼지의 끔찍한 엄니를 발로 차며 외쳤다. "너는 내게 아직 그런 짓을 할 수 없지!" 그러나 너무 세게 찬 나머지, 날카로운 이빨이 장화를 꿰뚫고 들어와 그의 발에 상처를 입혔다. 처음에 하켈른베르크는 상처에 신경을 쓰지 않고 사냥을 계속했다. 그러나 돌아올 때 발이 너무 부어올라 발에서 장화를 벗겨내야만 했다. 그는 볼펜뷔텔로 서둘러 돌아왔다. 마차의 흔들림은 상처에 너무나 안 좋았기 때문에, 그는 급박한 곤경 속에서 홈부르크에서 멀지 않은 벨페로데의 병원에 간신히 도착하였고, 그곳에서 곧 죽고 말았다. 그의 무덤에는 무장을 한 기사가 노새 위에 앉아 있는 모습을 보여 주는 비석이 세워져 있다.

312
투트-오젤

하켈른베르크는 한밤중에 폭풍과 비 속에서 이리 저리 사납게 달려갈 때,[22] 또 말과 개들을 데리고 튀링겐의 숲 속과 하르츠, 그리고 그가 가장 좋아하는 하켈을 마차를 타고 질주할 때, 사람들이 투트-오젤이라 부르는 자신의 올빼미를 미리 날려 보내곤 하였다. 이 올빼미와 마주치는 나그네는 배를 땅에 대고 조용히 누워 그 거친 사냥꾼이 자신의 위로 지나가도록 내버려 두었다. 그러면 그들은 곧 개 짖는 소리와 후후! 하는 사냥꾼의 소리를 듣게 되었다. — 멀리 있는 튀링겐의 수도원에 오래전에 우르젤이라는 이름의 수녀가 살았다. 그녀는 살아 있던 시절 울부짖는 듯한 노래로 합창을 방해했다. 그래서 사람들은 그녀를 투트-우르젤이라 불렀다. 더욱 화가 나는 일은 그녀가 죽은 후에 벌어졌으니, 그녀는 밤 열한시부터 교회 탑의 구멍으로 얼굴을 들이밀고 한탄하며 소리를 질러댔던 것이다. 또한 매일 아침 네시에 초대받지도 않았으면서 수녀들의 노래에 끼어들어 소리를 냈다. 사람들은 며칠 동안 이를 참았다. 그러나 사흘째 아침에 수녀 하나가 두려움에 가득 차서 조용한 목소리로 그녀의 옆에 서 있던 수녀에게 말했다. "저거 분명 우르젤이야!" 이에 모든 노래가 갑자기 끊겼으며, 그들의 머리가 산처럼 쭈뼛 서 버렸고, 수녀들은 커다란 목소리로 "투트-우르젤, 투트-우르젤!"이라 소리 지르며 교회 밖으로 몰려 나갔다. 수녀들은 그 어떤 처벌로 위협을 해도 교회 안으로 들어서려 하지 않았다. 마침내 도나우 강가에 있는 카푸치너 수도원에서 유명한 악령을 쫓는 사람이 왔다. 그는 투트-우르젤을 올빼미의 모습으로 바꿔 하르츠의 둠부르크로 쫓아 보냈다. 이곳에서 하켈른베르크를 만났으니 그녀는 그의 후후! 소리를 너무

22 말의 발이 질척한 진흙이나 이끼 속에서 갈팡질팡할 때 이렇게 달려야 할 필요가 있다.

나 좋아했고, 하켈른베르크도 그녀의 우후! 소리를 마음에 들어 했다. 그리하여 둘은 함께 사냥을 다녔다.

313
검은 기병과 그의 말

오래전 강도기사이자 도둑기사인 레헨베르거가 어느 날 밤 하인과 함께 사냥감을 찾아 말을 타고 나섰다. 그때 두 사람은 말을 타고 달리는 검은 기병 부대와 마주쳤다. 그는 비켜섰지만, 훌륭하게 안장이 올려진 빈 말을 끌고 가는 행렬의 마지막 사람에게 말을 타고 지나가는 사람들이 누구인지 물어보는 것을 참지 못했다. 기병이 대답했다. "분노한 군대지요." 이에 하인도 멈춰 서서 그 아름다운 말이 누구의 것인지 물어보았다. 그에게 이런 답이 돌아왔다. 몇 년 안에 죽어서 이 말을 타고 다니게 될 충성스런 하인의 말이라는 것이었다. 레헨베르크의 하인은 이제 개심을 하기로 마음먹고 한 수도원에 마구간을 돌보는 하인으로 취직했다. 그러나 일 년도 되지 않아 동료하인과 불화를 겪었고, 결국 그 동료에 의해 칼에 찔려 죽고 말았다.

314
충직한 에크하르트

베누스베르크, 혹은 회젤베르크 앞에 앉아 안으로 들어서려는 모든 사람들에게 경고를 전한 충직한 에크하르트의 이야기가 전해진다. 만스펠트의 주임신부이자 80세가 넘은 요한 켄너러가 말하기를, 매년 사육제 기간의 목요일이면 아이스레벤과 만스펠트의 땅 전체에 분노한 군대가 지나갔다고 한다. 그러면 사람들은 몰려가 그들을 기다렸으니, 그 모습은 위대하고 강력한 황제나 왕이 지나가는 것과 다를 바가 없었다. 그 무리들 가장 앞에 한 늙은 사내가 하얀색 지팡이를 들고 앞장서 갔는데, 그는 스스로를 충직한 에크하르트라 불렀다. 이 사내는 사람들을 길에서 물러나도록 명령하였으며, 어떤 사람들에게는 아예 집으로 돌아가라고 하였다. 그렇지 않으면 해를 입게 된다는 것이었다. 이 사내 뒤로는 말을 타고 오는 이들도 있었고, 걸어서 오는 사람들도 있었다. 또한 그 지역에서 최근에 죽은 사람들도 목격되었으며, 그중 일부는 아직 살아 있는 사람들이었다. 한 사람은 발이 두 개인 말을 타고 달려왔다. 또 다른 사람은 바퀴에 묶여 있었는데, 그 바퀴는 저절로 굴러갔다. 세 번째 사람은 허벅지를 어깨에 올려놓고는 격렬하게 달렸다. 또 다른 사람은 머리가 없었으니, 이런 모습을 한 자들이 수없이 많았다. 프랑켄에서는 이 행렬이 최근에도 목격된 적이 있고, 넥카르 강가의 하이델베르크에서는 이런 행렬이 한 해 동안에도 여러 차례 목격되었다. 분노한 군대는 황무지에, 허공에서, 그리고 칠흑 같은 어둠 속에서 나타났으며, 이들이 나타날 때는 개 짖는 소리와 발트호른을 부는 소리, 야생 동물이 포효하는 소리가 들렸다. 또한 사람들은 이때 토끼들이 달려가는 모습을 보았으며, 돼지들이 꿀꿀거리는 소리도 들었다.

315
빌베르크의 아가씨

획스테르 근교에 있는 베렌 출신의 한 사내가 곡식을 빻기 위해 아멜룽의 방앗간으로 갔다. 돌아오는 길에 그는 라우의 연못 근처에서 잠시 쉬려고 했다. 그때 고델하임 건너편에 위치한 빌베르크 쪽에서 한 아가씨가 내려오더니 그의 앞에 서서 말했다. "저 위 빌베르크 산 꼭대기에서 두 양동이 가득 물을 길어다 주세요. 그러면 큰 보상을 받게 될 것입니다." 그는 위에서 그녀에게 물을 길어 주었다. 그러자 그녀는 이렇게 말했다. "내일 이 시간에 다시 와서 오스테르베르크 산의 양치기가 모자에 꽂고 다니는 꽃다발을 가져다주세요. 하지만 선의를 가지고 그 꽃을 부탁해야 한다는 사실에 주의해 주세요." 사내는 다음날 오스테르베르크의 양치기에게 꽃을 부탁하여 받았으나, 여러 번 부탁을 한 후에야 겨우 얻을 수 있었다. 그 후 그는 다시 빌베르크의 꼭대기로 갔다. 그곳에 아가씨가 서 있었으니, 그를 철로 된 문 앞으로 이끌고 가서 말했다. "꽃다발을 자물쇠 앞에 들고 계세요." 사내가 시키는 대로 하자, 곧 문이 덜컹 소리를 내며 열렸다. 두 사람은 안으로 들어섰다. 산의 동굴 안에는 작은 난쟁이가 탁자 앞에 앉아 있었으니, 그의 턱수염은 돌로 된 탁자를 뚫고 자라나 있었고, 그의 주위에는 어마어마하게 많은 보물들이 쌓여 있었다. 양치기는 기쁨에 겨워 꽃다발을 탁자에 놓고 주머니에 금을 채워 넣기 시작했다. 그러나 아가씨는 그에게 이렇게 말했다. "최고의 것을 잊지 마세요!" 주위를 둘러본 사내는 그녀가 커다란 샹들리에를 말하는 것이라 생각했다. 그러나 그가 샹들리에를 잡으려 할 때 탁자 밑에서 손이 하나 나와 그의 얼굴을 때렸다. 아가씨가 다시 한 번 말했다. "최고의 것을 잊지 마세요!" 보물 생각으로 머릿속이 가득했던 사내는 꽃다발은 전혀 신경 쓰지 않았다. 주머니를 가득 채운 사내는 이제 나가려고 했다. 그가 문 밖으로 나오자마자 문은 끔찍한 소리를 내며 닫혔다. 사내는 이제 보물을 꺼내려 하였다. 그러나 주머니에는 종이 외에는 아무것도 들어 있지 않았다. 그때 사내의 머릿속에 꽃다발이 떠올랐으니, 그제서야 그는 꽃다발이 바로 최고의 것이었다는 사실을 깨달았다. 사내는 슬픔에 잠겨 산에서 내려와 집으로 갔다.

316
양치기와 산에서 온 노인

베른니게로데 시로부터 멀지 않은 곳에 깊은 계곡이 있다. 이 계곡의 돌로 된 바닥에는 움푹 파인 곳이 있으니, 이곳은 포도주저장동굴이라 불리며 그 안에는 많은 보물이 들어 있다고 한다. 여러 해 전에 신앙심이 깊고 조용한 성품을 가진 가난한 양치기가 그곳에 자신의 양떼를 몰고 갔다. 한 번은 막 밤이 되려 할 때 한 백발의 노인이 그에게 와서 말했다. "나를 따라오시오, 그러면 내가 보물을 보여 주겠소. 원하는 만큼 가져가도 됩니다." 양치기는 개에게 양떼를 맡기고 늙은이를 따라갔다. 멀지 않은 곳에서 갑자기 바닥이 열렸고, 두 사람은 그 안으로 들어가 황금과 보석으로 된 수많은 보물이 쌓여 있는 방에 이를 때까지 깊숙이 내려갔다. 양치기는 황금덩어리를 골랐다. 그러자 모습이 보이지 않는 자가 그에게 말했다. "그 황금을 도시의 금세공사에게 가져가시오. 그가 당신에게 충분한 돈을 지불할 것이오." 이에 양치기는 안내자를 따라 다시 출구로 갔다. 양치기는 그가 명령을 받은 대로 했으니, 금세공사로부터 많은 돈을 받았다. 양치기는 기뻐하며 그 돈을 아버지에게 가져다주었다. 그러자 아버지는 이렇게 말했다. "한 번 더 아래로 내려가 보도록 하려무나." — "예, 아버지" 하고 양치기가 대답했다. "제가 그곳에 장갑을 놓고 왔어요. 함께 가시면 제가 그것을 가져오겠습니다." 두 사람은 밤에 출발하여 계곡으로 내려가 열린 땅바닥을 찾았다. 그러고는 지하의 보물에 이르렀다. 모든 것이 처음과 같이 놓여 있었으며, 양치기의 장갑도 그곳에 있었다. 두 사람은 주머니에 그들이 운반할 수 있는 만큼 보물을 담아 다시 밖으로 나왔다. 그러자 커다란 소리와 함께 입구가 그들 뒤에서 닫혀 버렸다. 다음 날 저녁 그들은 세 번째로 동굴에 가 보려고 했다. 그러나 오랫동안 여기저기를 찾아보았음에도 불구하고 입구가 있던 자리도, 그 흔적도 발견할 수 없었다. 그때 늙은이가 그들 앞에 나타나 양치기에게 말했다. "네가 장갑을 가져오지 않고 그곳에 놓아두었더라면 세 번째에도 입구를 발견할 수 있었을 것이다. 입구는 네가 세 번 찾아올 수 있고, 그동안 열려 있도록 되어 있었기 때문이다. 그러나 이제 입구는 영원히 네 눈에 보이지 않을 것이며, 영원히 닫혀 있을 것이다." 유령들은 땅위의 인간들이 자신들의 거주지에 놓아두고 간 것을 가질 수 없으며, 그것을 두고 간 사람이 다시 가져갈 때까지 평온을 찾지 못한다고 한다.

317
처녀 일제

일젠슈타인이라는 바위는 하르츠 산맥에서 가장 큰 바위 중의 하나인데, 브로켄 산 밑의 일젠부르크에서 멀지 않은 베르니게로데 백작 영토 안의 북쪽에 위치해 있었다. 그 바위는 일제 강에 의해 깨끗이 씻기고 있었다. 백 미터 건너편에 이 바위의 층들과 비슷하게 생긴 바위 하나가 있었고, 그래서 언젠가 지진이 일어났을 때 일젠슈타인은 그 바위 층에서 분리되어 나온 것 같았다.

어느 해 대홍수가 일어났을 때 사랑하는 두 연인이 범람하는 물을 피하기 위해 브로켄 산으로 도망을 쳤다. 그런데 그들이 그곳에 도착해서 함께 어떤 바위 위에 미처 서 있기도 전에 바위는 둘로 쪼개져서 두 연인을 갈라놓으려고 할 형국이었다. 브로켄 산을 향해 있는 왼쪽 바위 위에는 처녀가 서 있었고, 오른쪽 바위 위에는 남자가 서 있었는데, 두 연인은 서로 꼭 껴안고 범람하는 물속에 잠겨 버렸다. 여자의 이름은 일제였다. 매일 아침마다 그녀는 일제 강에서 목욕을 하기 위해서 일젠슈타인을 올려놓았다. 불과 몇 사람만이 그녀를 보는 것이 허용되었는데, 보는 사람들은 모두 그녀를 칭찬했다. 어느 이른 아침, 그녀는 한 숯쟁이를 보고 친절히 인사했고 그는 그녀의 눈짓을 보고 바위 앞까지 따라갔다. 바위 앞에서 그녀는 그의 여행 가방을 빼앗았으며, 그 가방을 가지고 바위 속으로 들어가 가방을 가득 채우고 다시 나왔다. 그리고 그녀는 그 숯쟁이더러 오두막에 도착하기 전까지는 절대 가방을 열어서는 안 된다고 말했다. 하지만 이를 지키기는 어려웠고, 숯쟁이는 일제 강 다리 위에 이르렀을 때 그만 더 이상 참지 못하고 가방을 열어보았다. 가방 속에는 도토리와 전나무 사과가 있었다. 그는 의도치 않게 강에 그것들을 떨어뜨렸다. 하지만 그녀가 일제 강에 있는 바위를 건드리자마자. 숯쟁이는 찌르릉거리는 벨소리를 들었으며 또 두려움에 떨며 자기가 금 덩어리를 떨어뜨렸다는 것을 알게 되었다. 그가 조심스레 자루 구석에 보존해 둔 나머지 것들만으로도 그는 충분히 부자가 될 수 있었다. — 다른 전설에 따르면 예전에 일젠슈타인에는 하르츠 왕의 성이 있었는데, 그 왕에게는 일제라고 불리는 매우 아름다운 딸이 있었다. 그 성 가까이에 마녀가 살았는데 마녀의 딸은 너무도 추하게 생겼었다. 일제에게는 많은 사람들이 구혼을 청했지만 마녀의 딸에게는 아무도 관심을 갖지 않았다. 그러자 마녀는 화가 났고, 마법을 써서 성을 바위로 변화시켜 버렸다. 그리고 마녀는 그 바위의 아래쪽에다가 왕의 딸만 볼 수 있는 문을 설치했다. 마법에 걸린 일제는 매일 아침 이 문을 통해 걸어 나가 강가에서 목욕을 했는데, 그 강은 그녀의 이름을 따서 일제 강이라 불렸다. 만약 어떤 사람이 너무도 운이 좋아 일제가 목욕하고 있는 것을 보게 되면, 일제는 그 사람을 성으로 데리고 가서 맛 좋은 음식을 제공하고 기분 좋게 떠나도록 해 주었다. 하지만 질투심 많은 마녀는 일 년 중 단 며칠간 만 일제가 목욕하고 있는 모습을 보게 해 주었다. 그녀를 구출해 줄 수 있는 사람은 그녀와 함께 동시에 강에서 목욕을 하고 그녀의 아름다움과 미덕에 필적한 만한 사람뿐이었다.

318
글라츠의 이교도 처녀

글라츠에 사는 사람이라면 젊은 사람이든 나이 든 사람이든 누구나 다음과 같은 이야기를 알고 있다: 이교도가 판치는 시대에 무신론자이면서 신비로운 한 처녀가 나라를 지배했다. 그녀는 남동생과 화살을 누가 더 멀리 쏘는지 내기를 하면서, 성에서부터 아이저도르프에 있는 커다란 보리수나무까지 화살로 쏘았던 것이다. 동생이 쏜 화살은 그녀가 쏘았던 거리의 절반에도 미치지 못했고, 당연히 그녀가 이겼다. 그 보리수나무가 나라의 경계를 이루었는데, 글라츠에 있는 이교도 탑만큼이나 오래되었다. 보리수나무가 한두 번 바싹 마른다 해도, 그래도 언제나 울창하게 자랐고, 지금도 끄떡없이 서 있다. 어느 날 하루는 점쟁이가 보리수나무에 앉아서 그 도시의 미래에 대해 여러 가지 예언을 하고 있었다. 터키 군대가 글라츠까지 침입해 올 것이다. 그런데 터키 군대가 둥근 대형을 하고 돌다리 위로 쳐들어올 때, 기독교도들을 성에서 내려오게 하여 터키군대를 대적하면 큰 패배를 당할 것이다. 하지만 한 무리의 학이 빵나무 의자로 날아가기 전까지는 그러한 일은 일어나지 않을 것이다. — 그 처녀가 남동생과 활 대결에서 이긴 것을 표시하기 위해, 무덤 뒤에 있는 두 개의 날카로운 돌에 새겼다.

하지만 그녀는 남동생과 허락되지 않은 사랑에 빠졌기 때문에 사람들로부터 경멸을 받았다. 그리고 사람들은 호시탐탐 그녀의 생명을 노렸지만, 그녀는 강했고 또 마법을 사용할 줄 알았기 때문에 항상 위험에서 벗어날 수 있었다. 그럼에도 불구하고 결국 그녀는 붙잡혔고 아래 성(城)에서 위 성으로 통하는 문으로 둘러싸인 큰 방에 갇혔다. 그때 그녀는 죽었으며, 이를 기리기 위해 그녀의 초상(肖像)을 돌로 조각하여 같은 문 왼쪽 벽에 세워 두어 지금까지도 다른 사람들에게 전시하고 있다. 뿐만 아니라 그녀의 그림도 녹색 홀에 걸려 있으며, 성의 교회 벽에 있는 철제 못에 두서너 번 땋은 아름다운 노란색 머리카락도 걸려 있었다. 사람들은 그것을 이교도 처녀의 머리카락이라 불렀다. 그런데 그것은 너무나 높이 걸려 있어서 키 큰 남자가 바닥에 서서 손을 뻗어야 닿을 정도였고, 입구로부터 대략 세 발자국 떨어져 있었다. 그녀는 그녀 모습이 그려진 그림 그대로의 형상과 옷을 입은 채 자주 성에 나타났다. 하지만 그녀를 조롱하거나 그녀의 땋은 머리카락을 교회 밖으로 가져가려는 사람을 제외하고는 아무에게도 해를 끼치지 않았다. 그녀를 조롱한 한 보초근무 군인에게 그녀는 다가가 차가운 손으로 그의 뺨을 때렸고, 또 그녀의 머리카락을 훔친 사람에게 그녀는 한밤중에 나타나 그가 다시 머리카락을 재빨리 되돌려놓지 않으면 죽을 때까지 그의 주위를 맴돌았다.

319
로스트랍과 크레트풀

사람들은 탈레 후방의 북하르츠 산맥 앞의 구릉맥(脈)에 있는 거대한 말발굽과 비슷한 인상을 주는 바위를 로스트랍 또는 로스트라페라고 불렀는데, 이 바위는 달걀 모양처럼 둥글게 움푹 파여 있었다. 이 바위에 관련해서 다음과 같은 신기한 이야기가 전해지고 있다.

1. 옛날 어느 거인 왕의 딸이 내기를 제안했는데, 그 내기는 말을 타고 크레트풀이라 불리는 깊은 골짜기를 뛰어넘어 다른 바위로 넘어가는 것이었다. 그녀는 운 좋게 두 번은 성공했다. 하지만 세 번째 시도에서는 말이 뒤로 넘어졌고 그녀도 함께 좁은 골짜기로 추락했다. 물이 고여 있는 그 골짜기 속에 그녀는 긴 세월 동안 갇혀 있었다. 세월이 지난 어느 날 한 잠수부가 약간의 사례금을 받고 몇몇 사람의 부탁으로 골짜기의 물속으로 뛰어들어 그녀를 물 밖으로 끄집어내었다. 그래서 사람들은 그녀가 머리에 썼던 왕관 같은 것을 볼 수 있었다. 그 잠수부가 세 번째 물속으로 들어가야 했을 때, 그는 마음속으로 정말 내키지 않았지만 결국엔 결심을 했고 이때 다음과 같은 얘기를 했다. "만약 물 밖으로 피가 솟구쳐 나온다면 저는 그 처녀에게 죽음을 당한 것입니다. 그렇다면 모두들 위험에 빠지지 않도록 그 자리에서 도망을 치도록 하십시오." 정말 그 잠수부의 말처럼 물속에서 피가 솟구쳐 나왔다.

2. 옛날 옛적 여러 개의 성곽에 둘러싸인 한 성(城)에 왕이 살고 있었다. 그 왕에게는 아주 예쁜 딸이 있었는데, 그 딸을 사랑하는 어느 왕자가 그녀를 납치하려고 했다. 이 계획은 악마의 마법을 통해 지옥에서 온 말을 가지고 감행되었다. 왕자는 그렇게 그녀를 납치했고, 그 말은 이쪽 바위에서 저쪽 바위로 넘어갈 때마다 말발굽으로 그 자국을 남겼다.

3. 하르츠에 한 공주가 살았는데, 공주는 아버지의 의사에 반하여 은밀하게 사랑하는 사람이 있었다. 아버지의 노여움을 피하기 위해 공주는 왕관을 가지고 도망을 쳤는데, 여러 바위 속에 몸을 숨기기도 했었다. 로스트랍 건너편에 있던 바위에는 공주의 마차가 지나간 흔적이 남아 있었다. 공주는 추격당했고 포위망은 점점 좁혀졌다. 공주가 살아날 길은 다른 강가로 뛰어넘어 도망하는 수밖에 없었다. 공주는 다른 강가를 보았고, 급기야 거기서 공주는 마치 자기의 결혼식인 것처럼 다시 한 번 춤을 추었는데,

이로 인해 그 바위는 '무도장'이라는 이름을 얻었다. 그러고 나서 공주는 행복하게도 위대한 비상을 하였다. 그곳에는 공주의 말이 첫발을 내디뎌 말발굽이 새겨져 있고, 그때부터 그곳은 로스트랍이라 불리었다. 하지만 비상하는 와중에 공중에서 귀중한 왕관이 공주의 머리에서 떨어져 보데 강의 깊은 소용돌이 속으로 휩쓸려갔고 그로부터 오늘날까지 보데 강은 '왕관 구멍'이라 불린다.

4. 아주 오래전, 그러니까 약탈기사들이 호임부르크, 로이엔부르크, 슈테켈른부르크, 빈첸부르크 같은 성채를 짓기 전에, 하르츠 주변의 지역은 거인들이 살고 있었다. 그 거인들은 이교도와 마법사들이었으며, 그들은 약탈, 살인, 폭력을 일삼고 있었다. 그들은 60년 된 참나무를 뿌리까지 뽑아 전투에 사용하였다. 그들은 자기들에게 대항하는 모든 것을 몽둥이로 때려 제압했으며, 많은 부녀자들을 포로로 잡아 왔다. 포로들은 낮이고 밤이고 할 것 없이 그들의 시중을 들어야만 했다. 그 당시 보하이머 발트에 보도라고 불리는 한 거인이 살고 있었다. 그는 모든 것을 그의 휘하에 두었지만, 리젠 산맥(역자 주: 독일 동남부의 산맥 이름)의 어느 성에 살고 있는 공주 엠마는 자신의 애인으로 만들 수 없었다. 보도의 어떠한 강력한 술책도 하등의 도움이 되지 않았다. 왜냐하면 공주는 강인한 정신으로 무장해 있었기 때문이었다. 하루는 보도가 사냥을 하던 중 그녀를 발견하자 바로 그 즉시 보도는 말의 안장을 졸라매었다. 보도의 말은 눈 깜짝할 사이에 수 마일 되는 평야를 건너갈 수 있었다. 보도는 엠마를 죽이겠다고 다짐했다. 그가 그녀에게 거의 다 다다랐을 때, 그때 그녀는 2마일이나 되는 먼 거리에서 자기를 죽이려고 쫓아오고 있는 그를 발견했고 그 즉시 자기 말을 재빨리 몰았다. 그녀는 말의 박차를 더욱 가하여 산을 넘고 절벽과 숲을 통과하여 튀링겐을 가로질러 하르츠의 산맥으로 거의 날다시피 달아났다. 그녀는 몇 마일 뒤에서 보도의 말이 가쁘게 숨을 몰아쉬는 것을 들었고, 그녀의 지치지 않는 말에게 다시 새롭게 박차를 가했다. 이제 그녀의 말은 숨을 잠시 돌리며 악마의 '무도장'이라 불리는 무시무시한 바위 위에 서 있

었다. 엠마는 무서움에 떨며 낭떠러지 아래를 바라보았다. 왜냐하면 바위에서 낭떠러지로 수직으로 떨어진 수많은 발자국들이 있었기 때문이었다. 깊은 강물은 아래로 매우 빠르게 흐르고 있었고, 무서운 소용돌이를 일으키고 있었다. 맞은편에 있던 바위는 더 멀리 있는 것처럼 보였고, 그녀의 말은 앞발조차 디딜 공간이 없었다. 그녀는 보도의 말이 다시 가쁘게 숨쉬는 것을 들었는데, 그때 그녀는 무서움에 떨며 선조들의 영령들에게 도움을 구했다. 그녀는 무의식중에 말의 기다란 박차를 옆구리에 힘껏 가했다. 그녀의 말은 운 좋게도 낭떠러지를 넘어 절벽 꼭대기로 점프했고, 네 발굽이 단단한 바위 위에 착지하자 불꽃이 번쩍하고 흩날렸다. 그곳이 말이 쿵하고 낭떠러지를 건너 뛴 곳이었다. 시간이 지남에 따라 그 자국의 깊이는 작아졌지만, 비가 내려도 그것을 완전히 지울 수는 없었다. 엠마는 구출되었다. 하지만 낭떠러지를 건너뛸 때 그녀의 머리에 있던 무거운 왕관은 낭떠러지 아래로 떨어져 버렸다. 열심히 뒤를 좇던 보도는 강의 소용돌이에 휩싸였고 그 강에다가 자기 이름을 내주었다.(보데 강은 에메 강과 잘레 강과 함께 엘베 강으로 흘러든다.) 보데 강이 금으로 된 공주의 왕관을 지켜낸 셈이었다. 금을 갈망하는 그 어떤 사람도 왕관을 끄집어 내지 못했다. 언젠가 한 번 어떤 잠수부가 대단한 확약을 받고 왕관을 끄집어내는 일을 감행했다. 잠수부는 강 속 깊숙이 들어가 왕관을 찾아내었고, 모여 있던 여러 사람들이 왕관의 끝부분이 반짝이는 것을 볼 수 있게끔 왕관을 높이 쳐들었다. 하지만 왕관이 너무 무거워서 그는 두 번이나 그것을 손에서 떨어뜨렸다. 사람들은 그에게 세 번째 잠수를 하여 왕관을 끄집어 오라고 소리쳤다. 잠수부가 이를 실행하자 피가 공중으로 솟구쳤다. 그 잠수부는 영영 밖으로 나오지 못했다. 오늘날 그곳은 깊은 정적만이 뒤덮고 있으며, 새들조차 그 위를 날아다니지 않는다. 다만 한밤중에 멀리 황야에서 음침한 개들의 울음소리만 들릴 뿐이었다. 그 골짜기의 소용돌이는 크레트풀[23]이라 불리고, 또 그 바위는 엠마가 지옥의 영령들에게 도움을 간청했

23 북쪽 하르츠 주민들이 '크레트 아이'를 '악마 아이'라고 부르는 것처럼, '크레트 골

던 바위로 악마의 '무도장'이라고 불린다.

5. 옛날 보헤미아 지방의 왕에게 딸이 있었는데 어느 힘센 거인이 그녀에게 구혼하였다. 왕은 권력과 힘을 잃을까 두려워서 그 거인에게 딸을 주겠노라 약속하였다. 하지만 왕의 딸은 이미 인간인 다른 사람을 애인으로 두고 있었기 때문에 거인 신랑을 거부하고 아버지의 명령에도 따르려고 하지 않았다. 왕은 몹시 화가 나서 강제로 힘을 써서 바로 다음 날 결혼식을 치러 버리기로 하였다. 그녀가 눈물을 흘리면서 애인에게 한탄하자 애인은 재빨리 도망치기로 작정하였다. 애인은 어두운 밤을 틈타 이미 해둔 약속을 지킬 준비를 하고 있었다. 하지만 그들이 도망치기는 매우 어려웠다. 왕의 마구간은 모조리 잠겨 있었고 마부들은 모두 왕의 충성스런 신하였다. 거인을 위해 특별히 지은 마구간에 거인의 무시무시한 흑마(黑馬)인 가라말이 있었다. 하지만 가냘픈 여인의 손으로 어떻게 열 엘레(역자 주: 팔꿈치를 뜻하는 말로, 독일의 옛 치수 단위. 대략 55~85센티미터)보다 더 큰 이 괴물을 이끌어 타고 갈 수가 있겠는가? 그리고 그 자신은 말의 고삐를 갖기는커녕, 두툼한 쇠사슬에 묶인 데다 거기에 커다란 자물쇠까지 채워져 있으며 심지어 그 열쇠를 거인이 지니고 있으니 어찌 도움을 줄 수 있겠는가? 하지만 애인인 남자가 그녀를 도왔다. 애인은 힘겹게 사다리를 말에 대놓고 왕의 딸이 사다리를 타고 가라말의 등으로 올라가도록 했다. 그런 다음 사내는 엄청난 괴력으로 쇠사슬에 칼을 내리쳐서 그것을 끊고는 자신도 그 말의 등에 올라타고 재빨리 그곳을 벗어났다. 영리한 처녀는 자신의 보석을 가지고 나왔고, 거기다가 아버지의 황금왕관까지 머리에 쓰고 왔다. 그들이 운명을 하늘에 맡기고 서둘러 도망치고 있는 동안, 그 한밤중에 말을 타고 그들을 잡으러 나가야겠다는 생각이 거인의 머리에 떠올랐다. 달빛이 환하게 비치고 있었다. 거인은 일어나서 말에 안장을 채우려 하였다. 하지만 마구간이 텅 비어 있었다. 성 전체에 큰 소동이 일어났고, 사람들이 왕의 딸을 깨우려고 하였지만 이미 그녀도 사라지고 없었다. 거인 신랑은 오래 생각하지

짜기'는 '악마 골짜기'로 불린다.

도 않고 닥치는 대로 아무 말이나 집어타고 온갖 장애를 뛰어넘어 그들의 뒤를 쫓아 달렸다. 커다란 수색용 개 한 마리가 그 두 사람이 지나간 길을 냄새로 알려 주었다. 하르츠 숲 근처에서 거인은 그들을 거의 따라잡았다. 하지만 그때 왕의 딸이 뒤따라오는 거인을 보고 나는 듯 쏜살같이 말을 달려 숲 속으로 들어갔다. 그러나 보데 강을 굽어보는 거대한 낭떠러지가 그들의 앞길을 가로막고 있었다. 가라말은 한순간 멈칫하였고, 사랑하는 두 사람은 큰 위험에 빠졌다. 그녀가 뒤를 돌아보니 거인이 엄청난 속도로 말을 달려 다가오고 있었다. 그녀는 용기를 내서 가라말의 갈빗대를 쳤다. 말은 뒷발굽 자국이 낭떠러지 바위에 새겨질 정도로 힘차게 도약해 강을 건너뛰어 두 사람을 구하였다. 황급히 그들을 추격한 거인의 야윈 말은 거인의 무게 때문에 너무 짧은 도약을 하여 그만 낭떠러지를 건너뛰지 못하고 말과 거인은 무시무시한 소리를 지르면서 아래로 떨어졌다. 건너편 가장자리에서는 왕의 딸이 서 있었고, 그녀는 기쁨의 춤을 추었다. 그래서 이곳은 오늘날까지도 '춤의 장소'라 불린다. 하지만 강을 건너뛰는 소동 속에서 그녀는 왕관을 잃어버렸고, 왕관은 보데 강 밑 움푹 팬 곳으로 떨어졌다.

왕관은 오늘날에도 그곳에 있는데, 번뜩이는 눈을 가진 커다란 개 한 마리가 그것을 지키고 있다. 왕관을 획득하려는 눈먼 사람들이 목숨을 걸고 강 밑바닥에서 그것을 건져 올리려고 하지만 번번이 헛일이 되곤 했다고 전해진다. 그들이 가까이 갈수록 큰 개는 점점 더 아래쪽으로 내려가고, 왕관은 더 이상 사람의 손길이 닿을 수 없는 곳에 있게 된다고 한다.

320
소녀봉

사람들은 발렌슈테트와 젤케 계곡의 하르츠게로데 사이에 높고 기둥이 특징적인 바위가 있는데, 그 바위에는 사람 발자국과 비슷하게 생긴 오목한 곳이 있으며 두 번째 발자국의 길이는 80피트에서 100피트에 이른다고 가리켜 주었다. 하지만 여기에 관한 전설은 아주 다양하다.

하루는 거인 아니면 거인의 딸이 페터스베르크 지명이 유래한 하르츠 산맥의 뒤쪽으로 갔다. 그녀가 오늘날에는 휘텐베르크 위쪽에 있는 그 바위에 도착했을 때, 그녀는 람베르크 꼭대기에서 그녀에게 손짓하는 어릴 적 소꿉친구를 발견했다. 그녀가 서 있는 위치와 람베르크 산꼭대기 사이에 넓고 커다란 계곡이 있어서 오랫동안 그녀는 주저하며 서 있었다. 너무 오랫동안 서 있어서 그녀의 발자국이 바닥에 새겨졌고, 오늘날까지도 미약하게나마 그 흔적을 찾아볼 수 있다. 하르츠게로데에서 농사를 지으며 사는 부족의 한 머슴이 그녀가 우물쭈물하는 것을 보고 크게 비웃었다. 그것을 본 그녀는 손을 쭉 뻗어 쟁기를 들고 있는 머슴과 말을 높이 쳐들었고, 다른 모든 것을 그녀 웃옷에 넣고 계곡 너머로 훌쩍 점프했다. 그리고 몇 발자국으로 그녀의 소꿉친구에게 도달했다.

종종 다음과 같이 전해지는 이야기를 들을 수 있다; 왕의 딸은 자기 마차를 타고 왔고 저 건너편 산에 오르기를 원했다는 것이다. 그녀는 말과 마차를 즉각 자기 앞치마에 묶고 이 산에서 저 산으로 건너뛰었던 것이다.

결국 그 발자국은 자신이 사랑하던 양치기를 향해 저편으로 점프했다는 시골처녀, 그리고 도약하기 위해 도움닫기 할 때 너무도 강력하게 행해서 그 흔적을 남겼던 시골처녀의 것이라고 회자되고 있다. 숫염소 또한 여기에 관련되어 있는 것으로 보인다.

321
처녀봉

보헤미아의 경계에서 멀지 않은 라우짓츠에는 오이빈이라 불리는 가파른 바위가 우뚝 솟아 있다. 사람들은 이 바위 위에서 처녀의 점프를 보여주고 그것에 관해 설명해 주곤 한다. 옛날에 한 처녀가 지금은 파괴되고 없는 어느 산상 수도원을 방문했었다. 한 형제가 그녀를 여기저기 안내해 주며 그녀에게 바위가 있는 지대의 기적과 발전을 보여 주었다고 했다. 그 때 그녀가 너무 아름다웠기 때문에 그 형제의 마음에는 죄 많은 욕망이 생겼고, 또 그녀에게 팔을 뻗는 벌 받을 만한 행동을 했다. 하지만 그녀는 꾸불꾸불한 길을 따라 도망을 쳤는데 그 승려 형제에게 쫓기게 되었다. 갑자기 그녀는 산의 협곡 앞에서 멈추었고 용감하게 아래로 뛰었다. 남자 천사들이 그녀를 붙잡았고 그녀를 아무런 상처 없이 내려놓았다.

다르게 주장하는 사람들도 있다: 한 사냥꾼이 오이빈에서 한 아름다운 시골처녀가 산책하는 것을 보았고 그녀의 뒤를 쫓았다. 사냥당한 노루처럼 그녀는 바위 위에 넘어졌지만, 좁은 골짜기가 그녀 눈앞에 펼쳐졌으며, 다행히도 그녀는 다치지 않고 바닥으로 뛰어내렸다. 또 다르게 이야기하는 사람들도 있다: 한 민첩한 소녀가 그녀의 소꿉친구와 갈라진 협곡을 뛰어넘는 내기를 했다. 하지만 뛰어넘을 때 그녀의 발이 매끄러운 슬리퍼에서 미끄러졌고 그래서 그녀는 거의 엉망으로 망가질 뻔했다. 그녀는 운이 없게도 그녀의 치마를 어디에서나 안전하고 평화롭게 협곡의 바닥에까지 가지고 가지 못했던 것이다.

322
하라스봉

사람들은 작센 지방의 에르츠 산맥에 있는 리히텐 숲 속에서 초파우 계곡 근처의 한 장소를 가리켜, 하라스봉이라고 부르는데, 그곳에서는 옛날 옛적에 적들에게 쫓기던 어느 기사가 가파른 암벽을 뛰어내려 아래 바닥으로 말을 타고 갔다고 전해진다. 말은 크게 다쳤지만 다행스럽게도 그 영웅은 반대편 물가로 도망쳤다.

323
거인 히데

칼 대제 시절에 히데라 불리는 한 프리즈란트 사람이 살고 있었는데, 그는 덩치가 크고 강한 남자였다. 그는 브라운슈바이크로 갔는데 그곳 공작으로부터 숲과 나무의 관리인으로 임명되었다. 그가 처음으로 숲으로 들어갔을 때 암컷사자 한 마리와 어린 새끼들과 함께 있는 보금자리를 발견하자, 늙은 암사자를 죽이고 어린 사자 새끼들을 늑대로 알고 왕궁에 있는 공작에게 가지고 갔다. 공작은 사자와 늑대의 차이점을 알지 못하는 그 남자의 단순 무식함이 무척 마음에 들었다. 그래서 그에게 엘베 강 근처의 많은 땅을 하사했다. 그 남자는 그곳에서 집을 지었고 자신의 이름을 따서 '히데 경작지'라고 명명하였다.

324
일레펠트의 바늘귀

왼쪽으로 바로 하르츠 도로가 있는 일레펠트의 수도원 근처에는 큰 산에 단단한 바위가 튀어나와 있는데, 그 바위 중간에 좁고 뻥 뚫려 있는 동굴이 하나 있다. 노르트하우젠과 그 근처의 지역 출신인 모든 일꾼들은, 그들이 장작을 구하러 처음으로 일레펠트 뒤에 있는 하르츠 숲으로 들어가게 될 때면, 엄청난 노고와 힘듦을 감수하고 이 바늘귀 같은 동굴을 통해 세 번씩 기어가야만 했다. 그리고 기어들어가고 나올 때 친구들이 회초리로 과감하게 때렸다. 만약 그들이 이런 오락 풍습을 배겨내지 못한다면, 그들은 돈을 써서 벗어나야 했다. 공권력을 지닌 관헌은 상당한 체벌을 가할 때 이미 여러 번 이 오락 풍습을 사용하였지만 별 효과를 보지 못하고 금지시켰다. 이 오락 풍습에서 벗어나려는 일꾼들은 동료들 앞에서 어떠한 평화로움을 가지지 못했고 또 그들과 잘 지내지 못했다. 이 바위의 기원에 대해서 신분이 비천한 남자가 언급을 했다: 옛날에 한 거인이 몇 마일의 길을 여행했다. 그가 일레펠트 후방에 도착했을 때, 그는 무언가 그의 신발을 누르는 느낌이 들어 신발을 벗었더니 그 안에 돌멩이(바위)가 있는 것을 알았다. 그 즉시 그는 지금 그 돌멩이가 놓여 있는 그곳으로 던져 버렸다.

325
리히텐베르크의 거인

리히텐베르크는 산성(山城)으로, 오래된 파편 더미를 사용하여 사람들이 나중에 다시 축조한 성이다. 그 근처에 있는 모든 마을에서는 옛날 옛적에 큰 거인이 이곳에 살고 있었다는 전설이 아직 잔존하고 있다. 암석들 중에는 어떠한 인력도 가파른 산으로 운반할 수 없는 많은 암석들이 있었다. 한 거인이 8,000파운드가 넘는 덩어리를 어깨에 메고 끌고 갔으나 가는 길에 그것을 떨어뜨려 산산조각이 났고 그는 한 시간 동안 리히텐베르크에 그대로 서 있었다. 그리하여 그곳은 오늘날까지 '거인의 돌'이라 불린다. 성 안에는 한 개의 뼈가 보존되어 있는데, 한쪽은 신발 한 개 반의 크기이고 다른 쪽은 신발 반쪽의 크기로 1피트 길이의 뼈는 없어진 채였다. 뼈를 제외하고는 징그럽고 무시무시한 침대를 25년간 볼 수 있었다고 한다. 계속해서 구전되는 이야기는 옛날에 거인여자가 예전처럼 리히텐베르크에서 도망을 쳤다가 소를 가지고 경작을 하는 한 농부를 만났다. 그녀는 그런 광경을 한 번도 보지 못했다. 그래서 그녀는 농부와 쟁기 그리고 소 모두 다 치마에 담아 성에 살고 있는 그녀의 남편에게 가지고 갔다: "여보, 이것 한 번 보세요. 당신을 위해 귀여운 동물들을 가지고 왔어요!"

326
거인의 피

마그데부르크의 소도시 에겔른과 서에겔른이란 마을 사이에는 평평한 협곡에 빨간 물이 있는데, 이것을 사람들은 '거인의 피'라고 부른다. 한 거인이 다른 사람에게 쫓기어 엘베 강을 건너가며 도망치다가 지금의 에겔른 부근에 도착했을 때, 옛 성의 탑첨(塔尖)에 한쪽 발이 걸려 넘어졌는데, 수천 피트를 가는 동안 넘어지고 일어나기를 반복하다가 결국엔 쓰러져 버렸다. 거인은 서에겔른에 있는 큰 바위에 너무 심하게 부딪쳐 코뼈가 부서지고 피를 너무 많이 흘려서 아직도 그 잔해들이 보일 정도다.

두 번째 이야기에 따르면 거인은 서에겔른 근처에 거주했다. 거인은 종종 마을과 마을 주민들을 뛰어넘어 가는 즐거움을 만끽했다. 하지만 거인이 점프를 할 때 탑첨을 건드렸는데, 그로 인해 거인의 커다란 발에 상처가 났다. 상처에서 피가 너무 많이 나와 피가 마르지 않을 정도로 큰 웅덩이가 생겼다.

327
거인의 무덤에서 소리가 들리다

폼메른의 쾨슬린 근처에는 거대한 산이 하나 있는데, 그곳에서 큰 호각과 큰 검 그리고 무시무시한 뼈들이 발굴되었다. 그래서 옛날에는 포어폼메른 주에서도 거인이 살았을 거라고 추정할 수 있다. 1594년 사람들은 그라이프스발트 주위에 있는 그러한 거인의 무덤들을 "선별하여 정비"하였는데, 이때 석공들은 신발 길이가 11에서 16에 이르는 거대한 시체들을 발견하였다. 시체 옆에는 항아리들도 있었다. 석공들의 전언에 따르면, 또 다른 무덤에서는 단서가 될 만한 무언가가 자기들 주위에서 쇄쇄 소리를 내고 춤을 추는 것처럼 대소동이 일어났다는 것이다. 그래서 석공들은 무덤의 교란행위로 발굴을 포기하였다.

328
무덤에서 나온 죽은 자가 적들을 막다

할버슈타트 가까이에 있는 마을 베르슈테트는 전설에 따르면 그 마을 주민들은 강국의 지배를 받고 있었는데, 그 강국의 이교도들의 습격 당시 죽은 이들이 무덤에서 일어나 악마(이교도)들을 용감하게 물리치고 아이들을 보호한 데서 유래하여 베르슈테트라는 이름을 얻었다. 베르슈테트는 '방어 마을'이라는 뜻이다.

329
한스 하일링의 낭떠러지

에거 강변의 아이히 마을 건너편에 진기한 암벽들이 솟아 있는데, 사람들은 그것을 한스 하일링의 낭떠러지라 불렀다. 거기에 관해서는 다음과 같은 이야기가 전해지고 있다.

옛날 옛적에 한스 하일링이라는 이름의 남자가 이곳에 살았다. 그는 돈과 재물이 넉넉하였지만 금요일만 되면 자기 집에 틀어박혀 하루 종일 모습을 나타내지 않았다고 한다. 그는 악마와 계약을 맺었기에 십자가를 보면 그냥 도망을 쳤다. 언젠가 한 번은 어느 아름다운 처녀에게 그는 사랑에 빠졌는데, 처녀도 처음에는 그에게 마음을 주었지만 나중에는 그가 오히려 그녀를 거절하였다. 그래서 훗날 이 처녀가 많은 손님이 모인 가운데 다른 남자와 결혼식을 치르는데, 밤 열두 시가 되자 갑자기 하일링이 그들 사이에 나타나 큰 소리로 외쳤다. "악마야, 이 결혼식을 무효로 만들어 주면 네 근무기간을 그만 풀어 주도록 하마!" 악마가 대답하였다. "그럼 이제 넌 내 거다." 악마가 이 말을 함과 동시에 결혼식 손님들 모두가 돌로 변하였다. 신랑과 신부는 서로 얼싸안은 모습으로, 나머지 사람들은 손을 합장한 자세로 그곳에 서 있었다. 한스 하일링은 낭떠러지에서 에거 강으로 떨어져 강물에 휩쓸려 버렸고, 어느 누구도 그를 다시는 보지 못하였다. 오늘날에도 그곳 사람들은 돌들의 모습을 가리키면서, 사랑하는 두 연인과 신부의 아버지, 손님들을 구분하여 알려 준다. 그리고 하일링이 떨어졌던 자리도 보여 준다.

330
수염 난 공주

잘펠트의 강 한복판에 교회 하나가 서 있는데, 사람들은 근처에 있는 다리에서 계단을 통해 그곳에 이르게 된다. 하지만 교회 안에서 예배를 드리지는 않는다. 이 교회에는 도시의 문장(紋章), 또는 상징으로 십자가에서 처형당한 수녀의 모습이 돌에 새겨져 있다. 그 수녀 앞에 바이올린을 든 남자 하나가 무릎을 꿇고 있고 그 옆에 실내화 하나가 놓여 있다. 이에 대해서 다음과 같은 이야기가 전해진다.

이 수녀는 왕의 딸이었는데 잘펠트에 있는 어느 수도원에서 살았다. 그녀는 몹시 아름다웠다. 그래서 어떤 왕이 그녀에게 반해서 아내가 되어 달라고 끈질기게 졸랐다. 그녀는 이미 하느님께 자신을 바치기로 한 맹세를 지키면서 계속 그의 구혼을 거절하였다. 하지만 그는 거듭해서 그녀에게 결혼을 강요했고 또 그녀는 그에게서 벗어날 방도를 몰랐기에, 마침내 그녀는 하느님에게 자신의 구원을 위해서 자신의 육체의 아름다움을 거두어

가고 그 대신 추한 모습을 달라고 기도하였다. 하느님은 그 부탁을 들어주었고, 그 순간부터 그녀의 얼굴에서 길고 흉한 수염이 자라났다. 왕이 그 모습을 보았을 때, 너무도 화가 나서 그녀를 십자가에 못 박아 죽였다.

하지만 그녀는 금방 죽지 않았고 며칠 동안이나 십자가에 못 박힌 채 말할 수 없이 끔찍한 고통을 견뎌야 했다. 이때 이상한 동정심에 사로잡힌 한 악사가 그녀의 고통을 덜어 주고 죽음의 아픔을 잊게 해 주려고 마음먹었다. 그는 최선을 다해 바이올린을 연주하기 시작하였다. 하지만 그는 너무 피곤해서 더 이상 서 있을 수가 없었다. 그래서 이제 그는 바닥에 주저앉았고, 그래도 그녀를 위로하는 음악을 계속 울려 퍼지게 하였다. 이것이 거룩한 처녀의 마음을 감동시켜 그녀는 그에게 보상과 기념으로, 자신의 한쪽 발에서 황금과 보석을 넣어 짠 귀중한 실내화를 떨어뜨려 주었다고 한다.

331
슈반아우의 현명한 처녀

자유도시 스위스 사람들은 로베르츠 호수 위에 있는 슈반아우 성을 부수어 버렸다. 왜냐하면 그곳에는 사악하고 잔인한 태수가 살고 있었기 때문이었다. 일 년에 한 번 한밤중의 정적이 흐를 때 천둥은 그 폐허를 뒤흔들었고, 탑 속에서는 탄식의 소리가 울려 나왔다. 사악한 태수는 그가 한때 겁탈하였던 하얀 옷을 입은 소녀로부터 담을 빙 둘러서 쫓기고 있다가 마침내 괴성을 지르며 바다 속으로 빠져 버렸다. 예전에 세 명의 소녀가 태수의 욕정을 피해 달아나다가 리기의 협곡으로 빠졌는데 그 이후 다시는 살아나오지 못했다. 오늘날 성 미켈 예배당이 그 장소를 가리키고 있다.

332
뭄멜 호수가의 슈바르츠코프 성과 제부르크 성

뭄멜 호수는 옛날의 성들로 둘러싸인 무르크 계곡 깊은 곳에 있다. 옛 성채의 유적인 슈바르츠코프 성과 제부르크 성은 서로 마주보고 서 있다. 전설에 따르면, 매일매일 황혼이 다가올 때쯤 제부르크 성 안마당 쪽에서 열세 마리의 붉은 사슴들이 쪽문으로 급하게 들어왔다가 반대편에 있는 문짝이 없는 성문으로 급하게 나갔다. 훈련된 사냥꾼들은 이 동물들 중 항상 한 마리를 쏘아 잡았지만 더 이상 잡지는 않았다. 다른 총알들은 표적을 벗어나거나 개들을 맞추었다. 그때부터 어떠한 사냥꾼도 붉은 사슴은 쏘지 못했으며, 크기와 아름다움으로 구별이 되는 다른 동물을 쏘았다. 하지만 이런 일상의 특징에서 금요일은 예외가 되었으며, 그로 인해 지금도 통용되는 '사냥꾼 안식일'이라는 이름을 얻었다. 사냥꾼 안식일에는 아무도 제부르크 성에 발을 들이지 못했다. 그런데 바로 그날 자정쯤에 다른 모습이 보였다. 열두 명의 수녀가 그들의 몸에 단도를 숨기고 작은 숲 속 문을 통해 마당으로 들어가더니 조용히 큰 성의 문으로 갔다. 그들의 가운데에는 피를 흘리고 있는 한 남자도 있었다. 바로 그 순간 정문 쪽에서 비슷한 열두 명의 아주 시커먼 남자들의 무리가 보였다. 그들의 몸에서는 불꽃이 튀었고 도처에 불타고 있는 자국들이 보였다. 그들은 수녀들과 피 흘리고 있는 동행자를 스치듯 지나갔다. 그들 가운데에는 여성의 얼굴 형체를 가진 사람도 하나 있었다. 이런 얼굴에 대해 전설에서는 다음과 같이 이야기하고 있다: 제부르크 성에는 열두 명의 형제와 한 명의 착한 여동생이 살았고, 슈바르츠코프 성에는 한 명의 귀족 기사가 열두 명의 여자 동생들을 데리고 살았다. 어느 날 밤 제부르크 성에 사는 열두 명의 남자는 슈바르츠코프 성에 사는 열두 명의 여자를 유혹했다. 하지만 슈바르츠코프 성의 한 명의 남자 역시 제부르크의 유일한 여성을 유혹했다. 양측은 무르크 계곡의 고원에서 서로 만났고, 전투가 벌어졌다. 제부르크 성의 사람들이 이겼고 슈바르츠코프 성의 사람들 중 한 명의 남자는 포로가 되어, 제부르크 성으로 끌려갔다. 제부르크 성의 열두 명의 남자는 모두가 그 포로의 가슴을 칼로 찔렀다. 그 포로가 사랑했던 죽어가는 애인, 즉 그들의 유일한 여동생이 보는 앞에서였다. 그 일이 있은 직후 포로가 되었던 열두 명의 여자들은 모두 해방되었는데, 그들은 오빠의 가슴에 꽂혀 있던 열두 개의 칼을 빼내었고, 그 칼을 가지고 한밤중에 오빠를 죽인 열두 명의 남자를 살해하였다. 열두 명의 여자들은 범행 직후 도망쳤지만, 제부르크 성의 부하들에 의해 붙들려 살해되었다. 그 일이 일어난 후 성은 화재로 붕괴되었는데, 그때 사람들은 성벽에서 열두 명의 처녀가 고통스러워하며 성문을 여는 모습을 보았다. 열두 명의 처녀는 각자 한 명의 아이를 팔에 안고서, 무멜 호수로 가서 밀물에 휩쓸려 들어갔다. 그 이후 폐허가 된 성은 물에 삼켜졌으며, 아직도 그 성의 흔적은 돌출되어 있다.

무멜 호수 근처에 살면서 종종 물의 영령에게 기도를 드리는 가난한 한 남자가 있었는데, 그는 부인을 잃고 상심하고 있었다. 그날 저녁 그는 장작 창고에서 나지막한 음악이 울리는 것을 들었다. 그가 문을 열고 안을 들여다보니 여섯 명의 처녀가 보였다. 그들은 여섯 개의 작은 등불을 손에 들고 죽은 사람들 주위에 서 있었다. 이튿날 저녁 똑같은 수의 처녀가 있었는데, 그들은 시체 옆에서 불침번을 서며 매우 슬픈 눈으로 그것을 바라보고 있었다.

333
보물 찾는 세 사람

에어푸르트에서 멀지 않은 성 디오니시엔 교회 아래에 엄청난 보물이 묻혀 있었는데, 세 명의 남자가 그 보물을 꺼내기로 마음먹었다. 세 사람은 대장장이, 재단사, 그리고 목자 내지는 목동이었다. 하지만 보물을 지키고 있는 악령이 그 세 사람 모두를 죽여 버렸다. 그들의 머리는 교회의 돌 지붕 아래 처마에 걸려 있는데, 편자와 가위와 목동의 지팡이 내지 포도재배용 굽은 칼과 함께 말이다.

334
상인과 쥐

옛날 옛적에 어떤 가난한 소매상인이 보헤미아 숲을 가로질러 라이헨아우 쪽으로 가고 있었다. 그는 너무 피곤해서 자리를 잡고 앉아 빵 한 조각을 먹으려 하였다. 먹을 것이라곤 그것이 유일했다. 빵을 먹고 있는데 자기 발밑에서 쥐 한 마리가 이리저리 기어 다니는 것을 보았다. 쥐는 마치 무엇인가를 기다리는 것처럼 자리를 잡고 앉아 있었던 것이다. 그는 자신이 먹을 것도 충분하지 않았지만, 선량한 마음으로 작은 빵 조각을 떼어내 쥐에게 던져 주었다. 그리고 빵이 아직 남아 있는 한, 계속해서 작은 조각을 쥐에게 주었기에 그들은 정식으로 함께 식사를 하는 셈이 되었다. 식사를 마치고 상인은 일어나서 물을 마시려고 근처의 샘으로 갔다. 그런데 그가 다시 돌아왔을 때, 땅에는 금 한 조각이 놓여 있었다. 쥐는 두 번째로 금 조각을 가지고 돌아와 그것을 놓아두었고, 다시 재빠르게 어디론가 가서 세 번째 조각을 물고 왔다. 상인은 쥐의 뒤를 따라갔고, 쥐가 어느 구멍으로 들어가서 그 안에서 금을 밖으로 가져오는 것을 보았다. 상인이 막대기로 구멍을 헤집자 커다란 순금덩이들이 보였다. 그는 보물을 끄집어내었다. 그러고 나서 그는 쥐를 찾아보았지만 쥐는 사라지고 없었다. 이제 그는 기쁨에 넘쳐 금을 가지고 라이헨아우로 가서 금의 절반은 가난한 사람들에게 나누어 주고, 나머지 절반으로는 그곳에 교회를 지었다. 이 이야기는 돌에 새겨져 영원히 기념되었고, 오늘날에도 보헤미아 지방 라이헨아우에 있는 삼위일체 성당에서 그것을 볼 수 있다.

335
하느님의 식사 초대

프로이센의 로이네부르크에는 매우 교활한 도둑이 있었다. 어떤 사람이 아무리 신중하다 하더라도 바로 그 사람의 말을 훔칠 수 있을 정도의 도둑이었다. 마을의 한 목사가 한 마리 멋진 말을 가지고 있었는데, 마침 안거부르크에 있는 생선가게 주인에게 팔려고 했으나 아직 성사되지는 않고 있었다. 도둑은 이 말만 훔치고 절도를 그만두겠다고 다짐했다. 하지만 목사는 그것을 눈치 채고 도둑이 접근조차 못하게 숨겨 보관하고 있었다. 목사는 그사이에 팔려고 내놓은 말을 타고 도심으로 갔는데, 그때 도둑도 거지복장을 하고 지팡이 두 개를 들고 상인용 숙소로 갔다. 목사가 곧 외출할 것이라는 사실을 간파한 도둑은 그 전에 벌판으로 가 나무 위에 지팡이 두 개를 던져 놓고 그 밑에서 누워 목사를 기다리고 있었다. 잠시 후에 목사는 기분 좋게 취한 상태로 그곳에 왔고 거기에 거지가 누워 있는 것을

보고 말했다: "형제여! 일어나게! 곧 밤이 될 걸세. 마을로 내려가게. 늑대들에게 잡아먹히고 싶은가?" 도둑이 대답했다: "아, 어르신, 방금 나쁜 놈들이 와서 제 지팡이를 나무 위에 던져 놓고 가 버렸습니다. 저는 지팡이 없이 걸을 수 없어서 이제 여기서 죽어야만 합니다." 목사는 그를 불쌍히 여겨 말에서 내려 거지에게 말고삐를 잡고 있으라고 했다. 그리고 그의 승마바지를 벗어서 말에 올려놓고는 지팡이를 가져오기 위해 나무 위로 올라갔다. 그사이에 도둑은 말에 올라타 그 자리에서 달아났고, 당연히 거지복장의 농부 옷은 집어던져 버렸다. 목사는 말이 없어진 것을 알았고, 그래서 걸어서 집으로 돌아가야 했다. 목사는 도둑질을 당한 것을 알았고, 그 도둑을 잡도록 하여 교수형에 처하게 했다. 그래서 누구나 그 도둑의 간계와 교활함을 알 수 있게 되었다.

언젠가 한 번은 얼큰하게 취한 귀족들이 교수대를 지나가며 도둑의 교활함에 대해 이야기하며 비웃었다. 그들 중 난폭하고 조롱 잘 하는 한 귀족이 외쳤다: "이 교활하고 간계한 도둑아, 네가 알아야 할 게 많이 있구나! 목요일에 네 패거리들과 함께 나의 집으로 오렴. 손님으로 와서 너의 그 교활함을 가르쳐 달란 말이다!" 그러자 옆에 있던 다른 귀족들이 껄껄 웃었다.

목요일이었다. 전날부터 밤새 술을 마신 귀족이 퍼지게 늦잠을 자고 있었다. 아침 9시에 도둑 패거리들이 목걸이를 하고 귀족의 집에 왔다. 귀족마님에게 가서 인사드리고 말하기를, 주인께서 자기들을 손님으로 초대했으니 그를 깨워 달라고 부탁했다. 그러자 귀족 마님은 매우 놀라, 남편이 자고 있던 침대로 가서 말했다: "아! 그렇게 술을 질펀하게 마시고 또 입에 담지 못할 얘기들을 하다니 정말 창피하군요! 어서 일어나서 손님을 맞이하도록 해요!"

주인 귀족이 놀라 일어났고 그 도둑 패거리들을 환영하며 앉으라고 했다. 그는 최대한 빨리 음식을 대접하게 했다. 그사이에 그는 말 도둑에게 말했다: "이 보라구, 자네의 간계함, 교활함에 무척 많이 웃었는데 지금은 그렇지 않다네. 오히려 자네가 우락부락한 사람으로 보이기 때문에 자네가 교활하다는 것이 놀라울 따름이네." 도둑이 대답했다: "어떤 사람이 하느님의 말을 어길 경우 사탄은 한 사람쯤은 손쉽게 교활하도록 만들 수 있습니다." 귀족은 이것저것 다른 것들에 대해 질문했고, 도둑은 점심시간이 되도록 대답을 하고 있었다. 그러고 나서 그들은 자리에서 일어나 주인 귀족에게 고마워하며 말했다: "저희는 저희의 잘못으로 인해 세상으로부터 죽임을 당하였으니 주인님께 감히 천상의 음식을 부탁하겠습니다. 주인님께서는 우리와 함께 세속의 치욕스런 음식을 취하셔야 되며, 이는 4주 후 오늘이 될 것입니다." 그러고 나서 주인과 작별했다.

주인 귀족은 몹시 놀랐고 매우 슬퍼했다. 그는 많은 사람들에게 이야기했고 이것은 또 다른 사람들에게 이렇게 저렇게 전해졌다. 하지만 그는 다른 누구에게서 아무것도 취하지 않았고, 축제 때문에 아무런 재판을 하지 않는 11월 1일 만성절(萬聖節)을 그날로 맞춰 놓았다는 사실에 스스로 위로했다. 그는 집에 머물러 있으면서 손님들을 초대했다. 그에게 뭔가 증거가 있어서 외출하지 않았던 것 같았다. 왜냐하면 그 당시 나라에서 강도질이 일어났는데, 그레고르 마테르넬 기병대에서 누군가가 기사 수도회 지역 관구장인 에버하르트 폰 엠덴을 찔러 죽였기 때문이었다. 그래서 기사 수도회에서는 범인을 잡으라는 명령이 내려졌고 사람들은 그들을 잡아야 했고 보는 사람 없이 처형해야 했다. 이제 살인자는 공개적으로 알려졌고 기사 수도회 관구장은 자신의 무기를 가지고 범인을 쫓아갔다. 주인 귀족에게는 마지막 날이고 거기다가 만성절 축제였기 때문에, 그는 자유라고 생각했다. 그리고 오랫동안 어딘가 틀어박혀 있는 것을 즐기려고 밤에 들판으로 나갔다. 이때 기사 수도회 사람들이 그를 발견하고, 그가 가지고 있는 것이 살인자의 말과 옷이라고 판단했고 즉각 그를 향해 말을 타고 갔다. 주인 귀족은 저항을 했고, 그 와중에 기사 수도회 관구장의 친구인 젊은 귀족을 찔러 죽였기 때문에 곧 붙잡혔다. 기사 수도회 사람들은 그를 로이네부르크로 데리고 갔으며 어느 리투아니아인에게 돈을 주었는데, 그 리투아니아인은 사람들을 불러놓고 그를 교수대에 매달았다. 그가 집밖으로 그냥 산책 겸 말을 타고 나왔다고 말을 했지만 그에게 도움이 되지 않았다. 대신에 다음과 같은 말이 들리는 것이었다: "그와 함께 가라. 다른 사람들이 와서 그를 떠맡기 전에. 왜냐하면 그는 무조건 변명만 늘어놓으려고 할 것이기 때문이다."

336
교수대에서 온 손님들

매력적인 도시에 살고 있는 어떤 집주인이 맛있는 포도주를 샀던 포도주 산지에서 두 명의 포도주 상인과 함께 집으로 돌아가고 있었다. 그들은 교수대를 지나갔는데, 그들이 얼큰하게 취했음에도 불구하고 오래전에 교수대에서 처형당했던 세 명의 죄수를 분명하게 보았다. 두 명의 포도주 상인 중 한 명이 외쳤다: "주인어른, 저기 매달려 있는 세 사람 모두 옛날에는 당신의 손님이었어요!" — "이보게!"라고 주인이 기분 좋게 말했다. "오늘밤 당신들은 저희 집에 오셔서 저와 같이 식사해요!" 자, 무슨 일이 일어났을까? 집주인이 취한 상태로 집에 도착하여 말에서 내려서 집안으로 들어가 앉았을 때, 갑자기 그에게 두려움이 엄습하였으며 그래서 집주인은 어느 누구도 부를 수가 없었다. 그사이에 집사가 들어왔고 그에게서 장화를 벗기려고 할 때, 집사는 주인이 거의 빈사 상태로 소파에 누워 있는 것을 알았다. 집사는 빨리 주인마님을 불렀고, 그녀가 주인인 남편을 다시 소생시켰을 때 남편에게 무슨 일이 있었는지 물었다. 그는 그녀에게 설명을 시작했다. 그는 말을 타고 지나가면서 세 명의 교수형에 처한 사람을 손님으로 초대했다는 것이다. 그가 자기 방에 들어왔을 때 이 세 명은 교수대에 걸려 있는 것처럼 무서운 상태로 방에 들어왔고, 책상에 앉아 오히려 그에게 들어오라고 계속 손짓을 했다는 것이다. 그때 마침내 집사가 들어왔고, 그 세 명은 모두 사라졌다. 이것은 집주인의 단순한 환각으로 간주되었다. 왜냐하면 그가 말을 타고 가면서 죄인들을 불렀다는 것은 그저 술에 취해서 떠올랐던 생각이었기 때문이었다. 하지만 그는 침대에 누웠는데, 사흘째 되던 날 죽어 버렸다.

337
악마의 다리

자기 딸을 자주 방문하던 스위스의 한 목자는 우회로로 가거나 혹은 다른 쪽으로 넘어가기 위해 로이스를 거쳐야 하는 노고를 감수했다. 그래서 목자는 언젠가 한 번은 매우 높은 곳에 서서 화를 내며 말했다: "악마가 저기 서서, 나를 위해 다리를 지어 주겠다고 말해 주면 좋으련만." 눈 깜짝할 사이에 악마는 그의 옆에 서서 말했다: "최초로 저 위로 건너가는 당신의 귀중한 것을 내게 주겠다고 약속한다면, 나는 당신을 위해 그곳에 다리를 지어 줄 것이다. 당신이 언제나 건너가고 건너올 수 있는 다리 말이다." 목자는 동의했다. 얼마 지나지 않아 다리는 완공되었으나 목자는 암컷 양 한 마리를 혼자 몰고 갔다가 뒤로 돌아왔다. 기만당한 악마는 즉시 그 양을 갈기갈기 찢어 버리고 높은 곳에서 떨어뜨렸다.

338
열두 명의 요한

프랑크 족 어느 왕은 열두 명의 어린 자식이 있었는데, 그들은 독일 학생이라 이름 붙여졌고 각각 요한이라고 불리었다. 그들은 행운의 원반을 타고 세상을 돌아다녔고, 세상에서 일어나는 일을 24시간 이내에 경험할 수 있었다. 그런 다음 그들은 왕에게 보고했다. 하지만 악마는 매년 한 사람을 행운의 원반에서 떨어져 나가게 했고 그를 세관검사를 받게 했다. 마지막 사람은 옛날 베르버스베르크라 불리던 에어푸르트 근처 페터스부르크에 떨어지게 했다. 마지막 사람이 어디에 도착했는지 왕은 걱정하고 있었는데, 어느 아름다운 산에 떨어졌다는 소식을 듣자 그곳에 예배당을 짓게 하였고 '예수님의 몸'이라는 뜻의 '코르푸스 크리스티'라고 불렀다. 그리고 어느 은자(隱者)를 그곳에 들어앉혔다. 당시에 그곳은 배가 항해할 수 있는 곳이었고 예배당 외에는 아무것도 건축되어 있지 않았다. 예배당에는 등불이 걸려 있었고, 물이 작센부르크로 흘러나올 때까지 누구나 그 등불을 표준으로 삼고 따랐다.

339
악마의 도랑

니더작센의 도시 슈트렐렌에서 멀지 않은 마을 라퍼도르프 근처에는 평평한 바닥에 깊은 도랑이 있는데, 물은 그곳에서 약간 떨어진 하천으로 흐르고 있으며 사람들은 그곳을 '악마의 도랑'이라 불렀다. 라퍼도르프의 한 농부는 급증하는 빗물을 자신의 밭에서 어떻게 방향을 틀어 주어야 할지 몰라 위급한 상황에 처했다. 그때 악마가 농부 앞에 나타나 말했다: "7명의 인부를 나에게 다오. 그러면 나는 너에게 오늘 밤 너의 밭에서 물이 다 빠지게 도랑을 터주겠다." 농부는 동의했고 농기구를 손에 든 인부들을 악마에게 보냈다. 그 다음날 일이 진전된 정도를 보기 위해 그가 밖으로 나갔을 때, 커다란 도랑은 완성되었지만 인부들은 사라지고 없었으며 결국 인부들은 사지가 찢긴 채 시체로 들판 위에 나뒹굴고 있었다.

340
크로이츨리 산

아르가우의 바덴 근처에 있는 어느 성에 왕의 딸이 살고 있었다. 그녀는 숲의 그늘에서 휴식을 취하러 근처에 있는 언덕으로 자주 찾아갔다. 그 산에는 유령들이 살고 있었으며, 옛날 언젠가 날씨가 지독했을 때 유령들에 의해 그 산은 황폐화되고 유린되었다. 왕의 딸이 다시 그곳으로 돌아왔을 때, 그녀는 유령들을 확인하기 위해 계곡 깊은 곳으로 내려가기로 결심했다. 밤이 되자 그녀는 계곡 깊은 곳으로 들어갔는데, 그 즉시 사납고 무섭게 생긴 형체에게 붙잡혔고 그리고는 커다란 물통에 태워져 점점 깊게 아래로 내려갔다. 다음날 그녀는 황폐화된 산언덕 근처에서 발견되었는데, 그녀의 발은 땅에 뿌리를 박고 있었고, 팔은 나무의 가지로 싹이 텄고, 육체는 돌과 비슷한 모습이었다. 그녀는 또한 가까운 수도원에서 가져온 불가사의한 그림을 통해 끔찍한 상태에서 해방되었고 다시 산으로 돌아갔다. 그 산의 꼭대기에 사람들은 십자가를 두었으며, 그래서 이곳은 아직도 '크로이츨리 산'이라 불리고 있으며, 물통이 있는 계곡 깊은 곳은 '악마의 지하실'이라 불린다.

341
헛간 선반 구멍의 말들

부유한 쾰른 시장의 아내인 리히무트 폰 아도흐트가 죽어 땅에 묻혔다. 무덤지기는 그녀가 손가락에 값진 반지를 끼고 있는 것을 보았다. 욕심에 눈이 어두워 그는 밤에 무덤으로 가서 무덤을 파헤치고 반지를 꺼내려고 하였다. 하지만 관 뚜껑을 열자마자 시체가 손으로 관 바닥을 지탱하며 관에서 나오려고 하는 것이 보였다. 그는 너무 놀라서 도망쳤다. 관에서 나온 여자는 수의를 벗어 버리고, 밖으로 나와서 똑바른 걸음으로 집으로 가서는 잘 아는 하인의 이름을 부르면서 얼른 문을 열라고 하였다. 그러면서 자기에게 일어난 일을 몇 마디 말로 설명해 주었다. 그러자 하인은 후다닥 시장인 주인에게로 달려가서 말했다.

"마님이 아래 문 앞에 서서 안으로 들어오려고 하십니다."

그러자 주인이 말했다.

"아니, 그건 있을 수 없는 일이야. 암, 있을 수 없고말고. 차라리 내 말들이 건초를 쌓아 두는 헛간 선반에 올라가 있다는 편이 낫지!"

주인이 이 말을 하자마자 계단과 마룻바닥이 쿵쿵 울리더니, 정말로 말 여섯 마리가 모조리 헛간 선반에 서 있는 것이 아닌가! 여자는 쉬지 않고 문을 두들겨 대고, 이제 시장은 그녀가 정말로 살아 돌아왔다는 사실을 믿게 되었다. 기쁨에 넘쳐 문을 열어 주고 보니 그녀는 완전히 되살아난 모습이었다.

이튿날 말들은 여전히 시렁 구멍으로 밖을 내다보고 있었다. 그래서 사람들은 건축할 때처럼 커다란 비계[24]를 만들고서야 말들이 산 채로 다치지 않고 아래로 내려오게 할 수가 있었다. 이 이야기를 기념하여 사람들은 이 집에서 바닥을 내려다보는 말들의 모습을 박제로 만들었다. 그리고 사도교

24 역자 주: 높은 곳에서 공사를 할 수 있도록 임시로 설치한 가설물.

회에도 이 모습이 그려져 있는데, 그곳에는 그것 말고도 리히무트 부인이 뒷날 자기 손으로 직접 짜서 사도교회에 바쳤다는 긴 리넨 커튼이 있다. 그녀는 7년을 더 살았기 때문이었다.

342
죽은 자들의 회합

어느 나라 한 여왕이 죽자, 그녀는 검은 휘장이 내걸린 장례 홀에 있는 화려한 침대에 눕혀졌다. 밤새도록 장례 홀은 밀랍 양초로 밝게 빛났고, 그 앞방에는 경비대장과 49명의 보초들이 지키고 있었다. 자정쯤에 경비대장은 말 여섯 필이 끄는 마차가 빠르게 성 앞으로 다가와 멈추는 소리를 들었다. 슬픔에 잠긴 한 여자가 고상하고 귀족적인 품위로 그에게 다가와 잠시 동안 죽은 사람이 있는 곳에 머물러도 되는지 허락을 구했다. 그는 그녀에게 자기 마음대로 그 허락을 승인할 힘이 없다고 이야기했다. 하지만 그녀는 잘 알려진 이름을 언급했고, 죽은 여왕의 수석 의전 담당관으로서 권리가 보장된다고 하며 다시 그 시체를 보러 가겠다고 말했다. 그는 망설였지만 그녀가 너무나 오랫동안 재촉하는 바람에 마땅히 이의를 제기할 만한 것을 찾지 못했다. 그래서 경비대장은 그녀를 안으로 들여보냈다. 그가 장례 홀의 문을 다시 닫은 후에 그 스스로는 여기저기 둘러보았다. 어느 정도 시간이 지나자 그는 문 앞에 서 있었고, 그리고 열쇠 구멍을 통해 엿듣고 관찰했다. 그는 죽은 여왕이 올곧은 자세로 앉아 수석 의전 담당관에게 나지막하게 이야기하고 있는 것을 보았다. 그런데 여왕의 눈은 감겨 있었고, 얼굴표정은 전혀 활기를 띠고 있지 않았지만 입술은 조금 움직였던 것이다. 그는 다른 군인(보초)들도 순서대로 그것을 보게 했고 모두 똑같은 장면을 목격했다. 마지막으로 그가 스스로 다시 다가갔는데, 그때 그 시체는 다시 화려한 침대에 누워 있었다. 그러자 곧바로 그녀가 다시 장례 홀에서 나왔고, 경비대장은 그녀를 경호해 주면서 마차로 다시 올려 주었는데, 그때 경비대장은 그녀의 손이 매우 차갑다는 것을 느꼈다. 마차는 서둘러 다시 떠났고, 그는 멀리서 말들이 불빛을 내뿜는 것을 보았다. 다음날 아침 다음과 같은 소식이 들렸다. 수석 의전 담당관이 자정쯤에 여왕의 시체가 있던 곳 바로 옆에서 죽었다는 것이다. 그녀는 마차로 수 시간이 걸리는 별장에 살고 있었다.

343
예언하는 작은 새

1624년의 일이었다. 하늘에서 다음과 같은 소리가 들렸다:"불어라, 바람이여, 폼머란트 위로 바람아 불어라!" 그해 7월 14일 바바라 젤렌틴스라는 이름을 가진 아마포 직조공의 부인이 콜바츠에서 젤로로 물고기를 사기 위해 길을 떠났다. 일을 마치고 그녀가 다시 콜바츠로 돌아가는 길에 그녀는 산의 바위 밑에서 새의 울음소리를 들었다. 그녀가 더 잘 듣기 위해서 가까이 다가갔더니 다음과 같은 목소리가 울려 퍼지는 것이었다: "들어 봐, 잘 들어 봐!" 그 목소리를 듣고 있는 사이에 그녀는 한 마리 작은 하얀 새를 보았다. 그것은 제비만한 크기였고, 참나무에 앉아 그녀에게 또렷한 발음으로 다음과 같이 말했다: "경비대장에게 이렇게 말하거라. 왕에게 닥칠 충돌을 평화적으로 처리하라고. 그렇지 않으면 왕은 아무것도 얻지 못할 것이니라. 또한 왕은 신과 세계 앞에서 책임을 져야 할 것이니라!"

344
마테호른 산 위의 영원한 유대족

마테호른 아래의 마터베르크는 발리저란트의 커다란 빙하다. 발리저란트에는 비스퍼라는 강이 흐르고 있다. 사람들의 말에 따르면 이전에 그곳에는 아름다운 도시가 있었고 한다. 이 말을 믿고 언젠가 한 유대인[25]이 그곳으로 갔으며 이렇게 말했다: "내가 만약 두 번 째로 이곳을 지나가면, 지금 집과 골목길이 있는 곳에 나무가 자라고 바위가 생길 것이다. 그리고 세 번째 때는 눈과 얼음만 존재할 것이다." 과연 지금은 이미 눈과 얼음만 볼 수 있을 뿐이다.

345
주전자와 버터

알테쉬에서 멀지 않은 비스퍼 계곡의 산 아래에는 마을 전체가 교회와 집들로 매장되어 있다고 한다. 이러한 불운의 원인에 대해 사람들은 다음과 같이 얘기한다. 옛날 옛적에 한 여자 농부가 화덕 앞에 서서 목이 달린 주전자를 불 위에 올려놓고 있었다. 주전자에는 끓인 물이 반쯤 들어 있었다. 그녀는 주전자의 목 부분을 없앴으면 하고 바라고 있었는데, 그때 어떤 남자가 와서 주전자의 목 부분을 자신의 음식을 위해 줄 수 있냐고 그녀에게 말했다. 하지만 그녀는 냉정하게 대답했다. "나는 주전자의 모든 것이 필요하답니다. 거기에서 당신에게 줄 수 있는 것은 아무것도 없습니다." 그

25 그래서 많은 스위스인들은 영원한 유대인이라 부르고 있다.

러자 그 남자는 이렇게 말했다. "만약 당신이 나에게 그 자그마한 것을 주었더라면, 나는 당신의 주전자에 신비한 재능을 부여해서 주전자가 항상 끝까지 가득 차 있고 결코 비어 있게 하지 않으려고 했습니다." 그 남자는 우리들의 하느님이었다. 그 마을은 그때부터 저주를 받았고, 산사태로 인해 모든 게 황폐화되었다. 그래서 교회제단의 바닥 외에는 어떠한 불빛도 보이지 않았다. 그 위로 지금은 조그만 하천이 흐르는데, 옛날에는 하천이 그 밑으로 흐르다가 이제는 바위의 좁은 골짜기를 통해 흐르고 있다.

346
수양버들

우리 주 예수 그리스도는 십자가에 매달려 수양버드나무로 만들어진 회초리로 채찍질 당하였다. 그때부터 이 나무는 그 가지가 슬픈 모습을 하며 땅을 향해 수그러져 있으며, 또 더 이상 하늘 방향으로 향할 수가 없었다. 이것이 곧 슬픈 수양 버드나무다.

347
비텐베르크의 그리스도 상

비텐베르크에는 경이로운 특징을 가지고 있는 그리스도 상이 있는데, 그 상 앞에 서서 그 상을 바라보고 있는 것보다 항상 1인치 정도 더 크다는 것이다. 그것은 가장 큰 사람일 수도 있고 혹은 가장 작은 사람일 수도 있다.

348
낭떠러지의 마리아 상

비스퍼 계곡에 있는 성 니클라스 교회 뒤 래티베르크의 험준한 낭떠러지에는 보통 사람의 눈으로는 거의 식별할 수 없는 조그만 성모 마리아 석상이 높이 서 있다. 그 아래쪽 길에는 지금은 비어 있지만 이전에는 지나가던 사람들이 기도를 드릴 수 있는 예배당이 있었다. 언젠가 한 번은 이런 일이 있었다. 얼토당토 않는 소망을 이야기하는 신앙심 없는 사람이 진흙을 잡아 들고서 그 신성한 석상에 던지자 그 석상은 울기 시작했다. 하지만 그가 다시 모독 행위를 하자 석상은 이번에는 서둘러 벽 위로 올라갔고, 사람들의 간청에도 다시 내려오려 하지 않았다. 사람들이 낭떠러지에 올라가서 그 석상을 다시 가져오는 것은 거의 불가능했다. 그럴 바에는 한 사람이 산에 올라가 단단한 밧줄로 몸을 묶고 꼭대기에서 그 석상에 가까이 갈 수 있는 만큼 내려가 그것을 가져오는 것이 낫다고 사람들은 생각했다. 밧줄을 묶은 사람이 정말 내려갔는데, 내려갈수록 그 줄은 점점 가늘어졌고 석상에 가까워졌을 때는 머리카락 마냥 가늘어져서 그 사람은 엄청난 두려움을 느껴 위를 보고 소리쳤다. 그들은 하느님을 위해서 그 사람을 끌어올려야 했다. 그렇지 않으면 그는 떨어져 죽었을 것이다. 그들이 그 사람을 다시 끌어올리자 순식간에 밧줄은 예전처럼 단단해졌다. 하지만 그들은 성모상을 포기해야만 했으며 결코 가져올 수 없었다.

349
발트라스트의 낙엽송 성모 마리아 상

1392년 성모 마리아가 한 천사를 티롤에 있는 제를레스베르크 위 발트라스트로 보냈다. 천사는 가운데가 텅 빈 낙엽송 그루터기 앞에 도착해 성모 마리아의 이름으로 나무에게 이야기했다: "너는 하늘에 있는 성모 마리아의 상으로 쓰이도록 열매를 맺어야 해!" 마리아 상은 줄기에서 무럭무럭 자랐고, 미첸스라는 마을에서 온 핸슬레와 페터를레라는 두 신앙심 깊은 양치기들은 1407년이 되어서야 그것을 알아차렸다. 그들은 놀라 농부들에게 달려가 이야기했다: "산으로 가세요. 그곳 텅 빈 나무 그루터기에 놀라운 것이 있습니다. 우리는 감히 그것을 만질 용기가 없었어요." 그렇게 하여 사람들은 마리아 상을 알게 되었는데, 그것은 나무줄기를 톱으로 잘라 만들었고 잠시 동안 마트라이로 보내졌다. 발트라스트로 향하는 그곳에 자신의 교회가 세워질 때까지 마리아 상은 거기에 서 있었고, 우리의 사랑 마리아 상은 마트라이에 정착한 루쉬라 불리는 가난한 나무꾼을 섬겼다. 성령 강림제 날 밤에 나무꾼은 침대에 누워 잠이 들었는데, 그때 어떤 목소리가 들렸고 그에게 세 번이나 물어봤다: "자고 있니, 아니면 깨어 있니?" 세 번째 질문에 그는 잠에서 깨어났고 이렇게 질문을 하였다: "대체 너는 누구냐? 무엇을 원하느냐?" 목소리는 이렇게 답했다: "너는 우리의 사랑하는 성모 마리아 상의 명예를 위해서 발트라스트에 예배당을 지어야 한다!" 그러자 벌목꾼은 이렇게 말했다: "그런 일은 하지 않을 거예요." 하지만 다른 성령 강림제 날 밤에 그 목소리가 다시 들렸고 지난번과 똑같이 이야기했다. 그러자 그가 말했다: "그렇지만 나는 너무 가난해요." 세 번째 성령 강림제 날 밤에는 그 목소리가 그의 침대 곁에서 예전처럼 다시 들렸다. 아무튼 세 번째 밤에 그는 아무 근심 없이 잠자리에 들면서 그 목소리에게 답했다: "왜 나를 놓아 주지 않나요?" 그러자 목소리가 말했다: "넌 그 일을 해야 돼!" 그러자 그가 말했다: "그런 일은 하지 않을 거예요." 그러자 그것은 그를 잡아 위로 쳐들어 올리고서 말했다: "넌 그 일을 해야 돼! 생각을 좀 해 봐!" 그때 그는 이렇게 생각했다: 아, 이런! 내가 그 일을 하지 않겠다는 얘기가 아니라, 올바른 장소만 안다면 그 일을 하겠다는 말을 어떻게 해야 하지? 그러자 목소리가 말했다: "숲 속 이끼 속에 녹색 땅이 있는데 그곳에 드러누워 휴식을 취하거라. 그러면 네게 올바른 장소를 알려 줄 것이다." 벌목꾼은 그곳으로 출발하여 이끼에 누워 휴식을 취했다.(그래서 숲 속에서 휴식을 취했다고 해서 그곳을 '숲 속의 휴식'이란 뜻의 '발드라스트'라고 부른다.) 그가 잠들었을 때 잠결에 그는 두 개의 종소리를 들었다. 그때 그는 깨어나 자기 앞에 있는 땅을 보았다. 그 땅 위에는 교회가 있었고 흰색 옷을 입은 한 여자가 팔에 아이를 들고 있었다. 그런데 그것은 눈 깜짝할 순간[26]이었다. 그때 그는 이렇게 생각했다: 전지전능한 하느님이시여, 올바른 장소가 바로 저기 있습니다! 제가 그 성모 마리아상을 보았기 때문에 그 장소로 갔습니다. 제가 교회를 지을 것이라는 판단을 했을 때 비로소 그것을 알아차렸습니다. 그리고 종소리가 울렸습니다. 제가 완전히 알아차릴 때까지 울리더군요. 그 후로 저는 종소리를 더 이상 듣지 못했습니다. 그러고 나서 그는 이렇게 말했다: "하느님이시여, 제가 어떻게 시간을 보내야 하나요? 저는 가난하고 재산도 없습니다." 그때 목소리가 이렇게 말하였다: "경건한 사람들에게 가거라. 그 사람들이 너에게 네가 쓸 수 있을 만큼의 돈을 충분히 줄 것이다. 사람들이 봉헌을 해야 할 때가 되면 그 돈은 36년 동안 그대로 있을 것이고, 그 이후에 그 돈은 영원히 커다란 징표가 될 것이니라." 그가 예배당을 지으려고 막 시작하려 했기 때문에 그는 고해신부에게 가서 그 사실을 알렸다. 그때 고해신부는 그를 브릭슨 지역 주교 앞에 데려갔는데, 주교가 그에게 예배당을 짓는 것을 허락해 주도록 다섯 번이나 브릭슨으로 갔던 것이다. 주교는 마침내 허락을 내렸고 1409년 어느 화요일에 성(聖) 판크라티우스 앞에 건립되었다.

26 다시 말해, 그는 단지 순간적으로 그 모습을 보았던 것이다.

350
성소를 가리키는 황소

스위스 페르메탈의 강어귀에서 멀지않은 마텐이라는 마을에는 부서진 바위로 튼튼하게 지은 건물이 하나 있는데, 그와 관련한 다음과 같은 전설이 전해지고 있다. 옛날 옛적에 한 공동체는 성(聖) 슈테판을 기리기 위해 교회를 지으려 하였으며, 그래서 벽에 쓰는 석재가 있는 장소를 찾아냈다. 하지만 놀랍게도 부지런한 인부들이 낮 동안에 작업해 놓았던 모든 것은 밤이 되면 부서져 버렸다. 그래서 그 공동체에서는 기도문을 외우면서, 힘든 일을 하고 있는 한 쌍의 황소에게 교회 건축에 필요한 도구들을 짊어지게 하도록 결정했다. 공동체 사람들은 황소가 멈춰 서 있는 곳에서 신의 지시를 파악하여 그곳에 교회를 지으려고 했다. 황소는 강을 따라 어슬렁어슬렁 걸어가 어딘가에 멈춰 섰는데, 그곳이 지금의 성 슈테판 교회가 완공된 장소였다.

351
노트부르가

티롤의 아래 계곡에는 로텐베르크 성이 있는데, 그곳에는 아주 옛날에 신앙심이 깊은 노트부르가라는 하녀가 귀족의 시중을 들고 있었다. 그녀는 매우 선량했으며, 또한 그녀가 할 수 있는 한, 자기가 가진 모든 것을 나누어 주었다. 탐욕스러운 주인은 그녀의 행동이 불만족스러웠다. 그래서 신앙심 깊은 그녀를 때렸고 결국 쫓아내 버렸다. 노트부르가는 가난한 농부들이 살고 있는 가까이 있는 에벤 산으로 올라갔다. 하느님은 로텐부르크 성에 있는 그 사악한 여자에게 갑작스런 죽음으로 벌을 내렸다. 그러자 그녀의 남편은 그동안 노트부르가에게 행한 악행을 참회했고, 노트부르가를 에벤 산에서 다시 로텐부르크 성으로 데리고 왔다. 그곳에서 그녀는 천사들이 와서 그녀를 하늘나라로 데리고 갈 때까지 신앙심 깊은 삶을 살았다. 황소 두 마리가 그녀의 시체를 하천으로 운반했다. 비록 하천의 물이 난폭하게 콸콸 흘렀음에도 불구하고, 성자 노트부르가가 다가오자 아주 부드럽고 조용했다. 그녀는 신성한 루프레히트 예배당에 묻혔다.

네카 강에는 노트부르가에 관한 또 다른 전설이 있다. 이 강에는 오래된 호른베르크 성의 탑과 성벽이 아직도 그대로 있는데, 옛날 옛적에 이 호른베르크 성에는 강력한 왕이 살고 있었다. 그에게는 아름답고 신앙심이 깊은 딸 노트부르가가 있었다. 그녀는 어느 기사를 사랑했고 그와 약혼을 했다. 하지만 그 기사는 다른 곳으로 가서 다시 돌아오지 않았다. 그녀는 그의 죽음을 슬퍼하며 밤낮으로 울었고 다른 모든 청혼자들을 거절했다. 하지만 그녀의 아버지는 냉정했고 그녀의 슬픔에 대해 관심이 없었다. 하루는 아버지가 딸에게 말했다: “사흘만 있으면 내가 너를 위해 선택한 새신랑이 올 테니 결혼 예물을 준비하고 있도록 하여라.” 하지만 노트부르가는 진심으로 아빠에게 이야기했다: “하늘이 푸르른 한, 저는 저의 정절을 깨뜨리느니 차라리 떠나 버리겠어요.”

그날 밤 달이 떴을 때, 그녀는 충직한 하인을 불러 말했다: “나를 깊은 숲이 있는 발트회를 지나 성 미하엘 예배당으로 데려가다오. 아버지로부터 안전한 그곳에서 나는 하느님께 봉사하면서 나의 생을 끝낼 것이니라.” 그들이 발트회에서 살고 있을 때, 나뭇잎들은 살랑거렸고, 눈처럼 흰 사슴 한 마리가 와서 노트부르가의 옆에 조용히 서 있었다. 그때 그녀는 사슴의 등에 앉아 뿔을 잡았는데, 그 사슴은 재빨리 그녀를 다른 곳으로 데려갔었다. 충직한 하인은 사슴이 그녀를 태우고 빠르고 안전하게 네카 강을 건너져 멀리 사라지는 것을 보았다.

다음 날 아침 왕은 그의 딸이 보이지 않자 사신들을 시켜 온 사방을 돌며 딸을 찾도록 했으나, 그들은 어떤 흔적도 발견하지 못하고 돌아왔다. 그리고 그녀의 충직한 하인은 결코 그녀가 있는 곳을 누설하지 않았다. 점심때가 되자 호른베르크 성에 있는 흰 사슴이 그에게 왔다. 그가 사슴에게 빵을 주려 하자 사슴은 고개를 흔들어 그 빵을 자신의 뿔에 끼워 넣고 싶어 했다. 빵을 뿔에 끼워 넣어주자 사슴은 그 빵을 숲 속에 있는 노트부르가에게 가져다주었다. 사슴은 날마다 그녀를 위한 음식을 가지고 갔다. 많은 사람들이 그 광경을 보았으나 충직한 하인을 제외한 어느 누구도 그것이 무엇을 의미하는지 몰랐다.

결국 왕은 흰 사슴의 존재를 알았고 노트부르가의 하인에게 비밀을 털어놓으라고 강요했다. 다음 날 정오경 왕은 말에 타고 있었다. 그리고 사슴이 다시 음식을 가지러 왔다가 그것을 가지고 서둘러 돌아갈 때, 왕은 사슴의 뒤를 밟아 강을 지나 사슴이 점프했던 바위동굴까지 뒤쫓아 갔다. 왕은 말에서 내려 동굴 안으로 들어가 딸을 찾았다. 딸은 주름 진 손으로 십자가 앞에 무릎을 꿇었는데, 그녀 옆에 흰 사슴이 편안히 쉬고 있었다. 딸은 전혀 햇빛을 받지 못해서 매우 창백했고, 왕은 딸의 모습에 너무나 놀랐다. 왕은 딸에게 말했다. "나와 같이 호른베르크 성으로 돌아가자." 그러나 그녀는 이렇게 대답했다. "저는 하느님에게 저의 생을 바치기로 약속했으며, 인간들에게서 찾고자 하는 것은 아무것도 없습니다." 왕이 다른 말을 해 봤지만, 그녀는 꼼짝하지 않고 아무 대답도 하지 않았다. 그러자 왕은 화가 나서 그녀를 강제로 끌고 가려 했지만 그녀는 십자가에 꽉 매달렸다. 왕이 폭력을 행사했을 때, 왕이 잡고 있었던 그녀의 팔이 신체에서 떨어져 나가 왕의 손에 놓였다. 그러자 왕은 공포에 질려 멀리 도망갔고, 다시는 동굴 근처에 오지 못했다.

사람들이 이 소식을 들었을 때, 모두들 노트부르가를 성녀(聖女)로 숭배했다. 성 미카엘 예배당에 있는 은자는 자기에게 도움을 구하고 있던 참회의 죄인들을 그녀에게 보냈다. 그녀는 죄인들과 기도했고, 죄인들의 무거운 짐을 진심으로 받아들였다. 낙엽이 떨어지던 가을에 천사들이 와서 그녀의 영혼을 가지고 하늘나라로 갔다. 천사들은 시체를 장례복으로 씌웠고, 비록 모든 꽃들이 시들었음에도 불구하고, 활짝 핀 장미로 장식했다. 목덜미에 아직 멍에가 없던 흰색 황소 두 마리가 발굽을 물에 적시지 않고 그 시체를 운반하여 강을 건넜으며, 근처에 있던 교회종이 저절로 뎅그렁 울리기 시작했다. 그렇게 시체는 성 미카엘 예배당으로 운반되었고 그곳에 묻혔다. 네카에 있는 호흐하우젠 마을의 교회에는 신성한 노트부르가의 석상이 오늘날까지도 그대로 남아 있다. 처녀동굴이라고 불리는 노트부르가 동굴 역시 아직도 볼 수 있고 어린이들에게도 유명하다.

또 다른 이야기에 따르면, 모즈바흐 궁정에 살고 있는 다고베르트 왕의 이야기라는 것이다. 다고베르트 왕은 자기의 딸 노트부르크를 이교도의 벤덴과 결혼을 시키려고 했기 때문에 그녀가 도망을 쳤던 것이다. 그녀는 뱀이 주는 약초와 뿌리로 바위동굴에서 죽을 때까지 먹고 살았다. 떠돌아다니는 도깨비불이 그 비밀의 무덤을 누설했으며, 왕의 딸은 발각되었다. 황소 두 마리가 그녀의 시체가 실린 마차를 끌었고, 그녀가 지금 묻혀 있는 곳에 멈추어 섰다. 이곳에서는 너무도 많은 기적이 일어났다. 호흐하우젠의 바위에 뱀의 그림도 있다. 하지만 제단 후벽의 종교화에는 아름다운 머리카락을 가진 노트부르가가 소개되는데, 왕의 복수심을 충족시키기 위해 그녀가 어떻게 목이 베였는지 소개되는 것이다.

352
포도주로 성벽의 석회를 녹이다

1450년에 오스트리아에서는 포도가 자랐는데 그것은 너무 신맛이 났다.

그래서 사람들은 힘들게 짜낸 그 포도주를 아무 거리에나 내버렸다. 사람들은 떫은 맛 때문에 한 모금도 마시고 싶지 않았던 것이다. 그 포도주는 '서리를 머금은 술'이라는 뜻의 '라이프바이서'라고 불리었다. 왜냐하면 어떤 사람들은 서리가 포도를 썩게 했다고 하고, 또 다른 사람은 그 포도주가 포도주 통의 판자며 고리를 자극적인 향취로 야금야금 입질했다고 하기 때문이었다. 로마의 왕 프리드리히 3세는 어느 누구도 신의 선물인 포도주를 흘리거나 엎지르지 말라는 명령을 내렸다. 그래서 포도주를 마시고 싶지 않는 자는 그 포도주를 슈테판 교회 농장에 갖다주었는데, 거기에서는 석회를 포도주에 용해시켜서 교회를 지었다고 한다. 뵈멘 성문을 향하고 있는 글라츠에는 둥그렇고 상당히 높은 오래된 탑이 있었는데, 그 탑은 아주 오래전 하이덴툼에서 만들어져 하이덴투름이라 불리었다. 그 탑의 벽은 아주 튼튼했는데, 아마 포도주에 용해된 석회로 축조했기 때문일 것이다.

353
유대인 바위

1462년 티롤에 있는 린 마을에서 일어난 일이었다. 몇몇의 유대인이 가난한 농부에게 많은 돈을 주고 농부의 아이를 그들에게 넘기라고 했다. 그들은 아이를 데리고 숲으로 가서 큰 바위 위에서 아이를 고문했고 끔찍하게 죽였다. 그때부터 그 바위는 유대인 바위라 불리었다. 칼로 마구 찔린 시체를 그들은 어느 다리에서 멀지 않은 자작나무에 걸어 놓았다. 이 살인이 일어났을 때 그 아이의 엄마는 밭에서 일하고 있었다. 그녀는 갑자기 아이가 생각났고, 아무런 이유도 없이 너무도 불안했다. 그때 그녀의 손에는 세 방울의 피가 차례로 뚝뚝 떨어졌다. 극도의 불안 상태로 그녀는 서둘러 집으로 돌아와 아이를 찾았다. 남편은 그녀를 작은 방으로 데리고 가서 자기가 행했던 일을 고백했다. 지긋지긋한 가난으로부터 벗어나게 해줄 많은 돈을 그가 그녀에게 보여 주려던 순간, 그 돈은 낙엽으로 변해 버렸다. 아이의 아버지는 미쳐 버렸고 광분했다. 엄마는 밖으로 나가 아이를 찾았다. 그녀가 나무에 걸려 있는 아이를 발견하고는 애끓는 눈물을 흘리며 시체를 린에 있는 교회로 가지고 갔다. 지금도 시체는 그 교회에 안치되어 있는데, 사람들은 그것을 신성한 아이라고 간주한다. 전설에 따르면, 한 목동이 아이가 걸려 있던 나무를 베어 집으로 가져오다가 다리가 부러졌고 그로 인해 그만 죽고 말았다고 한다.

354
유대인들에게 죽은 소녀

1267년 포르츠하임에 한 노파가 살았는데, 인색한 여자여서 순진무구한 일곱 살짜리 소녀를 유대인들에게 팔았다. 유대인들은 아이가 울지 못하게 입을 틀어막고는 혈관을 절개해 피를 받으려고 아이를 천으로 둘둘 감았다. 이 고문으로 소녀가 금방 죽자 저들은 시체에 돌을 매달아 엔츠 강에 던졌다. 며칠 지나지 않아 소녀 마르그레트헨은 흐르는 물 위로 조그만 손을 쑥 내밀었다. 그 광경을 본 뱃사공들은 소스라치게 놀랐다. 금방 인파가 모여들었고 후작도 몸소 찾아왔다. 사공들은 아직 살아 있는 아이를 건져 내는 데 성공했다. 하지만 아이는 살인자들에 대한 복수를 외친 뒤 죽고 말았다. 유대인들이 의심을 받아 모두 호출되었는데, 저들이 시체에 접근하자 시체의 벌어진 상처들에서 피가 물 흐르듯 쏟아졌다. 유대인들, 그리고 노파도 범행을 자백하여 교수형에 처해졌다. 포르츠하임 궁성교회 입구에서는 줄을 당겨 종을 울리는데, 그 자리에 아이의 관이 비문과 함께 놓여 있다. 선원조합 안에서 아이들 사이에 한 목소리로 퍼져 나간 소문에 따르면, 당시 후작은 선원들의 선조들에게 보상으로 "해와 달이 비치는 동안에는" 포르츠하임 시내에서 검문을 면제하였고, 동시에 매년 사육제 장터에서 스물 네 명의 선원들이 문장을 들고 군악을 연주하며 행진을 벌일 수 있는 전권을 부여하고 이날 시내와 장터를 경비하는 일도 이들에게 전담시켰다고 한다. 이것은 오늘날에도 시행되고 있다.

355
네 개의 편자

옛날 옛적에 엘리히에 있는 오래된 교회의 문에 4개의 섬뜩한 편자가 단단히 박혀 있어 모든 사람이 놀라워하며 쳐다보았다. 교회가 부셔진 이후로 편자는 목사의 집에 보존되었다. 오래전에 클레텐베르크의 에른스트 백작은 어느 일요일 아침에 엘리히로 말을 타고 갔다. 전날 술에 취해서 내버려두고 왔던 금목걸이 포상금을 가져오기 위해서였다. 백작은 다른 사람의 도움에 힘입어 그 목걸이를 찾아 목에 걸었고, 그러고는 작은 도시를 통해 클레텐베르크로 돌아오려고 하였다. 교외에 있는 니클라스 교회에서 저녁 기도를 올리며 성가를 부르는 소리를 들었다. 그는 갑자기 현기증이 나서 교회 사제관을 통과하여 제단 앞까지 말을 타고 갔다. 백작의 말이 계단을 밟자마자 갑자기 말의 편자 네 개가 모두 떨어졌고, 말은 백작과 함께 맥없이 쓰러졌다.

356
제펠트 성의 제단

인스브루크에서 멀지 않은 티롤에는 제펠트라는 오래된 성이 있었다. 그 성에는 14세기에 오스발트 묄러라고 하는 당당하고 거만한 기사가 살고 있었는데, 자만심에 빠진 그는 과도한 요구를 많이 했다. 1384년 교회의 축일에 시골 사람들과 일꾼들이 보는 앞에서 교회에서 그에게 제공한 성체에 불만족을 표시했고, 오히려 보통 신부들이 가지는 성체보다 더 큰 것을 교회에 요구했다. 그가 성체를 받아들자마자 제단 앞의 딱딱한 바닥이 그의 발아래에서 흔들리기 시작했다. 두려움에 싸인 그는 두 손으로 철제 난간을 잡으려고 했지만, 마치 그것은 밀랍인 것처럼 가해지는 압력을 견디지 못했다. 거만한 기사는 완전히 쓰러지기 직전 지난날의 숱한 회한이 엄습함을 느꼈다. 신부는 기사의 입에서 성체를 다시 빼내었는데, 그 성체는 마치 죄인의 혀를 건드린 것처럼 금방 피로 뒤덮여 버렸다. 그런 직후 기사는 그곳에 수도원을 지었으며, 속인으로서의 지위조차 감수했다. 오늘날에도 그 철제 난간 위의 손자국을 볼 수 있으며, 전체 이야기에 대한 그림도 있다.

교회에서 일어났던 일을 집으로 돌아가는 사람들로부터 전해 들은 기사의 부인은 그것을 믿지 않았다. 그 대신 이렇게 말했다: "마르고 썩은 줄기에서 장미가 피어날 수 있다고 하는 것처럼, 그것은 아마 사실이 아닐 거예요." 그러자 하느님께서는 전능함의 징표를 보여 주었는데, 메마른 줄기가 금방 푸르러졌고 눈처럼 희고 아름다운 장미가 생겨났던 것이다. 기사의 부인은 장미를 북북 잡아 뜯더니 땅바닥에 던져 버렸다. 바로 그 순간 그녀는 정신착란이 일어났으며, 이 산 저 산 미친 듯 질주하더니 다음날 땅바닥에 쓰러져 죽었다.

357
죽음 바위

마이링겐에서 멀지 않은 가트멘으로 가는 길에 있는 오버하슬리에는 좁은 바위 협곡인 키르헤트뷜이 있는데, 그 바위 협곡을 통해서 수백 년 전 음침한 독수리들이 휘휘 날아다녔다. 그곳 키르헤트뷜의 땅 위에 바위가 하나 있는데, 그 바위에는 여러 손가락으로 사람의 손을 표현한 형상이 새겨져 있다. 전해 내려오는 얘기로는 옛날 옛적에 이곳에서 살인행위가 일어났으며, 당시 피해자는 바위를 꽉 붙잡으려고 시도했으며 그래서 그 죽음의 흔적이 바위에 새겨졌다고 한다.

358
죄 많은 사랑

에어푸르트 근처에 있는 페터스베르크에는 남매의 바위 무덤이 하나 있는데, 그 숭고한 시체 바위 위에는 남매의 모습이 새겨져 있다. 여동생은 너무나 아름다웠다. 오랫동안 다른 곳에 갔다가 돌아온 오빠는 그녀와 열렬한 사랑에 빠졌고 그만 죄악을 행하고 말았다. 악마는 즉시 그들의 머리를 베었다. 시체 바위에는 그들의 형상이 새겨졌다. 하지만 머리는 몸통에서 사라졌고, 남아 있는 것은 그들을 붙잡아 매었던 쇠붙이뿐이었다. 황동을 그 위에 올렸지만 이것 또한 사라졌고, 분필로 남매의 얼굴을 그 위에 그려도 다음 날 다시 사라졌다.

359
슈바이드니츠 시참사회 의원

옛날 옛적 슈바이드니츠에 한 시참사회 의원이 살고 있었다. 그는 하느님보다 금을 더 사랑했으며, 또 구관조를 진작부터 조련시키고 있었다. 격자 창문 한 조각을 잘라내고 그 구멍을 통해 그의 집 바로 건너편에 있는 시참사회로 날아 들어가서 그곳에서 돈 한 뭉치를 가져오게 훈련시켰던 것이다. 이런 일은 매일 밤 일어났으며, 구관조는 테이블에 놓여 있는 시의 수입금인 금화나 은화를 주둥이로 물어 가지고 왔다. 그러다 결국 다른 시참사회 직원들이 보물이 줄어드는 것을 알아차렸으며, 도둑을 잡으려고 잠복하고 있었다. 직원들은 해가 진 후 구관조가 날아와 금 조각을 주워 가는 것을 보았다. 그래서 그들은 몇몇 조각에 그림을 그려 구관조가 항상 가져가던 똑같은 위치에 그것들을 놓아두었다. 전 시참사회 직원이 동석하여 이 일을 의논했고, 만약 그 도둑을 잡으면 그 도둑을 높은 시청 탑 추녀 끝에 앉혀 굶주리게 하든지 아니면 바닥으로 추락하게 하든지 양자택일의 형을 선고하기로 결정했다.

그럭저럭하는 사이에 의심스러운 시참사회 의원의 집으로 사람을 보내게 되었고, 거기서 날아다니는 전령 즉 구관조뿐만 아니라 직원들이 표시해 두었던 금 조각 또한 발견되었다. 범인은 자신의 범행을 자백했다. 그리고 고령의 그의 나이를 고려해 벌을 경감해 주고자 하는 선고를 그는 기꺼이 받아들였다. 그래서 그는 많은 사람들이 보는 앞에서 시청 탑의 추녀 끝으로 올라가 무서움과 두려움에 떨었다. 하지만 그가 다시 아래로 내려가면서 돌난간 위에 다다랐을 때, 그는 앞으로도 뒤로도 갈 수 없어서 그만 멈추어 설 수밖에 없었다. 10일간의 낮과 밤 동안 그 불쌍하고 늙은 시참사회 의원은 거기에 서 있었다. 그는 마실 것, 먹을 것 없이 사람들의 구경거리가 되었고, 마침내 너무 배가 고파 자신의 팔과 손을 뜯어 먹고 후회하며 유례없이 끔찍하게 자신의 삶을 마감했다.

그 후에 그의 시체 대신, 돌로 된 그의 동상이 구관조와 나란히 시청 탑의 난간에 놓여 있게 되었다. 1642년 아주 세찬 폭풍이 몰아쳤지만 그 동상의 머리는 아직도 시청 꼭대기에 있다.

360
사형수 위의 무지개

1621년 6월, 뵈멘 폭동에 연루된 27명의 저명한 남자들이 프라하에서 교수형에 처해졌을 때, 그들 중 한 사람인 구도시의 시장, 요한 쿠트나우어가 하늘을 향해 간절하게 소리쳤다. 자신과 자기 동료들에게 하느님의 은총의 징후를 보여 달라고 외쳤으며, 너무도 확신을 하고 있었고, 또 은총을 받을 수 있을 있을 거라고 믿어 의심치 않았다. 사형이 막 집행되려고 하자, 약간의 비가 내리더니 로렌츠베르크 도시 상공에는 한 시간 동안 사형수를 위로하는 듯 십자가 모양으로 포개진 무지개가 떠 있었다.

361
무고한 사람과 함께 우는 하느님

언젠가 하나우에서 한 여자가 중죄를 지은 혐의로 고소당하여 사형선고를 받았다. 그녀는 처형장에 오르자 이렇게 말했다: “비록 증서에 유죄로 되어 있어도 나는 분명 죄가 없습니다. 이제 하느님께서 나와 함께 우실 거예요." 그러자 곧 맑은 하늘에서 비가 내리기 시작했다. 그녀는 처형당했지만, 훗날 그녀의 무죄가 밝혀졌다.

362
하느님의 음식

포크트란트의 츠비카우에서 멀지 않은 어느 마을에 이런 일이 있었다. 어느 부모가 아직 어린 아들을 숲으로 보내어 그곳 목초지에서 소떼에게 풀을 먹이고 돌아오라고 했다. 하지만 소년이 조금 꾸물대는 바람에 그만 밤이 닥치고 말았다. 그런데 밤사이에 엄청나게 많은 눈이 내려서 사방의 산이 모두 하얗게 덮였다. 소년은 눈에 가로막혀 숲을 벗어날 수가 없었다. 소년이 다음날에도 집으로 돌아오지 않자 부모는 이제 소떼보다 아들이 더 걱정되었다. 하지만 부모는 엄청난 눈 때문에 숲으로 들어갈 수가 없었다. 사흘째 되는 날, 눈이 일부 녹아내린 뒤 그들은 아들을 찾기 위해 밖으로 나갔다. 부모는 마침내 아들을 발견하였는데, 아이는 눈이 조금도 쌓이지 않고 햇빛이 잘 비치는 언덕에 앉아 있었다. 부모의 모습을 본 소년은 웃음을 지었다. 왜 집으로 돌아오지 않았는지 부모가 묻자, 아이는 저녁이 될 때까지 기다릴 생각이었다고 대답하는 것이었다. 아이는 벌써 하루가 지난 것을 모르고 있었고 아무런 어려움도 겪지 않았다. 무엇을 좀 먹었느냐고 묻자, 아들은 어떤 남자가 찾아와서 치즈와 빵을 주었다고 하였다. 그러니 이 소년은 의심의 여지없이 하느님의 천사를 통해 음식을 먹고 보호를 받고 있었던 것이다.

363
세 노인

공작령 슐레스비히의 앙겔른 지방에 아직 살고 있는 사람들이 기억하기로는, 얼마 전에 죽었지만 몇 가지 박학한 업적으로 유명한 외스트 목사의 입에서 다음과 같은 이야기를 전해 들었다. 다만 그 일을 겪은 사람이 외스트 목사 자신인지 아니면 다른 목사인지는 알 수 없다. 18세기 중반에 새로 부임한 목사가 주변 사정을 자세히 알아보려고 교회 관할구역의 경계지역을 말을 타고 둘러보았다. 어느 외진 곳에 외로운 농가가 하나 있는데, 그 집 앞뜰에 빠짝 붙어 길이 지나간다. 벤치 위에 머리가 눈처럼 하얀 노인이 앉아 슬피 울고 있다. 목사는 노인에게 저녁인사를 하고 무슨 일이냐고 묻는다. "아이고," 하고 노인이 대답한다. "아버지가 나를 마구 때렸어요." 아무래도 이상하다고 생각한 목사가 말을 매어 놓고 집 안으로 들어가다가 복도에서 한 노인과 마주치는데, 그는 첫 번째 노인보다 훨씬 더 늙었고 격분한 몸짓에 거동이 몹시 급하다. 목사가 그에게 친절히 말을 걸어 화가 난 이유를 묻는다. 노인이 말한다. "제기랄, 아들놈이 우리 아버지를 쓰러뜨렸어." 그러면서 그가 거실 문을 열자 목사는 놀라 말문이 막힌다. 고령으로 바짝 꼬부라진, 하지만 활기찬 노인이 난로 뒤 안락의자에 앉아 있는 것이 보인다.

역자 후기

1. 그림 형제의『독일전설』수집과 출판

그림 형제는『어린이와 가정을 위한 동화(Kinder- und Hausmärchen)』 초판에 붙인 1812. 10. 18.자 서문에서 전설의 수집에 처음 언급하였다. 동화집과 별도로 전설집 출간을 예정하고 있는데, 지역적 민간전설은 "실재하는 장소 또는 역사적 주인공들에 연계되어 있는 점에서 동화와 구별"된다는 것이다. 전설 수집은 형 야콥과 동생 빌헬름이 각각 21세 및 20세이던 1806년으로 거슬러 올라간다. 이듬해인 1807년부터 문헌적 출처에 구전자료를 더하는 방식으로 동화와 전설의 수집이 본격적으로 시작되었다. 1809년 당시의 광범위한 색인에 따르면, 그림 형제는 수집된 전설자료의 출간을『독일전설』제1권 지역전설(초간 1816)과 제2권 역사전설(초간 1818)에 이어 나머지 전설과 상세한 주해로 구성될 제3권(또는 제3권 전설 및 제4권 주해)으로 마무리할 계획이었다. 그러나 추가 출판은 저자들의 생전에 이루어지지 못하고 제2권 초간 후 175년이 지난 뒤에야 비로소 부분적으로 실현되어, 유고로 남아 있던 자료 가운데 161개 항목이 1993년 제3권[27]으로 출간되었다.

수집과정에서 동화(민담 Märchen)와 전설(Sage)은 엄격하게 구분되지 않고 1815년까지도 '전설'이 통합개념처럼 사용되곤 하였는데, 초판 출판(1812, 1815)을 계기로 두 장르의 개념이 분화하여 1816년 간행된『독일전설』제1권의 서문 제1장 '전설의 본질'에서 상세히 정의되었다. "동화는 좀 더 시적이고 전설은 좀 더 역사적이어서, 전자가 타고난 화사함과 완성

27 Brüder Grimm: Deutsche Sagen. 3 Bde. Hrsg. von Hans-Jörg Uther und Barbara Kindermann-Bieri. München: Diederich 1993.

도를 보이며 거의 그 자체만으로 확고히 서 있다면, 전설은 색깔의 다채로움은 조금 덜해도 무언가 알려지고 의식된 것, 특정의 장소, 또는 역사를 통해 확인된 특정한 이름에 매여 있는 점에서 고유성을 지닌다."는 것이다. 오늘날 일반화한 유사 장르들의 개념 — 신화, 전설과 성담(성자전: 종교적 전설), 민담(동화), 우화, 재담(소담) 등 — 이른바 문학의 '단순형식들'이 독일문학사에서 학술용어로 정착하는 시발점을 그림 형제가 제공하였다.

『독일전설』의 편집은 야콥이 거의 단독으로 진행하였다. 그는 동화 수집의 초기단계를 주도하다가 편집에서 출판에 이르기까지 실질적인 작업을 동생 빌헬름에게 넘겼던 반면, 전설 부분은 거의 혼자 편집을 마친 뒤 동생 빌헬름에게 맡겨 출판을 진행시켰다. 그렇게 베를린의 출판사 니콜라이 서적에서 출간된 제1권의 판매는 동화집에 비하여 부진하였고 비평계의 초기 반응도 미온적이었다. 동화집은 여성을 포함한 폭넓은 일반 독자층을 대상으로 하여 성공할 수 있었으나, 전설집에 관심을 가질 독자는 "이른바 역사연구가들"일 것이라는 야콥의 예상이 적중하였다. 그러나 그에게는 판매실적보다는 전설의 학술적 가치가 더 중요하였고, 이러한 편집 방침이 『독일전설』을 특징짓고 그 수용을 좌우하였다.

그림 형제의 전설집과 동화집은 자료의 출처와 수집방법에서부터 차별화될 수밖에 없었다. 전설의 주요 출처는 문서보관실 자료, 연대기, 괴담서와 기적서, 여행안내서, 기존의 전설집(특히 오트마르-나흐티갈[1800]과 비스[1815]의 『민간전설(Volkssagen)』) 등이었다. 동화집 자료의 큰 몫을 16~18세기 문학이 차지한 것과 달리 전설집의 문학적 출처는 거의 전적으로 중세문학에 한정되었고, 전설 수집에서 구전자료가 차지하는 비중(제1권 지역전설 363[362]편 중 70편 이상, 제2권 역사전설 222편 중 겨우 5편)도 동화집에 비해 현저하게 낮았다. 그림전설은 그 출처의 조건 때문에도 종종 핵심이 없고 무미건조한 기록문서처럼 느껴지거나, 동일 주제의 반복으로 피로감을 야기하기도 한다. 예컨대 특정 사건, 명칭, 전통 등의 원인을 설명하는 기원설 계열의 전설들이 그러하다. 그림전설이 광범위한 독자층을 확보하기 어려웠던 다른 원인은 앞서 지적한 대로 야콥이 선택한 선별 및 편집의 원칙에도 있었다. 동화집 편집에서 빌헬름은 동화의 원형 또는 이상적 형상을 도출하려는 목표 아래 수집 당시의 원문에 예술적·문체적 윤문과 첨삭을 가하였으나, 야콥은 편집자의 가필로 전설 원본을 '오염'시키고 '혼탁'하게 만드는 것을 극구 반대하였다.

학술적 가치가 문학적 예술성을 능가하는 점에서 『독일전설』은 그림 형제의 전체 저술 가운데 예술과 학술의 전환기에 위치한다. 야콥 그림의 단독 저서인 『독일어 문법(Deutsche Grammatik)』(1819) 이후에 그림 형제는 오로지 학술적 저술에만 전념하였으니, '문법 이전 단계'의 마지막 공동작업이 곧 『독일전설』이다. 이 전설집은 민요, 민담(동화), 전설과 성담, 신화 등 민속문학의 발견과 부흥이라는 낭만주의 운동의 종결부에 해당한다. 이 운동은 아르님(Achim von Arnin)과 브렌타노(Clemens Brentano)의 민요집 『소년의 마술피리(Des Knaben Wunderhorn)』(1806~1808, 3권)에서 시작하여 그림 형제의 동화집에서 정점에 이르렀는데, 민요 수집에서는 브렌타노가 구전자료의 정확한 재현을, 아르님이 예술적 편집을 각각 주창하여 '자연시 Naturpoesie'(구전문학)와 '예술시 Kunstpoesie'(창작문학)에 관한 논쟁을 촉발하였고, 이 논쟁이 야콥의 전설집 및 빌헬름의 동화집 편집에도 이어진 것이다.

『독일전설』의 초판본이 언제 매진되었는지는 확인할 수 없으나 야콥 그림의 사망(1863) 이전이었을 것이다. 빌헬름의 아들 헤르만 그림(Herman Grimm)이 야콥 사후 1864년 12월 첫 출간을 예고하여 1865~1866년 베를린의 니콜라이 서적에서 제2판 증보판이 나왔다. 그 사이에 그림 형제의 전설집은 넓은 독자층은 아니어도 전문가들에게는 기본서로 인정받았고, 오늘날까지도 독일전설의 표준으로 간주된다. 민요 수집의 대가 아르님이 『독일전설』 제2권 출간(1818. 4.) 이후 발표한 서평이 공식적인 첫 찬사였다. 아델베르트 폰 샤미소는 중세독일어 서사시를 번안한 자신의 『가련한 하인리히(Der arme Heinrich)』(1837)의 첫 연 헌사에서 그림 형제의 전설집과 동화집을 이렇게 예찬하였다. — "그대들 내게 정원을 열어 주고, / 전설의 보고를 드러내셨소. / 도취한 나의 귓속을 저 동화세계 / 마술의 음향으로 채워 주셨소."

2. 원전의 구성

그림 형제는 동화집 제목에는 — 필시 국제적 보급을 염두에 두고 — 사용하지 않은 '독일'이라는 한정어를 전설집 제목에 앞세움으로써 특히 제1권 지역전설에 부각된 전승문학의 '조국애' 경향에 부응하는 한편, 고대 로마 작가 오비디우스의 『변신』에서 유래하는 전설의 전통과 그 구전문학적 함의를 부각시켰다. 『독일전설』에 수록된 전설들의 지역적 분포를 보면, 독일어권 거의 전체를 포괄하되 각 지역의 비중이 일정하지는 않다. 야콥 그림이 필사본에 덧붙인 목록 원고에는 엘자스에서 슈바벤과 스위스를 거쳐 프랑켄, 헤센, 튀링겐에 이르는 30개 지역이 수록되었는데, 니더작센/알트작센(49편), 튀링겐(39편), 프랑켄(35편), 헤센(27편), 스위스(24편)가 가장 자주 등장한다. 제1권의 구성원칙으로는 그러나 지역별 분류보다는 주제와 화소에 따른 배열이 주도적이어서, 마법에 걸린 처녀의 화소(9~13번), 사라진 지배자들(21~28번), 난쟁이(29~48번), 물의 요정[물귀신](51~67번), 전쟁(169[168]~170[169][28]) 등이 자주 다뤄진다. 직업군이 배열기준인 경우로 광부(1~3번), 사냥꾼(257[256]~258[257]번) 등도 눈에 띈다. 전체적으로 제1권의 배열에서는 독자가 지루해 하지 않도

28 제1권 목차의 항목번호(1~363)에서 괄호 [ ] 안의 숫자는 그림 형제의 초판(베를린 1816. 수록 항목 번호: 1~362)을 재현한 하인츠 뢸레케 판(프랑트푸르트 1994)의 것이다. 헤르만 그림의 제2~3판 증보판(베를린 1865/1866, 1891)에서는 초판 제2권 본문 뒤에 추가되었던 6개 항목 가운데 1개('폰 보니카우 부인')를 제1권 70번으로 추가하여 이후 363번까지 항목번호가 1씩 늘어나 있다.

록 지역・주제・화소・직업 등에 따른 '혼합원칙'이 적용된 것인데, 브렌타노의 『소년의 마술피리』와 그림 형제의 동화집도 같은 원칙에 따라 구성되었다.

제2권 역사전설은 게르만족 시대부터 종교개혁까지 약 1500년간의 시기를 포괄하는데, 제1권과 달리 연대기적 순서로 배열되었다. 야콥 그림의 자필 목록에는 다음과 같이 분류기준이 기재되어 있다.

① 364～368[363～367][29]: 게르만

② 369～387[368～386]: 고트

③ 388～412[387～407], 446～449[441～444]: 롬바르드(랑고바르드)
(446～449[441～444]: 동시에 케를링거[카롤링거])

④ 413～420[408～415], 453[448], 551[545]: 작센
(453[448] 이하: 동시에 케를링거[카롤링거],
551[545]: 동시에 튀링겐)

---

29 헤르만 그림의 증보판에 기초한 뮌헨 간행본(Jacob und Wilhelm Grimm: Deutsche Sagen. Zwei Bände in einem Band. München: Winkler 1956; Sonderausgabe für die Wissenschaftliche Buchgesellschaft, Darmstadt 1965)에서 제2권 목차의 항목번호는 364번으로 시작하여 초판(베를린 1818)에 근거한 뢸레케 판의 항목번호(363～579)보다 1～6씩 늘어나 있다. 야콥 그림은 최초 목록에서 579개였던 제2권 전체 항목의 본문 뒤에 6개 항목을 추가하여 간행하였는데, 헤르만 그림은 그 가운데 1개('폰 보이카우 부인')를 제1권 70번으로, 나머지 5개를 제2권에 394, 399, 403, 411, 454번으로 본문에 편입하여 제1～2권 전체 항목의 번호가 585(1권 1～363, 2권 364～585)로 늘어났다. 그림 형제의 초판 제2권 말미의 6개 추가항목 가운데 1개(헤르만 그림 판본 제1권 70번)를 제외한 5개를 하인츠 뢸레케(Deutsche Sagen. Hrsg. von den Brüdern Grimm. Ediert und kommentiert von Heinz Rölleke. Frankfurt a. M. 1994. Sonderausgabe für die Wissenschaftliche Buchgesellschaft Darmstadt 1999)는 392, 396, 399, 406, 448번 항목 다음에 각각 392b, 396b, 399b, 406b, 448b번 항목으로 삽입하였다. 결과적으로 그림 형제의 초판과 뢸레케 간행본에서는 제1권이 362번, 제2권이 579번으로 끝나지만, 각권의 전체 수록항목 수는 헤르만 그림 판본에서와 다르지 않다.

⑤ 423～440[418～435]: 메로빙거

⑥ 440～467[436～461]: 케를링거[카롤링거]

⑦ 450～452[445～447], 547～549[541～543]: 프리시아(프리슬란트)
(450～452[445～447]: 동시에 케를링거[카롤링거])

⑧ 468～496[462～490]: 독일 황제

⑨ 497～502[491～496]: 바이에른

⑩ 503～511[497～505]: 오스트리아

⑪ 512～520[506～514]: 스위스

⑫ 521～533[515～527], 420[415], 421[416], 456[450]: 슈바벤
(420[415]: 동시에 작센, 456[450: 동시에 케를링거[카롤링거])

⑬ 536～545[530～539]: 아우스트라시아
(역자 주: 아우스트라시아: 프랑켄 왕국 동부지역, 네우스트리아: 서부지역)

⑭ 550～563[544～557], 415[410], 416[411], 425[420]: 튀링겐
(415[410] 이하: 동시에 작센, 425[420]: 동시에 메로빙거)

⑮ 564～574[558～568]: 헤센-튀링겐

575～585[569～579]: 위 분류에 맞지 않거나, 정확히 분류할 수 없거나, 추후에 추가된 항목

야콥 그림은 위와 같은 분류 원칙에 더하여 각 항목의 제목 아래에 출처를 명시함으로써 출처 이외에 항목별 선행판본 또는 병행판본의 존재를 암시하였다.

3. 번역 원본

그림 형제의 사후(야콥 1863, 빌헬름 1859 사망)에 빌헬름의 아들 헤르

만 그림(Herman Grimm, 1828-1901)이 제2판 증보판(베를린 1865/1866)에 이어 간행한 제3판(베를린 1891)에서는 원래 초판의 각 항목 제목 아래에 배치되었던 항목별 출처 정보가 1～2권 각각의 본문 뒤로 옮겨졌다. 제2판 이후에 계승된 주요 변동으로는 초판 제2권 끝에 추기되었던 전설 6개 항목 가운데 1개('폰 보니카우 부인')가 제1권 70번으로, 나머지 5개는 제2권에 분산삽입된 것이다. 헤르만의 편집 의도는 자신의 서문에서 밝힌 대로 "(그림) 전설을 오히려 독본으로 민족에게 제공하기 위해서"였다. 초판의 체재를 재구성하여 가독성을 높이려는 헤르만의 시도를 라이홀트 슈타이크가 제4판[30]에서 계승하였으나, 항목별 출처를 본문 다음의 부록에 수록하는 한편 481～487번까지의 항목별 번호를 초판의 구성에 따라 헤르만 판본 이전의 원래 형태로 되돌렸다. 한스-외르크 우터는 1993년 간행본(Hans-Jörg Uther: Brüder Grimm: Deutsche Sagen, 2 Bde. München 1993)에서 각 항목의 출처를 전반적으로 추적하여 출처비평을 한 단계 진전시켰고, 그 결과를 룁레케도 1994년 간행본에 반영하였다.

2010년대까지 간행된 판본들 가운데 번역 원전으로 고려할 대상은 헤르만 그림의 1891년 제3판에 기초한 1956년 뮌헨 빙클러 출판사 간행본과 룁레케의 1994년 간행본으로 압축할 수 있다(위 각주 2 참조). 우리의 번역에서는 뮌헨 간행본의 학술서적조합 특별판[31]을 원전으로 선택하고 룁레케 간행본의 체재와 주해를 부분적으로 참조하였다. 원본의 체재와 학술성을 재현하려는 룁레케와 독자편의를 배려한 헤르만 및 그 이후의 간행본들 사이의 실질적인 차이가 크지 않을뿐더러 국제적 보급에서 헤르만식의 체재가 선호[32]되는 현상을 고려하였다.

---

30 Deutsche Sagen - bearbeitet von Reinhold Steig. Hrsg. Brüder Grimm, Berlin: Stricker 1905.

31 Brüder Grimm (Hrsg.): Deutsche Sagen. Zwei Bände in einem Band. München: Winkler 1965. Sonderausgabe für die Wissenschaftliche Buchgesellschaft Darmstadt.

32 Jacob und Wilhelm Grimm: Deutsche Sagen. Vollständiger, durchgesehener

초판에서 본문의 각 항목 제목 다음에 덧붙여졌다가 헤르만 간행본에서 본문 뒤의 부록에 수록된 항목별 출처는 원칙적으로 우리의 번역본에 포함시키지 않았다. 출처 연구 등 학술적 목적에만 소용될 이 부분이 번역본의 가독성을 현저하게 저해할 것이기 때문이다. 그 밖에 그림 형제의 유고에서 발췌하여 룈레케 간행본 부록에 수록된 26편(A1～A26)도 — 헤르만 판본 제1권에 70번으로 수록된 A23 '폰 보니카우 부인'을 예외로 하고 — 번역에서 제외하였다. 제2권 서문의 각주 가운데 전문가에게만 필요하다고 판단되는 일부 출처나 문헌 소개도 번역에서 배제하였다. 지명과 인명 가운데 독자의 이해를 돕기 위해 괄호 안에 역주를 붙이거나 원문을 병기한 경우도 있으나, 그 범위는 최소한으로 한정하였다. 이렇게 생략되거나 일률적이지 못한 부분들 때문에 우리의 번역집이 추구한 가독성과 학술성의 균형이 깨지거나 번역 본문의 학술적 용도에 제약이 따르지는 않을 것이다.

4. 『독일전설』 완역의 의의

『독일전설』은 그림 형제의 저술들 가운데 『어린이와 가정을 위한 동화』 다음으로 규모가 큰 대작이며 독일어권 전설 모음으로서는 가장 중요한 성과로 꼽힌다. 이 역작을 선례로 삼아 유사한 선집들이 지속적으로 출간되었고 수많은 예술적 각색과 번안이 이어져 왔다. '빙겐의 쥐탑'(242번), '하멜른의 아이들'(245번), '쥐잡이'(246번) 등의 쥐떼 이야기, 재산을 다 버리고 남편을 구하는 '바인스페르크의 여인들'(493번), 탄호이저(171번), '사자왕 하인리히'(526번), 로엔그린(542번), 루터가 마귀의 머리통에 잉크통

Neusatz bearbeitet und eingerichtet von Michael Holzinger. Berliner Ausgabe 2013. 이 최신 간행본의 본문은 헤르만 그림 간행본 제3판(베를린 1891)에 따름.

을 던진 이야기(562번) 등 여러 전설이 그림 형제의 명망과 각 소재의 매력에 힘입어 문학적 교양의 필수 자산이 되었다. 그림동화가 국경을 초월하는 세계인의 자산이라면, 그림전설은 독일인 특유의 상상력과 사고방식과 가치관을 비추어 볼 거울로서 동화와는 다른 매력과 문화소통의 가치를 지니고 있다.

『독일전설』의 국내 기존 번역으로는 원전의 5분의 1 정도를 수록한 발췌역과 어린이용으로 발췌 개작된 단행본 몇 가지가 있을 뿐이다. 이런 현실에 비추어 국내 최초의 완역본을 내게 된 번역진은 각별한 보람을 느끼며, 이 책이 일반 독자들의 애호를 받을 뿐만 아니라 독일문학 외 비교민속학 등 관련 학계에서 기초자료로 활용되기를 기대해 본다. 이 책은 『기적의 진실과 환상 속의 현실(1, 2권)』(송동준 · 임한순 외 10인 공역. 서울대출판부, 1996~1997), 『에다』(임한순 · 최윤영 · 김길웅 공역. 서울대출판부, 2004)에 이어 서울대학교 인문학연구원 독일어권문화연구소가 기획하여 내어놓는 세 번째 독일문학 기초분야의 번역서라는 점에서도 의미가 크다. 첫 번역은 18세기 낭만주의부터 20세기 초까지 독일 작가들이 수집 또는 창작한 전래민담(그림동화)과 민담소설을 선별 수록한 2권의 작품집이고, 둘째 번역은 북유럽신화 『에다』(고『에다』, 운문『에다』)를 국내 최초로 완역한 것이다. 『에다』에 이어 다시금 국내 최초로 완역된 『독일전설』은 일반 독자들을 위한 '독본'이자 또한 인용 가능한 학술용 정본을 목표로 한국연구재단의 지원을 받아 수행되었다.

공역자 임한순은 독일어권문화연구소 소장으로서 번역을 기획하고 제1권 및 제2권의 서문, 제1권의 1~60번, 127~214번 본문(합계 148항목)을 번역하는 한편 역자 서문을 집필하였고, 윤순식은 제1권 317~363번 및 제2권 364~468번(합계 152항목)을, 홍진호는 제1권 61~126번, 215~316번 및 제2권 469~585번(합계 285항목)을 각각 번역하였다. 1~2권 전설 본문과 주석의 약 1/2을 홍진호가, 윤순식과 임한순이 약 1/4씩을 분담한 것이다. 각 분담 부분에 대한 책임은 해당 역자에게 있다. 전설처럼 구술체 또는 구술을 전제한 서술체가 지배적인 문학적 원문의 공역에서는 문체의 통일이 중요하므로 역자들도 이 문제에 부심하였으나, 미진한 부분은 추후에 계속 보완해 나갈 생각이다. 참고문헌 목록은 역자 3인이 공동으로 작성하였다. 기획 초기의 원본 검토에 독일어문화권연구소 학술부장 김화경 박사가 참여하였다.

『독일전설』의 완역본 출간을 결정하고 정밀한 작업으로 마무리해 준 서울대학교출판문화원에 깊이 감사드린다.

2014. 12.

대표역자 임한순

참고문헌

1. 『독일전설』

주요 판본

Deutsche Sagen, bearbeitet von Reinhold Steig, Berlin: Stricker 1905.

Deutsche Sagen. Zwei Bände in einem Band. München: Winkler 1956; Sonderausgabe für die Wissenschaftliche Buchgesellschaft, Darmstadt 1965

Deutsche Sagen, 3 Bde., hrsg. von Hans-Jörg Uther und Barbara Kindermann-Bieri. München: Diederich 1993.

Deutsche Sagen, ediert und kommentiert von Heinz Rölleke. Frankfurt a. M. 1994; Sonderausgabe für die Wissenschaftliche Buchgesellschaft Darmstadt 1999

Deutsche Sagen. Vollständiger, durchgesehener Neusatz, bearbeitet und eingerichtet von Michael Holzinger, Berliner Ausgabe 2013.

참고문헌

Bluhm, Lohtar u. Hölter, Achim: Die „Quedlinburger Sammlung". Eine Quellenkritische Untersuchung zu Grimms Deutschen Sagen. In: Fabula (1989), Heidelberg 1989, S. 257-270.

Calomino, Salvatore: From verse to prose: The Barlaam and Josaphat legend in fifteenth-century Germany. Potomac, Md., U.S.A.: Scripta Humanistica, 1990.

David, Craig: Beowulf and the demise of Germanic legend in England. New York: Garland, 1996.

Hale, Anne Gardner: Folly's bells, a German legend. Buffalo, New York, The Peter Paul book company, 1897.

Kindermann, Barbara: Heterogene Quellen - homogene Sagen. Philologische Studien zu den Grimmschen Prinzipien der Quellenarbeitung. Untersucht anhand des Schweizer Anteils an den deutschen Sagen, Basel 1989.

Paul, Fritz: „Aller Sage grund ist nur mythus". Religionswissenschaft und Mythologie im Werk der Brüder Grimm. In: 200 Jahre Brüder Grimm, Heidelberg 2012. S. 77-90.

Petzold, Leander: Einführung in die Sagenforschung, Konstanz 2002.

Petzoldt, Leander: Dämonenfurcht und Gottvertrauen. Zur Geschichte und Forschung unserer Volkssagen, Darmstadt 1989.

Roethe, Gustav: Deutsche Treue in Dichtung und Sage, Langensalza 1925.

Schenda, Rudolf: Jacob und Wilhelm Grimm: ‚Deutsche Sagen' Nr. 103, 298, 337, 340, 350, 357 und 514. Bemerkungen zu den literarischen Quellen von 7 Schweizer Sagen. In: Schweizerisches Archiv für Volkskunde 81 (1985), München 1998, S. 196-206.

Schmoeckel, Reinhard: Deutsche Sagenhelden und die historische Wirklichkeit. Zwei Jahrhunderte deutscher Frühgeschichte neu gesehen, Hildesheim u. a. 1995.

Tetzner, Reiner: Germanische Götter- und Heldensagen. Stuttgart 1997.

Uther, Hans-Jörg: Die „Deutschen Sagen" der Brüder Grimm im Spiegel ihrer Kritiker. Ein Beitrag zur frühen Sagenrezeption. In: Hören Sagen Lesen Lernen, Bern u. a. 1995, S. 721-739.

Uther, Hans-Jörg: Die Brüder Grimm als Sammler von Märchen und Sagen. In: Heidenreich u. Grothe (hrsg.): Kultur und Politik, S. 67-107.

Uther, Hans-Jörg: Johann Jacob Bräuners ‚Curiositäten' als Vorlage der ‚Deutschen Sagen' der Brüder Grimm. Zum Bedeutungswandel von Geschichten durch Nacherzählen. In: Volkskultur-Geschichte-Region, Würzburg 1990, S. 552-571.

William J., Paff: The geographical and ethnic names of the þídriks saga; A study in Germanic heroic legend. Cambridge, Mass., Harvard University Press, 1959.

Williams, Charles Allyn: The German legends of the hairy anchorite. [Urbana] University of Illinois, 1935.

Wotjak, Barbara u. Richter, Manfred: Sage und Schreibe: Deutsche Phraseologismen in Theorie und Praxis. Leipzig: Langenscheidt, 1997.

국문 번역 및 논문

그림 형제: 『그림 전설집: 서구 환상문학의 뿌리가 된 독일 옛이야기』, 안인희 옮김 및 해설, 웅진씽크빅, 2006.

배정희: 「'하멜른의 쥐잡이 전설'의 아이러니: 문화적 정체성과 지역성」, 『인문과학』 43(2009), 61-83쪽.

손은주: 「지역학의 모델로서 독일 전설 연구. 그림형제의 『독일전설』을 중심으로」, 『뷔히너와 현대문학』 34(2010), 323-341쪽.

2. 그림 형제의 주요 저술

Jacob und Wilhelm Grimm: Kinder- und Hausmärchen. Gesammelt durch die Brüder Grimm, 2 Bde., Berlin 1812, 1815.

Jacob und Wilhelm Grimm: Deutsche Sagen, 2 Bde., Berlin 1816, 1818; 2. Auflage 1865, 4. Auflage 1905.

Jacob und Wilhelm Grimm: Deutsche Sagen, 3 Bde., hrsg, von Barbara Kindermann-Bieri, München 1993.

Jacob Grimm: Deutsche Grammatik, 4 Bde., Göttingen 1819-1837.

Jacob und Wilhelm Grimm: Irische Elfenmärchen, Leipzig 1826.

Jacob und Wilhelm Grimm: Deutsche Mythologie, Leipzig 1835.

Jacob und Wilhelm Grimm: Deutsches Wörterbuch, 1. Bd., 1854, 33. Band 1960.

Jacob Grimm: Kleinere Schriften. Zweite Aufl., 8 Bde., Berlin 1879-1885.

Jacob und Wilhelm Grimm: Die Selbstbiographien von Jacob und Wilhelm Grimm aus dem Juli und September 1830, hrsg, von Ingeborg Schnack, Kassel 1958.

Jacob Grimm: Ausgewählte Schriften, Reden und Abhandlungen, hrsg. u. eingeleitet von Ulrich Wyss, München 1984.

Jacob Grimm: Reden in der Akademie, Ausgewählt u. hrsg, von Werner Neumann u. Hartmut Schmidt, Berlin [Ost] 1984.

Jacob und Wilhelm Grimm: Schriften und Reden, ausgewählt u. hrsg, von

Ludwig Denecke, Stuttgart 1985.

Jacob und Wilhelm Grimm: Über das Deutsche. Schriften zur Rechts-, Sprach- und Literaturgeschichte, hrsg, von Ruth Reiher u. Bärbel Göllmer, Leipzig 1986.

Jacob und Wilhelm Grimm: Werke und Briefwechsel in kritisch-kommentierten Einzelbänden, hrsg, von Holger Ehrhardt, Rotraut Fischer, Ewald Grothe, Matthias Janssen, Bernhard Lauer, Bärbel Plötner u.a., Kassel 1998.; bisher 3 Bde. Weitere im Druck bzw. in Vorbereitung.

Jacob und Wilhelm Grimm: Briefwechsel, hrsg, von Stephan Bialas, Heinz Rölleke u. a. Stuttgart 2001, bisher 4 Bde. Weitere im Druck bzw. in Vorbereitung.

Wilhelm Grimm: Kleinere Schriften, 4 Bde., Berlin 1881-1883, Gütersloh 1887.

국문번역

그림 형제: 『(어른을 위한) 그림 형제 동화전집』, 김열규 옮김, 고양: 현대지성사, 2004.

그림 형제: 『그림 형제 민담집: 어린이와 가정을 위한 이야기』, 김경연 옮김, 서울: 현암사, 2012.

그림 형제: 『그림 형제 옛이야기 모음집 1』, 이은자 옮김, 서울: 부북스, 2012.

그림 형제: 『마흔에 읽는 그림 형제 동화』[전자자료], 김문성 편역, 서울: 교보문고, 2012.

그림 형제: 『獨逸民譚說話集』, 김창활 역., 서울: 乙酉文化社, 1977.

그림 형제: 『그림 메르헨』, 니콜라우스 하이델바흐 그림; 김서정 옮김, 서울: 문학과 지성사, 2007.

3. 그림 형제 참고문헌 및 논문

Brednich, Rolf Wilhelm: Die Brüder Grimm in Göttingen 1829-1837, Göttingen 1986.

Denecke, Ludwig u. Schulte Kemminghausen, Karl: Die Brüder Grimm in Bildern ihrer Zeit, Kassel 1980.

Denecke, Ludwig: Bibliographie der Briefe von und an Jacob und Wilhelm Grimm. In: Aurora. Jahrbuch der Eichendorff-Gesellschaft 43 (1983), S. 169-227.

Denecke, Ludwig: Die Göttinger Jahre der Brüder Jacob und Wilhelm Grimm. In: Göttinger Jahrbuch (1977), S. 139-155.

Denecke, Ludwig: Jacob Grimm und sein Bruder Wilhelm, Stuttgart 1971.

Friemel, Berthold: Unpreußische Ansichten. Dokumente und Tatsachen zum politischen Engagement der Brüder Grimm 1813-1815. In: Brüder Grimm Gedenken 11 (1995), S. 178-196.

Gerhardt, Corinna: Jacob und Wilhelm Grimm als Hochschullehrer in Berlin. In: Brüder Grimm Gedenken 11 (1995), S. 80-99.

Gerstner, Hermann: Die Brüder Grimm. Biographie, Gerabronn u. Crailsheim 1970.

Ginschel, Gunhild: Der junge Jacob Grimm 1805-1819, Berlin 1989.

Grimm, Ferdinand Philipp: Der unbekannte Bruder Grimm: Deutsche Sagen, Düsseldorf u.a. 1979.

Grimm-Sozietät in Berlin e.V. (hrsg.): Die Brüder Grimm in Berlin. Bilder-Studien-Dokumente, Stuttgart 2005.

Grothe, Ewald: Die Brüder Grimm und die hessische Politik. In: Heidenreich u. Grothe (Hrsg.): Kultur und Politik, Frankfurt a. M. 2003, S. 179-204.

Halub, Marek: „Meine Wege gehen auf Ihre Straße“. Über die Wechselbeziehung der Brüder Grimm mit schwäbischen Romantikern. In: Brüder Grimm Gedenken 13 (1999), S. 59-77.

Hansen, Wilhelm: Die Brüder Grimm in Berlin. In: Brüder Grimm Gedenken (1963), S. 227-307.

Heidenreich, Bernd u. Grothe, Ewald (hrsg.): Kultur und Politik - Die Grimms, Frankfurt a. M. 2008.

Helwig, Heidrun: Die Kasseler Jahre: Zwischen Forscherdrang und Freundschaftsbanden. In: Heidenreich u. Grothe (hrsg.): Die Grimms, Frankfurt a. M. 2003. S. 51-79.

Hennig, Dieter u. Lauer, Bernhard (hrsg.): 200 Jahre Brüder Grimm. Die Brüder Grimm. Dokumente ihres Lebens und Wirkens, Kassel o. J. [1985].

Köstlin, Monika: Im Frieden der Wissenschaft. Wilhelm Grimm als Philologe, Stuttgart 1993.

Lauer, Bernhard: Chronologisches Werkverzeichnis der Brüder Jacob und Wilhelm Grimm 1806-1863. In: Hans-Bernd Harder u. a. (hrsg.): Die Brüder Grimm in ihrer amtlichen und politischen Tätigkeit, Marburg 1989, S. 45-116.

Lelke, Ina: Die Brüder Grimm. Zum Verhältnis von Geselligkeit, Arbeitsweise und Disziplinengenese im 19. Jahrhundert, Frankfurt a. M. 2005.

Lemmer, Manfred: Die Brüder Grimm. Ihr Leben in Bildern, Leipzig 1963.

Martus, Steffen: Die Brüder Grimm. Eine Biographie, Berlin 2009.

Michaelis-Jena, Ruth: Die Brüder Grimm, Münster 1980.

Schede, Hans-Georg: Die Brüder Grimm, Hanau 2009.

Schmidt, Hartmut: Die Brüder Grimm. In: Deutsche Brüder. Zwölf Doppelporträts, Berlin 1994, S. 164-196.

Schoof, Wilhelm: Die Brüder Grimm in Berlin, Berlin 1964.

Schoof, Wilhelm: Göttingen und die Brüder Grimm. In: Niedersächsisches Jahrbuch für Landesgeschichte 14 (1937), S. 233-287.

Seitzs, Gabriele: Die Brüder Grimm. Leben-Werk-Zeit, München 1984.

Sonderregger, Stefan: Die Brüder Grimm - Philologie, historische Sprachwissenschaft und Literaturgeschichte. In: 200 Jahre Brüder Grimm, S. 43-61.

Weishaupt, Jürgen: Die Märchenbrüder. Jacob und Wilhelm Grimmihr Leben und Wirken, Kassel 1985.

국문

김정철: 『그림형제의 동화: 허구의 문학 사실의 문학』, 경북대학교 출판부, 2008.

오이겐 드레버만: 『(어른을 위한) 그림 동화 심리 읽기: 재투성이에서 라푼첼까지 심층심리학으로 들여다본 여성 심리의 비밀』, 김태희 옮김, 서울: 교양인, 2013.

이민수: 『그림 동화의 숨겨진 진실』, 서울: 예담, 2005.

이성훈: 『그림 형제. 생애와 동화문학세계』, 건국대학교 출판부, 1994.

키류 미사오: 『(알고 보면 무시무시한) 그림 동화』, 이정환 옮김, 서울: 서울문화사, 2003.

그림 형제 연보

1785 1월 4일에 하나우에서 야콥 그림이 태어남. 아버지 필립 빌헬름 그림과 어머니 도로테아 그림은 야콥 그림을 시작으로 모두 9명의 자녀를 둠. 이중 셋은 어린아이 때 세상을 떠남

1787 2월 24일. 빌헬름 그림이 태어남

1796 1월 10일. 아버지 사망

1798 야콥과 빌헬름은 김나지움(중고등학교에 해당하는 중등교육기관)을 다니기 위해 프랑크푸르트에서 북쪽으로 약 200km 떨어진 카셀로 이주

1802 야콥: 마그데부르크 대학에서 법학을 공부하기 시작함

빌헬름: 심한 질병을 앓음

1805 야콥: 1월부터 9월까지 파리를 여행

1806 야콥: 헤센 선제후국의 전쟁평의회에서 서기관으로 일하기 시작함(1월 16일)

빌헬름: 사법시험을 마침

야콥과 빌헬름: 아힘 폰 아르님과 클레멘스 브렌타노가 발간한 민요 모음집 『소년의 마법호른』 집필에 참여

야콥: 카셀이 프랑스 군대에 의해 점령당하면서(11월 1일) 부대보급위원회에 배속됨.

1807 야콥: 헤센 선제후국이 해체되고 나폴레옹에 의해 만들어진 베스트팔렌 왕국이 세워지면서 보급위원회 자리에서 물러남. 12월 14일 궁정도서관 사서직을 맡게 됨

1808 야콥과 빌헬름: 아힘 폰 아르님이 발행하는 잡지 『차이퉁 퓌어 아인지들러(이주자 신문)』를 위해 함께 일함. 이 잡지는 하이델베르크 낭만주의의 잡지로서 1808년 4월부터 8월까지 발간됨. 클레멘스 브렌타노와 요제프 괴레스가 편집자로 참여함

5월 27일 어머니 사망

야콥: 6월 말부터 제롬 보나파르트 왕의 개인도서관 사서로 일하게 됨

1809 야콥: 2월 17일에 베스트팔렌 국가의회의 감사 의원이 됨

빌헬름: 4월에 요양을 위해 할레로 여행. 9월에 클레멘스 브렌타노 및 아힘 폰 아르님과 함께 베를린으로 돌아오다가 바이마르에 들려 괴테를 방문

1811 야콥의 첫 번째 단독 저서 『고대독일의 민네장에 대하여』와 빌헬름의 『고대덴마크의 영웅가』 모음집이 출간됨

1812 야콥과 빌헬름: 원래 클레멘스 브렌타노를 위해 모았던 『어린이와 가정을 위한 동화』 1권을 출간함. 북유럽 신화인 『에다』의 독일어판 출간 준비

1813 야콥과 빌헬름: 고독일의 문학을 다루는 잡지 『알트도이체 벨더』를 발간함

11월에 헤센의 선제후가 돌아옴

야콥: 카셀에서 약탈당한 문화재를 되찾아오기 위해 연합군의 12월 파리 진격에 참여

1814 빌헬름: 도서관 서기관이 됨

야콥: 7월에 파리에서 돌아옴

야콥과 빌헬름: 신문 『라이니셔 메르쿠어』에서 기자로 일함

1815 야콥: 카셀에서 도난당한 문화재들에 대해 조사하기 위해 다시 파리로 감(9월~12월)

빌헬름: 쾰른까지 라인 강 여행을 떠남. 하이델베르크에서 괴테를 만나 함께 부아세레 형제(줄피츠 부아세레와 멜히오르 부아세레. 독일과 네덜란드의 회화작품들을 수집했다)가 모은 회화작품들을 감상함

야콥과 빌헬름: 『어린이와 가정을 위한 동화』 2권 출간

1816 야콥과 빌헬름: 『독일 전설』 1권 출간

1819 야콥: 『독일어의 문법』 1권 출간(1822년과 1840년에 개정판 출간. 2권은 1826년, 3권은 1831년, 4권은 1837년에 출간). 이 책은 현대적인 어원학(語源學)의 중요한 토대가 됨

야콥과 빌헬름: 마르부르크 대학의 명예박사 학위를 받음

1821 빌헬름: 11월부터 헤센 선제후국의 왕자인 프리드리히 빌헬름의 교사

로 일함

1825 빌헬름: 5월 15일 도로테아 빌트와 결혼
야콥과 빌헬름: 『어린이와 가정을 위한 동화』의 소책자 판본 출간

1826 빌헬름: 도로테아와의 사이에서 아들 야콥이 태어남(4월 3일). 그러나 야콥은 12월에 사망함

1828 빌헬름: 아들 헤르만이 태어남(1월 6일)

1829 야콥과 빌헬름: 괴팅겐 대학의 초청을 받아들이고, 기존의 모든 직책을 내려놓음
야콥: 『독일 중세법』 출간
빌헬름: 『독일 영웅전설』 출간

1830 야콥과 빌헬름: 괴팅겐으로 이주
야콥: 괴팅겐 대학의 교수가 됨
빌헬름: 괴팅겐 대학 도서관장을 맡음
빌헬름: 아들 루돌프가 태어남(3월 31일)

1831 야콥: 남독일 여행
빌헬름: 괴팅겐 대학의 비정규 교수로 임명됨(1835년 정식 교수가 됨)

1832 빌헬름: 딸 아우구스테가 태어남(6월 15일)

1833 야콥: 궁정고문관으로 임명됨

1834 야콥: 『라인하르트 푹스』 발간. 라인하르트 푹스(혹은 라이네케 푹스)는 중세 시절부터 전해 내려오는 우화

1835 야콥: 『독일 신화』(개정판은 1844)

1837 에른스트 아우구스트 1세가 하노버 왕국의 왕으로 등극. 아우구스트 1세는 1833년부터 시행된 자유주의적 헌법의 효력을 정지시키고 헌법 개정을 시도함. 이에 야콥 그림과 빌헬름 그림을 포함한 괴팅겐 대학의 교수 7인이 이에 항의하는 문서에 서명. 많은 시민과 학생들의 폭발적인 지지를 얻은 이 항의서로 인하여 일곱 명의 교수들은 12월 4일 대학에서 해고됨. 그중 야콥 그림을 포함한 3인의 교수는 괴팅겐에서 추방당함. 이에 야콥은 카셀에 있는 동생 루드비히의 집으로 이주함

1838 야콥과 빌헬름: 「나의 해고에 대하여」라는 에세이 발표
빌헬름: 10월 중순에 가족들과 함께 카셀로 이주

야콥과 빌헬름: 바이트만 서점과 『독일어 사전』 집필 계약 체결

1840 야콥과 빌헬름: 새로 프로이센의 왕위에 오른 프리드리히 빌헬름 4세에 의해 베를린 대학(오늘날의 훔볼트 대학) 교수로 초빙됨

1841 야콥과 빌헬름: 3월에 카셀에서 베를린으로 이주

빌헬름: 베를린 아카데미의 정식 회원으로 선정됨

1843 야콥: 이탈리아 여행(제네바, 나폴리, 로마, 베니스 등)

1844 야콥: 덴마크와 스웨덴 여행

1846 야콥: 프랑크푸르트에서 열린 제1회 독어독문학 회의에서 의장으로 선출됨

빌헬름: 제1회 독어독문학 회의에서 『독일어 사전』의 진행경과를 보고

1847 야콥: 뤼벡에서 열린 제2회 독어독문학 회의에서 의장으로 선출됨. 빈과 프라하 여행

1848 야콥: 시민혁명의 와중에 프랑크푸르트 국민회의의 준비를 위해 4월에 프랑크푸르트의 파울스 교회에서 열린 예비의회 참여. 5월부터 9월까지는 국민의회의 의원으로 프랑크푸르트에 머무름

『독일어의 역사』 발간

베를린 대학에서 마지막 강의를 함

1852 빌헬름: 베를린 대학에서의 강의 중단

1853 야콥: 프랑스 남부와 베니스, 잘츠부르크, 프라하 등 여행

빌헬름: 부인 도로테아와 함께 라인브라이트바흐 여행

1854 『독일어 사전』 1권 발간

1856 12월 16일, 빌헬름 그림 사망

1860 『독일어 사전』 2권 발간

1863 9월 20일, 야콥 그림 사망

옮긴이 소개

임한순

서울대학교 독어독문학과를 졸업하고 동 대학원에서 석사학위를 받았다. 이후 독일의 본(Bonn) 대학교에서 박사학위를 받고 한국외국어대학교와 서울대학교에서 오랫동안 독어독문학과 교수로 재직하였다. 저술로는 『베르톨트 브레히트와 그의 중국철학에의 관계』(Bonn, 1984), 『독일고전시』(청록출판사, 편저), 『브레히트의 서사극』(서울대학교출판부, 공저), 『기적의 진실과 환상 속의 현실(1, 2)』(서울대학교출판부, 공역), 『에다』(서울대학교출판부, 공역), 『브레히트 희곡선집(1, 2)』(서울대학교출판부) 등이 있다.

윤순식

서울대학교 독어독문학과를 졸업하고 동 대학원에서 석사학위와 박사학위를 받았다. 박사후과정으로 베를린 훔볼트(Humboldt) 대학교에서 현대 독문학을 연구했다. 공군사관학교 전임강사, 한양대학교 연구교수를 역임했고 오랫동안 서울대학교에서 강의했다. 현재 덕성여자대학교 초빙교수로 재직 중이다. 저서로는 『아이러니』(한국학술정보), 『토마스 만』(살림출판사), 『전설의 스토리텔러 토마스 만』(공저, 서울대학교출판문화원) 등이 있고, 역서로는 『교양』(공역), 『정신병리학 총론』(전 4권, 공역), 『역사의 지배자』, 『작약등(芍藥燈)』, 『아이 사랑도 기술이다』, 『마의 산』(전 3권), 『변신』, 『괴테, 토마스 만, 니체의 명언들』, 『로스할데』, 『나르치스와 골드문트』, 『베네치아에서의 죽음』, 『토니오 크뢰거』 등이 있다.

홍진호

서울대학교 독어독문학과를 졸업하고 동 대학원에서 석사학위를 받았다. 이후 독일 베를린 훔볼트(Humboldt) 대학에서 『자연주의의 자연과학적 문학컨셉과 에두아르트 폰 카이절링의 성이야기』로 박사학위를 받았다. 현재 서울대학교 독어독문학과 부교수로 재직 중이다. 저서로는 『자연주의의 자연과학적 문학컨셉과 에두아르트 폰 카이절링의 성이야기』가 있고, 번역서로는 『라이겐』(을유문화사) 등이 있다.